Thomas Lehr

SCHLAFENDE SONNE

Roman

Carl Hanser Verlag

Der Autor dankt dem Deutschen Literaturfonds e.V.
für die Unterstützung der Arbeit an diesem Werk.

1 2 3 4 5   21 20 19 18 17

ISBN 978-3-446-25647-7
© Carl Hanser Verlag München 2017
Satz: Satz für Satz, Wangen im Allgäu
Druck und Bindung: Friedrich Pustet, Regensburg
Printed in Germany

Für Dorle

Die Spirale ist ein Versuch, das Chaos unter Kontrolle zu bringen. Sie hat zwei Richtungen. Wohin stellst du dich, an den äußeren Rand oder mitten in den Wirbel? Näherst du dich vom Rand, bedeutet es Angst, die Kontrolle zu verlieren; das Sich-Hineinwinden ist ein Sich-Zusammenziehen, ein Rückzug, eine Verdichtung bis zum Moment des Verschwindens. Setzt du in der Mitte ein, bedeutet dies Bejahung – die Bewegung nach außen repräsentiert Geben, auch ein Auf-Geben der Kontrolle, sie ist ein Vertrauensbeweis, positive Energie, das Leben selbst.

Louise Bourgeois, *Standpunkte*

Aber in Wirklichkeit geht es um Macht und Freiheit, um Schwermut und Betörung, die so sorgfältig im Inneren der Spirale kodifiziert sind, dass man sich dabei täuschen und nicht sogleich erkennen kann, dass dieser Taumel des Raumes den Taumel der Zeit bedeutet.

Chris Marker, *Sans Soleil*

Teil 1

MORGENGRAUEN – TRÄUME

1. IHR TICKET / TIME SLOT

Dein Stern, Jonas, nähert sich als fahles Licht, das in die Straßen fällt wie Staub aus einer anderen Welt. Dort liegt es nun mit sich verstärkendem Glanz. Bald wird etwas sichtbar werden, in der Mitte der Stadt. Das Ereignis (aber auch deine kleinen Schweinereien!). Die von obskuren Handzetteln versprochene Offenbarung. Ankündigung der Göttin der Kernfusion, die es mit atomaren Lichtblitzen an den Tag bringt. Erwartungsvolle Besucher versammeln sich, schweigend, feierlich erregt, sich mehr aneinander wärmend als drängelnd. Natürlich befummeln sich einige schon, mir kann man nichts vormachen. Es sei ihnen gegönnt, sie sollten von angenehmen Orten herkommen, von geselligen Anlässen, sich leicht überhitzt fühlen, so dass sie die Kühle genießen, die Erfrischung des Übergangs. Wären sie eben erst aufgestanden, fühlten sie sich aus dem Bett gezerrt. Dann herrschte das Morgen-Grauen, in dem man abgeführt wird, stumm und wie betäubt. (Exekution der Ehebrecher am Rand einer Müllkippe, am Rand der Stadt, am Rand der Welt. Bin ich verrückt?) Sie aber sind willkommene Gäste, Eingeladene. Erwählte für die Transformation! Mir gefiele es, wenn sie einfach wach geblieben wären, etwa in den Restaurants gegenüber. Allerdings will ich andächtige Besucher und auf gar keinen Fall den Einfluss von Alkohol. Nehmen wir Pilger, die um vier Uhr morgens den Berg Sinai erklommen haben, um den Sonnenaufgang zu erleben (zu unrasiert, womöglich Sandflöhe im Ohr), oder Kletterer vor einer nur im gesamten Tageslicht und mit Anstieg im Dunkeln bezwingbaren Wand (zu aufgeregt und zu entschlossen). Vertraue mir. Meine Zunge über deinem Bauch, das Kurzschwert der Rache, oszillierende Metamorphose zwischen Fleisch und Metall, rasch schwankend in jedem Augenblick, raues nasses spitzes Katzenzüngchen oder blanker Stahl? Es ist schwierig, ich gebe es zu. Außerdem haben wir noch ganz andere Probleme. Wie kann man im Morgengrauen eine Ausstellung eröffnen? Keine gewöhnliche Ausstellung noch dazu, sondern etwas Großes, Museales, Kunstprotziges, ein Halbes-Lebenswerk-Guckkasten-Labyrinth, wie es kaum einer je vergönnt wurde! (Sehr kleine Preisschildchen.) Stell dir vor, es geht keiner hin. Zu meiner Erleichterung sehe ich mehr und mehr Besucher in den Straßen. Sie nähern sich auf den Gehsteigen, betreten die von keinem Gefährt belästigten Fahrbahnen, stauen sich an den Häuserecken, vor ins Pflaster eingelassenen Bäumen, in Hofeingängen, auf einem leeren Parkplatz. Mit einem solchen Andrang hat niemand gerechnet. Es fehlen Ticketboxen vor der Tür, hilflos in der Menge treibend, mit blinkenden elektronischen Anzeigen (weihnachtskerzenrot oder tannengrün). Noch keiner der dreisten, selbstherrlichen Kassiererinnen und Wächter ist eingetroffen, die man brauchen wird, um die Dinge so schlecht wie üblich zu regeln. TIME SLOTS! Es ist alles zu grau und zu früh, für die Kunst hat die Zeit hier noch keinen Schlitz. Schlitz, Jonas, dein neues Nebenfach. Erst jetzt fällt mir auf, wie wenig Bilder es gibt, auf denen man die Morgendämmerung sieht. Schlitze im Morgengrauen. Sie sind überall und doch so selten gemalt wie die Augenblicke, in denen du mit Tränen und Wut und einer grauenhaften inhaltsleeren Sentimentalität erwachst, als hättest du unmittelbar vor der Geburt ein wüstes Leben hinter dich gebracht, dessen Erfahrungen (aber nicht deren Auswirkungen auf den Organismus) hastig gelöscht wurden. Ich schrecke auf und frage mich: Wie soll ich mir verzeihen? Denn immer noch ist mein erster Gedanke, auf deine Seite zu rollen und dir ins Ohr zu flüstern: Komm, Jonas, gib mir die Hand! Lass uns durch die Galerie unseres gemeinsamen Lebens gehen, das gerade erwachsen zu werden schien und so jung doch nicht sterben sollte (und pass auf die Kinder auf, du weißt, ich verliere mich in den Ausstellungen und in den Museen, ICH WERDE EIN BILD!). Weiterhin auf dem Straßenpflaster: Geburt des Lichts, die Ur-Droge, weißes Pulver aus dem Weltall, das in alle Farben explodiert. Aber noch bleibt die Szenerie schattenhaft, delikat, huschend, mehr Gedanke als Substanz.

Dicht an dicht stehende Besucher. Zuverlässig feierlich erregt. Selbst das ist mir möglich, die sublime Erhebung, die Kirchenschiffseligkeit, auch wenn du es warst, der Ministrant gewesen ist. (Einmal, zweimal, mit der Hand, mit dem Mund, im Beichtstuhl am Arsch, man kennt das ja alles mittlerweile von euch Katholiken, aber mein Kopf, Jonas, war einmal fast eine Nonne!) Die Konturen lösen sich nur sehr langsam voneinander. Ölfarbe, Leinwand und Pinselhaar sind zu grob, zu sinnlich für die hauchfeinen Übergänge, diese Mikromillimeterfinesse macht mich wahnsinnig, es verlangt mich nach fotografischen Platten, empfindlichsten Emulsionen darauf (nicht das digitale Zeug, auf das ich so lange angewiesen war). Schemenhafte Vorgänge, obszönes Gekrieche – oder bloße Hilfestellungen? Ach was! – in der widerstrebend dahinsinkenden Nacht. Sie sprengen dort alles gleich ins Paradies, Jonas. Was kannst du dafür? Nichts. Ich blieb auf der Erde zurück, mein Körper lag neben dir als weidwundes, angeschossenes (schmählich angefahrenes) Reh. Der dich zurückweisende Gipshaken des rechten Arms. Erst im Inneren der Ausstellung sollen die Verhältnisse deutlich werden. IHR TICKET, TIME SLOT. Die Mühe, den Eingang zu finden! Man tastet über rauen Stein, Metall, Glas, endlich durch eine kurze (erregende erschreckende wo hört sie auf) Leere, dann spürst du den Stoff. Es sind schwere nachtblaue Vorhänge, die nahezu schwarz wirken (Berliner Blau oder Preußisch Blau, Pigment Blue 27-77510) und sich nur mit hohem Kraftaufwand beiseiteschieben lassen, nein, gar nicht. Infolgedessen: *Schlitzen Sie selbst!* Jeder Besucher erhält ein fürchterliches japanisches Messer, lang wie ein Unterarm, sticht zu und schlitzt. Nur auf diese Weise, streng nacheinander und jeder für sich, gelangt man in die Kunst, durch den so knapp wie möglich geöffneten Spalt. Ist sie jünger als ich, frischer als ich, duftet sie makellos wie frischer Babythunfisch, ist sie schön eng, weil sie noch niemals kreativ wurde mit ihrem nutzlosen verwöhnten Becken, anders als ich mit unserer glorreichen Brut? Nein, sie ist eine gestandene Frau und Mutter. Wie konntest du DEINE KINDER vergessen? Jonas! *Der Ursprung der Ausstellung.* Im Inneren kannst du dich kaum aufrichten. Du musst die Anspannung loswerden, jenes nervtötende Verlangen nach Sex. Die Türpfosten am Ende des schmalen Korridors bestehen aus zwei gewaltigen weiblichen Körpern (schwer atmend, schweißüberströmt und nackt, dies ist der Männer-Eingang), die karyatidenhaft aufragen und so eng einander gegenüberstehen, dass es nötig ist, sich seitwärts zu drehen und hindurchzuzwängen. Es gibt Künstlerinnen, die in diese prachtvollen Bäuche rote Zeichen hineinritzen würden, mit blinkenden Schweizer Taschenmessern. Ein Hakenkreuz, ein Davidstern, fertig ist der Lack. Ich tu so was nicht, das musst du mir zugutehalten. Auch wenn ich Teile meines Verstands verloren habe, in dieser Stadt am Meer. Die großen Frauen werden dir jetzt helfen, Jonas. Ihr überwältigender synthetischer Intimgeruch! Alles geht sehr rasch vonstatten, irgendwie hydromechanisch, das gebe ich zu, Säfte aus Laboratorien, Druck und Gegendruck, catch as catch can! Schon werden deine Knie weich, das Messer entgleitet deiner Hand, die Dame an deiner Vorderseite zieht sich zurück, mit einem hinreißenden pneumatischen Seufzer. Sie hat kein Gesicht, sie hat alle Gesichter (das bedeutet eine austernhaft undeutlich muschelige, glänzend grässliche, schleimige, weißlich triefende Larve, Jonas, mein armer Spitz). Beruhige dich, es ist schon vorbei. Du bist befreit und schwach, kindlich und leicht, sanft und wieder aufnahmefähig, endlich bereit für die Kunst (das, was man auch nach dem Sex noch unbedingt braucht). Schon stehst du im ersten der neu erschaffenen Räume, wenn auch noch mit zittrigen Knien. Vor dir erscheint eine neue Schrift, auf einem nie zuvor erblickten Bild:

2. SEESTÜCK / FRAU AM MEER

Was ist die Sonne? Der einzige Stern, der dem unbewehrten Auge größer erscheint als ein glänzender Punkt. Ich betrete ihren hell lodernden Kreis, schüchtern, im Raumanzug meiner nackten Haut. Es gibt keine Ruhe auf der Sonne, sagst Du. Wie denn auch? Der Zorn einer glühenden Scheibe, der sich durch mein irdisches Gehirn bohrt, die Höllenfeuerkugel, die mich als Astronautin verbrennt. Fliehe nicht. Was ist die Sonne? Eine ständige Explosion? Ich reiste ans Meer und flog in die Luft. Aber sie sprengten nur meine Seele. Danach lag mein Körper nächtelang neben Dir und beleidigte Dich. Es war ein Feuerwerk, sagte ich früher, wenn es gut war. Ich sagte auch: eine Explosion. Eine anhaltende Explosion, eine Sonne in meinem Bauch. Nachdem ich in die Luft geflogen war, ertrug ich es nicht mehr zu explodieren. Keine Sonne mehr. Schlafende Sonne.
(Was ich dachte, als ich explodierte. / This is not my blood. Tafel 1)

Auf die leuchtende Sonnentafel folgt ein kleiner Raum, ein Kabinett eigentlich nur. Hier erholen sich die Augen vom grell auseinandersplitternden Dornenglanz der vermeintlichen Explosion. Es herrscht ein samtenes Dunkel, und nichts geschieht, bevor sich die Netzhaut nicht beruhigt hat. Nach einer ganzen Weile erst erscheint auf einer dem Betrachter gegenüberliegenden Wand ein Rechteck, blaugrau, verwaschen noch, aber mit frischen Tönen. Man geht unwillkürlich darauf zu, um schärfer zu sehen. Sobald man die ideale Distanz eingenommen hat, erscheint von links her die Gestalt einer Frau. Sie ist vor Beginn der Hotelfrühstückszeit aufgestanden. Über die Schultern hat sie eine Strickweste gelegt, die sie mit einer nervösen Hand vor der Brust zusammenhält. Nach hundert Schritten erreicht sie den Strand. Er ist noch silbrig grau und läuft mit der schläfrig schwappenden sinusförmigen Wasserlinie auf einen Hotelkomplex zu. In der obersten, vielleicht zwanzigsten Etage des größten Baus blinkt eine Neon-Werbetafel, rosafarben, langsam und regelmäßig pulsiert sie im rauchigen Himmel, ein unerbittliches, würfelförmiges, blasses Herz. Die Frau starrt es wütend an. Scheiße, Scheiße!, flüstert sie und beißt die Zähne aufeinander, bis sie ihre Kaumuskeln schmerzen. Was machst du hier? Sie bemüht sich, tief ein- und auszuatmen. Blau und Grau, verhaltene Violetttöne, das Brillantweiß vereinzelter elektrischer Beleuchtungen. Erde, Wasser, Elektrizität und Luft, was macht sie hier, sie ist erkaltetes Feuer, ausgebranntes Fleisch, der Ludergeruch von Asche steigt auf. Mit der Schuhspitze berührt sie ein verkohltes Holzstück, die Reste eines gewiss verbotenen kleinen Lagerfeuers, das einheimische Jugendliche oder irgendwelche Rucksacktouristen aus Europa oder sonst woher am Vorabend entfacht haben. Zelten darf hier auch keiner, klar, mein Jungfernhäutchen riss in einem Zelt, Scheiße, denkt sie, alles sind doch nur Membranen, all diese Zeltplanen, Einkaufstüten, Herzbeutel, Diaphragmen, Häute, im Raum, in der Zeit, mehr Abstand gibt es nicht, was trennt dich von deinem siebzehnten oder siebenundzwanzigsten Geburtstag, von deinem siebenunddreißigsten, der in acht Monaten stattfindet, von deinen Kindern, von deinem Mann, von den fiebrigen letzten Tagen zu Hause, in denen du diese Reise geplant und vorbereitet hast, als hättest du vor Mördern fliehen müssen, was aber nur du wusstest, während alle anderen deine Panik freundlich erschrocken hinnahmen, sich redlich bemühten, dir zu helfen. Mama muss euch jetzt ganz schnell mal betrügen (ist aber Papas Schuld, wer zog denn zuerst blank). Fast hätten sie dir noch den Koffer gepackt. Seit drei Tagen ist sie hier, und seit drei Tagen schon kann sie den Impuls, den Willen, die Anmaßung nicht mehr begreifen, die sie tatsächlich an diesem Strand ausgesetzt haben. Der Herzwürfel über dem Hotelkomplex scheint immer langsamer zu pulsieren. Dreh dich um. Im Gegensatz zur geschwungenen, schaumgekräuselten Strandlinie ist der Horizont von einer beruhigenden geometrischen Klarheit, er hat die Noblesse der Entfernung, allerdings kippt er ein wenig nach rechts. Es ist allein deine Entscheidung, weiter auf das Wasser zuzulaufen, sagt sich die Frau und wendet sich ab. Wieder geht sie auf das Reklameherz im zwanzigsten Stock zu, bei einem solchen Puls läge man schon im Koma. In diesem gleichmäßigen Erwachen und Ersterben kann sich keine Nachricht verbergen. Blutgeschmack, Eisenstaub im Mund. Ein Vorbote? Sie rafft erneut die Weste vor der Brust zusammen. Schlucke es herunter. Der Nektar des Lehrers. Es war dieselbe Diskussion damals, dasselbe Thema. Wenn ich große Themen anfasse (eines nach dem anderen), wenn ich mit aller Energie und allem Einsatz arbeite, wen kümmert dann mein Spießerleben? Dich, sagt der Lehrer. In der Mitte eines flachen schwarzen Gevierts, das vor dem Hotelkomplex im Zwielicht brütet, springt plötzlich ein gleißend blaues Rechteck auf, schießschartenähnlich. Menschliche Silhouetten erscheinen darin, man hört für einige Sekunden das gedämpfte Wummern einer Diskothek, dann ist alles wieder schwarz und man kann sich fragen, ob die Gestalten nun auf einen zukommen oder nicht.

3. BILDNIS DES AUSEINANDERLIEGENDEN PAARES

Nicht Fisch, nicht Nacht, nicht Tag, nicht Fleisch, denkt Jonas oder etwas in ihm, kein Schlaf mehr und noch kaum Erwachen. Das Pendel Nacht scheint zurückzuschwingen in die schwarze Zone, es könnte auch stillstehen, glaubst du einen Augenblick lang, Milena, aber wenn es ein Pendel ist, das zwischen tiefstem Dunkel und strahlender Helligkeit schwingt, dann hat es jetzt, im Übergang, die größte Geschwindigkeit, und es wird Tag. Muss gleich Tag werden, bleib noch eine Weile, denkt Jonas und meint damit zwangsläufig unbescheiden die ganze Erde, was würde geschehen, wenn sie die Drehrichtung änderte (Katalog der physikalischen Konsequenzen), nicht einmal plötzlich, sondern dezent, nach einem ungeheuren sanften Bremsvorgang im Lauf einer Woche etwa. Bleib, verschwinde, bleib, sagt Milena zu dem blonden Kopf zwischen ihren Beinen, dessen Ohren sie mit den Innenseiten ihrer Oberschenkel verschlossen hat, der, als gäbe es einen Mechanismus, ihr eine lange muskulöse Zunge herausstreckt und sich dann so plötzlich in Luft auflöst, dass ihre Knie auf eine Weise gegeneinanderzuschlagen drohen, wie sie es seit dem Unfall gar nicht mehr können und noch bevor sie sich ein Gesicht dazu aussuchen konnte. Blond, aha. War das schon Betrug? Milena weiß nicht einmal, ob es sich um eine Frau oder um einen Mann handelte, bei einem Kopf ohne Gesicht ist das kaum auszumachen, war es mehr? Dachte sie nur an eine Frau, um Jonas eine ganz besondere, geschlechtsspezifische Wunde zu schlagen? Der langgliedrige schmale Körper der Galeristin oder Evas kräftiger Rücken (immer wieder das schöne Modell, so wäre es doch fast Selbstbefriedigung). Übe deine Zunge, Jonas, der du gerade zu spüren glaubst, wie dich die Erde im Stich lässt, sich unbarmherzig weiterdreht, eine blau-weiß marmorierte Glaskugel im Weltall, über der eine gebogene Schattenfront zurückweicht. Bald enthüllt sie bei dreizehn Grad, fünfundzwanzig Minuten östlicher Länge die Stadt. Es muss etwa fünf Uhr sein. Die Linie sieht nur von sehr weit oben oder vielmehr weit draußen betrachtet so scharf gezogen aus, vom äußeren Rand der Troposphäre her, in der Milenas sogenannter Lehrer am Vortag noch schwebte, in einem Stahlzylinder mit dünner Außenhaut (die Fensterreihen darin, Jonas, sollten hier an die Surrealismus-Experimente deiner allseits bewunderten Frau denken lassen, jene teils gläsernen Menschen mit Hautfenstern wie die Schubladen in den Figuren Dalís). Ich muss mich wieder mit deinem Gebiet beschäftigen, mein lieber Jonas, ich brauche LICHT für meine Ausstellung. Selbst Rudolf interessiert sich neuerdings für die Sonne. Er kam von Japan her, der Wurzel des Tags, direkt aus dem roten Feuerkreis der Flagge Ninomaru. Vor Monaten, noch bevor der jüngste große Flare (gewaltiges Aufblitzen im All) Schlagzeilen machte, hatte er sich an Jonas gewandt und mit einer kollegial tuenden Mail um eine Erklärung gebeten. Weshalb scheine die Sonne in den vergangenen beiden Jahren wie eingeschlafen? Stimmte es, dass manche Fachleute, in Erinnerung an das sogenannte Maunder-Minimum Ende des siebzehnten Jahrhunderts, eine neue Eiszeit befürchteten? Jonas hatte höflich auf das prinzipiell Chaotische der solaren Aktivität hingewiesen und auf eine Randbemerkung zur prinzipiell langweiligen Wiederkehr der Eiszeitbefürchtung verzichtet, sich aber selbst dieser unterdrückten Spöttelei geschämt und dann gewissenhaft auf einen Fachartikel über jene besonders starke, fast bis zu den Polen vordrängende Gasströmung aufmerksam gemacht, die am Ende des jüngst vergangenen Sonnenzyklus beobachtet worden sei. Eine Eiszeit, als wäre ich auch daran schuld, denkt er jetzt und vergräbt den Kopf in den Kissen, nur um dem schmerzlich abweisenden Gesicht seiner Frau zu begegnen. Selbstporträt als Eiskönigin, das hatte sie noch nicht gemalt. Passte auch nicht zu ihr. Mein liebes Kind, gerade hatten wir einen Mordsfeuersturm auf dem Zentralgestirn! Sie ist viel mehr für die Glut und die Hitze geschaffen, er sieht sie in ihrem türkisfarbenen Bikini auf einem Korbstuhl in der Sonne sitzen, vor sich ein wackeliges Holztischchen, den flimmernden Laptop darauf. Nach vierzehn Tagen Ehe-Eiszeit scheint es kaum mehr möglich, sich über ihre warme Schulter zu beugen (die Frau mit dem Glasfenster über dem Herzen stört kein neugieriger Blick), ihr nach Sommer und Strand duftendes Haar an der Wange zu spüren und mitzulesen, was der *Lehrer*, ihr alter Professor, der sich heftig gegen diese Bezeichnung wehrt, in einer seiner unaufhörlichen E-Mails aus Toronto, New York, Tokio oder Singapur geschrieben hat: *Ich bin gekommen, Dich zu erlösen, weil der Kaiser es so will!* Das ist bildlich gemeint, nicht physikalisch, sagt Milena jubelnd, reißt ihr Bikinioberteil von den Schultern und Brüsten, stößt das Tischchen beiseite (der Computer zersplittert lautlos auf den Lavasteinplatten des Bodens, es war ein Öko-PC aus purem Eiskristall), erhebt sich und tritt wie eine zu opfernde Jungfrau dem riesigen Feuerball entgegen, der plötzlich über dem Meer schwebt, dreihunderttausend Mal schwerer als die Erde, eine ungeheure thermonuklear befeuerte Kugel, in deren Fegefeuer Rudolf brät, zur Strafe für Millionen unangebrachter schlauer Bemerkungen. Nein, er kommt nicht zu Schaden. Der Tenno hat ihn mit einer feuerfesten, schwarzen, einem Kendo-Kampfanzug ähnelnden Rüstung ausgestattet, um Milena heimzuholen. Jonas gibt sich nicht gleich geschlagen, da er doch einiges mehr über die Sonne weiß als dieser endlos, erdlos um die Welt jettende Philosoph und Kulturwissenschaftler. Einmal war er so weit gegangen, sie als *unsere wahre Heimat* zu bezeichnen, als wäre er ein seifiger Moderator in einem jener mit Computeranimationen verstopften Fernseh-Wissensmagazine. Zur Idee der solaren Heimat fielen Milena lässige Manet'sche Figuren ein, und sie malte sie, nackt ausgestreckt neben ihren Picknickkörben unter Feuerbäumen und regenbogenartig aufschnellenden Protuberanzen, *Le déjeuner au soleil*, die schwarz gebrannte Malerin und ihre weißen Modelle, ruhend auf einer Art strahlender Gürteltierhaut. Er hatte ihr etwas über die Granula erzählt, den brodelnden Panzer der Sonne, aber vergessen zu sagen, dass die Glutzellen zumeist einen Durchmesser von über tausend Kilometern aufwiesen. Dennoch ist der Rasen aus Feuer jetzt die Lösung, der schwarze Entführer mit der Kendo-Maske muss hinnehmen, dass Jonas, seine Frau und noch einige andere nackte (unkenntliche) Modell-Freunde ganz einfach auf der Sonne liegen und frühstücken können. Sie treiben auf den angenehm warmen Schollen der Granula übers rote Feuermeer nach Westen (Westen! Immer weiter weg von Japan, daran hat der kulturwissenschaftliche Stümper Rudolf gar nicht gedacht!). Jonas verliert das Bild, glaubt dafür aber, im nächsten Augenblick an den auf der rechten Betthälfte liegenden Körper seiner Frau stoßen zu können. Nach der Explosion (Milena zieht dieses Wort vor) kauften sie Einzelmatratzen, die sie anstelle der bisherigen Zweischläfrigen in den Buchenrahmen fügen konnten. Der vierjährige Jakob schaffte es gleich nach dem Auswechseln, ein Füßchen zwischen die beiden Solitäre zu stoßen und sich schmerzhaft das Gelenk zu verdrehen. Jonas rollt ins Leere und erschrickt, als würde er in einen Abgrund fallen. Es ist nur Milenas nachgiebigere verwaiste Matratze. Die dämmrige Masse zweier Berliner Stadtviertel liegt zwischen ihnen, ein weites steinernes Feld, durchzogen von Gleisanlagen, Wasserläufen und Brücken. Aber Entfernungen bedeuten nichts für ihn, die grobe dreidimensionale Wucht der Mauern und Straßen wird sublimiert zu Bildern auf seidenen Vorhängen, leicht beweglich, zerteilbar, im Hyper-Raum der Träume relativistisch gebauscht, ganz nach Belieben verweht. Alles eine Frage der Definition. Modellieren Sie den Raum so, dass er der psychologischen Metrik entspricht. Zu anstrengend jetzt, wirklich. 5:88 Uhr. Der flackernde Blick, den Jonas auf die roten Digitalziffern seines historischen Radioweckers wirft, stellt ihn vor ein neues mathematisches Problem. Im nächsten Moment wird klar, dass nur Rudolf daran schuld sein kann. Skrupellos wütet der philosophische Narr im Zahlenraum und überdehnt die Minuten. Jonas blinzelt kurz. 5:09 Uhr. Schweißnass, allein. Die leere andere Hälfte des Bettes, die Stille der Wohnung. Kein Geräusch aus dem Kinderzimmer. Er hat noch neunzig, nein, einundachtzig Minuten. Du kannst sie jetzt mitnehmen! Ich bin an allem schuld, ich habe keine Rechte mehr! Die Eiszeit ist vorbei, jetzt geht es um den neuesten Ausbruch! Das wollte er dem Traum-Rudolf noch entgegenschreien. Nimm meine Frau und geh! Dabei wird er, Jonas, sich um den Lehrer kümmern müssen, ihn demnächst vom Flughafen abholen, nicht etwa Milena. Die verdiente Strafe. Jener glatte, gebräunte Rücken, die lautlos aufspringende Frucht. Deswegen wird er alles verlieren. Er schließt die Augen, er möchte zurück auf die Sonnenwiese, als nacktes weißes Modell seiner ihm angetrauten Malerin. Nur noch einer unter ihren anderen. Das ist kein Problem, das funktioniert hier sehr leicht. Eine zarte Frauenhand fährt ihm über die Stirn. Sie gehört einer unserer Führerinnen, die alle Besucher nackt und kundig durch die Räume der Ausstellung geleiten. Wir hätten es ihnen allerdings verbieten müssen, dass sie sich zwischen die Beine fassen während der Arbeitszeit. Jonas atmet dennoch oder trotzdem wieder ruhiger, als er die sacht aufgelegten feuchten Finger auf Nase und Mund spürt. Er sieht jetzt wieder große Dinge in der Luft, nur leicht verzerrt durch geschlechtliche Aberration (wir sagen *seeing* in der Astronomie).

4. ANFLUG DES LEHRERS

Rudolf wird auf jeden Fall zu deiner Vernissage erscheinen, beruhige dich. Dass er einen Tag später erst in Berlin eintrifft, ändert nichts daran. Einer muss den Überblick behalten. All die schlafenden Körper. Vorgestern um diese Zeit stand er am linken hinteren Flugzeugfenster und starrte in die zäh nachgebende wattige Finsternis. Weshalb kommt er einen Tag später? Um dich zu erledigen. Um dich zu retten. Nein, wegen dieser anderen Frau natürlich. Die Verwirrung, die er damit hervorgerufen hat, muss ihm gefallen. Angenommen, er liegt jetzt im Bett wie wir. Träumt. Aber was? Und neben wem? Wenn ich mir das nicht vorstellen kann, dann will ich es nicht. Als Wissenschaftler ist er dagegen gewesen, sofort in die Köpfe hineinsehen zu wollen (also es so zu machen, wie er selbst begonnen hat, die Interviews, Chinatown 1977, du erinnerst dich). Morgengrauen und Dämmerung. Hunderte von Träumern im kunstlichttrüben Halbtunnel der Airbus-Kabine, drei Reihen eng zusammengepferchter, in schmerzhaften Stellungen verkrümmter Passagiere, eingesponnen von Bordelektronik, überzischt von Luftdüsen, beschwert von lauwarmen Speisen und fadem Alkohol. Der letzte Bordfilm hatte sich in graue Pixel aufgelöst, die letzte Mahlzeit war längst eingenommen. Vorgestern Nacht und gestern früh. Reinstes Imperfekt strömt aus den Düsen (was das kostet, sie kennen keine Rücksicht auf den Steuerzahler in dieser irren Kunstszene). Es ging nur noch um das ehrliche, zerschlagene, monotone Sich-Voranbohren durch den schwarzen Stollen der Luft, das Ende einer Nachtschicht in einer Art Hightech-Bergwerk. Manche seelenlosen Umgebungen, schrieb er dir, seien perfekte Metaphern des Lebens. Bloßes Weitermachen auf dem Grund einer völligen Erschöpfung. War es das? Wenn man von Asien nach Europa fliege, erklärte er in derselben Mail, habe man die Wahl zwischen einem unerträglich in die Länge gezogenen, wie in die Mittsommernacht hineinbrennenden Tag und einer schier endlosen Dunkelheit. Er bevorzuge Letzteres, die schlafende Sonne (dein Begriff, Milena), obgleich ihm dann früh am Morgen der Blick auf den Himalaya entgehe, einen weiß aufgepeitschten Ozean von Bergen, dessen unfassbare Ausdehnung an die Radikalität eines anderen Planeten erinnere. Niemand schickte eigenartigere E-Mails als er. Hätte er sein nagelneues Mobildings (Smartplug) für eine Echtzeit-Echthirn-Brainbook-Mitteilung genutzt, so hätte er dir im gestrigen Morgengrauen einige Frühmorgen-Tagalptraumfetzen senden können (einhundertsiebenundsechzig Freunde finden das gut) über die bioelektrische Schnittstelle hinter seinem linken Ohr. Verzerrt hättest du auf der Folie eines grauen Bordfensters die Gesichter der Diskurs-Titanen gesehen, die ihn bedrohen wie steinerne Riesenmasken, die stumm die verwitterten Münder bewegen, seine Leibgegner Stenski und Riffle, denen er unweigerlich alle Jahre wieder auf den Podien dieser Welt begegnen muss. Noch fünf Tage, dann werden sie aufeinanderstoßen. Riffle, der unverwüstlich dynamische Thinktank mit den roboter-muttersauähnlich blinkenden Zapfreihen für Harvard-Doktoranden wird seine Statistiken aus dem Zauberhut hervorflirren lassen und wieder einmal darlegen, weshalb es unweigerlich besser wird, obwohl es überall schlecht aussieht, nur nicht auf seinem Bestseller-Bankkonto, wohingegen Stenski, *dergroßetänzer2* (wie Rudolf ihn manchmal schreibt, ein fantasievoller Bursche, von dem es heißt, er arbeite neuerdings an einem Opernlibretto über den toten Gott und sich) natürlich das Kaninchen hervorzerren und zerreißen wird, um zu beweisen, dass es aus Plüsch war, jedoch ausgestopft mit dem verrotteten Gedärm einer scheinheiligen Humanität. Er hätte dieses schauderhafte Zusammentreffen absagen müssen, auch wenn es schon vor Monaten vereinbart worden war. Nichtige Show-Kämpfe! Die Müdigkeit, die Frustration, die Nachwirkungen der einsamen Wochen, die hinter ihm lagen, kamen noch zu seiner abgrundtiefen allgemeinen Debatten-Unlust dazu, um die ihm unmittelbar bevorstehende Gefühlsverwirrung zu erklären. Kurz nach der Schilderung seiner Gegner-Phantome hätte er dir in einer seiner spontanen Mails mitteilen können, dass ihn der Anblick einer Frau, die im Himmel auf ihn zutrat, wie ein Stich getroffen habe, absolut und großartig, unumkehrbar wie eine Klinge, die man nicht mehr aus dem Herzen zu ziehen brauchte, weil das Ende schon eingetreten wäre, mit der schmerzlosen Noblesse eines Fechtmeisterstoßes. Seine Reaktion hatte eine objektive Grundlage. Man muss bedenken, dass er entgegen der Wahrscheinlichkeit die Frau weder in den Duty-Free-Shops bemerkt hatte noch bei den Sicherheitskontrollen in einer der glänzenden, öltankähnlichen Stahlsäulen des Flughafens Tokio Haneda, weder auf den grauen Ledersesseln der Lounge noch in der Warteschlange vor der letzten Prüfung der Bordkarten. Sie erschien ihm, in zehntausend Metern Höhe, ohne Vorwarnung, als hätte sie von außen her mühelos die Kabine durchschreiten können, und ihr Anblick gab ihm – darin bestand das gewichtigere Moment des Schocks – nichts weniger als das furchterregende, erlösende Versprechen der Heimkehr. Somit seien zwei Kriterien des Todes erfüllt gewesen, wenigstens des Todes in Gestalt einer Frau. Jene norddeutsch, nein, mittlerweile etwas wärmer, also nordeuropäisch (Linie Hamburg-Malmö-Stockholm) wirkende Blondine, das erotische Desaster seiner Göttinger Zeit. Damals, mit Ende zwanzig, einschüchternd attraktiv, auf eine unglaubwürdige, seltsam aristokratisch sportliche Weise, wie eine langgliedrige Fünfzehnjährige, die durch Zauberei (Klonung, gentechnisches Hochgeschwindigkeitskopierverfahren mit Streckfaktor) oder die jahrhundertealte Blutschande ihrer Familie von blaublütigen Tennisspielern so infantinnenhaft auf die Körpermaße einer Erwachsenen gebracht worden war. Jetzt wärmer, fülliger, er war versucht *menschlicher* zu denken, nachdem sich der virtuelle Degen in seiner Brust aufgelöst hatte, um eine kaum erträgliche Gefühlsvermengung von Glück und Wundschmerz zu hinterlassen. Cara. Sie hatte ihn aus dem Augenwinkel am linken Backbordfenster lehnen sehen und unwahrscheinliche Minuten lang für einen fremden, rätselhaft starr stehenden, vielleicht gesundheitlich beeinträchtigten Mitreisenden gehalten, den sie schließlich ganz mechanisch und professionell ansprechen wollte, auf ihrem Weg zur Toilette. Jetzt hätten sie sich beinahe umarmt, und um der daraufhin einsetzenden beiderseitigen Verlegenheit zu entkommen, begannen sie, kaum dass sie sich begrüßt hatten, geschäftsmäßig über den Jetlag zu philosophieren, insbesondere über die Vor- und Nachteile von Schlafmitteln bei der Bewältigung der Ortszeitdifferenzen. (Ich will ihn mir als übernächtigten Charmeur gar nicht vorstellen. Arbeite daran. Sieh aus Caras Augen.) Ganz wie früher redete er nicht laut, nicht angestrengt, akzentuiert sicherlich, aber keinesfalls eifrig. Selbst um fünf Uhr morgens und an einem der garantierten Tiefpunkte seines Lebens erwartete er mit natürlicher Bestimmtheit, dass man ihm das Ohr lieh, auch wenn er gedämpft und wie zu sich selbst sprach und man gegen das Dröhnen von Turbinen anhören musste, die draußen im Morgengrauen wühlten. Alte Dozentenkrankheit. Er kleidete sich weiterhin leger, mit Geschmack, war um den Anschein von Lässigkeit bemüht, allerdings ohne das Verspannte und Angeschlagene verbergen zu können, zumindest nicht vor ihrem geübten Blick. Kaum noch Haare auf dem Kopf. Wie früher hatte er sich einen Zehn- oder Vierzehntagebart stehen lassen, dunkelbraun und inzwischen grau gemasert, schütter in der Umgebung der Lippen, am Kinn dagegen von dichterem Wuchs. Das rief noch immer einen jugendlichen Effekt hervor, wirkte noch, tatsächlich, genau wie der Blick aus den grünbraunen Augen, in denen sie Farne, Moos und Goldpünktchen vorfand, als liefe sie auf einem Waldweg ihrer Kindheit, einladend, offen, halb staunend, halb fordernd, woher nahm er das nur. Würge ihn mit einer der blauen Krawatten, die er zu offiziellen Anlässen trägt (in Marthas Auftrag, denn wenn es um euch beide geht, müsste er eigentlich dich attackieren). Schon standen sie zehn Minuten beieinander und plauderten gegen ihre Fassungslosigkeit und Erschöpfung an. Weil eine der Stewardessen einen größeren Gegenstand (Koffer? Kindersitz? Ausgestopfter Bärenkopf?) an ihnen vorbeizutragen hatte, mussten sie sich aneinanderschmiegen, wollten es, die scheinbar erzwungene Nähe gab ihnen die

Gelegenheit einer blitzartigen, gierig extrapolierenden Erfahrung des anderen Körpers. Rasierte weibliche Achselhöhle und irgendein Chanel, mein Gott, dachte Rudolf. Caras Nase erfasste: Schweiß, Citrus-Eau-de-Cologne, Spuren von Maschinenöl und Eisen, die wohl eher zum Flugzeug gehörten, darunter das erwartete Virile und Animalische, dessen natürliche Abstoßung sie erschreckend leicht überwand. Ich musste sofort wissen, ob ich ihn noch riechen kann, dachte sie, ich habe tatsächlich diesen Geruch gespeichert. Um der Stewardess noch mehr Raum zu geben, ließen sie sich in der zuvor von ihr allein belegten Sitzreihe nieder, so rasch und eingespielt, dass Cara ihren Gesprächspartner für einen Augenblick mit Peter verwechselte, dem jüngeren Kollegen, der ihr in Tokio das Verhältnis aufgekündigt hatte. Sie war jetzt noch dankbarer für ihren hastig gebuchten früheren Rückflug, und es erleichterte sie auch, dass Rudolf immer weiterredete (um Kopf und Kragen, er hatte unvermittelt diesen Eindruck). Mit einer seltsam unscharfen Wiedererinnerung betrachtete sie seine Hände. Mittellange Finger, gepflegte Nägel, durchaus praxistauglich. Wäre er kein Gelehrter (kein Windhund, ewiger Gastdozent, fahrender Hofnarr, wie Martha sich ausdrückte) gewesen, hätte sie beim Beruferaten auf etwas getippt, das eine ausgeprägte (fein-)mechanische Komponente besaß, etwas wie Zahnarzt oder Orgelbauer, vielleicht auch ein Spezialist für gewagte orthopädische Operationen (aber das war nun eindeutig sein jüngerer Bruder). Jetlag zum Zweiten. Langgezogener strahlender Kaugummi eines überdehntes Tags oder dunkler Tunnel der Zeit. Sieh sie von außen, was weißt du, was sie dachten. Sie sprachen über Reiseziele, irgendwie naheliegend. Von Frankfurt aus wolle er gleich weiter nach Berlin, er werde erwartet. An was hattest du gedacht, als du so lange am Fenster standest? Rudolf deutete auf das Ensemble der wie zusammengefallene Marionetten in ihren Sesseln hängenden Statisten (Passagiere). Nichts als Schlafende hatte er sich vorgestellt, an all die ruhenden Körper unter ihnen habe er denken müssen, zehntausend Meter tiefer, erreichbar nach einem mentalen Sturz durch das eisige Gewebe der Luft. Der große gemeinsame Sprung – war das ein

Vorschlag? Er wirkte nicht verwirrt, eher tröstlich, als fiele man ganz sacht neben ihm, Hand in Hand, auf die Heere von Schlafenden zu. Die Dächer, Mauern, Zimmerdecken hätte er sich transparent wie aus Glas vorgestellt, gleichfalls die Bettkissen (wie auch die Schlafanzüge, Negligées, Baumwollnachthemden). Eine Art riesiger dreidimensionaler Röntgen- oder besser Nacktscanner-Aufnahme all derjenigen, die jetzt gerade noch nicht aufgestanden seien. Das ergebe ein apokalyptisches Bild, stellte sie fest. Aber nein, ich wollte mich mit dieser Vorstellung beruhigen, entgegnete er (Mit einer lächerlichen Vorsicht! Als ginge es um etwas, als dürfe er es sich nicht noch einmal mit ihr verderben!), könnte es nicht auch ein paradiesisches Bild sein? Sie bestand auf dem apokalyptischen Eindruck, weil man nicht umhinkönne, an Fukushima zu denken, an die Bilder der Verheerungen um das Atomkraftwerk, die sich in den vergangenen Tagen noch einmal ins Gedächtnis gebrannt hätten, bei all den Fernsehberichten, Trauerfeiern, den Aufrufen, Strom zu sparen im ganzen Land. Wie lange sei er in Tokio gewesen? Vier Monate, sagte Rudolf, und gerade deshalb habe er sich jetzt diese Massen arglos Schlafender im europäischen Raum vorstellen wollen. Er habe an etwas Friedliches und zugleich Überwältigendes gedacht, die leere Leinwand des Tages, auf der sich ganz allmählich ein riesiges Michelangelo-Gemälde abzeichne, die Projektion eines Filmes vielmehr, der Breitwand-Film des allgemeinen Sich-Erhebens, den die ins Licht tauchende Erde drehe. Hätte diese Vorstellung vor der Fukushima-Katastrophe auch schon apokalyptisch gewirkt? Cara hielt auf die gleiche konzentrierte Art den Kopf gesenkt, die ihn schon einmal aus der Fassung gebracht hatte. Nun hob sie das Kinn und befand, der Eindruck eines Untergangs hinge nur damit zusammen, dass er in seiner Fantasie die Leute ausgezogen habe. Allein schon die Nacktheit sorge für düstere Assoziationen? Ein nacktes Paar wirke paradiesisch, eine nackte Menge dagegen ließe stets an die Hölle denken, deshalb wäre Rudolf wohl auch auf Michelangelo gekommen. (Dein Gott, Milena!) Ich hätte auch auf Badestrände verfallen können, protestierte er sanft. Aber dann gab er ihr recht: An den Stränden sei es letztlich nicht anders als in den Vatikanischen Museen, über die nackte Menschenmenge scheine in jedem Fall ein Urteil zu ergehen, das Jüngste Gericht. Recht theologisch betrachtet, erwiderte Cara, aber Strände seien ja doch ein guter Einfall, die meisten Schläfer erwarte nämlich keine Katastrophe, sondern nichts weiter als der gewöhnliche Tag. Nun, vielleicht sei eben das ihr Urteil, erwiderte er vergnügt, sie wachten auf und würden mit ihrem eigenen Leben bestraft, was allerdings nur dann schlimm sei, wenn sie es bemerkten. Cara lachte leise und wie bei einem Blick durch eine schmale Lichtung sah er sie und sich (so verkleinert, dass er die dramatische Verjüngung um achtzehn Jahre einfach übergehen konnte) vor Marthas Bücherregal in einer dieser mausoleumsähnlichen Gelehrtenvillen im Göttinger Norden stehen, entrückt und seltsam losgelöst von ihrer Umgebung, als wären sie damals schon zehntausend Meter über der Erde geflogen. Wären sie doch nur! Hatte sie nicht eine große Reise geplant? Keine Innenansichten, ich weiß. Cara sah sich jedoch gerade nackt auf ihren jüngeren (Ex-)Geliebten zugehen und hier wollen wir doch Mäuschen spielen: Er ruhte auf einem Hotelzimmerbett im Shinagawa Prince Hotel und verfolgte eine Diskussion über die Verstrahlung japanischer Großstädte an einem Fernsehschirm, ohne ein Wort zu verstehen. Das nackte Vorbeigehen an Katastrophen, die auf einem ausladenden Flachbildschirm stattfanden, so nah, dass sie die fröstelnde Haut erwärmten (Peter hatte kaum aufgeblickt, als sie aus dem Bad gekommen war). Außenseite, ich gehorche: Sie wollte wissen, was Rudolf vier Monate lang in Japan getan hatte, erschrak über ihre Direktheit (oberflächlich, ich meine, das sah man ihr an) und kam deshalb, noch bevor er antworten konnte, auf den sozialen Zusammenhalt der Japaner nach dem Unglück zu sprechen. Selbst in den wenigen Tagen, die sie auf einem Kongress in Tokio gewesen wäre, habe sie zahlreiche Beispiele von Solidarität und Gemeinschaft erlebt. Ein Zusammenstehen könne ein Zusammenhalten vortäuschen, sagte er abwehrend. Nacktheit bedeutet nicht unbedingt auch Nähe, aber ich weiß – sie legte ihm zwei Fingerspitzen auf den Unterarm, mit dem zitierenden, schockierenden, doppelbödigen Unrecht einer treulosen Ex-Geliebten –, in deiner Fantasie war es eine wissenschaftliche Nacktheit, ein methodischer Freikörperzustand, du wolltest die Leute bloß auf einen gemeinsamen Nenner bringen. Nur so, mit methodischer Gewalt, kann man einen Blick auf das Ganze werfen, bestätigte er. Fühle er sich weiterhin dafür zuständig, für das Ganze und für die *methodische Gewalt*? Unbedingt, sagte er, für das Ganze und das Nackte, aber natürlich nur phasenweise, wie wir alle, leider Gottes, ich bin doch verdammt müde. Sie nickte und berührte mit denselben Fingerspitzen, die sie auf seinen Arm gelegt hatte, ihre rechte, ihm zugewandte Schläfe unter dem schulterlangen blonden Haar. Das Aufleuchten ihrer Augen rief ein Hochgefühl in ihm hervor, eine bestürzende, jähe, geiltriebhafte, haarige und fette Erinnerung, oder wie sonst sollten wir diese – freilich kaum sichtbare – Rötung seiner Wangen deuten? Als wären seine einsamen Wochen in Tokio nicht gewesen, die Klausur in dem weiß gestrichenen Zimmer, in dem außer einem Futon, dem Tisch mit dem Notebook und den Schreibblöcken, einem Stuhl und einem Regal mit einigen Kleidungsstücken und Büchern nichts hatte sein sollen. Möbliert mit Bildern des Todes und der Begierde, gerade am Ende seines Aufenthalts, mehr und mehr (an dieser Stelle sollte er zugeben, dass DU ihn seit vierzehn Tagen verfolgst wie ein mittelalterlicher weiblicher Dämon mit angehockten gespreizten Beinen, führe einen Tuschepinsel mit deinem Signet über seine nackte Brust). Ein dunkler Pullover lag über Caras Schultern. Darin schimmerten rote und grüne Blüten, kimonoartig. Von der Seite her erschien sie mittlerweile ziemlich damenhaft und wenn sie mochte und das Kinn hob, auch arrogant. Wandte sie ihm aber das Gesicht und auch den Oberkörper zu, dann wirkte sie so ungezwungen, als wollte sie im nächsten Augenblick sagen: Öffne diese weiße Bluse und sieh nach, wie jung meine Brüste noch sind. Er bemühte sich, die Wölbungen diesseits und jenseits der Leiste mit den kleinen, perlmuttartig glänzenden Knöpfen zu übersehen. Nicht noch einmal!, würde er in einem solchen Moment gedacht haben. Die beste Freundin seiner Exfrau (oder ehemals beste Freundin, wer wusste, wie es jetzt um sie stand). Ihre gerötete Ohrmuschel brachte ihn auf die verwirrendsten Vergnügungen. Was stellst du dir nur vor? Labyrinthe der Lust. Nackte Menschenmassen. Festgehalten vom Ingenium des Meisters. Trotz (nein, wegen) seiner Erinnerungen wollte er immer noch mehr über sie wissen und fragte unvermittelt: Magst du Michelangelo überhaupt? In der Sixtinischen Kapelle sollte man so liegen können wie in diesem Flugzeug, wie da vorne natürlich, in der Business Class, seufzte sie, ganz allein unter der Kuppeldecke, ganz so wie der Künstler auf seinem Gerüst liegend gemalt habe, nur etwas bequemer und mit etwas mehr Abstand. Wir fliegen von Frankfurt weiter und können zum zweiten Frühstück einen Café im Greco nehmen, hätte er beinahe vorgeschlagen, unbelehrbar, unheilbar wohl, aber immerhin nickte er nur zustimmend. Mit Peter hatte sie einmal eine verräterische Reise in die Kapitale geplant. Ärgerlich. Die Affäre mit dem noch nicht einmal vierzigjährigen zweifachen Vater, der sie auf einem anderen, europäischen Kongress vor einigen Wochen wie ein Matador bedrängt hatte, musste wie ein fehlerhaft beschriftetes Papier zusammengeknüllt und weggeworfen werden. Eine leichte Blasenentzündung (stelle ich mir vor) war das Resultat der beiden unangenehm heftigen Abschiedsszenen in Tokio (er stieß zu wie ein Blinder, ein gerade blind Gewordener vielmehr). Sie musste sich beherrschen, kniff die Oberschenkel zusammen, wurde sich aber dadurch auch ihres Geschlechts bewusst, das sich auf seine unterirdische, maulwurfshafte Weise wieder mit Rudolf zu beschäftigen begann, mit einer völlig unangebrachten, aber heiter stimmenden Gefräßigkeit. Drohte man einzuschlafen, drohte man zu entgleiten, gönne es dir, Martha sieht nicht in deinen Kopf, im Augenblick wenigstens nicht. Ein weiteres Mal kam er auf seine Vorstellung vom Kolossalgemälde der Schlafenden zu sprechen. Tausende in der Morgendämmerung ausgekippte Sixtinische Kapellen, durch die ihre Gedanken hindurchrasten, unaufhaltsam wie Neutrinos aus dem All (immer öfter leiht mir deine Wissenschaft ein Bild). Sie lehnte sich zurück und ließ ihn reden, eine sich selbst verordnete Übung in Gelassenheit, bei der ihre Konzentration aber doch zu sehr nachließ, so dass wir uns nun, ganz allein in unseren Betten, seinen möglichen Vortrag ausmalen müssen. Ich brauche mich doch bloß zu erinnern, da ist es wieder, völlig klar: ein Seminarraum in Göttingen, alles Glas auch dort, viele durchsichtige Träumer, und in mir, der Elektrisierten, fliegen die Funken der Eitelkeit. Die Heere der Schlafenden unter dem Flugzeug-Simulator. Versuchsanordnung auf realistischem Feld. Schon längst nicht mehr Städte in Sibirien, wahrscheinlich Sankt Petersburg oder Helsinki oder wenigstens Archangelsk, die Stadt der Erzengel, lang ausgestreckte zehnstöckige Wohnblocks an der ins Weiße Meer fließenden schwarzen Dwina. Tausende von träumenden Köpfen. Straußeneigroßer behavioristischer Beton. Er zitierte mich!, er benutzte die Formulierung, die ich aus den erregten Windungen meines Studentinnenhirns hervorgepresst hatte. Als wir noch Strukturalismus spielten. Umfahre die Außenseite, die Betonkugeln, skizzenhaft, ja durchaus wie eine Malerin. Der fremde Blick. Zähle, vermesse, bestimme die Anordnung. Frage (in den morgengrauen gläsernen Architekturen tief unter dem Flugzeugrumpf), ob es sich um isolierten Schlaf oder um gemeinschaftlichen handelt. Ermittle Art, Geschlecht, Anzahl der Schlafpartner. Das Nächtigen großer Familien in einem einzigen Raum, von Rekruten, Seekadetten, Sträflingen, Prostituierten. All die Vertriebenen aus der Fukushima-Region, die in Turnhallen, umfunktionierten Schulgebäuden, alten Fabriken nächtigen mussten. Trostlos schlafende Kinder in Waisenheimen und Internaten. Wer und was zwang sie zur Gemeinsamkeit, wer verfügte über die Umstände ihres Schlafs. Schon damals, in Göttingen, hatte er vorgeschlagen, Macht und Herrschaft über die Anzahl der Menschen zu definieren, die man nötigen konnte, gemeinschaftlich zu übernachten. Man sollte die Katastrophe als bloßen Grenzfall betrachten. Üblich waren Häftlinge, Heiminsassen, Heere. Institutionell eingepferchte, gleich(aus)geschaltete Massen. Die Umkehrung dieser Idee brachte ihn auf die Angst der Herrscher vor dem gemeinschaftlichen Schlaf. Die Isolation des Serails, des Gemachs, dessen drakonische Bewachung, zu der zwangsläufig die Schlaflosigkeit gehöre, die Geißel des Macbeth, die sich durch alle Mauern fresse, in den Kern der Macht einniste, ihn aushöhle, sich so oft und schier notwendigerweise in Grausamkeit verkehre. Der Schlaf der AKW-Chefs von Tepco. Der Schlaf der Bürokraten, die die Katastrophe kleingeredet hatten, bis der Super-GAU nicht mehr zu leugnen gewesen war. Immer auch sorgten sie für ein Schlafdefizit bei den Beherrschten, wecke die anderen, bevor es ihnen zu wohl wird. Cara musste mittlerweile ebenfalls aufgerüttelt werden. Sie träumte mit offenen Augen von ihrem Haus über dem Maintal. Weil sie vergessen hatte, die Flugzeugtoilette aufzusuchen, dachte sie an ihr frisch renoviertes Badezimmer, in dem Rudolf in Schlafanzugshose und Unterhemd vor dem Spiegel stand, die untere Gesichtshälfte wie von einer Gipsmaske verdeckt. (Da es verboten ist, Rasiermesser im Handgepäck mit sich zu führen, erhalten die Besucher bei dieser Installation einen kleinen rosafarbenen Lady Shaver und die Aufgabe, dem kräftigen, leicht im Fett verschwimmenden, früher wohl sehr sportlichen Mann zu einer glatten Rasur zu verhelfen. Er wird es Ihnen mit einem kurzweiligen Vortrag danken.) Sie sah ihn über die Veranda gehen, dann standen sie im Arbeitszimmer. Geduldig und ruhig sprach er mit ihr über das Manuskript, das seit drei Jahren auf ihrem Schreibtisch unkontrollierbar wucherte und erstarrte; jetzt ordnete es sich wie unter dem Einfluss eines Magneten. Sie frühstückten mit den Mädchen, und er spielte sich nicht auf (erzählte keine Anekdoten aus Japan), sondern half beim Memorieren der letzten Englisch-Vokabeln. Dann standen sie am Herd. Er war frisch rasiert (die von unseren Ausstellungsbesuchern verunstaltete Version mit dem halben Dutzend Schnittwunden wird an dieser Stelle der Handlung ins Depot verfrachtet) und in schwarzer Hose und weißem Hemd schon herausgeputzt für die Gäste. Noch einmal schmeckte er das asiatische Gericht ab, dessen Zubereitung er seit den frühen Tagen in Chinatown perfekt beherrschte. Auch Martha würde kommen, das erste Mal, gemeinsam mit ihrem Lebensgefährten, nun sogar drittem Ehemann, hoch erhobenen Kopfes, einmal ironisch funkelnd, dann wieder schweigsam verklärt, wie es ihre

Art war. Cara biss sich auf die Unterlippe. Fast wäre sie mit der Vorstellung eingeschlafen, ihrem redseligen Nachbarn lang und heiß auf die Hand zu pinkeln, während er dozierte. (Wie kommst du nur darauf, Milena? Denke an die Außenansicht, die Köpfe, die Körper aus methodischem Beton!) Es war nicht unbedingt sexuell, sie musste jetzt bloß noch einmal aufstehen und über ihn hinwegklettern und zuvor höflicherweise zeigen, dass sie aufgepasst hatte. Du hast recht, sagte sie mit schweren Augenlidern, Tausende gut ausgeschlafener Untertanen lassen sich schwer dirigieren. Töte deine Feinde im Schlaf. Die Frage der Macht, hatte er mir eine Woche vor seiner Ankunft geschrieben, wäre sein neues (und altes) Thema, sein letztes großes Thema vielleicht. Schon fühlte er sich auf eine belebende, sacht demütigende Art einsam, nur weil sie kurz zur Toilette gegangen war.

5. KAISERPANORAMA / BLUT UND EISEN

Du liegst im Bett und musst husten, statt lachen zu können, weil man dir die Einschulung geschickt hat, als Jahrgang null sechs. Du stellst dir eine rotzfreche Klasse von Einhundertsechsjährigen vor. Und dann zeigte dir Helen noch die Einladung zur Vernissage. Du willst tatsächlich in diese Ausstellung, dieser rote Zettel, den sie dir vor die Nase hielt, ein ironischer Linolschnitt, der als Eingang eine Art Vagina vorstellte, eigentlich logisch, weshalb hat das früher keiner gemacht, außer Courbet natürlich, seine letzte verbitterte Zeit in Genf (dort lebtest du auch einmal, für ein schlimmes Jahr). *Art, your mother, is waiting for your comeback.* Du musst in die Ausstellung kommen wie zur Welt, indem du ein Teil von ihr wirst. Das war niemals und nirgends anders. Ist Kunst ein Zurückgehen. Du schließt die Augen, als wäre das noch nötig, als hieltest du sie nicht seit Jahren geschlossen, und fragst dich, woher all das Licht in deinem Kopf. Das Licht und die Magazine (so hieß es, wie bei Waffen) von Bildern, stereoskopischen Aufnahmen, Glasplatten, bemalt und koloriert von Hunderten verzweifelter Träume. Das KAISERPANORAMA. Es steht im zweiten oder dritten Saal. Man benötigt hinreichend Platz für fünfundzwanzig oder dreißig Zuschauer. Sie sitzen auf der Außenseite eines eigentümlichen Zylinders, eines Rings, der von einem Dutzend türenähnlicher, schmaler, nahtlos zusammengefügter, übermannshoher Nussbaumholz-Paneele gebildet wird. Gleichsam vor den Schwellen der am oberen Ende mit Schnitzereien gekrönten Türen befinden sich die gepolsterten Auflagebänkchen für die Unterarme oder Ellbogen der Zuschauer. In der Höhe eines Briefkastenschlitzes, durch das Aufstelzen des gesamten Rings aber in Augenhöhe der Betrachter, deren Knie nur den angenehm mütterlichen Widerstand des aus Samt gefertigten unteren Abschlusses des Panoramas spüren, sind die Okulare angebracht.

Darunter erkennt man auf einem Emailleschild die Nummer des Themas, das durch ein längliches, größeres Schild über den Sehöffnungen auch explizit verkündet wird. Weltblicke im erstaunlichen *Lunaelectrischen-agioskopischen-Licht-Tableaux-Pracht-Wandeldiorama.* Man sieht – infolge der getrennten Okulare, die zu parallelen Reihen leicht voneinander abweichender, räumlich separierter Bildmotive führen – in eine schier dreidimensionale, reizvoll halbwirkliche, fehlfarbene Glaswelt hinein, in der sich der Grund von den Dingen (oder ist es umgekehrt) zu befreien sucht: Der Rattenfänger von Hameln. Ankunft eines Dampfers im Hafen von Hamburg. Fahrt nach Paris mit dem Zuge. Das Drama von Sevilla (Darstellung eines authentischen Stierkampfes). Mit einem unterirdischen Schnarren und einem überirdischen Klingelton wechseln die Motive. Fünfzig wilde Kongoweiber, auch Männer und Kinder in ihrem Eingeborenendorfe. Wunder der aegyptischen Reisen. Der Regent höchstselbst mit aufgezwirbeltem Schnurrbart bei der Besichtigung der Flotte, beim Blick auf den Bosporus, als byzantinischer Herrscher drapiert, als Prachthirsch auf jeder Jagd, Prachtbraut auf jeder Hochzeit, Prachtleiche bei jeder Beerdigung. Das prachtvolle Erzgebirge. Die eigene, prachtvolle lunaelectrische Zeugung durch den Schlitz einer langen grünen Prachtunterhose. Bings Kolbendampfmaschine. Ansichten vom Deutsch-Dänischen Krieg. Du Idiot, weshalb musstest du den Messingschornstein der Maschine mit den Fingern anfassen, nur weil sich das Rad nicht gleich zu drehen begann. Dreidimensionaler, stereoskopisch genau erinnerter Schmerz. Das Ohrläppchen, sagt Karlheinz ruhig, du musst es anfassen und leicht drücken, aber nicht ziehen. Blick ins Klassenzimmer (Tafel, Rohrstock, wiederum Porträt des schnurrbärtigen Herrschers, verkümmertes linkes Ärmchen, aber sechs prachtvolle Söhne, kolorierter Globus mit besonderer Hervorhebung der deutschen Kolonien, fünfzig wilde Sklavenhalter, kleiner als Fliegenschiss), vierundvierzig Jungen in verschwitzten Anzügen, wie einte Fürst Otto von Bismarck, dessen Gedenkturm auf dem Hainberg ihr vorgestern besichtigen durftet, ein Spross der Göttinger Universität (saß ständig im Karzer wegen Zecherei und Fechterei, erzählt Erprecht, ein Physiklehrer mit galligem Humor, bei dem nur zwei Schüler gerne in der ersten Bank sitzen, nämlich Karlheinz und du, weshalb er euch auch jene Bing-Dampfmaschine auslieh, wohl damit du deine Finger verbrennst), das Deutsche Reich, mit List und Tücke, WERWARDAS? MITBLUTUNDBLUTIGEMEISEN. Wie hieß dieser Deutschlehrer, der mit dem Schmiss auf der rechten Wange, er verliert alle Farbe im Gesicht und rückt in die silbergraue amnestische Verschwommenheit von Flohmarktfotografien. Dort lebtest du, lebst du weiter, wenn dich die Touristenfinger der Ärzte unschlüssig durchwühlen, dein wie jahrzehntelang in Pappschachteln vergessener zerknitterter, widersinnig konservierter Organismus. Prachtvolle Mumien zu Füßen des Kaisers. Aber mit einem Blick durch die Okulare des *Themas Nr. 7*, den deine Mutter großzügig erlaubt, schießt du hinein in das Bild, und einer der beiden Jungen, die neben einem feuerroten Automobil (ein sogenannter Doktorwagen, erste Wahl von Landärzten und Tierärzten, der handliche Opel Vier mit acht PS, Karlheinz kennt jede Marke) auf dem Kopfsteinpflaster unter der gestreiften Ladenmarkise stehen, bist du. Mit noch ziemlich heftig schmerzenden Kuppen des Daumens und Zeigefingers der rechten Hand. Aber dann sind die Brandblasen schon längst verheilt? Es müssen unterschiedliche Bilder in getrennten Magazinkammern vorliegen und in derselben Sekunde freigegeben und überblendet werden. Die Straßenszene, zweimal, im Abstand von einigen Monaten. Eine lange Reihe von Markisen vor den Läden, wie Zierröckchen über den Erdgeschossen der vierstöckigen Bürgerhäuser. Eine vorbeiratternde Pferdekutsche, ein hupender Omnibus waren es nicht, die die Aufmerksamkeit der Jungen erregten. Sie schauen hoch zu dem mehrstöckigen Fachwerkhaus, dessen Giebel von zwei verschieden steilen, ziegelverkleideten Teildächern eingefasst ist, sie müssen unter den Markisen hervortreten, um noch höher sehen zu können, alles färbt sich, glänzt in der Sonne, der Geruch von Staub, Pferdemist, Benzin, Wäschestärke (ein gewaltiges Dienstmädchen überrennt sie fast und stößt dir einen Henkel ihres Strohkorbs in die Rippen),

Schweiß dringt in ihre Nasen, das Rot der Dächer wirkt unheimlich frisch, der fast wolkenlose Himmel über der – Weender Straße, alles hat eine Bezeichnung, jeder Ort, jeder Winkel ist mit Namen überzogen, auch wenn die weißen Flecken in deinem Kopf ihr Netz auswerfen und die Bildunterschriften zerstören, der Himmel zwischen den Dachkanten wie ein flutender enzianblauer Kanal, für einen Augenblick fürchtest du, etwas könne hervorbrechen aus diesem Blau, und du glaubst schon, entsetzlich aufheulende Sirenen zu hören, aber es ist – still. ER ist – tatsächlich, endlich – bei euch: der ZEPPELIN HANSA. Sein majestätisches, nachgerade kaiserliches, lautloses, machtvolles Dahintreiben. Fast wärst du, vom Dienstmädchen beschleunigt und vom Zeppelin verzaubert, über Karlheinz gestolpert, der aber wie stets den Überblick behält und dich durch einen Druck gegen die Schulter wieder aufrichtet, sein hübsches strahlendes Gesicht wird von der Sonne erfasst, mit einem flutenden, endgültigen, verhängnisvollen Kuss bedacht, wie es nun scheinen muss, während das Luftschiff hoffnungsvoll und siegesgewiss den Blicken entschwindet. Der silberne, mit Elektronik überladene Ballon in Mexiko. Als die Jungen die Köpfe senken, ist die Straße von einer unabsehbaren Menschenmenge überflutet. Ein scheppernder Lärm dringt in ihre Ohren, das zweite, überlappende Bild ist fast unerträglich laut, diese zweite Sensation am selben Ort, die sich dir eingebrannt hat, erst das majestätische stille Hinaustreiben, dann die tobende Masse, dieser Aufzug, man sieht kaum mehr den Brunnen und die Front des Rathauses, nur einmal erscheint das Gänseliesel unter seiner mit schwarz-weißroten Flaggen dekorierten Laube, dann werden die Jungen fast in die Schaufensterscheibe eines *Delicatessen*-Ladens gedrückt, juhuesistkriegblutundeisen, man versteht kein Wort mehr auf dem Marktplatz, Hunderte, Tausende von Strohhüten, Feldmützen, Helmen, Polizeihauben, der Zug der Rekruten, der feldgrauen Freiwilligen zwischen den goldblauen Ketten der Ordnungshüter, ganze rotgesichtige Universitätssemester, halbe Abiturklassen mit ihren Lateinlehrern voran, die das griechisch-römische Odium loswerden möchten zugunsten eines säbelrasselnden Germanentums (irgendwo sahst du diese Karikatur, auf der alle mit Pickelhauben versehen waren, selbst Pfarrer auf der Kanzel, Hausfrauen und Kinder, sogar Säuglinge an der Brust ihrer behelmten Ammen) und ihre Eingeweide bei Flandern an die Wäscheleine hängen wollen, *Immer feste druff!* ist mit weißer Farbe auf einen Ladenverschlag gepinselt. Wir flitzen hoch, ruft Karlheinz, in die Galerie oder das Archiv, ihr habt zwei Möglichkeiten, alles ist doppelt und stereoskopisch in diesen Tagen, Jahren, das *Antiquariat- und Kunstbuchgeschäft Bernsdorff* an der Straßenecke und die *Verlagsbuchhandlung Pleßner* spiegeln sich fast (vom Gänseliesel aus gesehen jeweils zwei Häuser entfernt vom Zentralpunkt der Litfaßsäule mit der MOBILMACHUNG). Beide Häuser haben ein Dachfenster, von dem aus man den Marktplatz übersehen kann. Meinvater, Deinvater marschieren (noch) nicht da draußen mit, sie sind schon zu alt, der deine ohnehin untauglich mit seinem Glasauge und der meine schon mit Mitte dreißig greisenhaft vorgebeugt, ein vollkommen unpraktischer Typus, kettenrauchend beide. Sie waren einander zugetan, wenn auch auf Distanz, wohingegen die Mütter sich misstrauisch beäugen mit ihren hochgesteckten Frisuren, hochgeschlossenen langärmeligen Blusen, rauschenden langen Röcken. Wären die Jungen durch das Archiv gelaufen, dann hätten sie es mit den Eltern von Karlheinz zu tun bekommen, vor deren Laden jedoch niemals ein Postkartenständer aufgestellt worden wäre mit Ansichten der strahlenden Kaiserkanone, einer stachelbewehrten blitzend gerüsteten Eisenfaust (wirdeutschefürchtengottabersonstnichtsaufderwelt) der tief in die graue See schneidenden Flotte, von blitzenden Säbeln, hochaufragenden, alles zermalmenden deutschen Fantasie-Panzerkettenfahrzeugen und erst recht nicht von o-beinigen Kosaken mit bluttriefenden Krummdolchen oder jenen zahlreichen Gott-strafe-verfluche-vernichte-England- oder Nun-wollen-wir-sie-dreschen-Karten (ein seine furchtbare Speerspitze aus einem gewittergrünen Himmel auf irgendetwas am Boden niederrammender schattengesichtiger ERSTRAFESIE-Krieger erschien nächtelang über dir), nicht einmal die Dastellungen treu am Tisch sitzender strickender Frauen, die für UNSEREFELDGRAUEN häkelten, jenes FELDGRAUEN, über das du lesestolpernd erschrakst, oder die den Feind großherzig verbindenden deutschen Landser fanden einen Platz vor den Auslagen von Pleßner, kein Schwarz-Weiß-Rot, kein Adler mit gespreizten Krallen, nur einmal sahst du Doppeldecker-Flugzeuge mit aufgemalten schwarzen Kreuzen und davor posierenden Offizieren DERADLERVONLILLE und DERROTEBARON, jedoch in der klandestinen Privatsammlung von Karlheinz, seltsam zu einer kokett schauenden Blondine gesellt mit nackt aus einer ärmellosen Bluse ragenden Armen, die ihr wallendes Haar wie einen gefangenen Balg oder Pelztierschwanz emporhielt, um es zu bürsten (sammeltausgekämmtesfrauenhaar unsereindustriebrauchtesfürtreibriemen), aber das muss viel später gewesen sein als an diesem Tag des Aufmarsches, und es war noch viel später, als Karlheinz in seiner gelassenen, überirdischen Art zu dir sagte, es käme nicht und niemals auf den Krieg an, sondern immer nur auf das Fliegen. Die Überblendung der Elternbilder ging stets zu seinen Gunsten aus, so wie deren Verlagsbuchhandlung euer Antiquariat mit Galerie bald um Klassen übertreffen würde. Nie verlangten seine Eltern von ihm besondere Leistungen, nie bedrängten sie ihn, sie lebten, schon lange bevor sie sich trennten, in anderen (ihren je eigenen) Sphären. Vielleicht wurde er deshalb so eigenständig, erwarb diese besondere, zugleich absente wie bestimmende Art und Weise, mit den Menschen und Dingen umzugehen, man hätte tatsächlich glauben können, er käme von einem anderen Planeten (einem anderen Stern, einer Sonne natürlich) und hätte Rechte, die gewöhnlichen Sterblichen nicht zustanden, vielleicht auch das Recht, sich nicht zu verletzen, sieh mal nach, weshalb sich das Schwungrad der Dampfmaschine nicht mehr dreht. Sein Vater, dieser kleine, unendlich viel rauchende, unendlich beschäftigte Mann, begrüßte uns von seinem mit Büchern, Steinen, Muscheln, Briefen, Miniaturen überladenen Schreibtisch her, als freute er sich außerordentlich, uns schon wieder zum ersten Mal zu sehen, und schenkte uns den von ihm herausgegebenen *Goldenen Topf* von E. T. A. Hoffmann und den

Mantel von Gogol, was sein mit Automobilen, Zeppelinen und Flugzeugen beschäftigter außerirdischer Sohn mit einer Art diplomatischer Routine quittierte. Seine Mutter hätte deinen Vater heiraten sollen, dachtest du manchmal und glaubtest, du dächtest es, weil sie beide (er, der Hobbymaler und Restaurator, und sie als spätere eigenständige Kunstbuchverlegerin) sich mehr für Malerei als für Literatur interessierten. Aber natürlich steckte etwas anderes dahinter, nämlich der Wunsch, dieser weichen dunkelhaarigen Frau, von der es hieß, sie verstünde zu rechnen, in ihrer splendiden Entrücktheit näherzukommen. Fleißige Mütter waren beide, Buchhändlergattinnen, Geschäftsfrauen, die an der Kasse standen, die Akten sortierten, in die Regale griffen wie Ringer zu Beginn eines Kampfes und enorme Akkordeons von Büchern herausstemmten, um sie gezielt und wie abgezirkelt auf einen genau ausreichenden Platz auf einem anderen Boden zu wuchten. Es war das Übellaunige und manchmal Penetrante, vielleicht auch das Bösartige deiner erzprotestantischen Erzeugerin, das dir Frau Pleßner so reizvoll erscheinen ließ. Ihre wachskerzenhafte vornehme Weichheit und Transparenz rief bange, verklemmte Träume hervor, bei deren Kreation du dir wohl die Hoden zwischen den Oberschenkeln quetschtest. Noch wenige Sprünge und ihr seid in der Galerie, ihr habt die enge Treppe nach oben schon genommen, um von dort aus auf das große scheppernde, fahnenwedelnde Getümmel des Marktplatzes herabzusehen. Ein Mädchen ist noch zu euch gestoßen, erst dachtest du, es sei deine eigene, aber es ist Karlheinz' jüngere Schwester, beide sind im selben Monat geboren (Juni 1907, als du gerade auf zwei wackligen Beinen standest), man hätte ihre Aufnahmen im Kaiserpanorama stereoskopisch überblenden können, so ähnlich sahen sie sich bei Kriegsausbruch mit ihren blonden Haaren, den Seitenscheiteln und weißen oder veilchenblauen Schleifen, Annemarie, die Leseratte, und die dir immer hinterherhechelnde Schwester Sieglinde, Garantin des sanften Sieges, den es so gut wie nie gegeben hat, was hatte sich deine Erzeugerin gedacht, Sieglinde und Friedrich, sei froh, dass du nicht Otto heißt, wo du dir doch sicher bist, dass sie jahrelang in der Manier der in ihrer Buchhandlung schon antiquarisch ausliegenden Freudschen *Traumdeutung* von strammen Oberschenkeln in Militärhosen, also von uniformierten Würsten oder ähnlichem, verbissen und wütend träumte. Die Bilder der Galerie umfangen uns. Ihre leuchtenden Ausblicke scheinen den Lärm einzudämmen, der vom Fenster her kommt, und zugleich den Lauf zu hemmen, jeden Schritt mehr zu verlangsamen als den vorhergehenden, so dass die drei Kinder bald nur noch in einer zeitlupenartigen Schwebe vorankommen, die Staffelei passieren, an der dein Vater Gemälde restauriert, in eine Zone exotisch aufglühender Leinwände geraten, auf denen sich die Farben von den Gegenständen befreit haben, um sich neue zu suchen oder allein für sich zu bestehen. Rot glühende Felder, Himmelsgewölbe aus grünem Flaschenglas, eine blaue Tapete, die sich in einen Wald verwandelt hat, in dem wir nackte, ziegelrote und kastanienbraune Körper vorfinden, verschwimmend in bengalischen Gräsern. EXOTISMUS UND ZERLEGUNG, sagt eine weibliche Stimme nahe an deinem rechten Ohr. Es stimmt, denn an der rechten Seite der Galerie sind auch Landschaften zu erkennen, die in Quadrate, Rauten, Dreiecke, jalousieartige Horizontale aufgeteilt wurden oder solche, deren Alleen sich in gelben, konvexen Bögen entlang von auftanzenden Reihen orangefarbener und weißer Baumstämme emporgeworfen haben, deren Kronen wie marmorierte Glaskugeln über die fernen, schattenhaften Berge rollen. Die ZERLEGUNG ist die Beschreibung eines neuen Blicks, der mit technischer Finesse in das Innere der Sekunden eindringt, und sie ist eine Ahnung, der Zerstörung, die kommen wird, sagt die Frauenstimme vor den hochformatigen Arbeiten, die auf Treppen Hinabgehende zeigen, aufgefächert in zwanzig oder dreißig interferierende Silhouetten, oder Musiker, die mit ihren Instrumenten in einem vielfachen Körper-Orchester verheddert sind, als wären sie aus Blech und wie Automobile ineinandergerast. Zersplitterte, in Scherben gebrochene, durchsichtig gemachte, mit fremden, kalten Materialien versetzte Körper sind das, was kommen wird, sagt die Frauenstimme (eine noch Ungeborene, in einem noch gänzlich unvorstellbaren

Land), all das könnte man in dem einen lebensechten Gemälde finden, das sich auftun wird, sobald die drei Kinder das zum Marktplatz gelegene Fenster erreicht haben. Immer noch durcheilen sie traumhaft langsam den Raum. Das Gefühl für deinen Jungenkörper ist vollkommen stimmig, eine atemlose oder in Zeitlupe atmende Wiederkehr, und obwohl all diese großformatigen, leuchtenden, berühmten Gemälde sich unmöglich in der kleinen Galerie und Werkstatt deines Vaters im zweiten Geschoß des schmalen Fachwerkhauses befunden haben können, sind sie doch real und wurden von dir in die Höhe gehoben, berührt, von den Wänden genommen, auf ein Zeichen von dir in ihrer Position verschoben von weiß behandschuhten Fingern. Es ist ein Blick auf die Landschaft vor der Sintflut, sagt die Frauenstimme, das, was Sie hier gesammelt haben, ein antediluvianisches Idyll. Du willst, du wirst die Frau heiraten, sobald du das Fenster zum Markt hin erreicht hast. Hier, zur Linken gibt es noch ein Gemälde, das dem Lauf zum Fenster hin gleicht, allerdings führt es im Kreis herum, es zeigt einen schwerelosen Tanz, einen Reigen von vier oder fünf sich an den Händen fassenden, vollkommen gelösten Körpern, die sich in einem unergründlichen pazifischen Blau miteinander drehen. Die Menningfarbe der Körper erinnert an die Golden Gate Bridge, die du einmal jeden Tag von deinem Büro aus sehen konntest, deshalb kommst du von diesem Blau jetzt auf den Pazifik. Dann folgt, unvermutet, hart, in einer Dunkelheit, als hätte es eine Abzweigung in eine von rohem Beton gefasste Kammer gegeben, wie man sie in modernen Museen für bizarre Videoinstallationen einbaut, nichts als ein in Dunkelheit getauchtes Bett. Es ist wieder in jenem schmalen Bürgerhaus, deinem Elternhaus am Markt, und du liegst allein darin, regungslos, wie festgenagelt, gefoltert von der Unruhe, dem Geflüster, den plötzlich lauter werdenden Satzfetzen, den Schritten, dem Stöhnen über dir. Es wird nicht mehr hell, denkst du, es kommt kein Tag mehr. Alles ist mit Angst durchtränkt, als wäre sie eine Säure, die das Geflüster durch die Mauern treibt. Warum, warum du, warum du jetzt. Man kann es nicht verstehen. Man hat keine Kraft mehr, die Frauen haben keine Kraft mehr. In dieser Nacht erst, nicht an jenem Tag des Laufs durch die Galerie, zwei Jahre später erst, bricht der Krieg aus, die ganze Nacht bricht er aus, mit Seufzern, Gemurmel, Stöhnen, Schritten, weiteren Satzfetzen. Die nackte schwarze Panik deiner Eltern. Das Weinen, wieder Schritte. Es ist, als könnte es auch nicht hell werden, wenn sie weiter und weiter wach bleiben, reden, stöhnen. Es ist ein Ausbruch, der in den Körper eindringt, in jedes innere Organ. Ich schluck dein Zeug, komm, heute Nacht. Es wird nicht hell, weil sie nicht aufhören können zu reden, zu flüstern, die akustische Säure herzustellen, die in dein Bett kriecht, in dem sich etwas Namenloses, Eiskaltes, Undurchdringliches an dich presst. Es ist die erste Begegnung mit der Unerbittlichkeit, der Gnadenlosigkeit der Verhältnisse. Du glaubst plötzlich daran, dass man jemandem ein Stück Stahl in den Leib rammen kann und nichts mehr gut wird. Wie wurde es wieder hell. Du erinnerst dich nur an die Wochen danach, in denen die Mutter und du einsam und verbissen nebeneinanderher lebten, als unterdrückte jeder einen fürchterlichen Vorwurf an den anderen. Jetzt klebte man die Plakate auf die Litfaßsäulen mit der Aufforderung, Frauenhaar für Treibriemen zu spenden. Brotmarken. Die REICHS-FLEISCHKARTE. Keiner hatte mehr Sinn für die Galerie, durch die jene drei aufgeregten Kinder liefen. Annemarie, die Leseratte mit der weißen Schleife im Haar, hinter ihrem hübschen Bruder, der als erster das Fenster erreicht, seine Flügel rasch, aber mit der ihm eigenen Umsicht öffnet. Die Militärmusik müsste jetzt mit aller Macht und allem Blech wieder einsetzen. Das Hurra-Geschrei. Der Applaus. Aber es ist totenstill, und man sieht – als könnte man den akustischen Eindruck durch die Kraft eines Bildes ersetzen – von oben in einen völlig weißen Raum, dessen Kanten so schwer auszumachen sind, dass es auch einfach nur ein einziges Zeichenblatt sein könnte, in dessen Mitte das barfüßige Gänseliesel in seinem einfachen Kleid steht. Es ist nicht aus Bronze gefertigt wie das Original, die Brunnenfigur vorm Rathaus, sondern anscheinend aus Marmor, aus einem völlig weißen Stein jedenfalls, und der Brunnen, der Sockel und die stilisierte Laube, die es umrahmt, scheinen gleichfalls aus diesem fast mit dem Papier verschmelzenden weißen Material zu bestehen. Das merkwürdig indifferente Kindfrauengesicht ähnelt, abgesehen davon, dass es nur durch wenige, sehr genau geführte Bleistiftstriche und Schraffuren aus dem Untergrund gehoben ist, verblüffend stark dem des Vorbilds, aber der vollkommen andere Kontext gibt ihm einen Ausdruck von melancholischer Grausamkeit. Es handelt sich um die Nachwirkung der versonnen, fast gleichmütig durchgeführten Gewalttat einer kindsähnlichen Göttin, einer nur beiläufig grausamen Himmels-Infantin, die nicht umhinkonnte, in den Lauf der von ihr zu verantwortenden Geschichte einzugreifen. Der Kaiser!, ruft Karlheinz direkt in dein Ohr, aber er verwechselt nur einen schnurrbärtigen Offizier mit dem Regenten. Und du denkst (Jahrzehnte später): Genau das ist es, so muss man es machen! Anstelle der drei Gänse, die das Mädchen in der bronzenen Variante mit sich schleppt, hält es vor dem Schoß nur den abgerissenen, mit einer Pickelhaube behelmten Kopf Wilhelms des II. In Minutenabständen, man ist sich nie ganz sicher, wann, stößt der Kopf einen fürchterlichen Schmerzensschrei aus, und aus dem aufgerissenen Mund und dem zerfransten Hals stürzt, wie das Wasser aus den Schnäbeln der Bronze-Enten, ein Schwall Blut, der sich in das Weiß des Raumes ergießt.

6. DIE SONNE AM HANG / FREIBURGER SPEKTRUM

Es ist so hell in diesem Raum, Jonas, dass du zunächst fast nichts erkennst und die angenehme Stimme des Vortragenden noch eine Zeitlang wie verblendet erscheint, übertönt von einer Art Rauschen des Lichts. Alle sichtbaren Farben liegen im weißen Glanz der Sonne begraben, alle Zeiten vielleicht auch im gewaltigen Schneewirbel einer weißen Geschichte, die wir ängstlich im Prisma unserer Köpfe in einzelne Epochen zerlegen, in Jahrzehnte, Monate, Tage, Stunden – Schnitt. Fürchte dich nicht, in dieser Ausstellung geht es nicht schlimmer zu als in meinem brennenden Gehirn. Wie du auf die Sonne verfallen bist, auf ihre glühende, schier maßlose Physik. Mehr wollen wir an dieser Stelle nicht klären. Reibe sacht den Rücken an deinem spartanischen Zuhörerstuhl. Wie kann man eigentlich nicht der Sonne verfallen? Auf keinem anderen Stern ist es dem Forscherblick möglich, mit dem Fernrohr spazieren zu gehen, allein die Sonne bietet eine goldene Scheibe, groß wie eine Gedenkmünze oder ein Brillenglas, anstelle eines flackernden Silberpünktchens im All. Durch das Filter deines geschlossenen Augenlids spürst du die grandiose mütterliche Wärme, mit der sie die Erde versorgt, seit fünf Milliarden Jahren. Lange dachte man, ihre Heizkraft läge in den sichtbaren Strahlen, bis Herschel im Jahre 1800 ein Thermometer durch den Farbfächer eines prismatischen Spektrums bewegte. Dort, wo das tiefe Rot verschwindet und nichts mehr zu sehen ist, steigt die Temperatur am stärksten. Die ganze Fülle der Strahlung, die über uns ausgegossen wird und uns durchschießt, siebzig Oktaven, von denen wir nur eine einzige, im mittleren Bereich, visuell empfangen. Faszinierend seien die gewissermaßen freundlichen, nachbarschaftlichen, laut- und schwerelosen Versuche, bei denen das Nachdenken über eine Pfauenfeder aus Licht den Geist hinaufschießt zum sechstausend Grad heißen Flammenmeer der Sternenhaut. Man müsse sich vorstellen, wie zwei Herren mit Spazierstöcken, eingehüllt in schwere pelzkragenverbrämte Wintermäntel, auf den Köpfen warm gefütterte Zylinder, den Heidelberger Philosophenweg bergan schreiten. Es ist schneefrei, aber in den Spurrillen eines Wagens, die in die Erde gefroren sind, spannen sich feine milchweiße Eisplättchen, zerbersten unter den Winterstiefeln. Bunsen erinnert seinen Kollegen Kirchhoff an die drei Tage zurückliegende Silvesternacht, als sie am Fenster ihres Labors ein Spektroskop (Sehschlitz, Fernrohr, Prisma) auf die saphirgrünen und rubinroten bengalischen Feuer richteten, mit dem man das Schloss illuminierte. Die dunklen Linien des Bariums und, im roten Bereich, die des Strontiums, Fingerabdrücke von Stoffen, die in kilometerweit entfernten Fackeln verbrannten, unendlich schnell herbeigeschickt durch das Licht. Man wird es machen, auch wenn es jetzt noch verrückt klingt, sagt Bunsen. Er streift mit seiner in einem Lederhandschuh geborgenen Hand einen von Raureif überzogenen Busch, in dem noch Hagebutten leuchten. Ausgefeilte, in langjähriger Ingenieursarbeit entwickelte Instrumente werden ihr zyklopisches Auge zu den Sternen empordrehen, zu den entferntesten Geschwistern der blassen Wintersonne, die wie eine Elfenbeinscheibe im grauen Himmel über dem Neckar hängt, und die Elemente herausspüren, die in ihrem Inneren verglühen. Solche wunderbaren Gedankensprünge wären fesselnd, brächten einen zum Rechnen und zum Träumen, weil sie am Ende präzise Einsichten versprächen anstelle haltloser Spekulationen, weil sie die Zeiten durchdringen würden und überdauerten, einen unabhängig machten vom blutigen Unsinn des Tags. SA-Männer prügeln sich mit Kommunisten, das interessiert kein Feuer in der Sonne. Diesen letzten Satz hat der Vortragende natürlich nicht gesagt (zumindest lange nicht mehr), und das grelle Licht, das dich blendete, stammt nicht aus deiner unmittelbaren physischen Umgebung, sondern aus dem geheimen Reservoir der Kunst (unserer Ausstellung), die sich aus dem weißen Licht immer noch ein weißeres abspalten will, das niemand mehr zerlegen kann. Du bist siebzehn Jahre alt, Jonas, und wieder in Freiburg, an deinem ersten (Erleuchtungs-)Ort. Das Gebäude, jene zweigeschossige, mit spitzen, grau gedeckten Dachgaupen türmchenartig gekrönte Villa, liegt mit einer schon beachtlichen Aussicht am Hang und verfügt über eine halbkreisförmige, von einem säulengestützten Vordach beschirmte Terrasse, auf der die Gäste des Vortrags vor kurzem noch standen, mit Blick zu den purpurn auf das orangefarbene Transparent des Abendhimmels geklöppelten gotischen Münstertürmen. Das gewaltige Objekt des Vortrags, über das sie bald mehr erfahren sollten, als sie womöglich zu fassen verstanden, ging puterrot unter wie aus kosmischer Scham. In einem gewissen (eigentlich aufsehenerregenden und statistisch verblüffenden) Sinne haben wir uns in der Freiburger Villa am Hang getroffen, verschränkt und vereinigt, Jonas, nur glücklicherweise noch nicht damals, als zwölfjähriges Ostmädel mit rosa Leggins und Scheidungstrauma und als würdiger siebzehnjähriger liebeskummriger Oberschüler, der wohl einfach nur über das magere Dresdener Malerkind hinweggesehen hätte. Noch ganz einsam und schon ganz hingerissen, lauschst du weiterhin dem Vortrag des berühmten Sonnenforschers, der vierzig Jahre zuvor die Villa kaufen ließ, mit den Mitteln des Reichsluftfahrtministeriums, und sich so selbstverständlich und gastfreundlich in ihren Räumen bewegt wie der Lenker eines aufwärtsstrebenden Sonnenwagens (öffentlicher Solar-Bus). Er ist silberhaarig, emeritiert, lehrt seit etlichen Jahren nicht mehr. Dennoch schwebt er über allen hiesigen Forschungsaktivitäten als inspirierender Geist – und auch der jugendliche Hörer versteht leicht, weshalb. Alles, was der Mann im grauen Anzug und weißen Hemd, der, wohlgebräunt von seinem Lieblingsstern, an einen Diplomaten im Urlaub oder kanarischen Ruhestand erinnert, über die Sonne und ihre Erforschung erzählt, erscheint so klar, zwingend und anregend, dass man sich unverzüglich einer der weltweit agierenden Wissenschaftlergruppen anschließen möchte, die mit Spiegeln und Teleskopen auf den höchsten Bergen sitzen und akribisch ins Licht starren, sofern sie nicht gleich Sonden hinausschießen ins All, um dem Objekt der Begierde noch näher zu kommen, oder wenigstens aufsteigen in die

Stratosphäre mit Hilfe silbrig glänzender Ballons, so dass sie die Lufttrübung hinter sich lassen oder gar die Trübung des Lebens selbst. Der Vortragende wird noch erwähnen, dass er demnächst ein Ballonflug-Projekt in Mexiko besuchen möchte, und natürlich steigert dieser unwissentlich angekündigte Tod im Nachhinein das Interesse noch einmal, das Bewusstsein der Kostbarkeit dieser Vortragsstunde im Institut für Solarphysik. Zwanzigtausend Linien könnten im Spektrum des gewöhnlichen Sonnenlichts gefunden werden. Das entspräche der Informationsmenge, die das Telefonbuch einer größeren Stadt enthielte, hören wir den Vortragenden noch sagen, dann müssen wir einem kurzen Knick in der Raumzeit folgen, der hakenartig jäh, wie die hier zum Institut heraufführende Schöneckstraße, am verflossenen Nachmittag desselben Tages im Garten deines Elternhauses landet. Deine Mutter Evelyn ist geradezu noch jung (wie wir jetzt, nein, neununddreißig, also jünger sogar, es ist gar nicht auszuhalten), wenn auch etwas füllig. Sie steht in ihrer Jeans-Latzhose fest wie ein Kapitän auf Deck auf dem Rindenmulch eines Wegs in ihrem Biogarten und lässt aus ihrem grünen Schlauch prismatisch glitzerndes Wasser auf Johannisbeersträucher und ein Blumenbeet rieseln, in dem auch Löwenmäulchen mit bilateralsymmetrischen Blüten gepflanzt sind, über deren Vermendelung mit radiärsymmetrischen sie zwei Stunden zuvor noch ihre Gymnasialmittelstufenschüler unterrichtet hat. Eine Anti-Atomkraft-Sonne prangt vorn auf ihrem körperlängsachsensymmetrisch gewölbten Latz, während man unter den sich kreuzenden Hosenträgern auf ihrem Rücken den auf ihrem malvenfarbenen T-Shirt wie in einem grobmaschigen Netz gefangenen katholischen Fisch schwimmen sieht. Überall um sie herum in der am Waldesrand angelegten u-förmigen Familienhaussiedlung stehen in ähnlichen Gärten mit ähnlichen Schläuchen vor ähnlich begrünten Fassaden ähnliche Frauen und gießen, während ihre Sprösslinge sich Fahrräder aus dem vor jedem Heim wie ein schimmernder Misthaufen aus Chrom, Leder und Gummi aufgehäuften Stapel greifen, um die umliegenden Schwarzwaldhänge emporzubiken. Gewiss, wir schreiben erst das Jahr 1982, ich muss bedenken, mein lieber Jonas, dass sich Fahrräder damals noch nicht geschlechtlich vermehren konnten und die ökologisch zwar schon fortgeschrittenen Häuser noch nicht allüberall plattig mit Solarzellen bepackt waren wie ein Dürer'sches Rhinozeros, damit sie sich autonom auf ihren Schienen mit der Sonne drehten. Wenn mein suchender, liebeskranker, leise klagender Geist über die Terrasse schweift, auf deren von wildem Wein umrankter Holzbank mir die versponnenen Reflexionen mit deinem stillen Vater und deiner heftigen Schwester gemeinsam mit dem reichlich fließenden Grauburgunder den Kopf entgegen, quer und schräg der Ekliptik der planetarischen Epizyklen drehten (du musst mir astronomisch beistehen, Jonas, das ist ein lebenslänglicher Vertrag, der mit unserer Ehe überhaupt nichts zu tun hat, mein Anrecht auf deinen Refraktor, auch wenn er mir das Herz gebrochen hat), und hineinschwebt über den Lesetisch auf dem Flickenteppich des Wohnzimmers, dann erblickt er ausliegende Zeitungen und Magazine, die über den amerikanischen STARWARSPRÄSIDENTENCOWBOY berichten oder über den bevorstehenden Bundestagszweikampf zwischen dem EISERNENKANZLER(II) und dem BIRNENFÖRMIGENKONTRAHENTEN (UNSEREMKANZLERDEREINHEIT). Neben dem Lesesessel deines Vaters Matthias steht vielleicht noch ein schreibtischgroßer IBM-Computer (Lochkartenfresser), an dem er in der Freizeit mit dem Schraubenzieher oder Lochstanzer operiert. Deine Schwester Johanna, sprich Yonni, schreibe Johnni, endlich achtzehn, geht mit einer schnippischen Bemerkung vorbei, schwer angepunkt, mit Nietenlederjacke und David-Bowie-Frisur. Du sitzt noch in deinem dachschrägen Zimmer mit Gartenblick, zwischen Plakaten von Starwars-Helden und dem Propaganda-Poster *Arbeiter! Die SPD will euch eure Villen im Tessin wegnehmen!* und blätterst in einer giftgrün eingebundenen Ausgabe der *Herr der Ringe*-Trilogie oder der aktuellen *Konkret-Sexualität* (lebensechte Schwarz-Weiß-Fotografien von Rentnern, die auf der Reeperbahn mit Standard-West-Dildos in den routinierten Mösen von Stripperinnen herumstochern). Du hast aber auch ein (optisches) Teleskop (wo steckt dein IKEA-Pornoheft, unter dem Flokati vielleicht, liest du noch *bruksanvisning* oder vögelst du schon) und häkelst an einem Kletterseil, weil es mit dem Eigenbau-Pullover nach der Strickvorlage, die Einstein mit heraushängender Zunge auf der Vorderseite darbieten sollte, nichts geworden ist. Ich bin in keinem sehr objektiven (gnädigen) Zustand, mein lieber Jonas, vielleicht hing da auch ein Plakat von Grace Jones mit Brikettfrisur oder ein Bild jenes seltenen Blutmondes, der in diesem September entstanden war, weil er in den farbumrandeten Kernschatten der Erde tauchte, und du lasest das berühmte Gödel-Escher-Bach-Werk der Nerds deiner Generation oder vielleicht auch ein paar Seiten in deinem *Schülerlexikon Astronomie*, weil du ja bald aufbrechen würdest, um jenen Vortrag in der Villa des Fraunhofer-Instituts am Schlossberghang zu hören, der dein Leben verändern würde, in einer Folge tief(und tiefer und noch tiefer!, Marlies, mein Göttle!)gehender, unberechenbar verzögerter Impulse während der kommenden Jahre. Ganz allein bist du aufgebrochen, ein junger Mann mit wissenschaftlicher Neugierde, ein regelrechter Graswurzel-Aragon-Gödel-mein-Göttle-Einstein-Hobbit-Skywalker, in echten Levis-Jeans (für die wir im Tal der Ahnungslosen jederzeit gemordet hätten), aber bravem tintenblauen Poloshirt, keine Spur vom Punk-Appeal deiner Schwester. Du gingst zehn Minuten, schon warst du in den Gässchen der Altstadt, schon haben wir das hellgraue Kopfsteinpflaster, die spitzen Dächer der Wohnhäuser, die wellenförmig geschwungenen Giebel der kleinmachttrunkenen Amtsgebäude, die Blumenkästen, bunten Gießkännchen und Fensterläden, die Brünnlein am Wege, die Bobbele, die übers Bächle hüpfen, und obgleich und weil der wirklich große Fluss fehlt und die barocke Protzigkeit der Residenz, Jonas, werde ich wehmütig, wenn ich daran denke, wie wir vom Schauinsland die glasblaue Scherbe des Mont Blanc am Horizont suchten oder ein Kännchen Kaffee am Kaiserstuhl klistierten (so sah unser Bettlaken aus, in jener Pension, verflucht) oder mit den Fahrrädern in ein steilstilles dunkelgrünes Tal hinabrollten, in dem sich die Kuckucksuhrhäuser die Strohdächer über die Ohren zogen. Hier wandelte Reinhold Strecker am Grunde des Seins. Dort zeigte ich dir meine dunkelste Energie. Da bist du aufgewachsen, bei den frischen Mädeln mit Bollenhut, die an dein Tannenzäpfle wollten. Aber natürlich hattet ihr auch graubetonklotzige Universität, die ganze Siebziger-Jahre-Moderne mit dem Charme von AKW-Kühltürmen, weißbehelmten Polizisten, Tränengas- und Schlagstockerinnerungen. Infolge deiner zarten Jugend und wohl auch deiner skeptisch-wissenschaftlich-physikalistischen Einstellung warst du aber gar nicht bei den kurzweiligen Wasserwerfer-Demos in Wyhl, Fessenheim oder Cattenom zugegen. Bist du eigentlich schon vor Tschernobyl so solar gewesen? (Weshalb weiß ich das nicht?) Etwas dazu hat mir dein Vater erzählt, womöglich, dass du einmal konservativer gewesen bist als er, der gestandene SPDler mit seiner fundamentalistischen, grün-katholischen Ehefrau. Ich sehe ihn noch vor mir auf der Aussichtsterrasse am Greiffenegg-Schlössle, in einem seiner karierten kurzärmeligen Hemden, die ihm gar nicht so schlecht standen und zu dem Mathematiker, Wandervogel und Baumgärtner passten, der er war. Auch weil der Tod uns das angetan hat, Jonas, werden wir uns wiederfinden am Ende dieses Tages, ich spüre noch den Sand der frisch ausgehobenen Graberde an meinen Fingern, wenn ich an meinen letzten Besuch in Freiburg denke, an meinen letzten (wirklichen) Blick zum Münster hinüber, wie in einer Halbnarkose gefangen auf dem Friedhof in einem schwarzen Kleid, das ich eigens für Matthias gekauft hatte, als wäre es um eine Hochzeit gegangen. Der rötliche Sand hat mich so erstaunt, als ich zum ersten Mal an deiner Hand nach Freiburg gekommen bin, als Mitglied der gesamtdeutschen Buntsandsteinfamilie an weichen Fels gewöhnt, jedoch an die gelbgraue Variante des Elbtals. Mehrfach musstest du mit mir das Münster umrunden, ein hohes filigranes Massengebilde aus rotem Fleisch, Raucherlungengewebe oder alter Herzmuskel, mit Finesse in den Himmel ziseliert. Du sahst mich den Stein berühren und am Portal unter den hochgestaffelten mittelalterlichen Figuren (marzipanähnlich, oder gibt es sonst Kunstwerke aus buntlackiertem Fleisch, außerhalb von Frauenzeitschriften) von Seligen und Verdammten den

Verkehr behindern. Hebe mich hinauf, Jonas, ich muss studieren, wie die Nackten die Totenschädel auf die Köpfe der sich prügelnden Lebenden fallen lassen, aber du bist schon viel höher in Gedanken, ganz oben, bei der hüllenlosen Venus am Maßwerkfenster. Du bemerktest noch beiläufig (Nein: Ich hörte es nur nebenbei!), dass du einmal auf den berühmten Westturm hattest klettern wollen. Da oben, an dem gänzlich durchbrochenen Helm, einem Wunderwerk der Hochgotik, an jener fein geklöppelten, vierzig Meter hohen Spitze, hätten wir uns treffen können. Wenn es darum gegangen wäre, einmal an Besessenheit mit einer Künstlerin mitzuhalten. Im Grunde, über dem Grunde, war die Idee der Turmbesteigung eine der wenigen obsessiven Vorstellungen, an denen er gelitten hatte, bevor ihm die Katastrophe der anderen Frau widerfahren war (viele Jahre später, gerade eben). Er sah sich immer schon am Ansatz des Helms in der dunklen Luft stehen, siebzig Meter hoch über dem Marktplatz, die Kuppen der eng sitzenden Kletterschuhe auf den schmalen Außenrand einer Sandsteinrosette gestellt, die Hände versetzt an den (womöglich brüchigen) Längsrippen der Kirchturmspitze, die sich im steilen Winkel, in Gestalt vierzig Meter hoher steinerner Leitern mit immer schmaleren Sprossen, in den Nachthimmel hoben. Nur nachts konnte man hoffen, unbemerkt den Einstieg zu bewältigen, am besten wohl über die Regenrinnen und Vorportale an der Ostseite bei den Hahnentürmen und über eine Seitenkante des Hauptschiffs, dessen zweigeteiltes steiles Dach in der Finsternis scharf wie eine Axtschneide wirken musste, wenn man erst einmal an der Außenmauer des Westturms klebte. Jonas hatte mit seinen beiden Kletterfreunden lange nach Aufstiegsrouten gesucht, sie fürchteten schon, auffällig geworden zu sein durch das gemeinsame Begutachten der möglichen Einstiege und den Diskussionen der Führen, bei denen sie unwillkürlich anfingen, wie eine somnambulisierte Tanzgruppe gemeinschaftlich in die Luft zu greifen. Technisch war die Krönung des Wegs, das Finale am Westturm, nicht sonderlich schwer (sie schätzten den Schwierigkeitsgrad auf vier gemäß der UIAA-Skala). Aber er konnte aus Zeitgründen, im Interesse des möglichst unentdeckten Aufstiegs, nicht mit dem Seil gesichert werden und ebendas, die Free-Solo-Begehung in der Dunkelheit, machte den quälend gewordenen, kaum mehr widerstehlichen Reiz aus. Es hieß, dass sich ganz oben, unter der steinernen Blume des Turms, seit Jahren ein Gipfelbuch befinde, geborgen in einer Stahlkassette. Man sollte einen Kugelschreiber mitnehmen, für alle Fälle, oder einen Bleistift, der in einhundertsechzig Metern Höhe vielleicht zuverlässiger schrieb, am Extrempunkt der Tour. Das Ganze war ein Gedankenspiel, ein Dummer-Jungen-Streich, lächerlich, waghalsig, kleinkriminell und verantwortungslos. Jeder wusste das, aber eines Tages (eines bestimmten Tages, an Johnnis achtzehntem Geburtstag, als hätte sie es bestellt), begann man, ein Gerüst um den Westturm zu errichten. Die Kletterroute war damit auf der unteren Hälfte des Wegs – auf der man leicht entdeckt würde und die nur unschön, unter Benutzung von Regenrinnen und angedübelten Blitzableiterdrähten zu bewältigen war – durch den Gerüstaufstieg verkürzt, man konnte sich rasch hinaufschwingen, bevor man, am besten erst oberhalb der orangefarben leuchtenden Uhr, aus dem Gerüst stieg und an griffigen Fialen, Galeriegeländern, Blechverkleidungen und Rosetten, an einigen Stellen unter Verwendung von hoffentlich noch fest im steinernen Leben stehenden Fassadenfiguren und herausragenden Wasserspeiern, den mittleren Turmteil erklomm, unter Umständen genötigt, durch eines der Spitzbogenfenster in den inneren Wendeltreppenaufgang einzusteigen, um zur Sternengalerie-Plattform zu gelangen, von der aus der Weg wieder ins Freie führte, zum Sakrileg der äußeren Besteigung der oktogonalen, gänzlich durchbrochenen Turmspitze, über Eisenstifte und Steingriffe an den Längsrippen, Sprossen und Krabben, bis hinauf zur Abschluss-Säule unter der Kreuzblume und der goldfarbenen Wetterfahne in Gestalt einer achtstrahligen Sonne, die wie mit einem Arm an einem der waagerechten Strahlen eine Mondsichel hielt. Jonas glaubte oft schon, den Wind durch das Maßwerk der letzten Aufstiegsmeter pfeifen zu hören, er spürte mit schwitzenden Handinnenflächen den Sandstein unter den Fingerkuppen, empfand so präzise wie in einer traumatischen Erinnerung oder parallelen Gegenwart, einer Art Anti-Materie-Vision zu den hellen Nachmittagen seines Jugendzimmers, die triumphale Eidechsenleichtigkeit des einfachen, aber exponierten Aufstiegs zur Spitze, von unten nur als schwarzes (dunkel gekleidetes) Insekt sichtbar, während er beim Hinkritzeln seines Namens (eines Pseudonyms wohl besser) auf eine Seite des Gipfelbuchs (nein, es konnte keines geben, denn die Steinmetze der Dombauhütte hätten es doch leicht entfernen können) die fantastische räumliche Isolation der Turmspitze in der Nacht in jeder Körperfaser spürte, als wahnsinniges Potenzial (die mit jedem Kletterzug aggregierte kinetische Energie) des unweigerlich vorgestellten Sturzes hinab zu den senkrecht stehenden schwarzen Hummerscheren der Fialen des Hauptschiffes und weiter hinunter auf das Pflaster des Marktplatzes, der fast jedes Mal in Zeitlupe erfolgte, auch jetzt, an diesem Nachmittag an seinem Zimmerfenster. Er öffnete die Augen, noch so benommen von der Klettervision, als hätte er vom Münsterturm direkt in den elterlichen Garten fallen können. Es war schierer Blödsinn. Er musste die Versuchung abschütteln, die mit dem Aufbau des Gerüsts so stark geworden war, dass sie zweimal im Abstand von einer Woche das Eintrittsgeld für eine Turmbesichtigung gezahlt hatten, um einen gleichsam orthopädischen oder chirurgischen, den Hals durch die Wirbelsäule studierenden Aufstieg über die Wendeltreppe zu unternehmen, bei dem sie immer wieder durch das Maßwerk nach außen spähten, um die möglichen Kletterrouten zu bestimmen. Johnnis achtzehnter Geburtstag lag fast genau zwei Monate zurück, seither quälte ihn die Idee des Streichs und die Angst davor. Er öffnete sein Zimmerfenster und sah hinaus, mit dem plötzlich überwältigenden Gefühl, dass es sich um eine besondere Stunde handele, in der sich alles noch einmal zusammenfügte zum Bild einer unhaltbaren Idee oder Idylle, als wären die Beete und Blumen, Steine und Sträucher, Zierbüsche und zwischen die Wege intarsierten Rasenflächen des Gartens für einen kurzen Moment in dieser einmaligen, leuchtenden, durch einen ungeheuren, unglaublich geordneten Zufall zu genau dieser Konstellation auf der Oberfläche eines dunklen Sees zusammengetrieben worden. Seine Mutter stand tatsächlich mit einem Gartenschlauch in der Hand nahe der Eingangstür, in Jeans und einem unbedruckten hellblauen T-Shirt. Johnni kam von der Straße her auf sie zu, einen Umzugskarton in den Armen. Zwei Monate nach dem großen Krach zog sie noch einmal für einige Wochen ein, bis sich geklärt haben würde, ob und wo sie einen Studienplatz für Medizin bekäme. Evelyn warf den Schlauch beiseite und öffnete rasch die Gartentür. Die zuvorkommende Geste erschien wie ein Versuch, das absolut unwahrscheinliche, perfekte Gartenpuzzle noch länger auf der immer unruhiger werdenden Oberfläche des Sees zusammenzufügen. Jonas' magere energische Schwester trug keine Lederjacke, keine Nietenjeans und war auch sonst in keiner Hinsicht subkulturell auffällig, obgleich sie in den zurückliegenden Wochen in einem besetzten Haus gelebt hatte. Mit ihrem frisch geschnittenen schulterlangen Haar, in Turnschuhen, hellen Cordhosen, einem sandfarbenen Pullover sah sie schon ganz wie die Medizinstudentin aus, die sie bald sein würde. Ihre Radikalität, die sie bald mit jeder Urlaubsreise den Kontinent und mit jedem Kontinent den Freund wechseln lassen sollte (zyklische Wiederkehr inbegriffen), war komplett intern, psychologisch, sie spiegelte sich allenfalls im Äußeren ihrer Freundin Reni wider, die ihr einen zweiten Karton hinterhertrug. Als die beiden jungen Frauen die Treppe heraufkeuchten und mit ihrer Last in Johnnis Zimmer rumpelten, blieb Jonas, wo er war. Er hatte kurz zuvor beschlossen, seine Kletterausrüstung zu ordnen, und die Gurte, Reepschnüre, Karabiner, Expressschlingen, Klemmkeile und Friends säuberlich wie im Schaufenster eines Expeditionsausrüsters auf seinem Bett ausgebreitet. Bei der Solobegehung des Münsterturms würden ihm nur die Kletterschuhe mit ihrer profillosen Sohle von Nutzen sein. Es war idiotisch, er sollte es lassen, ebenso wie er es hätte lassen sollen, vor zwei Wochen mit einer Tüte frischer Laugenbrötchen in dem Zimmer zu erscheinen, das sich Reni und Johnni in dem besetzten Haus geteilt hatten. Er hatte vermutet, dass Johnni wegen ihrer bürgerlichen Fahrstunden schon unterwegs sein würde, es gab eine gute Chance, Reni allein anzutreffen, und so war es auch, zwischen von Kleidungsstücken überhäuften Stühlen und Obstkisten-Bücherregalen, auf einer Matratze in ihrem grünen US-Army-Schlafsack, aus dem sie müde und abgerüstet, ohne Lederjacke, Stachelarmband und Ohrringe, ungeschminkt, unter ihrer hellbraunen Afrolook-ähnlichen Wuschelfrisur, die nur mit einer neongrünen und einer rosafarbenen Strähne an die obligate Härte oder Wildheit der Szene erinnerte, mit ihren roten Wangen, dem kleinen, beim Lachen perlenhafte Zähne offenbarenden Mund und den rehbraunen Augen als eine mürrische Version des Schwarzwaldmädels auftauchte, das sie wohl jeden Morgen vorm Aufstehen zur Zimmertür hinauswies, auf die mit weißer Farbe *Freiburg, Polizeiburg* gesprayt war. In der Regel brauchte sie dazu nur einen ihrer gefürchteten, von ihr selbst so bezeichneten *markanten Sätze*. Und so bemerkte sie auch, kaum dass sie Jonas augenreibend erkannt hatte, dass er sich geschnitten habe, wenn er mit Hilfe seiner warmen Tüte an ihre warme Tüte zu kommen hoffe. Einmal würde sie vielleicht Journalistin werden, wenn nicht Schlimmeres. Jonas spürte, wie ihm die Röte ins Gesicht schoss. Wieder hatte er sich zum Narren gemacht, mit dem Versuch, dem ein Jahr älteren Mädchen, der Achtzehnjährigen, die vom Gymnasium geflogen war, so nahe zu kommen wie auf Johnnis Geburtstagsparty. In den vergangenen Wochen war jede ihrer Begegnungen nach einem gleichen Muster verlaufen. Zunächst wirkte sie gar nicht unfreundlich und warf ihm, wenn sie in einem Café oder auf einer Party nicht gleich zueinander fanden, interessierte, vielleicht hilfesuchende oder gar lockende Blicke zu. Trafen sie dann aufeinander, ließ sie ihn jedoch auflaufen mit einer ihrer herablassenden Bemerkungen, bevor er ein vertraulicheres Gespräch beginnen oder sie gar berühren konnte. Tote Hose, Ton, Steine, Scherben, Schnee von gestern, Rasenschnitt, sagte sie, als es ihm einmal gelungen war, sie auf den frühen Morgen nach der Geburtstagsfeier seiner Schwester anzusprechen. Evelyn und Matthias hatten Johnni als Beweis ihres Vertrauens erlaubt, eine Woche nach der familiären Feier ihrer Volljährigkeit ein Fest für zwanzig Freunde im Haus auszurichten, während sie selbst zwei Tage verreist waren. Fünfzig oder sechzig Leute kamen, schleppten Bierkästen und Rotwein in Literflaschen an. Die Sache lief nicht völlig aus dem Ruder, aber nahezu jedes Zimmer des Hauses wurde in Mitleidenschaft gezogen. Um vier Uhr morgens, als nur noch ein halbes Dutzend Hartgesottene die Küche belagerten, hatte sich Jonas verabschiedet und war in sein Bett gesunken. Kaum lag er, todmüde, aber nüchtern, da er seit einiger Zeit keinen Alkohol mehr trank, in den Kissen, hörte er ein Geräusch, Schritte, das Abstreifen von Kleidern und Reni (deren Schritt er erkannt, erhofft, erträumt hatte) schlüpfte in T-Shirt und Slip unter seine Decke. Er war, peinlicherweise, noch Jungfrau (hätte es am liebsten auch gesagt, hätte es vielleicht sogar gesagt, wenn da nicht die lexikalische Lücke für das männliche Pendant gewesen wäre), aber es gerade Reni wissen oder spüren zu lassen (tja, dann wollen wir mal dein Häutchen sprengen –?), war ihm zu riskant, und sie klammerte sich auch so weich und wild und wohlriechend an ihn, dass er nach drei Minuten all seine bisherigen Erfahrungen mit Mädchen übertroffen hatte. Schon erlitt er den umgekehrten kleinen Geburtsschock der ersten Berührung seines nackten unteren Kopfes mit ihren feuchten unteren Lippen, die unter einem zweiten, puppenhaften Afrolook verborgen gewesen waren, als sie sich ihm entzog, ihn von sich schob, ihn veranlasste, sich auf den Rücken zu drehen, und hinwegtauchte, so dass er schon fürchtete, sie würde ihn verlassen, als sie plötzlich seinen Schwanz einsaugte (bislang ein sehr theoretischer, literarischer Vorgang für ihn, denn er besaß kein Pornoheft, sondern nur ein einziges, zwei Jahre altes *Playboy*-Magazin zu Trainingszwecken) und nahezu schnappend, rhythmisch, wie von einem nicht abgelegten Saugreflex gesteuert, als ein hungriges großes Rehkitz oder ein wolliges trunksüchtiges Kälbchen, das nach Moschus und Weißwein roch, diesen vertikalen Euter traktierte, bis er (um Gottes willen, war das zulässig, hätte er sie warnen sollen, musste er sich nicht aus ihr reißen) seine Milch in drei heftigen Stößen von sich gab, erstmals geborgen in einer Frau. Sie hatte dann lediglich noch einen Schluck Wasser verlangt und war mit dem Kopf auf seiner Brust eingeschlafen, während er, wie von einen mächtigen apollinischen Pfeil getroffen, aus der Welt geschossen, noch eine Stunde lang abwechselnd zur Decke sah (ein durchsichtiger Rauchschleier vor einer Zukunft, in der ihn plötzlich sämtliche je begehrten Mädchen zu sich herabzogen, um genau dort weiterzumachen, wo Reni ihren Verkehr umgelenkt hatte) und in ihre Locken, die in der Morgendämmerung seidig glänzten. Als er erigiert erwachte, war sie verschwunden, um ihn seither, nun zwei Monate lang (ebenso lange, wie das Gerüst am Münsterturm stand), nur noch mit der stets gleichen Kombination aus lockendem Blick und kalter Abfuhr zu verwirren. Jetzt klopfte sie an, bevor sie in sein Zimmer kam, und begutachtete neugierig, offensichtlich bester Laune, sein Kletterzeug. Die Lederjacke hatte sie abgelegt, und über dem grauen T-Shirt, das ihren fast noch kindlichen Bauch und die sich wie ein Taubenpärchen drängenden großen Brüste eng umschloss, trug sie ein entsetzlich irritierendes schwarzes Halsband ohne weiteren Schmuck. Immer noch lächelte sie, er glaubte schon fast, sie würde ihn küssen. Dann erklärte sie fröhlich, er habe ja viel Eisen im Bett, das wüssten Frauen zu schätzen. In zwei, drei Jahren vielleicht, wenn er noch etwas trainiert habe, könnte er mal wieder mit ihr eine Besteigung wagen. Er fragte sich, ob es möglich war, dass sie das soeben gesagt hatte, denn es klang, als hätte sie es nach den *Playboy*-Witzen hinter dem zusammengeklebten Centerfold zitiert. See you later, alligator!, erklärte sie noch (das Krokodil seiner zukünftigen Erinnerungen fraß sie tausendmal an dieser Stelle), klopfte ihm auf die Schulter und küsste ihn zum Abschied tatsächlich, aber seltsam, links, feucht, fast beißend, aber schlaff, zwischen Hals und Schlüsselbein. Kurz darauf verließ sie das Haus, und er ging zu seiner Schwester, um zu erfahren, weshalb sie so fröhlich gewesen war. Johnni sah ihn bedeutungsvoll an und erklärte, Renis Periode habe sich gerade wieder eingestellt. Zurück in seinem Zimmer stand er eine Zeitlang benommen da, und durch seinen Kopf schossen die absonderlichsten anatomischen Umwege der Befruchtung, als müsste er sich unter Zeitdruck einen pubertären Underground-Comicstrip ausdenken. Endlich wurde ihm klar, was Johnnis Erklärung bedeutete. Er sah Renis kindlich runde Oberschenkel und den kleinen Irrwisch ihrer Scham vor sich, in dem Augenblick, in dem sie ihn um Haaresbreite, nein wenigstens Eichellänge, von seinem lächerlichen Zustand der Demi-Vierge (er kannte damals den Begriff noch nicht und hätte auch hier vergeblich nach dem männlichen Pendant gesucht) erlöst hätte. Sie lebte in einer anderen, härteren Welt, in der ungeborene Kinder mehrere Väter hatten, während er noch unschlüssig mit der Idee spielte, aus seinem freundlichen, gut belüfteten, reichlich mit Wasser und Nahrung versorgten Luxuskäfig über den Umweg des Münsterturms wie ein Goldhamster herauszuklettern, eigentlich auch erst nach dem Abitur. Sein Vater las die Feierabendzeitung bei einem Glas Bier, als Jonas ins Wohnzimmer herunterkam. Unter einem Vorderbein seines Lesesessels wellte sich der neue blaue Teppich, der den hellgrauen, von Johnnis Partygästen verdorbenen ersetzt hatte. Es wäre ohnehin an der Zeit gewesen, die alte Elefantenhaut zu erneuern – mehr hatte Matthias zu dem von umgeschütteten Weingläsern und Zigarettenglut verursachten Schäden nicht gesagt. Jonas erinnerte sich allenfalls an drei oder vier Szenen, bei denen er ausgeschimpft worden war, immer nur dann, wenn er sich selbst gefährdet hatte (im Straßenverkehr, auf einem hohen Gartenbaum, durch das Austrinken einer halben Flasche Whiskey, das ihn für drei Jahre zum Abstinenzler machte). Er stellte sich das untrennbar mit der schwarzen Hornbrille verbundene, häufig leicht gerötete Gesicht seines Vaters vor, wenn er ihm verkünden würde, er trage sich mit der Absicht, das Münster zu erklettern, oder es wäre ihm geglückt, Johnnis Freundin Reni (das besetzte Haus in der Erbprinzenstraße) durch eine neuartige Methode zu schwängern, die mit seltenen topologischen Übergängen im Labyrinth ihres Mädchenkörpers (oder leicht verkleinert wirkenden vollen Frauenkörpers) zu kalkulieren verstand. Matthias hatte ihm tatsächlich das Gödel-Escher-Bach-Werk geschenkt, vorzeitig, in der damals nur auf Englisch vorliegenden Fassung, ohne damit bei Jonas mehr bewirken zu können als die Festigung der

Überzeugung, dass er in Sachen Mathematik ein wenig inspirierter, ewiger Zweier-Schüler bliebe. Im Grunde war ihm sein zurückhaltender, kräftig gebauter und schweigsamer Vater, der in einem amerikanischen Krimi der sechziger Jahre mit Hut und Anzug einen Detektiv oder undurchsichtigen Geschäftsmann hätte spielen können, rätselhaft, fast unheimlich. Er begriff seinen Gleichmut nicht, die ungebrochene Zufriedenheit, mit der er neun oder zehn Stunden täglich in der EDV-Abteilung einer Versicherung arbeitete, die ihm von Evelyn klar und deutlich übertragenen Arbeiten in Haus und Garten erledigte, seine Wanderungen mit immer denselben Freunden plante, lange Abende wissenschaftliche Bücher las und eisern immer nur halb so oft (vierzehntäglich) zur Kirche ging wie seine Ehefrau. In der Familie galten sie, die beiden Männer, als Konservative, als brave SPDler, sie waren sogar derselben Meinung über Hausbesetzungen (als politische Aktion ja, als Einforderung des persönlichen Privilegs, kostenlos zu wohnen, nein). Aber das Mysterium des inneren Friedens trennte sie voneinander, jeden Tag mehr, an dem Jonas sein halbes Talent (Mathematik, Fremdsprachen), seine halbe Jungfräulichkeit, sein halbes Leben mit abnehmender halber Melancholie und zunehmender halber Abscheu betrachtete. Allein aus dem Bedürfnis heraus, seinem Vater einen Gefallen zu tun, erklärte Jonas, den Vortrag besuchen zu wollen, den er ihm zwei Tage zuvor empfohlen hatte mit der Bemerkung, es wäre gut für ihn, einmal über die Schulbank hinaus in die Physik zu schauen. Jetzt saß er auf einem Holzstuhl in der Schöneckstraße wie auf einem Raumfährensitz im All. Befreit. Glücklich allein. Jedoch auch angesprochen, aktiviert. Houston, wir verschmelzen mit der Sonne, dem Stern in unserem Vorgarten (deine Mutter kühlt ihn mit dem Gartenschlauch). Er wünschte sich Sex mit Reni im Weltall, in der Schwerelosigkeit. Auch wenn es nicht dazu kommen würde, war es nicht so schlimm. Man musste die Idee genießen, die Konzeption. Sie entglitten sich in Zeitlupe und drehten obszöne, geräuschlose Saltos, fanden sich erneut, kopfüber, in der Raumfähre Neunundsechzig. Rasch wie an einem Eis, das gleich wieder weggezogen wird, an ihrer Furche lecken, das war er ihr doch schuldig. Einige Kügelchen Sperma zogen vorbei wie schläfrige Meeresquallen. Jonas wäre fünfzehn Jahre älter, und Reni hätte mit ihm gemeinsam Astronomie studiert. Er glaubte wieder an die Zukunft. Wie es dem Redner gelungen war, bereits nach einer Viertelstunde Vortrag eine solche Wandlung hervorzurufen, begriff Jonas erst Jahre später. Natürlich beherrschte dieser Professor Pleßner sein Thema. Er sprach über die Sonne (einen gewöhnlichen Stern vom G-Typ, im Wesentlichen einen Wasserstoffball mit sechstausend Grad Oberflächentemperatur, der sich in ständiger selbstverdrillender Rotation befand), als beobachtete er sie seit der Zeit der Pyramiden. Er analysierte ihr Licht, die Veränderungen und Phänomene ihrer Oberfläche, ihren inneren Aufbau, ihr komplexes Verhältnis zur Erde. Am Anfang kündigte er eine *Solarphysik in drei Minuten* an – und brachte es tatsächlich zuwege, dass man in der Zeit einer hastig gerauchten Zigarette mehr über die gewaltige Glutspitze am Himmel erfuhr als im gesamten bisherigen Leben (wobei das der meisten, zumeist auch männlichen Hörer des Vortrags erheblich länger gedauert hatte als das des jungen Helden). Dann erklärte Pleßner die Prinzipien der Instrumente, mit denen man Genaueres über den Stern vor unserer Haustür, in unserem Vorgarten, hinter unserer Stirn (die Sonnenmaterie, aus der wir bestanden), herausfinden konnte, auf eine Art, die einem jegliche Furcht vor der technischen Vertracktheit der Geräte nahm. Er begrüßte ihre Eigenart, ihre spezifischen Leistungen und Beiträge wie die besonders tüchtiger Familienmitglieder. Dazu gehörten selbstverständlich auch die Beiträge der großen Denker, die er kurz und strahlend beschrieb, von Heraklides von Pontus über Kopernikus zu George Ellery Hale und Niels Bohr. Besondere Ideen und Forschungsleistungen, etwa das Grundprinzip des Spektroheliografen, schwarz-weiße, grüne, blaue und rote Sonnen herzustellen, also in den Glutmantel des Sterns mit berechenbarer Tiefe einzutauchen, in dem man seine Oberfläche Zeile für Zeile abtastete, wie ein Elektronenstrahl einen Fernsehbildschirm, nur gleichsam rezeptiv, empfangend im monochromen Licht einer einzigen

Wellenlänge. Dieser Mann, dachte Jonas, ist immer zu Hause, nur auf einem anderen Stern. Und er begriff, dass er sich nach einem solchen Zustand sehnte. Die Selbstverständlichkeit, mit der Karlheinz Pleßner Forschungsergebnisse, Observatorien, Versuchsstationen auf der ganzen Erde in seine Betrachtungen einbezog, hatte etwas Mitreißendes und ungeheuer Befreiendes, etwas wie die Aussicht auf eine Weltreise ohne Heimkehrzwang, den Eros und das Pathos einer weltweiten ernsthaften kollektiven Bemühung, der man sich ganz einfach anschließen konnte, indem man das geeignete Fach studierte und sich einem Forschungsgegenstand verschrieb. Jonas betrachtete (wie er hoffte, verstohlen) den hageren mittelgroßen, frei und gelöst vortragenden alten Mann wie einen Zauberkünstler, der den größtmöglichen Trick beherrschte (Feuertauchen im Kern der Sonne, freies Atmen auf der Erde, Verwandlung von Reni in eine bergsteigende Physikstudentin). Pleßner ähnelte mit seiner hohen gewölbten Stirn, der edel gekrümmten Nase und dem feinen, zurückgekämmten silbrigen Haar einem würdevollen Schauspieler, der gerne Indianerhäuptlinge spielte. Dabei wirkte er aber nicht einschüchternd, sondern einladend, er forderte auf, mitzumachen, ihm zu folgen, indem er die Zuversicht ausstrahlte, dass man ihn auf jeden Fall verstünde, wenn man sich nur etwas Mühe gab. So gelang es ihm, jeden der dreißig Zuhörer auf seine Weise anzusprechen, Jonas aber, und das wurde langsam auffällig, ganz besonders. Am Ende des Vortrags hatte Pleßner so oft in seine Richtung gesehen – prüfend, fragend, freundlich verwundert vielleicht –, dass auch die anderen Zuhörer stutzig wurden. Man konnte annehmen, es läge an Jonas' auffallendstem Merkmal, seiner Jugendlichkeit in der Runde von Männern, die sich dem Anschein nach aus älteren Studenten, gestandenen Ingenieuren und wissenschaftlich interessierten Rentnern zusammensetzte. Tatsächlich kam Pleßner, kaum dass er das letzte Wort des Vortrags gesprochen hatte, direkt auf Jonas zu und gab seiner Freude darüber Ausdruck, dass *ein so junger Mann* sich für die Wissenschaft interessiere. Er wollte wissen, ob Jonas Hobby-Astronom wäre, ob er über den Schulstoff hinaus Mathematik und Physik triebe. Jonas konnte nur nicken und verblüfft den angenehm leichten, freundschaftlichen Händedruck des Gelehrten erwidern, der ihn noch einmal fast liebevoll und scheinbar auch verwundert ansah, bevor ihn andere Zuhörer umringten und seine Aufmerksamkeit forderten. Als Jonas hinaustrat auf die Terrasse des Instituts in dem alten Villengebäude, sah er unwillkürlich nach Westen. Die Erde hatte sich in der ihr eigenen gleichförmigen Lässigkeit vom Objekt des Vortrags abgewandt. Blassgolden und blaugrau erschien der Himmel über der Altstadt. Der Westturm des Münsters überragte sämtliche Gebäude, die mit Ausnahme der anderen Kirchtürme und der Türme der Stadttore und einiger weniger moderner Hochhäuser auch niedriger waren als das Kirchenschiff, über dessen First in Kletterschuhen zu balancieren Jonas plötzlich so fern lag wie die untergegangene Sonne. Als er die dunkle Schöneckstraße allein bergab ging, begriff er, dass ihn Pleßner vollkommen von der Kletter-Obsession befreit hatte. Er sah den durchbrochenen Turmhelm vor sich, ohne irgendeinen Zwang oder Reiz, als könnte erst jetzt wieder der Nachtwind frei durch das Maßwerk streichen. Wie berauscht oder mit einer großen, aufatmenden Fröhlichkeit, als wäre er von einem lang anhaltenden Schmerz erlöst, ging er durch die Altstadt und betrat eine Studentenkneipe. Er bestellte eine Apfelschorle und lernte zehn Minuten später eine zierliche, dunkelhaarige, energische junge Frau mit kornblumenblau strahlenden Augen kennen – in der Familie bald Annabel-BWL genannt –, mit der er über drei Jahre zusammenblieb.

7. DAS VORSPIEL IN GÖTTINGEN

Es gibt kein regelrechtes Nichts. Also auch kein Nichts vor dem Urknall unserer Begegnung, Jonas. Was ich nicht alles von dir gelernt habe! Irgendwie zittert das Nichts wie ein ungeheurer Wahnsinn in einer Erbse, und aus dem Quantenschaum der Frühe fluktuieren die merkwürdigsten Geschöpfe hervor (schon geht ein jeder auf seiner eigenen blauen Brücke über den Strom der Elbe und über die Eisenbahngleise des Freiburger Hauptbahnhofs in die archaischen Schrecken & Sensationen seiner Heimatstadt). Was können wir über die frühen Konkurrentinnen wissen? Annabel-BWL. Hatte unglaubliche, überwirklich blaue Jane-Fonda-Augen, vertraute mir deine Schwester Johnni an (und sie meint es immer ernst). War ein äußerst bürgerliches Geschöpf (Tennis, Reiten, Schrankwand, Missionarsstellung, kleiner kesser VW). Überzeugte dich, Physik und Englisch auf Lehramt zu studieren (Eiche der Beamtenlaufbahn), zwecks Zukunftsrosigkeit (demnächst Eos, Göttin der Frühe im Schimmer des Urknalls, stellen Sie das Rauchen ein und schnallen Sie sich in die noch nicht vorhandenen Sicherheitsgurte). Wir wissen nichts über die Geschöpfe der anderen vor dem Urknall, weil wir gar nichts über sie wissen wollen. Allerdings kommen wir nicht umhin, sie zu erschließen, und sind ihnen (ich schätze den erfahrenen Mann) mitunter (möglichst abstrakt) verbunden wie einer versunkenen Lehranstalt. (Wie er sofort reagiert, wenn du zu trocken bist. Dass er locker das Geschirr wegspült. Bringt den Müll runter. Vergisst keine Geburtstage. Unterscheidet Dreißig-, von Vierzig-, von Sechzig-Grad-Wäsche. Stützt sich auf den Ellbogen ab. Das ist alles genetisch bedingt.) Von Annabel bleiben nur die Enzianbläue, Kornblumenbläue des Blicks, in der sich die pubertären Qualen auflösten, als hätte sich das Higgs-Feld noch einmal anders besonnen. Sie entfärbte sich und nahm im Zuge der Dematerialisierung eine Art Schlumpf-Farbe an (ich erhielt von meiner Tante aus Göttingen zu meinem neunten Geburtstag solche daumennagelgroßen Plastikgeschöpfe per Post, die unsere verwirrten Grenzer weiterleiteten, weil sie die Position der veilchenblauen Mützenträger in der Klassengesellschaft der BÄÄRDÄ nicht lokalisieren konnten, vielleicht handelte es sich um expropriierte Wald-Arbeiter), so dass ich mir deine Entjungferung, Jonas, wie eine Erlösung zwischen himmelfarbenen Schenkeln vorstelle, die womöglich diesen frischen, zutiefst erotischen Plaste-, nein Plastikgeruch der Jugend *made in West-Germany* verströmten (waren die intimsten Stellen dazwischen wie ein Tinte verströmender Pulpo, ach, dieses saugnäpfische Glück). Schließen wir aber die Schlumpfbox an dieser Stelle, denn wir haben nur noch eine einzige realistische Bemerkung, welche in die Richtung zeigt, in die wir wollen: *Weil Annabel so bürgerlich gewesen sei*, hättest du dreizehn Jahre später (nach Freundin B und Freundin C und nach einer dreijährigen Solo-Phase D) deine Kollegin Antje *tunlichst gemieden* (also alles immer in Papiertaschentücher Marke Tempo getan), bis du tunlichst mit Marlies nicht mehr miedest. Aber der Reihe nach: Wir kannten uns damals schon! Drei Jahre bevor wir uns in Göttingen wiedersahen, hast du mir auf einer Bank im Yellowstone-Park sandsteingriffig erklärt, dass man das geläufige Edelgas Helium zunächst auf der Sonne entdeckte und erst dann auf der Erde. Kunststück, alles eine Sache des Lichts. Solche Bemerkungen hätten Antje nicht imponiert. Sie ist – im Sommer 1995, lassen wir den Strom der Zeit mit seinen durch die Wellen huschenden Gespensterfischen hier einmal weiterfließen – auf dem Stand von Skylab, den Helios-Sonden, dem *Solar and Heliospheric Observatory* SOHO, das man im kommenden Dezember ins All schießen wird. Zudem brauchst du ihr kein physikalisches Gesetz zu erklären, denn sie würde es ohnehin besser kennen als du. Es geht, auf der Sommerwiese, in der ihr beide ganz allein und ohne Picknickkorb einander gegenüberliegt, nur (wieder einmal) darum, dass du eine Entscheidung triffst, die sie ausschließt. Sie will sofort ihre Promotion beginnen, und sie will dich in ihrem Boot. Du bist jetzt dreißig Jahre alt, Jonas, ein Mann, der sich entscheiden muss. Du hast ihr (wie auch MIR! bei jener kurzen USA-Begegnung vor dem Urknall) erzählt, wie du nach deinem Absprung von der Lehrer-Beamten-Karriere und den Bummeljahren (Surfen, Klettern, Lesen, Jobben, Reisen) ernsthaft an die Physik als Hauptfach herangegangen bist. Jetzt, wo sich die Diplomphase des von dir zur Gänze durchgehaltenen Studiums nähert, müsstest du, um ihr von der Schlippe (Schamlippenschippe) zu springen, ausholen zu einer neuen, sehr persönlichen, tiefdringenden Erklärung, die du ihr einfach nicht geben willst. Ich sehe dich, Jonas, ich verstehe dich, und sie könnte es auch, wenn sie sich ein wenig Mühe gäbe. Aber auf Andeutungen mag sie nicht reagieren, dafür bist du mit deinen dreißig Lenzen noch zu jung und zu knusprig. Du willst ihr einen Gefallen tun und nicht zu persönlich werden, ihr nützen und dich und deinen hübschen Arsch retten, denn sie wird eine große Karriere machen, sie ist klarer, schneller, intelligenter als du, brillant, wie Karlheinz Pleßner vielleicht, der sechsundsechzig Jahre zuvor auf einer Plaid-Decke an genau dieser Stelle im Göttinger Forst saß. Verheirate sie durch einen vierdimensionalen Ring in der Raumzeit, einen Hochzeits-Torus, der sich zur einer Wurmloch-Kapelle mit relativistischem Traualtar weitet. Auch das könnte sie besser verstehen als du. Ihre Diplomarbeit ist (im Gegensatz zu deinen unscheinbaren Experiment-Tabellen) bereits ein strahlender Übergang in die theoretische Astrophysik und Kosmologie, deren mathematischer Apparat dich schreckt. Hättest du ihre Intelligenz, dann läge es dir näher, sie zu küssen, weil du weniger Hochachtung vor ihr hegen würdest. Wäre sie noch ein Gran hübscher, dann wäre es dir womöglich ganz gleichgültig, dass sie Einsteins Schwester sein könnte und die vernichtende Aura einer absoluten Ehefrau (einer Art Super-Annabel in allen Inertialsystemen) besitzt. Küsse diese eigentlich einladenden, nur leicht zerkaut wirkenden Lippen unter der etwas zu breitrückigen Nase und den etwas zu eng stehenden hellblauen Augen, und du wirst ein sehr, sehr langes Forscherleben mit Antje und euren vier Kindern führen, durchbohrt von den reuigen Strahlen des Bewusstseins, dass du eine Hübschere (mich oder etwa mich) hättest heiraten können und dass deine cerebrale Software stets langsamer, trüber und schwerfälliger geblieben ist als dieses hinter der Larve einer blassen Papierwarenverkäuferin steckende, wie ein Bodybuilder-Muskel trainierte hyperangespannte, daueraufgepumpte ANTJE-Gehirn. Weil keine Erkenntnis über irgendwelche dicken Sterne im All für sie eine Überraschung oder ein großes Faszinosum gewesen wäre, hast du über *experimentelle Bescheidenheit* und *Liebe zur konkreten Arbeit* (ich bitte dich, was ist Sex denn sonst) mit ihr gesprochen. Aber sie ging logischerweise tiefer, und dahin wolltest du sie nicht lassen. Du bist an dem Punkt, an dem du – ganz allein und ohne Absturz dieses Mal – zu erkennen glaubst, was du bist: ein hoffnungslos durchschnittlich begabter Physiker, der froh sein wird, wenn er sein Lebtag lang ein akzeptables Auskommen, einige gute Freunde und sehr viele gute Bücher besitzt (deine eigenen Worte). Kein idealer Lebenspartner für diese in den Körper, den Gestus, die Aura einer Art Frau Dr. Mustermann (Annabel hatte doch wenigstens diese elastische Zierlichkeit, diese quietschende Lederbläue, etwas für die Schlumpf-Fetisch-Gruppe) eingesperrte biberhaft manische Denkerin, die noch am liebsten gleich hier auf der Wiese an dir nagen möchte. Du protestierst gegen das Verdikt des geistigen Mittelmaßes, das du über dich verhängt glaubst – aber nicht bei, nicht vor ihr. Ihr erhebt euch von der Wiese und Antje löst sich auf in einem säuerlichen Entflimmern der Entsagung. Es folgen asketische Tage, Wochen und Monate, auf den Institutsfluren, in der Bibliothek, im Rechnerraum, in der Mensa, vor der Sternwarte, auf den grünen Schillerwiesen, morgens, mittags, abends. Sogar nachts, als du sie nach zwei dicht aufeinanderfolgenden Institutsfeiern durch an sich hinreißende Herbstnebel zu ihrem im Norden gelegenen Studentenwohnheim brachtest, küsstest du sie kein einziges Mal. Es ist ein physikwidriges Gravitationskunststück, als würde man von einer Leiter (vom Freiburger Münster gar) gefallen sein und stundenlang eine Handbreit über dem Boden bremsen. Ihr neuer Pagenschnitt, die tadellos duftenden wuscheligen Wollpullover (Lama, Alpaka, rosa Schamhaar) über ihrem schlanken, dennoch breitschultrigen Oberkörper (eine naturbegabte Climberin, du hättest ihr nur das Seil zu reichen brauchen), ihre sehnsüchtig zerkauten Lippen, ihre weißen, duftenden Knabenhände, ihr Hilf-mir-doch-ich-ertrinke!- Blick. Ein ganzes Jahr lang meinte sie es ernst mit dir, Jonas, und du sagst, eben das hätte dich so gehemmt. Nur eine wüst gemeinte Nacht – und sie wäre zersprungen wie Glas. Was für ein Unsinn! Aber irgendwie mag ich dich doch dafür, dass du dich nicht gerührt hast, selbst als sie endgültig die Beherrschung verlor, dich in einem lärmenden Jazzkeller am T-Shirt packte, an ihre Lippen riss und du ihren Milchatem kurz und widerstrebend trinken musstest (halb so schlimm): Du weißt, ich bewundere dich sehr, Antje. Wie bitte? B-e-w-u-n-d-e-r-e d-i-c-h s-e-h-r, aber – WRUMMDRUMMBUDUBUMM! – ich bin kein Auenfeld. K-e-i-n w-a-s? TSCHAK-TSCHAKATA-TSCHAK! – Frnhld. W-a-s? FRAUENHELD! An Antjes Stelle hätte ich dich hier mit einem – glücklicherweise nicht nahe liegenden – Teleskop oder Helioskop fachgerecht niedergemacht. Doch für mich (nur eine vage Reise-Erinnerung in deinem Schädel, ein verrauschtes sentimentales Parkbankgespräch, verdammt) soll es schon recht sein, denn beim Frauen-Countdown zu MIR (neue Version, zu Ende studiert, forsch, zahllose getrocknete Glieder am Ledergürtel schwingend) sind wir damit schon bei EINS. Aber wie bist du nur vom moralischen Kirchturm des edel Verzichtenden herab auf Marlies gekommen? Mein Auenfeld. Du warst weit draußen im All, bei den Monster-Sonnen, und musstest einen Anker (einen Hafen für deinen Anker) finden, um zur Erde und deren Himmelsstern zurückzukehren. So weit die Theorie. Polarlichter und magnetische Stürme tobten in deinem Kopf, verknotete Diagramme, Berechnungs- und Programmierprobleme, Theorie und Praxis der adaptiven Optik, bei der die Lichtwellenamplituden in Echtzeit von den Turbulenzeffekten der Atmosphäre gesäubert werden mussten, Amen. Entsagung aus höheren Gründen, Verzweiflung und Selbstvorwürfe! Es trieb dich wie ein wirr werdendes Schwein in die Sümpfe und die Mangrovendickichte der letzten Geliebten vor deiner großen Liebe. Schweinebein, das war dein Gedanke, nicht meiner, es begann in ihrem Buchladen am Markt (an der Außenfassade die Bronzetafel: *Hier arbeitete und lebte das Göttinger Verleger-Paar Margarete und Heinrich Pleßner von 1903 bis 1918*), als sie den Kopf nach dir drehte, jene sich wie eine hysterische Fünfzigjährige kleidende Mittdreißigerin im knielangen schwarzen Rock, dessen Schnitt die massigen Oberschenkel mehr betonte als verbarg. Ein regelrechtes Eisbein, dachtest du mit Blick auf ihre kräftige rosige Wade über den weißen Riemensandälchen. Dabei lag hier überhaupt keine Abneigung vor, sondern nur die Ehrlichkeit und Dringlichkeit eines gegenseitigen einfachen, das heißt zweifachen Begehrens, das fast jedes längere Gespräch zwischen euch in einen schwindelerregenden Zustand von Abwesenheit, Desinteresse, ausrutschenden Bemerkungen, entgleisenden Sätzen überführte, in dem oder von dem aus ihr euch dann wie betrunken (öfter trankt ihr euch auch den halben oder dreiviertel Weg dahin mit ihren modrigsüßen Weißweinen in schockierenden Deziliter-Schmuck-Sammel-Gläsern) in eure landwirtschaftlichen Umarmungen fallen lassen konntet (vergib mir Antje, diese rosa Furche hier, es ist experimentelle Bescheidung). Vor den Regalen ihres hauptsächlich noch Rotweinetiketten lesenden Gatten war sie dir näher gerückt (Sie haben einen bemerkenswerten Geschmack für einen Physiker!), hatte dich zu einer häuslichen Veranstaltung eingeladen, auf der sie dich mit ihrem steifen Brustvorbau in eine stille Ecke drängte, um etwas über die Studentensitten in Erfahrung zu bringen. Eine nahezu kubistische Dame mit Sonnenhut, Goldreifen, Gucci-oder-Sonstwer-Designer-Brillen, Seidenhalstüchern, in schillernden Blusen, die wie unfallzerknautschtes Autoblech geometrische Falten und Körper warfen. Zu Anschauungszwecken stellen wir sie so auf die Prinzenstraße, auf die Herbstwiesen, vor das Piano bei schwach besuchten Autorenlesungen, unten herum aber immer blank, mit einem Becken wie ein Kontrabass und feisten Oberschenkeln, dazwischen die Acht, die wollige Unendlichkeit, der Brezelschwung, der zwei ungeheuerliche Untiefen vereint, wie eine senkrecht aufgelegte Karnevalsmaske aus Pudelfell. Streif sie dir über, wie konntest du nur, Jonas-ich-bin-kein-FrnHELD!, aber bald ist es vorbei mit dieser Geschichte, denn nach einem knappen Dutzend modrig-süßer Begegnungen tut Marlies' hochgebildeter alkoholkranker Mann dir leid, und ich spreche dich selig, wie du da herankommst und in die Jüdenstraße einbiegst mit einer zerknautschten Aktentasche unter dem Arm, seit Wochen wieder allein und hirnfiebrig und ohne eine Spur von Geschlechtsverkehr.

8. MARLIES (1)

Jonas müsste einige Korrekturen anbringen. Man kann von Antje nicht ohne Reni auf Marlies kommen. The missing link. Doch Reni existiert für Milena nicht, er hat ihr nie etwas über sie erzählt. Frühes Stadium der Evolution. Sonst könnte sie Caprichos zu einer weiteren seiner früheren Geliebten anfertigen (Reni als weiblicher Struwwelpeter neben dem Annabel-Schlumpf). Ihre Vorstellung seiner letzten Geliebten v. Mil. beruht auf einem in ihrer Erinnerung ungenau datierten Besuch, den sie im Sommer 1999 der längst ausgebauten Buchhandlung am Marktplatz abstattete, allein und tatsächlich nur, um eine Zeitung zu kaufen, bis sie die laute, geschäftsmäßige und auch im Übrigen nicht sehr gewinnende Stimme der Frau hörte, die hinter die Theke getreten war, um die Bestellwünsche eines Kunden entgegenzunehmen. Verdammt, das ist sie!, hatte Milena gedacht und war nach einem zweiten, flackernden Blick auf eine etwa mittvierzigjährige Frau in weißer Bluse und kapitänsblauem Kostüm verwirrt auf die Straße gelaufen, als hätte plötzlich die Wirkung einer Narkose ausgesetzt, die man ihr verabreicht hatte, um einen kleineren medizinischen Eingriff schmerzfrei zu überstehen (führen Sie den Penis ihres Ehemannes augenblicklich in diese resolut erscheinende Buchladen-Chefin ein). Es tat nicht so sehr weh, wie sie befürchtet hatte (nur eine reale, sich feucht versteifende und doch knieweiche Angelegenheit), es befremdete aber. Von Marlies haftete später nur ein einschüchternder Zusammenklang von Korpulenz oder wenigstens kräftiger Bauweise und abweisend strenger Garderobe (In welcher Montur tritt eigentlich, verehrte Frauenzeitschrift, die KÜNSTLERIN vor ihr geneigtes Publikum? Vgl. *Death by Women's Magazines,* Blatt 1) in ihrem Gedächtnis. Die immunologische Abstoßung, mit der die eifersüchtige Gegenwart die früheren Geliebten des Partners behandelte, war eine schlechte Grundlage für ein Porträt. So blieben ihr nur einige erotische Karikaturen, die ihren jungen schlanken Mann gleichsam linkshändig auf die Wölbungen eines Matronenleibs zeichneten, und ein – freilich ungenutztes – Nachfassen ihres genauen malerischen Blicks, der auch in einer knappen, erschrockenen Sekunde imstande war, das Spezifische in den Gesichtszügen einer unbekannten Frau zu erfassen. Bei dem einzigen Versuch, jene beiden exzentrischen Monate seines späten Studiums näher zu beschreiben, hatte Jonas die sieben Jahre ältere Marlies als herb, aber auch attraktiv bezeichnet (einem Freund gegenüber, um sich dann auch schon so sehr für die formelhafte Beschreibung zu schämen, dass er ihm noch weniger erzählte als Milena). In den ersten Minuten der Annäherung, nachdem Marlies ihn um eine Auskunft gebeten hatte, da er in der Fachbuchecke ihres Buchladens ein Computerhandbuch durchblätterte, war sie ihm vor allem schnell und entschlossen vorgekommen, zugreifend auf eine selbstvergessene, nüchterne Art. Er mochte ihren Laden, der zunächst nur den langsam, aber sicher aussterbenden linken Buchhandlungen der siebziger und achtziger Jahre in Freiburg oder Frankfurt glich, in denen man neben sozialistischen Klassikern, anarchistischen Zeitschriften, Stadtplänen, alternativen Kochbüchern, esoterischen Romanen und Öko-Fibeln seine Mühe hatte, etwas zum Lesen zu finden. Sah man genauer hin, dann entdeckte man in ihrer Sachbuchabteilung ausgesuchte, nahezu saugende Tiefe und in der Wissenschaftsecke glanzvolle Überraschungen. Sie hatte zahlreiche Lyrikbände vorrätig, und noch mehr beeindruckte ihn die Auswahl an deutscher und internationaler Belletristik, die mit einer ammenhaft tröstlichen Sicherheit (nein, es war viel erotischer für den enthusiastischen Leser Jonas, es war, als entblößte eine im Look der siebziger Jahre daherkommende Frau in Latzhosen (nun endlich!) nur für ihn in einer halbdunklen Zimmerecke eine perfekte Brust, jedes *Playboy*-Titelblatt und jede pornografische Bestsellerliste mit stiller, weicher Wirklichkeit vergessen lassend, kostbar, auratisch und sanft) fast jeden Roman enthielt, den er sich schon lange zu lesen vorgenommen hatte. Nie hatten sie mehr als das Nötigste miteinander gesprochen, auch wenn sie das, was er kaufte, mit einem Heben der Augenbrauen oft für gut zu befinden schien und er schon öfter gerätselt hatte, ob sie selbst – in ihren zumeist doch irritierend geschäftsmäßigen Kostümierungen, die ihn mehr an eine Hotel-Managerin als an eine Buchhändlerin denken ließen – oder der retro-artige langhaarige Siebziger-Jahre-John-Lennon-Mann mit Rundglasbrille, den er hin und wieder hinter der Kasse sah, für die Auswahl des Bestands zuständig war. Doch gewiss war sie mit verantwortlich. Bei jedem Ladenbesuch hatte er ihr mehr zugetraut, sie wusste, was sie wollte, auch jetzt konnte sie es genau formulieren. Es ging ihr darum, auf einem schon betagten Rechner verschiedene auf CD-ROM vorliegende bibliografische Datenbanken zu betreiben, von denen jede eifersüchtig und zänkisch den Arbeitsspeicher des Computers für sich allein beanspruchte, und daneben mochte sie weiterhin noch ihre übliche Bürosoftware nutzen. Als Jonas sich anbot, die Konfiguration des PC zu betrachten, und zur Vertrauensbildung hinzufügte, er studiere Physik im letzten Semester, reagierte sie mit einer überfließenden, strahlenden Erleichterung, bugsierte ihn zu dem Gerät in einem alkovenähnlichen abgeteilten Büro, brachte ihm einen Cappuccino aus dem oberen Stockwerk, von dem immer wieder Baulärm herabdröhnte, der das schmale, am Ende einer Reihe von Fachwerkgebäuden stehende alte Haus unwillig vibrieren ließ. Die Kaffeeecke mit der original italienischen Maschine wäre einsatzbereit, aber sonst sei es da oben eine Katastrophe, ausgelöst durch Architekten- oder Handwerkerpfusch, sie schöben sich gegenseitig die Schuld in die Schuhe, die Kundentoilette müsse jedenfalls, nachdem alles schon eingerichtet gewesen sei, komplett neu verrohrt und gefliest werden. Wirkliche Kompetenz aber beeindrucke sie total, erklärte Marlies, und wegen dieser Schmeichelei oder wegen des intimeren Rahmens des Alkovenbüros, von dem aus sie den Buchladen beobachten konnte, wenn sie sich nach vorn beugte, kam sie ihm noch ein unverhofftes Stück näher, so dass er sich fragte, ob er wohl eine solche Frau küssen mochte, die einige Jahre älter war, verborgen füllig unter der büromäßigen Aufmachung (helle Seidenbluse, rötlich braunes Jackett und gleichfarbige Hose), mit offenem, gepflegtem, aber dünnem blonden Haar, blassem Teint, einer hohen, etwas kantigen Stirn und einem Lächeln, das auf eine nun schon verwirrende Art bissig wirkte. Man weiß nichts über solche Leute, dachte er, während er an einer Stapeldatei mit MS-DOS-Befehlen arbeitete, die es erlauben sollte, den Rechner unter einem Menü mit unterschiedlichen Konfigurationen zu starten. Für diesen Gedanken schämte er sich später nicht, denn die Bedeutung des Unwissens wird ihm gerade für den Sommerabend in der Buchhandlung außerordentlich groß erscheinen, die bald vom letzten Kunden und von zwei Bauarbeitern verlassen und so rasch und dezent verschlossen wurde, dass es ihm beim Tippen auf der hausmausgrauen Tastatur nicht auffiel. Milena hatte sich geirrt, als sie annahm, die Plakette für die Verlagsbuchhandlung wäre über dem Eingang des Ladens angebracht gewesen. Sie haftete unscheinbar und von Jonas bislang auch unbeachtet an der Außenwand der einige Häuser weiter links liegenden *Bären-Apotheke*, um an die Geburtsstätte des in der Weimarer Zeit berühmt gewordenen Pleßner-Verlags zu erinnern, obgleich gerade hier, anstelle von Marlies' Laden, sich ebenfalls eine Buchhandlung befunden hatte, die als Anlaufpunkt der Intelligenz vor und nach dem Ersten Weltkrieg für Göttingen eigentlich wichtiger gewesen sei. Im Gegensatz zu der bald nach 1918 Richtung Berlin abgewanderten Pleßner'schen war sie bis in die fünfziger Jahre hinein in Göttingen geblieben. In einer geradezu blendenden Unwissenheit über Ort und Personen, die ihm einmal so absurd erscheinen wird, als hätte er ein Paralleluniversum (eine Parallelstadt von Göttingen wenigstens) besucht, in der innerhalb derselben Gebäude ein vollkommen anderes Personal gelebt und gelitten hatte, strickte Jonas an dem kleinen Programm. Marlies wollte wissen, ob er bereits an seiner Abschlussarbeit säße, und er kam kurz auf seine langwierige Datenauswertungsstudie über die Durchmesser dreier weit entfernter Sterne zu sprechen, dann aber auch, von ihrer Neugierde beflügelt, auf sein Interesse an der Sonne, an dem Stern, der vor der Haustür der Erde läge, so nahe, dass man – als

Astronom, mit astronomischen Instrumenten vielmehr, und um es mit dem Solarforscher Karlheinz Pleßner zu sagen – gleichsam darauf spazieren gehen könne. Karlheinz Pleßner? Eben von ihm, dem in die Naturwissenschaft entlaufenen Sohn der Verlegerfamilie, hatte Marlies ihr Wissen über das Nebeneinander der beiden Buchhandlungen in der Kaiser- und Weltkriegszeit. Der historische Vorläufer ihres eigenen Ladens hatte *sich Bernsdorff'sches Antiquariat und Kunstbuchhandlung* genannt. Vor sieben, nein acht Jahren schon sei ein elegant gekleideter und vornehm wirkender Herr, ein alter Mann, wohl fast achtzig, bei ihr im Geschäft erschienen, der nicht so sehr den Eindruck erweckt habe, er suche ein Buch als vielmehr die Erinnerung an einen Duft oder irgendein anderes verwehtes Anzeichen des Ortes, an dem sie standen. Früher musste er sehr gut ausgesehen haben, denn noch jetzt, in seinen hohen Jahren, betrachtete man (Frau, sie, Marlies – mit einem unversehens schmelzenden Blick) ihn gerne, seine hohe Stirn, die aufmerksamen braunen Augen, seine feine, gebogene, schmalrückige Nase. Ein Gelehrter, zweifellos, das erkannte man (Frau) beim zweiten Satz, aber auch ein Charmeur, ein Ladykiller vielleicht sogar (FRNHLD!). Da war diese vergnügte Selbstsicherheit, mit der er sich auf eine Unterhaltung mit ihr einließ, einer damals achtundzwanzigjährigen Frau, die keinesfalls konventionell gewirkt habe. Sie meinte vor allem ihre Frisur und Kleidung, während Jonas nun noch stärker auf das seltsam Irrlichternde ihres Blicks achtete. Eine gewisse Härte, etwas latent Aggressives lag dicht hinter der für diesen kleinen, obgleich aufstrebenden Laden doch übertriebenen Kostümierung, eine spürbare Bereitschaft zu Auseinandersetzungen, körperlichem Einsatz sogar, so dass man glauben konnte, sie wäre imstande, mit einem zu ringen oder zu boxen. Ebenhier bahnte ihm die Erinnerung an Reni einen einfühlsamen und erwartungsvollen Zugang. Bald würde sie ihm von den Protestblockaden erzählen, von ihren Erfahrungen berichten, zusammengehakt mit anderen über die Straße geschleift oder von Wasserwerfern mit einem jähen Schlag zu Boden gefegt zu werden, mit einem schwarzen Tuch vor dem Gesicht vor einer

Front aus Plastikschildern zu stehen, den Biss von Tränengas in den Augen. Verprügelt zu werden, von Staats wegen, im Einsatz gegen die Atomkraft und für die Sonne (jenes orangefarbene Igelgesicht mit erhobener Flammenfaust auf den gelben Flaggen), das war ihr zur Genüge in den frühen achtziger Jahren passiert, die sie nicht wie der brave Jonas im Hörsaal, sondern hauptsächlich auf Umwelt-, Friedens- und Hausbesetzer-Demos, in Frankfurt, Hamburg und Westberlin verbracht hatte. Der alte Herr hatte ihre punkähnliche Frisur übersehen, das schwarz gefärbte Rippenunterhemd, die grauen Röhrenjeans, er hatte sofort begriffen, dass das nur Accessoires waren, er drang zu ihr durch als immer noch junger, selbstbewusster Frau, die schon länger wusste, was sie wollte (nicht mehr weggeräumt und abgeschleppt werden, sondern selbst ein Spiel spielen), und hatte sie so natürlich nach ihren Kindern gefragt, dass sie ihm lang und breit von den zwei und drei Jahre alten Söhnen (ob Reni inzwischen Kinder hatte?) berichtete und von dem Arrangement mit ihrem Freund (und Vater beider Kinder, der langhaarige John-Lennon-Mann mit der runden Brille), demzufolge er vormittags den Laden führte, während sie die Kinder hütete, um es am Nachmittag umgekehrt zu machen. Als Kind, erzählte Pleßner, sei er oft in diesem Haus gewesen. Ob sie gewusst habe, dass im zweiten Stock die Buchhändlerfamilie wohnte und im ersten eine Galerie eingerichtet gewesen sei? Marlies kannte nur das erste Stockwerk, das sie nun zur Erweiterung ihres Ladens hinzunahm, als Lagerraum des in den fünfziger Jahren eingezogenen Feinkostgeschäfts. Immerhin sei hier nun wieder ein Ort für Bücher, sagte der alte Herr in seinem nicht mehr modischen, aber sichtlich maßgeschneiderten und immer noch kleidsamen grauen Sommeranzug. Wenn die oberen Stockwerke nicht genutzt würden, dann könnte man sich doch vorstellen, die Buchhandlung zu erweitern, hatte er damals, vor acht Jahren schon, bemerkt, so gewiss, als wäre er imstande gewesen, die euphorische, verzweifelte, kämpferisch-kreative Phase der Modernisierung und des Ladenausbaus vorauszusehen, in der sie sich nun befanden (Jonas immer noch vor dem inzwischen erfolgreich dressierten PC, Marlies im Damenreitsitz auf der linken Seite des anscheinend recht stabilen Schreibtischs, beide mit längst geleerter Kaffeetasse in der Hand), ja, er habe vielleicht auch das Saatkorn zu der Ausbau-Idee gelegt durch seine freundliche, ermutigende, aber auch fordernde Art. Sie habe den Laden kaufen müssen, *kaufen*, mit allen Risiken und Nebenwirkungen. Und jetzt müsse sie ihn ausbauen, die Flucht nach vorne, nach oben vielmehr ergreifen, knallhart kapitalistisch kalkulieren und investieren, um an diesem teuren Standort zu überleben und sich nicht in eine Seitengasse vertreiben zu lassen. Nach dem Tod ihres Vaters, der Geschäftsführer einer Klinik gewesen sei, wäre ein Kapitalstock da gewesen, zusätzlich zu der bereits in den Buchladen investierten Summe. Sie wollte Jonas aber nicht langweilen oder festhalten (zwischen dem klobigen Monitor, einem stählernen Aktenschrank und ihren auf der Schreibtischplatte ruhenden, beunruhigend verbreiterten Oberschenkeln). Er hatte nach einem Wort für den Farbton ihres dunkel rostfarbenen Anzugs gesucht. In ihrer vornübergebeugten Sitzhaltung, die den Stoff noch mehr spannte, erinnerte das Jackett an eine aufplatzende Tamarindenschote, die Bluse dagegen hatte den sacht ins Rosa changierenden fleischigen Weißton einer Lychee, es war ihm schon sehr pflanzlich und treibhaushaft eng zumute geworden. Damit sie Pleßners Anregung der Ladenvergrößerung verwirkliche – fast wollte sie es Auftrag nennen, denn sie hatte damals einen kaum widerstehlichen Impuls verspürt, ihm zu folgen, er musste es lange Jahre gewohnt gewesen sein, Menschen zu führen und zu motivieren, das war ihr deutlich geworden, noch bevor er sich als ehemaliger Direktor eines Forschungsinstituts zu erkennen gab –, waren allerdings noch besondere Umstände nötig, das Eintreten einer … im gewissen Sinn … extremen Situation … Sie brachte es nicht zustande, deutlicher zu werden, und er schwieg einfühlsam, auf seine eigenen Finger blickend, die drucklos auf der Tastatur ruhten. Gerne würde sie noch einen zweiten Cappuccino nehmen, er auch? Sie könnten nach oben zur Küchenecke gehen, da bekäme er zu sehen, wie weit der Ausbau fortgeschritten sei. Pleßners Buch befände sich übrigens dort, das kleine, magentafarben eingeschlagene Taschenbuch, das er in den späten fünfziger Jahren geschrieben habe, denn sämtliche Regale seien ja schon aufgebaut sowie ein privater Bücherschrank, in dem sie besondere Bücher verwahre. Die geleerten Kaffeebecher in der Hand, stiegen sie in einem Treppenaufgang, der bald in die Buchhandlung integriert werden sollte, nach oben, wie Sträflinge mit ihren Blechtassen, dachte Jonas unwillkürlich, er fühlte sich tatsächlich zu etwas verurteilt, einer schwierigen Lektüre etwa oder einem gelinden Sittlichkeitsverbrechen, und der von Folien und Planen verhängte und armierte Raum, den sie betraten, machte ebenfalls einen dubiosen Eindruck, denn man glaubte, in die Falle eines eigenartigen, glasartigen, Speichel absondernden spinnenartigen Tieres zu geraten oder wenigstens an den Drehort eines fantastischen Films, in dem ein solches hätte vorkommen können. Das Halogenlicht eines Bauscheinwerfers, der hinter einer transparenten Plane am Boden stand, bestärkte die Anmutung eines Filmsets, bis sie so weit um die Ecke gebogen waren, dass sich eine Insel mit einem blauen Sofa auftat, Letzteres unbedeckt und wie auf künstlichen Eisschollen treibend, und dahinter die versprochene Kaffeeecke mit einer Anrichte aus hellem Holz, darauf die chromstrotzende italienische Maschine. Nie wieder konnte Jonas, ohne wenigstens einen Schatten der damaligen Erregung zu empfinden, an den Sofa- oder Couchecken vorübergehen, die nahezu zwanghaft, wie Zierteiche oder Swimmingpools in bestimmten Stadtvierteln, in allen größeren Buchhandlungen der Folgezeit aufblühten, als hätten überall dieselben Innenarchitekten gewirkt oder als wären Marlies und er der Anstoß dieser kundenverwöhnenden Mode gewesen mit einer wahrhaft abrahamischen Zeugungskraft (eine Krähe, zitierte Marlies einmal einen geliebten Schriftsteller, glaube, sie könne den Himmel erfinden). Die besondere, die extreme Situation, die Marlies zur Expansion des Ladens trieb, hatte mit Politik zu tun, mit ihrem Vater und auch mit ihrem Freund, dem Mit-Erzeuger ihrer Kinder, einem sich neuerdings zum Schriftsteller aufwerfenden Idioten, einer treulosen Tomate! Wüsste Jonas, als Naturwissenschaftler, weshalb ausgerechnet Tomaten in diesen Ruf gekommen wären, wanderten sie herum und befruchteten blindlings Kartoffel- oder Paprikapflanzen? Jenes magentafarbene Bändchen über die Sonne, Pleßners lebenslange Passion, wolle sie ihm gleich hervorholen, die Sonne brächte die Tomaten zum Reifen, manche würden dabei aber vor Eitelkeit platzen. Es mache einen riesigen Unterschied, ob man die Verantwortung für zwei Schulkinder trage oder nicht. Ihr Vater, weit davon entfernt, so alt zu werden wie Pleßner, sei vor eineinhalb Jahren gestorben, und erst sein Tod habe jetzt zu der riskanten, belastenden, aber auch großartig stimulierenden Investition in die Buchhandlung geführt, nicht nur, weil sie geerbt hatte, sondern weil vieles (nicht jedoch alles) von dem, was der steife und penible Manager, der er gewesen sei, ihr zu predigen pflegte, plötzlich auf eine neue Art einsichtig geworden wäre, gerade im Augenblick der Krise und Verletzung (der von einem angemaßten Schriftsteller-vorab-Ruhm vorab-gesalbte Schwanz ihres Lebensgefährten in der Putzwolle einer vorgeblich nur literaturinteressierten, schwarz bebrillten, kraushaarigen, blutjungen Germanistikstudentin): der Buchladen gehörte ihr allein, und sie allein konnte etwas damit anfangen, etwas *unternehmen*. Die Herablassung, die kaltschnäuzige, beobachtende Art, wäre von ihrem Vater abgefallen in seinen letzten Lebenswochen. Wohl deshalb könne sie jetzt, wo es oft nötig sei, das auf sie gekommene Organisationstalent in sich erwecken, seine Autorität und Härte vielleicht auch (der Architekt, die Banken, die Handwerker, die Buchvertreter, die ihr Paletten von Schwachsinn aufladen wollten) – ach hier, unter dieser Plane, müsse sich der private Bücherschrank mit dem Taschenbuch von Pleßner befinden. Sie wandte sich ab, zerteilte mit den Händen die herabhängenden Folien wie einen Vorhang. Jonas hatte sich einen Tag nach dem Vortrag Pleßners das Buch in einer Freiburger Buchhandlung bestellt, die dem ersten Anschein nach auch Marlies hätte gehören können. Er musste es wohl zu Hälfte gelesen haben, dann aber war es in den Wirren seiner Umzüge verlorengegangen. Er wollte Marlies von der Bedeutung des Vortrags erzählen, der ihn zwar nicht gleich zum Solarphysiker gemacht, aber ihm den Trost und das Faszinosum der organisierten Wissenschaft eröffnet hatte. Seine verblichenen Gymnasiastensorgen, sein Studentenleben in der Physiker-WG und das spröde Abstandhalten von Antje kamen ihm angesichts des blauen Sofas jedoch lächerlich vor. Marlies, in ihrer extremen Situation, mit der Verantwortung für zwei Kinder, dem Umbaustress, dem wirtschaftlichen Risiko, der Zumutung, den offenbar fortgesetzten Betrug ihres Mannes oder Freundes ertragen zu müssen, erschien ihm heroisch, abstoßend und erregend, aktivierte seine Samariter-Impulse wie ein verletztes Unfallopfer, das sich mutig aus einem Wrack herausarbeitete, oder eine kräftige, schwitzende Sportlerin in den Mühen eines harten Turniers. Plötzlich kam es ihm so vor, als ergäbe sich die Antwort auf alle Lebensfragen erst aus einem richtigen Schlamassel. Steckte er schon darin? Nur mit grober Unhöflichkeit konnte er sich jetzt noch aus der Affäre ziehen, und der Anblick ihres die Hose spannenden großen Hinterteils war ihm in der ersten Schrecksekunde peinlich. Gleich darauf aber, als er sich sagte, dass sie vielleicht absichtlich in dieser Haltung zwischen den Folien raschelte, packten ihn die Aussichten mit ihrer spendablen Obszönität. So etwas wolltest du doch immer!, flüsterte eine vor Erregung heisere innere Stimme, über die sich eine zweite, leicht resignierte legte mit der simplen Überlegung, dass Marlies als Einzige die Schlüssel zur Außentür habe. Kurz darauf saß er auf dem Sofa, einen frischen Cappuccino in der Hand, in ein für ihn ganz ungewohntes Gespräch über Väter vertieft. Die verhaltene Gegenwart der Bücher hinter den Planen und Folien, hier nur geisterhaft zu erahnen, dort spielerisch verschleiert, entsprach dem schwankenden, aber stets geringen Realitätskoeffizienten der Situation des Sommerabends im ersten Stock des alten Fachwerkhauses. Marlies' Gesicht war gerötet, ebenso der Ausschnitt ihrer Bluse, fleckig, kinderhaft und köstlich. Jene Lychee-Empfindung ... immer mehr Botanik zwischen den Treibhausplanen ... Fast glaubte er, den süßlich herben Geruch von Torferde in der Nase zu haben. Er hatte keinen schneidig auftretenden, kahlköpfigen, hünenhaften Vater zu bieten (Marlies' Mutter musste ein völlig anderer Typus sein), der ihn systematisch in die Streetfighter-Szene trieb, um dann jedoch immer wieder Beistand und finanzielle Hilfe – freilich zu gewissen Bedingungen – anzubieten, sondern nur Matthias. Ein besonnener, ausgeglichener Mann. Was sollte er noch über seinen Vater sagen? Er hatte Mathematik in Heidelberg studiert, eine Zeitlang bei Versicherungen gearbeitet und war dann zu einem Software-Unternehmen gegangen. (Ah, die Liebe zu den Rechnern! Da haben wir doch eine Tradition!) Aber der Konflikt? Weshalb sollte es einen Konflikt geben? Die Familie ist immer ein Drama, laut oder still, behauptete Marlies. Sie zitierte Shakespeare, Tolstoi und einen lateinamerikanischen Schriftsteller, den Jonas nicht kannte, fing ihn dadurch noch mehr, denn jetzt glaubte er zu wissen, dass sie für die Literaturauswahl im Laden verantwortlich war, und er ahnte – durch die folierten, verschleierten Visionen von Sex mit gestressten und gewalttätigen Müttern in halb vom Leib gerissenen Business-Kostümen hindurch – in die Glücksmomente einer Zukunft hinein, in der ihm zum ersten Mal eine wirkliche Leserin im wirklichen Leben begegnete, die wie er unter der großen Literatur nicht litt, sondern in ihr aufatmete wie in einem weiten grünen Tal oder neugierig in sie eintauchte wie in dieses eigentümliche Buchaquarium hier, das doch weniger eine Falle als die Nebelkammer einer einzigartigen, seltenen Kollision war. Wir werden das Higgs-Teilchen finden und es dem Cern melden. Der Konflikt in seiner Familie? Vielleicht der mit Johnni, die wegen ihrer unausgesetzten Fernreisen das Medizinstudium nicht abschloss. Aber er selbst und diese eine Stelle, die es immer gebe, wie ebenjener lateinamerikanische Dichter festgestellt habe (die Familie als dein stärkster und schwächster Punkt), als kritischen Ort, an dem sich die Auseinandersetzung abspiele? Jonas sah das Freiburger Familienhaus und den Garten vor sich, gleichsam achselzuckend zufrieden, und betrachtete dann wieder gebannt und verwundert Marlies' gerötetes, herb-hübsches, entschlossenes Gesicht. Ihre Knie berührten sich auf der magentafarbenen schmalen Brücke des Pleßner'schen Taschenbuchs, auf dessen Einband eine gelbe, naiv gezeichnete Sonne aufgedruckt war.

Die Stelle ... Achillesferse ... Konfliktzone ... Der Punkt, an dem man erwachsen wurde, über den man unbedingt hinauskommen musste, beharrte Marlies. Jonas glaubte, dass sein Vater, der eine sehr definierte, praktische, das regelmäßige Einkommen sichernde Berufstätigkeit gewählt hatte, im Stillen von ihm mehr und anderes erwartete, vielleicht besondere wissenschaftliche Leistungen oder dass er eine Forscherkarriere an einer renommierten Universität oder einem international bedeutenden Institut verfolge, etwa am Cern, am Caltech oder MIT. Siehst du, die Stelle gibt es immer, sagte Marlies befriedigt, ihn zum ersten Mal duzend, wie heißt du eigentlich? Sie stützte ihre Ellbogen so auf die eigene Hüfte, dass sich die Brüste zwischen den Armen hervorwölbten, als wären sie zu großen Kugeln aufgeblasen worden. Zwei oder drei Mal hörten sie auf, sich zu küssen, und starrten sich betroffen an. Was, um Himmels willen, Jonas, machst du mit zwei Fingerkuppen an der Stelle, an der man in die Welt kommt und auf der Mann erwachsen wird, zwischen dem fest geschnürten, nur noch kurze Zeit rau-trockenen Schließmuskel und der augenwinkelhaft delikaten unteren feuchten Einmündung ihrer Vagina? An dieser Stelle, flüsterte Marlies, kann man nicht so schnell umblättern. Aber man muss sich entscheiden, mein lieber Jonas.

9. DRESDNERINNEN

Als wäre ich vor unseren ersten Treffen unschuldig gewesen (wollte ich auch nie sein, allenfalls aggressiv asketisch, zu unberechenbaren Zeiten). Feine weiße Astgabel ohne Rinde. Weicher Schnabel in der Verzweigung. Häuptling Großer Keil fährt dazwischen, schon wieder, morgens im Campingbus. Fred ist nicht zu bremsen. Die staubigen Highways, die Canyons, die Adler, die Geier, das Feuerwasser, die Restbestände an Indianern mit ihren Spielcasinos, der Max-Ernst-Pick-up, mit dem wir bei den Galeristen vorfahren, um immer neue, immer rascher hingeworfene Ölbilder und Aquarelle loszuschlagen, er hat vier Ausstellungen gleichzeitig zwischen San Francisco und San Diego. Weil der Geldtransfer über die Banken nach Deutschland so schwierig ist, nimmt er Cash und stopft es sich in die Hemd- und Hosentaschen, er verkauft, egal, was er macht, seine wie aus Blech gedengelten Leinwand-Pferde, seine zerschmetterten Trabants (*Old Shattered T.*), seine maskierten Sniper, die mit ihren Zielfernrohren von den Bildrändern her ahnungslose Figuren in hastig hingepinselten Edward-Hopper-artigen DDR-Alltags-Idyllen anvisieren. Fred, der Indianerfreund, ist Running Bull, wie er selbst bekundet, der Mann der Stunde, rothaarig, bärtig, kompakt, ein Maler mit einundvierzig im Land seiner Jungenträume, nach einem Monat East Coast und zwei Monaten West Coast noch immer so erstaunt und aufgekratzt wie eben gerade angekommen, 1991, Frühsommer, der wilde GDR-Artist aus Ostberlin, ein nachgelassener Exportschlager des unerbittlich im West-Kapital-Meer absaufenden deutschen Sozialismus, den man jetzt (und bald wohl nicht mehr so konkurrenzlos, wie er wohl weiß) begeistert in den USA empfängt und feiert. Seine Karl-May-Lektüren, der *Lederstrumpf*, die heimlich empfangenen West-Western (*Rio Bravo!*), die genossene Konkurrenz der jeweils importierten Deutsch-Indianer (Gojko

Mitić gegen Pierre Brice), die marxistisch-leninistisch inspirierten Rot-Häute der DEFA spuken in seinem Lockenkopf und auf seinen Leinwänden herum, fröhlich in bestverkäufliche, ironische, aber genügend malerische Schnellkunstwerke transformiert. Erich Honecker, ruft er laut, war ein Indianer! Gerade denkt er über einen Zyklus mit herumwimmelnden, bildmaßstäblich auf halbe Menschengröße verkleinerten, frisch ausgestorbenen sächsischen Grenzern nach. Ich schlage vor, sie in Gartenzwerggröße aus Kunstharz zu gießen und in den Ausstellungsräumen zu platzieren. Daneben werde ich mich stellen, auf Punk getrimmt, mit grünen Haarsträhnen, in löchrigen Jeans, in einem reizvoll bis zu den Nippeln eingerissenen FDJ-Hemd, eine russische Uschanka mit besicheltem und behämmertem roten Stern auf dem Trotzköpfchen. *I lived in Dresden since I have become seventeen excuse my mad English we learned only and alone the Russian language for better communismication.*

Imagine Dresden 1983 (intarsiertes Bild): Das Mädchen tritt ans hohe Fenster, dessen nach innen geöffneter Flügel einen roten Vorhang mit ins Innere des Zimmers gezogen hat, so dass er nun wie eine wehende Fahne im steilen Winkel von oben her direkt auf ihre hell ausgeleuchtete Stirn zeigt, als wären der Wind und der Blick von außerhalb in den Raum den gleichen perspektivischen Gesetzen unterworfen. Was fällt dir auf? Ich sage, das Mädchen oder vielmehr die junge Frau müsse weitsichtig sein, weil sie den Brief, den sie so andächtig studiert, auffallend tief, beinahe in Höhe ihres Nabels halte. Und weiter? Die langen bauschigen Ärmel und das Brustteil ihres mit einem weißen Rüschenkragen abschließenden Kleides sind in derselben Farbe gehalten wie der an einer Stange kurz unterhalb der Decke befestigte, von rechts her beinahe ein Drittel des Bilds verdeckende große Vorhang, einem Moos- oder Schilfgrün, dessen Widerschein sich auf eine schwer erklärliche Weise im ganzen Raum verteilt, in spannungsvoller Auseinandersetzung mit helleren Zonen, als wären mehrere verborgene Tageslicht-Scheinwerfer installiert.

Die große, sich nach links wölbende Falte des grünen Vorhangs lässt sich nur erklären, wenn man annimmt, jemand stünde dahinter und ziehe verdeckt den eigentümlich steinern wirkenden, wie gemeißelten Stoff gegen die Richtung der vom Fenster her einströmenden Luft. Das ist gut gesehen! Und was denkst du über die Früchte? Auf einer schief geneigten flachen Schale, die man wie achtlos auf den an einer Stelle zusammengeschobenen, perserteppichartigen Bettüberwurf im Vordergrund gestellt hat, sind einige Äpfel so nach unten gerutscht, dass sie in Schoßhöhe, vor dem dunklen Rockteil des Kleids der jungen Frau zu schweben scheinen. Könnte sie also schwanger sein? Liest sie den Brief ihres Geliebten? Aber sie wirkt ruhig, mehr konzentriert als sehnsüchtig. Wie wäre es mit einem Schreiben ihres Vaters, das ihr detaillierte Anweisungen für die Haushaltsführung während seiner langen Abwesenheit erteilt? Noch stehst du hinter mir, legst mir deine kräftige Hand auf die Schulter und hältst mich davon ab, zu nah an das Bild heranzutreten. Seit der Scheidung sehen wir uns nur noch einmal in der Woche, und jedes Treffen ist entweder ein Fest oder eine Beerdigung (wenn wir uns Bilder ansehen, ein Fest). Der Schatten des Fensters an der Wand – könnte er wirklich so fallen? Ich denke, nicht. Und das Spiegelbild, in der rechten unteren Ecke der von Sprossen unterteilten Fensterscheibe, was ist mit dem? Richtig, sie steht zu weit davon weg, sie muss auf uns zugekommen sein und hat sich auch zu weit in unsere Richtung gedreht, als dass eine solche Projektion auf das Glas noch möglich wäre. Also sehen wir einen Widerschein ihrer Vergangenheit zugleich mit ihrer lesenden Gegenwart. Was ist mit ihrer Zukunft?, frage ich trotzig. In einer sehr nahen Zukunft schon wird es im Brief des Vaters heißen: *Dass ich dieses Land verlassen musste, bedeutet nur für mich etwas. Du hast dein eigenes Leben, du triffst deine eigenen Entscheidungen. Du hast nichts falsch gemacht, und ich bin sicher, dass wir einmal wieder sehr nahe beieinander wohnen werden und uns jeden Tag sprechen können.* Im Rahmen des Fensters sieht man nichts als eine homogene, fast weiße, strahlende Fläche. Wäre man anstelle der jungen Frau im Bild, dann sähe man wohl hinaus auf einen barocken Festplatz, auf Springbrunnenbassins, breite Sandwege zwischen ornamental eingefassten, freilich schütteren Rasenflächen, die langgestreckte, verspielte Umrahmung aus Pavillons, Galerien, Säulengängen, mit vergoldeten Kuppeln gekrönten schmiedeeisernen Toren. Die Zeilen des Briefs verschwimmen im Strom der Zeit. Fünf Jahre, es sind ja nur fünf Jahre gewesen, in denen ich nichts als Briefe von dir hatte und gelegentlich ein Telefonat. Eine konzentrierte, hell ausgeleuchtete Erinnerung klärt das trübe Dahinfließen, schärft den Blick auf neue Zeilen, neue Buchstaben hinter undurchdringlichem, aber lupenreinem Glas. Erregt liest die junge Frau: *Die Dinge ändern sich. Habe ich es dir nicht gesagt? Bald treffen wir uns, sooft wir wollen! Arbeite an deinen Blättern. Mit einer guten Mappe nimmt dich jede Kunsthochschule in Deutschland. Oder du wirst Philosophin (was immer das heißen mag), so wie du es seit längerem willst. Bald schon macht es Sinn.* Der Raum, der die Lesende umgibt, hat sich stark verändert. Er ist niedriger, enger, dunkler, und der Vorhang zur Rechten fehlt. Sie kann nicht mehr auf den barocken Festplatz sehen, aber dafür ist sie auch eindeutig nicht schwanger. Auf dem schmalen Bett sieht man eine Reihe von Schulheften, einen tragbaren Kassettenrekorder mit Kopfhörer, den eigenartig mandarinenfarbenen Umschlag eines Buches, auf dessen südöstlicher Ecke ein ovales Emblem gedruckt ist. Vor einer ebenfalls mandarinenfarbenen Flagge drücken sich dort zwei goldumrahmte weiße Hände. Sonnenkranzartig oder in der Form zweier zueinandergebogener Ähren umgibt sie eine schwer entzifferbare goldene Versalienschrift. Die junge Frau tritt nach vorn, öffnet das Fenster und sieht vom achten Stock aus auf einen schmucklosen weiten Platz zwischen Plattenbauten, die man mit an Badezimmerkacheln erinnernden Blenden in Hellblau und Gelb versehen hat. Berlin-Lichtenberg, hier ist sie gelandet. Sie kann die Worte des Briefs nicht glauben, und doch muss sie hoffen und verspürt eine unvernünftige, bohrende Anhänglichkeit an den irrealen, futuristisch-hässlichen Ort, an dem sie sich gerade befindet. Eine Kolonie auf dem Mars.

10. ICH BIN DEIN FEHLER (VICE VERSA)

Stell dir so einen Kontrollstreifen mit deinen hüfthohen Hart-Plaste-Grenzern vor! Hier? Sächsische Zwerggrenzer, hier, auf den ausgedörrten, kahlen oder mit einer Art Savannengras bewachsenen Hügeln über dem fünfspurigen Highway bei Stockton. Vor den Wasserfällen, den dichten Steinzeitwäldern mit ihren in Jahrtausendträumen gefangenen Mammutbäumen. Vor dem weiten Taleinschnitt, zwischen den Granit-Himmelsstürzen, den Felstürmen, die so herzbeklemmend in der Sonne schimmern, als würden dort wöchentlich tausend Jungfrauen geopfert. Vor der Zyklopenmauer des El Capitan. Yo-se-mi-te! Unglaublich!, ruft Fred im VW-Bus auf dem Southside Drive. Es bedeutet: Jene-die-töten, deklamiere ich aus dem Reiseführer. Mach etwas, sagt Fred (seit Wochen), nimm den Skizzenblock, ich weiß doch, was du kannst, du musst ja keine Kunstharzzwerge gießen, male doch wieder oder fotografiere in Gottes Namen, schau dir diese Landschaften an! Sieht aus wie die Schrammsteine, wo fährt die Kirnitzschtalbahn?, knurre ich. Ungerührt schüttelt er den Kopf. Pittiplatsch und sein Freund, der Fuchs, zum Beispiel – wie wär's mit einer Installation, bei der sie sich mit den Mainzelmännchen prügeln? Oder: West-Sandmännchen boxt gegen Ost-Sandmännchen, wixt es, fickt es? Mach deine Witze, Fred, aber ich komme nicht so leicht damit zurecht, nach drei Monaten Amerika bin ich immer noch zugesperrt, verdrossen, trotzig, wenn du es mit der DDR-Nostalgie-Schändung übertreibst. Du kommst mir vor wie diese Trödler, die Aas erbrechenden Geier vorm Brandenburger Tor oder der Museumsinsel, die eiskalt Uniformmützen, Ordensblech und Ausweise verscheuern, an denen vor kurzem noch Entscheidungen über Tod und Leben hingen. Fehlt mir dein fröhlicher Hass auf unser abgesoffenes Land? Bin ich zu jung für Ironie? Oder weißt du nur nicht, was ein paradoxer

Schmerz ist? Sie zerrissen meinen Vater und verdoppelten meine Mutter, die ihn mit der einen Hälfte wütend vermisste und mit der anderen, mit der sie sich einen melancholischen Funktionär angelte, zu hassen wünschte bis auf den heutigen Tag. Das Paradox gibt Substanz, du fällst nicht (oder nur ganz langsam), weil du von deinem inneren Streit stark abgelenkt bist, auch wenn du gleich nach eurem Einzug in einen Lichtenberger Plattenbau aus dem Fenster im achten Stock springst (geistig natürlich, ohne materiellen Grund). Seit meinem fünfzehnten Geburtstag hatte ich einen West-Briefvater in der Verklärung und einen chaotischen, nachlässigen, promisken, gewissenlosen Künstler-Lumpen in der Ost-Erinnerung meiner Mutter und keinen sächsischen Vollbart-Bären mehr, der mir einen Vermeer erklärte, so klar und zwingend wie einen mathematischen Beweis. Malen ist Denken, Milena. Was denkst du nur, Fred? Ich habe gerade erst Abitur gemacht (das letzte Abitur der DDR, ich ließ mir bei meinem Deutschaufsatz extra lange Zeit für ein kurzes Buch, *Dantons Tod*, was stand darin, etwas über eine blutige alte Revolution?) und bestaune vor allem meine eigene Willenlosigkeit, meine fröstelnde Mädchenschrift in den Tagebüchern, die ich mit mir herumschleppe, meinen weißen, schmalen, hitzig-spröden, störrisch-biegsamen Körper, dem man gesagt hat, er solle sich nicht zum Spielzeug eines vierzigjährigen Mannes machen lassen. Bloßer Vaterkomplex! Dabei hatte ich meinen zerrissenen, wirklichen Vater gerade wiederbekommen, mitten auf dem Alexanderplatz. Der Westen hatte ihn rasiert und in einen hoch merkwürdigen grünen (Vermeerschen?) Cord-Anzug gesteckt, er trug eine Supermarktplastiktüte in der Hand, in der er seine Geschenke, Schweizer Pralinen und ein von ihm selbst geschriebenes Buch, deponiert hatte, überall wimmelten Touristen, Ostmark-Westmark-Wechsler, mit HiFi-Anlagen beladene polnische Kleinhändler und ukrainische Großfamilien, die ihre Kalaschnikows gegen CD-Player tauschten, und ich hatte das absurde Bedürfnis, mich bei Papa für das Durcheinander zu entschuldigen, das während seiner Abwesenheit in unserer sozialistischen Heimat entstanden war. Alles war noch zu frisch, zu wirklich und zu verrückt, als dass ich die Wunsch- und die Wirklichkeitshälfte meines zerrissenen Vaters einfach wieder hätte zusammenfügen können, obgleich ich sie nun in den Händen hielt. Wir redeten stundenlang wie in Sprechblasen, störend ins Bild geblähten weißen Terrarien für Stummelsätze. Ich sollte ihm meine Mappe zeigen, er sagte immer: Was ist mit München oder Hamburg (DENDORTIGENKUNSTHOCHSCHULEN!)? Und dann stotterte er immer Rom-Florenz-Rom-Florenz-Venedig-Rom vor sich hin, Du-musst-jetzt-fahren!, und winkte mit Geldbüscheln, während ich in den Schaufenstern, auf Autoschutzscheiben und in den unberechenbar schwindelerregend ineinandergekippten Wandspiegelflächen eines Cafés, das wir aufsuchten, ein korrekt aus der Vergangenheit projiziertes Vater-Tochter-Bild entdecken wollte. Unsere Liebe war irgendwie schief gehängt und seitlich verrutscht, schmerzhaft verkleinert und grauenhaft umständlich und unzugänglich geworden, so als trügen wir um zwei Größen zu kleine hermetische Ritterrüstungen und suchten fortwährend nach den Dosenöffnern. Sie ist nicht mehr mit Viktor zusammen, sagte ich (gänzlich unverlangt). Er hat uns allerdings noch öfter besucht und mit seinen ökonomischen Monologen erschreckt, hätte ich hinzufügen müssen. Stattdessen erzählte ich von einem Job, den ich im Wedding angenommen hatte, das Herumzerren beziehungsweise Sortieren von eingeschweißten Zeitschriftenbündeln auf Fließbändern (Frauenmagazine, Motor-Hobby-Kataloge und Pornohefte, die mich an Hunziggers Nachlass erinnerten: West-Mösen einer Dekadenz, die sich keiner der unsrigen je hätte vorstellen können). Immerhin hatte ich mich an der Freien Universität für diverse Geisteswissenschaften und Philosophie eingeschrieben, immerhin wohnte ich teilweise nicht mehr bei meiner Mutter und zu jenen Teilen in einem besetzten Haus in Friedrichshain, was meinen Vater nicht unbedingt beruhigte. Immerhin nahm ich auch seit einem Vierteljahr an einem Mappenkurs zur Vorbereitung der Aufnahme an einer Kunsthochschule teil (nein, es muss nicht Mamas Ost-Hochschule in Weißensee sein und auch nicht Leipzig und schon gar nicht Dresden, Papa, ich weiß, für dich wäre das wie

Zelten in Tschernobyl). Es war nicht geplant, aber auch nicht unlogisch, dass mich der enthusiastische Leiter des Mappenkurses hinriss und dass ich nach zwei langen Wochen des vergeblichen Versuchs, in jenen flach und stickig zwischen Dahlemer Villen liegenden Metall- und Glaslabyrinthen der Freien Universität etwas anderes zu empfinden als die Dosenöffner- und Schweißbrenner-Fantasien eines von Fluchtimpulsen durchzuckten Meißner Porzellan-Rehkitzes, ausriss und mit dem rotbärtigen wilden Kursleiter rübermachte über den Atlantik. Weshalb aber konnte ich in Amerika nicht zeichnen oder malen? War ich am Ziel der Wünsche, an dem die Einbildungskraft ins Leere fällt? War ich nur der weibliche Schatten des roten Korsars Fred Feuerstein, der sich von Galerie zu Galerie schwang, mit ausrangierten Hämmern und Sicheln zwischen den Zähnen? Mach etwas!, forderte er im Vorüberschwingen, male endlich! Und außerdem ist dein Englisch echt scheiße! Nach Wochen erst begann ich zu fotografieren, mühsam, als hätte ich einen Drei-Kilo-Bleiklotz als Kamera, dabei war es eine Art Lomo, also das billigste taiwanesische Modell, das ich auftreiben konnte. All diese fantastischen Ansel-Adams-Landschaften in den Galerien! Zu groß für mich. Ich bekam nur diesen Tick mit den Fehlern, *Something is wrong (in paradise)*: gerissene Schnürsenkel, Laufmaschen, aus der Tüte gestürzte Eiskugeln, klecksende Kugelschreiber, ausgefallene Reißverschlusszähne, gebrochene Regenschirmspeichen, abgerissene Dosenlaschen, leckende Teebeutel (Das nennst du Wild West!). Hinter den blinden Flecken im Kosmetikspiegel sind vielleicht der bärtige Vater und das Mädchen in der Dresdener Gemäldegalerie entschwunden, ihre konzentrierten, ernsthaften Erörterungen, das Nachdenken, die zusammengepresste Erinnerung an vier Monate Berlin-Lichtenberg, vielleicht sogar eine unerklärliche Wut auf den ewig begeisterten, ewig geilen, ewig Feuerwasser hinunterkippenden Spaßmaler Fred, meinen zweiten Dauerfreund, wenn ich mich nicht irre. Dein Englisch, echt Scheiße, really shit. Am Vorabend unserer ersten Begegnung, Jonas, geriet ich mit Häuptling Runnig Bull in einen heftigen Streit darüber, dass ich meine Sprachkenntnisse absichtlich nicht erweiterte, um die MAUER (Stacheldraht, Schießbefehl, Grenzhunde) um mich herum nicht einreißen zu müssen (Tier sis wohl daun, Mister Gorb!), woraufhin Fred Feuerwasser für eine Nacht und einen Tag mit einem guten Malerfreund (Barney Farbeimer) verschwand. Im Morgengrauen im Valley musste ich einen Tampon suchen, konnte nicht mehr schlafen und verließ den Bus für eine Weile. Ich sah die Kletterer auf dem Campingplatz aufbrechen, zur Musik ihrer leise klimpernden Eispickel und Schlaghämmer (Karabiner und Klemmkeile, ich konnte noch dazulernen), die grellfarbenen, säuberlich nach Hausfrauenart gewickelten Seile um den Hals oder über die Schultern gelegt, als wollten sie Licht in langen Neonschnüren über die Felsen ziehen. Heimatliche Bilder klangen in mir an, stumme Gestalten, die vom Elbufer her auf die Affensteine zuschritten oder den großen Zschand. Es war ein fast noch gleichgültiger (bloß anatomischer, dein Samtauge, dein Schlüsselbeinansatz, dein Knackarsch) Blick, mit dem ich dich streifte, gähnend, verschlafen-lüstern, mit noch dunstiger Aussicht auf den Half Dome, diesen gewaltigen gespaltenen Kieselstein, vor dem ich am Vortag ohne einen einzigen malerischen Einfall gesessen war. Am Abend jedoch trugst du deine Seele auf den Händen. Ich traf dich allein auf einer ziemlich weit vom Parkplatz entfernten Bank, während Fred versuchte, sich selbst im Feuerwasser und den Sonnenuntergang über den Felsen in Öl zu ertränken. Wie die bandagierten Fäuste eines Boxers lagen deine Hände auf den Knien, durch beide Verbände schimmerte rostiges Blut (wir bluteten gemeinsam an unserem ersten Tag). Ein Fehler?, fragte ich sofort, schneller als ich denken konnte, auf Deutsch, weil ich dich am Morgen mit deinen Freunden hatte sprechen hören. Es waren einige junge Frauen in eurer Gruppe, keiner von euch schien älter als Mitte zwanzig zu sein. Etwas niederschmetternd Unbeschwertes ging von euch aus, die Suggestion von Gemeinschaft, Augenhöhe, vergnügtem Zusammensein, ein Abklatsch des alten frisch-fröhlichen Gruppenblödsinns, den ich verachten wollte. Aber das Künstlerkind, die ganz still durchgeknallte Milena, die ihrem Papa hatte zeigen müssen, dass die wahre Freiheit im großen Amerika lag und nicht in der klein-klassischen Italienreise, hatte ihnen jetzt recht gegeben mit nur einem unbedachten Wort. Fred war ein Fehler, deshalb hatte ich es gesagt. Lasst mir doch aber meinen Stolz: Er war ein Fehler erst ab jetzt, nachdem wir zwei Stunden lang über New York, Boston, Los Angeles, San Francisco, die Nationalparks, den Football, die Nachwirkungen des Kriegs am Golf, das Lesen, das Malen, das Leben und das Fotografieren geredet hatten. Ich stoße im Eifer des Geschlechtsgefechts gegen deine offen und vermummt daliegende linke Hand. Brennt es? Es tut höllisch weh, sagtest du, und dabei hatte ich noch Glück. Etwas in, an, neben dir berührte mich noch viel mehr als das Mitleid mit deinen Händen oder die Empathie mit der Niederlage, vom Fels abgeschüttelt worden zu sein, ich suchte es, während wir redeten und es dunkler und dunkel wurde, bis wir beim Aufblicken mit einem Mal die schwarze Weltallkuppel über uns hatten, durchflimmert und durchglitzert von hunderttausend Sternen. Ich suchte vielleicht nur einen Grund, weshalb ich die hölzerne Parkbank je wieder verlassen sollte. Also fragte ich den abgebrochenen Physiklehrer-Bummelstudenten an meiner Seite, wie viele *Sonnen* (fachfraulich ausgedrückt) wir da jetzt gerade über uns strahlen sehen könnten. In unserer Milchstraße gäbe es zweihundert Milliarden, versicherte er mir leichthin, aber wenn wir jetzt nach oben schauten (wie wir es gerade tun, Schulter an Schulter, mit einer Bewegung, deren Gemeinsamkeit oder Gleichzeitigkeit mich ergreift und erregt), dann sähen wir gerade einmal dreitausend Stück. Ungläubig beginne ich, an der rechten unteren Ecke nachzuzählen, weshalb ich mich weiter zu dir neige, als es sich im Dunklen schickt. Wir sollten uns jetzt küssen oder könnten es wenigstens ganz leicht. Die Finsternis sei ein großes Problem, erklärst du mir (wie zum Trost dafür, dass ich nicht die Augen schließen und in dich eintauchen darf). Wenn man annehmen würde, dass die Sterne einigermaßen gleichmäßig im Raum verteilt seien und das Universum unendlich weit wäre, dann wären doch keine Myriaden vortäuschenden dreitausend Glitzerpunkte am dunklen Himmelszelt zu sehen, sondern nur ein gigantisches

Leuchten, denn wie Baumstämme beim Hineinsehen in einen Wald müssten sich die Milliarden von Sonnenpunkten aus allen Tiefen zu einem einzigen Schild aus Licht zusammenfügen. Olbers Paradox. Morgen kannst du es mir erklären, denn ich muss mich jetzt verabschieden. Im Wohnwagen saß Fred über einer Flasche Wein, einem Buch und einer Zeichnung, die an einen aufgeschlitzten Fisch erinnerte, während in dem kleinen Fernsehgerät, das er stolz gekauft hatte, ein Science-Fiction-Film lief, dicht gefolgt von einer Nachrichtensendung über das Löschen der brennenden Ölfelder im Irak. Was ist los mit dir?, zwang ich mich schließlich zu fragen. Ich will nach Hause, sagte er düster und weinerlich, aber das gibt's nicht mehr. Wieso, da war doch kein Krieg, wandte ich halbherzig ein. Doch, rief er, sie haben die Neutronenbombe geworfen, alle Häuser sind noch da, alle Menschen, aber Zuhause ist weg. Du spinnst, Fred, du bist doch kein Feigling, erklärte ich. Daraufhin badete er in meinem Blut, als wollte er mit dem Saft des Lindwurms auf immer seine verletzlichste Stelle schützen.

11. DOCH ES GIBT EIN MORGEN ...

... an dem ich mir Zeichenblock und Stift nehme und das Anrecht, auch einmal einen Tag hinauszufliehen und mich der Kunst hinzugeben wie unentwegt von allen Seiten verlangt. Natürlich treffe ich ganz automatisch DICH wieder auf derselben Bank. Deine Verbände sind neu, eine Frau aus *deiner Gruppe* (Maria Magdalena) wusch dir das Haar, es glänzt, und du bist wirklich schöner als Fred, und vor allem – still. Ein sanfter Wind bläst vom weiten Tal herauf über die Nadelbäume. Die Sonne (der du an diesem Tag, in diesem Jahr noch nicht versprochen bist) zaubert Lichtflocken über uns, im Wind schaukelnde Inseln auf unseren T-Shirts, unserer Haut. Olbers Paradox also. Du siehst, ich bin hartnäckig und erklärungssüchtig. Das Universum ist nicht unendlich alt, und außerdem fliegt es auseinander. Das heißt, wir sehen nur fünfzehn Milliarden Jahre tief in Tiefe, all das Licht dahinter ist noch unterwegs zu uns, und es gibt immer mehr Raum. Zudem verdunkelt sich ein Stern, wenn er flieht. Nun ja, das soll mir erst einmal reichen. Dass du auch heute so entwaffnet oder vielmehr waffenunfähig mit mumifizierten Fäusten neben mir sitzt und geduldig zuhören kannst, lockert meine Hand und öffnet mir den Mund. Der Skizzenblock lässt sich nieder auf meine endlich mit original Stonewashed-Jeans verwöhnten Oberschenkel, und zwischen die Finger meiner Linken hat es weiche Bleistifte (B, 2B) geregnet. Ich muss neu anfangen zu lernen, sagt der abgestürzte Kletterer an meiner Seite. Me too, sage ich, besonders Englisch, especially. Und ich vielleicht etwas über Kunst. Gut, dann beginnen wir mit etwas Einfachem. Ich mache rasch ein Täfelchen mit der charakteristischen Silhouette: a Trabant, car of my rotten country, so-called Rennpappe. Er nickt erfreut, das kennt er. Also male ich rasch ein zweites Bild: a Sputnik, for outer space. Das gefällt ihm noch mehr, er will ja im Himmel forschen, nicht mehr vorsichtig auf Lehramt, sondern volle Sternenpulle, wenn er groß ist, nach Deutschland zurückkommt und seine Hände wieder gebrauchen kann (geduldige Sphärenschalen meiner fröhlichen Brusthalbkugeln). A young girl with a FDJ-Halstuch, could you imagine yourself as an Ernst-Thälmann-Pionier? Betrübt schüttelt er den Kopf. Er ist in Freiburg geboren und hat in Frankfurt am Main bummelstudiert. Natürlich wundert er sich über die DDR-Devotionalien, die ich über ihn schütte – aber irgendwie muss es jetzt sein, gerade bei ihm, es ist wie etwas, das man gestehen muss, gestehen will, weil es gerade jetzt, zum ersten Mal, vor diesem jungen dunkelhaarigen, fast schlaksigen, ernsthaft-freundlichen Freiburgfrankfurter mit der leicht gebogenen Indianernase plötzlich erzählt werden kann, wodurch es womöglich beginnt sich aufzulösen. Er selbst scheint mir von nirgendwoher zu kommen, auch wenn er praktischerweise Deutsch spricht und sich unsere Ellbogen in diesem Universum sacht und nackt berühren, was mich so erregt, dass ich ihn direkt am Zauberstab unter seiner steinfarbenen Kletterhose packen könnte; er wäre, sage ich mir mit eingeschnürter Kehle, gar nicht imstande, sich zu wehren, o Gott, das will ich wirklich mit ihm machen! Rasch zeichne ich den Umriss eines klobigen TV-Apparats, auf dessen Mattscheibe ein spitzbärtiges Mützenmännchen mit fliegendem Mäntelchen Motorrad fährt: Genosse Ulbricht, erkläre ich sanft, the Sandmännchen. Da staunt er. Jetzt dauert es ein wenig, das Format meines Skizzenblocks vergrößert sich, und nach und nach entsteht eine Felslandschaft vor einem großen weiten Tal, die – als verkleinerte Ausgabe – der mächtigen Kulisse ähnelt, in der wir uns befinden. Die Felsen meines Bildes stellen aber keine eisgrauen, geschlossenen Massive dar, sondern eigentümlich menschenähnliche Türme, vereinzelt hier und da, dort zu andächtigen Gruppen gefügt, auf dem Bergrücken verteilt wie ein Zug riesiger, verwitterter, gekrümmt zum Talgrund schreitender Kapuzenmönche. Auf der Schulter eines solchen, mit Blick in schwindelnde Laubwaldtiefe, hat die kleine Familie ein rot-weiß kariertes Tischtuch ausgebreitet. Die Mutter mit den schulterlangen braunen Haaren und den Reh-Augen reicht gekochte LPG-Eier, Schinken und Kuchen, die spurlos im Drahtleib der zwölfjährigen Tochter mit den pinkfarbenen Leggins verschwinden, während der vollbärtige, pfeifenrauchende Vater den versonnenen Blick vom Elbtal hebt und wieder auf den Zeichenblock senkt, auf dem er in einer M.-C.-Escher-ähnlichen Volte ein junges Paar auf einer Bank in einer damals (1982) absolut unvorstellbaren Zukunft (1991) im schier ebenso unerreichbaren Yosemite-Valley gezeichnet hat, was mich ganz durcheinanderbringt, aber Hauptsache ich habe dieses Familienidyll auf der Schrammsteinaussicht vor mir. This is a kitsch I was!, rufe ich hinüber ins Valley. Dann wäre ich ja eigentlich in Sachsen gerade auf einem Fels gewesen, während er in Baden mit dem Klettern begonnen hatte. Ich sollte wohl besser aufhören, sagt der hagere junge Mann im violetten, weiß bedruckten T-Shirt (*ink pin, Thin ink* o. s. ä.) und hebt die Mumienfäuste. Sein Klettern sei auch nur Kitsch gewesen. Die Gruppe, mit der er hier wäre, dilettiere in allen möglichen Sportarten, turne an unbedeutenden Felsen und leichten Wegen herum, umso blödsinniger allerdings, dass man auch an so etwas sterben könne. Aber das täten die meisten anderen doch auch, tröste ich ihn, sterben könne man so ziemlich bei jeder Gelegenheit, manche kletterten dazu eben mal kurz über den falschen Zaun. Für die sich jäh mit diesem Einfall verbindende Idee müsste ich eigentlich Fred herbeirufen, damit er sie auf eine seiner Leinwände pinselt.

The Secret Bodies / Normannenstraße (Installation)

Das Stasi-Hauptquartier, an dem ich vier Monate lang lethargisch oder mit lauem Hass vorüberging, auf dem Weg zu meiner Erweiterten Oberschule Immanuel Kant. Zutritt nachts (nur nachts). Im weiten Innenhof, in den Korridoren der ihn umschließenden schroffen Betonblöcke, in den großen holzvertäfelten, spießig gediegenen Sälen und Konferenzräumen schweben stellvertretend für die an den Grenzanlagen ums Leben Gekommenen siebenhundert mumienartige, weiß eingebundene menschliche Körper, waagerecht, in Brusthöhe des erwachsenen Betrachters. Sie sind erschreckend gleichmäßig verteilt, still, wie durch ein Wunder in der Luft gehalten. Die Besucher können sich frei zwischen den Schwebenden bewegen und die Monitore, Abhöranlagen, die endlosen Aktenregale der Staatssicherheit besichtigen. Niemand versteht, wie die siebenhundert Körper in der Luft gehalten werden. Hin und wieder berührt einer der Besucher heimlich einen der Schwebenden, nur um zu spüren, dass er unter den weißen, Böcklin'schen Binden genau den Widerstand oder die begrenzte Nachgiebigkeit menschlichen Fleisches spürt.

Fred ist nirgends zu sehen, und die bandagierten Hände des Kletterers bringen mich bald wieder auf andere Ideen. Ich zeichne eine Schlangenlinie und noch eine, parallel dazu, in geringem Abstand, so dass ich sagen könnte: No trabant, it's my cunt. Aber schon mache ich aus den hintereinanderliegenden Bleistiftkurven zwei in Marx/Engels-Lenin/Stalin-Denkwettlauf/Zielfoto-Darstellungsmanier gehaltene Nachbarprofile und sage: My Parteiführers, Sokrates and Plato. Der arme Jossi (Jonas-Wessi) scheint ein wenig erschrocken, vielleicht, weil er Plato nicht erkennt oder weil er glaubt, ich hätte meine Schamlippen mit Philosophennamen tätowiert. (An dieser Stelle weise ich energisch auf die Verfallsprozesse hin, die in meinem noch fast jugendlichen Hirn durch die schockartige Konfrontation mit der hiesigen dekadent-formalistischen, pervers-kapitalistischen Kunstszene hervorgerufen wurden.) Aber er lächelt so verständig, dass ich, ehe ich michs versehe, schon meine Herzkammer-Erinnerungen preisgebe und von jener engen Neubauwohnung auf dem östlichen Mars erzähle, von jenen beklemmenden Wochen nach dem Umzug, in denen mir Katharina, halb verärgert, halb verzweifelt, das monströse Ost-Berlin schönreden musste, in das sie mich verschleppt hatte. Ich bin immer noch deine Mutter, basta. Eineinhalb Jahre vor meinem Abitur war es ihr plötzlich gelungen, eine Stelle als Bibliothekarin in der Hauptstadt (unserer Hauptstadt) zu ergattern und mich an dem aufregenden, klammen Abrutschen in die Dresdener Szene zu hindern, nachdem sie mein aufgesprungener linker Mundwinkel erschreckt hatte wie eine Kriegsverletzung. Ich hatte nichts weiter getan, als – ziemlich unschlüssig, um ehrlich zu sein – die Ecke eines Transparents vor der Martin-Luther-Kirche hochzuhalten (FREIHEIT ist immer ROSA FREIHEIT der LUXEMBURG ANDERSDENKENDEN), durch das plötzlich ein Riss (LU URG) geht, in dem sich die Vorne-kurz-hinten-lang-plus-fasriger-Schnauzbart-Visage und die rechte Faust eines ganz in Jeans gewandeten Typen zeigen, die Sorte, die wir nur zu gut kannten, die man auf hundert Meter Entfernung aus allen Menschenansammlungen unfehlbar herausroch. Viktor überwindet die Zuzugssperre nach Berlin mit einem Wink. Viktor ist entsetzt, als er die Wohnung in der Lichtenberger Platte sieht, aber selbst er braucht vier Monate, um uns von dort in eine helle bürgerliche Altbauwohnung im dritten Stock am Treptower Park zu versetzen. Viktor. Ich weiß nicht mehr, was mit ihm los ist. Etliche Abende, die er bei uns verbringt, starre ich ihn an und erschrecke vor einem hilflosen, großen, stets unnatürlich gebräunt wirkenden Mann mit schwerem römischen Gesicht, der in unserer Plattenbauwohnung so fehlplatziert erscheint, als hätte ihn eine Zeitmaschine vor der Kurie auf dem Forum Romanum über den Umweg eines mittelprächtigen Herrenschneiders über zweitausend Kilometer und Jahre hinweg hierher verbannt. Er bringt Blumensträuße und bulgarischen Schaumwein, als würde er nicht schon seit zwei Jahren mit meiner Mutter diskrete Hotels aufsuchen, und wird (vielleicht weil er gerade mal nicht darf) so sentimental, dass man fürchten muss, jetzt kämen schlimme Klagen über seine ewig todkranke Frau, die starr und dogmatisch in seiner Dresdener Villa liegt wie Lenin in seinem gläsernen Sarg. Viktor, mein einstiger Philosophenbruder, der Theaterfreund und Kunstliebhaber, kommt fast nur noch im Nadelstreifenanzug und macht auf Staatsökonom, dass es kracht. Es ist schließlich der Wirtschaftsmann von der Planungskommission, ein Businessman mit ungarischer Salami (bitte zweihundert Gramm geschnitten, scheint Katharina immer zu sagen) und lindgrünen Forum-Schecks. Immer, wenn ich die Wohnung verlassen will, damit Katharina ihn wieder zu Verstand vögeln kann, hält sie mich zurück. Etwas will sie an ihm auslassen und leider auch an mir. Also sitzen wir da wie in einem Brutkasten und lauschen schaudernd und bisweilen auch hingerissen seinen verschraubten Monologen, seinen statistisch umflorten Verzweiflungsreflexionen, die mich an eine Art schwarz glänzenden, überdimensionierten Rätselwürfel erinnern, einen Endzeit-Rubik's-Cube, den er immer hastiger und hastiger dreht und wendet und klappt. Er verdammt die Demonstrationen überall im Lande, erläutert aber genau, weshalb wir bald untergehen werden. Unsere gewaltigen Investitionen in die Mikroelektronik waren vollkommen sinnlos. Der Rat für Gegenseitige Wirtschaftshilfe ist nichts weiter als ein bulgarisch-rumänischer Vampirclub, der uns das Blut aus den Adern säuft, während wir Milliarden für Futtermittel und Getreideimporte ausgeben müssen. Die Sowjetunion, der das Wasser bis zum Hals steht, will ihr Erdöl nur noch im zahlungskräftigen Westen verhökern, ganz gleich wie laut wir protestieren mit unserer Blechwährung und unseren maroden Fünfjahresplänen. Über ominöse Stasi-Offiziere hängen wir an der Nadel der Milliarden-DM-Spritzen des bayrischen Ministerpräsidenten und seiner irgendwelchen Brecht-Stücken entsprungenen Fleischfabrikanten. Es gibt keinen Ausweg, keucht Viktor in unserem Betonwürfel im achten Stock, es gibt nur den Absturz! Wartet noch fünf oder zehn Jahre und sauft bulgarischen Schaumwein, aber das störrische Künstlerkind, dem er so viele Bücher und geduldige Zuhörerstunden geschenkt hat, bekommt nicht einmal ein Anstandsgläschen, für irgendeine Hoffnung scheint es also noch herhalten zu müssen. Benommen stellen wir seine Blumensträuße in Einweckgläser, und obwohl ich seit dem Schlag gegen den Mundwinkel doch eher hinüber, auf die andere Seite, möchte, fühlen wir uns auch verworren schuldig an all dem Planungselend vor unserer Haustür und in unseren Hirnen – bis plötzlich und endlich eine unabsehbare Menschenmenge den Bebelplatz überflutet. Wir ziehen nach Treptow, Viktors letztes (Devisen?-) Wunder. Dann dematerialisiert er sich, als hätten sie auf den Transparenten und Protestplakaten seine Auflösung oder Ausreise nach Kuba oder Wladiwostok verlangt, und Katharina erleidet eine Spontan-Mutation zur Treptower Mutter Courage (nein: couragierten Mutter!). Der Braunkohle- und Zweitakt-Motor-Dunst, der grausige Mief, in dem wir wandelten wie in einer bösen Halluzination, hängt noch über der Stadt, aber mehr schon wie ein Menschenwerk als ein Götterfluch. Wir werden einmal ganz weit von hier weg sitzen, Tausende von Kilometern weit, neben einem hübschen Sturzflieger auf einer sonnenbeschienenen, grün lackierten Bank im Valley, inmitten der United States of America, die mir nichts bedeuten bis zu dem Augenblick, in dem ich den abgestürzten Freiburger, einen wahren Baselitz-Kletterer, entdecke. Es duftet nach Kiefernnadeln, nach Harz, nach Jodsalbe, nach unserer erwärmten Haut. Weshalb überkommt mich plötzlich diese Beklemmung, diese Angst, diese auflodernde Scham? Weshalb sehe ich plötzlich auf meine Uhr, springe auf, raffe alles zusammen, verabschiede mich kaum und laufe davon? Weil ich zu weit gegangen bin, ich habe ihm zu viel gezeigt, ich habe mich zu etwas stilisiert (eine Art Jungkünstlerin), das ich nicht im mindesten bin. Ich hasse mich tagelang für diese Flucht, für meine Feigheit, auch wenn ich sie mir erklären kann. Erbittert debattiere ich mit Fred, der sein Heimweh schon wieder vollständig verloren hat. Ich kann ihn nicht mehr richtig spüren, der Mann steckt in zwei übereinandergestreiften Kondomen, auch seine ehrliche Freude darüber, dass ich endlich zu zeichnen beginne, erreicht mich kaum. Ich mache die *Falling Men*, Kletterer, die aus dem Himmel fallen, Piloten in auseinanderbrechenden Doppeldeckern, abstürzende Drachenflieger, zwei Bauarbeiter schließlich, die auf jenem berühmten Foto auf einem Eisenträger über den Wolkenkratzern frühstückten. (Es waren natürlich Jonas und Fred, im Sturze vereint.) Du erzähltest, du hättest einen amerikanischen Climber kennengelernt, der die schwierigsten Routen ohne Seil gestiegen wäre, free solo, auch die Tausend-Meter-Wand der Nose am El Capitan. Er habe gesagt, dass er beim Klettern nur genau die Angst überwinde, die er beim Klettern habe. Bei dir sei es aber Klettern gegen eine ganz andere Angst gewesen, die Angst, in Deutschland neu anzufangen und endlich das Richtige zu lernen. Fing mich nicht dein Blick, so verfiel ich deinem schönen Satzbau.

12. SIE WAREN NICHT IN MEINER VORLESUNG

Wie kommst du nun hierher, Jonas? Bratkartoffeln, Schinkenwürste, Schnitzel, Bismarck, Walter Giller, O. W. Fischer, auf den Tellern, an der Wand, den wie unter einem zweihundertjährigen Alpdruck gebogenen Fachwerkwänden des Kleinen Ratskellers vielmehr, in dem eine wahrscheinlich auch noch zwölfköpfige Versammlung in der Konstellation des letzten Abendmahls im Zigarettenqualm sitzt (waren es zwölf oder dreizehn?). Der große Zampano, der Oberpriester, ist Rudolf, der Dozent, ausgeleuchtet vom paradoxen, weil unsichtbar gleißenden Licht einer der denkwürdigen Höhen seines fragwürdigen Ruhms, vierzigjährig wie wir jetzt (wie ich vor allem, ich muss das immer wieder hinzudenken, um jeden Tag Ernst zu machen wie ein Bauer das Heu). Studenten, Assistenten, seine begeisterten Zuhörer und Anhänger umringen ihn an der bernsteinfarbenen Tischplatte mit den spiralförmigen und olympionikischen Interferenzmustern der Bierglasränder. Wie kommst du hierher, durch Zufall oder Geschick? Oder leitet dich der Geist der aztekischen Notwendigkeit, eine listige Manipulation von Huitzilopochtli selbst? Schließlich sind all diese zechenden Apostel und Apostolinnen, von denen sich einige bedauernd an kleineren Nachbartischen der engen Kaschemme niederlassen mussten, Hörer des dritten Teils der Ringvorlesung *Europa und die Wilden, Stationen der Ethnologie und Anthropologie*, bei der es unter anderem um die Reiche des alten Mexiko ging (weshalb du zwei bis drei Tassen *chocolatl* trankst, bevor du dir einen Weißwein gönntest). Wie hast du es geschafft, nur einen Stuhl vom Star des Abends entfernt zu sitzen, wobei wir zu dessen Funktionen gerade etwas von ihm selbst gelernt haben: Zum *Star* gehöre nämlich notwendigerweise der Fall. In den Medien leuchteten sie Menschen aus wie Sahnetorten beim Konditor oder Prachtschinken in einer Metzgerei-

Auslage, eben weil sie gefressen werden sollten. Das Paradigma von Aufstieg und Vernichtung seien immer noch die für die aztekischen Götter bestimmten Menschenopfer, Jünglinge und Krieger zumeist, die an ihrem letzten Tag alles genießen konnten, wonach es sie gelüstete, und die selbst als Götter verehrt wurden, bevor man ihnen auf dem Opferstein das Herz bei lebendigem Leib herausriss. Die Exzesse und menschlichen Tragödien von Schauspielern, Politikern, Fußballspielern oder Popsängern hätten so gesehen nichts Überraschendes an sich. Sie stiegen, um zu fallen. Von vornherein seien sie für Huitzilopochtli bestimmt, der in uns wohne, der mit der Feuerschlange bewaffnet zur Welt kam, um seine Brüder zu ermorden und seine Schwester zu zerstückeln. Willst du den Oberpriester zerstückeln, Jonas? Rudolf hat etwas Absolutes, Strahlendes an diesem Abend, er ist wie ein renommierter Schauspieler, der die zu kleine Rolle des Gastdozenten mit gleichsam platzenden Nähten ausfüllt. Du bist hierher geraten, mein lieber Jonas, weil du dich instinktsicher und magnetisch verhaftet immer an der Seite der schmalen Gestalt hieltest, die jetzt zu deiner Rechten sitzt. Für dich hat sie ihre ganz eigene Beleuchtung, sie scheint wie eine Ikonenfigur von einer blattgolden ausgelegten Nische eingefasst, in die du dich immerfort stürzen willst, aber du kommst kaum dazu, den Blick auf sie zu richten, obgleich immerzu die gleiche Frage in deinem erregten HerzHodenHirn hämmert: Erinnert sie sich? Erinnert sie sich? Erinnert sie sich an mich? Bedauerlicherweise kannst du dich so schlecht zu ihr hindrehen, als trügest du eine orthopädische Halskrause. Die grünbraunen, leuchtenden Augen des Dozenten fixieren dich, du musst jetzt ein Getränk bestellen (ein *chocolatl*, bitte). Weshalb redet dieser aufgeblasene Mensch mit dem schicken Dreitagebart pausenlos auf dich ein? Will er einen Rhetorik-Wettbewerb gewinnen? Woher nimmt er die Stimme, hat er nicht eben eine Vorlesung gehalten? Worum geht es überhaupt? Wieso kommst du hier nicht mehr heraus? Links von dir das scheue feminine Weltwunder und rechts die angestrengte, drahthaarige, sportliche Juristin aus der Universitätsverwaltung, die sich gerade vorbeugt, um den Dozenten besser mit ihren spitzen, kurzsichtigen Brüsten betrachten zu können. Sie (die Juristin) hat einen eigentümlichen Gras- und Heugeruch, das ist ein Deo, das du sehr gut kennst (Antje, verdammt). Sie findet es großartig. Was? Der Dozent weiß es und muss die halb über ihn Gebeugte regelrecht beiseiteschieben, um dich wieder voll in Augenschein nehmen zu können und nur für dich noch einmal gesondert und ganz persönlich festzustellen, dass er doch auf die Merkwürdigkeit der thematischen Flucht hingewiesen habe. Flucht? Du hast schon Lust zu fliehen, blind die im äußersten Winkel deines linken Auges schwebende junge Frauenhand zu ergreifen und davonzulaufen, aber natürlich willst du vor diesem aufdringlichen bärtigen Zampano auch nicht kneifen. Der eiserne Vorhang sei gefallen, erklärt er, ein halbes Jahrzehnt sei es schon her, das ganze weite Feld des europäischen Ostens tue sich auf, noch immer zerfleische der Bürgerkrieg das ehemalige Jugoslawien, die NATO bombardiere Munitionsdepots und Brücken, Serben und Kroaten hätten im vergangenen Sommer die schlimmsten Massaker aneinander verübt – und wir hier (einer halbrunden Geste zufolge die rechte Hälfte des Tisches) kümmerten uns um unsere Beziehung zu den niedergemetzelten oder abgerichteten, ausgelöschten und wissenschaftlich präparierten Völkern der nordamerikanischen Steppen oder brasilianischen Regenwälder, die das Pech hatten, im Laufe der vergangenen Jahrhunderte Europäer zu entdecken (eine schlechte Entdeckung, wie Lichtenberg sagte, der, wie wir alle wüssten, einmal hier um die Ecke wohnte). Was sollte man daraus schließen? Handelte es sich bei dem Gedenken an die Wilden um einen melancholischen Reflex nach dem kapitalistischen Endsieg von 1989? Wäre es historisch notwendig oder einfach nur das Symptom einer akademischen Ignoranz der Gegenwart, sich ausgerechnet jetzt mit der zerstörerischen, aber recht fern liegenden amerikanischen Vergangenheit der eigenen Kultur zu beschäftigen? – Weiß sie noch, wie ich heiße? Will sie es noch wissen? Beschäftigt sie sich mit unserer amerikanischen Vergangenheit?, denkst du, unwillkürlich im Stentor-Rhythmus des Hauptredners. Du bist hierhergekommen, weil dir die abendliche Novemberstimmung zu schaffen gemacht hatte wie seit den Pubertätstagen nicht mehr. Dabei kamst du frisch vom Sterne-Putzen und hattest gute Fortschritte in der zähen, enervierenden Diplomarbeits-Endphase gemacht, seit du dein Forschertürmchen zwischen der verschmähten Antje und der schmollenden Marlies nicht mehr verließest. Das mathematische Abstreifen des um die Glitzerpunkte im Weltraum schwimmenden Lichtfilzes (die SPECKLE-Interferogramme an denen die Piranjazähne der Fast-Fourier-Transformation raspeln, habe ich das richtig buchstabiert) war aber einfach nicht dein einziges Lebensproblem, Jonas, und deshalb irrtest du tumben Kopfes, hohlen Herzens und unterkühlten Hodens seit einer Stunde durch die Altstadt, um endlich in der Jüdenstraße gegen Rudolf, dessen ganze Entourage und hoppla! mich! selbst zu prallen. Du hast dich nicht sonderlich wehren wollen, als dich dein Freund Markus (ein angehender Mediziner), aus einer Gruppe unbekannter Leute heraustretend, am Oberarm packte und unter Kundgabe des ärztlichen Bescheids, du bräuchtest jetzt mal Abwechslung, mit sich zog wie ein verirrter Mustang. Ein Aufleuchten, die schmale Gestalt! So bist du mit einem seltsamen Stamm akademischer Wintervermummter in den Kleinen Ratskeller geraten, wo sich alle um den Häuptling Rasende Zunge gruppierten. Über vier Jahre ist es her! Ihr erstauntes, lächelndes, neugieriges Gesicht, viel blässer und städtischer wirkend als damals, aber die Bilder der Felswände, der Mammutbäume, des schäumenden Flusses im Nationalpark sind jetzt wieder unmittelbar vor dir. Die, die töten, Yo-se-mi-te. Der ausgelöschte Stamm der Ahwahnechee-Indianer hätte noch in den Sermon des Dozenten gepasst. Die Holzbank, auf der du damals gesessen hast, die aufgerissenen, bandagierten Hände auf den Knien, in denen der Schmerz auflöderte wie unter einer rhythmisch wiederkehrenden Verbrennung. Ein Fehler?, hatte sie gefragt. Im zweiten Augenblick des Wiedersehens hattest du daran gezweifelt, dass sie es sein konnte. Aber wenn die Erinnerung wie ein Blitz einen anderen Menschen ausleuchtete, trog sie nicht. Unangenehm war nur, dass Häuptling Rasende Zunge dieses Aufleuchten, diesen Erkenntnisblitz oder seinen Widerschein auf deinem kältegeröteten Gesicht bemerkt hatte und auch jetzt noch von ihm geblendet zu sein scheint. Seit sich die Gesellschaft am Tisch niedergelassen hat, lässt er weder dich noch die wiedergefundene Milena (du würdest liebend gerne jetzt wenigstens einmal ihren Namen aussprechen, etwas wundersam Unmögliches, dieser Name auf deiner Zunge wie ein kleines Stückchen Himmel aus einem Watteau-Gemälde oder wie eine speichelfeuchte Rüsche am Rand eines schier platzenden Dekolletees, gemalt von einem spanischen Meister) aus den Augen, es ist, als hätte euch da draußen auf der Jüdenstraße etwas verbunden wie bei einem gemeinsam erlebten Unglück oder Unfall (oder ein versehentlicher Gruppenverkehr, eine öffentliche Kreuzung, ich habe so heftige rhythmische Kollisionen in der Sprache und ich kann dir keine Ruhe lassen, Jonas, es ist fast wie bei einer Übermalung oder der Übermalung einer Übermalung), eine Wechselblickverwandtschaft fesselte euch, die der Dozent auch sofort hatte bekanntgeben müssen, kaum dass alle auf ihren Plätzen saßen, indem er, zu dir gewandt, laut und deutlich feststellte: So, Sie waren also nicht in meiner Vorlesung? Was blieb dir anderes übrig, als die im kleinen Anekdotenschatz der Familie unsterblich werdende Replik zu bieten: Nein, ich bin Physiker. (Kommst du mit ins Kino? Willst du noch einen Kaffee? Sollten wir langsam aus dem Bett kriechen? Nein, ich bin Physiker.) Jetzt gab es schon gar keine Gelegenheit mehr, jene blasse und doch irgendwie mit dir glühende Milena anzusprechen. Deine unheilbare Begriffsstutzigkeit in gesellschaftlichen Zusammenhängen hinderte dich noch eine Viertelstunde lang daran zu begreifen, dass es dem Gastredner ebendarum ging. Er suchte etwas Physikalisches und fand Gauß, wen sonst, er beschrieb, wie jener, hier in Göttingen, beim Antritt seiner Professur mit der Pferdekutsche zu fünfzig Bürgerfamilien holpern musste, um sich vorzustellen. Drastisch hätten sich seither die Verhältnisse geändert (insbesondere für ehemalige Vertretungsprofessoren, die drei Jahre lang hier gelehrt hatten und trotz besten Hörerzulaufs und öffentlicher Resonanz an ein Ordinariat nicht hatten denken dürfen), es wäre ein systemischer

Unterschied wie der zwischen euklidischer und nicht-euklidischer Geometrie, worauf man ja bei Gauß zwanglos käme, man müsse nur das Parallelenpostulat fallen lassen (Leistung und Bezahlung würden sich dann auch im Unendlichen nicht mehr treffen). Die kühne Vorstellungskraft von Gauß habe daran zweifeln können, dass die Winkelsumme in wirklichen, irdischen Dreiecken einhundertachtzig Grad betrage, und so ergäben sich die Geometrien des Riemann'schen und des Lobatschewski'schen Raums, Modelle für die Allgemeine Relativitätstheorie – oder irre er, Rudolf, sich hier etwa? Nein, hast du fairerweise versichert, freilich wäre es mit der Genauigkeit der damaligen Messinstrumente auch einem Gauß nicht möglich gewesen, eine tatsächliche Abweichung der Winkelsumme festzustellen. Der Dozent freute sich und kam sogleich auf die Übertragung des nicht euklidischen Denkens in den kulturellen Bereich. Er wollte sich ausmalen, was beim Wegfallen einiger zentraler kultureller Axiome oder Postulate geschehen könnte, etwa bei der Aufgabe einer bestimmten Gottesvorstellung oder des Fetischs der monogamen Sexualität. (Weg damit, ich bin in Stimmung für euch beide!) Weshalb übrigens, das hätte er sich schon seit geraumer Zeit gefragt, sei der mit so vielen revolutionären wissenschaftlichen Ideen brillierende Gauß ein solcher konservativer Knochen gewesen? Woher, das frage er einen angehenden Physiker, stamme diese wie angeborene Verbindung von Naturwissenschaft und konservativem oder sogar reaktionärem Denken? Nicht alle –, wolltest du anfangen. Hättest du denn noch viel mit Gauß zu tun?, unterbrach er dich. Du würdest mit ihm rechnen, wie fast jeder Physiker, fast jeden Tag (das SOR-Verfahren als Abwandlung der Gauß-Seidel-Iterationsmethode beim Sterne-Putzen, bei der Fehlerrechnung, um Himmels willen, diese Berührung durch Milenas Oberarm geschieht in vollster iterativer Absicht!). Vielleicht sei Gauß einfach nur dankbar konservativ gewesen, weil er stets vom Landesfürsten gefördert worden sei? Vielleicht wünschte man sich (das brachte jetzt die Dame mit den kurzsichtigen Brüsten hervor, dich halb in Deckung nehmend, den Grasgeruch intensivierend) eine ruhige gleichmäßige

Umgebung, wenn der Kopf den ganzen Tag fiebrig mit revolutionären mathematischen Gedanken beschäftigt sei? Nun, passiver, reaktiver Konservativismus, das ließe sich der Dozent ja noch gefallen. Wie aber komme es zu jener aggressiven Wendung, die man gerade hier in Göttingen habe studieren können, das Mekka der Naturwissenschaften plötzlich übergossen von brauner Soße? Es waren nicht die Quantenphysiker, die mit über fünfzig Prozent die NSDAP wählten, sondern das –

13. GÄNSELIESEL!,

wirft Milena an dieser Stelle ein. Und endlich, Jonas, darfst du dich nach links drehen. Du bist vier Jahre älter geworden seit unserer ersten Begegnung im Valley, es wirkt sich ganz vorteilhaft aus, wie ich finde, dieser Jungen-Charme eines großgewachsenen, fast dürren Mannes hat Virilität gewonnen, sind das sehr kratzige Bartstoppeln?, gerne legte ich einen Finger an dein Kinn, du bist so eine Art athletischer Hänfling vom Typus Zehntausend-Meter-Läufer, so schön spröde-charmant, eine lässige Halb-Asketen-Figur, zu der man sich sofort an einem Trapez hinüberschwingen möchte (wenigstens um dich zu füttern): Hallo, nett, dich wiederzusehen nach so vielen Jahren, du schneidest ja immer noch die Haare mit dem Rasenmäher, ich hake hier mal kurz die Karabiner in deine Ohrmuscheln ein, die Tausend-Meter-Wand der Nase, deine Nase ist tatsächlich indianerhaft gebogen, das hatte ich vergessen, ich möchte mit der Vorsicht, mit der man das Perlmutt-Innere einer Muschel berührt, über die längst verheilten Innenseiten deiner Hände streichen, bevor ich nun genauer, vor allen gespannten Zuhörern, erklären muss, was es mit dem von mir missbrauchten Gänseliesel auf sich hat. Es ist eine Gestalt meines kreativen Versagens, im Moment jedenfalls noch, ich komme nicht zurecht mit diesem abgründigen Geschöpf. An jenem Abend stellte ich sie mir als monumentale Figur vor. Am Nachmittag hatte ich aber noch an eine sparschweinrosa Barbie-Version auf dem Sockel des Marktbrunnens gedacht, zu ihren Füßen ein schwülstiger schwarzer Schwan oder ein ehrlich erigierter Erpel, wie heißt doch gleich wieder eine männliche Gans, in ihrem Marzipanhintern ein Loch mit dem Umriss einer Faust für all die frisch gebackenen Doktoranden, die seit neunzig Jahren die erzenen Lippen oder Wangen küssen, denn was wollen sie schon anderes sein als der große Akademiker, der über den Brunnenrand springen und sich ungestraft über das Volksmädchen hermachen darf. Ich wollte die Sache *Faustmaker I / Fisting* nennen, rechnete aber dann nicht mehr mit einer Finanzierung durch die Stadtsparkasse. Das galt sicher auch für meine zweite, abendliche Version, die ich auf Rudolfs Aufforderung nun der Tafelrunde vorstellen musste, eine Göttinger Germania, vier bis fünf Meter hoch, aus schwarzem Marmor oder irritierend hautfarben, vielleicht mit einer Art Latex-Überzug, so dass ihr steinerner Leib als nackt maskiert wäre. Anstelle der dicken Gänse schleppte sie einen langen Bismarck im Tragetuch, der gerade seine Pickelhaube verlöre, während im Korb, den sie in der Linken halte, die Göttinger Sieben erschrocken auf den SA-Aufmarsch hinunterstarrten, der zwischen ihren Beinen stattfände und vor dem sich paarweise Lichtenberg und Gauß, Heisenberg und Heine auf die breiten Fußrücken gerettet hätten. Und die Göttinger Achtzehn, angeführt von Otto Hahn und C. F. Weizsäcker, ziehen wie ein Spielmannzug in Hamstergröße über ihre Schultern hinweg und protestieren immer noch gegen die atomare Bewaffnung der Bundeswehr – ergänzt Rudolf, jeder könne also sehen, dass das Liesel ein armes geschundenes Mädchen wäre. Damit kommen wir zwanglos zu mir, dem Malerlieschen mit dem kleinen weinroten Rucksack, den es schon mit in den Vorlesungssaal nahm, als wäre es (als wollte es, dass man das von ihm meinte) gerade eben erst aus dem riesigen, steinernen, kalten Berlin angereist und hätte kein Tellerchen, kein Löffelchen, kein Becherlein und Bettchen für die Nacht. Ob nicht der Herr Professor, in seinem noblen Vier-Sterne-Hotelzimmer für Gastdozenten, ihr eine Handvoll Zwerglein ersetzen könnte? Ich muss euch, verkündet jener, Milena vorstellen, eine meiner besten Studentinnen in der Zeit, in der ich hier lehrte. Wie Sie vielleicht schon vermutet haben, ist sie in die Kunst davongelaufen und dann auch noch nach Berlin. An die HdK?, fragt enthusiastisch ein modisch schwarz bebrillter, flinker Ethnologe, der dich locker überholt, Jonas, weil du immer zu lange an deinen Bemerkungen feilst (Nein, ich bin Physiker.), der als bislang Einziger auch den weinroten Rucksack hinter meinem Stuhl gedankenreich musterte, aber nun sichtlich, nachgerade souffléemäßig in sich zusammenfällt, als ich, in der dreist gefälschten Annahme, der Dozent habe zu dir (na, schon eine kluge Bemerkung gefunden?) gesprochen, entgegne, er (er hier, der verwirrte Ich-bin-Physiker) wisse sehr gut, was ich triebe, wir kennten uns ja von früher. Und dabei lege ich dir, zärtlich wie eine Mörderin oder (viel besser) wie eine dich in Haft nehmende aufstrebende Inspektorenanwärterin der Göttinger Kriminalpolizei die Rechte auf die feste, angenehm muskulös moderierte Schulter. Ach, so gerne würdest du mich jetzt anschauen und nach meiner Hand greifen (ein edles Kunstwerk, weiß und fein geädert, ehemals Meißen, aber seit ich in Berlin logiere, natürlich Königlich Preußische Porzellanmanufaktur). Doch du kommst leider nicht dazu. Rudolf muss sich jetzt endgültig in dir verkeilen. Er hat den weinroten Rucksack übersehen, aber um den von früher her bekannten Burschen kommt er nicht herum. (Wie schön, ein Kampf mit spitzem Geweih, Rehbock gegen Hirsch, nur für mich!) Eine Weile noch, zähle bis vier, ruht das Porzellan meiner Hand auf deiner statuenhaft ruhig haltenden Schulter, und gib zu, das erlöst dich von der sündigen Sehnsucht nach Marlies' pelzumränderten Sümpfen und den Kasteiungen der Sublimierung neben, an und vor Antje, die gestern mit einer abgeschabten Lederjacke und engsten Jeans im Institut auftauchte, um dir Weiß-der-Teufel-was zu beweisen, wenigstens aber die Existenz von großen Schamlippen an großen Forscherinnen. Mit der Kunst, der Politik und der Wissenschaft, ihrer laokoonischen Verschlingung vielmehr, schwingt sich wie an einem Lianenbüschel der Dozent über den Tisch. Er schleppt dich am Genick davon, Jonas, aber deine Seele gehört schon mir, und wenn er das entdeckt, lässt er dich los, und so kann mir auch dein knuspriger Körper zufallen! Erwähnte ich noch nicht, dass es mir nicht sonderlich gut ging, so sagte es der Rucksack hinter, unter meinem Stuhl (Zahnbürste, Notizblock, sündiges Nachthemdchen, Pessar), der allerdings auch nichts weiter als eine Attrappe sein könnte. Ich bin erschüttert, sogar in tieferer Hinsicht! Nachmittags, abends, nachts, morgens früh um halb fünf donnert die S-Bahn und kurz darauf der erste ICE über die Gleise Richtung Bahnhof Zoo, so dass unser an die Schienenstrecke gebautes Mietshaus vibriert, als stünde es auf einer unterirdischen Waschmaschine. Dann fallen meine und Evas verwunderten, manchmal parallelen und manchmal sich überkreuzenden Liebhaber erschrocken von den Matratzen. Weshalb nur bin ich nach Göttingen, an meinen zweiten ehemaligen Studienort (wenn ich den Versuch an der FU Berlin ernsthaft rechne), an die Stätte meines zweiten (viel tieferen und totalen) Versagens und meiner Flucht zurückgekehrt? (Außer, um dich ein zweites Mal zu treffen, Jonas, der alles umwerfende Grund!) Ich bin wegen Rudolfs lässiger Postkarte zurückgekommen (1995 war ich noch kein E-Mensch). *Liebste Milena, ich werde ein kurzes Gastspiel in unserer Brutstation, dem Universitätsdorf Gutingi, geben, dort könnten wir uns treffen, beide mit erhobenem Haupt – weil wir uns ja selbst zur Welt gebracht haben.* Er hat es wirklich zu etwas gebracht und zieht weiter auf seiner Bahn hinauf zum international gefragten intellektuellen Guest-Star an renommierten Adressen. Bin ich gekommen, um herauszufinden, weshalb wir uns ohne Unterlass Briefe und Postkarten schreiben? Oder um ihm zu beweisen, dass ich mich nicht noch einmal unterkriegen lasse? Erhoffe ich mir einen enormen zeushaften Geistesblitz, den er mir entgegenwirft, um die Kämpfe mit der weißen Leere zu beenden, in der mein Atem widerhallt und mein Schädel zu zerspringen droht? Weiß er mehr als meine derzeit besten Ratgeber? Mein Vater löst den Blick von einer seiner smaragdgrünen Leinwände und sagt: Beruhige dich und werde Lehrer wie ich, wenn du keine Antworten auf alles (ALLES!) hast. Oder stell dir eine klare, bestimmte, erfüllbare Aufgabe. Ich versuche es, und mein HdK-Professor schüttelt schnaubend den Kopf: Willst du Kunsterzieherin werden? Was sollen diese Korinthen? *Ich weiß nicht, ob ich es schaffe, nach Göttingen zu kommen. Ich glaube, ich laufe immer noch mit gesenktem Kopf von dort weg. Wie findet man heraus, was man unbedingt tun muss?*, schrieb ich fast wütend an Rudolf zurück. *Indem man merkt, dass man glücklicher wird*, antwortete er postwendend. So würde er es an diesem Tisch niemals ausdrücken. Aber brauchte ich solchen Trost überhaupt? War ich immer noch nicht gewachsen? Wachsen! Ankommen!, ruft der HdK-Professor, hör zu, es ist ganz einfach: zwei auf drei Meter. Blanke Leinwand, ein eisiges Schneefeld, wieder die Stürme im Kopf, blutende Augen, verendende Schlittenhunde, Kampf und Cunnilingus mit dem Yeti. Glücklich sein mit Eva, einfach leben, Weißwein trinken, von unserem badewannengroßen Balkon im vierten Stock auf die S-Bahn-Züge herabsehen und Kirschkerne über die nackten Zehen in den Garten spucken. Genügt auch für einige zerbrechliche Tage. Einmal reichte sie mir einen Liebhaber, der zwischen ihrem und meinen Zimmer rücksichtsvoll eine Dusche nahm. Ich habe überhaupt zur Zeit drei Liebhaber, fällt mir ein, zwei davon verfügen über feste Freundinnen und spielen öfter zusammen Billard, der dritte kommt nur zur Grünen Woche nach Berlin, studiert irgendetwas mit Lebensmitteln in einer rätselhaften süddeutschen Stadt und hält mich für Louise Bourgeois, so dass ich allein schon aus umgekehrter Bewunderung mit ihm schlafe. Was stimmt nicht mit mir, nachdem ich bei Fred (und Jochen und so fort) gelernt habe, dass ich neben einem Mann auch atmen (nicht nur malen) können muss? Drei mal zwei Meter. Das Monumentale, wenn ich einmal Meisterschülerin werden will statt Kunsterzieherin. Nein, der Ernst ist es, das meint er, ich muss Ernst machen in jedem Format, wie schrecklich, statt die Zehen zu lackieren und Kirschkerne zu spucken. Claude, ein Lover aus Martinique, der hingebungsvoll in seinem Atelier an Eisenplastiken schweißt, jubelt auf Eva durch zwanzig Zentimeter Wand (seine Länge) hindurch, ich packe meinen Koffer, den weinroten Rucksack dazu, die entsetzliche Leinwand (*The Importance of Being Earnest* werde ich sie taufen und mit blutverschmierten Äxten bemalen) ist mein Trampolin, mein Leichentuch, mein Schneefeld, das ich überall ausrollen kann, um darin zu erfrieren, zu versinken wie jetzt an diesem runden Tisch, hallo Jonas, ich bin eine Eskimofrau, eine Eisbärin, eine sterbende Alpinistin (mit echter Goretex-Haut, das kennst du doch), beug dich zu mir herab, wo ist dein Seil, dein Haken und deine Hacke, Schneebeil, nein, Eispickel meine ich, schlag ein, reich mir die warme, nervöse Hand – immerhin, ich glaube tatsächlich, du hast noch nie erlebt, dass eine Frau heimlich nach dir greift, sous terre, unterm Tisch, meine Schulter nähert sich dir. Vorsicht! Glühend heiß! Was wollen Sie? Wir kennen uns von früher, worum bitte geht es hier gerade? Um menschliche Beziehungen? Wie sind wir darauf verfallen? Nach wie vor, erklärt der Meister (Bleib ruhig, Jonas!), beruhten die menschlichen Beziehungen, auch in den spätindustriellen komplexen Gesellschaften, auf dem Prinzip von Tausch und Opfer. Freilich seien die Tauschobjekte ungleich vielfältiger und abstrakter, wo es früher nur um das wechselseitige Übereignen von Gütern, Frauen und massiven religiösen Symbolen ging. Hörst du, Jonas, er will dir die Drahthaarige als Tausch gegen mich anbieten (es spricht für dich, dass du nicht magst und sanft meine Finger drückst). Ihr Physiker, sagst du (beinahe) gelassen, tauschtet nur Masse gegen Energie. Das ruft allgemeine Heiterkeit hervor, ein Punkt für dich beim Stand von vier zu null zu Rudolfs Gunsten, er hat hier ein Heimspiel vor akademischen Schlachtenbummlern. Was tausche ich? Das lose Leben, die kleinen Formate, das tägliche Quatschen mit Eva, die auf ihre labyrinthische Art Romanistik studiert, das Dahintreiben in den Tagen und ab und an halbe Nächte mit Exzessen und Übelkeit (hier schlägt mich Eva mit drei zu eins, sie sieht einfach besser aus, sie ist wirklich schön) – gegen? Deine sehnige warme Hand. Du riechst gut, du bist nicht dieser Karohemd-Maschinenbau-Typ, auch nicht der reinkarnierte, reinkarierte Heisenberg oder vielleicht doch, jedenfalls keiner dieser Egghead-Mandarine, denen die Formeln aus der Nase fallen und die nur darauf warten, endlich in grauen Anzügen Direktor von irgendwas Sauteurem-Hochkomplexen-Internationalen zu werden. Aber was bist du dann? Der Mann, mit dem ich durch Chinatown streifen möchte. Chinatown. Ich weiß nicht, wie sie diese Gesprächswende vollzogen haben. Aber ich weiß, worauf das bei Rudolf hinausläuft. Bei dir, Jonas, habe ich den wahnsinnigen Gedanken, dass es mich weit in den

Schnee führt, furchtlos plötzlich, als wären die Eiswüsten der Kunst nur einige Lagen weißer Styroporflocken in der Halle eines Filmstudios.

14. DER VERTRÄUMTE MANDARIN

Nach Chinatown geraten wir immer zum Schluss, es ist die Trumpfkarte der wagemutigen und ruhmreichen Anfänge, hier kann er zeigen, dass er auch einmal jünger war als jeder andere. Ich gönne es ihm, Jonas, schuldbewusst, verwirrt, triumphierend, während unsere Hände, unsere Oberarme und Schultern schon verschmolzen sind, jetzt, wo wir uns gerade anfangen, eine Sache, die von außen nur wie eine müde Vertraulichkeit wirken mag, die uns beiden jedoch einen leuchtenden, elektrischen, zweischiffigen Innenraum eröffnet hat, so dass wir eigentlich Funken sprühen und unserer Umgebung beachtliche Stromschläge versetzen müssten. Nur Rudolf (nein, anscheinend auch der flinke Ethnologe zu meiner Linken) bekommt eine Spannungsspitze ab, es ist ihm vielleicht zumute, als schließe sich die Tür eines Fahrstuhls dicht vor seinen Augen, aber als könnte er unter gar keinen Umständen mehr die Kabine erreichen. Die Rede sei des Dozenten Trost, die eigene Rede, ihre prunkvollen Mäander, über die er jetzt verfügt und auch noch in jener kunstvoll arrangierten Zukunft, in der er, als grau veredelter Mittfünfziger, ins Herz, ins Ohr, in das lauschende, pochende, rosarote, schmalzige, von feinen, empfindsamsten Härchen besiedelte Innere seiner Flugreisebekanntschaft zu dringen versucht. Sind sie noch in der Luft? Nein, sie haben schon festen Boden unter den Füßen, der vom globalen Werbeschwachsinn brillant beleuchtete, disilluminierende schwankende Korridor der Fluggastbrücke ist bereits durchschritten und ihre Zeit läuft ab, in mehrfacher Hinsicht, denn es liegen sechzehn Jahre zwischen der Göttinger Tafelrunde und diesem knieschwachen Vorankommen in der Abteilung *Morgengrauen/Träume*, in der sie nicht mehr lange verweilen dürfen. Wie könnte man das ALTERN bewerkstelligen? Sarkophagähnliche Kabinen stehen bereit, in denen man erwacht und erwacht, aber die Tage dazwischen fehlen – das ist zunehmend sein Lebensgefühl, verschwundene Zeit ohne Erinnerung, und dann erhebt er sich steif und schief, Genick und Kreuz schmerzen, und er muss glauben, dass sein Magen nie wieder gut wird. Mumien sollte man die Eingeweide entfernen. Im Augenblick geht es aber, einen Flug als Legebatterie-Passagier überlebt zu haben, setzt Endorphine frei, und natürlich ist da immer noch die hübsche und intelligente, ganz reale Frau an seiner Seite, etwas kleiner als er über den Wolken dachte, etwas weniger elegant im Gehen, man kann sich vorstellen, dass sie einmal drall werden könnte, diese rundliche, fest und zufrieden in ihre Haut eingenähte Art annehmen, die manche sechzigjähre Damen an sich haben, als wären sie als energische, solid gemachte Handbälle geboren. Die großen Bilder der Schlafenden auf der Erde sind verrauscht, obgleich sie noch etwas Traumartiges und überaus Rätselhaftes umgibt, das eigene Leben, mit dem man beim Erwachen bestraft wurde, droht sich zu vollziehen. Er muss ihr jetzt sagen, dass er nach Berlin weiterfliegen wird und sich verabschieden möchte, dass es ein wunderbares Gespräch war, es aber keinen großen Sinn mache, die Visitenkarten auszutauschen, denn er habe sein letztes Kartenpäckchen für ein Rauchopfer verwendet (einer kokelnden Masse Bauschutt hinzugefügt, in einem Tokioter Viertel, das er eigentlich nie wieder hatte betreten wollen). Doch plötzlich ertönt klar und deutlich die Stimme aus den Lautsprechern: Was träumen die Chinesen? So kommt es ihm jedenfalls vor, als sich Cara mit dieser Frage wie beiläufig an ihn wendet. Ihr wären Marthas Erzählungen über seinen ersten Film eingefallen, weil sie im Flugzeug so viel über die Schlafenden auf der Erde gesprochen hätten. Wie sei es gekommen, dass er zugleich Vortragsreisender, Gelehrter und Dokumentarfilmer geworden wäre, möchte sie wissen (auch wenn sie kein rechtes Glück mit ihm kommen sieht und keine trostlosen Erfahrungen mehr machen möchte, gerade nach dem Desaster in Tokio). Die Filme wären mehr eine Schwäche oder ein Ausdrucksbedürfnis in einer Kunst, die er gar nicht beherrsche, erklärt er leichthin. Auf dem von Mietwagen-Werbungen überflackerten Monitor, unter dem sie in Gesellschaft von übernächtigten Eurasiern hindurchgehen, sollten wir mit dem Titel CHINATOWN die historische Szene aus dem Göttinger Ratskeller einblenden, in der er damals mit ganz anderem Elan zu seinem filmischen Erstlingswerk Stellung bezog. Wir hören ihn noch, Jonas, wie er darlegte, dass er im Laufe jener Unternehmung zu dem geworden sei, was er heute noch wäre, eben kein verbeamteter Stubengelehrter, sondern ein Anwalt der Diffusion, einer, der das Wissen aus den Elfenbeintürmen hinaustrage und die Welt dann wieder in die Türme zurückschmuggele, jemand, der Vorlesungen halte, Filme mache und Bücher schreibe, ohne einen Unterschied darin zu sehen, einer der mit den Mandarinen und Parias gleichermaßen rede, der in Luxushotels schlafe und auf Reisstrohmatten (mit Luxusnutten und Reisstrohdirnen, da war ich mir doch ganz sicher, mein Lieber, und es störte mich keinesfalls, im Gegenteil), einer, der ruhelos durch die Wände gehe, durch die Membranen und Mauern der Vorurteile, der kulturellen Beschränkungen, der akademischen Borniertheit. Nein, ganz so geschwollen wird er es nicht vorgetragen haben, wahrscheinlich zitiere ich hier eine E-Mail, und jetzt, in Frankfurt, wo er benommen und verzaubert auf einem Laufband neben ihr hergleitet (sie müsste doch auch schon bemerkt haben, dass er nicht mit ihr zur Gepäckausgabe streben sollte, schließlich hat er einen Anschlussflug nach Berlin), ist ihm schon lange nicht mehr nach Aufschneidereien zumute. Dass sie Martha, seine erste und einzige Exfrau, so gelassen erwähnte, bestürzt und entwaffnet ihn gleichermaßen und er sieht eine Sekunde wie ein Vampir auf ihren Hals, der trotz ihrer fünfundvierzig Jahre nur zwei sehr feine, kettenartige Falten aufweist. Wenn wir die saftige, in voller Blüte stehende Version der Geschichte seines ersten Films haben möchten, dann müssen wir ihm 1995 in Göttingen zuhören, wo er – noch fünf Jahre jünger als Cara jetzt – die Tafelrunde beherrscht und berichtet, wie alles anfing, die Sache mit den Chinesen, richtig. Er sei vierundzwanzig gewesen damals, jung und heiß (sein Blut rauschte wie jetzt deins durch alle Extremitäten, Jonas), er hatte zwei Jahre in den USA studiert und wollte sein erstes eigenes größeres *paper*. San Francisco, Chinatown. Auf der Suche nach einem außergewöhnlichen Projekt, habe er in einem Restaurant gesessen und sich den Kopf zerbrochen – als eine sehr hübsche, in rosa Seide geschlagene Kellnerin, die ihn gerade eben noch zurückhaltend und freundlich bedient hatte, auf die Straße lief, als hätten sie die Drachen auf ihrem Kostüm gebissen, und einen jungen Mann heftig gestikulierend zusammenschimpfte. Dieses wenig asiatische Verhalten habe ihn so sehr verblüfft, dass er alle abstrakten Ideen (im Aufschwung der strukturalistischen Ära!) von sich stieß und sich vornahm, empirisch die empirischen Gedanken der empirischen Chinesen zu erforschen. Mit einer Super-8-Kamera bewaffnet, habe er die Wäschereien, Kleiderfabriken, Nähstuben, Küchen und Lebensmittelläden von Chinatown durchstreift. Was ging in den Köpfen der legal und illegal dort schuftenden Frauen und Männer vor? Wie viel davon würden sie ihm erzählen? Überraschend viel, wie sich herausstellte, auch wenn es einiger Beharrlichkeit bedurfte. Die Leute waren erschrocken und doch auch geschmeichelt und verführt von der Neugierde eines jungen Forschers. Natürlich wurde es keine im wissenschaftlichen Sinn brauchbare Studie. Aber es war ein Vorstoß, eine neue Qualität, er hatte hochinteressantes Material sammeln können, bevor ihn die Triaden aufs Korn nahmen, wobei es ihm zeitweilig gelungen war, sich in Englisch, gebrochenem Mandarin und mit Hilfe einiger hastig angelernter Brocken taishanesischen Dialekts mit den mittleren Chargen der *United Bamboo* und der *Sun ye on* auf den eher harmlosen Charakter seiner Untersuchung zu verständigen, bevor sie dann doch die Geduld mit ihm verloren. Seine Interviewpartner hatte er nichts weiter gefragt als: Wovon träumen Sie? (Göttinger Kunstpause an dieser Stelle. Die kleinbrüstige Juristin richtet den Oberkörper auf und auch wir richten uns auf, Jonas, stillgestanden! Stehst du? Ich, mein Lieber, bräuchte jetzt eigentlich schon ein neues Höschen, wenn du weißt, was ich damit meine. Begreife mich! Wie soll man sich konzentrieren mit dem wilden Herzen zwischen den Beinen?) Tagträume und Nachtträume habe er gesammelt, ohne Unterschied und

Zensur. Nachdem er zwei wenig beachtete Essays für wissenschaftliche Zeitschriften verfasst hatte, war ihm plötzlich eingefallen, die Höhepunkte der authentisch fahl und fahrig auf Zelluloid gebannten Interviews mit Musik und dokumentarischen Außenaufnahmen anzureichern. Er habe sich mit Kunst- und Filmstudenten zusammengetan, um eine kurze poetische Reise in das verborgene Innenreich der Arbeitssklaven von Chinatown zu montieren, und das sei es ja dann auch geworden. Der Film war – gemessen an den Resonanzmöglichkeiten dokumentarischer Arbeiten – ein Erfolg, er traf auf ein viel breiteres Publikum, als es die Aufsätze je hätten erreichen können, und noch heute werde er auf einschlägigen Festivals gezeigt oder in den Nachtprogrammen der Kultursender. Im nachhinein müsse er gestehen, das Material zu stark geformt, zu sehr poetisiert zu haben. Denn neben den erwarteten Tempeln, Drachen, Bergen und Seen der Erinnerung habe es für seinen Geschmack zu viel Familiendrama, zu viel maskierten Inzest, zu viel Gewalt gegeben, zu viele ausgeblutete Verräter auf dem Grund der Meere. All die Verfolgungsjagden, Massaker, genüsslichen Morde unter Verwandten, diese verborgenen anonymen Kriege, die Nacht für Nacht inszeniert würden, seien zwar nicht ausgemalt, aber doch genügend klar angedeutet worden, um ein Bild des Schreckens zu ergeben. Nach dem zerfetzten Sohn der Persephone habe er das Phänomen, das er bei seinen anthropologischen Studien immer wieder antraf, den *Zagreischen Schock* getauft. Der Terminus bezeichne das unglaublich Stereotype, archaisch Gleichförmige der Träume vom Zerrissen-, Verstümmelt- und Ermordet-Werden, welches sich nur unterschiedlicher kultureller Verkleidungen bediene. Wenn die Götter die Träume sendeten, dann sei ihre Armut an Fantasie erwiesen, hören wir im O-Ton in Göttingen, eine Stunde nach Mitternacht. Das war ein Zitat aus seiner späteren Heidelberger Doktorarbeit, in der es doch eigentlich um die philosophische Zangengeburt von DINGEN ging. Wache auf, junger Jonas, damit du pünktlich kommst zu einer deiner besten Erinnerungen. Der Oberarm! Der sanft drückende Ellbogen! Die noch vollkommen elektrisierende Hand der gerade in deine Welt hinein erschaffen Frau (niemand schnitt dir in die Rippen). Du spürst den Sog unserer fünfzehnjährigen erfüllten Zukunft als leuchtende Bahn durch einen Nebel aus Zigarettenrauch, Müdigkeit, versteckter Begierde. Gleich werden wir den Ratskeller verlassen, vertraue der Führung meiner schmalen, jedoch nicht schwächlichen Hand (Arbeit mit dem Schweißbrenner, Steinmetzkurse, das Grundieren riesiger weißer Leinwände in meinen Alpträumen). Unser Leben beginnt in wenigen Minuten, ich weiß es, und deshalb habe ich noch im Sinne einer kalkulierten Lustverzögerung Appetit auf die unvermeidlich sich anschließende Anekdote von Wan Hu. Wenn ihn, Rudolf, etwas tröste angesichts der Gleichförmigkeit der Traumwelten, dann seien es die poetischen Wanderer oder vielmehr Schlafwandler, die von einem Kopf zum anderen gingen, die als Figuren, nicht als Archetypen, die Grenzen der Einsamkeit überschritten. Die interessanteste Gestalt in den filmischen Traumprotokollen, die er in San Francisco aufgezeichnet habe, sei jener Wan Hu gewesen, der verträumte Mandarin aus dem fünfzehnten Jahrhundert. Der Legende nach war er am Ende seines poetischen Lebens mit einem von zahlreichen Feuerwerksraketen angetriebenen Stuhl im Himmel entschwunden. Weshalb er in sechs von vierundvierzig Träumen im Sommer 1977 in Chinatown wieder auftauchte, blieb unerklärlich. Keiner der Träumer wusste einen Grund anzugeben, in keiner der in Frage kommenden Zeitungen, Fernseh- oder Radiosendungen dieser Tage hatte sich der Mandarin Wan Hu angekündigt. Es war ein Jahr nach dem Ende der Kulturrevolution, die 1966, bei ihrem Ausbruch, sogleich dem nationalen Raumfahrtprogramm den Garaus gemacht hatte. Sollte man nun annehmen, dass das kollektive Unbewusste der Exilanten die Wiederaufnahme des chinesischen Weltraumprogramms verlangte, jetzt wo es erstmals wieder eine realistische Chance dafür sah? Wir konnten diese Frage nicht beantworten, Jonas, weil wir hier den Kleinen Ratskeller verließen, ganz plötzlich, wie verabredet (nach einem kurzen Händedruck), ohne Aufsehen erregen zu wollen, mit hastig und verschämt hingemurmelten Sätzen.

15. EINFÜHRUNG IN DIE THEORIE DER SEKUNDÄREN NACKTHEIT (PHILOSOPHIE DES GEPÄCKBANDS)

Mittlerweile standen sie neben einer Betonsäule und sahen auf das Gepäckband, das gerade mit der Kofferausgabe begonnen hatte. Wir dürfen annehmen, dass er Cara eine kurze und ernüchterte Version der Geschichte seines ersten Films erzählt hatte, eingedenk der frühen Tageszeit, ihres erschöpften Zustands und der Tatsache, dass er die Lust am spielerischen, künstlerischen Umgang mit den Verhältnissen immer mehr verlor. Vor einiger Zeit aber hatte er in einer Mail ausführlich von der nicht absehbaren zweiten Wiederkehr des Wan Hu berichtet, die sich ebenfalls in San Francisco, allerdings erst im Januar 2003 ereignet habe, ein Vierteljahrhundert nach seinen filmischen Recherchen in Chinatown. Er saß in einem Restaurant gegenüber dem Sing-Chong-Building, als ihm Wan Hu erneut erschien. Dieses Mal zeigte sich der Mandarin auf einem Fernsehschirm. An einer Art Feuerkette zwischen den Sternen schwebend, zierte seine stilisierte Figur das Emblem der *Shenzhou-4*-Mission. Es prangte auf der Trägerrakete und als Plakette auf dem Raumanzug des ersten Taikonauten, Chen Long. Herr Long fuhr in einem Bus zur Startrampe, nahm den Lift zur Raketenspitze und kehrte mit ihm gleich wieder zur Erde zurück, denn an seiner Stelle flog eine mannsgroße Puppe in Raumfahrermontur ins All. War man nicht geneigt (schrieb mir Rudolf in jener Mail), diesen Dummy, der erfolgreich einhundertachtundzwanzigmal die Erde umrundete, für einen Wiedergänger Wan Hus zu halten, eine Kunstfigur, die den Traum vom Weltall überlebte und sicher in der Mongolei landete? Welch einen Fortschritt würde es darstellen, wenn man vor allen größeren politischen Experimenten die davon betroffenen Teile der Bevölkerung zunächst durch

Dummies ersetzen würde, ganz wie man es mit den chinesischen Intellektuellen vor Ausbruch der Kulturrevolution hätte tun sollen. Gerne male er sich aus, dass Wan Hu tatsächlich in den Dummy gefahren sei, vielleicht in der einhunderteinundzwanzigsten Runde der Erdumkreisung, als die Wissenschaftler der Bodenstation ermüdet waren. Dann habe man das Bild des unendlich tröstlichen Hinabgleitens zur Erde vor sich, der Landung im Steppengras und die verblüfften Gesichter der Techniker, die nach dem Öffnen der Kapsel vom lebendigen Wan Hu begrüßt wurden (freilich in einem ihnen unverständlich gewordenen Altchinesisch). Wenn die Fantasie Aufgaben habe, dann bestehe eine ihrer vornehmsten darin, in der Zukunft zu landen. Diese Gepäckausgabehalle am Frankfurter Flughafen im August 2011 wäre von ihm in Göttingen gewiss nur als Sprungbrett in ein viel entlegeneres Futur betrachtet worden, in dem sich die Dinge radikal verändert hätten. Es konnte nicht mehr lange dauern, bis Caras Koffer erschien und er zugeben musste, nur hier zu stehen, weil er auf eine seltsam fatalistische Weise weiterhin ihre Gesellschaft genießen wollte. Wahrscheinlich, nein sicher war ihr das schon klargeworden, denn ihr Gesicht hatte sich gerötet und so wirkte sie reizvoll schuldbewusst, ganz als habe sie sich zu einem komplizenhaften Schweigen und Übergehen seiner Situation entschlossen. Er hatte kein Gepäck mehr zu bieten: Ein Karton mit Notizbüchern war bei einer Kollegin an der Todai verblieben, der Rest seines Besitzes, vor allem die Handbibliothek mit fünftausend wichtigen Büchern, lagerte gemeinsam mit einigen guten Anzügen und (nicht zu vergessen!) etlichen Bildgeschenken einer nicht wenig gefeierten Künstlerin (deren aktuellen Marktwert er völlig unterschätzte) in einem Container in Toronto, behütet nur von einer Handvoll leicht bewaffneter kleiner Elche. Ich wünsche mir eine Abschiedsgeschichte von dir, sagte Cara leise und eindringlich, etwa, was in dem Koffer von Wan Hu enthalten war oder eine Anmerkung zu diesen mystischen Gepäckbändern, vor denen wir immer wieder stehen. Nach unzähligen Flugreisen hatte Rudolf – eigentlich in Fortsetzung seiner Meditationen über das Jüngste

Gericht – den Begriff der sekundären Nacktheit geprägt, in der sich die Reisenden am Rollband noch befanden. Beim Start und am Check-in ließen sie ihre Koffer mit der Begeisterung und Erleichterung fahren, die man in anderen Situationen nur beim Ablegen der Kleidung verspürte. Also war der Flug eine Art Geschlechtsverkehr mit der Luft oder ein Schlaf, wenigstens aber ein Bad, das einen auf Fluglänge von der Bürde der Habseligkeiten erlöste, deren Wiederkehr man nach der Landung kaum erwarten konnte. Niemand genoss dann mehr die letzten Momente der Freiheit, die relative Besitzlosigkeit vor der Rückkehr seiner Last. Verwunderlich war auch, wie selten jemand absichtlich den Koffer eines anderen nahm. Lag es nur am hohen Risiko des Ertapptwerdens, weil der mögliche Besitzer eines teureren, größeren oder interessanteren Gepäckstücks direkt neben einem stehen konnte? Oder sollte man folgern, dass ein jeder mit seinem eigenen Leben doch ganz zufrieden war, unter der Voraussetzung, dass sich der Inhalt der Koffer ohnehin nicht groß unterschied? Er dachte Leben, als wären die Existenzen ihrer Besitzer wie Tiere oder animalische Potenziale in den Gepäckstücken verborgen (etwas, das in dich schnellt, sobald deine Hand den Griff des Koffers umschließt). Würde man den Passagieren die Wahl lassen, mit einem anderen Koffer, allein nach der Beurteilung des Gepäckstücks, auch das andere, dahinkreisende Leben an sich zu nehmen – wie viele Tauschaktionen gäbe es? Nimm einen ramponierten, aber fröhlich aussehenden Rucksack, um dreißig Jahre jünger zu werden. Schnapp dir einen edlen Metallkoffer der bekannten Luxus-Marke, um eine halbe Stunde später deinen Jaguar vom Parkplatz zu fahren und zu Hause den Schreckensbrief deines Urologen vorzufinden. Wenn sie sich auch nur einigermaßen ertragen konnten, dann gingen die Menschen auf Nummer sicher, mit Leben und Besitz. Oder sie ließen ihr Gepäck absichtlich liegen, wie Cara. Ihr alter Koffer, zwei, drei Kostüme, ein Paar Schuhe, Unterwäsche, zurückgelassen im Shinagawa Prince Hotel, ein Opfer, das es wert war, das ihre Wut zum Ausdruck brachte, ihre Entschlossenheit, ausgerechnet und gerade an diesem Tag. Bevor er das Schlimmste befürchtete und die Polizei alarmierte, würde Peter sich an die Rezeption wenden und dort ihre Nachricht (ein Abschiedszettel, kein Brief) erhalten. Sie hatte bis jetzt ihr Mobiltelefon nicht eingeschaltet, ebenso wenig wie Rudolf übrigens, von dem man erwarten konnte, dass er auch über das Ende der kommunikativen Nacktheit etwas zu sagen wusste, über jenes seltsame kollektive Wiedereinklinken in die Telefon- und Datennetze, das mit der Landung der Maschinen begann und mit den letzten Ausläufern in den Flughafenbussen endete (die Zerstörung einer Zufallsgemeinschaft durch das Wiedereintauchen in die übliche Gemeinschaft). Caras Gesicht war nun so tief errötet, dass er sich verpflichtet fühlte, sie auf ihr Gepäck anzusprechen. Ist in Tokio etwas mit deinem Koffer passiert? Beim Zoll oder vorher?, fragte er schließlich. Sie sah ihn erleichtert an. Es wird nichts ankommen, gestand sie, und jetzt kannst du mich auch zum Ausgang begleiten, wenn du das Geheimnis schon weißt. Beim gemeinsamen Davongehen hielt er leicht ihren linken Oberarm, so dass es den Anschein hatte, ein Ehepaar habe sich gemeinsam entschlossen, nicht mehr länger die drei letzten, wie herrenlos kreisenden Koffer anzustarren, sondern die Gepäckermittlung (*lost and found*, der Zustand des glücklichen Menschen) aufzusuchen. Beide waren mittlerweile so erregt und errötet, dass ihnen das Gehen große Erleichterung verschaffte. Bis zur Pass- und Zollkontrolle sprachen sie nicht mehr. Musst du nicht nach Berlin, kannst du den Transfer-Bereich verlassen?, wollte sie endlich wissen. Ich habe noch zwei Stunden Zeit und nur das hier – er hob kurz seine Lederreisetasche an. Als der Polizeibeamte an dem rechts von ihm liegenden Abfertigungsschalter Cara beglückwünschte, dachte Rudolf eine blödsinnige Sekunde lang, er gratuliere ihr zum Verlust ihres Gepäcks. Baldigst musste er zwei Telefonate führen – eines mit der Airline, die seinen Einstieg in die Maschine nach Berlin-Tegel erwartete, eines mit seiner ehemaligen Studentin Milena, die zur Zeit noch glaubte, mit ihm ein zweites Frühstück nehmen zu können –, falls er nicht weiterflog und es wurde immer deutlicher, dass er es nicht tun würde. Die fatale Zusammengehörigkeit oder Zugehörigkeit, die er von der ersten

Sekunde ihrer Wiederbegegnung an empfunden hatte, schien mittlerweile so stark geworden, dass auch Cara unter ihrem Bann stand und sie gar nicht mehr darüber zu reden brauchten. Er schlug vor, einen Kaffee zu trinken, und mit ihren Jetlag-Körpern aus Blei setzten sie sich auf die Barhocker eines Flughafen-Cafés. Sie bestellte einen Cappuccino und hoffte, ihre Blase möge es verzeihen. Man würde in der Zukunft landen, wenn man nach Osten fliege, erklärte er, unter Auslöschen einer gewissen Spanne irdischer Zeit. In Tokio – vor der Katastrophe von Fukushima und jetzt vielleicht noch mehr – fände man ja immer das passende futuristische Ambiente für die Zukunft, und es gäbe auch den Trost für alle Arten von Verlust, etwa die Ruhe im Koishikawa-Korakuen-Park oder den todesähnlichen Zustand nach einem ausgiebigen Bummel in der Ginza. Cara nickte und fuhr sich über die Stirn. Jetzt haben wir aber das umgekehrte Problem, sagte sie, wir kommen aus Japan und sind in der Vergangenheit gelandet. Es ist gar kein Problem, es ist ein Geschenk, widersprach er sanft, eine Vergangenheit, die wir so nicht hatten, die vielleicht zu einer Geschichte gehört, die wir nicht leben werden. Ein Geburtstagsgeschenk also, meinte sie, ich weiß, dass du es mitbekommen hast, ein Rückgriff auf eine nicht zustande kommende Zukunft, in der wir ein Liebespaar wären. Er hätte nicht gedacht, dass sie es so direkt sagen würde. Sie konnten auch ein Geschwisterpaar sein wie Hänsel und Gretel, oder ein legendäres Dummy-Paar wie Wan Hu und die ihm zustehende Lin Hu ... Der Sog einer plötzlich lebbaren, aber schon entschwundenen Vergangenheit ergriff ihn mit einer fatalen Macht. (Es ist eine Todesahnung, dachte er, ich verfalle meiner eigenen Idee.) Wir könnten uns vornehmen, entspannt zu sein und uns zu erinnern, sagte sie mit schier unheimlichem Geschick, nehmen wir uns einen Tag frei, meinen Geburtstag, es ist wie ein Schulschwänzen für Erwachsene. Als sie aufstanden, hakten sie sich unter, als täten sie das jeden Tag. Sie brauchten eine Bodenstation. Nichts lag näher als das Flughafenhotel, dessen Lobby einen spiegelnden weißen Marmorboden hatte und einen futuristischen Überbau, ein Zeltdach aus Metall, das von Fenstern durchbrochen war, der in den morgenfahlen Himmel greifende Ausleger einer Weltraumstation. Erschöpft vom Sprung in die irreale Zeit buchten sie ein Zimmer, in dem sie auch am Vormittag nicht gestört würden. Das könnte unser wahres Zuhause sein, dachte er, Treffpunkte auf Weltraumbahnhöfen, auf den Planeten einer zersiedelten Kultur. So, in dieser flüchtigen und doch zuverlässigen Begegnungsform, hätte er womöglich jahrelang frei und gebunden sein können, mit der Garantie der Heimkehr an einen Ort, zu einem Körper, der ihn nicht zu fesseln versucht hätte. Caras blasses, von schwach ausgeprägten Sommersprossen belebtes Gesicht vor Augen, spürte er ein ungeheuerliches Versäumnis und die nicht mehr für möglich gehaltene Begierde, sich eine neue Erinnerung zu verschaffen. Rötliche Farben beherrschten das Doppelzimmer im vierten Stock, das sie kurz darauf betraten. Vor dem rubinroten Bettüberwurf und dem aprikosenfarbenen Teppich erschien das langgezogene, nicht sehr hohe Fenster wie ein eintönig kolorierter Filmstreifen. Fast ausschließlich blaue und graue Schemen und Gegenstände waren darauf zu sehen, die Etagen eines Flughafengebäudes, der noch morgenfahle Himmel und große Passagiermaschinen, von denen sich einige schlafwandlerisch und lautlos bewegten. Es kam Rudolf so vor, als hätten sie plötzlich die Seite gewechselt, als könnten sie sich selbst und diese gleichförmige Welt des Reisens und des flüchtigen Übergangs von außen betrachten, als hätten sie bereits ihre Körper verlassen.

16. PLATONISCHER NOVEMBERWEG

5:40 Uhr. Man kann nicht. Es ist nicht sinnvoll. Um tun zu können, was man möchte, muss man zuerst. Das ist eine arbeitsteilige moderne Wissenschaft, infolgedessen. Da hat jeder nur. Jonas fällt zurück in die Göttinger Frühe und träumt die Stummelsätze noch einmal, mit denen er damals vor Rudolf rechtfertigte, weshalb er nicht gleich über die Physik der Sonne eine Diplomarbeit schreibe, wenn sie ihn doch so sehr interessiere. Monatelang war er damit beschäftigt gewesen, die Winkeldurchmesser dreier wenig bekannter Sterne aus den Beobachtungsdaten herauszufiltern, die ein Wissenschaftlerteam ein Jahr zuvor, im Winter 1994, während einiger Nächte an einem Riesenteleskop in New Mexico ermittelt hatte. Sterne putzen, statt in die Sonne sehen. Vom Sternenputzer zum Sunnyboy. Mit Milena flachst er gerne über die Dinge, die ihm ernst sind, mit ihr kann er vor seinen und ihren Götzen davonlaufen wie damals im Kleinen Ratskeller, als sie den unfruchtbar werdenden Debatten und dem Zigarettenqualm entflohen. (Du bist wieder dort, es ist erst fünfzehn Jahre her.) Sie hält ihn an der Hand, sie hat ihn regelrecht herausgezogen in die Novemberluft, die im ersten Augenblick wohltut wie ein kühles feuchtes Tuch, das man sich über das verschwitzte Gesicht legt. Einige Schritte gehen sie noch unbefangen mit verschränkten Fingern an den Fachwerkmauern vorüber. Dann verfliegt die in der Geschwindigkeit und Aufregung des gemeinsamen Aufbruchs fast sportlich erscheinende Selbstverständlichkeit der Berührung, die ineinandergefügten Hände werden nackt, wie sie sind. Sie kommen an. (Das entspannte, nein eher noch: entgleiste Gesicht einer post-orgiastischen Frau. Übermalte Fotografie: *00:43 – Arrival – My Body – Age 25. Next Departure ...* Denken wir aber an den beleidigten Blick, den uns Rudolf hinterherschickte, dann wäre diese ironische und rein fotografische Arbeit von

1996 besser: in der Art schlechter Automaten-Passbilder zwei hängende Penisse in Schwarz-Weiß, die ziemlich gleich aussehen und bekümmert wirken, wie die Rüssel kleiner Elefanten, die jeweils einen Pfirsich halten. Unter dem einen steht: *You, my lovely!*, unter dem anderen dagegen: *The bad stranger*.) Wenn du jetzt loslässt, verlieren wir uns, es ist wie beim Klettern, sagt Milena. Jonas muss raten: Ich stürze ab, und du wirst in die Kunst entlaufen? Unvermeidlich, dass sie sich jetzt küssen. Die Berührung der novemberkühlen vollen Lippen, aus denen sogleich eine neugierige Zunge hervorschlängelt. Die verworren kreisende Spirale ihrer ersten Intimität. Die Begegnung mit ihrem entgegendrängenden schmalen Körper, die trotz der Dämpfung ihrer Winterjacken stellenweise sehr präzise ist. Es trifft ihn, so stark, so erschreckend glücklich, dass er es sich erklären muss und auch rasch (Fast-Fourier-Echtzeit-Analyse) die Antwort erhält: Milena erscheint ihm ideal und folglich im aktuellen Zusammenhang unvorstellbar. Wenn er überhaupt von bestimmten Frauengestalten träumte, dann wagte er kaum, jemanden wie sie einzuschließen, obwohl es ihren Typ nicht nur in Filmen oder auf Illustriertenfotos gibt (allerdings klingt hier etwas in ihm an, das er im Augenblick noch nicht versteht). Sie ist jedenfalls kein Fotomodell und kein Mannequin, sie hat Leberflecken und Asymmetrien (irgendwo), er hat so jemanden (offen getragenes, langes schwarzes Haar, hohe Stirn, ausdrucksvoller Mund, blaue Augen, hypnotische Kornblume oder Lapislazuli) schon in Cafés und Uni-Hörsälen gesehen, lachend, sprechend, Nahrung zu sich nehmend. (Sie atmet vermutlich. Entfernen Sie die Zunge der Dame aus Ihrem Mund und machen Sie unauffällig einen Test mit Ihrem Taschenspiegel!) Aber diese Art von mädchenhafter, musterschülerinnenartiger, orchestergeigerinnenähnlicher Attraktivität kann er nicht recht fassen. Muss er ja auch nicht, solange er den Druck ihres Schambeins wie eine freundlich herandrängende Hundeschnauze spürt. Sie studiert Malerei, aber jemanden wie sie fotografiert man lieber, sie ist unklassisch modern, allenfalls noch frühes zwanzigstes Jahrhundert, es ist etwas verstörend Braves an ihr, dem man mit einem angenehmen Schauder misstraut, sobald man einige Worte mit ihr gewechselt hat und das offensiv Hübsche und vermeintlich Ordentliche nicht mehr mit ihrer aufreizenden ironischen Geistesschärfe zusammenbringen kann. Was will sie mit einem linkischen Grübler, wie er es mittlerweile zu sein glaubt (tropfend aus Marlies herausgezogen und trockengeföhnt, aber immer noch angeschlagen von der hoffnungslosen Affäre und seit zwei Monaten wieder allein wie als Gymnasiast). Damals im Valley war er noch mehr in Übung mit Frauen seines Alters (seine wildeste Zeit: drei gnadenreiche Studentinnen in Tagesabständen). Ihre Nähe, das natürliche Parfum ihres Körpers, betäubt ihn, der Druck ihrer platonischen Brüste, wieder die sanfte Hundeschnauze, das fordernde Tasten ihrer Zunge, die über die seine streicht oder diese zu umwickeln versucht, bevor sie ihn bedauernd verlässt. Das intensive Augenblau ist ihm wenigstens nicht ganz fremd, tatsächlich hatte Annabel-BWL ganz ähnliche Augen, auch die gewisse unglaubwürdige, fast zu konventionelle Attraktivität haben sie gemein (vernimm Antjes Fluch!, und bedenke, dass die schnieke Betriebswirtschaftlerin nun auch um ein halbes Jahrzehnt gealtert ist), nur dass sie in Annabels Fall eines kleinen, schmalen Körpers seltsam früh-damenhaft wirkte (die Jugend einer Botschafter-Gattin, die es ja auch einmal gegeben haben muss), hier und jetzt aber verstörend Mädchen-Model-haft, als wäre man in ein Foto-Shooting geraten und hätte die Hauptfigur entführt (wenn du ihr das sagst, wird sie vor Lachen in die Knie sinken, um besser an deinen Hosenschlitz zu kommen). Sie gehen durch die Jüdenstraße, weiterhin Hand in Hand, ganz als wüssten sie beide das Ziel. Die Wohnung der Physiker-WG, in der Jonas zwischen Büchern, Disketten, seinem Rechner-Monitor und den Endlospapierausdrucken seiner Diplomarbeit haust, läge in der Gegenrichtung. Es ist nicht sonderlich kalt, und die Müdigkeit des Ratskellers ist vollkommen verflogen. Jonas spürt eine gewisse selige Fassungslosigkeit. Gerade nach der Sache mit Marlies wäre es doch genau richtig, sich romantisch zu verlieben, zum Teufel mit der Diplomarbeit! Er überlässt sich dem gemeinsamen Gehen und Stehen wie kleinen Schwächeanfällen, von einer im Nebel glimmenden gusseisernen Straßenlaterne zur nächsten. Sie sprechen über ihre erste Begegnung im Yosemite-Nationalpark, als hätte sie vor einigen Wochen erst stattgefunden. Als ich dich mit bandagierten Händen sagen hörte, du müsstest nach Deutschland zurück, um zu lernen, verließ ich Fred (den rotbärtigen Campingbus-Fahrer, den Jonas im ersten Moment für ihren Vater oder Onkel gehalten hatte) und begann Kunst zu studieren. Als er sie da hatte sitzen sehen, mit dem Skizzenblock auf den Knien, einsam und ernsthaft, war ihm das Positiv zum Negativ des Kletterunfalls erschienen. Er sei also hinaufgestürzt? Schön! Überhaupt habe er ihr nie (in jenen endlosen Stunden und Tagen auf der Parkbank) erzählt, was genau dort in der Felswand geschehen wäre, sagte sie mit verwunderlichem Anrecht auf einen vorwurfsvollen Ton (ein Kredit unserer Hausbank auf zwanzig Grenzübertritte). Die grellen Farben der Panik waren ungemindert, jetzt noch, wo die längst verheilte Innenfläche seiner rechten Hand Milenas Finger spüren, kann er den Moment des Sturzes so überwirklich genau und hell ausgeleuchtet vor sich sehen, als öffne sich eine 3-D-Panorama-Leinwand in seinem Kopf. Er klebt in vierzig Metern Höhe an der Wand, an einem aufrecht gehaltenen Titanenschild aus Granit. Vor ihm liegt eine griffarme Passage, die es in raschen, überlegten Zügen zu klettern gilt. Noch einmal tief durchatmen. Der Blick nach unten, zwischen den schwarzen Kuppen seiner Kletterschuhe hindurch, trifft das schon ziemlich weit entfernte, skeptische Gesicht des ihn sichernden Freundes (mit dem er zehn Jahre zuvor auf den Westturm des Freiburger Münsters hatte steigen wollen) und die schräg und schief abwärts fliehende bewaldete Bergflanke, vor der es wie ein kleiner blasser Ballon aufgestiegen scheint. Besser die Wand studieren. Der veilchenblaue wolkenlose Himmel darüber scheint einen leichten Sog auszuüben, immerhin, endlich. Der idiotische Augenblick der Selbstsicherheit (gesteht er Milena jetzt), der anhält und ihn drei, fünf, sieben Meter über den letzten Sicherungspunkt hinausführt – nichts weiter als ein in einen Handriss geklemmter Friend, ein Eisenkeil, der ihn bei einem Vorstiegssturz aus dieser Höhe schwerlich halten wird. Und schon die unglaubliche, im nachhinein so empörende, irre Erleichterung (oder irre Ungläubigkeit) in den ersten Sekundenbruchteilen des Falls. Dann aber die Flammen von Panik und Todesangst, etwas wie ein starker Stromschlag und eine innere Verbrennung zugleich, während das elektrisierte Gehirn mit Wespenflug-Blicken über die aufwärts rasende Granitwand irrt. In der Zeitdehnung, in der Lupenperspektive des Entsetzens, ein gutes Stück bevor er im Fall den Friend passiert und noch einmal die gleiche Strecke zurücklegen muss, bis er den Fangstoß im Klettergurt spürt oder nur den Ruck, der entsteht, wenn die Sicherung bei Belastung aus der Wand fliegt, zuckt ihm die gelbgrüne Schlangenhaut eines doppelt gelegten Seils ins Auge. Nahe der Aufstiegsroute hatte ein vor ihnen kletterndes Team sich abseilen wollen, ein Ärgernis vor einer Sekunde noch, die Rettung jetzt. Dreimal greift Jonas im Fall nach dem Doppelseil der anderen. Jeder Griff zerreißt, verbrennt die Haut seiner Handflächen, muss aufgegeben werden, verlangsamt aber seinen Sturz und gibt ihm Gelegenheit, mit den Füßen und der rechten Körperseite am Fels zu bremsen, bis nach zwölf oder vierzehn Metern die Seilreserve erschöpft ist und sich der Gurt mit einer noch nie erlebten Härte strafft. Der Friend hält, Jonas baumelt mit für einige Sekunden noch völlig schmerzfreien Händen in der Luft, am Seil, in einer lautlosen Pendelbewegung, wie ein ausgefädelter Jojo unter einer Kinderhand, und er wird niemals die Frage beantworten können, ob die Sicherung auch ohne das dreimalige zerfleischende Nachgreifen und die Aufschürfungen und Prellungen an der rechten Körperseite gehalten hätte. Ein auf immer kippeliges Entscheidungsdings, sagt die Göttinger Milena fröhlich und ernsthaft zugleich, aber ich glaube, ich muss froh sein, dass du gefallen bist. Das versetzt ihn beinahe so stark wie die Unfallerinnerung wieder auf die Bank im Valley zurück, auf der ihre jüngeren Kopien nebeneinander saßen, mit Blick auf einen der titanischen Felsen, an dem sich neue, selbstsichere und kaltblütige Climber emporarbeiteten. Sie erschien ihm so zart und schülerinnenhaft, dass er sich wie ein älterer Bruder fühlte (also weniger ängstlich und mit den besten Absichten). Er spürte ihre Zuneigung, eine rätselhafte, grundlose Bereitschaft, ihm entgegenzukommen. Mit seinen bandagierten Händen war an Zärtlichkeiten nicht zu denken. Zumal beschäftigte ihn der Blick auf ihren Notizblock. Sie hatte einige Bäume skizziert und die von weißen Bändern durchzogene Wand des Granitkolosses, der sich vor ihnen aufbaute, eine Fingerübung oder Vorskizze, die sie vielleicht gar nicht auszuführen gedachte. Aber es genügte (wenige Striche genügen immer), um den freudigen Schock auszulösen, den die Begegnung mit einem außerordentlichen Talent bewirkt. Am Morgen dieses Tages hätte er ihn noch gerne mit der Aussicht auf eine unbekannte Kletterroute verglichen, die zu kühn und zu schwierig erschien, als dass er den Einstieg auch nur in Erwägung hätte ziehen können, und noch heute verspürt er diesen gewissen Schauder bei manchen Werken, die seine Frau beginnt, oder wenn er die Gelegenheit hat zu beobachten, wie sie plötzlich den Jägerinnenblick einer Raubkatze auf einen arglosen Stein, einen Getränkeautomaten oder eine (jetzt sieht er es auch, Kunststück) im Todeskampf erstarrte verrostete Maschine wirft, um gleich darauf nach ihrer Kamera zu greifen. Das Talent ist unfassbar, immer einen leichten Riesenschritt jenseits dessen, was der normale Betrachter bei aller Mühe selbst erreichen könnte. Mit seinen schmerzhaft pochenden bandagierten Händen, zerknirscht und gedemütigt von der Gewalt des Sturzes, gleichzeitig erfüllt von der Dankbarkeit, nicht schwerer verletzt zu sein, erschien ihm das Zeichenblatt auf Milenas Knien wie ein Fenster zu einer anderen, inneren, maßlosen Welt. Etwas Absolutes verbarg sich in ihr, man erkannte es allein schon in ihrer Art, die Dinge anzusehen. Es wäre verstörend oder gar beängstigend, von ihr betrachtet zu werden, zeigte sie sich nicht im nächsten Augenblick wieder als schmale, mittelgroße, angenehme Frau mit leiser Stimme und sinnlichem Mund. Als ich dich malen sah – hört er sich in der Novembernacht in der Göttinger Altstadt sagen und es gelingt ihm, seine Empfindungen ohne Peinlichkeit oder Anbiederei auszudrücken, so dass ihr Gespräch noch eindringlicher wird, während sie scheinbar ziellos durch die Gassen streifen, jetzt rechts abbiegend, zum Alten Rathaus hin –, spürte ich plötzlich die Kraft, in Deutschland neu anzufangen, das war das Positiv, der Hinaufsturz. Es ist ihm jetzt völlig gleichgültig, wohin sie gehen, er sieht immer wieder aus großer Nähe ihre an der Spitze etwas aufgeworfene Nase und die Lippen, die ihn noch zweimal küssen. Ich lasse mich auf sie ein, denkt er gleichsam in großen Lettern, er weiß nicht, ob er das als festen Vorsatz oder als letzte Warnung meint. Er glaubt, dass er jede Art von Verhältnis zu ihr akzeptieren könnte, die sofortige Hochzeit oder die Festanstellung als Tanzpartner, eine geschwisterliche oder platonische Beziehung sogar, aber das wäre dann wohl die (reziproke) Wiederkehr dieses fürchterlichen Krampfes mit Antje. Wenn sie (Milena) ihn so (schonend) behandeln würde wie er diese schüchterne geniale Kommilitonin, dann würde er aus Verzweiflung wieder etwas mit Marlies anfangen, sich ablenken und befreien lassen von ihrer tatkräftigen, selbstmitleidigen, schnippisch-beleidigten und doch so erfrischend skrupellosen Art. Er hat sich mit ihr aus demselben Grund vergnügt, aus dem er Antje durch Nicht-Berührung quälte: Er wollte frei sein. Zwei Monate nachdem sie sich einvernehmlich, aber mehr vor ihr ausgehend, die an ihre Kinder und ihre *gesellschaftliche Stellung* (sic!) dachte, unter Tränen, Sperma und literarischen Diskussionen getrennt hatten, war das klare, singuläre Lebensgefühl wieder stärker geworden. Nicht gefangen zu sein, keine Rücksicht nehmen zu müssen. Die Fortschritte bei seiner Diplomarbeit trösteten ihn. Er ist den Weg (neue Städte – Berlin und dann Göttingen, sie hätten sich theoretisch schon früher treffen können –, neues Studium der Physik als Hauptfach, neue Freunde, neue Ernsthaftigkeit), den Milena ihm nach dem Kletterunfall vor vier Jahren auf ihrem Skizzenblock gewiesen hatte (wortlos, mit nichts als absichtslosen Bleistiftstrichen), fast bis ans Ende gegangen. Sie ausgerechnet jetzt wiederzusehen erscheint als konsequentes, logisches, unausweichliches Wunder. Er glaubt, sich aus einer Vorahnung heraus auf Marlies eingelassen und von Marlies losgesagt zu haben. Leichthin erzählt er Milena, dass er in der Endphase des Astronomie-Studiums nach Göttingen gegangen sei (sie um zwei Monate verfehlend), weil er die Ruhe der Provinz gesucht habe, die Konzentration der Klosterzelle (ein unnötiger verbaler Fehlgriff, stumm entschuldigt er sich bei Marlies, der ehebrecherischen Nonne). Klosterzelle? Ich suchte das Bordell, as the french say, das urbane Chaos! Das hatte Milena gerade gesagt, um zu begründen, weshalb sie nach gut zwei Jahren in Göttingen den Weg in der umgekehrten Richtung gegangen war. Er traut ihr mittlerweile einiges zu, aber es spielt keine Rolle in dem Spiel, das sie begonnen haben. Jonas kann sich nur das Alltägliche schlecht bei ihr vorstellen, auch nach zahlreichen Ehejahren, etwa, dass sie ein Portemonnaie besitzt und für irgendetwas, das sie möchte, Geld zahlen muss, dass sie Fahrrad fährt oder Auto (Niemals! Kauf mir einen Franzosen!), dass sie einen Wohnungsschlüssel braucht oder an einer Hotelrezeption genötigt ist, Anmeldeformulare auszufüllen. Ihre Passnummer, bitte. Wo will sie übernachten. Sie gehen auf den Gänseliselbrunnen zu, dessen Sockel und schmiedeeisernes Rahmenwerk über der Mädchenfigur in der nebligen, schwach ausgeleuchteten Dunkelheit an eine Fahrstuhlkabine erinnern. Ein Paternoster, der mit ihnen, dem Liesel und den Gänsen in den Göttinger Untergrund hinabfahren wird. Milenas Rucksack, ihr kleines Nécessaire, kann bedeuten, dass sie sich das Bett für die Nacht erst im Ratskeller sichern wollte. Hatte sie es mit dem Dozenten teilen wollen, der von ihrer gemeinsamen Flucht doch sichtlich überrascht gewesen war? Nach kurzem schweigenden Halt wenden sie sich vom Brunnen ab, seltsam koordiniert, so dass er sich fragt, ob hier eine quantenmechanisch denkbare Umkehrung von Ursache und Wirkung vorliegt, dergestalt, dass er die ganze Zeit den Weg durch die Altstadt vorgab, während er glaubte ihr zu folgen. Sie gehen von der Bärenapotheke aus an der Fachwerkzeile vorbei, die an der Ecke mit Marlies' schwach erleuchtetem Buchladen abschließt. Denke an nichts! Die historischen Tiefen hätten ihr zugesetzt, erklärt Milena. Nun ist er doch wieder bei Marlies (du hast noch eine Fachbuchbestellung bei ihr liegen). Er weiß nicht, ob er sich für die Affäre mit der Mutter zweier Kinder schämen soll oder ob es nicht gerade jetzt angebracht wäre, ein stilles

Dankgebet für die Weihen ihres schweren Beckens und ihren Duft nach Seealgen, Rosenöl und Torferde zu verrichten, von dem er sich nun endgültig verabschiedet, das vollzieht sich erst jetzt, wo sie den Laden hinter sich lassen, mit aller Konsequenz, als hätte die Trennung eine Inkubationszeit von acht Wochen und wirkte nun ganz. Das Gänseliesel als Monumentalfigur wäre ihr nur halb im Scherz als Ausweg erschienen, sagt Milena, denn sie müsse ein großformatiges Gemälde schaffen. Seit drei Tagen irre sie in der Stadt umher, in der sie doch längere Zeit gelebt und studiert habe, als wäre sie allem fremd. Was natürlich das Beste sei. Worauf läuft es hinaus?, fragt Jonas. Auf unser ganzes Leben, wir werden uns auffressen, aber immer wieder nachwachsen. Das ist mir klar, ich meinte aber das Bild, das Kolossalgemälde. Milena vermutet, dass es auf die Frauen von Göttingen hinauskäme, eine Schriftstellerin etwa, die einsam über ihren Manuskripten starb, oder auch die erste Frau, die in Deutschland promovierte, eine brillante Mathematikerin, der man lange die Habilitation verweigert hatte, dann jene weitgereiste Dichtergeliebte und spätere Analytikerin und schließlich die Philosophin Esther Goldmann, deren Werk und Schicksal ihr einmal sehr viel bedeutet hätten. Passen sie nicht gemeinsam auf ein Bild?, fragt Jonas. Doch, aber man bekommt ein schweres Herz, wenn man an sie denkt, man erträgt es kaum, es wirft dich nackt auf die Erde. Milena bleibt stehen, dreht sich ganz zu ihm hin, mustert sein Gesicht aus nächster Nähe. Ich muss dir jetzt drei Dinge sagen, mein Lieber. – Gut, das klingt wie im Märchen. – Erstens heiße ich mit Nachnamen Sonntag. – Das bedeutet, ich muss immer für dich sorgen? – Mal sehen. Zweitens: Ich bin unbedingt verrückt, aber nicht unbedingt treu. – Nun, es ist statistisch gesehen sehr vernünftig, das zu sagen. Ich meine: Noch tut es nicht unbedingt weh. – Drittens: Im wirklichen Leben trage ich schwarze Brillen und sehe dann mit meinem Schmollmund und meinen himmelblauen Augen wie ein Bade-Entchen aus. – Hauptsache, ich darf dich mit in die Wanne nehmen. – Steffie hat nur eine Dusche, aber wenigstens ist sie verreist, und tja, hier ist es dann auch schon, Jonas, hier ist das Dachstübchen, das wollte ich eigentlich als Drittes sagen, ich meine, ich wollte sagen: Verzeihung, hier ändert sich gerade mal wieder dein Leben. Ein falscher Tritt, schon ist es vorbei.

17. NATÜRLICHER AKT (BREAKING THE ICE)

(Selbstredend handelt es sich hier um eines der absolut verzichtbaren Videobeamer-Kabinette, an denen routinierte Ausstellungsbesucher achtlos vorbeigehen, da sie schon ahnen, was ihnen dort auf der Leinwand blüht, wenn sie es geschafft haben, sich durch einen künstlich verwinkelten und verengten, das Tageslicht abwehrenden Eingang zu manövrieren und nicht auf die im Dunkeln Herumstehenden zu prallen oder über jene zu fallen, die sich mit geöffneten Hosen und gelüpften Röcken auf den tückisch in der Finsternis herumliegenden Schaumstoffwürfeln niedergelassen haben:) Eine Kaskade sich schließender Schlafzimmertüren. (Man muss froh sein, nicht gleich von einem künstlichen Riesenpenis bespuckt zu werden!) Oder eine Mansarde, so sehr von der Dachschräge beengt, dass man im Schlafzimmer nur auf einem handtuchschmalen Streifen außerhalb des niedrigen Doppelbettes aufrecht stehen kann. (Etwas Präteritum würde schon helfen. Im Gegensatz zum Präsens-Halogenlicht eine milde Aufhellung der Dunkelheit, so dass sich die Augen langsam umstellen können.) Wie eine Eisfläche, zusammengesetzt aus gleichförmigen, rechteckigen Platten, die leicht gegeneinander verschoben waren, schimmerten die Zeichenblätter im Halbdunkel, die Milena ausgelegt hatte, um sich an die Leere, das weiße Rauschen einer ebenso großen Leinwand zu gewöhnen. Die Schuhe und Jacken hatten sie schon im engen Flur abgelegt. Jetzt sanken sie gemeinsam auf das Papierbett, zerknitterten es, verschoben es in alle Richtungen, setzten sich auf, um einen Pullover, eine Bluse, ein Hemd loszuwerden, mit dem Kopf gegen die Wandschräge zu stoßen und halb verrichteter Dinge wieder zurückzusinken, bis sie es fertigbrachten, sich zu verabreden und an der vorteilhafteren Seite des Bettes zu entkleiden. Es war bitterkalt. Milena schien das nichts auszumachen und noch heute (6:10 Uhr, sich verworren in den Schlingpflanzen einer ganz anderen, halb fantastischen Liebesnacht drehend) kann Jonas diese Unempfindlichkeit nicht begreifen. Sie scheint ihm typisch für fast alle Maler, die er kennengelernt hat, eine Atelierkrankheit oder der Kult einer unverwüstlichen künstlerischen Gesundheit vielmehr, ein ihm rätselhaftes freudiges Arbeiten in der Kälte, das er auch bei den nächtlichen, freilich recht statisch verlaufenden astronomischen Beobachtungen sich nie hatte aufzwingen können – ein weiterer Grund, Solarphysiker zu werden. (Der Stern, der sich am Tage zeigt, und der einzige, der uns wärmt.) Milenas nackter Körper auf Eis. Als sie sich im Licht einer Deckenlampe auf den knisternden Rechtecken der Zeichenblätter ausstreckte, erstaunten ihn zugleich die Schmalheit und die Üppigkeit ihres Körpers. Die Illustriertenfoto- oder Filmassoziationen, die ihm unklar durch den Kopf gegangen waren, machten sich beim Anblick einer um die Spitze der vollen linken Brust geringelten Haarsträhne kenntlich. Er hatte an jene von geifernden Berufsfotografen stilisierte Wildheit der 68er-Frauen gedacht, die Milena doch allenfalls gezeugt haben konnten (falls es das Wilde-Frauen-Klischee, womöglich als BRD-Flüchtling aufgrund staatsfeindlicher Aktivitäten, dann auch noch nach Dresden in das observierte Atelier ihres Vater geschafft hätte). Der Anblick der fast noch kindlich wirkenden Hüfte, des glatten, noch ganz flachen Bauchs, ließ ihn aus seiner gebückten Haltung in die Knie gehen. Spröde stellten sich die Papierbögen auf der nachgiebigen Matratze in die Höhe. Neben Milenas Schultern zu knien wie ein herbeigeeilter Rettungssanitäter (FKK-Einheit), erschien ihm unpassend, und er wollte sich noch einmal aufrichten, umdrehen und tiefer lagern, als sie ihn mit einem leichten, wie pflückenden Griff an den Hoden zu sich heranzog. Er starrte auf die dichte schwarze Wolle im Zentrum ihres fraulich gerundeten Beckens. Wird nicht unbedingt treu sein, dachte er erbost und erregt, während er die mehr spürbare als ersichtliche Wölbung um ihren Nabel ertastete, ein unberührtes Neuschneegebiet, seidig und kühl. Es war logisch, dass sich auch ihre Feuchtigkeit, ja Nässe, kalt anfühlte, im ersten Moment wenigstens. Sie malte ihre Lust aufs Papier, einen seltenen, kostbaren, nachtaktiven Rohrschach-Schmetterling. Er würde ihn auf der Heizung trocknen (wenn es hier eine gab), der Weiß-auf-Weiß-Kontrast erschiene delikat wie eine zarte Prägung in Bütten, man musste das Blatt als Ikone verwahren. (Das kann er nicht denken, es ist eine typische archivschranksüchtige Künstlerinnenfantasie, also liegt ein telepathischer Unfall vor, eine Kopulationsstörung, bei der plötzlich die Frau im Mann denkt wie mit einen Finger in seinem – Kopf.) Jetzt wollte er sich in ihre Scham verbeißen, als hätte er mit offenem Rachen ein Pelztier gejagt, nur stieß er auf völlig andere, geradezu jungfräulich erscheinende Verhältnisse, die ihn hätten zurückschrecken und erweichen lassen können, da er noch zu gut die wollüstig verwucherten Sümpfe seiner stark gebauten letzten Geliebten in Erinnerung hatte. Vielleicht kam ihm das alles wie eine Art perfektes Modell oder eine rosafarbene Miniatur vor, eingebettet in einen glänzenden Persianersaum (kleines afghanisches Karakul-Schaf). Aber noch bevor er ihren Geschmack entdeckte, saugte sie von der Seite her seine Eichel in den Mund. Es war ein fast erschreckendes, aber sehr wohliges Verschwinden, mechanisch perfekt, ein lässiges Einstöpseln, und er spürte am Widerstand ihrer Innenwange, dass er steif blieb, ganz egal ob er an Marlies dachte oder nicht, und deshalb übertrieb er nun alles (auch innerlich) oder trieb sich dahin, wo er sein wollte und sollte: Das hier, dachte er entschlossen, ist das auf den Kopf gestellte Bild meiner ersten und letzten Frau. Nicht mehr zu überbieten. Um Himmels willen! Man konnte dankbar sein, den bekannten kleinen Stummel unter der Zunge zu spüren und die salzigen Muschelränder, die irdisch, also unterseeisch schmeckten. Aber schon äugte er wieder so andächtig in einen gefältelten Kreis (den Strahlenkranz um einen Sonnenfleck nennen wir *Penumbra*), als betrachtete er den Kelch einer sakralen Tulpe. Es ist der beseelte Körper, wird ihm Milena einmal aus einem staubtrockenen öden Land schreiben, in dem sie ihn mit jeder Faser vermisst, keine Stelle, die dich nicht sieht. Leck mir das Auge. Es gibt keine blinde Stelle, ich weiß, schrieb Jonas zurück, meinen Grundkurs in Phänomenologie erhielt ich durch eine auf meinem Leib ansässige Expertin, dein Körper ist überall so wach und so kompliziert wie dein Kopf, den ich nach wie vor für den irrsten Irrgarten des mir näher bekannten irren Universums halte. Milena sah es ganz einfach: Sie, mein verehrter Astronom, betraten auf meiner Wenigkeit den uns gemeinsamen Welt-Innen-Partnerraum von der Größe einer Regentonne. Wir denken und wir vögeln miteinander, also sind wir ein Menschenpaar. Es handele sich um einen hundegewöhnlichen (als ob wir auf der Straße übereinander herfielen, während uns amüsierte Besitzer oder Besucher höherer Sphären, die wir in der Dunkelheit nicht zu erkennen vermögen, an der langen Leine halten) und doch wahnsinnigen Vorgang: *Beseelte Körper im natürlichen Akt* (rote und grüne Tusche auf zwölf handsignierten Blättern). Ich weise auf die außergewöhnliche Intelligenz und romantische Art meiner Schamlippen hin. Am Ende umgab das zerknüllte und vergessene leere Zeichenpapier einen rhythmisch keuchenden Verbund. Jonas drang immer wieder fassungslos in ihre blumenhaft weich und elastisch nachgebende Möse ein oder hatte vielmehr diesen erhebenden und erhabenen Eindruck, während sie in Wirklichkeit nach ihm schnappte wie nach einer Eistüte, einem knusprigen Hähnchenschenkel, einer bald schon mit Butter bestrichenen Laugenstange, aber er glaubte doch (Ich bin Physiker!), dass ihre nahezu überirdische Weichheit im Verein mit dem präzisen und preziösen Cello-Schwung ihres Beckens etwas *objektiv* Besonderes war, mein Gott, er füllte sie aus, sie saugte ihn ein, was daran sollte physiologisch originell sein, es war trivialerweise einmalig, weil sie es waren, hier und jetzt in der Mansarde, stöhnend verschlungen. Dann taumelte er plötzlich ins Bodenlose, als hätte sich die Welt-(innen)raum-Falltür der Dachkammer geöffnet, die übliche natürlich, so in etwa kannte man das ja schon, wenn es gut lief – aber dieses Mal ging es tiefer, objektiv, reicht ihm die Instrumente, Skalen, pneumoelektrischen Kalorimeter. Jonas hatte nie zuvor einen solchen seligen Schwächeanfall (Abschusstrauma auf unserem karakulischen Weltraumbahnhof) erlitten, er lag auf dem scheinbar mit hinabstürzenden bebenden

Mädchenfrauenleib, landete aber nicht und prallte schon gar nicht auf, sondern segelte dahin, als wären sie (bevor ihn die Dachkammerkälte wieder in den Hintern zwickte) zwei ineinander verhakte Frühlingswölkchen, die durch einen sonnenhellen Himmel trieben, das muss man schon einmal aussprechen. Deine Lerche jubelnd in meiner Bläue. Er dachte etwas, sehr langsam und fast unwillig in der Schwerelosigkeit durch kognitiven Gravitationsverlust. Als er wieder deutlich ihren Atem an seinem Ohr spürte, konnte er den Gedanken zur Rede stellen. Sie hatte recht gehabt, ihn vor dem Aufstieg in die Mansarde zu warnen. Sein Leben war vorbei, aber auch ihres, sie schwebten über dem Abgrund des Glücks.

Teil 2

RETROSPEKTIVE IN SCHWARZ-WEISS

1. AM UFER SELTSAME TÜRME

Das leere Bild. Licht ohne Sonne. Ein blauer Himmel über der Wüste, über dem Meer, ohne die Quelle des Lichts. Niemand interessiert sich für die Sonne, sagst Du, weil sie immer scheint. Ich sah den gesamten weiten Himmel ohne Sonne. Verlassen. Schreiend unwirklich. Deshalb konnte ich gehen. War schon weg. Als ich ging. Ein Satz, auf den die ganze Welt folgen könnte oder gar nichts mehr. Menschen – er, sie, es – sind gegangen. So viele. Weshalb gingen sie? Flogen sie nicht, schwebten nicht davon. Lösten sich nicht auf, zerfielen nicht zu Staub. In diesem Gehen liegt der Trost, dass es nicht enden muss. Ich kann noch gehen, ich bin noch wach.
(Was ich dachte, als ich explodierte. / This is not my blood. Tafel 2)

Das Meer strömt ruhig in den Ausstellungssaal. Jeder Besucher wird unwillkürlich der Frau folgen, die weiterhin mit verschränkten Armen über den Strand geht. Das liegt daran, dass man weder den Horizont sieht noch irgendeines der hohen, an der Corniche liegenden Gebäude, nicht einmal die nahe Diskothek, deren Lärm nur stark gedämpft, wie der (panische) Puls eines tief in der Erde vergrabenen Riesen ans Ohr dringt, oder das Hotel mit dem rosafarben blinkenden Würfel im obersten Stock. Eine vage im Nebel leuchtende Kugelschale umgibt die Frau. Sie zieht mit ihren Schritten an der Wasserlinie entlang und stellt nichts anderes dar als die Grenze und Unschärfe eines auf sich selbst bezogenen Blicks. Die Sonne könnte aufgegangen sein, ohne dass die Frau es recht bemerkte. Im Zwielicht muss die Entscheidung fallen, ob es sich um ein Morgengrauen handelt oder um eine Götterdämmerung, ach was. Das Land benötigt nun einmal täglich einen Sonnenaufgang, wie alle anderen Länder auch. Und niemandem sollte mehr ein Herz dafür ausgerissen werden (um es in der blumigen kulturanthropologischen

Metaphorik ihres Lehrers zu sagen). Zu Hause hat sie wochenlang Schriften von glühenden Verteidigern und eisigen Kritikern des blutjungen, im Blut jungen Staates gesprochen. Noch immer fühlt sie sich erschöpft von den Extremen. Was hatte sie zu der Ansicht verleitet, so viel Pathos, Hass, Selbstgerechtigkeit, Verzweiflung, Zynismus und Gleichgültigkeit dann auch in persönlichen Begegnungen ertragen oder gar in eine Art argumentatives Gleichgewicht bringen zu können (über allen schon übereinandergeschichteten Argumenthaufen, Argumentscheiterhaufen, Argumentscheißhaufen, in diesem Konflikt wurde jedes Mittel ausgeschöpft)? Das Licht hatte sie verführt. Die Eitelkeit, die Blendung. Der Glanz einiger exzentrischer Tage in Wien und London, während derer sie fortwährend vergaß, wo sie Mann, Kopf, Kunst und Kinder (Klitoris, M und die vier K) hatte. Sie hätte Urlaub machen sollen nach den Ausstellungen in Berlin und Wien. Aber dann war London gekommen, eine der wichtigen Galerien, wo sie der Kurator einer noch wichtigeren New Yorker Galerie ansprach, um ihr – unter der Voraussetzung, dass sie sich baldigst daranmache, da er gerade über Zeit, Ort und Geld verfügen könne WIE EIN GOTT – das provokante, hochkritische Kunstprojekt in diesem Land anzutragen, über das sie mit ihm einmal beiläufig, als einigermaßen verrückte Idee gesprochen hatte. Jetzt wäre der Moment gekommen, in dem sich die Sache realisieren ließe, denn – Judoka-artiges Beiseitetreten des graulöwenmähnigen Kunstmanagers, Öffnung einer Blickschneise, in die sie taumelte wie in einen selbstbeschleunigten passiven Schulterwurf – !CESAR!, der weltbekannte, internationale, quasi schon interstellare Künstler wäre begeistert von ihrer Idee und stehe hiermit vor ihr – wie ein saphirbehängter goldener Baum oder Gral gewordener Riesenkelch, wenn nicht im linken Nasenloch gepiercter göttlicher Riesenkoala (er kaute auf einem Eukalyptusbonbon). Mit geöffneter Hemdbrust, aus der wolliges schwarzes Brusthaar zum Verweilen oder Scheren einlud, verkündete er, sich an ihrem Vorhaben beteiligen zu mögen, unter partiellem Einsatz seiner bescheidenen Omnipotenz. Durch sein nachtblaues Sonnenbrillenglas fand sie nicht auf den Grund seines Auges. In der Eile, im Gedränge und im Blitzlicht konnte sie weder nachprüfen, ob sein Vollbart echt war, noch seine Absichtserklärung. Aber er rief sie am Tag darauf an, gab ihr den Überblick über seinen wahnsinnigen Terminkalender und stürzte sie in ein Wellensystem mittlerer Panikattacken und hochgestimmter, waghalsiger Einfälle (Letztere verwarf sie allesamt im Laufe der Tage in jenem Land, wie Brotkrumen, denen man folgen sollte, um sie zu finden). !CESAR!, einer der wenigen internationalen Großkünstler, den sie aufrichtig (schaudernd) bewunderte, der alles konnte, wovon sie (lieber) nur träumte, der hinter seinen vier Häusern, vier Exfrauen, vier Heimatkontinenten, einen unerbittlichen Arbeitseifer und die Ausdruckskraft von vier Gehirnen verbarg, der malte, filmte, installierte, was noch (Millionen scheffelte). Sein angenehm höflicher Händedruck und seine ganz sachliche und pragmatische Art zu planen, überraschte und beruhigte sie so sehr, dass sie einschlug, an einem hellen Vormittag in einem Londoner Luxushotel. Jedoch drohte sie zu kollabieren, als sie sich aus einem ungeheuerlichen weißen Queen Victoria?-, King George?-, Chesterfield?-Ohrensessel zu erheben versuchte. Du musst nicht umkippen, sondern springen, befahl sie sich. Sie und !CESAR!! Ein verrücktes Projekt in einem verrückten Land. *Operation Meschugge*. Er die eine Seite, sie die andere. Überwindung der Schizophrenie durch schizophrene Überwindung. Es gab eine leibhaftige springende Löwin von !CESAR!, in bläschenfreiem Kunstharz, beleuchtet von Scheinwerfern, die als Projektoren verkleidet waren. Sie hatte sich an einem Punkt, über den man vernünftigerweise nicht hinauswollen konnte, plötzlich nach einer Zugabe gesehnt, nach einem Sprung über die Grenze. Der Galerist hatte es gespürt und natürlich !CESAR!, dessen Kunst dort eigentlich erst begann. Eine Bergsteigerin, die am Gipfel noch höher, ins Wolkengebirge klettern mochte. Eine Frau, die ihre strapazierte Familie noch ein weiteres Mal strapazierte, wie in dem Bemühen, alle Grenzen über das Erträgliche hinaus zu spannen, nach Meinung vieler auch eine schlechte Angewohnheit des Landes, in dem sie sich nun befindet. Wie viele Kinder von wie vielen Frauen hatte

!ER!? Ihr Wunsch war sein praktizierter Trieb, die quälende Begierde, mitten im Leben außerhalb zu sein, in der absoluten Schutzzone also, und damit wiederum wie das extreme, von Extremisten umgebene Land, dessen Luft an diesem Morgen wie ein kühler Mantel auf ihren Schultern liegt. Dabei geht es hier in erster Linie um das Ankommen, seit mehr als hundert Jahren, um das Erreichen des rettenden Ufers. Gleichsam im Ansturm hat sich die Stadt aufgetürmt, ein kraftvoller, dynamischer, aus den Nähten in den Himmel platzender Verhau, zusammengesetzt aus hastig übereinandergestapelten Ideen zu allen möglichen modernen Küstenstädten, aus Regionen, die man kannte oder in die man sich wünschte, Brighton, Sidney, Miami. Seltsame, treppenartig gestufte Türme ragen aus Hochhauskomplexen auf. Die Frau hat sich vorgenommen, dort eine Aussichtsplattform zu besuchen. Im Augenblick schaut sie aber nicht nach oben, sie und die Besucher bleiben in der Halbkugel einer nachdenklichen Unaufmerksamkeit eingeschlossen. Schritt um Schritt gehen sie voran auf dem Sand des rettenden Ufers, auf das die Stadt erbaut ist. Es ist der Reisenden (Davonlaufenden, Fliehenden) versichert worden, dass sich ganz in der Nähe der älteste Hafen der Geschichte befunden habe, angelegt vierzig Jahre nach Ende der Sintflut. Das scheint ein guter Grund, an ihrer Stelle zu sein, ein historischer Superlativ, dem man sich fügen muss. Reflexhaft, mit einem Rest von Schamgefühl und Wirklichkeitssinn, hatte sie es abgelehnt, die erste, unvermutet baldige Lücke in !CESARS! Kalender zu nutzen, und damit acht Wochen Zeit gewonnen, sechs zur Vorbereitung, zwei für die einstimmende, vorbereitende Reise, auf der sie sich nun befindet. Das zeigte, dass sie Vernunftgründen zugänglich gewesen war, auch bereit zu Auseinandersetzungen und Widerspruch. Ihr Mann hielt das Land für so gefährlich, dass er es der Kinder wegen ausschloss, sie zu begleiten. Sie hatte (ihm, dem mathematischen Kopf!), den statistischen Unsinn seiner Befürchtungen dargelegt, vielleicht um zu erreichen, dass er stärkere Argumente vorbrachte (etwa: Ein Künstler-Duell mit !CESAR! ist hoch problematisch, zu Risiken und Nebenwirkungen befragen Sie Ihren

Arzt oder Galeristen!). Hatte sie gar gewollt, dass er sie von der Reise abhielt, wenn nötig, mit Drohungen? Erst mit der Ankunft, mit den ersten Schritten auf der komplizierten, uralten, schier unauslotbaren Erde des Landes, war ihr diese Idee gekommen, die sich zuvor im glamourösen Reiz des Kunst-Projekts mit !CESAR! verborgen hatte. Ihr Mann hatte sie nicht bedroht, obwohl er ahnte, dass sie gerade am rettenden Ufer verloren gehen könnte. Außenstehende, hatte er am Ende ihrer Diskussionen festgestellt, sollten über dieses Land nichts mehr sagen. Deutsche sollten nichts mehr sagen, das meinte er wohl, aber gerade Deutsche hätten nicht das Recht, einfach den Blick abzuwenden, erklärte sie mit im baldigen Nachhinein (eben schon jetzt, am dritten Tag ihrer Reise) unerklärlicher Bestimmtheit. Dann hatte sie das Grundsätzliche und !Großhistorische! weggelassen und ihn an den stillen Abend nach ihrer ersten Liebesnacht erinnert. Im November 1995 (vor über zehn Jahren) waren sie durch die spätherbstlichen Göttinger Straßen gegangen wie perfekte Spielzeugfiguren in einer Lebkuchenhauswelt, süchtig nach dem Zuckerguss des anderen, als sie in einem Kaufhausschaufenster den israelischen Ministerpräsidenten vor einer großen Menschenmenge reden, lautlos, Hand in Hand mit einer schönen blonden Sängerin, ein Lied anstimmen, die Arme heben, herumgehen und Hände schütteln, vor der offen stehenden Tür seiner Limousine sterben sahen, zwei oder drei Mal, niedergestreckt von einem fanatischen Landsmann, dem der Friedensprozess zu weit zu gehen schien. Sich einzudenken, hieße nicht, zu glauben, man dürfe ein Urteil fällen, hatte sie ihrem Mann energisch dargelegt, Kunst müsse auch gar nicht urteilen, sondern sie könne einfach nur zuhören, dabei sein, aufzeigen, den Betroffenen und Beteiligten das Recht ihres Standpunktes zugestehen, von ihrem eigenen Standpunkt her, dem eines radikalen Außerhalb. Sage etwas von innen von außen. Sie stand ohnehin immer außen, auch wenn sie tief in etwas verstrickt war, in etwas gefangen. Das Außen eingesogen mit der Muttermilch. Mein Land, meine Mauer, mein Körper, meine Kunst, mein Mutterleib, mein Gehirn im Schädelknochen (ich klopfe bei mir an).

Der Preis und Reiz eines schwierigen, vielleicht undurchführbaren Projekts war die Möglichkeit des Scheiterns, des Aufgebens, der vernichtenden Niederlage sogar, die einen aller Verdienste entkleidete, bis auf die schutzlose nackte Haut. Um deren erneute, unmittelbare Wahrnehmung, um deren sinnlosen, schreienden Hunger es vielleicht nur gegangen war. Jetzt, am Strand, sieht sie ihre Rolle in den zurückliegenden Monaten mit einer Art verzweifelter, schon wieder mütterlicher Selbstkritik. Ihr Ehrgeiz beschämt sie, die aufgestaute Arbeitswut, mit der sie an den Wochenenden oder werktags nach den abendlichen Familienmahlzeiten im Atelier verschwunden war, um die Ehefrau, Dauergeliebte, Köchin, Krankenschwester, Vorleserin, Psychologin (die üblichen Zumutungen für alle Genossinnen ihrer Schwangerenyoga-, Pekip-, Babyschwimm-, Kinderladen- und Schulkindelterngruppen) in sich niederzumetzeln, *die Zitzen von der Muttersau zu schneiden*, hatte Fred einmal gesagt, der im Übrigen wie ein kleiner dicker roter Ost-Bruder von !CESAR! ausschaute, weshalb hatte sie Tage gebraucht, um das zu merken? Etwas !BEDEUTSAMES! schaffen. !BEDEUTENDE! Gemälde. !BEDEUTENDERE! Galerien, Museen, Sammler, Kollegen. Einen bedeutenderenneuenliebhaber (im kleingedruckten). !BEDEUTENDERE-PENISSE! Eine neue Methode. Du musst dein Leben ändern (egal, warum). Alle fünf Jahre. Fünf Jahre Glück und noch einmal fünf Jahre Glück hatten sich übereinandergehäuft, und anscheinend war sie unfähig, einen solchen Frieden zu ertragen. Wie dieses Land hier, dieses Land ist wie sie. Unsinn, sie führt keine Kriege, aber dann ist sie wenigstens wie diese Stadt, die wohl nicht schlafen kann, das aufgekratzte pubertäre Kind des Landes, immer im Recht gegen die ewigen alten Lehren und die ewigen einfallslosen, zerstrittenen Feinde. Tanzt es aus Fröhlichkeit, Protest oder Angst? Hör auf mit den Vergleichen, diese Stadt ist nicht aus Überdruss am Glück entstanden, sondern aus Notwendigkeit. Der Puls unter der Erde ist immer noch hörbar. Eine Nachricht der zweitausendjährigen, dreitausendjährigen Toten, auf die man hier glaubt hören zu müssen. Der monotone Morsespruch des Herzens: überlebe, lebe.

Als Bild des Lebensstroms zieht sie die Wasserlinie vor, in ihrer kostbaren Einmaligkeit und ewigen Wiederkehr des nie ganz Gleichen. In Nachahmung der einsamen (sich mit Gewalt in eine künstliche Einsamkeit versetzt habenden) Frau entledigen sich auch die ihr nachfolgenden Ausstellungsbesucher ihrer Schuhe, um den kühlen Sand unter den Fußsohlen zu spüren. Den inneren Zustand der Frau nachzuempfinden, wäre aber nur von !Bedeutung!, wenn sie es vermocht hätte, sich und den Besuchern ein treffendes Bild der Situation des Landes zu verschaffen. Immer wenn sie zu suchen beginnt, braucht sie das Gespräch mit dem Lehrer. Bereits am zweiten Tag ihres Aufenthalts, den sie sich (nostalgischerweise) als Flug oder traumwandlerischen Landgang der Kosmonautin durch eine unbekannte, bizarre Region des Westplaneten vorstellte (*Erneut, Genossen, müssen wir von schweren Staatsterrorakten in den okkupierten Gebieten sprechen!* o. s. ä.), war sie auf die Suche nach der Kommunikationseinheit gegangen und fand sich wieder vor der klebrigen Tastatur eines Geräts in einem Internetcafé. Es gab jede Art von Programm, ein opulentes Benutzermenü konnte Thora-Rollen-artig über den Schirm gescrollt werden.

F: Ich sollte denken.
M: Wo bist du?
F: Außer mir.
M: Klingt gut.
F: Ist es nicht. Weshalb kann ich nicht friedlich meinen Garten bestellen?
M: Weil es dem bösen Nachbarn nicht gefällt.
F: Weshalb ist der Nachbar böse?
M: Weil er glaubt, ich sei böse, oder weil er meinen Garten für sich haben möchte.
F: Wie kann man Frieden schließen, wenn man nicht mit Sicherheit sagen kann, wer der Böse ist und wem der Garten gehört?
M: Bist du in Israel?
F: Ja, was hältst du davon?

M: Wie kann ich von einem Land etwas halten? Es ist eine Tatsache, keine Person.
F: Das hilft mir, das war klug. Ich muss nicht nur nicht urteilen, ich muss auch nichts halten oder loslassen. Nachdem ich zehn Bücher gelesen hatte, dachte ich, ich will in eine Region fahren, die dazu gemacht wurde, die ganze Menschheit zu deprimieren.
M: Die ganze Menschheit? Israelis und Palästinenser, das sind vielleicht fünfzehn Millionen.
F: Vielleicht etwas mehr.
M: Denke an eine Milliarde Inder.
F: Eine Milliarde Chinesen, das wäre doch mehr dein Fall.
M: Zusammen sollten sie jedenfalls genügen. Worum geht es? Bist du hingefahren, um die Einwohner zu zählen? Bist du weggelaufen? Geht es um den Wirbel um deine Person? Ich habe Magazin-Titelblätter von dir gesammelt.
F: Da ist dieses politische Problem, eine unglaublich harte Nuss. Es ist deprimierend.
M: Sieh die Nuss als Chance.
F: Wie?
M: Für dich und den Rest der Menschheit. Juden, Muslime, Christen, Heiden, Touristen, Philosophen – alle in der Nussschale. Es gibt keinen wirklich großen Krieg dort, aber es besteht die Gelegenheit – nun sagen wir, einen zu verhindern.
F: Oder baldigst einen solchen anzufangen.
M: Eine Lösung zu finden, die Toleranzformel, etwas von Menschheitsbedeutung. Die Formel ginge wirklich alle an. Eine Lösung aus dem Wohnzimmer *middle east*. Ich verstehe schon, dass du grübelst. Das da unten ist eine Spielvariante mit hohem Knobelfaktor, der politische *Rubik's Cube*.
F: Würfeln im Wohnzimmer, wie heimelig. Gestern sprach ich mit einem israelischen Journalisten. Er zählte mir alle Kriege und Terrorakte der letzten hundert Jahre auf. Dann meinte er, er denke oft – und das

heiße, jeden Tag –, dass es mit Auschwitz begonnen habe und mit der Atombombe ende.

M: Für dich hat es mit Esther begonnen, nicht wahr? Ich fühle mich schuldig.

F: Bleib so, demnächst möchte ich das ausnutzen.

M: Du kannst dort einfach weggehen.

F: Dann weiche ich den Problemen aus.

M: Was sind das für Probleme?

Meine Probleme, tippt die Frau, sind Selbstherrlichkeit und nackte Angst. Ich bin in einem Land, das nicht friedlich überleben kann, vielleicht nur, weil es zu sterben glaubt, sobald es nicht mehr kämpft. Das erschreckt mich, diese pausenlos benötigte militante Energie. Es war einfacher, als ich mich mit philosophierenden Nonnen herumschlug. Während sie das schreibt, sieht die Frau, dass sie schon seit drei Sätzen offline ist. Dennoch und deshalb spürt sie wieder den Zauber und die Erschöpfung ihrer Anfänge. Ihre Obsession für Esther Goldmann. Der Aufbruch in die Stille. *Das rettende Ufer in dir.* War es möglich, so sehr nach innen zu leben, dass einem nichts mehr geschehen konnte? Verhöhnt, mit Steinen beworfen, mit einem gelben Stern markiert, aus dem Haus gezerrt, auf die Ladefläche eines Lkw gestoßen, in einen Viehwaggon eingepfercht. Mit einem Mal ist alles hell, gegenwärtig, real, eine Gruppe älterer Leute erscheint auf dem Strand, in ausgeblichenen, unmodischen Trainingsanzügen, vier Frauen und drei Männer joggen, oder walken vielmehr, von rechts ins kühl-graue Bild und beginnen eine altertümlich kantige, blechern-energische, abgehackte Strandgymnastik, die unmöglich guttun kann. Vielleicht haben sie diese zackigen Ertüchtigungsübungen noch in den zwanziger Jahren erlernt, auf einem Sportplatz in Frankfurt oder auf einer Freifläche eines Haschara-Lagers an der Ostsee unter der Anleitung des Trainers eines jüdischen Turn- und Sportvereins. Aber nein, sie sind nicht alt genug dafür, sie müssten in diesem Fall über achtzig sein. Am zweiten Tag ihres Aufenthalts (gestern) hat sie begonnen, beim Anblick alter Leute immer wieder aufs Neue nachzurechnen. Hier auf einer Parkbank, dort mit gedrehten Alufolien oder Lockenwicklern im Haar vor einem Friseursalon sitzend, an einem Kiosk mit russischen Zeitschriften oder vorsichtig wie gebrechliche Astronauten nach dem Handlauf einer Rolltreppe in einem ultramodernen Einkaufscenter greifend, als wollten sie auffahren auf einen futuristischen Zion, zeigten sich die von Altersflecken gezeichneten, pergamentweißen oder irritierend sommerfrisch gebräunten zerfurchten Gesichter der Entronnenen, denn es war hoch wahrscheinlich in diesem Land, dass es sich um solche handelte, und es kam ihr vor, als begreife sie plötzlich wie bei einer mathematischen Problemstellung die Methode und damit die seltsame Matrix der Orte, die vor allem (im allgemeinen Bewusstsein) durch die an ihnen begangenen Verbrechen verknüpft waren: Auschwitz, Sobibor, Treblinka, Majdanek. Wäre Esther hierhergekommen, ans faktische, geografische rettende Ufer, hätte jeder mit ihrem Vornamen etwas anfangen und an die Lieblingsfrau des persischen Königs Ahasverus denken können, der man den berauschendsten Feiertag und ein reichhaltiges Angebot an dreiecksförmig gefalteten, marmeladen- oder mohngefüllten Ohren (des Judenfeindes Haman) in den Bäckereien und Lebensmittelmärkten verdankte. Hatte Esther als Kind in Breslau je eine solche Teigtasche erhalten? Es war sehr schwierig, sie auch nur in der Fantasie ans rettende Ufer zu bringen, selbst wenn man die Bemerkung ihrer in die USA geflohenen Schwester im Gedächtnis hatte, dass ihr eine lebende Schwester lieber wäre als eine tote Heilige. Man (die Frau, die sich noch einen Augenblick lang die früher so sportliche Esther in der Rentnergymnastikgruppe vorzustellen versucht hatte) konnte es sich nicht ausdenken, Esther von ihrer furchtbaren Wahl abzubringen, ihrem Weg in die Shoah als Passion. Sie hatte jedes Privileg der Flucht abgelehnt, aber doch Zettel aus den Zügen geworfen, in denen man sie und ihre acht Jahre ältere, gemeinsam mit ihr ermordete Lieblingsschwester Rosa nach Polen brachte, *um die Deportationsroute zu dokumentieren*, wie es bei einem Biografen hieß. Was hätte sie aber sagen sollen, bei der so schwer ausdenkbaren Ankunft in diesem Land hier? Dass sie eine jüdische Mutter hatte, aber Katholikin geworden sei? Dass sie Philosophin wäre? Vor 1933 wäre sie, als staatstragende Preußin, wohl kaum nach Palästina gegangen, weil die Auswanderung etwas für die Juden aus Osteuropa war, für bedrängte, einfache Leute, Handwerker, Bauern, Kleinhändler, die beim Aufbau eines neuen Landes auch am meisten nützen konnten. Unter welchen Umständen wäre sie auf eines der Rettungsschiffe der fünften Alija gegangen, der Flucht nach der Machtergreifung? Wenn man, wie die Frau am Strand, angestrengt nach einer Möglichkeit sucht, nach der Fiktion einer historischen Möglichkeit, sie hierherzubringen, dann hätte Esther das Konzentrationslager überlebt haben müssen, um im chaotischen und bedrohlichen Rahmen der Alija Bet, nach Kriegsende, illegal (aus der Sicht der britischen Mandatsmacht) ins Land zu kommen. Sie hätte es auch auf diese Weise nicht unbedingt geschafft. Ihr Schiff, von Triest oder von der südfranzösischen Küste herkommend, mit Flüchtlingen überladen und gerade noch seetüchtig, wäre mit einiger Wahrscheinlichkeit angehalten und zurückgeschickt worden, womöglich bis nach Hamburg wie die *Exodus* oder zu einem der Internierungslager auf Zypern. Man konnte nicht glauben, dass Esther sich vor der Küste Palästinas ins Wasser gestürzt oder panisch an einem Seil von Bord gelassen hätte (Hunderte von Ertrunkenen in den tückischen Urlaubsfehlfarben des sommerlichen Meeres). Eher hätte sie sich um verlorene oder von ihren erschöpften Eltern nicht mehr betreute Kinder gekümmert, wie sie es auch unter den SS-Wachtürmen des Sammellagers Westerbork tat, in das man sie und Rosa nach ihrer Verhaftung in jenem niederländischen Karmeliterkloster gebracht hatte. Wäre sie ins Gelobte Land gekommen, empfangen, eingeschmuggelt worden von der Hagana, dann hätte sie sagen können, sie sei Krankenschwester oder erinnere sich wenigstens an ihre Ausbildung und medizinische Fronttätigkeit während des Ersten Weltkriegs. In welchem Lager hätte sie bis 1945 ausharren können? Sie kam als Fünfzigjährige nach Auschwitz und erlebte dort keinen zweiten Tag. Für sie war das rettende Ufer kein Teil der äußeren Erscheinungswelt. Hochhäuser, Autobahnkreuze, Shopping-Malls, Läden, Kioske, Delis, Spielplätze, Parks, Fitnesscenter, Nagelstudios, Kinos, Theater, Museen, Banken, Massagesalons und Synagogen. Im Bewusstsein des Massenmordes ist jeder friedliche Quadratzentimeter der rettenden Wirklichkeit eine Wohltat, tröstende, fraktal unendliche Alltäglichkeit, banalste, sublimste Realität. Um das zu schätzen, bräuchte sie nicht den aus altem Gemäuer und schwarzem Glas hybridisierten Block des Etsel-Museums (Großtaten der militanten und terroristischen Irgun) am Strand, an dem sie ihren Gang ins Zentrum beginnt, noch den von gähnenden Wachsoldaten und schief stehenden Palmen bewachten bunkerähnlichen Komplex des Defence History Museums (Gewehre, Kanonen, Panzer, Jeeps, Haubitzen, Granatwerfer etc.), der in östlicher Richtung darauf folgt. Bevor sie nach einem längeren Stück Wegs zum Dizengoff-Platz abbiegt, wird sich die profane, irgendwie frankfurterische Trinität von Rothschild Tower, Africa Israel Tower und Shalom Meir Tower vor ihr aufbauen. Sie bewundert und genießt die gesamte Infrastruktur und Kulisse des Überlebens, Sich-Durchschlagens und Gelingens. Am liebsten ist ihr aber die schmale, sich hin und wieder freundlich unschlüssig nach links oder rechts wendende Straße, in der auch das intime, sündhaft teure Hotel liegt, das ihr der Kurator empfohlen hat, um sich unter Wahrung ihrer kreativen Ruhe zu ruinieren. Zwischen zwei- oder dreistöckigen weiß verputzten Häusern drängen sich immer wieder Bäume oder blühende Büsche auf den einseitigen schmalen Bürgersteig, dessen rot-weiß markierter Kante sie wie einer verheißungsvollen Strickmusterlinie nach Nordosten folgt. Cafés unter gestreiften Markisen, Boutiquen für Damen- oder Kindermode, Schuhläden, Juweliere, Souvenirshops mit winkenden Teddybären, Weinhändler, ein Geschäft mit Designer-Küchenutensilien. Sie fühlt sich heimisch, das heißt wie in einem angenehmen Viertel einer italienischen oder französischen Stadt. Nur die hebräischen Schriftzeichen auf den Werbetafeln und Schaufenstern irritieren sie etwas, weil sie die schütteren Buchstaben in einen sakralen oder wenigstens historischen Zusammenhang bringt. In dieser zwar belebten, aber doch ruhig und entspannt wirkenden Straße spürt sie etwas von der Geborgenheit des Ankommens, eine Art Entlassung in heitere Normalität. Von hier läuft keiner weg, allenfalls die jungen Leute, die sich die teuren Mieten und hohen Lebenshaltungskosten nicht mehr leisten können. Sie ziehen nach Jaffa oder nach Berlin. Etwas südlich von dieser Stelle, am alten Hafen, flüchtete der Prophet Jonas. Er bestieg ein Schiff, das ihn nicht retten konnte. Du wirst kentern, auf jedem Schiff. Der Walfisch Kunst verschlingt dich und spuckt dich unverdaut zurück ans Land.

2. DIE ZWÖLFTE THESE ÜBER FEUERBACH

Unter der Dachschräge kommt die Erinnerung an die Höhle wieder. Nach dieser Nacht im kalten (wo hast du die Decke hin, Jonas) Paradies. Als wäre ich die einmal ans Sonnenlicht Gelangte bei Platon, die sich an die Dunkelheit entsinnt, an das dämmrige Ufer ihrer Geburt, ihrer Kindheitsspaziergänge, ihrer ersten Küsse. Darüber spannt sich ihr Blaues Wunder über die Elbe, dieser lässige, zehntausendfach vernietete Kamelbuckel mit seinem pythagoreischen Strebengewirr, wie eine bestens abgesicherte philosophische Doppelspekulation den Fluss überschreitend, das Band der Straße hinüberreichend vom Schillerplatz zum Loschwitzer Hang. In einem morschen Haus, geduckt an den südwestlichen Brückenpfeiler, liegt das letzte hiesige Atelier meines Vaters. Die Schattengestalten in den Höhlen-Interieurs, in diesen oft für Happenings und Partys verhängten Arbeitsräumen oder in der Kellergalerie von Malte, eines anderen, wegen seiner verzweifelten Skulpturen und schwarzen Ölbilder berüchtigten Malers. Höhlen, Kavernen, Grotten. Viktors Bonzenauto in der Nacht, eine bernsteinfarben glühende Raumkapsel, still gelandet auf einer schwach befunzelten Kopfsteinpflasterstraße der Neustadt. Heraus aus der Finsternis! Die Licht-Durchschießung, Licht-Durchflutung der platonisch Emporgelangten beschreibt Nehring in einem abendlichen Seminarraum der Technischen Universität so eindringlich, dass Viktor mir auf den Rand meines Notizblattes kritzelt: *Es muss wie Westfernsehen gewesen sein!* Die Höhlengefühle fluten mich erneut. Ich bin sechzehn. Ich trage eine Jeansjacke, ich friere unter den Neonröhren des Staates (des Saales, der dem Staat gehörte). Der neben mir sitzende Mittfünfziger mit der silbergrauen Haarwolle und dem blauen (vielleicht gar italienischen) Anzug hat seine Feierabendfortbildung von einer (fühlbar) so hoch liegenden Dienststelle herab aufgesucht, dass er nach seinem zweiten Erscheinen im Abendseminar die Zuhörerschaft von fast dreißig Köpfen auf fünfzehn reduzierte. Ich kann nicht so tun, als kennte ich ihn nicht. All diese älteren Männer in meinem Leben, die mir peinlich nahe sind, Viktor hier, aber auch mein Malervater und seine Freunde, Professor Nehring mit seiner Uhrmachervorsicht, der jetzt noch unvorstellbare Spaßmaler Fred, der gerade in Leipzig als fescher Dreißiger gegen den Stachel löckt, und Rudolf natürlich, wie könnte ich ihn vergessen. Sie scharen sich um mich in meiner Erinnerung, wollen mich erreichen, berühren, beraten, heben die Hand. Doch heute, im Göttinger Morgengrauen, bleiben sie fern wie Schatten am Lethefluss. Ich weiß, dass es an dem schlafenden Narziss in meinen Armen liegt, der sie mit seinem Augenaufschlag aus meinem Leben vertreiben kann. Sie fürchten dich, Jonas. Ich höre auf, mich zu fürchten. Noch nie bin ich nach der ersten Nacht mit einem Liebhaber als Erste aufgewacht und war so glücklich darüber. Was hat der nur an sich, dass ich so zufrieden bin. Ich möchte ihn am Zipfel ziehen, lasse aber schon die Lider wieder sinken und gleite zurück in die Höhle, aus der mein erwachendes Gehirn in zahlreichen Nächten fliehen wollte, um am Morgen unglaublich freiwillig zurückzukehren in jene Heimat des selbstsüchtigen Schmerzes und wunden Glücks (wer hat eine andere). Du wachst auf, du bist schier unerträglich jung, unerträglich gesund, du musst und willst leben. Die Höhle in der Helligkeit. Die aufgehende Sonne auf der Schulterklappe meines blauen FDJ-Hemdes, Grasgeruch daran, der Schweiß meiner Achsel, getrocknetes Sperma am hastig in den Faltenrock zurückgestopften Saum. (Du wirst schön in diesem Verein bleiben, meine Liebe, oder du verrätst deine Mutter und deinen Kopf! – Viktor, seine englischen Zigaretten in der Raumschiff-Kabine paffend. Was weiß er schon vom FDJ-Ferienlager auf Usedom. Sein schwerer Atem und die aufgeschwemmten weißen Hände, die er erschöpft auf das Steuerrad legt. Er wirkt absolut zuverlässig, absolut vertrauenswürdig, und er ist es auch, ich bin mir heute noch sicher, trotz alledem.) Etliche Male brachte er mich vom Abendkurs nach Hause, ohne dass ich auch nur ansatzweise begriff, wie weit er schon in die Geheimnisse meiner Mutterhöhle vorgedrungen war. Auf die seit Jahrzehnten abbröckelnden Fassaden, die rissigen Asphalt- und Kopfsteinpflaster-Beläge der Rothenburger Straße fiel da schon das harte, posttschernobylische Maienlicht, über das wir uns hier keine Sorgen zu machen brauchten (brudergrüßende sozialistische, vollkommen unsichtbare, also keinen blauen Blick trübende Radioaktivität), und ich schlug lässig die Beifahrertür des dunkelblauen Bonzenwagens zu, der vor einigen himmelblauen und senffarbenen, liebeshungrigen, jahrelang umworbenen, tückischen kleinwüchsigen Zweitakter-Volksautohuren parkte, um erhobenen Hauptes auf meinen Adidas-Turnschuhsohlen (das zweite Paket meines Vaters, die Geschichte der grauenvollen Opferung folgt) über die Sraßenbahnschienen zu schweben. Wer mich sah, konnte denken, was er wollte, sollte aber, angesichts des distinguierten Bonzenwagenfahrers, zunächst einmal zögern zu denken. In der Dreiraum-Mutterhöhle kein Fernsehgerät. Platons Gefesselte, die sich freiwillig umdrehen, noch tiefer ins Dunkle tauchen. Statt auf diffus und flackernd beleuchtete Schemen am Höhleneingang starren sie gegen die Wand in ihrem Rücken. Im Falle Katharinas handelte es sich natürlich um eine hohe Bücherwand, ein paradoxer, dialektischer Kniff im Tal der Ahnungslosen, als lese man die Informationen des spärlich in die Höhle gelangenden Lichts nicht mit einer tumben manipulierten Bildröhre aus, sondern durch den fein gerasterten Zweitausend-Buchrücken-Filter eines literarischen, flüsterleisen Supercomputers (1986, Odyssee im Ostraum), der nicht einmal Strom benötigte. Sich zur Wand zu drehen war ein Ausdruck von Wut, auch wenn es nur wie säuberlichste Gelehrsamkeit aussah. Sich dezent zu kleiden, dezent zu schminken, dezent zu bewegen, die Wohnung in penibler Ordnung und Blumenfrische zu halten, während draußen vor der Tür die Neustadt grautönig über den hustenden bunten Bewohnern zusammenbröckelte, zeugte von Wut, und Wut war es auch, sich stets unerträglich lange eines Kommentars zu enthalten, sei es zu meinen Unarten oder zu denen unseres sozialistischen Heimatlandes. Nicht einmal die stets fünfzehn Jahre jüngeren, ewig blonden Geliebten meines Vaters (vor der Opferung) riefen eine sichtbare Gefühlsreaktion hervor, vielleicht weil sie den Eindruck erweckten, sie übergäben unter wechselnden verzweifelten Gesichtern immer dieselbe Perücke wie einen Staffelstab. Kein Kommentar hierzu, auch im tieferen Inneren nicht. So weit die Lehre meiner Mutter, die große Lehre unseres Landes, wenn man so will. Ich brauchte mich weder eindeutig für sie noch für den flatterhaften, provokanten, ideenreichen Lumpen von einem geschiedenen Vater zu entscheiden, solange er noch unter uns, auf unserer Seite, weilte. In jener Höhlenzeit habe ich kaum begreifen wollen, dass die vierzigjährige Katharina, aufrecht, schlank, eine frühere Leichtathletin, mit ihren braunen Mandelaugen und dem akkurat schulterlang geschnittenen Haar, ihrem zurückhaltenden Schick und ihrer verborgenen erotischen Wut einer perfekten Köchin oder einer perfekten Büglerin irgendetwas mehr brauchte als Arbeit und zwei, drei Konzert- oder Theaterbesuche im Monat, für die sie (neben mir) *lebte*. Einmal, gar nicht so lange nach der Scheidung, glaubte ich, dass einer der Kollegen der Landesbibliothek, in der sie nicht ungern zu arbeiten schien (dabei übersah ich wieder, dass sie sich dort – zehn Jahre lang – auf einer hohen Stufe ihres Wutpotenzials befand, die sie, als studierte Germanistin, in einer Umkehrbewegung zu ihren schneckenhaft immer weiter zurückgezogenen Berufsplänen, von der Schriftstellerin zur Lektorin zur wissenschaftlichen Bibliothekarin, wie auf einer Staumauer-Kaskade erreicht oder aggregiert hatte, unsichtbar, unfühlbar, wie in einer sauber an den Polen glänzenden, in einer glatten Schale steckenden Batterie), es ihr angetan hatte oder an ihr etwas tat in den beiden Tagen und Nächten, die ich wöchentlich bei meinem Vater verbrachte, allerdings nie bei ihm übernachtend (all die glücklich seufzenden Perücken), sondern bei seiner älteren Schwester Inge, die mich, ohne die geringste Absicht (weshalb wir sie hier nur mit einem blassblauen Aquarell-Tupfer vergegenwärtigen, der für ihre Krankenschwesterntätigkeit und ihre seltsam tapetenhafte Rolle in meinem Leben steht) auf die Philosophie brachte, so dass ich mein ganz eigenes Kopf-Laternchen anzündete im Geborstener-Atomreaktor-Sozialismus, zwischen all den handgemalten Friedensbewegungsplakaten, inmitten unseres gähnenden FDJ-Friedensmarschunwesens (schon wieder die Bezirksgruppe in geschlossener Formation, da unsere eigentliche Friedensbewegung mitsamt Friedensvolksarmee unverdrossen vom GenossengeneralsekretärdeszentralkomiteesderSEDundstaatsratsvorsitzendenderDDRsowievorsitzendendesnationalenverteidigungsrates angeführt wurde), im Punk-Gerocke und szenischem Kunstgewirr um mich herum. Schwankendes Lichtlein in der glänzenden, rotweinseligen, Bierflaschen zerschmetternden, wild (und stumm) auf Leinwänden in zerfallenden Häusern tobenden Finsternis. Weitere Licht-Inseln: Ferienlager bei Bad Schandau. Fahrt auf der Elbe mit dem Schaufelraddampfer. Im Ateliergarten von Malte dabeisitzen dürfen, als vollbärtige Barden und vollbusige Bajaderen mit ihren Klampfen bis um drei Uhr morgens am Lagerfeuer mit Beatles-Songs und Biermann-Liedern Sehnsucht und Gemeinschaft unter Nussbäumen mit Blick auf die nächtliche Elbe verbreiten. Du lehnst dich im Sitzen zurück gegen den Statuenrücken deines Vaters, dessen Kraft dir noch unbegrenzt erscheint, oder gegen die sehnige Weichheit deiner (in tödlicher Eifersucht unhörbar still wütenden?) Mutter und denkst, dass du zwischen diesen in der warmen sommerlichen Dunkelheit gelagerten, singenden und trinkenden, sehnsüchtigen, einverschworenen Freunden geborgen bist in einer gemeinschaftlichen Welt (utopischer Hoffnungen, zukunftsweisender Friedlichkeit, perfekter Melancholie), die du niemals verlassen möchtest. Doch am Montagmorgen stehen alle wieder auf und machen Lebenskunst. Am Abend, im spätplatonischen Licht ihres absolut realen Feierabends, kehren die wahren Helden der Arbeit, ihre Plaste-Aktentaschen in der Hand, über den Fußgängerstreifen des Blauen Wunders zurück und erhoffen sich einen Blick auf eines der stehenden oder umhergehenden Aktmodelle, warmes tonfarbenes Fleisch, surreal eingefügt in einen Rahmen der an Scharlach leidenden grauen Hausfassade. Als ich dreizehn war, fühlte ich das Licht noch in mächtiger, widerspruchsloser Fülle, etwa wenn mich Andreas an der Hand nahm, während wir über die Brühlsche Terrasse gingen. Der allwissende bärtige Künstler, der über das langsam unter den Restauratorenhänden zurückkehrende Gold der barocken Kuppeln zu gebieten schien und auf sein Heimat-Schloss zuschritt, die KUNSTHOCHSCHULE. Auf der Spitze der Kuppel, dem Kegel einer gewaltigen gläsernen Zitronenpresse, balancierte die Siegesgöttin, eine Engelsfigur mit Verkündigungs-Trompete und Lorbeerkranz, um die Kunst zu ehren. (Die bläst uns einen, wer hat das gesagt.) Ich hatte keinen Zweifel daran, auf der sonnenüberglänzten Schulter Gottes oder Platons zu wandeln, mit Blick auf den Glockenspielturm der Hofkirche, die ferne Akropolis der eingerüsteten Semperoper, das blaue Wasser des Styx, auf dem der Seitenraddampfer *Schmilka* tuckerte. Wir sahen die Performance *Hammerklavier*, die mir das Gefühl einflößte, im Zentrum der Weltereignisse zu stehen. Auf dem Parkett eines eleganten runden Saales mit gesprossten Glasflügeltüren stand ein Flügel, erhaben glänzend, umringt vom Publikum. Zwei schmächtige junge Männer mit schwarzen Hosen, nacktem Oberkörper und Ku-Klux-Klan-Mützen erschienen, nahmen Aufstellung vor dem Instrument und zertrümmerten es mit den Vorschlaghämmern, die sie bei ihrem Einzug auf den Schultern getragen hatten. Es war ein alter verstimmter Flügel, erklärte mein Vater auf der Brühlschen Terrasse, wir haben ihn tagelang lackiert. Meinem dämmernden Kopf im Göttinger Dachstübchen scheint es, als hätte nach jenem Sommer 1983 die Sonne in Dresden erst zwanzig Jahre später wieder geschienen, als mein grimmig dreinschauender, längst bartloser, über sechzigjähriger Vater erneut mit mir über Gottes Schulter (eine sehr ansehnliche Promenade eigentlich, wie man sie auch in Städten mit durchlaufendem Fluss nicht so häufig findet) wanderte und zwischen unseren zueinander ausgestreckten Armen die quiekende Katrin wackelte, ein herabgefallenes Barockengelchen, das nach einigen Jahrhunderten flach-konvexen Kirchenkuppelflugs endlich das Laufen in 3-D erlernen wollte. Bei etwas eingehender Betrachtung meiner Erinnerung muss ich dann aber doch wieder jede Menge Licht einräumen, das wohl aus jener Sonne kam, die gleichmütig über uns allen scheint. Die Verdunklung ist immer nur vorübergehend (Nacht, Wolken, Diktaturen) oder bloß malerisch (worüber ich gleich etwas lernen sollte). Zählen wir zu Letzterer auch die auf alles gepinselten und genähten Solar-Dotter auf den Altären des Sozialismus (so wir ihn kennenlernen durften und mussten), auf denen einige Generationen für immer dieselbe, tückisch ausbleibende Zukunftsgeneration geopfert wurden. Mein Vater sieht mich mit einem Reclam-Bändchen von Platons *Gastmahl*, das ich bei Tante Inge gefunden hatte und übereignet bekam. Es war das ganze Vermächtnis eines dahingegangenen Patienten, der es gemeinsam mit Spinozas *Ethik* und einer Luther-Bibel auf seinem letzten Nachttisch verwahrt hatte. Eine regelrechte Dreieinigkeit, sagte er halb spöttisch, halb anerkennend, in der Wortwahl inspiriert von seinem aktuellen Interesse an Bibelmotiven. In der Schwerter-zu-Pflugscharen-Welle jener Tage hatte er eine Serie von bewusst unscharf gehaltenen, halb abstrakten und von fern an Kirchenfenster-Mosaiken erinnernden Arbeiten hergestellt. Es geht um die Wahrheit in diesen Büchern, versicherte ich aufgebracht. Ich bin Maler, kein Parteisekretär, entgegnete er. Aber du hast doch gesagt, Malen sei Denken! Er lachte. Anscheinend verstand er die Magie von Anfangssätzen nicht, wie man sie nur in philosophischen Werken finden konnte: *Dem Denken der Gegenwart ist der Sprung ins Herz des Seins gelungen.* – *Jahrhundertelang irrte das Bewusstsein in der Wüste der Selbstbezüglichkeit umher.* – *Wenn die Eule der Minerva es endlich wagt, ihren Flug bei Tageslicht zu beginnen, erblickt sie zum ersten Mal ihren Schatten.* (Was war in den Vollmondnächten?) – Statt mich einer Antwort zu würdigen, kramte er in seinen Schränken und legte mir Fotografien von zwei Gemälden vor, die beide die Opferung des Isaak durch Abraham zum Thema hatten. Was seien die stärksten Gemeinsamkeiten zwischen der Darstellung von Rembrandt und der von Caravaggio? Erschrocken über den Anblick von mordlustigen archaischen Vätern, gezückten blanken Messern, entblößten Jungenhälsen, zählte ich Unterschiede und Gemeinsamkeiten auf, die ich in der Eile und Enttäuschung finden konnte, bis er mich unterbrach. Das Licht!, erklärte er heftig (sein vermeintlich höheres Recht auf seine Prioritäten, die Quelle der dezenten Wut Katharinas). Auf beiden Gemälden gehe es um Szenen in der freien Natur, und in beiden Fällen strahle von der oberen linken Bildecke her ein völlig unerklärliches, starkes, übernatürliches Licht herab auf Engel, Vater und Sohn. Wenn es zur Opferung käme, dann rückten die Dinge in den Schein einer falschen Sonne, das sei die Wahrheit, die den Maler interessiere. Die Philosophen doch auch, hätte ich entgegnen können, aber ich begriff nicht ganz, was er mir sagen wollte und was meine Antwort bedeutet hätte. Zudem beunruhigte mich eine andere Gemeinsamkeit der Kunstwerke viel stärker als der unsichtbare göttliche Scheinwerfer, nämlich die offenkundige Grausamkeit der opferwütigen Väter. Bei Caravaggio sah man einen eigentlich schon abgekühlten Abraham, der den Ausführungen des Engels lauschte (hinter dir hat sich ein Widder mit den Hörnern in einem Busch verfranst, schlachte doch den), aber mit der Linken unvermindert brutal das Genick seines Sohnes umfasste, ihm einen Daumen in die Wange bohrend, bereit, sofort erneut zuzustoßen, falls Gott auch nur hüstelte. Der von Rembrandt präsentierte Vater wirkte stärker beeindruckt von der Autorität des Götterboten, jedoch die grauenhafte Art, mit der seine Pranke das gesamte Gesicht des obszön zurückgebogenen Jungen verdeckte, eine es im optischen Sinn regelrecht wegfressende Krake, brachte die gleiche Härte zum Ausdruck. Ich opferte meinen Vater vollkommen sanft und unschuldig durch meinen Hang zur Philosophie. So könnte man auch zusammenfassen, was einige Wochen später geschah, als ich mich in den Thesen über Feuerbach verhedderte wie der biblische Widder im Busch. Als Scheinwerfer nehmen wir zunächst die knisternde Helligkeit des Totalirrtums, wir (totalen, systemischen Höhlenbewohner) glauben an einen helllichten Morgen in der Polytechnischen Oberschule, wir glauben allen Klassenkameraden, dass sie sich frisch gewaschen haben, und wir glauben dem jungen rothaarigen Mathelehrer die Logarithmen und die Notwendigkeit von geistiger Arbeit und Disziplin.

In Minutenschnelle schafft er es, eine derartige Weltall-Erde-Mensch-Du-immer-voran-im-wissenschaftlichen-Sozialismus-auch-und-gerade-jetzt-Hochstimmung zu erzeugen, dass wir bis zum Werkunterricht in der vierten Stunde entschlossen sind, dem Star-Wars-Programm des amerikanischen Westernhelden-Präsidenten siegreich entgegenzurechnen. Ich bin nicht schlecht an der Drehbank, das ist der aus der Künstlerfamilie auf mich gekommene Wille, die Materie zu formen. Erst in der sechsten Stunde kommt ein gewisses Unbehagen auf, weil zwischen einigen aufmüpfigen Schülern und Krasner, dem Lehrer für Staatsbürgerkunde, die Bälle des routinierten Lügentennis (Wir wissen, dass wir glauben machen müssen, wir glaubten.) hin und wieder zu Boden fallen. Krasner ist hundertprozentig und doch irgendwie gummihaft, ein rundlicher, kahlköpfiger, bebrillter Endfünfziger im stets gleichen grauen Anzug, der mir – im Prinzip – recht gibt, wenn ich verlange, wir sollten erst einmal Hegel lesen, damit wir genauer verstehen könnten, wie Marx ihn auf die Füße gestellt hat, um gleich darauf dem (nach mir) ewigen Klassenzweitbesten und FDJ-Ersten Ronny beizupflichten, der den Klassenfeind heraufbeschwört, welcher uns während des jahrelangen Hegel-Studiums mit seinen Pershing-Raketen in aller Seelenruhe den Arsch wegschießen könnte. In der zehnten Klasse genügten an Philosophie erst einmal die Feuerbachthesen, entschied Krasner, elastisch und bestimmt zugleich. So beugte ich mich über die wenigen von Engels überlieferten Seiten und wirkte dabei derart unzufrieden, dass mein Vater, der sich sonst nicht die Bohne für meine Hausaufgaben interessierte (deine Mutter weiß es ohnehin besser), mir über die Schulter sah – kommentarlos zunächst. Was mich aufbrachte, war der Verdacht, dass Marx dasselbe wollte wie Ronny und Krasner: die Philosophie durch Parteitage zu ersetzen. Ich las noch einige Dutzend Seiten in der *Deutschen Ideologie*, die mir auch nicht gut bekamen. Mir wurde ganz übel und radikal zumute, weil mir auf einmal nicht irgendwelche Nachfolger, irgendwelche Lehrer oder Parteifunktionäre oder die wie Eintagsfliegen am Feierabend hinwegsterbenden methusalemischen KPDSU-Generalsekretäre auf den Wecker gingen, sondern MARXSELBST, das Gespenst des Kapitalismus, der fundamentale Trierer Rauschebart. Wenn alles Denken in meinem Kopf nur Mystizismus, nur bürgerliche Illusion, nur Widerspiegelung von Produktionsverhältnissen war, dann hatte ich doch gar keinen Kopf, sondern nur einen Hohlraum, erfüllt von Echos, dann hatte dieses Land und auch kein anderes Land einen Kopf außer einer Art hohler Resonanz-Höhle, dann hatte doch er, der Marxkopf, selbst keinen Kopf, der einen selbsttätigen Gedanken hätte anstrengen können, sondern doch auch nur das Schattenspiel von Materie-Schutthalden zwischen den Ohren. Ich glaubte noch eher, dass die Kapitalisten in fünf Jahren zu uns herüberflüchten würden, panisch über den antifaschistischen Schutzwall hinweg, um sich vor der Börse in Sicherheit zu bringen, als dass ich die Nichtexistenz meines selbsttätigen Kopfes fassen mochte. Es tut dir richtig weh, nicht denken zu dürfen, das ist eine erstaunliche philosophische Ader, meinte mein Vater, obwohl er von Schulphilosophie überhaupt nichts hielt, sondern bewusst unscharf gehaltene Bilder hervorbrachte, geheimnisvolle und opake Zeugnisse wilder Denkarbeit. Du verstehst nicht, dass Marx den Blick nicht einengen wollte, sondern erweitern, hielt mir Krasner vor, nämlich von den gleichgültigen Objekten, von der bloßen Dingwelt auf die lebendige menschliche Tätigkeit und von der bürgerlichen Gesellschaft auf die gesamte Menschheit. Er interessierte sich nur für den Materialismus, das sieht man schon an These eins, murrte ich. Für die Praxis, für das Wichtige!, warf Ronny ein. Wir gingen über zu Fragen der Wehrertüchtigung im Sozialismus. Es wurde nicht recht deutlich, ob es mit den Feuerbachthesen zusammenhing, dass mich Krasner nach einer Unterrichtsstunde zur Seite nahm und mir darlegte, auch die Klassenbesten kämen nicht automatisch auf die Erweiterte Oberschule. Im Studium, erklärte er fast im selben Atemzug, gebe es für alle und gerade für neugierige Geister wie mich den großen Marxistisch-Leninistischen-Grundlagenkurs. NEUE THESEN ZU FEUERBACH, FLUKTUISTISCHE ERWEITERUNGEN hieß kurz darauf eine Aktion im Atelier meines Vaters. Beim Wiederlesen hätten ihn einige Zeilen des alten Engels doch wirklich gerührt, behauptete er. Man fand diese beim Eintritt im Vorraum auf ein Plakat gemalt: *Seitdem sind über vierzig Jahre verflossen, und Marx ist gestorben.* Keine Kunstaktion in diesem Jahr war besser besucht. Ich kam allein, schmal, fast dürr, mit sechzehn fast noch ein Kind, das dachte ich selbst beim Anblick meiner dünnen Oberschenkel in den Jeans. Der erste alarmierende Eindruck ergab sich beim Blick in die Seitenstraße zum Atelier: zu viele Wagen, zu viele Westautos, zu große, zu dunkle Schlitten. Noch jetzt, in Göttingen, in Berlin, an deiner Seite, geschmiegt an deine Brust, spüre ich das Zittern wieder, das mich damals ergriff, beim Eintritt in die Höhle. Ein unbändiger Freejazz-Rock-Punk schlägt mir auf die Ohren wie aufeinanderkrachende Baumaschinen. In der nächsten Sekunde ist es so still in meiner Erinnerung, dass das ratternde Schnurren des Super-8-Filmprojektors, in dessen Projektionskegel sich der Zigarettenrauch kräuselt, wie eine kleine Modelleisenbahn durch mein Gehirn tickert. Auf der Leinwand, die immer wieder von den Schemen der Besuchermasse verdeckt wird, flackern mit stummfilmhaft abgehackten, überschnellen Bewegungen wunderlich verkleidete Gestalten vorbei, mit meterhohen schwarzen Hüten und enormen Rabenflügeln, dann folgen, in Zeitlupe, wie unter Wasser herantreibend, unerklärliche, gefesselte Objekte, die sich verzweifelt zu winden scheinen und das fast quälende Bedürfnis auslösen, sie zu befreien oder totzuschlagen. Eine Frau in einer tarnfarbfleckenähnlich bemalten Strumpfhose taucht auf, das Gesicht und der nackte Oberkörper lassen mit ihren grünen, blauen und schwarzen Streifen an eine umgefärbte aufrecht gehende Tigerin denken, und ich brauche einen zweiten Auftritt dieser Gestalt, um die Malerin Saskia zu erkennen, die mich früher einmal im Kinderwagen umherschob, wenn sie das Bedürfnis nach Muttergefühlen hatte. Alle sind gekommen, drängen sich, trinken, debattieren, hören der fünfköpfigen Band zu, die sich *Eisensack* (vormals *Ostschleim*) nennt. Neben der Schmalfilm-Leinwand und dem rot angestrahlten Buffet gibt es noch zwei weitere Lichtinseln. Man sieht in einer Atelierecke einige Staffeleien, auf denen wechselnde Bilder aufgestellt werden, manche mit Bezug auf das Feuerbachthema, andere frei gehalten wie etwa das Foto der beiden eng benachbarten Schafs- oder Schweinehirne auf einer Betonplatte unter dem Titel *Die Dioskuren*. In der zweiten von oben her gut beleuchteten Zone sieht man eine breite Papierrolle, gespannt über einem Zeichentisch. Auf einem Blatt hat man die elf Feuerbachthesen angeführt, scheinbar manuskript-echt, wie hastig hingetippt und mit handschriftlichen Korrekturen versehen, während auf der Rolle selbst nur noch die Thesen zehn und elf zu sehen sind, mit dickem Filzstift gemalt. Darunter folgt eine Nummerierung bis dreißig, die zur Fortsetzung animieren soll. *14) Der Sozialismus ist entkräftet, aber nicht widerlegt (und umgekehrt)*. *17) Das menschliche Denken kann durch die Praxis schier vollständig entgegenständlicht werden*. *21) Das revolutionäre Gemüt selbst betrübt sich oft*. *22) Mit dem Höchsten, wozu der Materialismus im Stande ist*. Weil die an den Zeichentisch Herantretenden nicht der numerischen Folge nach schreiben und im Gedränge kaum ein Überblick möglich ist, werden immer neue Thesen riskiert. Die Tigerfrau erscheint erneut, so plötzlich, dass ich sie erschrocken an der vom Schweiß gekühlten Hüfte anfasse. Es war deine Idee, die Feuerbach-Sache? Irre!, versichert sie mir und verschwindet scheu, als Viktor mich begrüßt, den ich nach Atelierbesuchen bei meinem Vater jetzt zum dritten Mal sehe. Er ist einer der wenigen Sammler und Käufer, die Andreas Sonntag noch hat. In einem hell schimmernden Sommerhemd und Jeans sieht er merkwürdig verkleidet aus, irgendwie nach blutig ernster Freizeit, wie ein aus dem Leim gegangener ehemaliger Gladiator, der den Waffengang bloß noch unterrichtet. Seine Adlernase, die schweren Backen und die kurz geschorene graue Haarwolle beschwören diese römische Assoziation herauf, die mir rätselhafterweise Vertrauen einflößt. Dabei weiß man, dass er ein hohes Tier in der Wirtschaft ist (Bezirksplankommission o. ä. mit Draht nach weit oben), aber nicht, was das nun in unserem Zusammenhang bedeutet. Man weiß auch nicht, woher er das extra aus Berlin angereiste zweifach blonde Ehepaar von der Ständigen Vertretung kennt, das mit gespannter Vorsicht und sichtbarer Freude an der Exotik durchs Ostwildtiergehege stolziert. Das hohe Tier Viktor will mich nicht freigeben, sondern mehr über meine philosophischen Interessen erfahren. Im Lärm der *Eisensack*-Combo kann ich minutenlang gar nicht antworten. Immer neue Gestalten tauchen in der Höhle auf, die wenigsten sind mir näher bekannt und so viele auch dann bloß schemenhaft, wenn sie in die Lichtinseln treten, um sich mit Getränken zu versorgen oder einen Thesen-Beitrag zu leisten. Erst das Licht der Zukunft wird sie ausleuchten, zur Kenntnis, zur Strecke bringen. Zwei Malerkollegen aus dem Westen sind gekommen, um mitzufeiern und am nächsten Tag unter ihren Norweger-Pullovern Tonkassetten und Schmalfilme in den Freistaat Bayern zu schmuggeln. Von einem Lokaljournalisten und seinem lederjackigen Begleiter weiß sogar ich schon, dass sie Stasi-Leute sind. Zu Recht, wie sich einmal herausstellen wird, durfte man auch dem Grafiker Keindel misstrauen und dem Hochschulassistenten Marstal. Aber niemand wäre auf die Idee verfallen, den Dichter Barst, einen der Sänger von *Eisensack*, und den Maler Lorch zu verdächtigen, der in seinem großen Atelier am Waldpark oft mehrtägige Feste mit freier Verköstigung ausrichtet. Lorch, bald nur noch Loch genannt, immer in einem Atemzug mit Barst alias Arsch, hat sogar einen Bildbeitrag des im vorigen Jahr ausgewiesenen Malers Stammberg mitgebracht, den dieser ihm postalisch habe zukommen lassen können, eines seiner *Rothen Thyre* im Format DIN A 3, an einen lachenden Rattenkopf erinnernd. Mein Vater wird mit mir noch einmal durch diese Höhle irren, zehn Jahre später, und wütend und traurig mit dem externen Scheinwerfer zukünftigen Wissens die wie Wachsfiguren in der Erinnerung präparierten Szenegestalten beleuchten. Noch tanzt Saskia, die Dschungelfrau, glitzernde Blicke aus dem schwarzen Balken werfend, mit dem sie ihre Augenregion übersprüht hat, zu den rhythmisch ausgestoßenen Flüchen von Arsch. Vier Monate später wird sie verzweifelt in West-Berlin tanzen. *These 24: HONI soit qui mal y pense.* Zwei Grafikern, querköpfigen Betreibern einer Handpresse, wird man illegale Verbindungsaufnahme mit Vertretern fremder Mächte zur Last legen und sie ein halbes Jahr lang inhaftieren. Als Malte Greibel, der beste Freund meines Vaters, einige Tage nach der Feuerbach-Party sein Atelier betritt, findet er sämtliche dort aufgestellten und archivierten Ölbilder, mehr als vierzig Arbeiten, fett mit Rothen Thyren überschmiert, als hätte sich der Kollege Stammberg für eine Nacht über die Grenze geschlichen, um ihn zu ruinieren. In der Höhle geschieht nicht allen etwas. Aber doch sehr vielen. These 26: *Das Zerschmettern des Anderen kann nicht immer als revolutionäre Praxis gefasst und rationell verstanden werden.* Vor mir baut sich plötzlich der nicht mehr singende Dichter Arsch auf und fragt mich, ob ich, als Erfinderin des Feuerbach-Happenings, nicht auch eine These anschreiben wolle. Warum nicht, meint auch Viktor, der immer noch neben mir steht (es könnte sogar sein, dass er eine Art Verantwortung empfindet, eine gluckenhafte Fürsorglichkeit für die einzige Jugendliche hier, die mein Vater wohl eher belächeln würde), sie hat ja philosophische Interessen. Da lebt sie aber im falschen Land, sagt IM-Arsch (es sei ihm kein Gesicht gegeben) bestimmt, denn seit wann gebe es in der DDR Philosophie? Es gebe sie durchaus, erwidert Viktor, schließlich hätten wir etliche Lehrstühle, er kenne einen sehr interessanten Dozenten an der Technischen Universität, einen gewissen Professor Nehring. Arschs Antwort geht im wieder anbrandenden *Eisensack*-Lärm unter, der jetzt von der Dschungelfrau vokalisch angeführt wird, nachdem sie sich ein afrikanisches Gewand über die Tigerschultern geworfen hat. Ich trete ins Licht vor die Thesen-Tapetenrolle. An dreizehnter Stelle hat jemand sehr gekonnt drei völlig gleichartige Profile von Marx gezeichnet und geschrieben: *Wir kennen nur noch eine Wissenschaft: die Gesichtswissenschaft.* Nummer zwölf fehlt noch, also schreibe ich: *Die Mächtigen haben die Welt immer nur verändert. Es kommt aber darauf an, sie zu verbessern.* IM-Arsch findet das ganz ausgezeichnet, und auch Viktor zeigt sich beeindruckt. Bald werde ich zum ersten Mal bei ihm im Auto sitzen, denn Malte, der mich um elf hätte nach Hause fahren sollen, hat schon entschieden zu viel hinter die Binde gekippt, und mein Vater freut sich (anscheinend) ehrlich über das Angebot des Sammlers. Zuvor aber suche ich die Lichtzone auf, in der man die Gemälde ausstellt, und sehe endlich seinen malerischen Beitrag zum Thema. Wie stets ist alles recht verschwommen, so dass man den Eindruck hat, es durch ein Aquarium hindurch zu beobachten. Eine muskulöse, riesenhafte, erzdunkle Gestalt, die jeder zu kennen glaubt, weil sie oder ihre idealtypischen Brüder vielmehr in zahlreichen grafischen Darstellungen auf Häusermauern oder Plakaten oder hingegossen auf Marmorpodeste den Stahl des Sozialismus schmiedeten, hebt den mächtigen Arm mit dem großen Hammer. Mit dem gleichen Griff aber, mit dem Rembrandts Abraham seinen Sohn für das Opfer fixiert, ihren Oberkörper also zurückbiegend und ihr gesamtes Gesicht mit einer Pranke verdeckend, droht der Schmied eine durch ihr klassisches Gewand, das flutende braune lange Haar und sogar noch durch einen sehr fein angedeuteten Heiligenschein (den ich heute unbedingt als bloß karikierend weglassen würde) zur Madonnengestalt stilisierte Frau zu erschlagen. Kein Engel hält ihn zurück, und es ist auch schauderhaft unklar, ob er mit dem Hammer den entblößten Hals treffen will oder die eigene, das Antlitz der Madonna bedeckende Hand. These 4: ... *Also nachdem z. B. die irdische Familie als das Geheimnis der heiligen Familie entdeckt ist, muss nun Erstere selbst theoretisch und praktisch vernichtet werden.* Diesmal hat er es übertrieben, denke ich, vor ihm und dem nur eine Woche alt werdenden Bild im Lärm der Höhle stehend. Andreas erwidert meinen Blick. Er ist in einem schwer zu bestimmenden Zustand, in dem Erregung, Begeisterung, Furcht und Trotz die Hauptrollen spielen, einer ekstatischen Verfassung, in der er vielleicht schon im Dämmerlicht der Höhle einen hart und gleißend ausgeleuchteten Strandstreifen der Zukunft ausmachen kann. Was ihm dort widerfahren wird, tut ihm nicht einmal leid, könnte man denken, und es hat so wenig mit mir zu tun, dass ich eine kalte, furchtbare Enttäuschung verspüre. Wer opfert hier wen? Eine Frage im Stile Lenins.

3. SIEH AUF DEN GRUND (DIE PÄNOMENE)

Er (dein Vater) hat nicht so viel davon verstanden (sagst du dir), aber du gibst hier nur eine Einschätzung ab, deine unmaßgebliche Vermutung. Die Gedankenwelten, die sie zu ihm hereintrugen, waren in ihren Schädeln verkapselt, verspiegelt von Edmonds runden Brillengläsern, versteckt unter Lillys topfförmigen Hüten, verborgen hinter Esthers strahlendem Gesicht. Esther. In dieser Enge, den verschachtelten, irrgartenähnlichen, schattigen Gängen, Regalreihen seines Buchhandlungsarchivs vielleicht, oder im mehrfach unterteilten Rahmen einer Erinnerung an eine der Bibliotheken, die er zwangsläufig besuchte, leuchtet mit einem Mal ihr Gesicht auf, und er sinkt so erleichtert zurück wie in eine behaglich knisternde, absolut reine, blütenweiße Watteschicht. Er hört nichts, deshalb Watte, auch deshalb, denn er denkt oft an weiße Binden, Mull und Watte, in denen rote Flecken aufgehen, japanische Flaggen, bis dahin reichte der Krieg, deren Sonne über ihren Randkreis hinausflutet, die den stummen Schnee der Welt mit ihren Strahlen durchtränkt. Esther flößt ihm trotzdem Zuversicht ein. Dass sie hier erscheint, kann nur Gutes bedeuten. Alles, wirklich alles! – hört er Edmond sagen, als stünde er wie so oft mit seinem Vollbart, den funkelnden runden Brillengläsern, dem zerknitterten Anzug nach einem Bücherkauf noch einige Minuten für ein Schwätzchen an der Kasse –, alles wird von ihr sortiert! Wiedergefunden und sortiert, wie die berüchtigten Tausende von Zetteln, auf denen Edmond in stenografischer Hast seine fliehenden Gedanken festhält, als wäre er ein in einem ewigen Sturm, in einem ewigen Herbst immer neue Blätter austreibender und verlierender, verwirbelnder Baum, ein kräftiger, vornehmer Nussbaum etwa, an dessen Früchten die Jünger zu knacken haben, überall in der Stadt. Esther soll sie noch am besten aufbekommen, hat man ihm versichert. Er könnte etwas Eichhörnchenartiges, eifrig Übernervöses an ihr bemängeln, hätte er, dein Vater, der abgebrochene Philosophiestudent, nicht höchsten Respekt vor der jüngeren, nun wohl fünfundzwanzigjährigen Frau. Von ihr wird (sieges-)gewiss alles sortiert und bestimmt werden, mit einer Art mildem und doch beharrlich glühendem Feuer. Ihre dunklen, schattenunterlegten Augen, die angenehm runden Formen ihres Gesichts (die Stirn, die Wangen, das kräftige, von einem dellenartigen Grübchen markierte Kinn) werden von einer weißen Umrahmung betont und ein selten an ihr wahrgenommener glücklicher, wenn auch erschöpfter Ausdruck gibt ihm die Gewissheit, dass auch bei ihm die Dinge so in Ordnung kommen werden wie bei Edmond, der sie als seine geistige Tochter angenommen zu haben scheint. Jäh fällt ihm Sieglinde ein, strahlend, mit ihren blonden Zöpfen, ihrem zahnlückigen Lachen, den Händen mit den angeknabberten Fingernägeln, die auf seinen schon kahl werdenden Hinterkopf patschen oder sich von hinten auf die Schultern des älteren Bruders Friedrich (du!) legen (auf deinen eigenen Schultern spürst du noch heute jene selbstverständliche Geste, eine Art Einklinken, als hängte sich ein kleinerer Waggon an dich als Lok, du spürst sie nach einer fast siebzigjährigen Pause immer mal wieder, in Jahresabständen, seit du deine unglückliche, fleißige kleine Schwester begraben hast). Erst erscheinen ihm die Kinder, elf- und zwölfjährig, so fremd oder bloß wie durch eine lang nicht mehr verfolgte Gewohnheit oder Routine vertraut, als schlüge er ein Märchenbuch auf und sähe wieder einmal eine Illustration von Hänsel und Gretel. Im nächsten Augenblick wird ihm klar, dass sie aus Fleisch und Blut und am Leben sind, Friedrich und Sieglinde, seine eigenen Kinder. Der ungeheuerliche Schmerz der Trennung, der Umstände, des irren Auseinandergerissenseins fährt wie ein Bajonett, ein Dolch, wie eines jener anderen, rasend beschleunigten Eisenobjekte aus dem unerschöpflichen, grauenhaften Arsenal der Dinge, die er in menschlichen Körpern hat stecken sehen, durch ihn hindurch. Farben und Lichter blitzen auf, drehen sich wie auf einem Blechkreisel vor seinen, in seinen sichtlosen Augen. Nirgends sind mehr konkrete, fassbare

Dinge. Esther. Er spürt ihre zuversichtliche Nähe. Esther wird die – *Phänomene* ordnen und benennen, die großen Erscheinungen, die – immer noch lautlos – am schwarzen Himmel aufziehen, jene horizontale rot flackernde Linie, die den Anschein erweckt, man hätte den Vorhang der Nacht an jeder Stelle seines unteren Saums zugleich in Brand gesetzt, die Strahlenkränze, die gleißend von der Erde aufsteigen, an die Segmente von riesigen Glücksrädern erinnernd oder die konzentrischen Keile von gigantischen Wurfpfeil-Zielscheiben, dann Stichflammen, als wäre mit einem Mal ein vergrabener Stern explodiert. Anscheinend nichts als Licht. Edmond hat die *Phänomene* vorurteilslos durchschaut, er hat ihnen, im zerknitterten, aber vornehmen dunklen Anzug, mit weißen Manschetten und steifem Kragen unter dem Gelehrtenvollbart, ganz im Besitz seines Alt-Wiener Charmes, zuvorkommend und höflich die Tür zu seinen Büchern geöffnet, so wie er, der Liegende, mit der größtenteils noch betäubten, wie schneebedeckten, nur stellenweise durchblutenden Erinnerung (das erschrockene Gesicht eines sommersprossigen jungen Mannes, dem er gesagt hat, er solle immer dicht bei ihm bleiben und bedingungslos tun, was er ihm vormache, aber was nur und wieso hat er nicht …), erfreut seine Ladentür öffnete, wenn er Esther, Edmond oder einen der ihren rechtzeitig durch seine Schaufensterscheibe herankommen sah. Die Spiegelschrift seines Namens, seines Geschäfts – ANTIQUARIAT G. BERNSDORFF – stand wie ein Filmtitel über den vom Marktplatz herkommenden Passanten, über seinen Lieblingskunden, deren verschwommene Schwarz-Weiß-Fotografien heute in den einschlägigen Lexika verwahrt sind (später fand er kein zeitgenössisches Gemälde der Phänomenologen-Gesellschaft, auch nicht von Edmond, der einmal von einem Zeichner porträtiert worden sein sollte). Er hatte schon früh Gelehrtennachlässe gekauft und reiste weit für die Bestände aufzulösender Bibliotheken. So führten sie bald eines der besten wissenschaftlichen Antiquariate im weiten Umkreis. Sortiere mich, Esther, mit deiner demütigen schlesischen Unnachgiebigkeit, bis ich Frieden finde zwischen den Seiten eines auf immer zugeklappten Folianten. Mit

Edmond, der ihm eine komplette Kant-Ausgabe abnahm, hatte die Spezialisierung auf philosophische und psychologische Titel begonnen (Sigmund Freud, Carl Gustav Jung, sogar die neuesten Bände des *Internationalen Jahrbuches für psychologische und psychotherapeutische Forschung* – eine recht scheußliche Reihe!, wie Esther indigniert bemerkte, offenbar war ihr das alles nicht logisch oder philosophisch genug), dann kaufte er auch Geologie, Physik und Chemie, sogar Mathematik, nachdem Edmonds Freund, ein hochgewachsener jovialer Königsberger, öfter vorbeischaute und ihm eine Liste mit seltenen Titeln gegeben hatte, die er suchte. Ihm ging es darum, so erklärte die knapp dreißigjährige Lilly unter ihrem neuesten artistisch verbeulten Topfhut hervor, den Physikern bei ihren Hausaufgaben zu helfen, die ihnen zu Beginn dieses neuen großen Jahrhunderts zu schwer geworden wären. Man kann sicher sein, dass der Antiquar nicht im mindesten begriff, dass er mit dem munteren Königsberger den Schöpfer der Invariantentheorie vor sich hatte, der die Allgemeine Relativitätstheorie in ein sicheres mathematisches Korsett fügte, und auch nicht, dass jene rundliche Frau mit der Nickelbrille und dem eigentümlichen Hutgeschmack, die später noch häufig in seinem Laden vorbeischauen würde, wie eine fürsorgliche Glucke von jungen Studenten umgeben, die sie ihre *Buben* nannte, die vertracktesten mathematischen Gebilde ausbrütete (Lillys links und rechts verschachtelte algebraische Moduln und Ringe, die dich ein Semester kosteten, bis du es aufgabst, in dieser Richtung irgendetwas weiter zu verstehen). Was er aber begriff (noch mehr seine Frau, Ute, vergiss diesen Mutter-Kitsch, jenseits der hundert hat dich nur noch die blanke Zeit geboren), war, dass sie seine künstlerisch-philosophische Ader mochten, seine Schwärmerei für Kunst und Geist (und seinen scharfen Geschäftssinn entweder übersahen oder akzeptierten), und deshalb gerne bei ihm stöberten und auch neue Bücher bestellten. Bei ihnen, so mit allem Stolz und leichter Gehässigkeit seine großgewachsene, flinkhändige, im Unterbau allerdings unbarmherzig zunehmende Gattin, kauften sie viel lieber ein als in der Pleßner'schen Verlagsbuchhandlung, wo man begonnen hatte, auch die Schriften von Pazifisten, Sozialisten und Suffragetten feilzubieten. Er erinnert sich daran, dass Esther ebenso unbefangen zu Pleßner ging (mit dem er sich ganz ausgezeichnet verstand) wie in seinen Laden, sie hatte diesen – Freimut. Einmal sah er sie mit einem Wanderstock und einem grünen Jägerrucksack in einer Gruppe ähnlich aufgemachter junger Leute über den Marktplatz ziehen. (Du hast keine Ahnung, mit welchen Gefühlen er sie betrachtete, und du wirst es auch nie herausfinden.) Jetzt ist sie weiß umhüllt, blass, erschüttert, aber doch auch froh oder sogar glücklich, es ist unverkennbar und enorm beruhigend. Er hört und spürt noch immer fast nichts, es ist, als befände sich sein Körper in irgendeinem anderen, unteren Stockwerk und als hätte man ihm darüber noch nichts mitgeteilt. Nur der Gedanke, dass etwas durcheinandergeraten sein könnte, dass es irgendeine Kante, eine blutige Linie geben muss, etwas wie eine gespaltene Wand aus Fleisch, drückt auf sein Herz. Er hat auf diesen sommersprossigen Rekruten aufgepasst, so gut es nur ging, ein Sohn des berühmten Edmond, der Gedichtbände im Tornister verstaut, deren Verse ihm doch bald wie tatsächliche Erdfurchen erscheinen mussten, gefüllt mit Maschinenöl, grünem Wasser und Blut, oder wie Stacheldrahtzäune, rigoros über den Schnee des Papiers gespannt. Ist er tatsächlich noch angefeuert von diesem Langemarck-Mist, diesem glorifizierten Abschlachten von zweitausend Gymnasiasten und Studenten, die man in das Feuer routinierter britischer Söldner hetzte. Er muss ihm Karl Müller vorstellen, einen rotschopfigen jungen Volksschullehrer aus dem Stockbett-Lager von nebenan, der immer, wenn er neue Gedichtzeilen ergattert, sie in seinem sogenannten Lyrik-Mörser zerstampft: *Nun kommen die jungen / mit ehernen zungen / zerfetzten lungen / wussten nicht, wozu sie blühten / wollten läuse, hämorrhoiden / hatten allzu glatte wege / konnten keine lieder mehr / blas weg das hirn mit schießgewehr / jetzt kommt der krieg / der ehrliche krieg / die heilige not / der stinkende kot / sie kämpften so fröhlich / verreckten so selig / dichteten ölig / knall weg das glied / bald kommt schon der sieg!* Die Zeitungen, die Wettbewerbe ausriefen, erhielten Hunderttausende von

Gedichten, Millionen blut- und stolzspritzender Verse, eine lyrische Urgewalt! Lasst sie uns gegen den Feind richten, stopfen wir ihm Ohren und Mäuler mit Papier, rammen wir ihm den Reim ins Auge, dichten wir ihn nieder in den Schlamm, Hans! Und komm mir nicht mit *schwarzwolkenblut, stilltrunk'ner rose, bleichbleierner magd in purpurhose!* Wir sind noch nicht an der Front Hans, das hier ist noch die Etappe mit Lausarium und Feldbordell. Es freut dich aber doch, dass er sich so lebhaft an die Plakate erinnert, die er in deiner Göttinger Galerie gesehen hat, AFFICHES DE MUR, auch eines der Alben mit Lithographien, die Mathieu herausgab, hat er noch im Gedächtnis, wundervoll leuchtende Fehlinvestitionen, die nach Ausbruch des Krieges versteckt, das heißt sorgfältig eingeschlagen und in Archivschränke verbannt werden mussten. Keiner wollte mehr die schwungvollen Vergnügungsszenerien (*Folies Marigny Tous Les Soirs – Moulin Rouge Concert Bal Tous Les Soirs – Théâtre De L'Opéra Dernier Bal Masqué*) oder sündhaft hingestreckten Frauensilhouetten der eleganten Hauptstadt des Feindes. Er kann sich nicht entsinnen, dem bei Kriegsausbruch siebzehn- oder achtzehnjährigen Hans die französische Sammlung gezeigt zu haben. Er kann sich überhaupt kaum entsinnen, im Nebel seines Gedächtnisses muss er sich durch einen weiteren Nebel herantasten, der damals (vier Jahre müssen es her sein, immerhin schon einmal eine konkrete Zahl) den halben Eiffelturm verschluckte, kein Nebel eigentlich, sondern tief herabgesunkene Regenwolken im Mai, hellgrau, wabernd, feucht und leicht, jedoch in geringer Entfernung schon die Sicht so sehr einschränkend, dass die großartigen Bögen, die Verstrebungen, die im Zickzack emporlaufenden Eisentreppen des Turms im Wasserdampf verschwammen wie ein Berggipfel im November, dass man schon von der ersten Plattform aus nicht mehr bis zum Trocadéro sah und auf der gegenüberliegenden Seite das Marsfeld halb im Dunst verschwand. Alles ist vernebelt, mit Regenschleiern verhängt oder einfach vom beißenden Dampf, vom Schlamm, von pampigen Erdschichten bedeckt, es kommt ihm so vor, als müsste er (jetzt, wo Hans, dieser poetische Trottel, ihn so hingebungsvoll anstarrt, vielleicht weil er glaubt, er könne ihm einen Maulwurfsgang zu den Champs-Élysées buddeln) seine Erinnerung auf einem grau überkrusteten Plakat wiederfinden, das er im Graben unter den Laufgängen entdeckt hat. Der Regen, der auf das aufgeschwemmte Papier triff, löst mit jedem großen Tropfen (oder jeder größeren Agglomeration von Tropfen) die Schmutzschicht vom Papier, und innerhalb der trauben- oder wolkenförmigen Umrisse erscheinen unglaubwürdig helle Zonen, Momente in Paris, in jenem verregneten klammen Mai, die Titanic war vier Wochen zuvor gesunken, und Ute regte sich über einen Witz von Mathieu auf, der alles nun gleich im Meer ertrinken sah, den gesamten Montmartre einschließlich seines Ateliers und der erbärmlichen, zugigen Wohnung eines seiner Freunde, die sie für ein geringes Entgelt eine Woche lang zur Verfügung hatten. Die nachgeholte Hochzeitsreise – mit achtjähriger Verspätung nachgeholt, da Friedrich und Sieglinde nun alt genug waren, um problemlos der Obhut der Großeltern überlassen zu werden, und die Einnahmen aus dem widerstrebend übernommenen Antiquariat seines Vaters für eine Zugfahrt auf Holzbänken ausreichten, für Mahlzeiten in Cafés und preisgünstigen Restaurants, einige Eintrittskarten und Tickets für Metro und Seine-Schiffe. Von aufschlagenden Regentropfen wie von einem losgerissenen Wundpflaster freigelegt, kommen die Erinnerungen an die Farben der Stadt, die ihn so faszinierten, Lindgrün, Weiß, Schwarz, Gold und Samtrot, eine Welt aus Marmor, Messing und gestrichenem Eisen, eine von der Seine wie ein quer geschnittener Schädel von Kehle und Rachen durchzogene runde Insel, deren großzügige Atmosphäre berauschte, auch wenn sie von banalen Vororten, lichtlosen Straßen und Vierteln mit eng zusammengerückten Mietskasernen umgeben war, wie er sie von seinen Reisen nach Berlin schon kannte. In den Galerien und Museen stand er wie vor Antworten in Form höherer Offenbarungen – und verbarg die Überbleibsel seines bald endgültig in Schlamm und bitterem infizierten Wasser absaufenden Traums, einmal mehr als ein Hobbymaler und gelegentlicher Bildrestaurator zu sein, der sich in den Buchhändlerberuf fügen musste. Utes oft ärgerliches oder gar wütendes Gesicht in diesen Tagen. Sie war überreizt, überfordert. Mit Ausnahme von Frankfurt und München hatte sie nie eine größere Stadt besucht. Paris erschlug sie (sagte man, als gingen sie auf Boulevards mit Knüppeln und Säbeln auf die Leute los). Mathieu schleppte sie in die Hallen, um ihr den Bauch der Stadt zu zeigen, aus dem Melonen, melonengroße Tomaten, riesige silbrige Fische, Schweinehälften, bleiche Käseleiber, Körbe mit schieferfarbenen Austern und gefesselten Hummern quollen, während ihnen die Seifenlauge über die Schuhe lief. In Berlin hatte er einige Male die Untergrundbahn benutzt, aber sie fuhr das erste Mal – misstrauisch, tapfer – unter die Erde und erschrak, als sie plötzlich ins Tageslicht tauchten, sich in die Höhe schwangen und zwischen den Häuserfronten hindurchratterten. Seine Schwärmerei für den *butte* konnte sie nur schwer nachvollziehen, vielleicht weil die Regenschleier selten den Blick über die Stadt freigaben, auch von diesem Hügel aus, den eine unfertige, riesige, unangenehm wachsweiße Kirche krönte und der ihr auf die Nerven ging mit seinen steilen Treppen, schneckenhaushaft verdrehten Straßen, legendären Cafés und restaurierten Windmühlen. Die längst entflohenen Geisterscharen großer Künstler trösteten sie nicht darüber hinweg, dass sie in einer düsteren Straße, in einem Loch mit feuchten Tapeten hausten. Er wischt erst mit dem Daumen, dann mit dem ganzen Ärmel seiner blutverschmierten Uniform über das nasse, aus dem Schlick gezogene Plakat, so wie er damals die von Fett und Ruß verschleierte Fensterscheibe des Apartments an einer handtellergroßen Stelle freirieb, um auf eine glorreiche Kellertreppe, das Geäst eines verkümmerten Laubbaums und eine Mauer mit der seltsamerweise unvergesslichen Aufschrift PYGMALION COSTUMES zu starren. Sie mussten nicht nur ihre Notdurft auf einer für vier Parteien vorgesehenen Toilette verrichten, sondern auch damit leben, dass sich dort der einzige Zugang zu fließendem Wasser befand, ein Hahn mit einem verrückt schönen, auf vollkommen unerklärliche Weise dahin geratenen speienden Drachenkopf. Die ART NOUVEAU, sie war es, die Ute dann doch noch einfing, umschmeichelte, fesselte und – gewiss unterstützt von der Atmosphäre in Mathieus wärmerem und behaglichem Atelier, das sie mehrmals aufsuchten – sie dazu brachte, ihr doch beachtliches Schulfranzösisch auszukramen, mit dem sie sein Gestammel in den Schatten stellte. Er musste nur vor den Juwelierläden, den Galerien mit kleinen Plastiken und Schmuck, den neu gestalteten Fassaden geduldig stehen bleiben und so, über ihre erwachende und sich steigernde Liebe zu den floralen Schwüngen, dem Rankenwerk, den stilisierten Blättern, den Kurven und sanften Linien des Jugendstils, brachte er sie dazu, seiner Idee immer mehr abzugewinnen, lithografische Blätter, Radierungen und Plakate mit nummerierter Stückzahl anzukaufen (anstatt ohnehin unerschwingliche Originalgemälde). Sie musste, mein Gott, erst siebenundzwanzig gewesen sein, wenn auch ihr Hinterteil (nach den beiden Geburten) matronenhaft ausladend war und sie sich schon Jahre zuvor immer steif und leicht vorgebeugt gehalten hatte, auf die Art wesentlich älterer Frauen. Die Kostüme der Zeit kamen ihr jedenfalls entgegen, da sie ihren schlanken Oberkörper betonten und ab der Hüfte mit großzügigem Bausch und weitem Faltenwurf die weibliche Silhouette in der Art eines umgedrehten Kelches gestalteten. Du fragst dich, wie er es wohl geschafft hatte, Mathieu und Ute immer wieder unter einen Hut zu bringen, vielleicht unter einen tatsächlichen, einen Blumenhut oder ein florales schwarzes Häubchen. Bei dem lebhaften kleinen Pariser Freund konnte man sich darauf verlassen, dass er zu allen Stilfragen eine Meinung hatte, ging es um Musik, Literatur, seine eigene umfangreiche grafische Sammlung oder eben um Konstruktionen aus Tüll, Seide, Draht und Samt. Mathieu behauptete, Paris sei eine Frau, was Ute nicht bestritt, sondern hinnahm wie die Vorstellung einer überlegenen Konkurrentin, die man ertrug, indem man sie zu bewundern lernte. Es gab einige Gesellschaftszeitschriften in Mathieus Atelier, er kannte die großen Modehäuser, wenn auch nur von außen, und in eines trauten sie sich dann tatsächlich einmal, in seiner Gesellschaft, anstatt es mit scheuen Einblicken beim verlangsamten Vorüberbummeln bewenden zu lassen. Kauften sie etwas oder stritten sie nur über die Haute Couture? *Ich sterbe für einen Tag bei Poiret*, im Schlamm, die Seitengewehrklinge der Kontrahentin im Hals, was für einen Schwachsinn man auf ein Werbeplakat druckte oder daherredete, wenn endlich die Sonne über den Boulevards schien und man gelöst durch die Avenue d'Antin promenierte, Gerhardt links außen, dann Ute, die ihn um einen halben und Mathieu um einen ganzen Kopf überragte. Der Größenunterschied schien den Franzosen abwechselnd zu entzücken und zu provozieren. Er durchschaute ihre allzu offensichtliche Vorliebe für den hochgeschossenen Bismarck-Rittmeister-Typus, den sie ja im Falle ihres schmächtigen kunstsinnigen Ehemannes schon nicht erwählt hatte. In der praktischen, realen Erotik, die sie leben und tatsächlich genießen konnte, gehörte sie zu jenen großen unsicheren Frauen, die sich an kleinere und sensible Männer hielten, um sich feiern und umhegen zu lassen, ohne sich vor etwas fürchten zu müssen (wie bei gewissen Tierarten, bei denen das Weibchen prinzipiell in der Lage war, das Männchen zu verspeisen). Sie hatte sich zunächst auch gesträubt, Mathieu in Paris zu besuchen, und eingewendet, er sei kein echter Verwandter. In der Tat wusste Gerhardt nicht, was seit etwa dreißig Jahren seine und Mathieus Familie miteinander verband, es gab nur eine Tradition gegenseitiger, nicht allzu häufiger, aber kontinuierlich verfolgter Besuche von einzelnen (meist männlichen und jüngeren) Familienmitgliedern, bei denen man bisweilen über den Grund der Bekanntschaft oder den Grad einer möglichen Verwandtschaft rätselte, ohne es tatsächlich herauszufinden zu wollen. Ein Göttinger Weinhändler hatte noch vor dem einundsiebziger Krieg eine patriotische Elsässerin geheiratet, die ihn nach der Sedanschlacht überredete, sein Geschäft nach Paris zu verlagern, behauptete Mathieu, es könne allerdings auch umgekehrt gewesen sein. Wie – eine elsässische Weinhändlerin verliebte sich nach dem Krieg in einen deutschen Soldaten und ging mit ihm nach Göttingen, weil sie die preußische Armee bewunderte?, frage Ute spöttisch, erntete aber nur Mathieus Beifall für eine gute Retourkutsche. Er bat sie, ihm für eine Germania Modell zu stehen, worauf sie vorschlug, doch lieber Gerhardt als deutschen Michel zu malen. Das sei auch in Ordnung, erwiderte Mathieu, bei seinem fortgeschrittenen Malstil könne man die eine ohnehin kaum von dem anderen unterscheiden. Dass er seine eigene – hitzige, van-Gogh-hafte, südfranzösische – Ölmalerei nicht sehr hoch einschätzte und sich vor allem als Drucker und Verleger von grafischen Blättern und Alben erfolgreich betätigte, imponierte Ute nun wirklich, auch wenn ihr seine Lust an kühnen Behauptungen oder zugespitzten Formulierungen missfiel. Es war möglich, dass sie sich im Lauf einer Viertelstunde über Admiral Tirpitz, das Elsass, den Konflikt um Marokko, über Aristide Briand und die Sozialisten sowie die Frauenmode oder über die genaue Lage von bestimmten Alpengipfeln und die Sitten der Bayern stritten, von denen Mathieu erstaunlich viel verstand. Dagegen verließ ihn seine spöttische Überlegenheit, wenn sie auf den von ihm verehrten kleinen stämmigen Arbeiterführer seines Landes zu sprechen kamen, dem auf den Zeitungskarikaturen aus allen Taschen eines abgetragenen Anzugs Bücher und bedruckte Blätter quollen. Er rieb ihr dessen lateinisch abgefasste Dissertation über die Ursprünge des deutschen Sozialismus (Ute nur halb im Scherz: ein Sündenpfuhl!) unter die Nase, um dann als freier Bürger einer so oft geschmähten wie bewunderten Republik der Advokaten, Schriftsteller und Professoren den deutschen Regenten mit der spöttischen Wendung *Guillaume le timide, le valeureux poltron* zu belegen, während Ute doch bis zur Kriegsmitte wenigstens neben dem zahmtapferen Kaiserfeigling auch all die anderen schnauzbärtigen, herrischen, eisensüchtigen, zinngrauen Visagen verehren zu müssen glaubte, die er (dein Vater) immer tiefer, immer leidenschaftlicher hassen lernte, von Graben zu Graben, von befohlenem Mord zu befohlenem Mord. In seinem Nachlass fandest du eine 1913 in Berlin-Charlottenburg gedruckte, sprachlich und geistig bereits im einundzwanzigsten (oder besser zweiundzwanzigsten) Jahrhundert angekommene Schrift, in der es hieß, dass *bellizistische Nationen eine absterbende Stufe der Menschheitsgeschichte* darstellten. Wie die mit schwungvollen Zügen auf dem Vorsatzblatt angebrachte Widmung verriet, hatte ihm sein Kollege und Buchhandlungsnachbar Pleßner das Werk geschenkt. Etliche Male hast du sie vor und während des Krieges miteinander reden gesehen, oft auf halber Strecke zwischen ihren Geschäften, beide mit versonnenem Blick auf das Gänseliesel, als wollten sie es zum Zeugen ihrer Gespräche machen, die sich gewiss mehr um den Bücherverkauf und das Büchermachen drehten als um Sinn und Zweck des Krieges. Geld- und Papierknappheit und die immer harscher werdende Zensur hinderten HP, wie Freunde und nähere Bekannte Heinrich Pleßner nannten, seinen Traum vom eigenen Verlag, von einem reinen Verlagshaus, jetzt schon zur Gänze zu verwirklichen. Etliche der Autoren, die später bei ihm erscheinen würden, lagen noch im Schützengraben und lernten ihre Lektion (Wahnsinn, Verbitterung, Kälte). Einmal hatte HP dem fast gleichaltrigen Gerhardt – in der Mitte des Krieges waren sie Mittdreißiger, die ihren zehnjährigen Söhnen wie Patriarchen vorkamen – einen Abdruck der 1912 vom greisen Führer der deutschen Sozialdemokratie im Reichstag gehaltenen Rede gezeigt, in der er anschaulich vor dem großen blutigen Kladderadatsch (jener grenzenlose, entgrenzte, immer wieder auf der Stelle gerührte Brei aus Stacheldraht, Menschfleisch, Schlamm, Stofffetzen, Eisenteilen, Ratten, Trümmern und Läusen, in dem Gerhardt sieben Monate zubringen musste) warnte, der sich ergeben müsste, wenn man Millionen junger Männer aus ganz Europa mit Mordwerkzeugen aufeinanderhetzte. Einmal hatte ihm Mathieu von den Kämpfen zwischen August Bebel und dem von ihm so verehrten Jean Jaurès erzählt, von ihren Debatten im Rahmen der Zweiten Internationale, bei denen der jüngere Franzose mit seiner Idee scheiterte, den Krieg, den doch jahrelang alle kommen sahen, als handelte es sich um ein im Blutkalender des Jahrhunderts längst angestrichenes Fest, durch die Vereinbarung eines internationalen Generalstreiks abzuwehren. Nahe bei Mathieus Atelier lag das Café, in dem Jaurès am Vortag des Krieges erschossen wurde. Später schien es Gerhardt, dass er diese Nachricht im August 1914 schon so ungerührt und fatalistisch aufgenommen hatte wie die nachfolgenden Wellen der Katastrophe. Weder er noch sein Buchhändlerkollege Pleßner zweifelten im ersten Kriegsjahr daran, dass sich Deutschland nach vorn verteidigte, dass man das zaristische Russland abwehren und den um das Reich geschmiedeten Ring sprengen musste, es hatte weder mit ihren eigenen Erfahrungen (ihren persönlichen Freunden, ihren Reisen, den französischen, russischen, englischen Büchern, die sie liebten und verkauften) noch mit wirklich nachvollziehbaren Überlegungen und Gedanken zu tun, sondern mit der vermeintlich unbeherrschbaren und unerbittlichen Logik anderer, mächtigerer, eiserner, unangreifbarer, barscher und skrupellos vernichtender, selbstgewisser Instanzen, die in jedem Kindermatrosenanzug, jedem Schulkatheder, jedem Monokel, jeder Pickelhaube präsent waren, deren Willkür sie einfach unterworfen wurden, die einen wie eine lederbehandschuhte Faust am Nacken packten und voranstießen, bis man mit einem Gewehr in den zitternden Händen, von Übelkeit und einer unfassbaren kalten Angst geschüttelt durch die zerfetzten und verstümmelten Baumriesen eines Eichenwaldes taumelte, in denen nackte graue Leiber hingen und schwarz ausgeblutete Leichenteile wie von einem irrsinnigen Theaterregisseur auf einer Bühne ohne Ausweg arrangiert. Bleib hinter mir Hans! HP war wegen seines Alters und seines Glasauges nur kurz eingezogen worden und gar nicht zur Front gekommen. Niemand erstaunte es, dass er unter dem für andere unerträglichen Fluch der Untauglichkeit kaum litt, er tauchte einfach wieder in seine Buchprojekte ein. Interessanter war, dass sich Karlheinz in einer Zeit, in der schon der Anblick von Jungen der andern Straßenseite genügte, um sich in den Graben zu werfen und die Pantomime eines erbitterten Feuergefechts anzustrengen, nicht für den unkriegerisch zu Hause arbeitenden Vater schämte, sondern (wie später dann so oft) unbeteiligt, kühl und zivilisiert erschien, als gehörte er wie jene erhaben und menschlich gehaltene Schrift ebenfalls schon dem einundzwanzigsten Jahrhundert an, das er indessen nicht mehr zu Gesicht bekommen würde. (Während du es gebückt, gekrümmt, zitternd, aber noch immer imstande, dich mit Hilfe deines Stocks und einer sacht deinen dürren Oberarm umschließenden Frauenhand aufrecht voranzukommen, betreten solltest wie einen Streifen leuchtenden, verheißenen, surrealen Landes. Wozu? Nur um den erneuten Sarajewo-Auftakt in Gestalt zweier Verkehrsflugzeuge mit ansehen zu müssen, die in die Türme des World Trade Center rasten.) *Sfumato*, sagte Mathieu vor einem Gemälde, das Ute ebenso faszinierte wie ihn, vor dem sie sich einigen konnten und trafen, der lockenköpfige quirlige Pariser und die ihn hoch überragende Göttinger Buchhändlerin mit dem schmalen Oberkörper und starkem Unterbau, welche die starre Haltung einer Stabheuschrecke einzunehmen pflegte, wenn ihr etwas sehr gefiel (oder Ärger und Wut sie hilflos machten). Wie aus einem hauchdünnen Sommernebel oder dem Gespinst einer vagen, sich aber gerade klärenden Erinnerung tauchte das Gesicht einer rothaarigen Frau in einem schwarzen Kostüm vor einem ungewissen türkisfarbenen Hintergrund auf, absolut wirklich und absolut mysteriös zugleich. Wahrscheinlich flößte die Gleichartigkeit ihres Empfindens Mathieu doch etwas Unbehagen ein. Er drehte sich auf den Schuhabsätzen und verschränkte die Arme hinter dem Rücken. Stets müsse man sich vor Augen halten, zitierte er plötzlich einen Kunstkritiker oder Maler des vergangenen Jahrhunderts, dass ein Bild, bevor es ein Schlachtross, eine nackte Frau oder eine Anekdote darstelle, seinem Wesen nach nur eine Fläche sei, die in bestimmter Ordnung mit Farbe bedeckt werde. Er ruiniere wirklich jede Form von Romantik, warf ihm Ute ein halbe Stunde später vor, als sie in einem Gartencafé saßen. Ihr deutscher Akzent veranlasste einen Zeitungsleser am Nachbartisch indigniert den Kopf zu schütteln, woraufhin Mathieu in seinem flotten Halb-Bayrisch, das er während eines zweijährigen Aufenthalts in München erlernt hatte, erklärte, die Konsumenten solcher nationalistischer Postillen, wie man sie da erblicke, hassten alles Romantische, Deutsche, Jüdische und Protestantische gleichermaßen, und er (als Wagner-Liebhaber) wäre der romantische Jude in diesem Fall und Ute die protestantische Deutsche. Sie sei ebenfalls romantisch, murmelte Ute, stark errötend, die Arme in ihre Gottesanbeterinnenstellung bringend. Es war ein Kreuz mit ihnen und doch auch ein besonderes Vergnügen. Darüber hinaus entschied sich mit dieser zweiten Zusammenkunft von Gerhardt und Mathieu in den Jahren vor dem Krieg das materielle Geschick der Familie, denn so wie sie in München zahlreiche Künstler und Galeristen besucht und einige glückliche und einträgliche Käufe getätigt hatten, schichteten sie jetzt in einen eigens dafür angeschafften Koffer die neu erstandenen Lithografien, Radierungen und Kunst-Alben, lose Blätter, schulfheftgroße Rechtecke aus Bütten und Pergament, deren fragile Aerodynamik sie so erstaunlich gut durch die Nachkriegsjahre trug, wie die leichtbespannten, papierdrachenartigen Flugzeugtypen jener Zeit den Ärmelkanal und den Atlantik überquert hatten, bevor sie zu eisernen Kampfmaschinen mutierten. Ute teilte durchaus das Hochgefühl der Investition, des Risikos, des Besitzerstolzes, als sie die leuchtenden Drucke sorgsam in Seidenpapier hüllten und in den mit Leinwand- und Stoffrollen ausgepolsterten Koffer betteten. In der Nacht überredete Mathieu sie zu einer grünen Stunde, und als sie wieder allein in ihrer zugigen Unterkunft waren, wurde sie ein einziges Mal schwach in dieser verregneten, vernebelten, erregten, kunstreichen Woche, und sie ließ Gerhardt, was sonst unmöglich war, den abgewandten Kopf in ein unsichtbares Kissen aus Absinth gepresst, ausgiebig die jugendstilhafteste Stelle ihres Körpers bewundern, längliche, leicht gewundene Blätter, den Fruchtstempel und inneren Kelchrand einer großen roten Orchidee, bevor er atemlos über sie herfiel mit der insgeheimen Vorstellung, er selbst sei Mathieu. Aber jetzt ist er sich nicht mehr sicher, dass diese Szene je stattgefunden hat. Es scheint sich eher um ein Bild zu handeln, das er sich einmal ausmalen konnte, als er noch nicht im Schlamm lebte wie ein Krokodil oder gehetztes Schwein, als er noch Frauen in Kostümen und Hauskleidern zu Gesicht bekam, gar mit bloßem Oberkörper über eine muschelförmige Waschschüssel gebeugt, chimärische, phantastische Kunstwesen einer lange zurückliegenden Zeit, in der man die Farben, das Geschirr, die Brillengläser, die nackte Haut, die Zeitungen und Postkarten und jeden Fetzen Papier nicht erst einmal vom Dreck befreien musste, der im Regen zerlief.

4. SCHIEFES HAUS, HÄNGENDER SEGEN

Diese grauenhafte Verrutschung, die mit der Scheidung bereits entstanden war, verschlimmert, verstärkt, verschachtelt sich. Man betritt den Ostteil des Reihenhauses (jene schäbigere, halb so große Hälfte), dachte eben noch, eine verschachtelte Verrutschung sei ein Ding der Unmöglichkeit, von keinem Zimmermann oder Bühnenhandwerker herstellbar, und alles müsste noch seine marodierende preußische Lotter-Ordnung haben mit kling-klang-scheppernden Exerzierplätzen, dröhnenden Panzerparade-Alleen, zackigen Wachablösungen, unsäglichen puschelstöckigen Gymnastik-Turnspielen von zigtausend starken sozialistischen Frauen in knappen veilchenblauen Trikots vor Tattergreisen, denen solche Masse-Übungen vollkommen natürlich erscheinen, wenn ihnen doch freilich der Zungenkuss mit dem schmerbackigen großen Bruder noch immer den erotischen Gipfel bedeutet, während in den Nebenzimmern, Datschen-Kammern, Atelier-Grotten, Plattenbau-Alkoven, den wütend im (inneren) Hochglanz erhaltenen Bürgersalons in gesichtsvernarbten Gründerzeithäusern das mehr oder minder universelle Leben in seiner Haft zwischen Geburt und Tod sich frei zu dünken sucht. Es ist so, und es ist doch nicht mehr so, seit jener Nacht im Atelier, in der die Heilige Familie unter den Hammer geriet und der Maler Lorch hingerissen auf die Tigertitten seiner Kollegin Saskia starrte (sie geben wilde, schwarz gestreifte Tiger-Milch). Allein hinreichend sportliche, belastbare, lebensmüde und leidensfähige Besucher sollten das SCHIEFE HAUS betreten, in dem nicht nur der Segen das Lot verloren hat, sondern für alles andere auch die normierten Waag- und Senkrechten dahin sind. Von außen gleichen die Räume einzelnen, von Kinderhand übereinandergetürmten Schachteln, doch weil man im Inneren des verworrenen Bauwerks steckt, weiß man nicht, was beim Öffnen der nächsten Tür mit einem geschieht, wo man hingerät, wie schräg der Boden ist, ob man von der Decke her auf einen Küchenboden fällt oder wie auf einer Rampe hinabtaumelt in einen dröhnend beschallten Partykeller oder einen von Endkampf-Parolen widerhallenden Parteitag. Schlafwandlerisch langsam, fast schwebend könnte man sich auch in eine nächtliche Elb-Villa hineinfinden, deren Souterrain mit Blaubart-Reliquien aufwartet. Die Schulklassenzimmer kippen in alle Richtungen, wie auf sinkenden Ozeanriesen. Ich bin jetzt das zweifach zerrissene Mädchen, das jeden Spiegel verzaubert, indem es einfach hindurchtritt oder hinein. Begraben unter einem auf ihn geschleuderten Pult (willkürliche Schwerkraft-Revolution) stößt der Lehrer Krasner die schlimmsten Verwünschungen aus, vor allem aber gibt er zu verstehen: Vergiss die Erweiterte Oberschule sowie die Aussicht auf Abitur und Studium. Seltsam hilflos wirkt er dabei, schier unglaubwürdig. Immer wieder gerät man im Geschachtel des Hauses an einen ruhig glühenden, schneekugelhaften Ort, den man seiner Behaglichkeit und der grundlegenden Gespräche wegen, die dort geführt werden, in die Kategorie der Diogenes-Fässer einordnen könnte. Die Autokabine. Viktors Edelkarosse, um Auffälligkeit zu vermeiden, nicht stets vor demselben Haus in der Neustadt geparkt, sondern mal versteckt am Elbhang, mal an einem stillen Uferabschnitt, der nicht gerade auf dem Nachhauseweg lag, ganz als suchten der hohe Funktionärspäderast und sein langsam durchdrehendes, denkhysterisches Nymphchen einen abgeschiedenen Platz für ihre Spiele im Dunkeln, wobei es doch um nicht mehr und weniger ging als die Rettung meiner nicht vorhandenen zerrissenen Seele. Wenn ich je einen (züchtigen, selbstlosen, alle lüsternen Kirchenflüsterer in den Schatten ihrer Verbrechen stellenden) Beichtvater hatte, dann war es Viktor, der große nadelgestreifte Hirsch von der Planungskommission, der kunstsinnige Ex-Gladiator, den seine schwerkranke, von Pflegerinnen umsorgte, seit Jahren bettlägrige Frau hinaustrieb zu den wunderlichsten Aktivitäten. So auch – neben denkwürdigen, in Wodka getauchten realsozialistischen Gala-Dinners oder Ballett- und Theaterbesuchen in Berlin, Prag und Moskau, Bärenjagden in Rumänien (er machte Fotos, schoss aber nicht) und Nuttenjagden in Leningrad (dito) – zu jenen Abendseminaren zur vormarxistischen (vorletzten) Philosophie an der Technischen Universität in Begleitung eines sechzehnjährigen Görs, das sämtliche Feiglinge für seine Tochter (anderer Nachname!, also Nichte) hielten. Im Grunde hörten wir Nehring nur zu, um anschließend inspirierte Gespräche in unserem rollenden Fass zu führen. Wir sprachen über unsere eigene Philosophie, das Leben und uns (vor allem mich), oft länger als eine Stunde, parallel zueinander wie auf einer Schaukel oder in einer Riesenradgondel sitzend und ins Dunkle hinein erzählend, angespannt und gewissenhaft, als starrte jedem ein ganz eigenes Gespenst aus der Nacht entgegen. Unter uns, steil ins Dunkle gebettet, starb und rutschte der Sozialismus auf den Elbhängen dahin – was aber nur Viktor bewusst war, der als Statiker der Wirtschaft Tag für Tag seine angefressenen tragenden Säulen in Form löchriger Zahlenkolonnen inspizierte. Ich hatte meine ganz persönlichen Gründe dafür, dass alles so nah, kaputt und hoffnungslos erschien und es mich fröstelte, als säßen wir in einer der klammen Umkleide- oder vielmehr Auskleidekabinen zum Fegefeuer. Viktor versuchte meine Stimmung aufzuhellen, indem er mir lange und widerspruchslos zuhörte, bis mich das pure Behagen an der Situation – ich redete und redete und ein verdienter Gladiator des Systems folgte geduldig meinen Ausführungen – zwangsläufig aufrichtete und optimistisch oder wenigstens kämpferischer stimmte. Einmal, nachdem der vormarxistisch versierte Philosoph Nehring einen Abend lang über die Verwandtschaft von Aristoteles mit Marxengels spekuliert hatte und Viktor spürte, dass ich es brauchte, überkreuzte er die gepflegten weißen Pranken auf dem Steuerrad, starrte über den sich wie ein afrikanischer Strom zwischen diffusen Lichtern in der Frühsommernacht dahinwälzenden Fluss und sprach die deutlichen Worte: Hörzumeinkind, die Marx'schen Gedanken reichen einfach nicht aus. Weder kann man damit den Ablauf der Geschichte erklären, noch kann man einen Staat damit lenken. Und sie machen weder die Philosophie überflüssig noch die Religion. Aber wir leben, wo wir leben. Suche deine Freiheit im Reich der Notwendigkeit, in das du hineingeboren wurdest. Verstehst du das? Ich verstand ihn so sehr, dass ich ihn, ein einziges Mal heftig (und klandestin) auf seine massive Männlichkeit reagierend, wie einen Baumstamm hätte besteigen können und an seinem Mast hätte flattern mögen als wildes Fähnchen (zwei Jahrzehnte später sah ich den mit ausgebreiteten Armen zurückgelehnten bronzenen Eichen-Mann Rodins, an dem sich eine kleine Nymphe emporschwang, und wurde dadurch seltsam beunruhigt). In jenem Frühsommer, in dem jeder strahlende Sonnenuntergang von einem Orchester aus einigen Hundert verborgen im Gras tickenden Geigerzählern begleitet schien, hatte ich aber längst noch mehr verstanden. Schon an jenem Feuerbach-Fluxus-Abend im Herbst des vorangegangenen Jahres, an dem Viktor mich zum ersten Mal nach Hause brachte, hätte ich eigentlich den Blickwechsel, die vollkommen unverhoffte, beide Teile sacht schockierende Begegnung zwischen Katharina und ihm richtig deuten können (wäre ich nicht zu verwirrt und müde gewesen). Dornröschen, dachte Viktor (denken wir uns), hat ebenholzfarbenes Haar und aus Büchern ein Schloss. Ich erspare es mir, eine Ausmalung der Gedanken meiner Mutter vorzunehmen, zu dem Augenblick, in dem sie den müden Gladiator erblickte, den ich ihr unverhofft ins Wohnzimmer stellte. Weiterhin verbrachte ich zwei Tage und Nächte in der Woche bei Tante Inge, deren Wirklichkeitsgehalt gewissen Schwankungen zu unterliegen begann. Seit der Feuerbach-Nacht gingen sich unsere Lügen und Träume, unsere Verzweiflungen und die Anwandlungen unserer Geschlechtsteile an den Inge-Tagen mit befreiter Einsamkeit aus dem Weg. Was meine Mutter mit Viktor trieb, war mir gleichgültig, so lange ich es nicht wissen musste, ein unsichtbares (radioaktives) Verhältnis, glühend und ungesund vielleicht, aber nicht störend bei unseren Diogenes-Gesprächen. Umgekehrt hatte Katharina mehr Mühe, die gleiche neutrale Position einzunehmen. Sie zeigte Anwandlungen, mit mir über Männer (Jungs, Schwänzchen) reden zu wollen, über den Konsum von Bier, Wein, Tabak, dabei stand ich zumeist nur wie paralysiert in einem Keller, an einem Diskotheken-Tresen, an der Holzwand einer übervölkerten Datsche, den Rücken an einen Betonpfeiler gepresst auf den üblichen Haus-der-Jugend-Konzerten oder gegen die Lade eines großväterlichen Eichenbettes, während der tapfere Ronny zwischen meinen Beinen seinen Dienst für Partei und Vaterland verrichtete: Ichfckdchdupunksau! (GOTTseidank nichts als ein Mystizimus in meinem verwirrten Mädchenhirn.) Der Abgrund, an dessen Rand ich fröstelte, mit einem Mineralwasser in der Hand oder einer Bierflasche, aus der ich kaum etwas trank, hatte sich zwei Tage nach dem Feuerbach-Ereignis im Atelier meines Vaters eröffnet. Alles, was von Kunst und Wert zu sein schien, lag zerfetzt, zerschlagen, zerrissen in der Mitte des großen Raumes in der Form eines Scheiterhaufens. Kein Stuhl, keine Staffelei, kein Gemälde, keine Zeichnung, kein Farbkasten war heil geblieben. Ein selbst gezimmerter Archivschrank war in gerade noch unterarmlange Einzelteile zerhackt worden, sämtliche darin deponierten Arbeiten schier zu Konfetti gemacht. Alles, was sich an Esswaren und Getränken im Atelier befunden hatte, war auf den Haufen geworfen und mit Ölfarben aus den zahlreich vorhandenen Eimern und Tiegeln übergossen worden, von denen kein einziger unversehrt (unausgekippt, unzerschlagen) schien. Dutzende von Farbtuben lagen am Rand des Scheiterhaufens, zerquetscht wie große Raupen, die sich über exotisch leuchtende Pflanzen hergemacht hatten, bevor jemand auf sie getreten war. Paletten und langstielige Pinsel waren zerbrochen, bemalte, aber auch unbearbeitete Leinwände aufgeschlitzt. Dass die Feuerbach-Tapetenrolle, der Filmprojektor, die Musikanlage, jeder halbwegs wertvolle und brauchbare Gegenstand fehlte, wirkte sich eigentümlich beruhigend auf meinen Vater aus. Es kam ihm so vor, als seien diese Dinge in Sicherheit gebracht worden vor der unerträglich systematischen, amtsgründlichen Zerstörungswut oder vielmehr amtswütigen Zerstörungsgründlichkeit, die hier ihren Auftrag erfüllt hatte. Noch ehe Andreas einen klaren Gedanken fassen konnte, standen drei Gestalten hinter ihm, eine in Jeansjacke, zwei in langen Ledermänteln. Das sei ja eine ungeheure

Sauerei, stellte der Jeansjacken-Träger, durchaus vorwurfsvoll, fest. Andreas erwiderte nichts. In seinem Kopf, den er zumeist halb gesenkt hielt, undefinierbar zwischen der Haltung eines Boxers und der eines reuigen Sünders verharrend, herrschte in den nächsten zwölf Stunden ein einziger Gedanke vor, in den er alle Wut, allen Ekel und allen Widerstand packte, so konzentriert, sorgfältig und äußerlich ruhig, als müsste im Inneren seines Schädels ein Seiltänzer auf einem Draht über einen Abgrund balancieren. VIDEOSPIEL: *Mach keinen Fehler!* Die gespreizte Klaue des Staates ist über sein Gesicht gespannt und kein Engel wehrt die zustoßende Hand ab. Sie wird kein Schlachtermesser halten, aber Andreas kennt Berichte von brutalen Verhören und monatelanger Haft. (Deine Familie draußen machen sie fertig.) Sag nichts. Nenne keinen Namen. Herr Sonntag (der mit der Jeansjacke, was ist nur mit seinem Gesicht passiert?), Herr Sonntag, es sieht hier echt nach einem HÄPPEHNING aus. Die Gesichter der drei Besucher ähneln sich nun bis auf die Augenfältchen und Nasenhärchen. Jeder trägt eine schwarze Hornbrille. Im KUNSTRAUM des Schiefen Hauses geschieht es nämlich, dass einem jeden, der die Schwelle überschritten hat, durch blanke morphologische Energie das GESICHT DES VOLKES zugefügt wird, das er verdient. Und so hat Andreas nun dreimal die nichtssagende Buchhaltervisage von Hunziger vor sich (wie er und einige seiner Freunde, darunter auch diejenigen, die es mit Ort und Zeit in ihren Notizbüchern festhielten, den Staatsratsvorsitzenden zu nennen pflegten), mit der übergroßen Brille, den Geheimratsecken, dem ewig feuchten und gespitzten Kindermündchen, dem hüpfenden Adamsapfel unter dem fliehenden Kinn, und es scheint ihm, als sagte die Hunzigger-Trias mit einer nahezu identischen barschen und dünnen Stimme: Herr Sonntag, wir müssten jetzt mal zum Kirchgang. Hinaustretend auf die Straße, mit einem letzten Blick auf das unerträglich gelassen über die Elbe schwingende Blaue Wunder, sieht er Dutzende von Hunzigger-Gesichtern vor sich, montiert auf die Hälse von allen Männern, Frauen, ja Kindern, die er anzusehen wagt. Hunzigger-Beamte verhören ihn in einem der zahlreichen, mit Blendlampen, hämmernden Schreibmaschinen oder surrenden Tonbändern ausgerüsteten Zellen des Hauses, die man Liebeskammern nennen müsste, weil der Staat seinen Bürgern hier so nahe kommt. Aber sie möchten gar nicht so viel von ihm erfahren wie Andreas befürchtet. Da sie schon wissen, dass er nichts mehr zu verbergen hat, geht es ihnen nur noch um seine Unterschrift unter den Ausreiseantrag, den er urplötzlich zu stellen zu wünschen hat. Stattgegeben. Schon fahren sie ihn in seine Wohnung in der Neustadt, drei Seitenstraßen von der ehemaligen gemeinschaftlichen Familienwohnung entfernt, in der Katharina und ich ahnungslos lesen, streiten, reden, Eierschecke backen, was gerade, wissen wir nicht mehr, bemerkenswert ist nur die berührungsfreie Parallelität der Ereignisse, die den Einblick ermöglicht in die ruchlose, strukturelle Gleichgültigkeit der Welt. Wo wir noch Nachbarn sehen, erblickt der vor unserem blinden Fenster vorbeigeführte Andreas nichts mehr als Hunzigger-Klone, die mit einem Blick die Gestalten, die ihn eskortieren, richtig deuten und sich ihnen schweigend anverwandeln. Seit er begriffen hat, dass sie nichts anderes von ihm wollen, als ihn rasch loszuwerden, ist ihm zumute, als könne er sich nirgends mehr halten, festhalten, aufhalten, als wäre jeder Raum, jede Wand, jeder Boden, jedes Straßenpflaster, jedes Geländer, jeder Stuhl und Sitz mit einer Art Hunzigger-Schleim überzogen, an dem, auf dem er unaufhaltsam aus dem Schiefen Haus rutscht, wobei es ihn besonders schmerzt, dass der Schleim nicht nur das überzieht und schier unkenntlich macht, was er an diesem Land hasst, sondern auch alles, was er keinesfalls verlieren wollte, angefangen, nein aufhörend mit der rezenten jungen Kunststudentin, die am Abend seiner schleimigen Ausstoßung die vollkommen kahlgeräumte Wohnung betreten wird, in der auch von ihr selbst kein Indiz mehr gefunden werden kann. Du warst nicht existent. Die lange Reihe seiner Kollegen, Freunde, Lehrer und Schüler verliert ihre individuellen Züge unter der Schleimschicht, verflacht zu einer scherenschnittartigen Figurengirlande. Gesichter, an die er sich näher erinnern will, gleichen einem Zeitungsfoto, über das eine Art Mehlbrühe oder verdünnter Tapetenkleister, eine Mixtur aus Taubenscheiße und Sperma geschüttet wurde. Andreas wird eine Mischung aus Lösungsmittel, weißen Pigmenten und Lack finden, mit der er seinen Eindruck der totalen Überschleimung wiedergeben kann. Mit seiner Ausweisung überkrusten die Residuen dieser Schicht das ganze Land. Das Monumentale, die inszenierten Massen-Ereignisse, das Brutal-Plakative, erratische und ritualisierte Dinge und Ereignisse wie der Fernsehturm am Alex, der Palast der Republik, die Demonstrationen am ersten und achten Mai, die Stechschritt-Wachablösung vor dem sowjetischen Ehrenmal Unter den Linden, klobige Bronze-, Marmor-, Gips-Heroen, Fossilien und Dinosaurier des Ursozialismus, auf Hauswandgröße geblähte Bürokraten-Konterfeis, rote Spruchbänder mit absurden goldschriftenen Appellen vor immer mächtigeren, immer konturloseren, immer rätselhafter verrotteten, mausoleumsartigen Gebäudekomplexen, Industriewohnanlagen oder Produktionsfestsälen oder bloße potemkinsche Hohlformen, die mit rostfarbener Pappe oder Plaste Massivität nur vorzutäuschen versuchen – all das wird von jenem rücksichtslos aufgetragenen, halb transparenten, weißlichen Film überzogen, verklebt, unkenntlich gemacht wie von Schimmel, Staub, Eis, von einer pastösen Säure verletzt und zerfressen, so dass die Geschichte wie im Zeitraffer das Land überflutet zu haben scheint, ein unerschöpflich tosendes, anbrandendes, auswaschendes und auslaugendes Meer, unter dessen Einwirkung die Errungenschaften, Emanationen, architektonischen Groß- und Schandtaten des sozialistischen zwanzigsten Jahrhunderts wie in einem Brecht-Gedicht verwittert hinabsinken und den Ruinen Thebens oder Karthagos gleichen. Andreas findet das zentrale Motiv seiner kommenden Werkjahre auf der Fahrt nach Berlin, eingeklemmt zwischen zwei stummen, nach billigen West-Rasierwassern duftenden, unerträglich selbstzufriedenen Hunziggern, die durch die abgetönten Scheiben einer fast schon staatsaktfähigen Limousine starren, als wäre für sie jeder Schleim ein Glanz. Auch den Checkpoint Charlie, jenen tankstellenähnlichen, von den Flaggen der Alliierten aufgepeppten Straßenabschnitt hinter dem Mauerriegel, wird er einmal der ruinösen Säure auf der Leinwand aussetzen, ihn verwandeln in ein frühhistorisches Tor. Er geht zwischen zwei granitenen, moosüberwucherten Grenzern. In seinem Koffer hat er nicht einmal eine seiner Zeichnungen unterbringen dürfen. Achtzehn Jahre künstlerische Arbeit sind verloren, die Einrichtung seines Ateliers ist dahin, die Menschen, die er liebt, hasst, bewundert, bemitleidet, die er sein eigenes Fleisch nennen müsste, das er nun von sich stößt wie Abraham unter dem Fluch eines Stasi-Engels im Lederkittel oder das ihn außer Landes befördert hat durch die Inspiration zu dem Feuerbach-Thesen-Happening wie ein rachsüchtiger weiblicher Isaak. Bleiben wir aber dabei, dass er selbst der Isaak ist. Mit jedem Schritt auf dem Asphalt der Friedrichstraße löst sich der abrahamische Griff des Staates von seinem Gesicht. Er hinterlässt die frische, konturlose, augenlose, mundlose Wölbung eines heftpflasterfarbenen Straußen- oder Dinosauriereis. Schlag deinen Kopf in die Bratpfanne des goldenen Westens.

5. IN DER ERDE

Auf dem Plakat, das er aus der Erde zieht wie eine schillernde Zunge aus einem verwesten riesigen Schädel, wollte er eben noch eine Meeresbucht erkennen, aber dann scheint es ihm, als setze sich auf dem schlammverkrusteten Papier, unter dem Schlamm vielmehr, wie auf einem Spiegel nur fort, was tatsächlich vor seinen Augen im Regen geschieht. Er schließt die Lider und sieht Edmond aufs Neue, eine vollkommen zivile Persönlichkeit immerhin. Jedoch steht er zwischen düsteren Regalen oder in einer Art Schacht, und Gerhardt will ihm etwas zurufen, nämlich dass er sich nicht zu fürchten brauche, er wisse dem jungen sommersprossigen Mann mit der Knollennase zu helfen, weil er schon einmal in Frankreich gewesen sei, auf seiner Hochzeitsreise mit Ute, in Paris, dann am Atlantik sogar, eine Straßenbahn fuhr bis zum Strand. Utes malvenfarbener Strohhut war dann doch auf Leinwänden erschienen, ihr hochmütiges Gesicht mit dem Kirschmund und zu ihrem Missfallen auch der Schwung ihres Unterleibs in einem Kostüm, hätte Matthieu nur (Wo mag er stecken? Dir gegenüber zwischen den aufgeweichten Sandsäcken eines Geschützstands.) ihren großen weißen Arsch in all seiner überirdisch-unterirdisch ausladenden Pracht zwischen seine van-Gogh-haft virbrierenden Vasen und Früchte gemalt als Abschluss der nackten Germania, als die er sie immer darstellen wollte, dann nämlich, glaubt er, könnte er sich besser an sie erinnern, so wie er die Bilder aus den Pariser Tagen oft klarer und farbenprächtiger vor Augen hat als die arbeitsreichen Jahre am Göttinger Markt. Ein klaffender Spalt zerfetzt die Leinwand. Nimm den Spaten!, schreit er dem jungen Mann zu. Aber für was? Edmond, weiterhin zwischen den Regalen, möchte ihm unbedingt etwas sagen, so angestrengt, dass sein Bart zittert. Die Knollennase, richtig, sein Sohn, der Hans. Muss erst noch lernen (während einer Fliegerattacke, eines Granatenbeschusses) in eine Konservendose zu scheißen. Plötzlich rieselt Erde herein, quillt durch die Scharten zwischen den Buchrücken, es ist, als wäre seine Buchhandlung unterkellert worden, als stünde sein Archiv in einer Art Maulwurfsbau. Edmond öffnet lautlos und erregt den Mund, wieder und wieder. Er wirkt entsetzt und fassungslos, er verstünde es einfach nicht, hat Esther erklärt, er könne das Opfer, das ein jeder und eine jede in diesen Tagen für das Vaterland bringen müsse, das wenigstens zeitweilige Wegwerfen der eigenen Existenz nicht gutheißen oder auch nur ertragen. Alles, was der Mensch sei, gehöre für die Dauer des Krieges dem Staat, und der würde es (das Leben?) ihm wieder zurückschenken, sobald die große Aufgabe erledigt sei (man stelle sich das Grauen der sogenannten KAISERSCHENKUNG an wieder geöffneten Massengräbern vor). Ihre grauen Augen leuchteten damals in genau jenem Glück auf, das er jetzt wiederfindet (Glück oder wenigstens die enthusiastische hormonelle Selbstüberflutung eines Hochleistung erbringenden Athleten). Die Knollennase dagegen wirkt gar nicht so hingerissen, eher begriffsstutzig, obwohl er ein kluger Junge ist. Er ist verträumt, verlangsamt, verbannt in einen kräftigen Bauernkörper, dessen Kaltblüterart ihn wahrscheinlich mehr gefährdet als sein Bedürfnis nach Heldentaten. Wenn einer zu dir hereinspringt, in den Laufgraben, in einen der Trichter der riesigen, konturlosen, wie von menschen- und eisenfressenden Wildschweinen zerwühlten Todeszone, in die sich die Front mehr und mehr verwandelt, dann muss dir ein einziger Blick auf die Uniform genügen, um zu wissen, ob du angreifst oder nicht. Nimm den Dolch, das Seitengewehr, dein Brotmesser, den Spaten, mit dem du ohnehin gerade gräbst, du spaltest ihn in seinem Sprung noch von unten her wie der Metzger ein Schwein, denk nicht, zögere nicht, hacke auf ihn ein, mit dem zweiten Hieb in den Hals. Hatte er Esther versprochen, solche Dinge zu sagen, alles zu tun, damit der Sohn ihres Meisters heil zurückkehrte? Dabei ist er doch, war er einmal, vor sieben Monaten ohne einen einzigen Tag Heimurlaub, selbst ein Vater gewesen, anstelle dieses verlausten, schmutzstarrenden, übernächtigten, ewig zu Tode geängstigten blutverkrusteten Maulwurfs, den man aus ihm gemacht hat. Deine letzte Vaterpflicht: zu morden, um zu überleben. Hans, der Sohn, Gerhardt, der Vater, Hans, die Jungfrau, Gerhardt der glückliche Gefangene einer eisernen Ehe mit seiner heroischen, reizbar-verletzlichen, protestantischen Ute. Sie hatte Esther zunächst nicht sonderlich leiden mögen, die preußischste Jüdin, meinte sie spitz, reif für die Weltausstellung. Sie mochte allerdings Edmond, weil ihr seine vornehme Zerstreutheit imponierte, und natürlich war sie, in den Vorkriegsjahren, wie alle, Maximilian Lindner verfallen, dessen Vorträge sie gemeinsam besucht hatten, weil er – wie ein Zauberkünstler – in seinen gestreiften braunen Anzügen als Meisterdenker im Café Lanz auftrat, all das katholische Gerede, abstrakt übereinandergestapelte Türme aus Werten und ethischen Stufen, sie ertrug es wohl, weil er immer wieder auch von *Liebe* und *Person* sprach, weil es aus dem Mund eines schauerlich-schönen, verrufenen Mannes kam, der seiner Affären wegen von der Heidelberger Universität relegiert worden war, ein untersetzter, schwergesichtiger Typus mit Tränensäcken, hängenden Wangen, grauer Haut, aber kristallinen eisblauen Augen, deren Blicke ihnen (den bis zum Hals in Rüschen steckenden Damen) durch und durch gingen, oder was soll es bedeuten, dass selbst Esther das Wort *verführerisch* in den Mund nahm? Ute sprach ihn nach den Vorträgen an und bedauerte es, dass er selten ihr Antiquariat besuchte. Seinetwegen würde sie noch konvertieren (wie etliche dieser phänomenologischen Juden in Edmonds Kreis, die ohne erkenntliches System plötzlich staatstragende Protestanten oder still glühende Katholiken wurden). Lindner – so könnte er jetzt denken, wo er Esther auf eine traumhaft unwirkliche Weise wiedersieht oder wiederzusehen wähnt – war allerdings der Einzige in Edmonds Umgebung mit höherem Kunstverstand, der Einzige, der bei jedem Besuch im Antiquariat auf einer Besichtigung der langsam anwachsenden Galerie bestand, deren Fenster zum Marktplatz hin führte, zum bald kriegsbeflaggten Rathaus und zum Gänseliesebrunnen. Weshalb fällt ihm das alles jetzt ein, wo er mit Edmonds Sohn im Dreck steht und immer noch den Schlamm von diesem

Plakat zu wischen versucht, während es weiter und weiter regnet? Als könnte er, indem er die Farbflächen der Abbildungen freilegte, etwas von diesem im nachhinein wundersam ausbalancierten und erfüllten Leben wiederfinden, in dem er sich um die Beschaffung von Büchern und Bildern kümmerte, während Ute rechnete, die Kinder dirigierte, sich um die Kunden kümmerte (die man am Sonntag in der Johanniskirche traf, mit achtungsvollem Kopfnicken oder leichter Verbeugung grüßte). Er war damals, als GOTTESSCHLACHTFELD eröffnet wurde, als man sie von der Kanzel herunter aufforderte, SEINUNENDLICHES-WIRKENIMKRIEG zu unterstützen mit deutscher Männlichkeit, Ehrlichkeit, Frömmigkeit, Treue, Mordlust, schon recht gleichgültig gegenüber religiösen und patriotischen Dingen gewesen, während ihn eine raffiniert aquarellierte Zeichnung (einer Marktfrau, eines Huhns, eines alten Trinkers) in helle Begeisterung versetzen konnte. Inmitten des unerbittlichen Fleischwolfes, in den man auf beiden Seiten Katholiken, Protestanten und Juden stopfte, ohne einzuhalten, ohne Skrupel, ohne das geringste offizielle Anzeichen dafür, dass das rasende Entsetzen von Hunderttausenden eine andere Antwort finden würde als pathetische Phrasen und die hemmungslose, ungezügelte, sakrosankte Bereitschaft, weitere Hunderttausende dem Tod oder der Verstümmelung auszusetzen, hatte er, zurückgeworfen auf die eher trüben Aussichten seines untrainierten, schmächtigen Körpers, einen Weg gefunden, die immer wiederkehrenden Kampfeinsätze zu überstehen, in denen sie jeden Tag den Kopf aufs Schafott legten, jede Nacht in eine Feuersbrunst liefen und jeden Morgen durch ein Leichenfeld robbten. Du denkst oft, dass er (der niemals Frontgeschichten erzählte, keine Anekdote lieferte, kein einziges martialisches Erlebnis) dir etwas von diesem distanzierten Durchhaltevermögen vererbt oder geschenkt hat, durch eine stumme Mitteilung wohl, das wortlose Übertragen einer Haltung oder Attitude, die er sich in der schlimmsten Not eines auf Mord und Vernichtung programmierten barbarischen Niedergangs erwarb. *Kühl, gottlos, aber nicht unfreundlich* – so hat ihn seine eigene, stets aufgebrachte, stets glühende

Ehefrau, meine Erzeugerin, Erzieherin, resolut-sentimentale Ernährerin beschrieben, so gut gestochen und lachhaft, als hätte sie es in Frakturschrift zwischen zwei mit schwarzem Faden gestaltete eiserne Kreuze auf ein Spitzendeckchen gestickt. Er hatte gelernt – in fast jeder Hinsicht, physisch, metaphysisch, politisch –, außerhalb des Bildes zu sein, in dem er steckte, was nicht hieß, dass er den Kopf verlor, sondern sich darauf beschränkte, ihn bei äußerst scharfer Beobachtung seiner Umgebung über Wasser zu halten oder aus dem Bildrahmen herauszustecken. Vielleicht war er deshalb auch so darauf versessen, das Plakat im Schützengraben vom Dreck zu befreien, es ging ihm darum, etwas von den Farbwelten seiner eigenen Galerie wiederzufinden, die aufregenden Studien junger Maler, die begonnen hatten, die Dinge in transparente Scherben zu zerlegen, oder auch die neuartig meisterlichen Landschaftsidyllen der Dachauer Schule, von denen einige zu kaufen er Mathieu dringlich angeraten hatte. Fast glaubt er, alles freiwischen und von einem Bild seiner vom schlammigen Regen verkrusteten Erinnerung zum anderen gehen zu können, aber da vollzieht sich wieder dieser alltägliche Untergang, diese Verdüsterung oder Vermurung, überall ist Erde, schlammgrau, voll zerhackter Wurzelstrünke, zerschnittener Würmer, kriechender Asseln, verrotteter Blechteile, modriger Hölzer oder tintenfischbleicher Gliedmaßen. Sie finden eine Hand mit Ehering und einen zuckerrübenartig abgeschliffenen weißen Kopf. Erschrick nicht, Hans, du bist noch nicht so stumpf wie dieses Fleisch, du lebst, Lebende sehen nicht in die Erde wie auf die Hand vor Augen, wie auf eine graue Welle, die dich blitzartig überflutet, um dann (danach) mit der triumphalen, unerbittlichen Langsamkeit geologischer Prozesse (die schwebenden Gestalten wie eingefügt in eine Wanderdüne) durch die Öffnungen und Scharten, die Fenster deines Körpers (Augenhöhlen, lippenloser grinsender Mund, die gebogenen Kämme der Rippen, das zerschmetterte Becken) gleichsam, nein direkt und physisch, hindurchzufluten, dich zu zersetzen, dich auszustopfen mit einer vitalen, gärenden, gefräßigen Masse, in der du am Ende ruhen wirst als das übliche Kalkresiduum eines Wirbeltieres. Vielleicht sollten sie sich einfach immer weiter vorangraben, voranbohren wie ein Maulwurf, um dann horizontal, mit dem Gesicht nach unten, liegen zu bleiben. Erlöst vielleicht, wie schwerelos. Das, die Inversion, die Abwendung von allem, was sich noch auf der Erdoberfläche groß tut, wäre Ausdruck seines Protests und seiner Scham, denn er ist nicht nach Osten, sondern, was er fast mehr als den Fronteinsatz gefürchtet hat, nach Westen beordert worden, in das Herzland der Kunst, der Malerei, der Literatur, in das er jedes Jahr einmal fahren wollte in einer Art immer wiederkehrender Hochzeitsreise. Er hat den Umschwung, den Ute im ersten Kriegsjahr vollzog, nicht mitmachen können und wollen, diese rabiate innere Kehrtwende, als wäre sie nie in Paris gewesen, als hätte sie nie lustvoll mit Mathieu gestritten, als hätten sie nicht nach der trüb-verhangenen, verworren großartigen Maiwoche in der französischen Hauptstadt fünf hell strahlende Tage im Seebad Le Touquet verbracht, immer wieder den scheinbar endlosen Strand entlanggehend, in einem flirrenden Licht, in das sie eintauchten wie in ein ringsum leuchtendes impressionistisches Gemälde, um dann mit glühenden, gluthungrigen Körpern in ihr angenehm kühles, schmales Hotelzimmer zurückzukehren. *Wir waren zu französisch geworden!*, hörten sie in den ersten Kriegstagen von der Kanzel der voll besetzten Johanniskirche herab predigen. *Wir waren alle auf dem Weg nach Paris in Sitten und Gebräuchen!* Das aufrechte deutsche Leben bedeutete jetzt, dass der Mann für das Vaterland sein Leben wagte und die Frau zu Hause duldete. Sie waren infiziert worden vor einer bourgeoisen Aufweichung. Jetzt, umzingelt, bedroht, zu den Waffen genötigt von rachsüchtigen Feinden, musste man heilsam zurückfinden in das Mark der eigenen Volksgemeinschaft wie in einen Eichenstamm (dessen Blätter vielleicht im Sturm des Krieges fallen konnten, aber dessen millionenfache Äste festhielten und immer neues Grün hervortreiben konnten). Er hatte ihr zugutegehalten, dass solche Sprüche nicht ausreichten, um inbrünstig in die vaterländischen Chöre einzufallen. Sie – und nicht wenige andere auch, Esther zum Beispiel im Kreis einiger Kommilitonen – hatten noch Maximilian

Lindners Vorträge benötigt, deren Wirkung lange anhielt, fast bis zum Einberufungsbefehl für ihn, einen achtunddreißigjährigen Familienvater, ein jäher Riss, der durch ihr Haus lief und Ute, alleingelassen mit den Kindern und dem Antiquariat, in einen Zustand zweifelnder, stummer, ruheloser Empörung versetzte. Unter dem Titel seines späteren fünfhundertseitigen Werks *Der Genius des deutschen Krieges* gab der (kurzatmige, wehruntaugliche) Lindner in einem halben Dutzend Kaffeehausvorträgen schärfere Munition aus, in gepflegter Diktion. Er ging auf jeden kritischen Punkt ein, etwa den Einfall in Belgien: Wie der Reichskanzler offen zugegeben hatte, sei das kleine Land völkerrechtswidrig überrannt worden, da man sich in einer Notlage befand und ergo sich habe durchschlagen müssen. Indessen wäre eine solche defensive Argumentation gar nicht nötig gewesen, wenn man den Blick (eisblau, rigoros) auf die tieferen, bedeutsameren Vorgänge richtete, denn es ging ja nicht um Völkerrechtsfragen, sondern um den viel grundlegenderen Prozess, bei dem sich in einem endlich herbeigeführten historischen Ringen die herrschaftswürdigen, wertvollsten Staaten in einem Gottesgericht durchsetzten, über unbedeutende Ländereien und Regionen hinweg, um eine neue europäische Ordnung zu schaffen. Ganz gewiss *heilig* zu nennen war der Krieg gegen Russland, einen würdigen Gegner, der die panslawische, großrussische Herrschaft über Südosteuropa anstrebte und von der höheren Kultur des Westens gebrochen werden musste. Der Griff des Zaren nach Konstantinopel, dem Schlüssel Asiens, war von der deutsch-österreichischen Schicksalsgemeinschaft zu verhindern. Dies würde zweifellos gelingen, der Zar habe sich ja durch seinen hastigen Depeschenwechsel mit dem deutschen Kaiser kurz vor Kriegsausbruch als Feigling erwiesen, der dem notwendigen Kräftemessen mit dem Deutschen Reich aus dem Weg gehen wollte und seine Generäle regelrecht genötigt hätte, ihn zur Mobilmachung zu überreden. Zu den Kriegsgründen überhaupt sei festzuhalten, dass es keineswegs darum gehe, wer wen zuerst angegriffen, bedroht oder gefordert habe, ob man aus bloßer Notwehr handelte oder nicht. Das seien Argumente für Zeitungsleser, die an der Oberfläche klebten, für traurig-klägliche Pantoffelträger. Welthistorische Axiome stießen jetzt gegeneinander, in diesen großen Tagen, die sie alle gemeinsam erleben durften, damit das Gottesgericht über Europa komme, der Kampf um das Herz des Herzens der Welt, um die Hegemonie des höchsten Kulturträgers im Zentrum des Kontinents. Der Krieg war gerecht, weil er eine Entscheidung herbeiführen würde zwischen dem Englisch-Russisch-Mongolischen-Block und der Kulturmacht Deutschland-Österreich. Dieses Kräfteringen war vollkommen vereinbar mit dem wahren, richtig verstandenen Christentum. Die gemeine Friedensverherrlichung, der billige Pazifismus der Sozialdemokratie oder der sektiererischen Abspaltungen vom rechten Glauben habe nichts mit christlichen Werten zu tun. Wer seine Feinde liebe, der kämpfe ritterlich gegen sie, achtungsvoll, unter Wahrung der Majestät des furchtbaren Werkes, das sich in Europa jetzt welthistorisch vollziehen und entscheiden müsse. Im Umkreis der schwächlichen Illusionen der Haager Friedenskonferenzen habe man den Ewigen Frieden Immanuel Kants beschworen, der jedoch nichts weiter darstelle als das dürre Geschöpf einer kalten formaljuristischen Gerechtigkeitsillusion. Das Wertesystem des Christentums aber war auf den Stützpfeiler der universellen Liebe aufgebaut, wie sie von Jesus in der Bergpredigt verkündet worden sei. Man habe doch unabweisbar das Überborden der Liebe, jetzt und heute, der Liebe zum Vaterland, zur Nation, zur Größe der Gemeinschaft, zum Schicksal, zur Aufopferung und Ehre vor Augen, jeden Tag glänzender. Im Rahmen des Gottesgerichts, das den siegreichen und somit wertvollsten Staat bestimmen würde, sei der billige, bloß negative Frieden überwunden worden, in dem Europa zu lange verharrte. Stärker als Engelszungen habe deshalb der Appell *Auf zum Kriege!* gewirkt, und ein jeder könne sehen, wie sich das Ausmaß der Liebe allenthalben steigere. Der Genius des Krieges überwinde die Grenzen der Parteien, der Stände, der Klassen, der merkantilistischen und kapitalistischen Unterwerfung. Der Frieden nämlich trenne, der Krieg vereine. Jeder könne bereits jetzt spüren, dass er weniger begehre und mehr liebe, dass der

Genius des Krieges erhohe, erweitere, vertiefe und spanne – zu den höchsten Werten hin. So, wie der ritterlich, christlich zu ehrende Feind im Sinne Dostojewskis gegen die vermeintliche westliche Ketzerei und den despotischen Islam kämpfe, so ringe Deutschland (und ringe Österreich) nun um die Hegemonie einer neuen, von einem erhöhten und gestärkten Christentum getragenen Ordnung, die den wahren, positiven Frieden mit sich bringe. Von England müsse man sich schon lange lösen, denn die ideale Synthese von germanisch-romanischem Geist läge im Herzen des Kontinents und nicht in jenem von Kapitalismus, Pragmatismus und weltherrschaftlicher Arroganz geprägten Inselreich, dem Spinnenleib, der seine den Globus umschlingenden Fäden nur mit Hilfe seiner Riesenflotte ausziehen könne und deshalb notwendigerweise auf den unvermeidlichen, überlebenswichtigen Ausbau der deutschen Seemacht mit unversöhnlichem Hass und der wütenden Gegenwehr einer vermessenen Dreadnoughts-Politik reagiere. Mit großer Trauer allerdings sei festzuhalten, dass gegen die französischen Nachbarn gefochten werden müsse, denn tiefer – in der Religion, der Philosophie, der Kunst – angelegte Kriegsgründe seien schwer zu finden. Die romanisch-germanische Rassefremdheit sei nicht ausgeprägt genug und müsste doch eher in Gegenstellung zum slawisch-orientalischen Machtpotenzial versöhnt werden. Also blieben nur die französischen Revanchegelüste wegen des im Krieg von 1871 verlorenen Elsass-Lothringen. Indessen habe der damalige gerechte Krieg mit dem überlegenen deutschen Sieg doch die Klärung gebracht. Nach vierzig Jahren bourgeoiser Regierungen hätten die fanatischen regierenden Rechtsanwälte und der plutokratische Pöbel aus der Grande Nation jedoch eine willfährige Dirne Englands und Russlands gemacht, die nun niedergeworfen werden müsse. Nach dem vollzogenen Gottesgericht des Krieges entstünde eine neue, wahrhaftigere Einheit Europas aus dem noch intakten, noch nicht kapitalistisch angefaulten kriegerischen Geist der europäischen Jugend, ein solidarisches, nicht von Materialismus und Merkantilismus gedemütigtes Europa unter Deutschlands starker Ägide, das die geistige Führung der

Welt dauerhaft behalten würde. – Irgendetwas, aber was?, hatte Lindner noch zu dem von der sozialdemokratischen Vorkriegspresse immer wieder hochgehaltenen Begriff des *Massenmordes* gesagt, etwas sehr Tröstliches, ach ja, dass er nämlich gar nicht stattfände, denn im Grunde kämpften hier, in den Trichterlöchern, in denen sich Schlamm, Blut und Öl vermengten, nicht individuelle Verbrecher, sondern STAATEN gegeneinander, die sich irgendwie (in Teilen) ganz herzlich und hochachtungsvoll, ohne dass es um das Töten an sich oder auch nur um das unbedingte Siegenwollen ginge, *auseinandersetzte*n, um den Herrschaftswürdigsten unter ihnen *herauszufinden*. Er wusste nicht, ob Ute die Details dieser Vorträge verstanden und ernst genommen hatte oder ob es vor allem um die Einstimmung gegangen war, um jene universelle Präparation, die man vorm Tanz, vor der Liebe, vor einem Kampf und also auch vor einem Krieg zumeist benötigte, nur in einem ungeheuren, das gesamte Volk erfassenden und erschöpfenden Ausmaß, um eine Art von Aufpumpen des ganzen Körpers, der ganzen Existenz, der gesamten Nation mit Energie, Hass, Vernichtungs- und Durchhaltewillen. Es war so lange her, dass sie auf Stuhlreihen in einem Café nebeneinander gesessen hatten, durchrieselt vom Schauer sorgsam gedrechselter Worte, noch vollkommen außerstande zu begreifen, dass der Krieg direkt in ihr eigenes Haus eindringen, ihn packen und in den Schlamm werfen würde, hinein in die ungeheure Walze aus Lebenden und Toten, lebenden Toten und toten Lebenden, die in gelbem Wasser, schwarzem Öl, in Feuer, Eiter und Blut rotierte ohne Unterlass, unendlich langsam, unendlich zäh, mit unnachgiebigem Vernichtungswillen, die Knochenmühle, die Tausende von Skeletten wie in einem grausigen Coitus gegeneinander presste und zerbrach. Er war einmal eifersüchtig gewesen auf alle Männer, die Ute auf irgendeine Weise näherzukommen schienen – auf Mathieu, Lindner, sogar auf den würdig väterlichen Edmond. Aber jetzt machte ihn die Erinnerung an das gesamte zivile Leben nur noch fassungslos, erfüllte ihn mit einer totalen Wut auf alles und alle, die es hinnahmen, dass sich diese entsetzliche Walze immer weiterdrehte, ohne dass ihr eigenes weiches individuelles Fleisch auch nur einen Kratzer abbekam. Ute und die Kinder erschienen nach sieben Monaten Front manchmal nur noch abstrakt wie ihre Tintenzeilen auf Feldpostbriefen, lediglich der eine, letzte Brief, den ihm die Knollennase mitgebracht hatte, direkt aus Göttingen, unfrankiert, unzensiert, in dem sie über die Lebensmittelrationen, die geizigen Bauern der Umgebung, die ständig kranken Kinder und das immer schlechter laufende Geschäft klagte und an einer rätselhaften, zweimal überschriebenen Stelle durchblicken ließ, dass sie im Bett zu allein war (dass ihr *sein Atem fehle,* wie sie es dann im dritten Anlauf glücklich hatte umschreiben können), war ihm ins Blut gegangen mit Feuer und Trauer und zerfressendem Heimweh, er trug ihn in der Brusttasche seither, er wollte, wenn schon, durch ihn hindurch erschossen, erstochen oder aufgespießt werden. Noch einmal mochte er diesen Lindner in seine Galerie mitnehmen, nicht mehr befangen von seiner damaligen ehrfürchtigen Servilität, die dem skandalumwitterten Moralphilosophen kaum zusammenhängend formulierte Antworten auf seine Fragen nach der Herkunft dieses oder jenes Bildes gab, sondern mit dem Hass und der stoischen Kälte des Frontschweins auf ihn zutreten, um ihm das rahmenlose, jeden Morgen neu auferstehende, überwirkliche, schamlose Gemälde zu zeigen, in dem sie verrotteten, ein zweiseitiges Transparent aus der Sammlung der Hölle. Halte deine Fresse in diesen Flammenwerfer oder spring in diese Grube, Häschen, weil du vergessen hast, dass so manches Gas schwerer ist als Luft, zwischen diese Gestalten, die seit Tagen starr wie Schaufensterpuppen in der Erde stehen mit verschmolzenen Händen und skelettierten Gesichtern. Wer hat das gemalt, diese irr flackernden Augen über Konservendosen, Münder, die von Messerklingen essen, wer wird es malen, all diese stoppelbärtigen, vollkommen erschöpften, ausgelaugten Gesichter unter Stahlhelmen und Feldmützen, die ihre Ruhr auf einem Balken ausscheißenden Todeskandidaten, die Leichen, die mit dem Wurzelwerk herausgerissener Bäume zu fossilienartigen Strukturen verwachsen. (Dix, Beckmann, du wirst sie kaufen, in New York, wenn du zehn Jahre älter bist als dein

Vater bei Verdun.) Die Maler selbst lagen dort, mit ihren blauen Pferden, zersplitterten Kristalllandschaften, ihren neuen Erkundungen von Maschine und Frau. Er selbst hat in München noch Arbeiten von zwei jungen Künstlern gekauft, von denen der eine schon halb verwest in einem Stacheldrahtverhau baumelte, während der andere, ein leidenschaftlich kühler Beobachter, von der Front abgezogen wurde, in ein Sanatorium kam, dann wieder an die Front und in ein Irrenhaus, dann in Kriegsgefangenschaft geriet, nachdem er ein drittes Mal an der Front gelandet war, um dort schließlich an Typhus zu krepieren. Ihre Bilder, fünf mittelgroße Formate, hat Hans, an einem Nachmittag, an den er sich selbst gar nicht mehr erinnerte, in seiner Galerie gesehen, im Schlepptau von Lindner, wie er berichtete, der im Übrigen genau diesen Arbeiten eine Zukunft voraussagte. Edmond hatte nie einen Vortrag von Lindner besucht, erst recht nicht die Kaffeehausreden zum Krieg. Ihr Sohn stellt sich gar nicht so dumm an, Herr Professor, so etwas, irgendeinen tröstlichen Blödsinn, will er ihm zurufen. Kleiner tapferer deutscher Jude. Er hatte für einige wirre Sekunden den Eindruck, Hans stünde gar nicht an seiner Seite, als er mit dem Ärmel über das verdreckte Plakat wischte, sondern befände sich auf dem Bild, unter der mühsam beiseitegekratzten Schlammschicht. Sein gutmütiges, naives Spielzeugsoldatengesicht erschien unter der Pickelhaube des Landsers, der, einen hölzernen Gartenzaun durchbrechend, mit dem einen Knobelbecher ein Blumenbeet, mit dem anderen das Gesicht eines zu Boden geworfenen Mädchens zertrat. Kein Grund zur Aufregung, man musste froh sein, dass der *boche* nicht bluttriefende schwarze Klauen statt Finger und ein Vampirgebiss anstelle von menschlichen Zähnen hatte. Wirf es weg, Hans! Sie mussten sich beeilen. Die Nacht war bald schon vorüber, wieso hatten sie eigentlich das Bild auf dem Plakat erkennen können, es war ein anderer, besserer Tag gewesen, jetzt mussten sie zurück in einen der Grabenstiche, die sich radial wie ausgespreizte (bald wieder abgehackte) Finger zu den Laufgräben der gegnerischen Stellungen hintasteten. Ihr Sohn ist ein guter Kamerad, Herr Professor, das will er Edmond die ganze Zeit noch sagen, er brachte mir den schönsten Brief meiner Frau, und ich erkannte ihn schon von weitem an seiner Knollennase. Hans, der mit siebzehn sein Abitur baute, als Esther ihre Doktorarbeit verteidigte, zwei Jahre nach Beginn des Kriegs, in den sie fast gleichzeitig fuhren, in kurz aufeinander folgenden Zügen, beide nach erbärmlichen Ausbildungen als Hilfskanonier, Hilfskrankenschwester, brauchten sie noch Hilfstote und behelfsweise Sterbende. Edmond, zwischen den Bücherregalen und Soldatenbildern in der grob ausgeschachteten Erde stehend, ist mit den Nerven am Ende, sein blasses, kräftiges Gesicht, zugewuchert von dem ergrauten Bart, scheint über dem wie phosphoreszierenden Stehkragen totenblass. Er sagt etwas, ruft etwas, Gerhardt würde es gerne verstehen, jetzt, wo rosafarbene und grün leuchtende Raketen aufsteigen und die Phänomene immer deutlicher werden, deren Enthüllung mit jedem Beben der Erde näher rückt. Esther hatte von einer Philosophie der blühenden Apfelbäume gesprochen (wie enthüllten sie sich dem Bewusstsein), doch Edmonds Sohn stapft jetzt in einem Erdloch durch die Eingeweide eines Kameraden, in den grauenhaften Verschlingungen eines Prozesses, für den sein Vater gequält und zitternd empört (die Nerven gingen ganz mit ihm durch, man musste ihn zwei Monate in einem Sanatorium behandeln) die rechten Worte fand: *eine Sintflut von Verleumdungen* sei hereingebrochen, und was man jeden Tag sehen müsse, hinter den dreisten Zeitungslügen, das seien keine Heldentaten, sondern *Orgien kriegerischer Entmenschung*. Federleichte, wie durchscheinende Quallen in der schwarzen See aufschimmernde Leuchtkörper sind in der Konstellation eines Sternbildes, das man eigentlich kennen sollte (eine sich gabelnde Linie, Widder, Skorpion?), in großer Höhe über ihnen aufgetaucht. Jetzt schnell! Halte dich hinter mir, Knollennase. Es gibt einen Einschlag, der aus dem vor ihnen liegenden Feld totes Fleisch emporschleudert wie ein wahnsinniges Raubtier. Im sich ausbreitenden Licht, einem gleißenden Sommertagslicht, fast wie im Midi, das die unerträglich gelassen und langsam herabsinkenden Leuchtquallen verbreiten, sieht man jedes Detail bis auf die Ader, die Jutemuster der Sandsäcke, die zernagten Lederriemen der Helme, die Scheiße an den Hosenböden, die in der Erde steckenden Zähne eines abgesprengten Oberkiefers, eine grünlichschwarze, rauchende Masse, in die sich die geduckte Gestalt des Spähers am Scherenfernrohr verwandelt hat, überzogen von grellrotem, kochendem, wie heißes Fett zischendem Blut. Steh still, Hans! Denke an alles, was ich dir gesagt habe. Lass dich sofort fallen, wenn der Schatten eines Flugzeugs in deinen Augenwinkel gerät. Höre in das aufkommende Dröhnen, Jaulen, Donnern, Wummern hinein, studiere es wie eine Orchestermusik, vergiss die erschreckenden Bässe und Paukenschläge (hörst du sie, bist du nicht tot), achte auf die leisen, feinen, quengelnden Todespfiffe der Schrapnelle, sieh nicht hin, zähle, auch wenn dich das seltsam dünne Kinderschreien deines Nebenmannes – dem du plötzlich in die rosafarbene Lunge hineinsehen kannst – aus dem Takt zu bringen droht. Es ist wie der Schlag eines riesigen, mit unendlicher Geschwindigkeit alles durchschneidenden anatomischen Schwertes, der für einen Sekundenbruchteil (bevor Rauch, Feuer, Blut und Dreck jedes Element des Bildes in den infernalischen Morast versenken, der sich auf drei Kilometern Länge mit einer Vermengung aus Erde, Draht, Eisenstücken, Lumpen, Stahl und Leichen bis zu den schrundig zerhackten Mauern der gegnerischen Festung hinzieht) alles säuberlich im Querschnitt präsentiert, Schädelknochen, Gehirn, Zunge, Gaumen, Kiefer, Kehlkopf, Schulterregion. Doch anstelle des erwarteten Dunklerwerdens, der Verschlierung, des trüben, viehisch brüllenden, schmerzrasenden Wiederkehrens in den nächsten Mahlgang der Knochenmühle bleibt alles hell, löst sich alles auf in der Blendwelle einer vollkommen lautlosen Granate, die nichts übrig lässt als eine weiße strahlende Fläche mit einigen wenigen durchscheinenden, grauen Konturen. Wir sind raus, Hans, ich hätte mich nicht nach dir umsehen sollen, denkt er noch, mit einer erleichterten Zuneigung. Jetzt kippen sie wohl zurück, sie landen im Graben, und das ist, für Gerhardt wenigstens, der Glücksfall, später kann er das klar erkennen, denn außerhalb der Deckung hätten sie ihn die ganze Nacht schreien lassen müssen. So aber hat er eine Chance, so treibt er ins Licht.

Er muss Edmond jetzt noch nichts von seinem Sohn berichten, er darf jetzt noch eine Weile stillhalten, er kann dem Schlamm, den Granatsplittern, den Ratten, den herumfliegenden Scherben entkommen, indem er einfach liegen bleibt und voranschwebt, getragen von einer wie unaufhaltsamen Kraft. Esther erscheint wieder, endlich, mit einer Haube auf dem Kopf, in einer weißen, seltsam aufgebauschten Schwesterntracht. Sie wirkt immer noch so begeistert und froh. Als sie sich zu ihm herabbeugt, kehrt, als durchtrenne sie eine Membran, plötzlich sein Geruchsempfinden und sein Gefühl wieder, dann auch Teile einer Erinnerung an andere Krankenschwestern, an einen herrenmenschigen jungen Arzt, an eine fiebernde Reise in einem mit Bahren verrammelten Zugwaggon ohne Fenster. Sie muss eine Zigarette geraucht haben, und er riecht sogar, dass sie Kaffee getrunken hat, irgendeinen Getreidekaffee, sich aufputschte, um durchzuhalten, wie undenkbar das einmal gewesen ist. Herr Bernsdorff, sagt sie ruhig, ich möchte Sie heiraten. Sagt sie nicht. Was hat sie ... er versucht den Kopf zu ihr zu drehen. Sie werden nach Haus kommen, Herr Bernsdorff. Wir sind schon im Zug. Etwas aber kann sie nicht mehr sortieren, diesen Schmerz zum Beispiel, diese Erkenntnis, die wie ein schartiges Messer in ihn fährt. Er selbst ist es, er selbst wurde halbiert!

6. DRESDNERINNEN (2)

Katharina geht durch die Villa, ruhig, selbstbewusst, nackt. Es ist das erste und letzte Mal, dass sie sich in diesem Haus aufhält. Erbaut in den zwanziger Jahren, hat es eine Art rustikaler Bohème-Atmosphäre. Sie bewundert die großzügigen Erker, die Kassettendecke, die Holztäfelungen, die zurückhaltende Art der Einrichtung, die Kunst an den Wänden, die alten Bücherschränke. Die Nacht umschließt ihren Körper mit der angenehmen Kühle eines sommerlichen Badesees. Sie hat mehr das Gefühl, im Dunkeln zu schwimmen, als Schritte hintereinanderzusetzen. Eineinhalb Jahre mit Viktor hat sie gebraucht, bis es ihr gelang, bei ihren nicht allzu häufigen Treffen die Vergangenheit und die nähere Umgebung in den wechselnden Hotels weitgehend auszublenden. Selbst die Villa, zwischen hohe Kastanien und Kiefern wie eine Raubritterburg an den steilen Hang gesetzt, jedoch nur eine von zahlreichen Villen an der in langen engen Schleifen aufwärts gezogenen Straße, schüchtert sie jetzt nicht mehr ein, hält sie nicht von ihrer Befriedigung ab. Der eigentliche Vorgang ist nur lautlos und hautlos vorstellbar, die Stummfilm-Umschlingung zweier zum Leben erwachter anatomischer Ganzkörperpräparate, deren Sehnen, Bänder, Arterien, Venen, bebende Muskeln, bis hin zur schlittenkufenartigen Einbiegung der Schwellkörper in den Schlauchgang der Vagina, in etwas angeblässten Kitschfarben gehalten sind – Himbeerrot, zuckerstangenartiges, weißgestreiftes Rosa, Himmelblau, Karamell und Marzipan. Nach dem gehäuteten Akt fällt Viktor fast jedes Mal in einen kurzen Schlaf, da die Anstrengung seinen schwammig und müde gewordenen Gladiatorenkörper wie ein Kampf in der Arena schwächt, während Katharina sich zumeist um Jahre jünger fühlt und einen schwer einzudämmenden euphorischen Schub verspürt, als müsste genau jetzt etwas Unvorhergesehenes und Großartiges geschehen. Sie hat sich (als geübte Materialistin) daran gewöhnt, dass jenes Erwartungsgefühl nichts weiter darstellt als eine physiologische Reaktion, die keineswegs ihre Lage verbessert, sondern nur die Aussicht darauf, für eine kurze Zeit. Es ist dem Hinaustreten auf einen Balkon vergleichbar, das findet sie jetzt, wo sie ebendas unternimmt und ihre nackten Fußsohlen die dunkel gebeizten Dielen berühren, nachdem sie die Glastür geöffnet hat. Der Balkon, einer jener hölzernen Vorbauten im eklektischen Forsthaus-Stil, lädt zu einem Flug über den Hang, über den Fluss, das nächtlich zur Offenheit verklärte Land. Anscheinend weist die Front der Villa nach Südosten, Richtung Pirna und Sächsische Schweiz. In sonnenhellen, doch glücklicherweise auch gewichtlosen, wie auf Seidentücher gemalten Erinnerungsmotiven sieht Katharina sich mit Andreas und Milena auf den Waldwegen unter den aschgrauen Sandsteintürmen wandern, die unglaubwürdige Kulissenwelt des Schrammsteintors durchqueren, auf Holztreppen und Eisenleitern emporklimmen, hoch oben ihre Brotzeit nehmen mit Blick auf den leuchtenden, mächtigen Block des Falkensteins, der einem Trupp gesichtslos gewordener gigantischer Heldenfiguren ähnelt, in ihren von zahllosen Kämpfen vernarbten und zerschnittenen Zink-Rüstungen steckend, zusammengeschmolzen unter der Jahrtausendwirkung eines immer neuen, unbarmherzigen Lichts. Von den Felswarten aus hatte sie stets die Idee eines Flugs, einer malerischen Flucht über die Palette der Felder und Waldflächen des Elbtals, ohne Ziel freilich, es war ihr nur um die imaginäre Steigerung der Freiheit gegangen, mit der Andreas seine Pinselstriche führte. Sie weiß nicht einmal, ob er damals eine Gelegenheit ergriffen hätte, tatsächlich im Westen zu arbeiten, auch wenn er es hin und wieder erwog. Jetzt hat er die Gelegenheit, sie haben ihm die Freiheit zugefügt. Nur die Entfernung von Milena mache ihm zu schaffen, schrieb er (unter dem Namen einer in Köln lebenden Bekannten). Von ihr, Katharina, hatte er sich Jahre zuvor schon entfernt, die Scheidung unumgänglich machend, mit den allvierteljährlichen Saison-Bocksprüngen auf dünne, blonde, gerade einmal erwachsene Malschülerinnen. In einer solchen Nacht könnte sie glauben, sie habe die rechte Antwort darauf gefunden, ein Tiefschlag, ein Treffer unter die Gürtellinie, der ihre erotische Sicherheit wiederherstellte, das ruhige Selbstverständnis ihrer gestreichelten, geküssten, von der Nachtluft umflossenen Haut. Sie hat nicht nur einen charmanten Liebhaber aufgetan, sondern auch einen kunstsinnigen und einflussreichen. Die Nähe zur Macht, die verdeckt oder gedämpft selbst noch in den resigniertesten und düstersten Sätzen Viktors spürbar ist, wie der Glanz einer selten gebrauchten Waffe, hätte ihr große Genugtuung einflößen müssen, tut es auch. Aber ihre Begegnungen verlieren rasch an Wirkung, bekommen einen bitteren Nachgeschmack, ob es nun an Viktors betrogener, ewig kranker Ehefrau und der Aussichtslosigkeit ihrer Begegnungen liegt oder an ihrem unschlüssigen Urteil über sich selbst. Affirmation, Vorsicht, wütender Trotz, schlechtes Gewissen. Mit der Ausweisung von Andreas ist etwas in ihr zerstört worden. Das Vertrauen in den Sinn des großen sozialistischen Projekts konnte es allerdings schon lang nicht mehr gewesen sein. Vielleicht hat man ihr die Kraft genommen, wegzusehen, sich abzufinden, ohne darunter zu leiden. Der Balkon, auf dem sie noch einige, von nirgendwoher einsehbare, leichte Schritte macht, führt auf einen Gefängnishof, auch wenn er illusionsmalerisch perfekt in offene Nacht verwandelt scheint. Sie kann sich nicht mehr darauf verlassen, dass dieses Gefühl verschwinden wird, etwa wenn Viktor aufsteht und Weißwein besorgt, oder einfach im Dahinströmen des Alltags, in den Querelen und Freuden ihrer Arbeit in der Katalogabteilung der Bibliothek. Fünf Jahre lang war sie für ein Archiv zur Geschichte der Arbeiterbewegung in Westdeutschland zwischen 1918 und 1945 zuständig gewesen, das akribisch Demonstrationen und Streiks während der Weimarer Republik und jeglichen Akt des Widerstands gegen die spätere Naziherrschaft in jeder noch so kleinen Stadt verzeichnete, um als Memento für Tausende von Ermordeten zu enden. Die elementare dokumentarische Arbeit war ihr niemals falsch erschienen, allenfalls eigenartig, mit der historischen Rückwärtsprojektion der deutschen Teilung (womöglich noch bis hin zu den westdeutschen Kaisern), und unzureichend mit Ihrer bloßen Sammlung von Einzeltatbeständen. Ihre ständige mentale U-Boot-Fahrt im Westen hatte sie auch auf eine seltsame Weise beruhigt, als arbeitete sie an der Herstellung eines verborgenen Gleichgewichts mit. Seit einiger Zeit aber katalogisierte sie zur europäischen Politik, zur Rüstungspolitik immer mehr. Viktor, der heute eine sehr lange Ruhepause benötigt, kennt sämtliche Raketensprengkopfzahlen, ohne dass es ihn groß bekümmerte, es ist sein Hang zur Statistik, die ihn selbst dann noch tröstet, wenn nichts Gutes an ihr zu finden ist, so als blickte er durch die Flammen eines Brandes hindurch auf das verlässliche blanke Gitter eines Rechenpapiers, während Katharina – in ihrer Kassandra-Wut, wie er halb scherzhaft, halb anerkennend meint – sich nicht mit der ungeheuerlichen täglichen Beleidigung von vierhundert Millionen Europäern abfinden kann, denen man in ihren Zeitungen jeden Morgen versichert, eine Handvoll Leute habe die Macht, sie in der nächsten Stunde allesamt wie Fliegen zu töten. Viktor sieht das Ganze mehr als Theaterstück, als Theaterprobe vielmehr, bei der man vom Ernstfall immer noch einen sicheren Schritt entfernt sei. Auch über das Theater, dessen Zickzackweg zwischen Aufbegehren, dumpfer Anpassung, listigem Widerstand und Anfällen von offener Provokation sie als Zuschauerin so leidenschaftlich verfolgt, dass man annehmen muss, sämtliche versprengten und abgetanen Impulse einer jungen Frau, die Gedichte und Erzählungen schrieb, fänden sich dort wieder ein, hat Viktor eine sehr bestimmte, bilanzierende Ansicht: Es würden immer nur zwei Stücke gespielt, nämlich Brechts *Maßnahme*, mit der brutalen Aufforderung, menschliche Opfer für das zukünftige Bessere zu bringen, und Becketts *Warten auf Godot* (man dürfe es neuerdings tatsächlich hierzulande aufführen), das auf die Einsicht hinausliefe, das Bessere würde garantiert nicht kommen. In seiner manchmal zynischen, zumeist aber melancholischen Beobachterhaltung kam Viktor der Position nahe, die Andreas eingenommen hatte, bevor er sich für die spektakuläre Feuerbach-Abgangs-Inszenierung entschied. Welchen Part übernimmst du?, fragt sich die Frau auf dem

Balkon, die nun ins Innere des Hauses zurücktritt, weil ihre nackte Haut doch zu sehr abkühlte. Lady Hamlet, die Gedemütigt-Zerrissene, die es mit dem Mörder hält, weil sie es braucht. Viktors treuherzige, dankbare Art, sich auf den Rücken zu legen und ihr seinen rotköpfigen Kosaken zu präsentieren, einen eigenwilligen, immer irgendwie entschuldbaren Teil des Systems, ganz wie sein Herr selbst. Sie braucht sich nichts vorzuwerfen. Fröstelnd zieht sie die Glastür hinter sich zu. Viktors Frau, einer speziellen Behandlung wegen für einige Tage in ein Sanatorium gebracht, hält sich seit langem mit ihren Pflegerinnen nur noch im unteren Bereich des Hauses auf, so dass das obere Stockwerk mit den zahlreichen Gemälden, Plastiken, den Bücherschränken und Arbeitstischen immer mehr vom Geschmack und den Bedürfnissen des Hausherrn gestaltet und gemodelt wurde. Mit einem freien Blick über Stadt und Fluss erinnert das Wohnzimmer Lady Hamlet (da es sich nicht wirklich um Verrat und Mord handelt, fühlt sich die Rolle mitunter so gut an wie Viktors Kosak in ihrer Pelzmütze) an die Kommandobrücke eines Dampfers, dessen Steillage allerdings verrät, dass er im Sinken begriffen ist. Katharina sagt sich, dass sie wahrscheinlich nur heute, an diesem Juniabend, die Räume ungestört besichtigen kann. Sie schaltet die Deckenbeleuchtung ein und eine Stehlampe, in deren Streben sich das Bronzerelief einer Jugendstiljungfrau lustvoll verfangen hat. Mit der Leidenschaft des Sammlers hat Viktor sämtliche nicht von Bücherregalen oder Schränken verdeckten Wandpartien mit Gemälden bepflastert. Neben ganz neuen, figürlichen und symbolhaltigen Arbeiten, die sie der Leipziger Schule zuordnen würde, finden sich einige klassisch gewordene Meister der hiesigen Tradition, von der impressionistischen *Bootsfahrt nach Seußlitz* über eine Frauenkirche in kubistischer Manier bis hin zu Originalen von Kokoschka und Dix, die sie allenfalls in einem Museum erwartet hätte. Zwei *Rothe Thyre* von Stammberg leuchten ironisch wild dazwischen. Katharinas blasse Haut reagiert wie chemisch oder mimetisch auf die mit pastösen Ölfarben vorgetäuschte, körperlose, auf das feine Baumwollgitter der Leinwand gezogene Haut der weiblichen Akte, als hätte sie in ihrer Mädchenzeit je in einem offenen Nerzmantel ohne ein weiteres Kleidungsstück auf einem Rohrstuhl Platz genommen oder wäre schon einmal sechzig gewesen, um mit einem knorrigen, bebrillten, kahlköpfigen Ehemann jeglichen textilen Schutzes beraubt (beide jedoch mit Ausnahme dünner, schwarzer, bis zu den Knien reichender Strümpfe) an einem festtäglich gedeckten kleinen Kaffeetisch zu sitzen. Ein heiterer, vielleicht betrunkener Akt, auf einem harten Betonquader ausgestreckt wie auf einer Chaiselongue, trifft einen Nerv bei ihr, sie fühlt sich aufgestachelt und beruhigt zugleich, wenn sie diese üppige Rothaarige auf der groben Unterlage betrachtet. Als könnten einem bestimmte Dinge (das Weiche, Schwellende, das Vergnügen an der Sinnlichkeit des eigenen Körpers) niemals genommen werden. Und wenn es doch geschah, so bewahrte die Leinwand die Erinnerung daran, ein jahrzehnte- oder gar jahrhundertelang leuchtendes, stilles Asyl – war es das, was die Kraft der Malerei ausmachte? Nach zwölf Ehejahren mit einem Künstler konnte sie immer noch nicht klar ausdrücken oder sich erklären, woher die Magie der Bilder kam. Andreas stellte sie her, demütig und wütend, immer nur am Einzelnen, nie am Allgemeinen interessiert, Viktor verschloss und versiegelte sie, in einem reziproken Akt manischer Sehnsucht. Langsam nähert sich Katharina einem Erker, der mit seinem Ausblick an die Wächterstube eines Leuchtturms erinnert. Hier arbeitet Viktor wohl am häufigsten, den Akten, Tabellenblättern, Zeitungen nach zu schließen, die auf dem großen runden Tisch ausgelegt sind. Als sie sich – weniger aus Höflichkeit als aus echtem Desinteresse –, abwendet und in den Hintergrund des Raumes blickt, ändert sich ihre Perspektive auf die vergangenen Monate mit der Abruptheit, dem schier fugenlosen Quantensprung, der zwischen den eng benachbarten Leinwänden etlicher Bilder der Sammlung liegt. Die nackte warme Haut scheint aufgerieben vom blanken Beton, die verklärte (befriedigte, dem Alltag enthobene) Nacht über der Elbe schlägt um in einen krachend hellen Plattenbau-Mittag in Berlin-Lichtenberg, der in Illusionen gehüllte stille Gang auf den Holzdielen wird zum hastigen Alltagsschritt über den

Asphalt eines Orts, dem man das Fell vom Leib gerissen hat. Nie wollte sie mehr von Viktor als das, was er von ihr wollte. Aber jetzt verlangt sie seinen Einfluss, um rasch Dinge umzusetzen, die schier unmöglich sind oder üblicherweise nur nach jahrelangem Bemühen erreicht werden können: der Umzug nach Berlin, die neue Arbeitsstelle in der Staatsbibliothek, die Aufnahme an einer Erweiterten Oberschule für die auffällig gewordene Tochter eines außer Landes gewiesenen Malers (das schwierigste Unterfangen, hier war der alte Schulfreund, nun Schuldirektor, die einzige Chance). Das Porträt eines Mädchens, das auf einem Klavierhocker sitzt, scheinbar naiv, in einem weiß-orange gestreiften Strandkleid, ändert seinen Ausdruck drastisch, sobald man es aus der Nähe betrachtet. Man erkennt dann die Aufschürfungen an Knien und Ellbogen, wie rostrote, muttermalähnliche Flicken auf der nackten Haut, und der zweite Blick in das Gesicht des etwa zwölfjährigen Mädchens zeigt einen Bluterguss unter dem linken Jochbein, eine aufgebissene Unterlippe, eine irritierende Schiefstellung des gesamten Unterkiefers. Wo man eben noch das trotzige Selbstbewusstsein einer Pubertierenden zu erkennen wähnte, sieht man jetzt Traurigkeit und die Empörung darüber, dass ihr Gewalt und physische Verletzung so schonungslos zustoßen konnten wie jedem anderen Körper, jedem beliebigen physikalischen Objekt. Es ist genau der Ausdruck, den Katharina tagelang vom Gesicht ihrer Tochter ablas, nachdem sie von jener Faust berichtet hatte, die sie durch das dünne Transparent eines Rosa-Luxemburg-Zitats hindurch ins Gesicht traf, unabsichtlich wohl, nur als Nebeneffekt des Wegreißens, aber durchaus infolge eines vollkommen gleichgültigen Inkaufnehmens der Verletzung von Demonstranten. Jetzt erst, wo sie das vier Jahre alte Gemälde sieht, empfindet Katharina den ganzen Schock über die drei Wochen alte Verletzung ihrer Tochter, kann ihn nicht mehr durch Beiläufigkeit (wenigstens ist nicht noch mehr passiert) oder Aggression (Bist du verrückt, dich vor diese Kirche zu stellen? Du bist noch nicht einmal Christin!) bemänteln. *Mädchen nach einem Fahrradunfall* hatte Andreas das Bild getauft. Es war nach einem tatsächlichen Unfall Milenas entstanden, auch wenn das Mädchen im Strandkleid ihr nicht ähnlich sah. Katharina hatte das Bild nie gemocht, aber erst dann ihr Unbehagen genauer formulieren können, als Andreas ihre Bemühungen, den treffenden Ausdruck zu finden, mit der Bemerkung unterbrach: Attackiere stets den Versuch, dich zum Fotografen zu machen. Sie fand das Bild sadistisch, weil es die Fiktion erschuf, das Kind habe dem Maler tagelang in seinem verletzten Zustand Modell gestanden. Erst als sie schon Gläserklirren und Schritte von der hölzernen Wendeltreppe her hört, entdeckt Katharina hinter einem weißen Vorhang, in einem alkovenähnlichen Raum, der den Hintergrund des Leuchtturmzimmers bildet, in einem großen, fächerartigen, die Leinwände voneinander trennenden Halter, ein Dutzend auf ihren Längsseiten ruhende Gemälde. Die an einigen Stellen vom Rahmen gelöste oder auch ausgefranste, von übergelaufenen Farben planlos und wirr gemusterte Leinwand der Kanten macht einen seltsam verwahrlosten, unangenehm fleischigen Eindruck auf Katharina. Sie hört schon Viktors Atem, spürt schon seinen schweren bärenhaften Körper hinter sich, als sie das nächste Gemälde im Fächer nach rechts kippt. Sie hat (kopfschüttelnd) seine Entstehung beobachtet, weil sie einer Vermögensangelegenheit wegen in jenen Wochen drei Mal im Atelier ihres Exmannes war. Die dunkle Riesengestalt mit dem Hammer, die ihre Linke auf das Gesicht einer Madonnenfigur presst. Auf einen Blick, sagte Andreas vor einem Jahr am Telefon, wäre ihm klar geworden, dass man bei dem Einbruch keineswegs all seine Gemälde zerstört habe. Der Müllhaufen in der Mitte des Ateliers sei äußerst unvollständig gewesen.

7. MARLIES (2)

In den nächtlichen Stunden der Panik, der Angst um jeden Atemzug der Kinder (das heißt: die Angst, so viele ihrer Atemzüge, so viele Momente ihres zukünftigen gemeinsamen Lebens zu verlieren), wenn ihn Schuldgefühle, Zerknirschung und reumütige Fassungslosigkeit wie einen Idioten durch die Straßen taumeln oder verschiedenfarbige Alkoholika in sich hineinschütten lassen, denkt er an Marlies zurück wie an ein Bild, das er vor Jahren gesehen hat und zumeist lieber vergessen wollte, dessen schonungslose Deutlichkeit und fleischliche Intensität ihn aber heimsuchte wie jene mittelalterlichen Dämonen (hießen sie Sukkubus oder Inkubus, Sukkuben, Inkuben, welcher für welches Geschlecht?), die sich über die fatal funktionstüchtigen Geschlechtsteile von Mönchen und Nonnen hermachten in der Nacht ihrer Vernunft und der Niederlage der Klosterdisziplin. Es scheint ihm dann sogar, als habe er solche Figuren, lüsterne, entblößte, grinsende Putten in Faust- oder Handtellergröße, an den Renaissancefassaden der Häuser in der Barfüßerstraße oder der Roten Straße gesehen, in Stein oder Gips oder als bemaltes hölzernes Fabelwesen in den Torsturzbögen oder Fensterrahmen der reichen Fachwerkhäuser aus dem sechzehnten oder siebzehnten Jahrhundert, was natürlich ganz und gar nicht der Fall gewesen sein konnte, sondern nur zeigte, wie die Begegnungen mit Marlies selbst die arglos putzigen oder bieder würdigen Gassen und Sträßchen der Göttinger Altstadt mit erotischer Energie hatten aufladen können. Das Umschlagen von Pflichtbewusstsein, ängstlicher Gedrücktheit, negativer Selbstwahrnehmung in bejahende Hemmungslosigkeit, das Sich-ausden-Kleidern-Reißen wie aus einer staubigen alten Haut, die triumphierende nackte Feier, das Fest der lautlos und perfekt anschwellenden, feinst durchäderten, in Jahrhunderttausenden entwickelten organischen

Wunderinstrumente (so einfallslos stumpfkuppig und sumpflappig sie sich rein äußerlich auch ausnahmen). Nichts war besser geeignet, die langweilige Mechanik und die grell strahlende Elektronik der Alltagsfron zu vergessen. Er war nie Gefahr gelaufen, sich romantisch und mit prospektivem Anlauf in Marlies zu verlieben wie in die beiden Freundinnen, mit denen er nach Annabel, ebenfalls für je drei Jahre, zusammengelebt hatte, bis zu seinem siebenundzwanzigsten Lebensjahr (als hätte ihn die Arithmetik der Neun verfolgt), bei denen er gleichsam die Laute zupfend und Rosenblätter streuend übers Glacis gewandert war, bevor er sie auch nur küsste. Aber wenn sie schier umstandslos ineinandergerieten, wenn Marlies ihm die Hose öffnete, als holte sie sich begierig ihre Lieblingsmarke aus dem Zigarettenautomaten oder heißhungrig einen Heißen Hund, und er zwischen ihre glänzenden, rosensanften Wülste stieß, als ginge es wie in einer Wettkampfsportart um den schnellsten, bestens durchdachten, effizientesten Start, dann strömte mit den wippenden, pumpenden, reibenden Synergien ihrer Begrüßung eine nahezu großartige Wärme durch seine Glieder, das hieß, sie waren sich herzlichst zugetan, während sie nach Leibeskräften miteinander vögelten, und sie befriedigten sich so sehr, dass sie sich hinterher wie ein langjähriges verliebtes Paar in den Armen lagen. Sie mussten dann einige Minuten still nebeneinander ruhen und warten, bis das blütenduftende, schaumig knisternde Badewasser des postorgiastischen Zustands abgeflossen war, um sich dann mit einigen fehlplatzierten Sätzen ins Befremden zu frottieren (so hätte es Milena wohl ausgedrückt, und er dachte schon lange auch in ihren Worten). Marlies schüttelte in einem solchen Augenblick einmal den Kopf wie ein Boxer, der schwere Schläge erlitten hatte und wieder zu Bewusstsein kommen wollte, ein anderes Mal brach sie in Tränen aus, die klar auf ihre nackte runde Brust tropften, weil sie – wie sie ihm rasch erklärte – diese ganze ungeheure Spannung losgeworden sei. Mit wachsender Unruhe begriff Jonas den Ernst ihrer Lage, die Tatsache, dass ihre langjährige Beziehung, das Verhältnis zu den Kindern, das Bild, das sie von sich selbst pflegte und das wohl dem einer fürsorglichen mütterlichen Löwin glich, auf dem Spiel standen. Konnte er Buchhändler werden und Stiefvater zweier kleiner Jungen, die ihn hassen würden (wenigstens zu Anfang)? In den Augenblicken, in denen er spürte, dass Marlies denselben Gedanken hatte, begann sein Herz hart zu schlagen und seine Kehle schnürte sich ein. Einmal packte ihn gar der tollkühne Gedanke, es auszusprechen und sich kopfüber, mit Haut und Haaren, mit allen Gelübden und Konsequenzen in die komplizierte Liebesgeschichte hineinzustürzen, nur um jede Nacht neben diesem wilden fülligen Körper im Bett verbringen zu dürfen. In der wechselseitigen Panik, dass es nicht sein durfte und sollte, endeten ihre Zusammenkünfte (Waren es sieben oder acht gewesen?) zumeist mit einem zweiten, gleichsam exterritorialen Mal, bei dem sie sich mit noch härteren Bandagen liebten, um sich dann gleichgültiger und beschämter verlassen zu können. Marlies erzählte ihm zu Anfang beiläufig, dass sie vor Ullrich, dem sie nach der Geburt des ersten Kindes stets treu gewesen wäre, etwa vierzig Liebhaber gehabt hatte, wozu er schwieg und sich dann bald nur anstellte, als müsste er als ein wahrer Ali Baba sämtliche Vorgänger ersetzen. Er hatte diese Erlebnisse einer rückhaltlosen sexuellen Harmonie glücklich mitgenommen in seine Ehe, er hatte – gerade noch rechtzeitig, wenige Wochen bevor Milena in sein Leben zurückkehrte –, mit dieser üppigen, zärtlichen und starken Frau, eben weil sie sich nicht liebten, eine so umstandslose, mühelose Entfesselung erlernt (nimm ihre Brüste wie einen Schlitten, lass dich von ihr auf den Bauch drehen und warte auf das Thermometer ihrer Zunge), dass sie, ineinander verschlungen auf dem hohen weichen Heuhaufen der Befriedigung ruhend, vollkommen gelöst über ihre Kindheit sprachen oder über ihre größten Hoffnungen und Ängste. Zwischen dem rasch herbeigeführten, aber zumeist zärtlichen ersten Akt (das genaue Hinsehen: die luftballonknotenähnliche Spirale des Nabels, das Zungenbändchen, die blasse Milch auf deinen Schneidezähnen) und dem existenziellen zweiten schien es Jonas auch, als könnte er mit einer ungeheuren Geschwindigkeit dazulernen, mit Hilfe einer neuartigen, auf

Tiefenentspannung beruhenden Methode den Inhalt der dicht an dicht stehenden Bücher aufnehmen, die das blaue, erstaunlicher- und praktischerweise ausziehbare Sofa (Marlies: Ich dachte, so könnte ich hier die Kunden besser ficken.) umgaben und durch die Folien nicht verborgen, sondern zur Kenntlichkeit verschleiert wurden wie die Sonnenoberfläche bei der Beobachtung durch lichtabschwächende Filter. Alles, was Marlies über Literatur sagte, gehörte zu diesem auf seinen nackten Körper einwirkenden Wissen, wobei es sich nicht um Belehrungen handelte, sondern mehr um eine symbiotische Glückserfahrung, einen Akt der geistigen Nachverschmelzung, der darauf beruhte, dass sie dieselben modernen Autoren schätzte wie er und auch nicht davor zurückschreckte, Homer oder Dante ein weiteres Mal zu lesen. Ihre politischen Ansichten erschienen ihm reichhaltig und konfus oder konfundierend vielmehr, denn während sie ausgezeichnete Sachbücher bestellte, von denen sie nur den Klappentext las, stöberte sie manisch in Zeitungen, politischen Magazinen und Wochenzeitschriften, um dort Material oder Schmuckpartikel für ihre unveränderliche Meinung zu sammeln. Sie pflegte ein seltsam schizoides Verhältnis zur Staatsgewalt, da sie vom Großen und Ganzen (und Bundespolitischen) noch immer das Orwell'sche Zerrbild ihrer Straßenkampfjahre aufrechthielt, während sie in ihrem Buchladen Abgeordnete aller Parteien des Stadtparlaments begrüßte, zu ihren guten Käufern rechnete und auch mit den konservativen ausgezeichnet zurechtkam. Was aber dachte Jonas, verlangte sie ein oder zwei Mal mit einer plötzlich aufflackernden Intensität zu wissen, wenn er von seinen Endlospapierbögen aufsah und den Blick auf die Wirklichkeit richtete, in der er lebte? Für den kleinsten der drei Sterne, deren spektralen Fingerabdruck er studierte, hatte er einen Umfang errechnet, dem die Kreisbewegung der Erde um die hiesige Sonne entsprach. Sollte das ein Alibi dafür sein, keine Tageszeitungen zu lesen? Jonas fühlte sich flau und desengagiert und wagte es nicht, ihr einzugestehen, dass er seit seinem achtzehnten Lebensjahr stets SPD wählte. Wie zum Ersatz dafür erzählte er von seinen rot-grün-katholischen

Eltern. Das hieße, sie täten schon alles richtig auf der Erde, so dass ihm nur noch die Sonne geblieben sei? Marlies suchte ihn heim, nicht ausgiebig, aber immer wieder, mit kleinen, intensiven Attacken, die ihm Ehrfurcht vor dem einflößten, was sie wohl ausrichten konnte, wenn sie sich längere Zeit auf etwas konzentrierte. An einem klaren Herbsttag kam sie auch wirklich zu ihm nach Hause in sein WG-Zimmer, es musste ein Feiertag gewesen sein, an dem ihr Lebensgefährte mit den Kindern einen Familienbesuch abstattete und auch Jonas' Mitbewohner ausgeflogen waren. Marlies hatte keinen Bekannten, aber vielleicht einige Kunden in der schmalen Straße mit den spitzgiebeligen Reihenhäusern, denn an den Balkonbeflaggungen erkannte man, dass noch etliche studentische Wohngemeinschaften hier, im Süden der Altstadt, logierten, unweit der historischen mathematisch-physikalischen Institute und dem Zentrum für Luft- und Raumfahrt. Gewiss nicht unabsichtlich kam sie in verstörendem Zivil, einem alten grünen Parka, einer weiten Jeans, über der sie ein tintenblaues T-Shirt trug, ohne BH, so dass ihre Brüste ihn bei der Umarmung überraschend tief, in der Höhe seines Magens berührten. Die neuartigen Umstände und diese Montur – als wäre sie kurz durch ihren Vorgarten geeilt, um die Zeitung hereinzuholen, er glaubte zutreffenderweise, dass sie keinen Slip unter den Jeans trug – erregte sie beide noch mehr als üblich. Kaum schafften sie den kurzen Weg von der WG-Küche über den Flur in Jonas' Zimmer, in dem sie dann feiertäglich laut und verzückt vögelten (mit einer wirklichen, erwachsenen Frau endgültig aus dem Studentenleben heraus, dachten seine währenddessen verfügbaren Großhirnanteile). Danach erschien Marlies geröteter, großer, vollkommen entwaffneter Körper Jonas so fern, als wäre ihm unversehens die Mutter einer seiner Mitbewohner erlegen (die des Zweit-Semesters Christian am besten, die seiner Geliebten ähnelte und wohl kaum älter war, aufreizend spießig und sommersprossig indessen mit undefinierbaren kleinen Entgleisungen in seine Richtung, wo hören die Sonnen auf im Meer der Sterne), und so nah, dass er sich ausmalte, sie seinen Eltern in Freiburg bei einem sonntäglichen Kaffeetrinken im Garten vorzustellen. Sie sprachen über Lichtenberg und seine blutjunge Stechardin, über die Notwendigkeit von unkonventioneller Liebe und Sex. Einen langen weißen Arm über seine Brust hinweg ausstreckend, ergriff Marlies ein violett eingebundenes Taschenbuch, das auf dem CD-Player lag. Erschienen im selben renommierten Wissenschaftsverlag, hatte es sie an das Pleßner'sche Werk erinnert, es handelte sich allerdings um eine Abhandlung über geometrische Aspekte der Allgemeinen Relativitätstheorie, die ihm Antje geliehen hatte. Er konnte Marlies – die das Büchlein mit einer großen geübten Hand aufblätterte und stirnrunzelnd das Formelgewirr (Tensoralgebra, müsste ich eigentlich wieder einmal ...) bestaunte, nur mit Mühe darlegen, worum es ging. Aber eines fiel ihm, hier und jetzt, wo sie nackt und erlösend inmitten seines Studienabschluss-Lebens ruhte, plötzlich ganz leicht, nämlich auszusprechen, was er vor Antjes gnadenlos wachen, blauen, hell in ihn hineinforschenden Augen sorgfältig verschlossen hielt: das Eingeständnis, dass er sich zwar zu Recht von seinem Lehramtsstudium abgewandt und auf die Physik geworfen hatte, sich jedoch mit der inzwischen sehr deutlich gewordenen Aussicht begnügen musste und auch wollte, kein großer Theoretiker und Konstrukteur von wunderbar verwickelten Modellen für das Universum (und den ganzen Rest) werden zu können. Er würde wohl einen akzeptablen Experimentalforscher und Teamplayer abgeben, mit etwas Glück vielleicht auch mitarbeiten dürfen an der neueren (hausbackenen) Detailphysik der, wie Antje es unnachahmlich formulierte, *weitgehend schon auserklärten* Sonne. Genau hier, an diesem Punkt, an dem sich sein langer Weg vom Pleßner'schen Vortrag in Freiburg (immerhin war es dreizehn Jahre her) mit seiner schmerzhaften Selbsteinsicht und den lustvollen Analysen seiner heißblütigen Buchhändlerin vereinigten, hatte er sich tatsächlich für die Solarphysik entschieden. Die Sonne sei für die Menschen doch ungeheuer wichtig, sagte Marlies bestimmt, und darauf käme es an. Sie legte das violette Taschenbuch beiseite, um an seiner Stelle Jonas' Schwanz mit einem soliden irdischen Griff zu umschließen. Die Sonne (Glutpunkt in der Mitte deiner schneller atmenden Existenz) war für ihn das, was die Buchhandlung für sie bedeutete, kein Raketenziel für den frustrierten Ehrgeiz ihres oder seines Vaters, sondern ein eigenes, überschaubares Gebiet (das die Erde am Ende ihrer Tage als sich aufblähender roter Riese verschlucken würde wie einen Tennisball). Sie wollte etwas trinken, Alkohol, schließlich habe man Feiertag, und als er mit einer glücklich im Kühlschrank entdeckten halb gefüllten Flasche Weißwein zurückkehrte, war sie im unguten Sinne erregt, trank rasch ein Glas und lehnte sich mit dem nackten Rücken an die Wand, die Beine im spitzen Winkel angezogen. Die Sitzhaltung betonte ihre großen runden Formen, so dass sie ihn an die Skulpturen von der Bronzezeit nacheifernden Künstlern der sechziger Jahre erinnerte, die man in öffentlichen Parkanlagen oder vor Bankgebäuden ausstellte. In einem seltsam aggressiven Tonfall fragte sie, ob es denn stimme, dass die Strahlung der Sonne so viel Energie zur Erde transportierte, dass man eigentlich gar keine andere Quelle für die Versorgung der Menschheit benötige? Jonas erinnerte sich an eine Untersuchung, derzufolge jeder Mensch nur die Energiemenge benötige, die sich aus der durchschnittlichen Einstrahlung auf vier Quadratmeter Erdoberfläche ergebe. Selbst im dicht besiedelten Deutschland verfüge jeder über ein Tausendfaches dieser Fläche, und die Sonne liefere ihre Energie zuverlässig noch für viele Millionen Jahre. Weshalb kettest du dich dann nicht auf die Bahngleise vor einen Zug mit Castor-Behältern? Weshalb wirfst du keine Molotow-Cocktails bei den Chaos-Tagen in Hannover?, fragte er reflexhaft zurück, um sich gleich darauf zu entschuldigen. Er setzte sich vorsichtig auf den Matratzenrand zu ihren Füßen. Sie hatte die Zehennägel türkisfarben lackiert. Weshalb? Eine verborgene Freiheit und Natürlichkeit lag darin, der er nichts entgegensetzen konnte. Es ist wegen neunundachtzig, sagte sie nach einer Weile. Als sie gesehen habe, dass die überwältigende Mehrheit der DDR-Bürger, die große Mehrheit im Ostblock überhaupt, nichts anderes gewollt habe als das, wogegen (gegen dessen Auswüchse) sie viele Jahre lang Sturm gelaufen war, sei sie zu sich gekommen und habe beschlossen, das Spiel mitzuspielen, wenn auch als vergleichsweise kritischer Teil des Ganzen. Es gäbe ja weiterhin eine Menge Politik um sie herum, etwa die Erweiterung der EU auf fünfzehn Staaten, etwa die schrecklichen Vorgänge in Bosnien-Herzegowina, und Shell habe den Schwanz eingezogen und die Ölplattform *Brent Spar* nicht im Meer versenkt, nachdem genügend Leute die Tankstellen boykottiert hatten. Sie trank ein weiteres Glas Wein, ohne ihre Hockerstellung aufzulösen. Wieder hatte ihr Gesicht jenen kämpferischen, bissigen Ausdruck angenommen. Er würde sich einmal genau daran erinnern, wie nah ihm plötzlich wieder die politischen Fragen gekommen waren, wie abgehoben, unreif und unnütz für die menschliche Gemeinschaft er sich gefühlt hatte. Aber er war bald nicht mehr imstande, diesen einen, vorläufig letzten Akt mit seiner nicht aufzuhebenden Kälte und aufdringlichen Hydromechanik eindeutig seinem Studentenzimmer zuzuordnen. Vielleicht war es in dem Hotelzimmer gewesen, das sie zweimal benutzt hatten, oder in der Wohnung ihrer Freundin Anne. Oder es war doch auf dem blauen Sofa passiert, auf jener ausklappbaren Insel im Kunstfolienmeer vor den nebelverhangenen Bücherklippen, das sich manchmal in seiner Zeit und seinem inneren Raum so vergrößerte, als hätten sie die gesamten zwei Monate ihrer Affäre darauf verbracht und als wären kreischende Möwen über ihnen dicht an den Steilwänden emporgeflogen. Ein grelles Licht, die nackte Glühbirne, die von den Bauarbeitern aufgehängt worden war, erleuchtet noch einmal die fehlrenovierte Kundentoilette mit ihren wieder roh gehauenen Wänden, die wie ein Stollen in die Bücherfelsen getrieben scheint. Jonas uriniert in die brillenlose, ungeputzte Schüssel, die man provisorisch aufgestellt hatte. Dann sieht er sich nackt und noch ganz umfangen von Marlies' intimstem Geruch wieder hinaustreten in die nächtliche Buchhandlung. Aber anstelle der raschelnden Abdeckplanen fühlen seine Sohlen direkt den weichen dunkelblauen Teppich darunter, es ist helllichter Tag, alle Nebel haben sich aufgelöst, das Sofa ist zusammengeklappt und von einem lesenden kleinen Mädchen besetzt (Es könnte seine Tochter Katrin sein!), und die zahlreichen, gutbürgerlichen Kunden vor den Regalen starren entsetzt oder spöttisch auf seine fröstelnde Haut.

8. BERLINER ADVENT (OKTOBER 1989)

Sie hielt sich an ihrer Mutter fest, das will sie zugeben, wie ein Affenjunges am Fell seiner Erzeugerin, die unversehens wild durch die emporschießenden Freiheitsbäume hangelte, in den Wochen der Erschütterung, des Erdbebens, des unglaublichen Durchbruchs und der Flutung, des Untergangs und der Wiederauferstehung, der sogenannten Wiedervereinigung mit etwas, das sie in ihren heimischen Fortschritts-Medien nur als paradoxes Riesengespenst kennengelernt hatte, als eine Art kindermörderischen reichen Onkel, dem DM- und Dollarnoten aus Ohren, Nase, Mund und Westentasche quollen, während er seinen lollipopbunten atomaren Monsterpenis auf sie richtete, mit dem Yankee-Daumen nach hinten auf die blühenden Jahrmarktswiesen deutete, auf denen sich Westpolitiker an der Seite von CIA-Agenten tummelten, umgeben von Armeen von Obdachlosen, Arbeitslosen, Hemmungslosen, Neonazis, revanchistischen Großvätern, zynischen Werbefuzzies, bigotten Katholiken und kriegshetzerischen Monopolkapitalisten, unter denen seit vier Jahren nun schon auch ihr rätselhaft gut gelaunter Malervater hauste, um ungestraft seine dekadenten Opferungsszenen auf die Leinwand zu bringen, im Unterschied zu früher nun nicht mehr Madonnen oder Söhne, sondern die eigene Tochter als Schlachtlamm dem niedersausenden Hammer oder der halsmähenden Sichel preisgebend (einmal hatte sie tatsächlich eine derartige Skizze gemacht). Zunächst orientierte sie sich unwillig an ihrer Mutter, bedingt durch den panisch vollzogenen Ortswechsel in die abweisende, zugige Hauptstadt, den sie ihr länger hätte nachtragen müssen, da sie ein Schuljahr verlor, sämtliche Freunde, die Fortsetzung, nein, überhaupt den rechten Beginn der Geschichte mit Gerald, einem bei der NVA brummenden zukünftigen Studenten, zumal sich die ganze aufwändige Familienwanderung auch noch als sinnlos erwies, da man Viktor bald wieder vertraute (er hatte die Gemälde des Vaters nicht entwendet, sondern gerettet und sicher verwahrt, wer's glaubt, aber wenn man es glaubte oder sich so sehr den Anschein gab, es zu glauben, dass man es fast glauben konnte, dann war es angenehmer, gemäß dem überall wirksamen, wie bleiverseuchte Muttermilch natürlichen und selbstverständlichen staatstragenden Prinzip) und nur mit seiner Hilfe überhaupt nach Berlin und auf die Erweiterte Oberschule und dann vom Lichtenberger Plattenbau in die bürgerliche Altbauwohnung einer ruhigen Seitenstraße in Treptow hatte gelangen können. Nach einiger Zeit aber kapitulierte sie vor den neuen Energien und dem nach außen gerichteten Durchsetzungsvermögen Katharinas, die ihr jede Freiheit ließ und mit einem kaum mehr fasslichen Gleichmut ihre Launen ertrug, ihre Klagen über die unwirtliche, ruppige Großstadt und ihre Unfähigkeit, sich eine (berufliche) Zukunft auszudenken (Schriftstellerin!). Am Ende des ersten Hauptstadtjahres akzeptierte sie gar einen unglücklichen, drei Monate lang verwirrt zwischen ihnen seine Soljanka löffelnden Freund und schüchternen Bettgenossen. Das Suppenessen blieb später auch bei Milena als stärkste Erinnerung an Björn (aus der Parallelklasse) haften, gewiss eine Übersprungshandlung dieses ersten Berliner Lovers, der stets so hingebungsvoll aß, als hätten sie ihm in ihrer schmalen, von einer Kastanie leopardenfellhaft verdunkelten Treptower Küche wahrhaftige Zauberschüsseln gereicht. Schließlich gewann er solch magische Kräfte, dass er kommentarlos in Ungarn zelten gehen und in Ulm wiedererscheinen konnte (sie erfuhr es auf einer Weihnachtspostkarte immerhin schon desselben Jahres). Er verschwand, noch bevor Hunzigger (mit einer gewissen Anhänglichkeit an Andreas nannten sie den GeneralsekretärdesZentralkomitees(ZK)derSEDsowieStaatsratsvorsitzendenderDDRsowieVorsitzendesNationalenVerteidigungsrates seit Jahren so) wieder auftauchte, der sich krank gemeldet hatte, in unverhoffter Solidarität mit dem ganzen Land. Viktor tauchte ebenfalls unter, womöglich musste er sich mit der geänderten russischen Politik auseinandersetzen, oder die Staatskasse verlangte Reisen zu bayrischen Fleischfabrikanten. In der Zeit der Abwesenheit dieser Männer wurden sie wieder aufmerksamer füreinander, spürten immer lebhafter die Spannungen, Enttäuschungen, Sorgen der anderen auf den Signalbahnen einer Art zweiter Nabelschnur. Katharinas jäh ausgebrochene politische Fiebrigkeit, befeuert von den Nachrichten aus Leipzig, Dresden, Plauen, griff auf sie über, ohne dass sie sich genauer um die Inhalte kümmerte. Wenn sie ihr die Texte der mit ausblutender violetter Schrift bedruckten grauen Flugblätter vorlas, Ormig-Abzüge, deren Geruch die Erregung einer verschwimmenden, rasch zu ergreifenden, frisch in medizinischem Alkohol geborenen Gegenwart hervorrief, hörte sie weniger Neues als sie sah, denn der Spiritus-Nebel schien nur aufzusteigen, um sich zu verflüchtigen und ihre Mutter in unvermuteter Klarheit sichtbar zu machen: eine gereifte, aber wieder höchst lebendige, selbstbewusste Frau. Mit ihren Mandelaugen, dem auf Schulterlänge gekürzten dunkelbraunen Haar und dem Geschick, sich mit Hilfe von Bestellungen aus Versandhauskatalogen und eigener Schneiderei elegant zu kleiden, erschien sie unantastbar wie eine französische oder italienische Touristin auf dem Alex oder Unter den Linden und fürchtete sich wohl deshalb nicht vor den Nylonjacken-Männern, die bei jedem Ansatz einer ungewöhnlichen Aktivität in den Seitenstraßen auftauchten. Im September entschuldigte sie lange Abende ihrer Abwesenheit nur mit Zetteln, auf denen *Versammlung. Essen im Kühlschrank* stand oder *Wieder einmal am Schiffbauerdamm*, als träfe sie Leute im Eisfach oder spielte in einem Brecht- oder Müller-Stück gegenüber dem Tränenpalast. Ihre Berliner Kollegen schienen aufmüpfiger zu sein als die Dresdener, sie berichtete von freimütigen Kantinengesprächen, man ging zusammen ins Theater und lieh sich offiziell nicht bestellbare Bücher aus. Die Veränderung wurde immer greifbarer, sie hielt sich aufrecht, bewegte sich ruhiger und stolz, man musste wieder daran denken, dass sie, auch wenn es über zwanzig Jahre her war, beinahe in das nationale Leistungskader für Leichtathletinnen gekommen wäre. Im Vergleich zu ihrem immer noch sportlichen, größeren und neu gespannten Körper kam Milena der eigene oft linkisch und belanglos vor, als der eines durchschnittlichen, schmalen, uninteressanten Mädchens, selbst beim Sex, den sie ja immerhin – im eigenartig wirkungslosen Gegensatz zur aktuellen Katharina – zeitweilig hatte. Jene Versammlungs- oder Theaterabende, an denen sie bis Mitternacht über die Dreiraumwohnung frei verfügen konnte, erschienen unnötig deutlich als angebotene Wiedergutmachung für den Umzug und die Hotelreisen der Dresdener Zeit. Die Affäre mit Viktor durfte jetzt ausgeglichen werden mit einer mageren, blassen Kopie, die natürlich zu ihrem Alter und zu ihrem eigenen Körper passte, eher selten auch im positiven Sinn, etwa wenn sie nackt und (hoffentlich) mit der Anmut eines vertriebenen Schneewittchens vor dem elfenbeinfarbenen Kachelofen kniete, um das letzte Brikett des Abends in die Glut hinter der verschraubbaren Eisentür zu legen, bevor sie zurück zu dem kerzenweißen weißkerzigen heißwachsigen Björn unter die Bettdecke schlüpfte. Sein Verschwinden in Ungarn – gemein, aber am Ende bloß folgerichtig, denn alles, was sie (mit Selbstüberwindung, dann mit einem gewissen sportlichen Ehrgeiz) in Berlin anstellte, erschien erwachsener und wirklicher und zugleich doch substanzlos, transitorisch, bloß oberschülerhaft (ja, eben so war es gewesen, eine Reihe von Schülerorgasmen in eine Reihe von *Tempo* geheißenen Papiertaschentüchern der VEB Papierfabrik Kriebstein, sollten sie das alles doch in Budapest in die Gulaschsuppe tun). Anstelle der Verrücktheiten der Dresdener Atelierfeste und der philosophischen Höhenflüge auf den mäandrischen Autofahrten mit Viktor versuchte sie jetzt den Rausch am herkömmlichen Leben, indem sie sich zwang, mit dem Schulstoff zurechtzukommen, in den fantasielosesten Jugendclub zu gehen, einen festen Freund zu ergattern (zu verführen, zu halten, zu verlieren), aus Zeitgründen keine philosophischen Bücher mehr zu lesen und zweimal die Woche Volleyball zu spielen. Die Oberfläche war erreicht worden, um es mit dem verbotenen Nazi-Philosophen Nietzsche zu sagen, falls Viktor ihn korrekt zitiert hatte, das Netz der Riesenspinne Wirklichkeit hatte sie erfasst, in dem sie nach Vorschrift oder wenigstens im Rahmen des Zulässigen zappelte. Es gab Augenblicke (Viertelstunden, halbe Stunden), in denen alles klar, einfach, präzise, sauber zurechtgerückt schien, ein geometrisch vollkommener, schwebender weißer Ball vor dem straff gespannten Band aus grasgrün gezeichnetem vergrößerten Millimeterpapier, das die Spielfelder voneinander trennte. Du könntest etwas werden, sagte die kleine Sportlehrerin mit der festgelöteten Achtzigerjahre-Dauerwellenfrisur, obwohl du schon so alt bist. Baggern, Pritschen, Schmettern für den Sozialismus, sie sah das schwarz-rot-goldene Hammer-und-Zirkel-Band in den blauen Himmel flattern, das beinahe schon ihre Mutter verführt hatte, und zeichnete eine grotesk verbogene, muskelstrotzende Athletin, der die Maske des Gesichts vor die Sportschuhe gefallen war. Du könntest etwas werden, sagte der Mathematiklehrer, auch wenn wir hier technisches Zeichnen versuchen. War ihm aufgefallen, dass sie die Markierungslinien zwischen den Streifen der Aschenbahn an einigen Stellen unterbrochen hatte, damit sich die Morsebotschaft *Save Our Souls* (remember Feuerbach) ergab? Etwas wie eine Perforationslinie in der Oberfläche der Wirklichkeit, die plötzlich, vor ihren Augen, von der Hand der eigenen Mutter, zerteilt wurde. Das Unterirdische und Aufsässige schimmerte in Katharinas Augen wie in einem Spiegel, der eine unmögliche Zukunft offenbarte. Sie folgte ihr fröstelnd, ließ sich mitführen, in einer halb ohnmächtigen, verdrehten Sehnsucht nach sich selbst, als hätte sie, die sich mit Russisch, Integralrechnung und (wie stets) mit der Entwicklung (routineglatten, gähnenden Darstellung) des Historischen und des Dialektischen Materialismus plagte, vor freudiger Spannung vibrierend unter dem Volleyball-Netz stand oder zähneknirschend, ein blaues Tuch um den Hals geschlungen, vor einem Fahnenmast als blitzsauberes sozialistisches Mädel, das im Anschluss an den FDJ-Nachmittag Björns Suppenwürstchen gekonnt in ein Plaste-Häutchen zu zwängen lernte, eine junge Frau also, die allmählich das Spiel beherrschte, mit dieser trotzigen, in unverständlichen Büchern wühlenden Sechzehnjährigen eine zwar unglückliche, aber auch seltsam höhere und weisere Existenzform verloren, die melancholische Tragik und Würde ihrer Dresdener

Pubertät. Auf dem Weg zu einer Kirchenversammlung erzählte Katharina, dass nichts beschissener sei als ein untreuer Mann (Zerschlage ihn mit einem Hammer! Sein Würstchen wenigstens. Wie aber sprach sie mit ihr? *Beschissen! Du bist meine Mutter!* Und von wem sprach sie eigentlich?). Dann berichtete sie von ihrer Arbeit als Bibliothekarin, von den Giftschränken, in denen sie wissenschaftliche Werke aus dem Westen verschließen musste, an die man nur noch mit schriftlichem Antrag herankam, von jungen Forschern, die gezwungen waren, staatstragende Phrasen in ihre Arbeiten einzubauen (es würde also immer so weitergehen, Endlosschleifen türmten sich zur Höhe von Achterbahnen), von der Umweltbibliothek einer Kirchengemeinde, nichts als ein paar Bücherkisten und Ordner mit Flugblättern, die beargwöhnt und observiert wurde, als stapelte man dort Nitroglycerin in Literflaschen. Noch als sie so viele Volkspolizisten und dubiose Gestalten in Zivil sahen, dass jeder vernünftige Mensch auf dem Absatz kehrtgemacht hätte, redete Katharina in dieser Art weiter. Ihre panische Reaktion auf die Verletzung, die Milena vor der Dresdener Kirche durch den Stasi-Mann erlitten hatte, schien vergessen, geradewegs ging sie auf Plakate zu, auf denen die Freilassung inhaftierter Bürgerrechtler gefordert wurde, indes die im Schlepptau folgende Tochter die Möglichkeit einer brutalen Attacke spürte, jäh an sie glaubte, sich unter dem vorweggenommenen Schmerz und der Beleidigung innerlich krümmte, aufatmen wollte im Inneren der Kirche, dort aber sofort (immerhin auch sofort ablenkend) von einer zugleich feierlichen und aufgewühlten Stimmung in den Bann geschlagen wurde. Zwei oder drei Mal saßen sie auf überfüllten Bänken in ihren Wintermänteln, hörten zu, schwiegen betreten, wenn gesungen oder gebetet wurde, sie waren weder an dunkle Kirchenschiffe gewöhnt noch an offen anklagende, teils sogar wütend vorgebrachte Reden. In der gespannten Atmosphäre befiel sie der Eindruck, eine Flutkatastrophe stünde bevor und sie befänden sich ganz und gar nicht auf dem höchsten Punkt des Prenzlauer Bergs. Für eine Viertelstunde änderte sich alles, jeder schien zuversichtlich an die Verbesserung der Verhältnisse zu glauben, als könnten die dicht gesteckten Altarkerzen auf ihren rechteckigen Haltern direkt durch die Kirchenmauern hinausschweben wie kleine Flöße und den Geist der Freiheit ausgießen. Dann wieder packte einen die Angst, man hielt die Redner, die Pfarrer, die am Boden auf Isoliermatten Sitzenden, die zu Gitarrenakkorden Friedenslieder sangen, für grauenhaft realitätsblind, als hätten sich schon Kordons von Volkspolizisten draußen um die Backsteinmauern geschlossen, um im nächsten Moment die Versammlung zu stürmen. Ein Redner des Neuen Forums sprach auf einer Versammlung in einem Tanzsaal, dessen Seitenwände mit kaffeebraunen schlaffen Vorhängen verhängt waren. Atmosphärisch unterstützt von der verzweifelten Schäbigkeit des Saales, von dessen Deckenmitte eine Diskokugel herabhing, warnte er vor der Möglichkeit einer *chinesischen Lösung*, falls die Demonstrationen nicht absolut gewaltfrei verliefen. Das Westfernsehen hatte im Juni die Panzer gezeigt, die auf den Platz des Himmlischen Friedens zurollten, schockierte, verzagt die Internationale singende Studenten, blutende Verletzte in den Krankenhäusern, Getötete, die weggeschleppt wurden, Soldaten, die in die Menge schossen – auf *Provokateure, Angehörige extremer Minderheiten, Kontrarevolutionäre, kontrarevolutionäre Mörder* gar, wie es in den hausgemachten Sendungen hieß. Umgehend war der GenosseStellvertretendeStaatsratsvorsitzendederDDR zu einer mehrtägigen Reise an den Ort des Geschehens aufgebrochen, um zur Klärung der Situation zu gratulieren. Ein anderer Redner schien Lehrer, wahrscheinlich Deutschlehrer, zu sein, deshalb oder dennoch kam er sehr nahe an ihr Lebensgefühl heran: Die LÜGE müsse beseitigt werden, das alles durchdringende, höhnische System todernst, grundaufrichtig, felsenfest überzeugt vorgebrachter Falschaussagen, das bereits jeden Schüler in den Gesslerhut-Szenen des Alltags vor die Wahl stelle, Zyniker, Feigling oder Idiot zu sein (allein schon das monströse Orwell'sche Umdeuten der Mauer als SCHUTZWALL, gleich welchen progressiven Attributs). Gespannt nahmen sie die Nachrichten über die zahlreichen Aktionen, Demonstrationen, Versammlungen auf, die verheißungsvoll irreal wie Berichte aus exotischen Ländern erschienen. Milena bemühte sich, aufmerksam wie ihre Mutter den Rednern zuzuhören. Ein Dialog sollte stattfinden, das war das Wichtigste, ein die ganze Gesellschaft erfassender Disput über die grundlegenden politischen Fragen, über die Demokratie, die Verfassung, die Verwaltung, den Rechtsstaat, die Wirtschaft, die Kultur, die Natur, den Frieden. Sie ermüdete rascher als Katharina, sie hatte zu wenig Erfahrung, zu wenig konkretes Wissen, um die Begriffe, historischen Anspielungen und Verweisungen zu verstehen. Erschöpft vom Zuhören gestand sie sich ein, dass sie wohl nichts weiter wollte als einen großen Zaubertrick, eine Art Gorbatschow'sches Pfingst- oder Weihnachtswunder, als könnten sie einfach den Tanzsaal, die Kirche, das Klassenzimmer verlassen, ohne je in ihrem Leben wieder auf eine dieser barschen, herrischen, mit eiserner staatlicher Autorität versehenen Gestalten zu stoßen, die das Land besetzt hielten (eine Armee von Arschlöchern, die ihre Rekruten in jeder Behörde, jedem Betrieb, jedem Mietshaus hatte). Wenn sie sich fragte, was sie sich persönlich im Rahmen dieses Wunders erhoffte, dann sah sie auf eine im nachhinein bestürzende Weise genau die rosige Zukunft vor sich, mit der sie einmal nicht zurechtkommen würde: einen modernen Campus auf der grünen Wiese, mit Volleyballfeldern, Scharen gleichgesinnter Studenten, einer großen Mensa, frisch geglätteten Fahrradwegen, einer weiten, glashellen Bibliothek, in der man in völliger Ruhe, in völliger Freiheit, den grundlegenden philosophischen, politischen, gesellschaftlichen Fragen, die das Land neu aufwühlten, nachgehen konnte, jenseits von Fahnenappell und Klassenkampfrhetorik, Punkt für Punkt. Zunächst aber vergaß ihre Mutter auch im rebellischsten Zustand nicht, sie daran zu erinnern, dass ein bestandenes Abitur die Grundvoraussetzung für das Studieren in allen möglichen Systemen sei. Also musste sie weiterhin den Weg nach Lichtenberg auf sich nehmen, fast jeden Tag das Buch mit dem mandarinenfarbenen Einband auf ihr Pult legen, wobei sich die beiden ährengoldenen Hände auf dem ovalen Emblem in der rechten unteren Ecke immer fester zu packen schienen, sich mit einem eisernen, fast schon hörbar knirschenden Griff drückten, als versuchten sie sich gegenseitig unter äußerer Wahrung des Protokolls die Finger zu brechen. *Geschichte der SED. Abriss.* Erstellen Sie eine Übersicht über die aktuellen Probleme des Kampfes der sozialistischen und Arbeiterparteien in der Gegenwart. Äußern Sie sich nicht zur Grammatik des vorhergegangenen Satzes. Anstelle des Abrisses: Schulfrei anlässlich der feierlichen Begehung des Jahrestages. Triumphale Einleitung desselben durch die endlose Parade der Nationalen Volksarmee. Hinter der Ehrentribüne ein zehn Meter hohes arterienblutrotes Plakat mit dem Staatswappen und der weißen Aufschrift *40 Jahre DDR* (farblich gesehen ein seltsam weihnachtlich, schweizerisch, rotkreuzfahnenhafter Kontrast). Beim Blick nach vorn ergoss sich ein Strom von marschierenden und rollenden Einheiten, behelmte grüne Infanteristen darbietend, mit Gewehren, Pauken, Flöten und Posaunen armierte blaue Matrosen (Titanen der Ostsee), Panzer mit geöffneten Geschütztürmen, aus denen die stehend salutierenden Kommandanten ragten, gefolgt von Lastwagen mit in Dreierformation montierten Raketen usw. usf. Der stummgeschaltete Fernseher führte die Parade als Live-Ikone im Hintergrund des Wohnzimmers eines Schulkameraden auf, dessen Eltern in ihren Betrieben feierten. Sie, die angehenden Abiturienten, spielten in jenen Tagen oft leidenschaftlich, nachgerade verbittert albern Mensch-ärgere-dich-nicht, mit jenen gesichtslosen Figuren, bei denen nur die Farbe und das Glück darüber entschieden, ob sie auf dem Spielfeld verblieben oder nicht. Eine Klassenkameradin, deren Fluchtversuche sämtlich gescheitert waren und die mit allen Männchen wieder im eigenen Haus stand, drehte den Ton auf, so dass sie an der Befriedigung des TV-Sprechers darüber teilhaben konnten, dass hier, auf den ehemaligen kaiserlichen Prachtstraßen, nach zwei entsetzlichen imperialistischen Weltkriegen, sozialistische Friedenskräfte paradierten, deren Aufmarsch nicht das Geringste mit militaristischer Kraftmeierei zu tun habe, sondern nur Ausdruck des Stolzes der Streitkräfte auf ihren Beitrag zur längsten Friedensperiode der europäischen Geschichte sei. Der Genosse Gorbatschow aber sah auf die Armbanduhr, worauf der zu seiner Linken stehende Hunziger (tonlos wieder) erfreut lächelte, als hörte er schon die neue Nationalhymne, hingeschmettert vom gemischten Chor der Mensch-ärgere-dich-nicht-Spieler: *Wer zu spät kommt, den bestraft das Leben. Jawohl, Genosse, denn so ist das eben!* Auch auf der Parade sah man nun schon das Greisenblut aufwallen lassende, gefällige Inkarnationen dieser tiefen Einsicht, denn ein Block von vierzig mal vierzig (blitzsauberen) FDJ-Mädeln bot sie in weißer Schrift auf ihren rot gefärbten blanken Brüsten dar. Auf jeden Fall pünktlich kam jener auf einen Sattelschlepper aufgebrachte Zugwaggon, aus dem Hunderte Arme winkten und schwarz-rot-goldene BRD-Fähnchen schwenkten in Erinnerung an die siebentausend Volksgenossen, die vor drei Tagen in haltlosen Zügen von Prag aus durchs Land in den Westen hatten gelangen können. Ein Transparent, das noch etliche Jahre später technologisch auf sich warten ließ, eine Art textiler Riesenbildschirm, zeigte, wie die Menschen, die sich in Dresden zum Bahnhof drängten, um jene Züge zu sehen oder auch auf sie aufzuspringen, eingekesselt, traktiert und misshandelt worden waren. Entsprechend folgten hinter dem Zugwaggon mit jenen als Republikflüchtlinge verkleideten Mitgliedern hervorragender Betriebskampfgruppen denn auch die allseits beliebten Prügel- und Greiftrupps des Ministeriums für Staatssicherheit in Zivil, sortiert nach Bekleidungsart, in der Reihung Jeansjacken, Nylonjacken, Lederjacken. So verwirrend biblisch, dass Hunziger sich erklärend zu dem GenossenGeneralsekretärdesZentralkomiteesderKommunistischenParteiderSowjetunion wenden musste, schlossen sich zwei Abteilungen gefangener, das heißt symbolisch mit Ketten behängter, an die römische Triumphzugtradition der Vorführung der Besiegten erinnernde TIERE an, voran die OCHSEN, die ebenso wenig wie die hinter ihnen trottenden ESEL den Lauf des Sozialismus in den Abgrund aufhalten konnten. Eine Kolonne von Schriftstellern trabte hinterdrein, in freier Entscheidung weltanschaulich verkommene Seiten aus ihren Werken reißend, welche die entwickelte sozialistische Gesellschaft in einem pessimistischen Licht erscheinen ließen. Kunstmaler traten auf, rollende

Staffeleien mit sich führend, auf denen sie ihre Darbietungen abstrakter Stadtlandschaften voll grauer, obszöner Gestalten übermalten und durch lebensfrohe sozialistische Roboter ersetzten, umgeben von den Symbolen der blühenden Natur, der Arbeitswelt und des wissenschaftlichen Fortschritts. Schließlich rissen die Legionen von in perfekter Formation auftretenden roten und gelben Kampfeinheiten die Ehrentribünengäste zu begeistertem Winken hin, gesichts- und armlose Kegelfiguren, deren Torso auf einer Art Luftkissen schwebte. Einer der Mensch-ärgere-dich-nicht-Spieler träumte davon, auf einer solcherart betriebenen Fähre von Calais nach Dover zu reisen. Stattdessen nahmen sie S- und U-Bahn, getrieben von einer Mischung aus Neugier, Langeweile und Übermut, und gelangten am späten Nachmittag zum Alexanderplatz. Es gab Grillbuden, es gab Musik TANZESAMBAMITMIRDIEGANZENACHT, es gab DASERWEITERTEWARENANGEBOT, es gab einmal vier Spielzeugfiguren, wie armlos, die Hände in den Hosentaschen ihrer Jeans, die über die Karl-Marx-Allee zogen, über den am Ende abgeriegelten Boulevard des Trierer Philosophen zum Fernsehturmszepter des russischen Zaren mit dem rotierenden, sich langsam schüttelnden, sich mehrmals am Tag das Genick brechenden, glitzernden Sputnikkugelkopf, der lustige Spargelturm aus der sozialistischen Zukunft, gekrönt von einem Sandmännchen-Mützchen, dessen bunkergrauer, fensterloser Betonschaft an der Basis auf spitz ausgestellten Dreiecken zu ruhen scheint, wie auf dem Startgerüst einer Rakete oder den unteren, geknickten, scharfkantigen Blättern bestimmter Agaven- oder Aloen-Sorten. Hebt den Kopf (lackiertes Holz oder hohles buntes Hartplastik) empor, ihr Figürchen, die ihr ein wenig die Geschichte ärgern wollt, um angesichts der sinnträchtig gestalteten Fassade am Haus des Lehrers (seht dort Schriftsteller, Stahlgießer, Kunstmaler und gewaltige Landfrauen im Werkgefüge des Sozialismus vereint) die Frage aufzuwerfen, welche Art von Monument die herrschende Menschheit errichten sollte, damit es ihr später nicht zum Hohn gereicht (baut möglichst hoch, das hält). Auf dem Platz, im Duft der Grilletta, im allmählich auskühlenden Herbstabend, das Lied des Jungen Naturforschers (TANZE-SAMBAMIT) auf den Lippen, streunt der Hund des Volkes einher, mit seltsam eingeknicktem Rücken, geklemmtem Schwanz, angelegten Ohren, verzogenen Lefzen, knurrend, wo man ihn nicht hört, räudig, wo man ihn nicht sieht, noch ohnmächtig, noch kaum vernehmlich mit den Zähnen knirschend, versessen darauf, sich die Flöhe aus dem Fell zu kratzen und die Hand zu schnappen, zu zerfetzen, die ihn zu füttern vorgibt, einsperrt, vertröstet, zum Männchenmachen zwingt, mit trockenem Futter abspeist, mit scheinheiligen Hundehymnen einlullt und hemmungslos prügelt, wo es noch widerspruchslos möglich ist. Mittendrin nun schon, am Brunnen der Völkerfreundschaft, die vier Schülerfigürchen in Rot, Grün, Gelb und Schwarz (die klassischen Natur-Holzkopffarben), plötzlich so nah, dass der eingeborene Wundschmerz der Erinnerung, immer Verlust zu sein, heftig aufflammen muss. Der Blick aus der Zukunft kommt vielleicht aus dem Wasser, das von den auf Stelen hochgehaltenen Schalen herabplätschert und schmutzige Kristallkugeln aufwirft, die Bilder der Zukunft zeigen sich dort womöglich schon, unkenntlich in ihren sich überschneidenden spiegelnden Kuppeln, in ihrem trüben Schimmer. Die Artistin, durch deren Kopf der geneigte Leser hier schreitet, hätte ihre malerische Laufbahn entdecken können. Andreas, Andy genannt, an ihrer linken Seite, hat eine doppelte Charité-Prognose, für diese Nacht nämlich und für seine Zeit als Oberarzt, eine Aufgabe, die er dereinst schaudernd und entschlossen antreten wird. Wo er jetzt auf dem äußeren Brunnenrand sitzt, wird er erneut Platz nehmen, als Anfangsvierziger, mit kurzgeschorenen, teils ergrauten Haaren, anstelle seiner jetzt noch bis auf die Schultern fallenden, lackschwarz glänzenden, gepflegten Matte, und seine Klassenkameradin Kerstin wiedersehen, die reflexhaft auf die Brusttasche seines Hemdes schaut, weil sie dort jenen unvermeidlichen Kamm erwartet, der in jener Position aus der damals ebenso unvermeidlichen Jeansjacke ragte. Ihr nächster Blick wird der Reihe seiner oberen Schneidezähne gelten, während er mit der Fassung ringt, beim Blick in ihr nach wie vor strahlendes, von gekonnt eingesetztem Make-up zum Leuchten gebrachtes Gesicht. Weder kann er begreifen, dass er bis kurz nach dem Abitur der feste Freund einer so schönen, überirdisch ruhigen Frau gewesen sein soll, die mit jedem Wort und jeder Geste etwas unwirklich Klares, verwirrend Harmonisches in die Konfusion der Welt brachte, noch vermag er zu glauben, dass sie als geschiedene Hotelwirtin mit drei Töchtern am Starnberger See lebt und jene Märchenfee, die sie einmal war, so tief, gerade noch erkenntlich, in den Fettpolstern eines wenigstens doppelt so schweren Menschen vergraben hat. Schimi, benannt nach dem Westfernseh-Kommissar, den er bestens zu imitieren versteht und dem er auch mit seiner importierten hellen Armeejacke ähnelt wie ein jüngerer Bruder, wird bald das Land in einer endlosen, zunächst nur fröhlichen, dann wie manischen Flucht verlassen, Postkarten aus Südamerika, Indien, China, Japan, Australien schicken, erst vergnügte, dann zweifelnde und schließlich boshafte Mutmaßungen über die Art und Weise hervorrufend, mit der er sein mehrjähriges Reiseleben finanziert. Ob er nun Bordellbesitzer in Phuket, Kraftwerksingenieur bei indischen Staudammprojekten, Waffenhändler in Islamabad oder alles gleichzeitig oder nacheinander wurde, sicher jedenfalls werden sie an diesem Tag einen seiner besten Momente erleben. Weil er als Erster auf die Schar von Demonstranten unter der Weltzeituhr zuging, fühlte er sich verantwortlich für das Geschick der Spielerrunde. Die FREIHEIT!-Rufe in Kombination mit den Namen rund um den Globus verteilter Städte, die man auf den Zylinderscheiben der Uhr sah, mussten ihn magisch angezogen haben, MONTREAL, WASHINGTON, NEW YORK sogar und noch STALINGRAD, aber keinesfalls JERUSALEM oder TEL AVIV (Vielleicht wärst du gar nicht explodiert in dieser Welt vertuschter Orte). Es waren hundert, bald zweihundert Rufer, am Rand der träge bis lustlos feiernden Menge. Schimi, offensiv und ideenreich, nahm stets das rote Männchen (STALIN) und würfelte zu Anfang immer die großen Zahlen. Sie folgten ihm unwillkürlich, aus dem Spielfeldzusammenhalt der Figuren heraus. Grün gehörte zu Andy, dem späteren Arzt, dessen blutenden wirklichen Kopf der Rote bald mit weit gespreizten Fingern beider Hände wie mit einem Fahrradhelm zu schützen versuchte. Schwarz war Kerstin mit ihrem langen Ebenholz-Feen-Haar, die es als Erste wagte, in die FREIHEIT!-Rufe einzustimmen, was ihr nur auf eine komische, unangebracht melodische Art gelang. Unter der Weltzeituhr blieben sie noch weitgehend unbelästigt, eine kleine, aber schon kritische Masse im vieltausendköpfigen Körper des Hundes, das gefletschte Maul, dessen Zähne man sich nicht einzuschlagen traute, solange noch DERGENOSSE-G in der Hauptstadt weilte, um gemeinsam mit Hunzigger und weiteren FÜHRERNDER-SOZIALISTISCHENWELT den vierzigsten Jahrestag zu feiern, und zwar im PALASTDERREPUBLIK, der ja eigentlich, wenn man es kurz erwog, nicht sonderlich weit von den vierundzwanzig Raum- und Zeitzonen der Erde entfernt war (oder vom Sonnensystem, das als dünne Spindel von Umlaufbahnen in so beengten und fantastischen Proportionen auf der Weltuhr saß, dass man glauben musste, in den entscheidenden Teilbereichen gehorche auch das Universum den Beschlussfassungen des ZKDERSED), gerade einen Kilometer Fußweg durch die sich verstreuende, dann wieder unschlüssig ballende Menge. Bei den ersten Übergriffen der Nylonjacken-und-Schnauzbart-Träger (man sah Fabriken vor sich, in denen sie seriell gefertigt wurden, zuletzt das hundertfach simultane Fest-Tackern der standardisierten Oberlippenbehaarung), die vereinzelt Demonstrierende anrempelten, aussonderten und wegführten, hätte man schon mehr tun können, als Buh-Rufe auszustoßen und zu pfeifen. Vor Wochen allerdings wäre man an einem solchen Punkt der Entwicklung in alle Richtungen davongelaufen, und keinesfalls wäre die Versammlung rasch auf die doppelte, bald dreifache Stärke angewachsen. Aus dem diffusen Reservoir der Abenddämmerung gesellten sich weitere Passanten zu den Protestierenden hinzu. Es würde keine Großdemonstration werden, nichts, das aus der Flugzeugperspektive den Paradefackelzügen der vorausgegangenen Nacht gleichkäme oder dem staatstragenden Feuerwerk, das zum Abschluss der Feierlichkeiten eine verglühende VIERZIG in den Himmel brannte. Aber selbst aus der Fernsehturmperspektive waren die Protestierer schon zu auffällig, mitten in der Hauptstadt, am Jahrestag, bei Anwesenheit GROSSERINTERNATIONALERSOZIALISTISCHERFÜHRER sträubte der Hund das Fell, schon zu groß, um durch einen Fußtritt weggescheucht werden zu können, schaffte er es, vernehmlich zu kläffen. Bald hatte sich die Masse über die Spandauer Straße auf die geschwungenen Pflasterwege und Rasenornamente des Marx-Engel-Forums geschoben, darunter die vier Hunzigger-wir-ärgern-dich-Spielfiguren, die ihren eigenen Mumm nicht fassen konnten. Meine Mutter wird mich lynchen, wo auch immer sie gerade stecken mag! Für sie die Debatte und der Protest, für mich das Abitur. Aber ich will diese Angst auch haben, ich bin jetzt wütend genug, sie herauszuschreien. WIR BLEIBEN HIER! (Kein Gulasch mit Björn!) Ich gehe mit meinen Schulfreunden unter völlig unbekannten Menschen, erwachsener mit jedem Schritt, eine junge Bürgerin der DDR, die einfach nur die Schnauze voll hat. Vor dem bernsteinfarben glühenden Block des Palasts der Republik (Wehe den Republiken, die Paläste haben!) am anderen Spreeufer tauchen mehr und mehr grün Uniformierte auf, wie am Schnürchen (an eisernen Drähten) gezogen, in den Ecken des Forums bilden sich Agglomerationen von weißen Helmen und Plastikschilden, deren Geklapper, ein martialisches Hüsteln, durch die Sprechchöre ungut vernehmbar bleibt. Schreie FREIHEIT! oder GORBI!, um die Spannung loszuwerden, die Ungläubigkeit, dass du mittendrin steckst, dass euch noch immer nichts passiert ist. Unvorstellbar auch, dass du morgen dein Klassenzimmer betreten sollst und dein Geschichtslehrer eine Flagge über die Tafel hängt, um in sentimentaler Erinnerung an *den gestrigen schönen Jahrestag* zwei Stunden lang *vor unserer schönen Fahne* zu unterrichten. Über die Spree werden wir nicht fliegen können, ihr dunkel fließender, in ein schnurgerades Bett gepresster Strom trennt säuberlich den protestierenden Pöbel von der festbeleuchteten Glasfassade des Palasts, der wie ein mächtiger Vergnügungsdampfer (über den Häuptern der Staatsoffiziellen, im JUGENDTREFFUNDBOWLINGZENTRUM: *Videodiskothek DDR 40*,

Tanz nonstop, Schlager auf Schlager, Pop-aktuell mit Lippi, Inka, Hendrik, Ute & Jean) auf die schwarze Masse des Doms zuzusteuern scheint. Hin und wieder glaubt man, den Schemen eines einzelnen Menschen in dem von diffusen gelben und roten Lichttrauben durchglühten Block auszumachen. Kein Zweifel, der eine oder andere SOZIALISTISCHEFÜHRER dort will einen Blick auf uns werfen, versteht womöglich gar, was wir schreien. Vor den weiß leuchtenden schrägen Treppenaufgängen laufen noch mehr Uniformierte von links nach rechts. Was das alles zu bedeuten hat, wird man bald hören. Der begeistert brüllende Schimi (WIR BLEIBEN HIER!, ausgerechnet er, denkt man, aber hier bekommen wir noch einen O-Ton: Ich gehe dann, wenn alle gehen dürfen!), der gedämpft mitrufende Andy, die mit verschränkten Armen einen traurigen dunklen Märchenfeeblick auf den Palast richtende Kerstin, die sich auf gelegentliche Pfiffe verlegt hat, das gelbe Mädchen/Männchen schließlich, als das ich figuriere, können so leicht am Kopf gepackt und über das Brett gezogen werden. Der Agent aus der Zukunft, mein philosophischer Lehrer Rudolf, wird einmal eine Auskunft darüber verlangen, ob wir, die an jenem Oktoberabend das Denkmal mit den beiden notorischen Gestalten doch protestierend eingekreist haben mussten – den bronzen dahockenden Marx und den vier Meter hoch daneben stehend aufragenden Engels –, etwas über sie gedacht hätten in diesem historischen Moment eines offen in der Hauptstadt vorgetragenen Protests während der international beobachteten Jubelfeier. Dass sie nach Osten schauten, Nordosten vielleicht, jedenfalls weg vom Palast, in die Richtung, aus der wir kamen, das fiel später dann auf. Nun, sie saßen ja auch, und wenn man sitzt, dann hat man es entweder geschafft oder es aufgegeben, bekomme ich zu hören, man will es aussitzen oder nichts mehr damit zu tun haben. Steckte also eine Ironie in diesem Kunstwerk, das ja doch als Staatsauftrag der DDR entstanden sein musste, wollte der Künstler heimlich sagen: *Marx, Sie können sich setzen*? Wären wir gerade an jenem Abend nicht vom Eindruck überwältigt worden, der Gründer des Sozialismus habe sich abgewandt und auf seinem Allerwertesten niedergelassen, weil seine Rolle in dieser Geschichte womöglich definitiv beendet war? Ach ja, wir hätten viel mehr denken sollen, aber im Augenblick leben wir noch zu sehr und sind noch zu sehr mit uns selbst beschäftigt, also muss ich Kerstin bitten, mit ihrer Feenkraft in das Gewebe der Zeit einzugreifen und den Besserdenker Rudolf hinüberzuzaubern, in das Innere des Palasts.

9. FERNSICHT DES AGENTEN

Du solltest dich vielleicht fragen, weshalb du Rudolf hinüberschicken wolltest, in das Innere des Palasts, anstatt eine eigene Instanz, eine gereiftere Version deiner selbst zu senden, die vom Jahr 1995 aus oder gar erst vom Beginn des einundzwanzigsten Jahrhunderts her, profund und klüger, wie alle Zukunft, noch einmal mit größter Genauigkeit und Kälte die Vorgänge in jenem asbestverseuchten Glaskasten am vierzigsten Jahrestag der Republik untersuchen würde. Es kann daran liegen, dass du dir einen unabhängigen Zeugen (West-Mann und Wissenschaftler) wünschtest, einen Experten, der sich mit der Theorie der Macht beschäftigt hatte. An jenem Novemberabend im Jahre 1989, an dem du irreal wirklich am abendlichen Spreeufer standest (inmitten einer aufgebrachten Menschenmenge auf den festbeleuchteten Glaspalast starrtest, als handelte es sich um das Raumschiff einer vorsintflutlichen Science-Fiction-Serie, gesteuert von einer zwar überkommenen, im Augenblick jedoch noch unbesiegbaren Spezies, Saxo-Frogs oder Interstalinoiden Leninionen), war der reale (real existierende) Rudolf weit entfernt. Er flanierte am Times Square über den Bürgersteig der siebten Avenue. In der nächsten Minute würde er ein Menschenleben retten und damit die beste Ausrede haben, nicht zweckdienlich in deiner Geschichte aufzutauchen. Er trug eine Sporttasche in der Linken, da er von seinem mit rosa und blauen Neonröhren diskothekenhaft aufgemachten Studio in einem Fabrikloft kam. Noch heute denkt er an jenen während seiner gesamten New Yorker Zeit besuchten Aerobic-Kurs zurück, knochenschindend, sehnenzerrend, meniskenstauchend, wenn er nach einer Ursache für seine Knieprobleme als Endfünfzigjähriger fahndet, an jene drei Wochentermine, in denen eine unerbittliche pinkfarbene Gummipuppenfrau mit stählernem Jane-Fonda-Lächeln den letzten Atem und

Schweißtropfen aus einer Gruppe von Schauspielern, Dozenten und jüngeren Hausfrauen zu pressen verstand. Nach einer Dusche und einer Erholungspause mit einem Becher Kaffee und zwei Zigaretten (seine unsterbliche Zeit) trat er in einem märchenhaft entspannten Zustand in die gewalttätige, von Lärm, Dunst und Verkehr erfüllte Hochhauskulisse der siebten Avenue hinaus, still und sacht, entspannt wie Rotkäppchen, das über bemooste Waldwege lief, oder ein nach grandiosen Taten unerkannt im Räuberzivil einhergehender Comic-Superheld – was ihn für die bald bevorstehende Aktion natürlich prädestinierte. Der Theatre District schwelgte noch für kurze Zeit in seiner harten, schmuddeligen Ära, die Reklamen der Theater, Kinos, Restaurants und Fastfood-Läden, allesamt noch Neonröhren-Leuchttafeln, die allein mit blinkender, zuckender oder laufender Schrift oder simpel animierten Piktogrammen im Verhau der Konkurrenz auf sich aufmerksam zu machen versuchten, glühten kraftlos staubig in der nachmittäglichen Herbstsonne. *Dirty Passions – Coca-Cola – William Shakespeare – Sleazy Sexmates – Measure for Measure – A Chorus Line – Dragon Fist – Frisky Nympho Girls Best Porn in Town – Jacky Chan – Wet & Hard.* Er genoss die wohlige Bedürfnislosigkeit nach dem Sport, bevor der Hunger, die ernsthafteren Arbeitsgedanken und die hier auf offener Straße hervorgehämmerten Sexinteressen Einzug in seinen Rotkäppchensuperheldenleib hielten (zwei oder drei Mal hatte er ein solches Schmuddelkino besucht, schon aus anthropologischem Interesse an dem Vorgang, dass in einen dunklen Saal, der einmal für Hollywood-Epen gebaut worden war, einsam verstreute Erwachsene und unruhige Pärchen die hauswandgroßen Projektionen von Geschlechtsorganen betrachteten, die den Takt glitschiger Hammondorgelmusik zu halten versuchten). Manchmal bummelte er noch eine halbe Stunde durch die Midtown-Straßen, bevor er zum Mittagessen einen Chinesen oder Italiener aufsuchte oder in Richtung Public Library durch den zur Baustelle gewandelten Bryant Park hinüberging, aus dem die Stadt gerade die Junkies zugunsten von lunchenden Geschäftsleuten und erholungsbedürftigen Touristen verjagte. Der postaerobicsche Zustand, leicht, wie sündlos, wie unverletzlich, wie geborgen mitten im hoch gestapelten Tohuwabohu, war eigentlich der ideale Seinszustand des philosophischen Anthropologen, als der er sich mehr und mehr verstand. Am frühen Nachmittag, an dem für ihn die eigenständige wissenschaftliche Arbeit immer erst begann (zuvor unterrichtete er oder las oder trieb eben Sport), waren auch die trüberen Ecken der Stadt noch halbwegs gefahrlos begehbar, und große Teile des Theatre Disctrict hatten die ramponierte Unschuld einer mächtigen schlafenden Hure an der Brust eines drogensüchtigen Poeten, die vergessen hatte, sich abzuschminken. Der enorme Fußgänger- und Autobetrieb um ihn her, die Businessleute, die vorbeihastenden Normalbürger, die Touristen und wankenden Obdachlosen mit ihren von Lumpen und Flaschen bestückten Karren wirkten – erlösbar, so konnte man es vielleicht ausdrücken, sie bewegten sich auf dem Vorhof einer erträglichen Hölle am freundlichen Nachmittag, und vielleicht war es das, was die christliche schwarze Sängerin in einem grauen Kostüm mit wattierten Schultern und jener Dauerlockenfrisur, die – in zunehmendem Verfilzungsgrad – von sämtlichen Fernsehschauspielerinnen, Popstars und Pornodarstellerinnen getragen wurde, dazu anhielt, inbrünstig, begleitet von einem ausgezeichneten Gitarristen, in den Passantenstrom hineinzuröhren. Er glaubte zu verstehen: *Du brauchst nicht zu morden oder kriminell zu sein / Zieh dir doch erst mal JESUS rein!* Dann kam noch ein Vers über unschuldige Kinder, der ihn berührte, auch als er schon um die Ecke gebogen war, denn er litt seit Wochen unter dem Bedürfnis, Kinder zu beobachten, gerade lauffähige bis kurz vor der Einschulung stehende. Sie waren allesamt melancholische transkontinentale Spiegelwesen seiner eigenen Tochter, für deren Entwicklungszustand er in den beiden zurückliegenden Jahren in Kanada und in den USA zunehmend das Gespür verloren hatte, so dass er keinen rechten Ton für die (verabredungsgemäß höchstens im Monatsrhythmus zu sendenden) Postkarten fand und nicht wusste, ob er noch treuherzige Tiermotive oder schon freundlich-harmlose Karikaturen schicken sollte, die ihm freilich zu schülerhaft vorkamen. Der etwa vierjährige Junge, dessen Anblick mit dem gesungenen Vers der Sängerin zusammenfiel, trug eine blaue Jacke mit den aufgenähten, sich überlappenden weißen Initialen der New York Yankees. Sein Gesicht wirkte ernsthaft und erwachsen. Mit beiden Händen hielt er eine Eistüte fest. Als seine Eltern, die ihm das Eis gerade gekauft hatten, lauthals zu streiten begannen, wandte er sich hastig um und lief, als hätten sie es ihm jäh befohlen, auf die Fahrbahn, so unglücklich von einem parkenden Lieferwagen verdeckt, dass der erste Fahrer der herandröhnenden Front ihn zwangsläufig erfasst hätte, wäre Rudolf nicht hinzugesprungen und zwar durchaus nicht mehr in der Art einer heftigen Ausfallsbewegung, sondern mit einem der hechtenden Torwartssätze, wie sie der damals berühmteste deutsche Tennisspieler in Extremsituationen vorzuführen pflegte, wobei er das Kind regelrecht in seine Arme riss und mit der linken Schulter und der Kopfseite gegen die Karosserie des geparkten Wagens prallte. Der Schrei des Jungen, der Schmerz in seinem Genick, eine vermeintlich heiße, zerlaufende, aber natürlich kalte Empfindung an seinem rechten Augapfel, die daher rührte, dass ihm die Eiskugel (Schokolade-Walnuss) ins Gesicht gestoßen wurde, schienen ganze Minuten auszufüllen. Aber er saß doch schon wieder aufrecht, und Hände streckten sich nach ihm aus. Dass die Eltern, ärmlich gekleidete, aber hochgewachsene, füllige junge Latinos, ihm nur kurz gedankt hatten, um sich dann – aus neuem Anlass vielleicht – lauthals auf Spanisch weiter anzuschreien, wobei die Mutter den Jungen am Jackenkragen festhielt (dieser aber nur fassungslos den Stummel seiner geleerten und größtenteils zersplitterten Eiswaffel beäugte), schien immerhin auch einige Passanten zu wundern und zu verärgern. Eine junge Frau, die besorgt zusah, wie Rudolf sein Genick rieb, empfahl ihm ein nahe gelegenes Hospital in der zweiundvierzigsten Straße. Nach langen Stunden in der Notaufnahme kehrte er mit einer medizinischen Halskrause aus kittgrauem Plastik nach Hause zurück. Das herzlose Verhalten der Eltern des geretteten Kindes warf die Frage auf, ob sein Torwartssprung tatsächlich nötig gewesen war. Er glaubte es zwar, die

Passanten hatten ihn schließlich gelobt, ihm auf die Schultern geklopft, sich nach seinem Befinden erkundigt, das Verhalten des streitenden Paares kritisiert. Aber ganz sicher sein konnte er sich nicht. Ai, die er ausgerechnet an ihrem letzten New Yorker Abend mit seiner abschreckenden Halsarmierung empfing, verstand den Sprung erwartungsgemäß als Ausdruck eines Bedürfnisses, sich selbst im vermeintlichen Auftrag seiner Tochter zu gefährden und zu verletzen, sich spektakulär als Kinderretter ins Zeug zu legen. Das zeige einmal mehr die wahren Motive für seine geplante Heimkehr nach Deutschland. Bereits im Sommer hatte sie ihm dargelegt, dass er sich um Marthas Interesse, ihn von der gemeinsamen Tochter fernzuhalten, nicht zu scheren bräuchte, sondern allein aus seinem eigenen Gefühl heraus handeln müsse. Was er für sich und die sechsjährige Vanessa als richtig empfinde, das müsse er tun. Weil sie ebenfalls in ihre Heimat zurückkehrte, war ihm die Entscheidung für die Berliner Dozentenstelle noch leichter gefallen, und jetzt, mit seiner Halskrause, kam noch das Bedürfnis des verletzten Tieres hinzu, zurück in den Bau zu kriechen. So war er also schon dabei, die von Milena gewünschte geografische Richtung einzuschlagen, nur etwas zu spät, um sich, etwa getarnt als Westberliner Journalist, noch am aktuellen siebten Oktober in den Palast der Republik zu schmuggeln und zu dir hinüber ans andere Spreeufer sehen zu können (dein Gesicht ein blasses Oval in einem scherenschnittartig in die Nachtluft gezeichneten Pulk, von dem nur geknebelte Rufe – STASI RAUS! – durch die großen Fensterscheiben zu den mit neunundneunzigkommaneunprozentiger Mehrheit gewählten Volksvertretern dringen). Wir sollten vielleicht noch einmal über China sprechen, sagte er scherzhaft zu seiner japanischen Geliebten, obwohl er thailändisch gekocht hatte, mit den glücklicherweise bereits am Vormittag erstandenen Zutaten und seiner vor dem tief gelegenen Gewürzfach zu unschönen Kniebeugen zwingenden Halskrause. Ais leeres, gelangweiltes Gesicht, wenn er auf die Chinesen kam, zu denen sie freilich nie etwas Negatives sagte, vielleicht nur, weil sie nie etwas über Chinesen sagte. Er hatte ihr von seinem 1977 gedrehten Dokumentarfilm über die Träume der in San Francisco schuftenden Kellner, Wäscherinnen, Hafenarbeiter erzählt, über ihre Alpträume vielmehr, deren Vehemenz ihn damals verwunderte. Weil sie ihm gänzlich unbeeindruckt zuhörte, war er versucht gewesen, sie auf die japanischen Invasionen in China anzusprechen, auf die Massaker, die mit ihnen einhergegangen waren. Aber dann erzählte er ihr lieber von Stenski, dem Shooting Star vom Hörsaal nebenan, der – gerade zwei Jahre älter als er – mediale Wellen schlug mit der Prophezeiung des bald zusammenbrechenden Staatssozialismus von Ost-Berlin über Moskau bis nach Beijing. Stenski, ein gebürtiger Wiesbadener, der bereits mit fünfzehn Jahren in die USA gekommen war, kannte tatsächlich Rudolfs filmisches Jugendwerk über die chinesischen Träumer (es flackerte ab und an in den Anthropologiekursen amerikanischer Universitäten auf, so auch an der Yale, wo Stenski brilliert hatte). Am Mandarin Wan Hu hatte er nichts auszusetzen, abgesehen davon, dass er es prinzipiell ablehnte, Politik mit romantischen Motiven zu verknüpfen. Dass Rudolf die Fülle der Alptraumbilder nicht systematischer mit den Ereignissen der Kulturrevolution verbunden habe, war ihm jedoch bedauerlich erschienen. Zudem merkte er an, dass durch dilettantische Dokumentarfilme der notwendige theoretische Abstand zum Untersuchungsgegenstand wohl kaum erzielt werden konnte. Ai wollte nicht darüber rechten, ob Wäscherinnen und Hafenarbeiter nun die Hauptbetroffenen der Kulturrevolution gewesen seien, sondern interessierte sich vor allem für das Direkte, Persönliche des Angriffs durch einen wissenschaftlichen Konkurrenten, einen Landsmann noch dazu. Sie erbat sich eine äußere Beschreibung von Markus Stenski, bekam einen untersetzten, dicklichen, südländisch wirkenden Typus mit braunen Augen und einer Art natürlicher, schwarz glänzender Schnulzensängerperücke (halblang, in der Manier der späten siebziger Jahre, post-manierierter Beatles-Look) vorgestellt, den man für einen Softeisverkäufer oder vielleicht auch aufstrebenden Gebrauchtwagenhändler hätte halten können, bevor er den Mund öffnete und einen mit einer Kaskade tiefschwarzer, bös funkelnder, unberechenbarer Sätze eindeckte. In souveräner Distanz zur Gegenwart und zu seiner eigenen Umsturzprognose stellte er etwa fest, dass bestimmte Länder, Russland und China ganz gewiss und zweifelsohne auch die arabischen Staaten, aufgrund ihrer komplexen historischen, geopolitischen und demografischen Situation lediglich die Wahl der Diktatur hätten und der Wechsel des Regimes in solchen Systemen nur in extremen Notfällen erfolge, wenn nicht durch prinzipiell unberechenbare Aufwallungen der titanischen Langeweile und Ohnmacht, in der sich das Volk dort üblicherweise befinde. Allein Ost-Deutschland könne bald eine Demokratie werden, aus dem einzigen Grund, dass das ungleich größere und reichere West-Deutschland es sich mit Zustimmung der Sowjetunion und der überwiegenden Mehrheit der DDR-Bürger einverleiben und assimilieren werde. Russland und China dagegen würden Diktaturen bleiben, schätzungsweise für die kommenden fünfzig Jahre, freilich mit wechselnden Maskeraden. Zu solchen politischen Großwettervorhersagen hatte Ai keine Meinung, sie waren ihr zu unpersönlich und zu unwissenschaftlich. Allerdings fand sie es enttäuschend, dass Rudolf seinen Konkurrenten nicht angreifen wollte, sondern sich gar noch dessen Filmkritik zu Herzen nahm. Er wollte immer noch seine chinesischen Interessen erklären und erzählte ihr, dass er zu Beginn seiner Studien die ersten Mao-Bibeln gesehen hatte, verteilt von K-Gruppen an der Universität und in der Fußgängerzone von Heidelberg. Die allegorischen Sätze über Volk und Fisch et cetera und die Porträts des GROSSENSTEUERMANNES auf Flugblättern und Plakaten, ein glückversprechendes, fröhliches Goldhamstergesicht unter einer bäuerlichen Schirmmütze, fingen tatsächlich die ein und andere seminaristische Seele ein, leider auch die eines guten Freundes, mit dem er in so erbitterte Diskussionen über die Realität hinter den Kampfparolen und Mao-Aphorismen geraten war (*Die Toten sind nützlich, sie düngen die Erde.*), dass sie sich verabredeten, sinologische Vorlesungen zu besuchen. So kam es zu diesem lang sich fortsetzenden chinesischen Sprung im Porzellan seiner theoriefreudigen Weltsicht. Während Rudolf es im Verlauf zweier Semester zu historischen Kenntnissen und einem elementaren Mandarin brachte, das ihm Jahre später gute Dienste leistete, wechselte der Freund nach kurzer Zeit in eine mehr an der lateinamerikanischen Guerilla orientierte Gruppierung und Wohngemeinschaft über, die einen Spion an der Außentür hatte und diese auch nur öffnete, wenn man zuvor ausführlich die Bekundung der engen Freundschaft mit dem zu besuchenden WG-Mitglied in den Hausflur brüllte. Der unbeliebte, stocksteife, beim näheren Zuhören jedoch umwerfend beschlagene Sinologie-Professor, der oft in Taiwan und Hongkong gewesen war, aber niemals in der Volksrepublik, verfügte gleichwohl über zahlreiche Kontakte ins Mutterland und so erschreckende und solide Informationen über die Blutopfer, die Mao Zedongs Politik in den vergangenen Jahrzehnten gefordert hatte, dass Rudolf sich schwor, niemals von der Realität abzusehen (also etwa auch nicht bei der im südwestdeutschen Areal schwelenden Frage, wie revolutionsbereit die ihre Eigenheime und VOLKSWAGEN polierenden Arbeiter der BASF in Ludwigshafen im Deutschen Herbst 1973 denn faktisch waren und ob das Konzept der ersehnten Revolution dem Zedongschen Prinzip des permanenten Aktionsterrors folgen sollte, demgemäß wahrscheinlich im Zuge der Kampagne *Köpft hundert Spargel* eine festgelegte Quote von landwirtschaftlichen Erzeugern in sämtlichen Bundesländern zu massakrieren wäre, um der Partei Respekt zu verschaffen). In seinem Midtown-Apartment, eineinhalb Jahrzehnte später, hörte es sich recht historisch an, dass er, 1953 geboren, am ausfransenden Saum der Achtundsechziger, der dogmatischen oder gar gewalttätigen Radikalisierung ohne viel Mühe entgangen war. Ai interessierte sich für ein mögliches Folgeprojekt zu seinen Trauminterviews, das Stenskis Kritik nahelegte, nämlich ehemalige Täter und spätere Opfer der Kulturrevolution vor die Kamera zu holen, von denen sich im amerikanischen Asyl gewiss nicht wenige finden ließen. Porträts von Vertretern der verlorenen Generation, die aufgehetzt worden war, die Intellektuellen und Künstler abzustrafen, die ihren Eltern, ihren Freunden, ihren Schulen entrissen wurden, um überall im

Land als marodierende Horden eingesetzt werden zu können, schienen Ai zu fesseln, weil es um Jugendliche und um die Entfremdung von den eigenen Familien ging. Alle familiären Themen übten einen starken Sog auf sie aus. So war sie in der Lage, ihre eigene Verwandtschaft bis ins vierte Glied aufzuzählen, und speicherte jedwede Bemerkung, die Rudolf über einen Cousin, eine Tante, einen Urgroßvater gemacht hatte, zuverlässig ab. Einmal hatte er sie damit aufzuziehen versucht, dass er sie *Thatcher-san* nannte, weil von der englischen Premierministerin die Aussage überliefert war, es gäbe keine Gesellschaft, sondern nur Individuen und deren Familien. Die promovierte Informatikerin, gewohnt, aus Nullen und Einsen Welten zu bauen, zuckte nur mit den Achseln. Dass die chinesischen Jugendlichen, zusammengerottet als Rote Garden, Zehntausende von Lehrern, Anwälten, Professoren, Künstlern gedemütigt, aus ihren vandalisierten Häusern geworfen, verprügelt, in Gefängnisse und Umerziehungslager verschleppt hatten, berührte Ai weniger als deren eigenes Schicksal, nachdem die Situation so weit aus dem Ruder gelaufen war, dass die Armee (selbstredend mit äußerster Härte und Brutalität) die verschiedenen Fraktionen der revolutionären Garden hatten auflösen müssen, die in blutige Bandenkriege gegeneinander verstrickt waren. Rudolf legte ihr eindringlich die Situation der Heerscharen von verdrehten, ihrer Wurzeln beraubten Jugendlichen dar, die man nicht in ihre Familien zurückführte, sondern aufs Land jagte, wo sie sich für den Rest ihres Lebens unter erbärmlichen Bedingungen durchschlugen, sofern sie nicht verhungerten, an unbehandelten Krankheiten starben oder sich töteten. In diesem Sommer ging es den chinesischen Studenten an den Kragen und fast wärst du dabei gewesen, meinte sie und betrachtete dabei nicht ohne einen Anflug von Spott Rudolfs geschienten Hals. Sie wollte erneut, dass er seine geplante Rückkehr nach Deutschland allein aus persönlichen Motiven begründete, nicht aus einer bloß adoptierten Gewalterfahrung. Acht Monate bevor die Panzer auffuhren und in die Reihen der Protestierenden geschossen wurde, war er bei freundlichen Herbsttemperaturen über den

Platz des Himmlischen Friedens geschlendert, durch die verworren hastende Menge, die zu schwach konzentriert war, um sich an den Touristen zu stoßen. Abrupt blieben mit Basecaps und Sonnenhüten markierte Amerikaner und Europäer stehen, um das Mao-Mausoleum oder, in umgekehrter Richtung, das Tor zum Himmlischen Frieden zu fotografieren, jene kompakte, von einem großen Tempel überragte Mauer, in die eine Reihe dunkler Tunnelöffnungen führte, als müsste die dahinter liegende Verbotene Stadt bisweilen mit hohem Druck geflutet werden oder simultan befahren von hineindampfenden kleinen Eisenbahnen, vorbei an dem dort seit 1949 haftenden Porträt des GROSSENSTEUER-MANNES, das einmal (oder war es zweimal passiert?) sprunghaft um Jahrzehnte gealtert war. In seiner gelassen ironischen Betrachtungsweise, aufgesetzt auf ein im Grunde völlig unangemessenes, frivoles Sicherheitsgefühl, hatte Rudolf sich vorgestellt, sein Lieblingskandidat für die chinesische Weltraumfahrt, der legendäre Mandarin Wan Hu, landete mit seiner Raumkapsel am Bremsfallschirm hier vor dem Mausoleum, begrüßt von einer jubelnden Menge. Eine kantonesische Straßenköchin würde ihm als Willkommens-Snack einige Holzspießchen reichen, gekrönt von knusprig frittierten Seepferdchen und Skorpionen, wie er sie gerade auf einem Straßenmarkt, aufgestellt in kleinen Holzbottichen, gesehen hatte, eine ideale Astronautennahrung, fettarm und auch sinnreich, da Repräsentanten jener Tierarten außerhalb der Küche nur in den himmlischen Sphären aufeinandertrafen. Rudolf hatte an Universitäten in Beijing und in Shanghai Gespräche geführt, mit dem Ziel, zwei oder drei Jahre hier zu forschen und zu lehren. Das Verhältnis des Einzelnen zur Macht und die Konstruktion von politischer Macht begann ihn immer mehr zu interessieren. Gerade in China, mit seinem ungeheuren Abstand zwischen Palast und ländlichem Elend, traten diese Fragen in einer kaum auslotbaren dynastischen Staffelung auf, kehrten auf eine elementare, archaische Weise immer wieder und zeitigten Verwerfungen, die unweigerlich potenziert wurden zu kaum vorstellbaren, zigmillionenfachen menschlichen Dimensionen. So konnte man auch nirgendwo besser über die Funktionen der großen Plätze nachdenken als auf dem planierten Areal vor der Verbotenen Stadt, das tatsächlich eine Million Menschen fassen konnte, eine Exerzier- und Dressurplattform, auf der sich die Herrschenden feiern ließen (im August 1966, um fünf Uhr morgens, trifft Mao Zedong hier seine faktische Million, die im frenetischen frühgymnastischen Jubel die rote Bibel schwenkt). Aber der Ort, an dem man seine Hymnen entgegennimmt, seine Gegner aufknüpft, zusieht, wie die eigenen, hörigen Militärs die Muskeln, den Stahl, die Schwellkörper der imperialen Potenz stolz vorübertragen, war immer auch der Ort der Umkehr von Macht, die Arena, in der das Volk die Kraftprobe annahm. Aus der Devotion wurde Revolution (schon dagewesen), rote Blüten verwandeln sich in aufplatzende Wunden (jederzeit möglich), Jubelrufe in Schreie der Empörung und Wut (gestern noch auf dem Times Square bei einer Demonstration von Exil-Chinesen). Rudolf hatte Anfang Juni fassungslos vor dem kleinen, roboterkopfartigen TV-Gerät in seinem New Yorker Apartment gestanden, um sämtliche verfügbaren Berichte über die blutige Räumung des Tiananmen-Platzes zu verfolgen. Das Weltvertrauen, das ihn fast bewogen hätte, für etliche Semester nach Shanghai oder Beijing zu gehen, zerschlug sich direkt an der Stelle, an der er noch vor kurzem gewesen war. Es kam ihm vor, als wirkte diese Gewalt, die Schüsse in die Menge, die Panzerketten, die Holzprügel auf etwas sehr Nahes und zu ihm Gehörendes ein, das nur durch ein Wunder oder – vielleicht besser – eine physikalische Besonderheit so unempfindlich oder unverletzlich geworden war. Die Militäraktion erschien wie eine wütende Attacke auf den eigenen Schatten. Weil Ai für abstrakte Fragen etwas übrighatte, bat er sie um ihre Einschätzung, was schlimmer sei: einen Ort zu besuchen, an dem jüngst eine Gewalttat stattgefunden hatte, oder zu wissen, dass sich eine Gewalttat an einem Ort ereignete, an dem man gerade gewesen war. Man müsste es um den Ort des Geschehens herum auf der Zeitachse wiegen, um es zu vergleichen und um zu sehen, ob sich gleiche Distanzen gleich auswirkten, hatte Ai befunden, aber sie neige dazu anzunehmen, dass die Gewalt an einem Ort, den man selbst zuvor besucht habe, schlimmer sei. Er fand, dass dies eine japanische Antwort war, worüber sie in Streit gerieten. Wenn die Anwesenheit einer Seele einen Platz verwandeln könne, dann müssten ihn doch die Seelen der dort Verletzten und Getöteten am stärksten verwandeln und folglich der Besuch danach immer schlimmer sein, also wäre es keine typisch japanische Antwort gewesen, erklärte Ai und unverhofft erzählte sie, dass ihre Eltern sie als Fünfzehnjährige für einige Tage zu einer Tante gegeben hatten, um an den Protesten gegen den Bau des Flughafens Tokio-Narita teilzunehmen, wo sie einen Mitdemonstranten vor ihren Augen hatten sterben sehen. Gewalt sei immer eine Frage der Distanz, in räumlicher, in zeitlicher Hinsicht, das wäre nachgerade eine physikalisch triviale Definition, meinte Rudolf berührt und versöhnlich. Jene dreißig Zentimeter, die einen Eis leckenden Jungen vom Tod unter einem gelben Taxi trennten, jene vier Millimeter, um die sich seine eigenen Halswirbel glücklicherweise nicht noch weiter gegeneinander verdreht hatten. Die unangenehm quietschende Halskrause bewirkte eine Liebesdistanz, er würde die festen, etwas plumpen Hände Ais nicht mehr in seinem Nacken spüren, die jetzt die Essstäbchen neben eine Reisschale legten. Auch sie hatte an Liebesdistanzen denken müssen und kam noch einmal darauf zurück, dass ihn weder der Schock über das Massaker nach Deutschland zurückkehren ließ noch die Einsicht, dass er für eine reguläre und wirklich aussichtsreiche Professorenkarriere im amerikanischen Wissenschaftsbetrieb im Grunde seine Habilitation noch einmal, und zwar auf Englisch, schreiben müsse, sondern nur die unerträglich gewordene Entfernung zu seiner Tochter. Darüber hinaus müsse er sich fragen, ob er nicht auch die Nähe zu seiner Exfrau suchen, ob er nicht die Dinge wieder in ihre natürliche Ordnung bringen wolle. Ihr Familiendenken war für eine Informatikerin, eine Agentin jener Wissenschaft und Technologie mithin, die im Begriff war, die gesamte Menschheit auf den gemeinsamen Nenner des Mikrochips zu bringen, wirklich überkommen. Gleich zu Beginn ihrer sechsmonatigen Bekanntschaft hatte sie ihm das Datum ihrer Rückkehr nach Japan mitgeteilt – den morgigen Tag. In Tokio würde sie von ihrem fünfzehn Jahre älteren Verlobten empfangen, einem Architekten, der weltweit (Erde, Venus, Mars) erdbebensichere Einkaufszentren baute. Sie waren berufen, unerschütterliche Kinder zu zeugen, auch wenn sie sich wegen der globalen Reise des Architekten im Jahr vor der Hochzeit nur wenig hatten sehen können. Rudolf hatte in diesem New Yorker Jahr noch zwei weitere, sprunghafte und in komplizierten Beziehungen verhedderte Geliebte (erst viel später wurde ihm der Überfluss jenes testosterongeschwellten fünfunddreißigsten Lebensjahres bewusst, das vielleicht zu Recht mit einer mechanischen Halsversteifung endete). Die Frage, ob er mehr seinem weltläufigen, ethnologisch-soziologischen Drang oder seiner philosophischen Neigung und der Einsicht nachgeben sollte, dass eine Professur in Deutschland sein Leben besonders in materieller Hinsicht bestens ordnen würde, beschäftigte ihn mehr als die Equilibristik seiner Verhältnisse, ein klassisches Drei- oder besser Vierkörperproblem, das zwar komplex, aber stets lösbar erschien. Mit Ai hatte er ohnehin keine Affäre, sondern eine Folge von erotischen Unfällen im dreiwöchigen Rhythmus. Sie luden sich in ihre Apartments zum Essen ein, redeten über Familienangelegenheiten, Alltagsprobleme, Kochrezepte. Selten kamen sie auf Kunst oder Literatur zu sprechen, obwohl Ai viel las und er die ausgesuchten Drucke und das Regal mit den Prachtbänden über verschiedene Kunstepochen in ihrer Wohnung wohl bemerkt hatte. Über Informatik lernte er von ihr nicht das Geringste. Er nahm an, sie hielt ihn für zu unbegabt oder fand es unangemessen intim, ihn in die Geheimnisse ihrer kürzlich abgeschlossenen Promotion einzuweihen. Fast jedes Mal dachte er am Ende der Mahlzeit, dass er nur ein nachbarschaftliches Verhältnis zu ihr habe und dass dies auch das Vernünftigste sei angesichts ihrer geplanten Heirat und ihres schmalen, fast knabenhaften Körpers, den sie im Sommer und Herbst in modische, aber recht konventionelle Kleider und Kostüme hüllte. Dann berührte er sie wie zufällig an der Schulter, legte eine Hand auf ihren bloßen Unterarm oder strich vorsichtig über ihr glänzendes schwarzes Haar, das sie nicht zu einer Dauerwelle kräuselte, sondern bis zur Brust fallend offen trug, woraufhin sich die sexuelle Kollision mit der Zwangsläufigkeit eines Frontalzusammenstoßes oder des Zusammenschnappens zweier Ying-und-Yang-Magneten ergab, selbst die Art und Weise, in der sie ihn ansaugte, umfing, zwischen ihren kindlich runden Oberschenkeln festhielt mit einer heftigen binären Gegenreaktion, erschien zwangsläufig und ferngesteuert wie von einem Naturgesetz. Gleichermaßen notwendig erschien die rapide Abkühlung nach ihren anscheinend unfreiwillig heftigen Orgasmen. Sie verabschiedete ihn jedes Mal mit einem abwesenden Gesichtsausdruck, konzentriert auf eine unmittelbar vor ihr liegende Aufgabe, und begrüßte ihn beim nächsten Abendessen, das sie zumeist selbst durch ein überraschend herzliches und werbendes Telefonat herbeiführte, mit einer steifen Freundlichkeit, als hätte sie sich dazu gezwungen, einen schwierigen, aber wichtigen Geschäftspartner nun endlich einmal auch privat zu empfangen. An ihrem letzten Abend in New York, der wegen seines schmerzenden Genicks und der Halsstütze ohnehin ganz anders verlaufen würde als (nicht) geplant, ging er so weit, sie zu fragen, was sie eigentlich zu ihm hingezogen habe. Anstatt zu erschrecken oder wenigstens befangen zu sein, schien sie dankbar für die Gelegenheit und erklärte, dass sie ihn schön fände. Egozentrisch auch. Und brutal. Dabei beugte sich ihr Oberkörper kaum merklich nach vorne. Das bedeutete schon das binäre Umkippen ihrer nachbarschaftlichen Relation. Sie war seine erste asiatische Geliebte gewesen, vielleicht die eigenartigste auch, zu willensstark und brüsk, als dass er sich in sie hätte verlieben können. Jedoch erinnerte er sich später sehr detailliert und wehmütig an jenen siebten Oktober (den er nicht als konkretes Datum, sondern poetisch als Herbstanfang speicherte). War es der Zusammenklang von Leichtigkeit und Heftigkeit, der die Erinnerung an ihren Körper so verstärkte, an ein atemloses, jasminweißes Glück mit einem pulsierenden violetten Einschlag, oder ein (offiziell kopfschüttelnder) Vaterstolz auf die ehemalige Gier, Robustheit, akrobatische Verwendbarkeit, die es ihm ermöglicht hatte, lange und zuverlässig unter ihr zu liegen, wobei ihm sein Plastikkragen nur kurze flackernde Blicke auf ihren jockeyhaft gekrümmten Rücken erlaubte. Wie unter derselben Lupe betrachtet, entsann er sich auch genau ihres letzten New Yorker Dialogs. Beinahe wären sie im Streit auseinandergegangen, vielleicht weil ihnen nun die endgültige Trennung bevorstand oder – nüchtern und einfach – weil sie es nicht gewohnt waren, länger beieinander im Bett zu liegen. Ai blieb bis vier Uhr morgens, sie hatte ihr Fluggepäck nach Tokio bereits aufgegeben und stieg wie in einem Traum oder einer weltläufigen Erinnerung vom Bett eines Mannes auf einem Kontinent in das eines anderen Mannes auf einem anderen, getrennt nur durch den Vorhang einer ausgiebigen Dusche und die somnambule Schleuse des Flugs. Sie wollte auch nicht wahrhaben, dass ihn die Rückkehr nach Deutschland reizte, weil sich dort eine interessante politische Entwicklung anbahne. DDR-Flüchtlinge in den bundesdeutschen Botschaften in Prag oder Budapest machten ebenso wenig einen Eindruck auf sie wie Großdemonstrationen in Leipzig. Er verwies auf Gorbatschows Charme-Offensive auf dem internationalen Parkett, auf dessen umjubelte Reise durch die BRD als Anzeichen dafür, dass sich in Deutschland, ja in ganz Europa, glaubte man Stenski, gravierende Veränderungen ergeben könnten. In Berlin erst nahm man ihm die Halskrause ab, im späten Dezember, an einem Morgen, an dem er frei und ungehindert durch das Brandenburger Tor spazierte und auf der Straße Unter den Linden bis zur Spree und zum Palast der Republik gelangte, sechs Wochen zu spät für die direkte Introspektion. Mit Blick auf den ungewiss in die Zukunft treibenden Glaskasten, den man bald freigeben wird für den Abriss und die Henkershäppchen zeitweilig implementierter, transitorischer Kunst, fasst er sich an das erneut unbewehrte, noch sehr empfindliche Genick. Er muss an Ai denken, die ihn lieber in New York gesehen hätte oder in Beijing, während sie in Tokio ihre klassische Hochzeitszeremonie durchlief. Vor allem aber wurmt ihn der Neid auf Stenskis Prognose, die hier, vor seinen Augen, zu neunundneunzigkommaneun Prozent eingelöst worden ist. Da erfasst ihn die Zeitmaschine DEINER KUNST, staucht ihn zum siebten Oktober zurück und setzt ihn hinüber.

10. INSIDE / SITTING BETWEEN POLITICIANS AS A POLITICIAN

Nachdem er die arrogante Bronze-Glas-Beton-Schale des Palastes durchschlagen hat wie eine Comic-Figur (Captain R), soll er nun völlig lautlos und unauffällig in der Menge der oberen Tausend verschwinden. Er ist zu tarnen, etwa mit dem zweitklassigen blauen Anzug eines Journalisten aus Köln, der sich jedoch bald vor den hasserfüllten Blicken einiger zum Stillsitzen verdammter Funktionäre aufmachen wird, dem gedämpften, aber beim Herantreten an die östliche Außenfassade unüberhörbaren Protestgeschehen am anderen Ufer nachzugehen. Um näher an den VIP-Tisch zu gelangen, wird es also besser sein, in den grauen Zwirn und die gute alte Haut des verdienten fünfundsiebzigjährigen Genossen Kindermaier zu schlüpfen. Infolge einer frisch überstandenen Prostataoperation muss jener ohnehin im Halbstundenabstand seinen Platz neben dem gleichaltrigen, gelehrt wirkenden, tatsächlich sehr gelehrten Ungarn verlassen, ein kurzzeitig nach oben beförderter, aber im Grunde wirkungsloser Vertreter des liberalen Typus, dem er selbst anzugehören neigt, obgleich er doch einmal den Begriff des ANTIFASCHISTISCHENSCHUTZWALLS in seiner damaligen Funktion als Chefagitator der sozialistischeneinheitsparteideutschlands erfand, eine im Jahre 1961 für einen langjährigen Häftling des Konzentrationslagers Sachsenhausen doch vielleicht nicht so fern liegende Wortschöpfung. In guter Deckung seines großzügig gestalteten, blütenweißen Prominenten-Urinals stehend, hatte er sich mit nichts anderem beschäftigen wollen als mit seiner gestressten Blase und den eigentümlichen Empfindungen seines noch schmerzhaft geschwollenen, verwirrend glattrasierten Sacks, als über dem Nachbarurinal wie aus einer Eierschale oder zeushaft wie über einem Schwanenflügel das vor Ärger rot kochende Antlitz des

OBERSTENSTAATSSCHÜTZERS auftauchte: *Noch eine Stunde Narrenfreiheit da draußen, die Säcke* (glatt rasierte?), *dann ist Schluss mit Humanismus!* Nicken und Abschütteln, das scheint hier, wie so oft im Leben, die beste Reaktion der Avantgarde, und erleichtert, aber nachdenklich, von drei Gläsern Sekt in einen nicht unvorteilhaften Schwebezustand versetzt, als würde man zerschnitten, spürte es aber nicht, als würde man beleidigt, müsste aber lachen, als stürbe man im nächsten Sommer schon, hätte aber doch keine genaue Kunde, steuert Kindermaier wieder zurück zur Tafel, vorbei an einem festlichen Getränkebuffet, hinter dem weiß livrierte Bedienstete walten, immer voran unter den dicht gepackten Trauben Hunderter Kugelleuchten, die Hunziggers Lampenladen den Namen gegeben haben und ihn am heutigen Geburtstag an große Fischblasen oder aufgeblähte illuminierte Froschbacken erinnern, vielleicht weil er so fürchterlich auf die biologischen Grundtatsachen der Existenz gestoßen wurde in den vergangenen Wochen, genau wie Hunzigger selbst, der STAATSRATSVORSITZENDE, dem sie gerade noch rechtzeitig zum Fest die Gallenblase (Blase wiederum) und Teile des Dünndarms heraussäbeln mussten, zwei sehr tiefsitzende Gründe dafür, dass er so angeschlagen wirkt. In sechs Wochen wird Kindermaier in seiner Eigenschaft als Präsident der Volkskammer den Abdankungsbescheid Hunziggers entgegennehmen (... *nach reiflicher Überlegung und infolge meiner Erkrankung erlaubt mir mein Gesundheitszustand nicht mehr den Einsatz an Kraft und Energie* ... Hier kam man irgendwie ins Stutzen, begriff jedoch in der fliehenden Folge der Gegenwart nicht so genau, weshalb.), es ist ja auch schon seltsam, dass er zu seinem dunklen Anzug und steifem weißen Hemd diese schwarztaubengrau-hellgrau-gestreifte Krawatte trägt, eine Art Trauer-Diminuendo, das allenfalls zu der mal fliederfarben, mal purpurn getönten Stahlwollefrisur seiner Gattin passt, der im Volksmund *Lila Drache* getauften Frau volksbildungswehrertüchtigungserziehungsministerin, welche am heutigen Abend sehr zurückhaltend changiert, wohl um sich in entschiedener Deutlichkeit vom Anblick der in einem smaragdgrün schimmernden Kostüm auftretenden verhassten russischen generalsekretärsgattin abzugrenzen. Nachdem Kindermaier wieder Platz an der Südwestkante des großen sechseckigen VIP-Tisches genommen hat, zwischen diesem – äh, ja, wer weiß nochmal, was das für ein Landsmann ... – nordkoreanischen (natürlich! und außerdem ein ganz properer) Ministerpräsidenten und seiner eigenen Ehefrau, die am Festtag ihre großmütterliche Leibesfülle in das blau-schwarz marmorierte Kostüm einer von stellaren Nebeln durchzogenen Ecke der Milchstraße hüllt, starrt er noch einmal über das zentrale Blumengebinde hinweg zur Südostkante hinüber, auf seinen ewigen Konkurrenten Stopf. Er will herausfinden, ob jener den anonymen, unverschämten, noch immer am Palastrand schabenden Pöbelprotest ebenso ernst nimmt und verübelt wie der OBERSTESTAATSSCHÜTZER (der keinen Platz an diesem Tisch hat) am Urinal. Stopf, der rotepreuße, wie könnte es anders sein, zeigt keine Regung, trägt den Lorbeer der zahlreichen höchsten Funktionen, die er Kindermaier im Lauf der vergangenen Jahrzehnte eine nach der anderen abgejagt hat, auf seinem kugelförmigen Haupt, das dem eines gealterten Ringers ähnelt. Er ist nichts anderes als der zweihundertprozentige Repräsentant seines augenblicklichen Amtes als VORSITZENDERDESMINISTERRATES, und sein mit schwerer Hand gemeißeltes Gesicht scheint wie eine Staatsbulldogge die Echos der Festansprache des GENERALSEKRETÄRS zu bewachen, auf dass sie auch in seinem, Kindermaiers, freundlich nickendem Großvaterschädel noch einmal widerhallen: *Unsere Republik gehört zu den zehn leistungsfähigsten Industrienationen der Welt ein Wellenbrecher gegen Neonazismus und Chauvinismus die Erzeugung von Schlachtvieh stieg auf das Achtfache eine Weltnation im Sport* (GROSSER Applaus!) *es kommt weiterhin darauf an die Welt nicht nur zu interpretieren vorwärts immer rückwärts nimmer denn die wissenschaftlich-technische Revolution vollzieht sich bei uns in sozialer Sicherheit wie jeder weiß kann man die Mark nur einmal ausgeben durch das Volk und für das Volk wurde Großes vollbracht.* Kindermeier seufzt unhörbar oder hörbar nur für den glatten Nordkoreaner, dessen Aftershave sich mit dem im Wandlitzer Spezialladen teuer erstandenen Pariser Duftwasser seiner festlich glühenden (auf dem linken Ohr schon ziemlich tauben) Gattin zu einer blau marmorierten Wolke vermengt. Zufrieden, gleichgültig, müde, wie soll man es nennen, er fühlt sich nicht erst seit der Operation so, vor der er seine eigene Angst, mit Skalpellen am oder vielmehr hinter dem Schwanz traktiert zu werden, erstaunlich kühl hatte beobachten können, sondern seit zwei oder drei Jahren, in denen ETWAS auf eine nicht unangenehme, eigentlich ja sehr beruhigende und förderliche Weise begonnen hatte, ihn immer unempfindlicher und friedlicher zu machen. Bisweilen schien es, als ob eine kleine Wolke in seinem Kopf wie in der freundlichen Kuppel eines Sommerhimmels sacht und ungehindert dahinsegeln könnte, was auch immer geschah, an ihm rüttelte, ihm ins Ohr zu brüllen versuchte. *Stanislaus!* oder *Nazis raus!*, hatte er am Urinal zu hören gemeint, bevor er es wirklich verstehen musste, in jener Toilette, die akustisch näher beim Volk lag. Als sich Kindermaiers Blick – gleich wird man das Festessen servieren – auf seine beiden aufeinandergestellten Palast-der-Republik-Teller (Du erinnerst dich an den Moment auf dem Flohmarkt vor der Museumsinsel, in dem ich ein bis auf fünf Teile abgewickeltes Service zu kaufen erwog.) und die Kristallgläser dahinter richtet, gleitet er noch ein Stück weiter zu einer der Obstschalen, die auf jeder Innenkanten-Mitte des wie ein Benzolring gestalteten Tischs plaziert sind. Irgendetwas wundert ihn, aber er findet es nicht gleich heraus, während er die Wölbungen der Pfirsiche, Äpfel, weißen und roten Trauben studiert. Rudolf könnte es ihm sagen, unser Agent aus der Zukunft, den wir benötigen, um die ganze Bedeutung dieses Geburtstagsessens zu würdigen, das schon ein einzigartiges Abschiedsdinner geworden ist, bevor einer das ostentative Fehlen sozialistischer Bananen registrierte. Auf dem blauen Wölkchen aus Kindermaiers Schädel herausschwebend, unsichtbar wie ein Dschinn aus seiner Flasche oder Lampe, sagt sich unser Beobachter, der nun ihm Rahmen der Installation

SITTING AS A POLITICIAN BETWEEN POLITICANS

einen neuen Wirt oder Wirtskopf braucht, dass doch der Nicaraguaner, der in einer grünen Armeeuniform neben dem gleichfalls militärisch gewandeten, aber zusätzlich noch mit seiner schwarz-weißen Kufiya versehenen PALÄSTINENSERFÜHRER sitzt, Bananen hätte mitbringen können im Rahmen der Kampagne *Nicas statt Chiquitas*. Erst in siebzehn Jahren wird er (mit achtunddreißig Prozent der Stimmen in freien Wahlen) zum nächsten Mal Präsident seines Landes werden, was ihm Gelegenheit verschafft, die ihm an der Nordostkante des VIP-Tisches schräg gegenübersitzende staatsratsvorsitzendengattin (*Blaues Wunder*) im chilenischen Exil ihrer gesundheits- und bildungspolitischen Verdienste wegen mit einem leicht paradoxen Orden für *Kulturelle Unabhängigkeit* auszuzeichnen (hier speziell in dankbarer Erinnerung an das 1985 in Managua gegründete Hospital *Carlos Marx*, ein mit hölzernen Fertighausteilen aus Stralsund zusammengefügter und -genagelter Komplex, in dem Zehntausende von Operationen und Konsultationen durchgeführt wurden, eine Blaues-Wunder-Tönung im grauen Bild des Drachens, aber WIR wollen damit NICHTS entschuldigen). Das unsichtbare Wölkchen aus der Zukunft, in dem unser Agent dem müden Kindermaier-Schädel entronnen ist, eine nestflüchtende platonische Seele, mag sich noch nicht in ein anderes Politikerhirn einnisten. Zu reizvoll ist der Gesamtüberblick über den von Übersetzern, Pressefotografen, Leibwächtern umringten sechseckigen VIP-Tisch. Leer in der Mitte, aber von den vierundzwanzig Aposteln des Letzten Sozialistischen Abendmahls besetzt, von Mächtigen (für das Volk), an der Macht (für das Volk) Hängenden, die Macht (für das Volk) suchenden Gestalten, gibt er unserem frei fliegenden, vogelfreien und frei vögelnden (Es wird die Installation INSIDE HILDEGARD geben, in einer hinreißend mit Antiquitäten verkitschten Tegler Balkonwohnung.) globalen Gastprofessor die einmalige Chance, seine erste, grundlegende These zu bestätigen, dass nämlich der Wille zur Macht der zweitstärkste Impuls nach dem Überlebenswillen (Kein Triebkonzept für den Menschen!) darstellt, der mit den Omnipotenzgefühlen des Säuglings aufersteht und erst mit dem letzten herrischen Seufzer des Greises oder der Greisin die Welt (als nichts als privatisierte Vorstellung) mit ins kühle oder brennend lodernde Grab nimmt. Rudolf könnte wie ein in die Szene geblendeter Fernsehmoderator einer History Show den Besuchern (deiner Ausstellung) den direkten Zutritt zu diesen Potentaten der Sozialistischen Welt anbieten. Über eine zugegebenermaßen etwas unappetitliche, aber wirkungskräftige Schnittstelle würde man (AS A POLITICIAN) sich fühlen, als wäre man von hinten her direkt in die Arme, Gesichtshaut und etliche maßgebliche Teile des Großhirns der Zielperson integriert – aber nein, hier trügt die Hoffnung! Das, was du dir wünschst, jenes quasikoitale Eintauchen, Einschlüpfen, Einnisten in die Subjektivität des objektiven Subjekts wird der Herr Professor vehement ablehnen. Er will außen bleiben, beim behavioristischen Beton, bloß den Schädel messen, die Haare oder falschen Zähne zählen oder meinetwegen auch die Funktionen: vier VIP-(Ehe-)Frauen, zwanzig VIP-Männer, fünf Generalsekretäre sozialistischer oder kommunistischer Parteien, sieben Staatspräsidenten (vier davon bilden eine Teilmenge der Menge der Generalsekretäre), Landsleute aus der DDR, der UdSSR, der CSSR, dem Jemen, aus Ungarn, Nicaragua, Nordkorea, Vietnam, Polen, Bulgarien, Rumänien, China und der Mongolei. Der PALÄSTINENSERFÜHRER, einer von zwei künftigen Friedensnobelpreisträgern in der Runde, sucht noch einen Staat und hat damit den unbewussten Vorteil, ihn weder in diesem noch im folgenden Jahr verlieren zu können. In kürzester Zeit, in historischer Sekundenfrist, wird es um die meisten an diesem VIP-Tisch geschehen sein. Wer jetzt noch sein *Extrastarkes Putensüppchen* löffelt, erwacht morgen schon als Rekonvaleszent der (zumeist) sanften Revolution in seinem Heimatland. Das Menetekel beim letzten Abendmahl des Staatssozialismus, im Kreis der geladenen eintausend deutschen Getreuesten, könnte unser Professor an die Tafel schreiben, ein Flipchart mit schönen Papierbögen, die er rasch wendet und mit verschiedenfarbigen dicken Filzstiften beschreibt. In elf Tagen, könnte Hunzigger lesen, werde er seine Demission erhalten (freiwillig abdanken). Die Genossen Kindermaier und Stopf (*Waldemar, es geht nicht mehr, du musst* gehen!) zählen ihn aus, um gleich darauf ihre Ämter, ihre Parteimitgliedschaft, ihre tief in den Wald gelegten unschönen Bonzen-Villen (Zweifamilienhäuser, etwas unterhalb des Wohnstandards schwäbischer Abteilungsleiter) in Wandlitz zu verlieren und in Haft genommen zu werden (wenn auch nicht für lange und ohne strafrechtliche Konsequenz). Hunzigger selbst wird Asyl in einer Kirchengemeinde finden, dann in ein sowjetisches Militärkrankenhaus bei Beelitz gebracht, wo man sein bereits verhängtes biologisches Todesurteil, einen weit fortgeschrittenen Lebertumor, entdeckt, er wird nach Moskau fliehen und wieder ausgeliefert werden, und bevor er, als Todkranker von der Justiz mehr aufgegeben als verschont, ins chilenische Exil gelangt, in der Untersuchungshaft Moabit einsitzen, ein Ort, der ihm nicht unbekannt ist, da er hier bereits einhalb Jahre lang einsaß, 1935, von der Gestapo verhaftet, als Auftakt zu einer zehnjährigen Zuchthausstrafe. (*Nach siebenundfünfzig Jahren sehe ich den Komplex Moabit also wieder von innen. Für wie lange wird es diesmal sein?*) WEHEDENBESIEGTEN, könnte Rudolf mit einem roten Stift auf seinen Papierbogen malen, aber WIR entschuldigen schon wieder nichts, haben ja auch, glücklicherweise, nichts zu entschuldigen. Die Kollegen aus Polen (der Augenklappengeneral, der 1981 das Kriegsrecht verhängte, höchst vorsorglich natürlich, um die sowjetische Invasion abzuwenden), Ungarn, der Tschechoslowakei, selbst deraltebulgarische-Fuchs, mit fünfunddreißig Jahren Amtszeit der dienstälteste sozialistische Staatschef, werden abgewählt, abgesetzt, abgewrackt, man muss diese sechseckige Tafel als Kapitänsmesse der realsozialistischen Titanic betrachten (besonders von außen, mit weichen Knien am anderen Spreeufer stehend), in der man (mit einer Ausnahme vielleicht) nicht fassen kann, dass der Eisberg, das Volk, den Kiel des Schiffes schon mit tödlichem Griff umschlossen hat. Gönnen wir dem PALÄSTINENSERFÜHRER den Titel MANOFTHEYEAR 1993 (*Time Magazine*), den

Friedensnobelpreis in Stockholm 1994, den Deutschen Medienpreis in Baden-Baden 1995 und weitere fünf Jahre hoffnungsheischender Diplomatie, zwiespältigen Manövrierens und ausgeprägter Günstlingswirtschaft, bevor die zweite Intifada ausbricht, die israelische Armee ihn unter Hausarrest stellt, sein Hauptquartier umzingelt und größtenteils zerschießt, er schließlich mit entzündetem Darm nach Paris ausgeflogen wird, dort ins Koma fällt und einen Tod stirbt, um den sich noch viele Jahre Gerüchte ranken, vom Leiden an AIDS (mutmaßlich per heimtückischer Injektion der Viren zugefügt) bis zur Vergiftung durch hochradioaktives Polonium. Ein klares (schmerzhaft zuckendes, barbarisches) Ende dagegen wartet auf den CONDUCATOR, den AUSERWÄHLTEN, den TITANDERTITANEN, das GENIEDERKARPATEN, das gerade der Fertigstellung seines dreitausend Räume umfassenden Palasts entgegensieht, des zweitgrößten Gebäudes der (irdischen) Welt, eine Art KaiserAugustusMussoliniMonstertorte auf einem Hügel, dem er, dafür ein ganzes Bukarester Altstadtviertel planierend und Zehntausende Bewohner vertreibend, eine Prachtstraße, länger als die Champs-Élysées, zu Füßen legte. ER, DERIRDISCHEGOTT, wird dieses ihm gemäße Domizil nicht mehr beziehen. Am ersten Weihnachtsfeiertag jenes denkwürdigen Jahres, das ungeduldig, elf Jahre zu früh, die Tore zum nächsten Jahrhundert aufreißt, wird man ihn und seine Ehefrau, die BELIEBTEMUTTERDERNATIONUNDKÜHNEFORSCHERINIM-BEREICHDERCHEMIEUNDDERPOLYMERE, auf der Flucht stellen, vor ein Scheintribunal zerren, das zwanzig Minuten lang in einem schäbigen Büro tagt, in dem sie beide nicht das Geringste eingestehen und lediglich herrische Gesten und hilflose Proteste zur Schau stellen, bevor man sie in einem Hinterhof in ihrer Winterkleidung mit Maschinenpistolen exekutiert (gemeinsam, ihrem hastig vorgebrachten letzten Wunsch entsprechend), um die Bilder ihrer Leichen – sie in einem hellen, blutbefleckten, pelzkragenbesetzten Mantel, in einer Art Schrittposition auf die Seite geworfen, er grotesk in die Knie gesackt und wie eine von den Schnüren verlassene Marionette rückwärts auf den Boden gefaltet –

ohne Unterlass vor die Fernsehbullaugen der rumänischen Wohnzimmer zu pumpen, gegen die jahrzehntelang das Meer der gefälschten Welt anschlug. Niemand kann zur Zeit des Letzten Abendmahls (im Grunde keine Angelegenheit für Gourmets, oder wollen wir Forellenröllchen mit Dillsauce und Lachskaviar lukullisch über das Wandlitzvillenniveau hinaus nobilitieren) ahnen und fassen, dass mit Ausnahme des riesigen chinesischen Reiches der Mitte, des Himmels, der Welt, nur noch sonderbare, unbedeutende und unglückliche Nationen der rigiden Praxis jenes halben Menschheitstraums anhängen, durch staatliche Kontrolle der Produktionsmittel und die Übergabe der politischen und militärischen Macht an sie im Regelfall lebenslänglich missbrauchende Funktionäre, Demagogen, Agitatoren, Diktatoren werde das Reich des Friedens, der Freiheit, der Gerechtigkeit, des Wohlstandes auf sie niederkommen, das als verwirklichte Idee höchstwahrscheinlich die grauenhafteste Langeweile, die müßigsten Verbrechen, unnötigsten Intrigen und überflüssigsten Verteilungskämpfe mit sich brächte (allein der Genosse Marx ginge friedlich jagen und fischen, um die Veganer zu ärgern), dächte man es einmal zu Ende. Einer sollte schließlich die Dinge zu Ende denken, in seinem vom Prometheus-Mal der historischen Verwerfung gezeichneten Schädel, der sich dem benachbarten Hunzigger nicht mehr zuneigen will, auch wenn dieser sich gerade eine Anstandsbemerkung abringt und dem fast eingeschlafenen hinter ihnen sitzenden Dolmetscher zwischen die Knie fallen lässt wie ein Stück trockenen Hundekuchens. Sollte man den Schädel nicht öffnen wollen, aus rein methodischen Gründen, versteht sich, so könnte man allein schon an der zweitägigen Arbeit am Aphorismus seines Lebens erraten, wie es dem GENOSSENGENERALSEKRETÄR-G zumute war während des Geburtstagsbesuchs: Schwierigkeiten lauern Gefahren warten auf den der nicht die von der Gesellschaft ausgehenden Impulse aufgreift wer nicht auf das Leben reagiert auf den warten Schwierigkeiten der zu spät kommt *wer zu spät kommt den bestraft das Leben*, sagte er (dolmetschte er aus der Übersetzung seines Dolmetschers, sagte er zu einem Journalisten, zu Hunzigger, schrieb in seinen Memoiren, dass er es ebenso zu Hunzigger gesagt habe), ließ diesen homerischen, blind alles erfassenden Satz vom Stapel, aus der ultravioletten Zone der plastischen Gewissheit, der das Jahrhundert beschließt. Seit man ihn am Flughafen Schönefeld abgeholt hat, verzweifelt G erneut an der Hunzigger-Welt, die schon so weit gegangen ist, russische Zeitschriften wegen ihres hohen Glasnost- und Perestroika-Gehalts zu verbieten. Er hat hundertprozentige Hunziggers jahrzehntelang herrschen und scheitern gesehen, während der langen Zeit im Kaukasus, als Erster Sekretär des Zentralkomitees im Stawropoler Land, wo man direkt an den Entwicklungstabellen, an den Getreideerträgen, den Geflügelfleischmassen, den Wolkengebirgen an grober und feiner Schafswolle, den zäh sich vermehrenden Wollköpfen der Touristen ablesen konnte, welche Maßnahmen und bürokratischen Manöver tatsächlich etwas einbrachten und welche nicht. Auf die Selbständigkeit und Eigeninitiative von Untergebenen zu setzen, ihnen Freiheit und Verantwortlichkeit zuzugestehen, ihrer Arbeitsfreude und ihrem Kooperationswillen zu vertrauen, davon scheint Hunzigger so viel zu verstehen wie ein Stawropoler Schafsbock. Kalte Überheblichkeit und Furcht, das strahlten diese Typen aus, bis sie an einem der riesigen ovalen Mahagonitische der Macht weinend zusammenbrachen, erlegt von ihresgleichen aus einem Hinterhalt, dessen Existenz sie nie für möglich gehalten hätten. G fragt sich wahrscheinlich, nein, er ist sich fast sicher, dass Hunzigger bereits das Stadium des SPÄTENBRESCHNEWS erreicht hat, den Zustand der animierten Ausstopfung, bei dem die Entourage oder Jüngerschaft den kranken, realitätsblinden, arbeitsunfähigen GEN-SEK zum Popanz macht, indem sie ihn umhimmelt und umwimmelt, vereinzelt und verwebt in einen sarkophagähnlichen Kokon wie eine Schar eifriger Spinnen, um ihn bald schon als reglosen Köder ins Netz der Geschichte zu hängen. Hunzigger war so weit, er sah nur noch THEBRAVENEW-WORLD um sich, den BLÜHENDENSOZIALISMUS infolge der injizierten Droge, des potemkinschen Gifts, das ihm die Spinnen seiner eigenen Zucht täglich einstachen in Form von geschönten Berichten, gefälschten Statistiken, scheinheiligen Ritualen, Kulissenfahrten zu einem vermeintlichen Volk, vorbei an blühenden Wiesen, auf denen mühselig gezüchtete Riesenkühe standen, unter Bäumen, in deren Kronen gewaltige Früchte an unsichtbaren Drahtschlingen prangten. Obwohl das Reichstagsgebäude im Westen stand, musste G im preußischen Ostteil der Stadt mit seinen kaltschnäuzigen, selbstherrlich-unterwürfigen Führern oft an die düstere Ruine jener ikonografischen Fotografie denken, die einen sowjetischen Soldaten beim Hissen der Siegesflagge zeigte (eine nachgestellte und retuschierte, gleichfalls vom potemkinschen Gift durchsetzte Aufnahme), und spürte immer noch durch alle Diplomatie hindurch etwas von dem deutschen Alptraum, den sein Land nur mit einer der furchtbarsten Anstrengungen des Jahrhunderts hatte abschütteln können. Schnee, Eis, Terror, Krieg und Tod – von gestern. Die Zukunft war gekommen, der Zeitpunkt, die ewigen Profiteure einer nun mal unabänderlichen Vergangenheit nicht mehr länger zu ertragen. Deshalb hatte er schon bei der Ankunft am Flughafen durchblicken lassen, dass ihn dieses ostdeutsche Geburtstagsmäntelchen überall zwickte. Er sprach über den bebrillten Hunziggerschädel hinweg zur Welt, in die Kameras und Mikrofone, an den verknöcherten deutschen Funktionären vorbei, die ihm am Konferenztisch des Schlosses Niederschönhausen endgültig bewiesen, dass sie nicht fähig waren, auf den Zug der Zeit aufzuspringen, selbst wenn er ihn in Schrittgeschwindigkeit durch ihre Vorgärten dampfen ließ. Hunzigger, geblendet vom Lampenhimmel über seiner betongrauen Geburtstagstorte, begriff nicht im geringsten wie unwichtig er war, wie marginal, wenn man sich vor Augen hielt, dass das gesamte Gleichgewichtssystem der riesigen sowjetischen Union neu definiert werden musste. Wie funzlig trüb sich sein Lampenpalast gegen den Glanz von London und New York ausnahm, konnte er sich gleichfalls nicht vorstellen. Es handelte sich um einen Mann, mit dem man, wie es Mrs Thatcher formuliert hätte, keine Geschäfte mehr machen konnte. Rudolf war sicher, dass der Genosse-G, der gerade zu GORBATSCHOW mutierte, dem seismischen Zentrum einer Jahrhundert-

Erschütterung, seiner Geliebten Ai schon deshalb gefallen hätte, weil er der EISERNENLADY sympathisch gewesen war (*we can do business together*). Die Aspekte zu seiner Theorie der Macht (oder vielleicht besser: Meditation über die Macht), die sich an diesem sechseckigen Tisch ergaben, erschienen wundersam vielfältig, ob man nun die Geburtstagsituale oder das knöcherne gerontische Anklammern an die Reling des sinkenden Schiffes, oder Schlachtkreuzers vielmehr, ins Auge fasste. Aber es gab einen Gesichtspunkt, der Rudolf am meisten interessierte, seine futurische Projektion natürlich, die immer noch keinen neuen Leib angenommen hat in dieser flüchtigen, al fresco auf den bröckelnden Kalk des Sozialismus gemalten, biederen, grundlangweiligen Jubiläums-Szenerie, deren Fortdauern unterbrochen werden sollte von der größten und aufregendsten Zäsur nach dem Ende des Zweiten Weltkriegs. Rudolfs Avatar (nehmen wir doch eine *Nica*-Banane, die einzige auf dem Tisch, direkt in der Fruchtschale vor dem sowjetischen GENERALSEKRETÄR, falls auch Gegenstände, die Obst-Objekte eines Stilllebens, als Seelenträger zulässig sind) musste aus der Zukunft kommen (etwa des Jahres dieser Ausstellung), um ganz klar die Frage aufwerfen zu können, die im Zentrum der historischen Dynamik steht: nämlich inwieweit die Auswirkungen der Politik GORBATSCHOWS in diesem Augenblick schon festgelegt waren oder ob alles noch hätte anders kommen können, blutiger oder noch radikaler oder nur strohfeuerhaft als Aufflackern eines weitere Jahrzehnte währenden Reformprozesses. Vor dem Schädel mit dem Prometheus-Zeichen auf der rechten oberen Stirn fragt sich Rudolf, wie viel dort geplant und durchdacht worden war und was der DOIT-YOURWAY-Mann, der Erfinder der SINATRADOKTRIN, bestimmen und gestalten konnte und was nicht, bei dem Tanz, den zu eröffnen ein hoch raffinierter, denkbar unauffälliger Schachzug des GROSSEN-SPIELERS (ein quantenmechanischer Automat des sechsundzwanzigsten Jahrhunderts) aus der dritten (Stawropoler) Reihe ihn vorbestimmt hatte. Er spürte gewiss den Enthusiasmus, der ihm in so vielen Ländern entgegengekommen war, er war der Einzige an diesem Tisch, der die geknebelten Rufe vor den Palastmauern mit Zustimmung hörte. Am Vorabend hatten ihn selbst die FDJ-Blauhemden auf ihrem Fackelzug mit GORBI-Rufen begrüßt, sehr zum Missfallen ihrer Choreographen. Er muss den Königsmachermoment der Macht spüren, den großen historischen Aufwind, der ihn zum Mann der Stunde, MANOFTHEYEAR, Mann des Jahrzehnts oder gar MANOFTHECENTURY (siebzig Prozent in einer schon bald publizierten australischen Meinungsumfrage) erhebt. Die Woge der Entfesselung, die Energie der gesellschaftlichen Triebkräfte wird ihn emportragen auf den (prekären) Sonnenthron des StaatspräsidentenderUdSSR, auf das (geschundene) Podest des Friedensnobelpreisträgers, auf den (heimtückischen) Olymp der historischen Persönlichkeiten. Und ebendort tritt jener Moment der Blendung ein, der beginnenden Ohnmacht, des Kontrollverlusts, ein Prozess, der unseren Forscher nach Metaphern suchen lässt, aus denen er Thesen, Aufsatztitel, Überschriften zu internationalen Konferenzen machen könnte. Der Schlaf der Sonne (dein Bild, Milena) könnte ein Jahrzehnt umfassen, ein Jahr oder eine Nacht. Es genügte aber schon eine historische Minute, um die chaotische Kraft zu wecken. Man kann entscheiden, ob man der Lava den Weg öffnet, aber man entscheidet nicht mehr, ob sie bergab fließt oder nicht. Was lässt sich steuern? Was kann einfach nur akzeptiert werden? Rudolf, mit seiner Vorliebe für einprägsame Bilder, stellt sich vor, der GENOSSE-G beuge sich ein letztes Mal in Richtung des sich hinter ihm bereit haltenden Dolmetschers, um Hunzigger (dessen Absetzung er in wenigen Tagen einer hastig nach Moskau gereisten, unter ihren neuesten Spinnengiften halluzinierenden ostdeutschen Delegation freundlich genehmigen wird) von dem bronzenen Affen zu erzählen, der auf Lenins Schreibtisch im Kreml stand in seinen letzten Lebensmonaten, als das von Bürgerkrieg und Hungersnöten geplagte Reich der Bolschewiki ökonomisch in die Knie gegangen war und hinter dem von Schlaganfällen und Infarkten gezeichneten Volkstribunen der massige Schatten des Georgiers immer höher aufragte. Der Affe umfasste mit der linken Klaue nachdenklich das eigene Kinn, während die rechte einen hohlen menschlichen Schädel auf Augenhöhe hielt. Was konnte das Ziel dieser Spezies sein, welche Motive beherrschten ihre Beherrscher? Ein Affe würde vielleicht weiter kommen als ein Hunziger vor dem skelettierten Kopf eines seiner alten Hofnarren. Glaubte der STAATSRATSVORSITZENDE etwa, sich noch fünf Jahre (oder tausend) halten zu können? Ging es ihm noch um irgendetwas anderes als um das ritualisierte, zirkuläre, sich selbst genügende Spiel der Macht, das doch, wie Lenins Affe leicht erkannte, unweigerlich in Intelligenzverlust, Depression und Verrottung mündete, wenn ihm allzu lange Zeit beschieden war? Die Historiker, große Schädelhalter per se, die leicht mit den Köpfen Klügerer spielen, werden sagen, dass GORBATSCHOW zu diesem Zeitpunkt noch fest daran glaubte, die UdSSR reformieren und die Zügel in der Hand halten zu können. Noch fünf Monate, und er wird zu ihrem Staatspräsidenten gewählt, noch zwei Jahre, und er wird nach einem Putschversuch, dem Abfall der Teilrepubliken und seiner Brüskierung und Entmachtung durch den russischen Präsidenten von all seinen Ämtern zurücktreten. Noch zehn Jahre, und er wird Deutschland ein weiteres Mal verlassen, mit dem Sarg seiner in einer Spezialklinik in Münster ihrem Leukämieleiden erlegenen Frau. Jetzt aber, gerade als Rudolf sich aus der Zukunft zu seinem prometheischen Schädel herabbeugt, erhebt er sich abrupt, sammelt seine Entourage und greift nach Raissas zierlicher Hand, im sicheren Wissen, dass sie nichts mehr ersehnt, als in ihrem gemeinsamen Hotelzimmer aufzuatmen. Die Welt wird sich ändern, der Kalte Krieg wird sein Ende finden, der Irrsinn des atomaren Wettrüstens bald vorüber sein (übergib den ATOMKOFFER, jenen infamen Hoden der Erniedrigung der Menschheit unter die Macht ihrer Potentaten, an den hitzigen Jelzin, der damit seinen eigenen Zyklus von Aufstieg und Niedergang eröffnen mag). Die Geburtstagsfeier gehört nun allein denen, die Lenins Affen sofort in die Asservatenkammer räumen würden, als könnten sie dadurch – oder auf irgendeine andere absurde, lächerliche oder terroristische Weise – verhindern, dass die Geschichte schon bald einen Röntgenblick in ihre eigenen Schädel wirft.

Sollten wir unseren Professor noch in der Schwebe halten, um jenen hier und da bezeugten, jedoch nirgends fotografierten und dokumentarisch ausreichend bestätigten Moment aufzunehmen, in dem Hunzigger, wie nicht wenige ältere Geburtstagskinder, eingefallen und starr, völlig allein am Jubiläumstisch gesessen habe?

11. VERLAUF DER LINIEN (7. OKTOBER 1989)

Zunächst ging es nur mit feinsten Linien, die sich in das Papier einzeichneten, als filmte man in Superzeitlupe die (unschlüssige, gewundene) Entstehung von Haarrissen in Porzellan. Auf das Weiß kam es mir an, nur in ihm war es möglich, auf seiner dämpfenden, sichernden, einhüllenden Grundlage, wie Neuschnee, wie frische Verbände, wie eine Garantie, dass die Bleistiftlinien, auch an den Positionen, an denen sie sich verdichteten, verknäuelten, zu den scharfen Kämmen harter Schraffuren aufwarfen, umhegt und geborgen waren. Der Lehrer, der im Inneren des Palastes an die arrogant bronzefarben getönte Scheibe tritt, sieht (infolge des zeichnerischen Wunders) die (lautlos) brüllende Menge am anderen Spreeufer nur figurativ, ohne Umgebung, eingefasst vom rauschenden großen Weiß des neuen Landes, das im Schmerz dieser Nacht entsteht. Im Gegenschuss ist der Palast auf meinem Block schon fast verschwunden, es gibt nur einige Linien, die einen Kasten links des Doms umreißen, als wäre mein Zeichenblatt der unmittelbare Vorläufer der enormen Bau- oder vielmehr Abbaugrube, in der er zwanzig Jahre später verschwinden wird, als hätte ihn eine Erdspalte verschluckt. Das schwere, ideal gekörnte Papier kam schon aus dem Westen, mein Künstlerbedarf vom Malervater, der mir etwas bieten wollte für den Abrieb meiner Seele. Dereinst werden die Statuen der GRÜNDERVÄTER (M & E), zur Seite geschoben und gewendet, mit denselben blinden Bronzeaugen in eine ironische Zukunft starren, die sich zu dem makabren Einfall versteigt, die Fratze eines preußischen Stadtschlosses aus dem Grabloch des Republikpalastes wiederzuerrichten (anstelle eines Geisterhauses, belebt von Zehntausenden sorgfältig rekonstruierter Soldatengerippe). Die Hände der VÄTER – das werde ich vergessen, dem Lehrer zu berichten – sind mir an jenem Abend doch noch aufgefallen, als die Menge nach

Osten, zum Prenzlauer Berg hin abgedrängt wurde. Sie waren ungeheuerlich groß, Tätigen- oder Täterhände, allein schon ihres Gewichts wegen würde Marx sie kaum mehr von den Knien heben können und brächte Engels die hängenden Arme nie wieder empor. Auf meinem Papier erhielten die Statuen einen Ochsen- und einen Eselskopf, im Widerspruch zur möglichen Gewalt ihrer Fäuste konnten sie den gnadenlosen Lauf des Sozialismus in den Realismus nicht aufhalten. Hätten sie je einen Hunzigger aus sich gemacht, wären sie zu seiner Zeit noch am Leben gewesen, das bleibt meine an den Lehrer gerichtete Frage, auch noch Jahre nachdem ein Witzbold auf ihren Sockel die Behauptung sprayte: WIR SIND UNSCHULDIG. Die Ochsen- und Eselsköpfe tauchten auch bei uns auf, die wir durch die Liebknechtstraße nach Nordosten gelenkt wurden, wir trugen sie auf unseren Schultern. Skizziere mit leichter Hand das misstönende Ensemble von Marienkirche und Fernsehturm, wie herausgenommen aus ganz verschiedenen Ecken einer Modelleisenbahnlandschaft und gedankenlos hintereinandergestellt. Belasse das Weiß, das der großen Leere des Himmels über der flachen Stadt entspricht, wenn man abgeschlagen wird vom historischen Zentrum, blockiert, nach Osten gedrängt, schließlich hatte MAN vor nichts mehr Angst als der Eroberung des Boulevards durch den inzwischen auf einige Tausend Tierschädel angewachsenen Zug des sich VOLK rufenden Volkes, der sich womöglich am Zeughaus, an der Humboldt-Universität, an der Sowjetischen Botschaft vorbei (Gorbi! GORBI!) auf das Brandenburger Tor hätte zubewegen können, um dort die utopische Bresche in den WALL zu schlagen, die es schon einen Monat später hier tatsächlich geben würde (noch vollkommen unvorstellbar: fröhlich rufende, (hellweißen) Sekt verspritzende Menschenreihen auf der Mauerkrone oder mit Hämmern, Pickeln, Meißeln Bewaffnete, die den Beton attackierten, um ihre eigene Bresche herauszuhauen, sich abzureagieren oder schon um ein gut verkäufliches Souvenir zu ergattern). Das hervorleuchtende unberührbare Weiß der Zukunft wird durch eine Deckschicht bewirkt, die kein menschlicher Wille durchdringen kann. Jenes Hellgrau eines bedeutungsvollen Erblassens der Geschichte, jener Graphitton der Ungewissheit, der sich in Stufen verdichtet und verfinstert, das immer düsterer werdende Netz der Schatten bis hin zu dem wie durch ein unendlich feines Sieb fließenden Schwarz der Alpträume käme am besten in der Aquatinta zum Ausdruck, in der die Säure der Zeit auf den Staub der Seele wirkt, durch die Ruß- und Braunkohleschleier der Stadt. All diese Zeichnungen, die ich bis über Weihnachten jenes Jahres hinaus gezwungen war anzufertigen, meist nachts, in meinen Geisterstunden, umgeben von den revolutionären Aktivitäten meiner Mutter und den Paukgespenstern der Abiturklasse, würde ich noch einmal ausführen müssen, ganz wie es mein Vater vorhersagen und empfehlen sollte. Eine Eselin, die sich in die Arme ihrer Klassenkameraden einhakt und *Freiheit!* rufend auf einer dunklen, von der S-Bahn-Trasse wie von einer aufgestelzten Riesenschlange befallenen Straße umherzieht. Als ich eine Folie suchte für die Härte, den Aufruhr, die Angst dieses Tags, habe ich mich ganz von selbst an die *Caprichos* erinnert, an jene kostbare Ausgabe der Bernsdorff'schen Kunstbuchhandlung (Göttingen, 1923), deren Blätter wir im Dresdener Atelier ehrfürchtig wendeten. Gerade hier hat Goya die Aquatinta-Technik weiterentwickelt. Wie seine Langohren, die einem Menschen den Puls fühlten oder in einem aufgeschlagenen Buch abgebildete buchstäbliche Reihen von ihresgleichen bestaunten, waren wir bereits zu Eseln geworden, als wir uns zum Prenzlauer Berg hin wandten. Die Füchse lockten uns vom Stadtzentrum weg, in der zunehmenden Dunkelheit waren sie kaum von unseren eigenen Leuten zu unterscheiden, erst auf meinen Bildern wurden sie durch ihre blitzenden Reißzähne deutlich gemacht, eine lohnende, Genauigkeit fordernde Arbeit in der Aquatinta, bei der man den Tollwütigen schwarzen Lack in den Rachen stopfen muss. Wenn vor einer Absperrkette der Volkspolizei ein Demonstrant lautstark Beleidigungen brüllt, weiß man, es ist ein Fuchs, der aus dem Haufen Prügelknechte, der über ihn und seine Umgebung herfällt, immer wieder, ganz wie im Märchen, durch das behände Vorweisen seines kleinen Reineke-Klappkärtchens entkommt. Nur wenn

Schimi, Andy und Kerstin direkt um mich sind, kann ich mir sicher sein, wahrhaftige Ochsen und Esel bei mir zu haben. Zwei, drei Stunden lang treiben wir auf den Straßen umher, ziehen nach Norden, werden abgedrängt, attackiert, wieder angeführt, blockiert, etwas Sprachloses, Stolzes, Fatalistisches hält uns auf den Beinen, die Wut natürlich auch, das Bewusstsein für das Außerordentliche unseres Aufruhrs am Jahrestag, die Empörung über die immer härteren Übergriffe aus den Reihen der GESELLSCHAFTLICHENKRÄFTE und VOPOS, die uns längst umrahmen. Als wir uns noch aus der Menge hätten lösen können, in der Wucht eines größeren Angriffs von Spezialeinheiten, die unsere *Keine-Gewalt!*-Rufe mit einem höhnisch gleichrhythmischen Trommeln der Schlagstöcke gegen die Plastikschilde beantworten, findet Schimi rasch den Zickzackweg durch die Nebenstraßen zur Gethsemanekirche. Hier saß ich eine Woche zuvor noch mit Katharina auf einer Bank unter den verwirrend zweistöckig geschwungenen Emporen. Sie wird mich umbringen! Oder sie steckt selbst irgendwo in der Menge, die sich dort seit Stunden, seit Tagen zusammenbraut, denn es heißt, die Kirche wäre rund um die Uhr geöffnet für Zusammenkünfte, Diskussionen, Gebete, als Zentrum eines Kessels, in den hineingeraten und eingesperrt zu sein uns allmählich dämmert. Jener Ring von vierstöckigen Häuserfassaden, der sich eng um die Kirche lagert, sollte mich vielleicht beruhigen, weil er an die ähnlich umbaute Dresdener Martin-Luther-Kirche erinnert (der erste heimatliche Schlag, den du dort durch das Transparent hindurch erhieltest). Man fühlt sich wie im Inneren einer großen beleuchteten Guglhupfform mit dem Dorn der Kirche in der Mitte. Die Anwohner können von ihren Wohnzimmern, Schlafzimmern aus wie von den Rängen eines Rundbau-Theaters auf die Kirche sehen, auf uns, die immer dichter gedrängten VOLKSDARSTELLER, denen der Gedanke an die CHINESISCHE LÖSUNG durch den Kopf spukt, wenn sie ihre unmittelbare Erinnerung sortieren. Ein Mann, dessen Gesicht sie gegen eine Hauswand drückten wie einen Tafelschwamm. Ein Lastwagen, auf dessen Ladefläche sie Frauen emporzerrten. Ein Rudel Füchse, das einige

Anwohner, die uns vor dem Betreten des Kirchplatzes warnten, in den Hinterhof ihres Mietshauses hineinjagten (Schreie, dumpfer Lärm).

Wenn du größtenteils in Schwarz malen willst, Meer oder Nacht, dann tuschst du dir nur die Glanzlichter und hellen Flächen heraus (Polizeihelme, Scheinwerfer, die V-Linien von rot-weißen zaunhohen Schilden vor den Räumfahrzeugen, Reißzähne und verdrehtes hervorquellendes Augenweiß als Brut, gepackt im düsteren Knäuel von Hundestaffeln). Dann übermalst du alles, was du dir erhalten willst, mit dem Firnis, mit Asphaltlack, in überlegten Pinselstrichen. Ich entferne mich mit jedem Tupfer, jeder schwarzen Maske, die ich zartfühlend über ein verstörtes Gesicht lege, damit es dereinst herausgehoben wird, weil die Säure es nicht zerfressen konnte. Es ist Kerstins Feenblick, der sich ungläubig, entsetzt weitet, als wir kurz vor Mitternacht, bei dem Versuch, dem Kessel zu entrinnen, gegen eine Hauswand gedrückt werden und ein Typ mit Jeansjacke ihr plötzlich eine Ohrfeige verpasst, einen Schulterstoß, einen Hieb in den Bauch. Ich entferne mich so weit, dass ich die schützende Gegenwehr, die heraufprovoziert werden sollte, aus erhöhter Position, wie ein Anwohner im ersten oder zweiten Stock des Rundtheaters, erfassen kann, Andys vornübergebeugten Oberkörper, seine ausgebreiteten Arme, die weiß schimmernden Hände. Die über ihn herfallenden Gestalten sind ein dunkler Klumpen, nur die Helme und Schlagstöcke belasse ich in einem hellen Grau. Ich entferne mich, ICH REISE AUS, in diesen Minuten stelle ich meinen endgültigen Antrag, auch wenn der Kopf meines Klassenkameraden auf dem Pflaster jetzt wieder ganz nah kommt, sein rot verquollener Mund, das (schwarze) Blut über der hellen Stirn. Der Kamm, der stets in seiner Brusttasche steckte, war zu absurd, um ihn später in der Zeichnung unterzubringen, am Rand einer um das Ohr fließenden Lache. Ich reise aus, während ich mich mit Schimi über den Verletzten beuge, sollen sie uns doch auf den Rücken knüppeln oder in die Seiten treten. Aber es geschieht uns nichts, weil mein Klassenkamerad mit der hellen Kriminalkommissarsjacke die Hände wie einen Korb oder eine Fechtermaske um Andys Kopf herum zu schließen versucht und den drei oder vier Angreifern, die uns von einem der städtischen Ambulanzwagen trennen, die hier und da in den Straßen aufgetaucht sind wie ein Aufflackern des schlechten Gewissens, eine nahezu Shakespeare'sche Brandrede hält, die zu rekonstruieren weder uns Zuhörern noch ihm selbst je gelingen wird. Gute Sozialisten kamen darin vor, Genossen, die zu dem zu stehen hätten, was sie taten, die Frage, ob man Polizist sein wolle oder Totschläger, und wie es sich ausmache, wenn einer am vierzigsten Jahrestag auf der Straße krepiere. Wundersam wie auf einer Theaterbühne jedenfalls öffnete sich der Durchgang zu einer Ambulanz. Ein Arzt, im schwarzen Anzug, als wäre er von einer Beerdigung oder akademischen Feierstunde geholt worden, sprach auf Andy ein, half ihm in die Höhe, stützte ihn gemeinsam mit Schimi auf dem kurzen Weg zum Wagen, hörte sich die barsche Stimme eines offenbar befehlsgewohnten Typen in Zivil an, der ihn beauftragte, *den Kerl* zu versorgen und in eine kleine Ambulanz zu bringen, nicht jedoch in das Krankenhaus Prenzlauer Berg oder in die Charité. Kerstin, mit tränennassem Gesicht, aber konzentriert und sich schon wieder sehr aufrecht haltend (als könne ihrer Feengestalt erneut nichts geschehen), durfte als Andys Freundin mitkommen – in die Charité, die der Arzt unbekümmert den Fahrer ansteuern hieß, denn er bringe hier jemanden, der bei einer Geburtsfeier übel die Treppe heruntergefallen sei. Schimi begleitete mich nach Hause, wir gingen wohl noch eine Stunde lang durch die Nacht und küßten uns zum Abschied mit tauben Gesichtern. Dann löste er sich auf im Dunst der Weltgeschichte. Jedes Körnchen, das im Staubkasten aufgewirbelt wird und auf die Kupferplatte sinkt, haftet fest an ihr durch das Erhitzen über offener Flamme und bildet mit Hunderten seinesgleichen ein Netz winziger Säulen, durch das die Säuren und später die Farbe nur wie durch einen feinen Schleier vordringen können. Kein Schwarz wird mehr vollständig schwarz, so könnte man es auch sehen, der Staub der Straße, das Herausschreien der Wut, das Erlebnis Hunderter, Tausender Gleichgesinnter, die sich wehrten, gibt dir ein dünnes Kettenhemd gegen den Biss der Macht, auch wenn du um zwei

Uhr morgens in der Küche deiner Mutter sitzt und heulst wie ein Schlosshundwelpe, wie ein Mädchen, das zu seinem Papa hinüberwill, von dem es seiner Exfrau erzählt, als hätte sie selbst ihn nie gekannt. Wehrlos genießt du, dass man dir mit einem handwarmen Waschlappen Blut und schweißverklebten Schmutz von Gesicht und Armen entfernt. Du bist ja bei deiner Mutter und doch schon ausgereist aus dem Prügelstaat.

Du entsendest ein kleines gelbes Männchen (Mädchen, Chinesin) in die Schule (der Holzkopf reicht fürs Abitur, das taube Geschlecht wird vom Keuschheitsgürtel bunter Frotteeslips verborgen, als stünde darauf in feinen Stoffschlingen für jede sensible Fingerkuppe gut lesbar in Blindenschrift: *Kein Sex mehr in der DDR!*). Zeichnung für Zeichnung entdeckst du abends und nachts die Ruhe eines dir möglichen Hinaustastens aus der Erinnerung in die Kunst, wenn du vorsichtig und vorläufig arbeitest, mit nachdenklichen, erschrockenen Bleistiftlinien das Weiß erkundest, das dir für die Nacht des vierzigsten Jahrestages steht (deine erste Aquatinta machtest du zwei Jahre später in Freds Atelier), gelöschtes Dunkel, aus dem die Polizisten, die Schläger des MfS, die Hunde, die Fliehenden, die zusammengekrümmt am Boden Liegenden auftauchen, als grübe man sie mit archäologischer Umsicht langsam aus dem Schnee oder hellstem, fein gekörnten Sand. So viel ist doch gar nicht passiert, sagte Katharina, es war doch kein Massaker. (Wenn Andy sich beim Lachen oder Gähnen die Hand vor den Mund hält, sieht man nicht, dass ihm drei Vorderzähne fehlen. Geschenkt.) Im Westen, sagt Katharina, in der ehrlichen Absicht, mir Mut zu machen, verprügeln sie andauernd Demonstranten, und in Leipzig, da haben wir gewonnen! Zeichnend erinnere ich sie an die Geschichte über den Auftritt Hunziggers auf einer BRD-Warenmesse, bei der er, offensichtlich angetrunken, zum Schießbefehl an der Grenze befragt wurde, woraufhin er zum Besten gab, dass im Westen doch andauernd geschossen werde. Muss auf einem Propagandasender gelaufen sein. Ich übertriebe, das verstünde sie. Sie wollte, sie wäre in jener Nacht bei mir auf der Straße gewesen, anstatt nach langwierigen ergebnislosen Versuchen, per Telefon herauszufinden, wo ich mich aufhielt, starr in der Küche zu sitzen, zu warten in dem – berechtigten – Gefühl, dass es das Beste wäre, einfach da zu sein, die Stellung zu halten, bis ich zurückkehrte. Als Hunzigger vom Spielfeld gestoßen wurde, gerade einmal elf Tage nach dieser Nacht, ersetzt durch den Gratulanten für die chinesische Lösung, konnte ich die Hoffnung auf weitere und tiefgreifende Veränderungen nicht teilen. Ich spielte drei Mal die Woche Volleyball nach der Schule. Dinge, die in der Schwebe waren, Leichtigkeit, Kampf ohne Zerstörung, Nähe und Mannschaftsgeist, saubere Linien, über die wir sprangen, auf denen wir landeten, der Regel gemäß, die Droge Gegenwart und Erschöpfung, die mir die muskuläre Ruhe gab, nachts still zu sitzen und zu zeichnen. Am vierten November musste Katharina mich tatsächlich an der Hand nehmen und auf die Straße hinausziehen wie ein störrisches Kind, damit ich mich erneut auf den Alex (TANZESAMBAMIT) wagte, auch wenn dieses Mal alles anders sein sollte, unendlich viel größer, nicht mehr einzuschränken, nicht mehr aufzuhalten. Das weiße Frösteln saß mir noch in den Gliedern, als uns die wirklich enorme, seltsam gelassene Menge umschloss, Tausende, Zehntausende, die wie wir durch die Liebknechtstraße zum Alex zogen, ruhig, als gingen sie gemeinsam zur Arbeit in einer gewaltigen Fabrikhalle, auf dem Weg zurückkehrend, auf dem wir vom Zentrum weggedrängt worden waren. Keine Tanzgruppen, keine Grillbuden, keine Strohhut-Sänger, die grausige Alt-Berliner Couplets zum Besten gaben, kaum ein Polizist, das Staatsfernsehen übertrug live die größte nicht-offizielle, jedoch genehmigte Demonstration in der Geschichte der DDR. Glaube daran, sagt meine Mutter, die sich vor Lachen die Seiten hält, als einige Schauspieler auf Emporen die Wackeldackel-Gesten UNSERERVERGREISTENFÜHRER nachstellen und bald darauf ein Gesangsduo auf der improvisierten Bühne den ewigjungen grauen Chinafahrer, FDJ-Vorturner und nun genossengeneralsekretärusw veralbert, der aussah wie ein aufgeblasener Bruder oder Cousin von Viktor und dessen vertrauenheischendes Grinsen in all seiner (Rachen-)Tiefe von der Aufschrift eines Plakats treffend widergespiegelt wurde: *Groß-*

mutter, weshalb hast du so große Zähne? Mein Zeichenblock kann die schiere Masse der Ochsen und Esel nicht mehr fassen. In der Aquatinta, mit der ich später die hellen Signalflächen der Transparente durch schwarze Lackbalken zum Leuchten bringe, ist es schwer möglich, all die perspektivisch in den Raum und über die Köpfe gestaffelten Schriften wiederzugeben, die *Reisefreiheit-Hiergeblieben!*, *Deutschland einig Vaterland!*, *Heim ins Reich, nein Danke!*, *Freie Wahlen, sofort! Nieder mit den Wendehälsen! Wir wollen nicht auf die Kohlplantage!* forderten, so dass es schien, als hätten die Ochsen doch ganz andere Ideen als die Esel, aber so innig durcheinander, als wollte das jetzt noch keiner wirklich wissen. Ausgepfiffene Funktionäre, bejubelte Schriftsteller, aufgehende Novembersonne, die man mit dem Ruf *Reisewetter!* begrüßt. Glaube daran, sagt meine Mutter, gestern ist schon vorbei. Ins Schwarz der Firnis sollten die Linien des großen Plans schon geätzt sein, bevor man die Aquatinta beginnt. Spüle die erste Deckschicht hinweg. Poliere die Platte, halte sie unter den herabrieselnden schwarzen Staub.

Teil 3

FRÜHES LICHT, BETRACHTUNG DER ERDE

1. PETREFAKTE / JE NE ME LÈVE PAS

Auch nach einem Ehebruch erscheint der neue Tag. Öffne die Augen im Licht. Für die Details bist du zuständig, Jonas. Nur an zwei Tagen im Jahr, zu Anfang von Frühling und Herbst, geht die Sonne auf beiden Hemisphären und an allen Orten der Erde genau im Osten auf. Wir leben mit Annäherungen. Unser erster gemeinsamer Sonnenaufgang, Jonas, im Göttinger Dachstübchen, anno 1995, könnte sich meinetwegen jeden Morgen wiederholen, dieses diffuse Hellwerden im November, auf der Insel eines neuen Lebens. Die Unschuld in der Wiege unseres Anfangs. Zweieinhalb Jahre danach zerriss ich die Skizzen für unsere Kinder in meinem Bauch, gebar eine Ausstellung und brachte dich nach Stonehenge in den viertausendjährigen mythischen Kreis, um dich mir wieder anzuzaubern, nachdem ich zu feige gewesen war, dich um Fortpflanzung zu bitten, und stattdessen während eines Stipendienaufenthalts einem unbedeutenden fränkischen Maler an die Staffelei ging. Allein schon deshalb muss ich heute mutig sein und verzeihen, es ist doch so leicht wie Feuerschlucken. Stonehenge, dachte ich damals, soll mein Geschenk für dich sein, eine heimliche Wiedergutmachung, indem ich mich ganz auf dein Gebiet begebe und verdammt früh aufstehe, in einem anderen Land. Zunächst aber wolltest du – aus bornierten treuen wissenschaftlichen Erwägungen heraus – gar nicht mitkommen. Die Skylab-Mission im Jahre 1973 war dir historisch genug. Du führtest auch noch den belanglosen Umstand ins Feld, dass infolge festivalartiger Ausschreitungen in den Vorjahren das Übernachten zwischen den steinzeitalten Steinen gerade mal wieder polizeilich verboten sei. Nach zwei von mir angeregten Telefonaten deines künftigen Astronomie-Doktorvaters bei den Kollegen in Cambridge gelangten wir inmitten einer herrlich blödsinnig gemischten Gruppe von Astrophysikern, gesellschaftlich einflussreichen

Neu-Druiden (wie hatten sie sonst eine Genehmigung erwirkt) und würdevoll dahinschreitenden Theologiestudenten in das Innere des Kreises. Dort harrten wir der Erleuchtung, bewacht von einem weiter gezogenen Ring grün fluoreszierender Bobbys, die von einem noch weiter gezogenen Ring höchst unwissenschaftlicher Gestalten belagert wurden, welche sich und uns mit Flöten, Tröten und Gitarren die Nacht verkürzten. Ich weiß, Jonas, dass es dir in unseren Anfängen oft nicht so gut ging. Die Computerkurse für die Sekretärinnen nervten dich, und deine erste Assistentenstelle war mit Dornen gespickt und tausenderlei praktischen Problemen, während ich mich in meinen Anfänger-Ängsten und Ekstasen verlor, dich tagelang vergaß, um mich dann wieder erschöpft in deinen Armen hängen zu lassen, wie auf der Isoliermatte in Stonehenge, im Warten auf jenen längsten Tag des Jahres, an dem die Sonne genau über dem sogenannten Fersenstein aufgehen sollte, der wie ein nach vorn gekippter verwitterter Weihnachtsmann im Gras stand. Alles funktionierte, die Aufhellung im Osten, verwaschen, wie mit einem Spülschwamm im düsteren Himmel freigescheuert. Eine Art Unterwasserlicht brach daraus hervor, amethystfarben, so dass die Grasfläche wie eine exotische Korallenbank unter einem U-Boot-Scheinwerfer aufschimmerte. Die haushohen Steine überzogen sich mit brüchigem antikem Rosenhauch, ihre wie Aquädukt-Elemente verbundenen Tore schienen sich erwartungsvoll zu weiten. Die Astronomen zückten grün flimmernde Geräte, um den Einfallswinkel Phi nachzurechnen, die Druiden stimmten Gesänge an, gegen die sich die verdächtig an die Kalksteine gepressten Theologen mit kleinen weißen Kopfhörern wehrten, in denen gregorianische Frühstücks-Chöre schallten, während hinter den noch im Schlaf erstarrten Bobbys die Meute der Wilddruiden loszimbelte, um das heranflutende Licht zu begrüßen. Dennoch war es großartig, Jonas. Wie du sanft meinen Kopf in deinem Schoß anhobst, so dass ich in Pietà-Stellung verfolgen konnte, wie das Rosa immer heller und weißer wurde und plötzlich so stark, dass das Himmelsgrau scheinbar durch die Einwirkung eines unsichtbar emporfahrenden riesigen Scheibenwischers ersetzt wurde von einer achatblauen, tief den gesamten Horizont erfassenden gläsernen Wand. Schon wurde die Zone an ihrem Fuß vom Sonnenrad durchstoßen, der Blitzblick des Gottes fährt auf, der jedes Auge blendend niederstößt. Der Tag beginnt, und die im Kreis versammelten Steine um uns her hatten es am besten gewusst. Ihre kolossale Unförmigkeit, das Ungeschlachte ihrer Gestalt kam mir wie ein Trick vor, als einzig mögliche Methode, Jahrmillionen alt zu werden. Ich fühle eine große, weiß und golden strömende Ruhe und Erleichterung inmitten ihrer konzentrierten, konzentrischen Geduld, als könnten wir selbst ewig werden, uns selbst transformieren, wären wir nur bereit, den Preis für die Unerschütterlichkeit zu zahlen, nämlich die Verwandlung in zwei ebensolche feierlich-plumpe Gestalten, die allenfalls noch der Rohform einer Pièta ähnelten. Zwei Wunder, sagtest du leise, mit Blick auf mein schläfriges, sich lächelnd versteinerndes Gesicht: die Sonne und du. Was für ein Kitsch auf nüchternen Magen! Aber soeben verlängerten Sie Ihren Vertrag mit unserer Anstalt um sieben Millionen Jahre. Ich will noch eins, sage ich mit den Hitzequalen einer reuigen Ehebrecherin und doch – auch im Inneren – so unschuldig, als hätte mich gerade ein keltischer Zaubergott aus einem Menhir heraus geboren. Wie leicht ich plötzlich werde in deinem Schoß. Eins?, fragst du, als hätte ich ein Frühstückshörnchen bestellt. Nein zwei, ich will zwei, wenn ich ehrlich bin, sage ich zufrieden und genau in diesem Augenblick wurde es auch so. Rechnest du? Bedenkst du den Einfallswinkel? Der Sonnenstand soll heute den höchstmöglichen Stand erreichen (neunzig Grad minus geografische Breite plus dreiundzwanzigkommafünf Grad) zur Ekliptik, das weiß hier jeder Stein. Du nickst, gerade noch rechtzeitig, gerade langsam und gewichtig genug, um die Wiederversteinerung abzuwenden. Du hättest ja auch jubeln können oder zimbeln. Oder sagen können: Ja, her damit, seien es zwei Liebhaber, zwei Hörnchen oder zwei Kinder. Zwei eben zusätzlich. Aber dann wäre es nicht überlegt gewesen, nicht durch das Prisma, den Refraktor, das Helioskop deiner Gedanken geschickt. Das war einmal unsere Rollenverteilung: Ich lüge, ich riskiere es, ich stürze uns hinein, und du grübelst und nickst, wenn der Winkel stimmt. Aber es könnte auch umgekehrt sein. Es wird sich umkehren, das weiß ich, ahne ich, habe ich aus heutiger Sicht zu Recht gedacht. Doch ich mache mir nichts daraus. Nicht nur weil ich den ersten Stein geworfen, den ersten Menhir zum Schleudern gebracht habe, aus Langweile, Geilheit und Frustration, sondern aus Gründen höherer Einsicht. Es gibt keinen Fortschritt ohne Erkenntnis des größeren Zusammenhangs. Das Hinwegrollen der gewaltigen Erdkugel unter der aufgleißenden, scheinbar kleinen, festgenagelten Sonnenscheibe empfinden – das wäre das Kunststück der kopernikanischen Meditation. Es ist nicht einfach, es ist wie: Du pulsierst um dein stehendes Herz. Im Schoß des Geliebten, zu drei Vierteln noch warm eingehüllt von einem äußerlich taufeuchten Schlafsack, siehst du durch das Urwelt-Fenster der Megalithen und denkst, dieser nun schon unerträgliche blendende Scheinwerfer im Osten, dessen Hauptstrahl JETZT die Altarplatte zur Opferung der Ehebrecherin (Im Übrigen: Wann heiraten wir endlich?) trifft, stünde fest, und die Grasfläche, der äußere Steinkreis, die träge sich lockernden und rauchenden Polizisten, die dahinter johlenden und trommelnden Solarjünger, das lang gewundene Band der Straße, die wir von London aus hierher gefahren sind, London selbst, das verwobene, undurchsichtige, hoch energetisierte Wirrwarr seiner Bewohner, das gerade zu sich kommt, wie die gesamten britischen Inseln bis hoch zu den noch morgenstarren Schafswollknäueln auf den kalten Wiesen der schottischen Highlands, der Orkneys und Hebriden, drehten sich mitsamt dem Ozean, der sie auf seinem morgenglänzenden Buckel trägt, als kleines Reliefteil eines gewaltigen Balles mit grau und silbern flutender Wasserhaut dem Licht entgegen. Alles wird an den Tag gebracht, alles hängt in dieser Drehung zusammen, fixiert auf der rotierenden, glänzenden Oberfläche. Zweieinhalb Jahre erst hatten wir damals geschafft, Jonas-der-in-die-Sonne-starrt. Du sitzt aufrecht, und ich lege meinen Kopf in deinen Schoß. Auch die Zeiten verbinden sich über die Brücke dieser Position, die wiederzukehren scheint wie ein malerisches Motiv auf den verstörenden Leinwänden des Meisters, der uns aus einer unerfindlichen Laune heraus zu seinen Objekten erkoren hat. Die Frage ist, wie tief sein Pinsel in unser Inneres sieht, die sich wandelnden Gestalten in immer derselben Position: das frisch gebackene Liebespaar, die weiterhin Verliebten, die Malerin und der Physiker auf der Wiese vor diesem oder jenem Institut, Museum oder Observatorium, Mama und Papa am Ostseestrand, die Liebesverbrecher in Pietà-Stellung, zurückgeschossen in das Göttinger Urbild, November 1995, im Dachstübchen. Unser erster Sonnenaufgang, noch bildlos, nichts als eine Aufhellung der Schräge des Fensters, blinde, uns zugeneigte Fläche künftiger Zeit. Da sitzt du, Jonas, knapp dreißigjährig, am Wendepunkt, in deinem Schoß das wollüstige phänomenologische Geschöpf, das lässig nach deiner Mitte fasst. Im nächsten Augenblick trägt es ein Sommerkleid, ist auf den blauen, rissigen Asphalt geschmettert, über und über befleckt, wie von einem Korb voller Rosenblätter überschüttet, übersprengt mit Blut. 190 × 150 cm. *This is not my blood.* (Zu pathetisch. Ich sollte das nicht tun.)

2. ES GIBT KEINE MATERIELLEN PROBLEME

Die feinen, fast farblosen Schlieren treiben im linken Auge, wenn er auf einen hellen monochromen Untergrund sieht, den blauen Himmel etwa oder eine weiße Wand, deshalb wird auch er einmal (nicht immer nur Milena und die Kinder) zum Arzt gehen müssen, dabei ist es egozentrisch und peinlich, an die optisch am nächsten gelegenen Flecken zu denken, gerade jetzt, wo Katrin ihn endlich wieder etwas über die Sonne fragt, was sie meidet, seit sie (endlich doch auch) ihre eigenen Interessen und Neigungen entwickelt, es ist die übersteigerte, alberne Sorge um sich, in einem Augenblick, dem Höhepunkt einer Phase vielmehr (denn diese Wochen und dieser einzelne, heutige Tag werden sich unauslöschlich in seine Erinnerung brennen), in der er stärker an die Kinder denken sollte und muss als je zuvor (in wie vielen Phasen oder Phasenabschnitten hat er sich das schon gesagt). Sie stehen mit dem Wagen in der zweiten Reihe vor dem roten Backsteinbau des Gymnasiums seiner Tochter. Höchstens eine halbe Minute kann er mit gesetztem rechten Blinker auf die Beantwortung der Frage verwenden, ob und weshalb die grell glitzernde Scheibe am Himmel tatsächlich von Flecken übersät ist. Riesige dunkle Schmetterlinge auf dem Feuerball. Die ganze Erde, als einer dieser Schatten gesehen, wäre nur eine Sommersprosse oder etwas wie ein Wurmloch auf einem Apfel, wobei jedoch die Flecken der Sonne nicht blind seien. Es handle sich um vergleichsweise kühle Zonen, hervorgerufen durch starke Magnetfelder. Weil dort der Druck der glühenden Gase geringer sei, hätte man tiefere Einblicke in das Innere des Sterns als an anderen Orten der (ewig von Höllenfeuern versehrten, nein, aus Höllenfeuern bestehenden, Millionen von ehebrecherischen Sündern im zehntausend Kilometer hoch schäumenden Fackelmeer der Chromosphäre röstenden) Oberfläche. Katrin sieht auf ihre schmalen Hände, als überlege sie, wie kindlich und verletzlich sie noch wären. Er hat es übertrieben. Ihr Gesicht ist vom langen braunen Haar verdeckt, aber er weiß genau, welchen Ausdruck es jetzt hat, den der gespannten Energie ihrer Mutter. Ob sie alle an diesem Abend zusammenkämen, bei der *Versage*? Sie will nicht Ausstellungseröffnung sagen, sondern sich auskennen. Das große Familienzusammentreffen kann er versprechen, ebendas, wovor er sich seit Tagen fürchtet, Andreas soll sich sogar vom Bodensee her aufgemacht haben ... Wie man denn in Erfahrung bringen könne, ob die Sonne magnetisch sei, hatte Katrin noch gefragt und ihn im nächsten Augenblick daran erinnert, dass er Oma (Katharina, die ausgebildete Bibliothekarin) anrufen solle, damit sie am Nachmittag mit ihr Latein lerne. Hast du vergessen, dass heute gleich zwei Omas da sind, die dir helfen können, verdammt. Wieder im morgendlichen Strom auf der Fahrbahn, weiß Jonas schon nicht mehr, ob er noch etwas über den Zeeman-Effekt erzählt hat, so sehr ist er damit beschäftigt, mit Hilfe raffinierter Fahrmanöver die Minen, die er selbst ausgestreut hat, zu umschiffen, slalomartig zu umkurven, zu entschärfen durch geheime Applikationen im Bordcomputer hinter dem Siebenzollmonitor des nagelneuen multifunktionalen Touchscreens rechts unterhalb des Steuerrads. Immerhin hat er die schlimmste Sprengladung schon gezündet. Was kann er jetzt noch tun, wo sich die Fahrrinnen im geschundenen Belag einer vierspurigen Querstraße, über die er hinwegrollt, anfühlen wie der schmelzende Asphalt einer Erdbebenzone. Die ungewohnte, schlummerkissenartige Federung. Er kann nur etwas gegen seine eigene, katastrophische Sicht der Dinge unternehmen. Schon zehn Minuten zuvor war er von einem üblen Schwindelgefühl ergriffen worden, als er dem schläfrig-tapsigen Jakob von seiner Seite aus die Beifahrertür geöffnet hatte und ihn im hellblauen T-Shirt und kurzen tintenblauen Hosen seinen Ranzen in das Gewimmel vor dem Eingang der Grundschule schleppen sah. Auch mit neun hatte er noch etwas Rauschgoldengelhaftes und wurde allwöchentlich von irgendeiner aus dem Hintergrund hervorstürzenden reifen Dame an die Brust (die Brüste, mächtige, in ihrer Nylonverpanzerung schwingende Euter, würde Marlies jetzt schon so ausstaffiert sein) gedrückt. Wie Katrins Gymnasium war auch die Grundschule in einer jener Bauten der Kaiserzeit untergebracht, die – abhängig vom Sichtwinkel – fabrik-, brauerei- oder gefängnisähnlich erschienen, auf deren hohen Fluren es einen schauderte und doch auch mit einer trotzig-desparaten Leichtigkeit erfüllte, als gehörte man zur Familie der an die Fenster geklebten Seidenpapierfische, zu den deplazierten, fast schwerelosen Spätgeborenen einer ungeheuren steinernmassiven Geschichte. Jakob hatte sich noch einmal umgedreht, um zu winken, sehr gegen seine Gewohnheit, klaglos in den Tumult einzutauchen. Natürlich schob man das jetzt einem ahnenden Bewusstsein der Gefahr zu, in der sie schwebten. Es war keine Projektion, sondern eine tatsächliche Last auf den Schultern des Neunjährigen. Am Vortag, als sie gemeinsam zum Einkaufen gingen, hatte er plötzlich an Jonas' Hand Halt gemacht, erschrocken, eine Erklärung verlangend, weil er an einer Litfaßsäule den Aufruf las: TRENNSTADT BERLIN. Auch Jonas hatte erst auf den zweiten Blick verstanden, dass es um die Separierung von Hausmüll ging. Vier oder fünf Kinder in Jakobs Klasse lebten mit alleinerziehenden Müttern oder in Patchworkfamilien. Im Wimmelbild vor dem Schulportal konnte man sie nicht ausfindig machen, kein Zeeman-Effekt, der die Spektrallinien beim Vorhandensein eines magnetischen oder vielmehr demagnetisierenden Familienkollapses aufgespalten hätte. In der Ununterscheidbarkeit lag ein Trost, man konnte es überleben, die Fröhlichkeit und Intaktheit, die jene Scheidungs- oder Trennungskinder ausstrahlten, erscheint ihm jetzt natürlicher, echter, unverbrüchlicher als zuvor, in einer Phase, in der er, ganz der designierte Liebesverbrecher, sie misstrauisch aus der Warte seines noch ungebrochenen Glücks als maskenhaft oder wenigstens fragwürdig angesehen hatte. Lesen wir aber zunächst einige vergleichende psychologische Studien über die Glücksfähigkeit in intakten konventionellen Familien im Vergleich zu der anderer Lebensformen. Fluch der antrainierten Wissenschaftlichkeit. Rudolf würde Gefallen an solchen Objektivierungen finden, er hätte es sicher auch als einen schönen Beweis für die erfrischende Komplexität des bürgerlichen Heldenlebens erachtet, dass Jonas der wie nachdenkliche Blick einer rehäugigen, eine Zigarette rauchenden dreißigjährigen Frau mit Pagenfrisur getroffen hatte, die in einem Sommerkostüm nahe des Schultors an der Außenwand lehnte, als er Jakob losschickte. Bei einem zwei oder gar schon drei Jahre zurückliegenden Schulfest waren sie vor einem Stand, an dem ihre Söhne mit der gleichen Leidenschaft Luftballons würgten, zu quietschend zitternden Tiergestalten drehten, unversehens über die Bande der üblichen Elterngespräche hinausgetragen worden in eine Unterhaltung über die Lust, einige Tage in völliger Einsamkeit zu verbringen, wobei die rehäugige rauchende Frau an einen Ostseestrand im Arm eines neuen Geliebten und Jonas an eine Gebirgswanderung allein mit seinem eingestaubten Rucksack dachte, bei dem er unversehens die Rauchende nackt und absolut kälteresistent bis zu den fein modellierten Knien in einem Gebirgsbach stehen sah. Danach hatten sie sich bei allen Schulveranstaltungen rasch mit Blicken gesucht und ihr gegenseitiges Lächeln, Aufschauen, Sich-Abwenden mit Feinunzen gewogen, bis sie es, immerhin erst nach Monaten, in stillschweigender Übereinstimmung müde wurden und unterließen. Das Wiederaufflackern des Interesses in Marias (Marinas?) Blick ausgerechnet an diesem Morgen sitzt Jonas im Nacken, in der Brust vielmehr, als er nach dem Überqueren der Kantstraße auf das Charlottenburger Schloss zusteuert. Mit dem Blick auf eine Tankstelle, einen Asiamarkt, eine türkische Bäckerei hält er Mariamarina eine kurze Brandrede über die Gefahren des real erfolgten Ehebruchs – das Schulhofpflaster wird dünnes graues Eis, deinen Kindern widerfährt die Aufspaltung durch Zeeman'sche Magnetfelder, deine Frau ersetzt man im unberechenbaren Rhythmus (bisweilen mit Stundenfluktuation) durch einen furiosen Klon, eine Zwillings-Amazone, die deinen Kopf auf ihrem Siegerschild präsentieren und medeahaft den Nachwuchs ermeucheln (an ihrer eigenen Abwesenheit zugrunde gehen lassen) möchte. Dass sie aber so selbstverständlich zu Hause fehlt, seit zwei Wochen bei ihrer Galeristin nächtigt und ihm weiterhin zwei Drittel der fortgeschrittenen Brutpflege überlässt, beruhigt, tröstet, beflügelt ihn insgeheim, gibt ihm Anwandlungen eines veritablen Christophorusgefühls (siehe, ich bin da und trage nach wie vor die Last der Familienwelt auf meinen Schultern). Der Anblick eines mit dunkler Folie verklebten Videoshops der Kette LSD (LoveSexDreams) reißt ihn in eine Sekundenvision von Junggesellen- oder vielmehr Scheidungsmänner-Sexualität, er denkt an hundegesichtige Typen, die durch einen Schlitz zwischen schwarzen Vorhängen auf die gleißend ausgeleuchtete Fleischtheke gleichgültig klaffender und dahinspritzender Geschlechtsteile starren, während ihre Schuhe im Rinnstein gegen leere Bierflaschen stoßen. Rudolf könnte ihm doch darüber etwas erzählen, ebenso wie er etwas von zerbrochenen Kleinfamilien berichten können müsste. Lebte seine längst erwachsene Tochter nicht in Berlin, hatte er sie nicht in einer Mail erwähnt? Wahrscheinlich würde er alles auf das kulturelle Tauschprinzip zurückführen (halb pflichtschuldige eheliche Kurzakte gegen stundenlange halbfeuchte, halbsteife, alkoholisierte Reibereien nach Mitternacht), denn es ging ihm in jedem Fall um die Bedeutung der Ökonomie in den unterschiedlichsten Sphären. Wenn Milena es darauf anlegt, werden sie rechnen müssen, wird man ihre gemeinsame Lebenszeit wie ein Schlachtrind kalkulieren. Erziehungszeiten, Krankheitszeiten, sein regulärer Assistentensold, ihre Elendsphasen-Almosen und plötzlich übersprudelnden Ölquellen, Goldminen, Las-Vegas-artige Geldspielautomaten-Eruptionen im Casino der Künste. Nach dem heutigen Tag, dem M-Day, wie sie ihn vor Monaten schon nannten, weil es der Tag der bislang umfassendsten und aufwendigsten Ausstellung ihres Werks sein würde, dürften das Interesse an Milenas Arbeiten und die damit einhergehenden Verkäufe ein solches Ausmaß erreichen, dass sie auf Jonas' Beitrag zum Familieneinkommen für längere Zeit verzichten könnte und ihn auch aus materiellen Gründen (als Partner einer Zugewinngemeinschaft) eher loswerden möchte. Jedoch glaubt er das nicht oder glaubt es am wenigsten, weil er ihre großartige Unfähigkeit, Gelddinge ernst zu nehmen, zur Genüge kennt (etwas für

Westler, hartgesottene Kapitalismusknechte). *Es gibt keine materiellen Probleme!*, hört er auch Helen mit einem wütenden Aufstampfen eines roten, hochhackigen Mailänder Schuhs ausrufen. Unwillkürlich ahmt er ihre Bewegung nach und schießt über die große Kreuzung östlich des Charlottenburger Schlosses, gerade noch den Minimalabstand zu seinem Vordermann wahrend, cool down, seit wann spielst du den Verkehrsrowdy, bald hupst du noch grundlos und zeigst den Stinkefinger. Er ist die Motorkraft des neuen Wagens nicht gewöhnt, ein schicker französischer Kombi, geräumig genug, um die vierköpfige Familie samt Oma und deren neuen Lover unterzubringen oder etliche diagonal gestellte großformatige Ölgemälde, sperrige obstruktive Objekte, irritierende Installationskörper, die plastinierten Leichen untreuer Ehemänner und deren kunstsinnig zerstückelter Geliebter vom Atelier zur Galeristin zu transportieren. Er hatte das Auto mit der Inbrunst des reuigen Sünders gekauft, eine Woche nach seinem Geständnis, als Milena ihm auf die Frage, ob er sich denn jetzt noch überhaupt um ein neues Gefährt kümmern solle, beinahe an die Gurgel gefahren war, die er so dankbar entblößte, als hätte sie sich gerade zu einem (noch nie dagewesenen) erotischen Übergriff mit Würgetechniken entschlossen. Luftballontierhafte Windungen mit der Rehäugigen, wenn sie ihn dennoch verließ, fantastische Elastizitätskoeffizienten, sie rauchend, wenn er sie seitwärts liegend unter dem Oberschenkel hindurch vögelte, sie sich zu einer strotzenden, klaffenden Yogastellung zusammenbiegend, weshalb bin ich mit Mitte vierzig schlimmer als ein Zwanzigjähriger, weil ich so was kenne, Sucht nach der Droge, die man lange Zeit eingenommen hat, Protest, Wut auf die demütige Haltung, die er seit zwei Wochen kultiviert für den Fall, dass das alles, sein Geständnis, seine Zerknirschung, seine Zusicherungen, doch nichts nützten. Die Wallfahrt durch die Autohäuser – es sollte ein Neuwagen oder Jahreswagen sein und schnell gehen – mit ihrem Tempelglanz, ihren geschniegelten Jungpriestern und hemdsärmeligen Profiverkäufern, die einem die Hand hart nach unten hin entgegenstreckten, als wollten sie an der eigenen Rechten vorbei sofort den Geldhoden wiegen, hatte ihn lange Nachmittage und Abende gekostet, er war über den gesammelten Prospekten, druckfrischen Autozeitschriften, ausklappbaren Testtabellen, die astronomischen Kalendarien glichen, versunken und brütete wohl immer noch darüber, hätte ihm nicht seine Frau (die hartnäckig keinen Führerschein besaß) nicht das schwere Kreuz aus Chrom, Blech und Batterieblei von der Schulter genommen, indem sie ihn aufforderte, schnurstracks zu dem verdammten Frog-Händler um die Ecke zu gehen und so ein Ding mit Glasdach und Spaß und Espace zu kaufen, aber eisern zehn Prozent weniger zu bieten, was dann auf einen Rabatt von zwei Prozent hinauslief, da ihn der Kaufbefehl innerlich und bedauerlicherweise auch äußerlich so strahlen ließ, dass selbst der unerfahrenste Verkäufer von einem mittleren Lotteriegewinn ausgehen durfte. Jetzt tröstet ihn der Neumaschinen-Geruch des Autoinneren, ein Geburtswerkstattwehen- oder Kinderwiegenfließbandduft nach Leder, Lack, Öl, Schmiere, Gummi, Putzwolle, Tanninen aus französischen Eichenfässern, Waschpulver und Benzin, sein Phönixatem mit dem Zusammenklang von Katastrophe und Neugeburt, die mythische Dialektik von Krankenwagen und Leichenwagen, die uns ins Dasein hinein- und hinausrollen, mit der Differenz von cremeweißem und klavierschwarzem Lack und einem Dutzend von Motorengenerationen. Am Vortag hat er seine Mutter abgeholt und zu Katharina gebracht, auf ausdrücklichen Wunsch beider hin, damit er sich vormittags um DEN-LEHRER kümmern könne, während sie ein Mütter-Shopping in town machten. Evelyn war gleichfalls sofort dem Neugeborenen-Aroma des Wagens verfallen, wie weit ihr es doch gebracht habt, in solchen Kisten beerdigen sich Menschen im Straßengraben, es hat noch gefehlt, dass sie ihm erklärte, sein Vater wäre stolz auf ihn gewesen. Ich habe sogar einen brandneuen Verwandten für dich. Vielleicht geht es dem auch so, dass er durch das Dach in den Himmel schauen kann. Schon so lange, über den Tod seines Sohnes hinweg. Das wolkenlose Blau. Nach zehn Jahren noch muss man an 9/11 denken, wenn man einen ungetrübten tiefblauen Sommerhimmel über einer Stadt sieht. Von der Spreebrücke zum Tegeler Weg hin kann er einen flüchtigen Blick auf das Schloss und den Park werfen, wobei ihm (jedoch nur) die böse Schizophrenie eines Spaziergangs sowohl mit Helen als auch mit Milena in den Sinn kommt, ein unangenehm bezeichneter Kontrast von erotischer Theorie und Praxis, denn Helen, mit der er bis dahin Zusammenkünfte in Berlin gemieden hatte, war plötzlich so erregt gewesen, dass sie sich wie bei Unterleibsbeschwerden nach vorn hin krümmen musste, mehrfach schwer ausatmete und ihn kurz darauf, im Auto, regelrecht dazu zwang, unter ihren blauen Rock zu greifen (ein in Seidenpapier gewickelter nasser, kühler, überreifer Pfirsich), während Milena, etwa einen Monat später, mit Blick über die kunstvollen Blumenrabatten auf die zweistöckig von langen Fensterreihen durchsetzte rückseitige Schlossfassade an derselben Stelle, einer womöglich von eigenartigen erdmagnetischen Strahlen durchschossenen oder von Lennéschen Frauenkräutern ätherisch vernebelten Wegkreuzung, begonnen hatte, über das historische Intimleben hinter solchen Gemäuern nachzudenken, angefangen bei alabasternen Pisspötten und Fischblasenkondomen bis hin zu silbrig weißen Schamhaarperücken und grauenerregenden Syphilis-Rosskuren in Karlsbad (Marienbad, Marinabad). In einem barocken Sonderraum der Ausstellung SCHLAFENDE SONNE, den man dem Wiederaufstieg des Zentralgestirns als Symbol der irdischen Macht widmen sollte, fände man Milena in einem metallisch grüngoldenen und Helen in einem flieder- oder amethystfarbenen Seidenkostüm mit Lockenperücken, gepudert und bemalt, mit Schönheitspflästerchen beklebt, ihre prachtvollen (von der Requisite unterstützten) Dekolletees vorweisend. Rudolf stieße dazu, frisch eingeflogen, einer goldenen, uhrwerkähnlich verwirrenden, kutschengroßen mechanischen Luftdurchquerungsmaschine entstiegen, ein Grandseigneur vom Perückenscheitel bis zur Schuhschnalle, die kräftigen Waden in weiße Strümpfe gehüllt, darüber die knapp unter dem Knie geschnürte Pumphose in glänzendem, extravagantem Veilchenblau. Seine rüschenbesetzte gleichfarbige Weste öffnete sich schon über der behaarten nackten Brust ... Weshalb hat er angeboten, ihn,

DENLEHRER, mit dem Auto vom Flughafen abzuholen, sowohl bei dem Telefonat vor zwei Wochen (Milena war gerade ausgezogen) als auch gestern, als Rudolf sich nur dafür entschuldigen wollte, dass er einen Tag später als angekündigt eintreffen würde. Seinem Selbstkasteiungsbedürfnis ist schon Genüge getan, wozu sich noch mit barocken Fantasien strafen, nachdem er in der Nacht bereits bedrohlichen Schwachsinn geträumt hat, vage erinnert er sich an einen Kampf mit dem als japanischer Ritter verkleideten Professor. Jetzt, im Tageslicht, will er seine eifersüchtigen Regungen streng kontrollieren, er weist ihnen eine entfernte Nebenrolle zu – und es funktioniert anscheinend, sein neues, elendes Selbstgefühl kann übertönt und beruhigt werden, er freut sich sogar auf Rudolfs Ankunft, auf die Abwechslung, die absehbaren überdrehten theoretisierenden Gespräche, den Trost schließlich, denn ihm ist fast so verzweifelt zumute wie damals, als keine Operation mehr Milena so recht zu helfen schien, nur dass er selbst dieses Mal die Krankheit ist, die sie befallen hat, fast wäre er so weit, ihr Rudolf als Heilmittel zu gönnen. Aber womöglich hat der fliegende Professor auch heute wieder einen vor Aktivismus und Selbstsicherheit strotzenden Bruder beizusteuern, der in einer Spezialabteilung der Charité die gewagtesten Wiedervereinigungstechniken an trennungspflichtigen Paaren vornimmt. Seinetwegen könnten es schmerzhafte Prozeduren sein, mit unter die Haut reichenden Stellschrauben, quälenden Infusionen, Eingriffen am offenen Herzen. Es tut ihm gut, eine völlig klare Position zu beziehen, einhundertprozentig zurückzufinden in den alten Jonas, der stets bereit war, sich für die eine und einzige Frau und die beiden einzigen Kinder in Stücke schlagen zu lassen. Neunzigprozentig. Er sollte wissenschaftlich bleiben. Denn auch wenn Milena ihm vergeben sollte (er stellt sich schon eine Reihe von lebendgroßen Fotografien seines nackten Körpers vor, auf jeder ist ein anderes Zehntel seiner Herrlichkeit amputiert, alle unter dem Titel: *Neunzig Prozent reichen mir!*), bleiben ihm diese bitter-süßen zehn Prozent anderes Leben. Kein lapidarer Abgabe-Zehnt oder hinzunehmender Steuerabzug, denn die Seitensprünge bilden einen verborgenen, exklusiven Strandabschnitt im schwer zugänglichen Hinterland der Ehe (ein Schnitt durch Herz, Hirn, Schwanz, wie will sie das fotografisch darstellen), eine furiose Gedächtnismasse, etwas wie ein Urlaub auf einem anderen, wilden, kirkonischen Planeten, auf dem man die Zeit zu vergessen drohte und jeden Tag mit sich rapid vergrößerndem Risiko lebte, dass die dort herrschende Zauberin das eigene Raumschiff entdeckte und es zu Stein verwandelte oder gleich in Asche, in eine Art von Asche, aus der kein Phönix mehr aufsteigen und zurückfinden kann. Dass er den Erfahrungen mit Helen zehn (acht, es ist ja noch komplizierter) Prozent einräumt, obgleich sie, zeitlich gesehen oder quantitativ (Anzahl der Akte, der Gespräche, der miteinander verbrachten Abende und Nächte), im Vergleich zu seinem Zusammensein mit Milena einen viel geringeren Anteil an seinem bisherigen Liebesleben ausmachten, zeigt die Gefahr, und es liegt schon die Hoffnung auf eine wieder befriedete Zukunft darin, denn im Augenblick ist er in zwei Teile gerissen und kann nur dafür sorgen, dass sein Wille, seine Energie und sein Verantwortungsbewusstsein den besseren Teil vergrößern. Ihr heißes Feuchtsein, ihr kühler Brand. Zärtlichkeit und Wut. *Bitter-Sweet* hieß es im Refrain eines Songs auf Katrins iPod. Meine verirrte Tochter. Er hatte ihr erklärt, was ein Oxymoron war und dass schon die alten Griechen (in Liebesdingen) dieses scheinbar widersprüchliche Begriffspaar verwendet hatten. Stand es bei Sappho? (Ich lese kaum Gedichte. Ich bin Physiker.) Ein direkt in seine Erinnerung springender Rudolf, wieder in Kendo-Kämpfer-Rüstung, stach ihm einen Rohrstock durchs Herz und zitierte den Aristoteles: *Die Wurzeln der Bildung sind bitter, ihre Früchte aber sind süß.* Helens Baklava-Mund, das feuchte Mokkapulver zwischen ihren Schenkeln. Der genussvolle, halb bewusstlose, herzjagende Wechsel. Er braucht mehr Philosophie. Zum ersten Mal versteht er Milenas Bedürfnis, sich an den LEHRER zu lehnen, sich ihm anzuvertrauen in geistiger Hinsicht, so wie er es ein einziges Mal in direkter, fast körperlicher Weise hatte tun können, als Rudolf in zutiefst beruhigender zweifacher Ausfertigung links und rechts an das Krankenbett seiner zu einem Häuflein Elend verblassten Frau herangetreten war, um sie zu einer nochmaligen Operation durch die zwei Jahre jüngere, noch zuversichtlicher strahlende Version zu überreden, die als chirurgischer Oberarzt fungierte. Jonas spürt einen Mangel an System in seinem Leben, nicht gleich ein religiöses oder ideologisches Bedürfnis zu nennen, obwohl er an seine Mutter denken muss, die ihr Leben lang ihren katholischen Glauben bewahrt hat, und an Milenas furiose Beschäftigung mit Esther Goldmann. Es geht ihm weniger um das Ergebnis als um den Versuch, er neidet den anderen ihre Kraft und Entschlossenheit, sich mit ALLEM, DEMGROSSENUNDGANZEN, DERWELT auseinanderzusetzen, so wie es Rudolf vom Tag seiner Geburt an getan haben musste (lässig nach der Rasselkette über seiner Wiege greifend und sich fragend, weshalb das Universum aus gelben Kugeln, roten Dreiecken und blauen Würfeln bestand, die mit grausamen, spiraligen Bauchschmerzen wechselten, kurz nachdem die seidige Riesenrobbe seiner ersten Alma Mater einen süßwarmen Strom in sein Inneres geleitet hatte) oder Milena auf ihre hartnäckige, wütende, im Material denkende künstlerische Art, seit sie in ihrer Dresdener Jugend die ersten philosophischen Werke verschlungen hatte. Anstatt sich mit den großen Denkern zu beschäftigen, hatte er sich mit seiner wissenschaftlichen Grundhaltung (eine nicht näher deklarierte Mischung von Skepsis, Rationalismus und Abneigung gegen vorschnelle Lösungen) und (immerhin) leidenschaftlicher Lektüre von Zeitungen, Zeitschriften und Romanen der aktuellen und historischen Weltliteratur begnügt. Anstatt politische Theorien zu studieren, war er – zur dezenten Verwunderung seines Vaters – schon mit zwanzig Jahren in die SPD eingetreten und seither still zahlendes Mitglied geblieben. Anstatt wie die mittlerweile habilitierte frühere Studienkollegin Antje Beiträge zu den grundlegenden Denkanstrengungen seiner Disziplin, wie der Stringtheorie oder den Ausformulierungen der Quantengravitation, zu leisten, hatte er sich mit langwierigen und bescheidenen Computersimulationen von akustischen Wellen in der solaren Chromosphäre beschäftigt (und selbst hier noch den Anschluss an die produktiveren kinderlosen und künstlerinnenlosen Kollegen verloren). Milenas Lust, mit Rudolf in sämtliche blauen Abgründe über und unter dem hypothetischen Konstrukt milliardenhaft verflochtener menschlicher Gehirne, Seelen, Herzen zu starren, scheint ihm jetzt nicht mehr versponnen und müßig, sondern absolut nachahmenswert, er wollte, er hätte sich in den vergangenen Jahren nicht immer davongemacht, wenn die Künstlerin off- und online mit dem Philosophieprofessor raufte. Jetzt ist Rudolf ihm in mancherlei Hinsicht nähergerückt, nicht zuletzt, weil er eine andere Art zu schreiben mit seiner wissenschaftshistorischen Doktorarbeit begonnen hat und sein physikalisches Thema damit ganz neu berührt, mit ungeahnter persönlicher Konsequenz. Es wird dich verändern, wenn du erst mit der Sprache, der Politik, der Geschichte arbeitest, hatte ihm Milena geweissagt. Es wird dich auf einen anderen Planeten versetzen. Helens elegante animalische Venus. Der Mars des Karlheinz Pleßner unter einer zweiten, mythischen, bösen Sonne. Der eisige, weiße, fast schon dematerialisierte, in Wasserstoff- und Heliumwolken gehüllte, saturnalische Gespensterplanet, dem er sich mit einem Mal zugehörig fühlen musste. Immerhin bekommst du es stets mit der Kunst zu tun, hört er Helen dazu spöttisch anmerken, das ist wohl genetisch bedingt. Er versucht, nicht-erotisch an sie zu denken, geschwisterlich (!). Oder im Gegenteil, ihre Verve und Entschlossenheit als feindseliges Verhalten deutend, aversiv, verletzt, kühl, so, wie es ihm nach der ausgesprochenen Trennung einige Minuten lang geglückt war, als sie ihn mit schmerzlichem Hohn bedachte und sich über seinen biederen Familiensinn hergemacht hatte, seine abgöttische Bewunderung des Talents seiner Frau, seine Affenliebe zu den Kindern, seiner vermeintlichen Unersetzlichkeit als halb-hausmännischer Vater, die doch wohl mit einer gewissen Selbstüberschätzung zu tun habe, denn es gäbe mehr Schulpsychologen und aufopferungsbereite ideale Stiefväter, als er sich vorstellen könne. Ich weiß, dass deine Theresa in der Pubertät ist, hätte er am liebsten eingeworfen. Blutigste Phase des Geschlechterkriegs, in der die Kinder des Gegners daran glauben mussten. Er kann den Widerstand gegen Helen (immer noch) nicht lange aufrechterhalten. Wenn er sie mit allem, was zu ihr gehörte – Galerien- und Shoppingtouren in London oder Mailand, hektische Telefonate mit zwei sich kreuzenden iPhones, ihr idiotischer Luxussportwagen, gegen den sich der neue Franzose hier anfühlte wie ein rollendes Wasserbett, die umwerfend verächtliche Behandlung von arroganten Kellnern, die daraufhin zu katzbuckelnden Lakaien mutierten, das knallharte Geschachere mit Kunsthändlern, die ihre große weiche Erscheinung zu der Vorstellung einer nachgiebigen Persönlichkeit verleitet hatte, die dreistöckige Villa, in deren Obergeschoß der absurd unsterbliche Greis lag, schon halb dematerialisiert, wie ein Gespenst in einem fast völlig weißen Raum –, auf die andere Seite seines Lebens schaffte, sie auswies oder, vielleicht besser, sich selbst von ihren Domänen verbannte, dann drohte ihm rasch der nächste jähe Einfall seiner korrumpierbaren Erinnerung. Zu viele gute Gespräche, zu viele Restaurantabende in romantischen Umgebungen, der schockierend gute Sex. Es genügen einige Standbilder oder Minutensequenzen aus dem dreidimensionalen, vierdimensionalen (die zeitliche Komponente einschließenden) Film ihrer Begegnungen. Er sieht eben nicht nur in höchster kinematografischer Qualität den gebräunten weichen Rücken vor sich, links vom transparenten, vertikal verlaufenden Filmstreifen der gläsernen Wand des Badezimmers gerahmt, in dem er ihre Bewegungen unter der Dusche wie in einem Aquarium hatte verfolgen können, bevor er zu ihr gestoßen war, rechts in die Helligkeit einer mit Nussbaumholz und weißen Polstern und Kissen gestalteten Bett- und Sofa-Landschaft führend und in die fast surreale blaue Tiefe des Hochgebirges vor dem großen Fenster. Er hat auch die Schattenlinie ihres linken Schulterblatts im Gedächtnis, die sich hervorhebt, weil sie einen Augenblick ihre Hand gegen die Glasfront stützt, und er weiß noch, dass er ihre Schultern recht breit, die Rückseite ihres Oberkörpers athletisch gefunden hat und er sich dachte, dass der hoch ansetzende Schwung ihres Gesäßes den amazonenhaften Eindruck verdränge zugunsten der atemberaubenden Überzeugung, dem Arsch einer Göttin zu folgen, der nicht der Kitsch-Perfektion oder der unglaubwürdigen Idealität einer Aphrodite- oder Venus-Statue unterlag, sondern etwas überirdisch Reales war, bis zur leichten Asymmetrie der Backen und der haarigen Sündigkeit der Einkerbung. Er atmet den Meeresalgen-Lavendel-Geruch ihrer frischen Haut, als verströmte sie diesen natürlicherweise in ihrer amphischen Eigenart, sieht einzelne Wassertröpfchen in der Höhe ihres Steißbeins. Anders als bei Marlies (etwa) hat er keine Anhaltspunkte oder gegenmagnetische Momente für die Abstoßung (Üppigkeit mehr als überwältigende Form, violette Besenreiser auf den Oberschenkeln, beginnende Zellulitis, ein bisweilen modriger, torfartiger Nebengeruch, den man überwinden musste durch Zärtlichkeit und Leidenschaft), er wird hier von einer unbezwingbaren Fügung gesteuert, von einer Götterhand hinter ihr hergeführt, die sich, vollkommen ruhig, auf allen vieren auf dem weißen Laken niederlässt, sich spreizt, ihn herausfordert mit einer schlichten Feststellung, an die er sich wohl bis ans Ende seiner Tage erinnern muss: *Du kannst jetzt alles machen, Jonas, ich bin so sauber*. Nur bei Milena hat er dieselbe haltlose, hilflose, restlos begeisterte Attraktion gespürt, spürt, spürt er sie noch, verdammt, er hätte Helen nicht einmal die Hand geben dürfen, sie war ja über diese Geste im ersten Moment noch erstaunter als er selbst, von unter her kommend, eine Treppe hinaufsteigend, hatte er die Rechte ausgestreckt wie ein Autoverkäufer, begierig nach der Berührung ihrer nackten Haut (wie ein ledergepolstertes Lenkrad, ein polierter Schalthebel, ein silbern gerahmter Startknopf, denken wir einmal, das Auto fiebere uns entgegen wie das zum Ausritt gesattelte Pferd, das es verdrängte, ich bin dein Gefährt-e, wir haben uns in die Kurven gelegt und an die Wand gefahren, gib es zu). Später erklärte er sich das Bedürfnis, Helen sofort per Handschlag zu begrüßen, auch mit dem Rahmen, der sie bei ihrer ersten Begegnung in der Villa umgab. Die Vertrautheit und Nähe konnte sich schon allein dadurch ergeben haben, dass sie ihm vor dem wohlbekannten gemalten Hintergrund einer absichtlich märchenhaft gehaltenen hügeligen Landschaft erschien, einem raffiniert übertriebenen südwestdeutschen Idyll, einer Art Hyper-Schwarzwald, in dem man drei Meter hohe Hirsche erwartete und Fliegenpilze in Regenschirmgröße. Links und rechts sah man Teile der im Halbprofil wiedergegebenen Gesichter der beiden berühmten Männer, und weil Helens stattliche Erscheinung im roten Kostüm die gesamte Darstellung von Esther Goldmann verdeckte, war es nur natürlich gewesen, den Arm auszustrecken, die Hand, in der Tradition der ungläubigen Berührung. Die Geliebte erschien im Zentrum eines großformatigen Gemäldes seiner Frau. Im finstersten Augenblick der Selbstverfluchung kann er nur ein Bürgerhausfenster zu der Novembernacht in Göttingen aufstoßen, um von oben her ein sich frisch umklammerndes Pärchen zu sehen und zuzuhören, wie die erschreckend junge Milena ihrem verblüfften Neuzugang ins Ohr flüstert: *Ich bin unbedingt verrückt, aber nicht unbedingt treu.* War sie dann auch nicht gewesen, damals, jenseits, davor. Er muss durch einen Vorhang, eine Mauer, einen weiten verwunschenen Garten von Schmerz und Glück, um wieder die Brüchigkeit, emphatische Übersteigerung, romantische Generosität ihrer Anfänge zu sehen, in denen sie ihm einmal hatte versichern können, dass es ganz einfach wäre mit den Seitensprüngen, die möglichst selten vorzukommen hätten und zu verschweigen seien, wenn sie nichts bedeuteten, um ihm ein anderes Mal mit der Drastik der hyperrealistischen Akte unschöner Menschen, die sie bald nach der Phase der Schwarzwald-Großformate in Öl malte, zu versichern, dass es im Grunde völlig gleichgültig sei, wen und was man vögele, solange man wisse, was man wolle, und immer wieder zurückfände in den Rahmen, der einem das ermögliche. Das zerfurchte, zerknitterte, verwelkte, uralte Gesicht, das von einem inneren Einfall plötzlich erleuchtet wird wie Pergamentpapier von einer Kerze. Methusalem erklärt dir, dass es auf die sexuelle Treue nicht ankomme. Sondern?, hatte er immerhin mit einer gewissen Gereiztheit zu fragen gewagt. Auf die Dauer und die Ekstase, es sei wie in der Kunst, das wären die einzigen Dinge, an die man sich erinnere, die Höhepunkte und das anhaltende Feuer der wirklichen Liebe. Jonas konnte zunächst nicht widersprechen. Was hatte ihn, was hatte seine

Frau, die Künstlerin, anderes umgetrieben? Die Wissenschaft, in seinem Fall. Die Kunst, die Philosophie in ihrem. Die Auseinandersetzung mit der weibliche Rolle, fiel ihm plötzlich noch ein, als sähe er zum ersten Mal eine Linie oder einen Zusammenhang: *Visit my brain* (1998), *I lost my sex* (2000), *Mom's Dreams* (2001), *KREISSEN* (2003). Bei zwei Kindern verrutschte die Chronologie. Heute ist ihr großer Tag, M-Day. Er weiß, dass sie das genießt und hasst, dass sie brennen möchte und weglaufen, sich verneigen und verfluchen will, jede Ausstellung ist auch eine Beerdigung, nein, eine Hochzeit, bei der alles auf Hochglanz gebracht, das Tafelsilber zur Schau gestellt, die Braut in Seide, Tüll und Strass gehüllt wird, bauschige weiße Gespinste und Sphären über der depilierten Haut und frisch rasierten schwitzenden Scham. Das Weiß der Geburt, des Todes, der hochzeitsnachtähnlichen Zeugung in der Maulbeerseide-Bettwäsche eines Luxushotels verfolgt ihn, es begann schon damit, dass er am Morgen ein für seine Begriffe festtägliches langärmeliges Hemd (weiß-blau gestreift) anzog, dann über das jungfräuliche Auto und seinen Sarkophag-Charakter nachsinnen musste. Wie ist es ihm geglückt, das französische Riesending ordnungsgemäß auf dem Parkplatz abzustellen? Im dichten Fußgängerverkehr ruckelt er durch die Drehtür zur Eingangshalle des Flughafens Tegel, in der Rechten eine Parkkarte und den neuen elektronischen Autoschlüssel, der das alles wohl perfekt gesteuert hat.

3. DER FUND

Ihr habt Schmalz, Butter, Brot, Kartoffeln, Räucherspeck sogar, dessen schwarzes Aroma scheinbar ungehindert durch den Stoff eurer Rucksäcke in die Nase steigt, fast riechst du es heute noch so intensiv wie an diesem Sommerabend im letzten Jahr des Krieges. Mit grünen Äpfeln und Zuckerrübenschnitzen ist es euch gelungen, dem Magen so weit zu beruhigen, dass ihr den fantastischen Duft der Speckseiten ertragt, während ihr auf der eindunkelnden Landstraße die letzten Kilometer zur Stadt hin zurücklegt, schon sieht man zwischen Buchenwipfeln die ungleichen Türme der Johanniskirche schattenrisshaft vor einem perlmuttfarbenen Himmel. Weil ihr zunächst keinen Erfolg hattet, seid ihr weiter als je zuvor über Land gegangen, zu Bauernhöfen, bei denen ihr noch nie wart, und hattet dann unverhofftes Tauschglück mit deinen illustrierten Bibeln, Medizinratgebern und druckfrischen Exemplaren des *Niedersächsischen Kriegskochbuches* sowie den Prachtausgaben der Grimm'schen Märchen und der Gedichte von Wilhelm Busch, die Karlheinz aus den Pleßner'schen Beständen requirieren konnte. Zweimal musstet ihr eure Feldflaschen an einem Bach auffüllen, eure Füße brennen in den Nagelschuhen, aber ihr seid stolz darauf, den Speiseplan eurer Familien für einige Tage entscheidend verbessern zu können. Die Steckrübenküche! Noch heute graut es dir vor diesen rötlichbraunen, kohlrabiartigen, unangenehm geometrisch von ihrem Blatt-Skalp freigehackten Knollen der mecklenburgischen Ananas, die deine Mutter nach sämtlichen verfügbaren Anweisungen zerschnitzte, einkochte, mehrfach auswrang, mit allen möglichen anderen Ersatzstoffen vermengte, um wie durch einen üblen Zaubertrick schließlich rostfarbenes Rotkohlsurrogat, falsche Kartoffelpuffer mit weißem Mus oder – das Schlimmste – gar mit Zimt und Zucker gekröntes Milchreisimitat auf den Tisch zu bringen. Ihr seid

Buchhändlersöhnchen, beide, weit weg von den Quellen, den Beziehungen, dem Zugriff zu besserer Tauschware als den nur noch schwach magisch wirkenden Trockenfrüchten der Druckerkunst. An diesem Augustabend dürft ihr aber zufrieden sein. In der Masch, im Kleingarten beim Haus deiner Großeltern (beaufsichtigt auch durch diese) halten das Antiquariat Bernsdorff und die Verlagsbuchhandlung Pleßner gemeinsam zwei Ziegen, als wollten sie das immer grauer und spröder werdende Papier der Bücher durch die Milch aufhellen und wieder geschmeidiger machen (dabei war es gewissermaßen umgekehrt, und es fragte sich, ob man im kommenden Winter noch einmal die schwerleibigen Werke nach ihrem Brennwert beurteilen würde, als wären sie Schweine und als prüfte man ihr Fett). Karlheinz, der in Minutenschnelle das einhändige Melken bei deiner Großmutter abschaute, während du das braungefleckte, ältere und angeblich unempfindliche Tier erst einmal ordentlich in Panik versetztest, hat den gleichen sehnig-mageren Körper wie du, trägt fast die gleichen kurzen grauen Hosen, ein ähnlich kariertes, langärmeliges und bis zu den Ellbogen hochgekrempeltes Hemd, ihr geht zum selben Friseur, der jedermann einen Soldatenschnitt verpasst, das Zwillingsgefühl reicht bis zu den schmerzenden Sohlen und zum Sonnenbrand im Nacken und auf den Unterarmen. Und doch seid ihr ungleiche Brüder, auch wenn ihr drei Nachmittage in der Woche miteinander verbringt, dieselbe Klasse besucht und die Buchläden eurer Eltern keinen Steinwurf voneinander entfernt sind. An noch einer weiteren Gemeinsamkeit, nämlich eurer Vorliebe für den Mathematik- und Physikunterricht, könnte man die Schere der Differenz öffnen, denn bei dir ist das Rechnen-Können und das Erfassen von Hebel- und Fallgesetzen oder der Grundlagen der Elektrizität (jene äußere Physik, die von Jahrzehnt zu Jahrzehnt immer weiter in das Innere deiner Existenz vorzudringen scheint wie eine allmähliche Einübung in die anorganische Starre) etwas halb Träumerisches oder Unbestimmtes wenigstens, während Karlheinz weiterhin praktische Anwendungen sucht und Apparate bastelt (Miniaturmotoren, Lochkameras, Segelflugzeuge, Schaltkreise, die ein Lämpchen erglühen oder eine Klingel schrillen lassen) und sich für jedwede Erweiterung der menschlichen Bewegungsmöglichkeiten mit technischen Mitteln interessiert, in allen Elementen, als tobte dort nicht der Krieg, den seine Eltern zu Hause mittlerweile offen verdammen, auch in deiner Gegenwart, der fasziniert verstörten Anwesenheit eines schüchternen Jungen, der mit einem Mal von Streiks und Demonstrationen in Berlin hört. Die noch ungenügende Tauchtiefe und Tauchzeit der deutschen U-Boote (Wasser), welche von den englischen Flugzeugen ausgemacht und dann von den Kriegsschiffen zerstört werden konnten, die Anzahl und Kampfkraft der gegnerischen Tanks (Erde) interessierten Karlheinz vor allem als technische Probleme, so wie Erprecht, kein glühender Alldeutscher, den Gaskrieg (Luft) einmal als rein physikalische Angelegenheit beschrieben hatte (Produktion, Transport, Handhabung, Abwehr der Kampfstoffe), ganz ohne Rücksicht darauf, woher und wohin der Wind wehte. Die Granaten des Paris-Geschützes (Feuer) von Krupp schlugen nach einem parabolischen Flug über einhundertzwanzig Kilometer Entfernung tödlich in der Hauptstadt des Feindes ein. Was würde geschehen, wenn man noch größere Distanzen überwinden und etwa den Schuss von Berlin aus abfeuern könnte (und umgekehrt – würde Erprecht dann doch nicht zu fragen wagen, aber Karlheinz jederzeit, wenn auch nicht vor der Klasse, sondern im Pausenhofgespräch mit dir). Niemand kann ihm Jules Verne ausreden oder die Romane, die von Raumflügen zum Mond oder Mars handeln, ganz gleich, ob sie von Deutschen, Franzosen oder Engländern verfasst wurden, seine Ansichten und Leidenschaften sind technisch, neutral, souverän, es ist so, es wird immer so gewesen sein, denkst du, als hätte es für ihn niemals wirklich Krieg gegeben (Krieg als blutige Angelegenheit, als Vernichtung von Menschen) oder als wäre dieser Krieg (neben dem rein technischen, den die internationalen Maschinen gegeneinander ausfochten) so etwas wie ein länderübergreifender Kopfschmerz oder unangenehmer riesiger dünner Nebel, von dem man sich bei wissenschaftlichen Überlegungen nicht behindern lassen sollte (auch wenn man ihm zeitweilig dienen musste). Dabei saht ihr doch jeden Tag, wie blutig und tief sich der Eisenhund des Mars in euer Leben gebissen hatte. Von zweiundzwanzig Klassenkameraden sind es jetzt schon fünf, deren Väter nicht mehr zurückkehren werden, jene fünf, die immer öfter unentschuldigt fehlen, was früher binnen kürzester Zeit zu einem Schulverweis geführt hätte, jetzt aber als etwas schier Unvermeidliches hingenommen wird wie eine Art Skorbut, der die hölzernen Kiefer der Schulbänke leert, in denen ihr immer knochiger, ungelenker, reizbarer sitzt. Zwei tragen schon Anzüge aus gepresstem Papier, es geht der Witz, sie bei Gelegenheit anzünden zu wollen. Irgendjemand zieht jeden Morgen die schwarze Trauerrand-Holzleiste der Weltkarte schief, auf der man die Frontlinien markiert (sämtlich außerhalb UNSERESDEUTSCH-LANDS, neuerdings stoßen waagerechte rote Schraffuren bis in die Ukraine vor), so dass die Sterne (Oder waren es Flämmchen-Symbole? Du siehst oft so genau und detailgetreu in die Räume deiner Erinnerung, dass dich ein trüber Fleck dort mehr erschreckt als eine weitere, tiefere Verschleierung der Gegenwart, die sich von dir zurückzieht mit der unversöhnlichen Bitterkeit einer enttäuschten Geliebten, aber natürlich liegt die Enttäuschung allein bei dir.), deren Aufgabe darin besteht, die aktuellen Kämpfe in allen Erdteilen zu markieren, herabzufallen drohten – auf die Erde, in die Erde, niemals hätte man sich vorstellen können, dass aus dem Umkreis eines einzigen Göttinger Gymnasiums (Väter, ältere Brüder, Abiturienten, Lehrer) zwei Dutzend Männer im selben Frühjahr sterben würden, in so vielen verschiedenen Erdteilen. Letzte Nachrichten vom Felde, ein bunter blutiger Strauß, Mitteilungen aus Frankreich, Belgien, Finnland, Russland, Bulgarien, der Türkei, dem Senegal, dem Kongo, als wären die zerrissenen Körper wie Briefmarken aus einem Album gefallen, direkt an euch vorbei in den Hades gestürzt, denn ihr hörtet den Aufprall nicht (stellst du es dir jetzt so vor, nein, immer noch denkst du nicht an einen Sturz nach unten, sondern an ein Hinaufstarten, Hinausgerissenwerden in eine unfassbare Weltraumtiefe, als müssten die Jahrzehnte, die Karlheinz und du damit verbracht habt, in den Himmel zu starren, belohnt werden mit einer grandiosen interstellaren Reise, die Toten, sagte er einmal – gleich fällt dir wieder ein, wo –, versammelten sich nicht auf dem Mond, wie es in der Veda oder den Upanischaden heiße, sondern im Inneren der Sonne – in Florenz war es, auf jenem Platz, auf dem Michelangelos David zwischen den Hakenkreuzflaggen stand, ihr strittet über irgendetwas, und plötzlich machte er diese Bemerkung). Im Juli wurde die Landkarte, nachdem eine frevelnde Hand sie mit Grabkreuzen verunziert hatte, abgehängt, auf Geheiß von Dullsche alias Dr. Meyerbeer, der zwischen dem Ablativus absolutus und den Konjunktivformen des Hortativs, Deliberativs und Optativs (selbst das verhasste Latein deiner Jugend schießt dir ins Gehirn, wer weiß, wie man sich an der letzten Pforte zu verständigen hat) vier Monate lang die endgültige, siegbringende Michael-Offensive an der Westfront persönlich verstärkte – *Der letzte Hieb!* jenes blau angelaufenen, geschlechtslos nackten oder Mars-kastrierten Stahlhelmkämpfers der Achten Kriegsanleihe –, um ohne rechten Fuß wieder zurückzukehren, krückenlos, auf der Grundlage einer vaterländischen Wunderprothese, woraufhin er nicht mehr nur Dullsche – abgleitet von seiner großartigen *Dulce-est...*-Ansprache im August vierzehn –, sondern Dullsche O-Eff hieß, der Süße ohne Fuß, denn in der Tat sah er sehr gut aus, bartlos, mit glänzend welligem, helmartig fest an den Schädel pomadisiertem Haar. Anstelle der Weltkarte rückte ein Porträt des Kaisers, dem bald links und rechts seine Adjutanten im Felde, *Hannenberg* und *Ludenhund* (ironische neue Taufnamen, vergeben von einem Mitschüler, dessen zwei Jahre älterer Bruder gefallen war), beigegeben wurden, Männer, denen man, wie es die römische und griechische Geschichte an etlichen Punkten zeige, jetzt und sofort die diktatorische Gewalt hätte übertragen sollen, um die Sache zum Guten zu wenden, wie Dullsche O-Eff hinter vorgehaltener Hand, aber dafür mehrfach euch vertrauensvoll Eingeweihten im Klassenraum erklärte. Karlheinz versuchte mit einer technischen Skizze, wie man sie von den Prothesen-Abbildungen in den Zeitungsannoncen kannte, den beim langsamen Gehen anscheinend perfekt funktionierenden, unter dem Hosenbein verborgenen Fußersatz darzustellen. All diese Mechaniken und Apparate, die ihn faszinieren, während du ohnmächtig, mit Tränen in den Augen, auf einen hölzernen Stumpf starrst, der an einem Ende in einer mit Bändern versehenen Lederschale mündet, am anderen in einem Gelenk, aus dem eine Stahlstange ragt, die sich fortsetzt bis zu einer Art Zange, den Ersatzfingern, deren Griffweite sich durch eine Stellschraube regeln lässt. Dein ganzes Denken, selbst das Rechnen oder physikalische Begreifen, ist ziellos und weich, vielleicht kommst du deswegen ebenso gut mit den Büchern und den Gemälden in der Galerie zurecht wie mit den technischen Passionen von Karlheinz, der an diesem Abend so stolz wie du selbst auf die Früchte eurer Hamsterfahrt in der Dämmerung vorangeht. Der Speckseitengeruch betäubt die Sorge, dass es wegen eures langen Fortbleibens Schwierigkeiten zu Hause geben könnte (aber das betrifft nur dich, denn allenfalls deine energische, zu Zornesausbrüchen neigende Mutter würde unter Umständen reagieren, während Frau Pleßner gewiss nur sanft den Kopf schüttelte und ihr in den Büchern vergrabener Mann ohnehin nichts bemerkte, schon gar nicht die Abwesenheit seines Sohnes). Gerade seid ihr nach einer Abkürzung über ein abgeerntetes Kornfeld vor einer hohen, fast mauerartigen Weißdornhecke angekommen, an der vorbei ein schmaler Weg zur Masch hinführt, und Karlheinz überlegt, ob ihr die Ziegen melken solltet, weil es eure Schwestern vielleicht noch nicht getan haben, als drei leider nicht ganz unbekannte Gestalten auftauchen und euch den Weg versperren. Kregel und die Zwillinge. Dreißigjährig, in ihren SS-Uniformen, erschrecken sie euch kaum mehr als im Goldrandlicht jenes Abends. Nach wenigen Sekunden ist klar, dass euer Hamsterglück gegen ihre armselig mit Rüben, kümmerlichen Kartoffeln und rostigen Eisenteilen bepackten Taschen steht und dass es nicht bei dieser ungleichen Verteilung bleiben kann. Weil die Zwillinge schmächtig und feige sind, hängt die Entwicklung allein von Kregel ab, gegen dessen massigen Ringerkörper du keine Chance hast, ein Wort gibt das andere, die Sache ist schon klar, letzten Endes (wie überall, weltweit, seit so vielen Jahren) geht ein jeder von der Notwendigkeit des Kampfes aus, und du stürzt dich dem zwangsläufig angreifenden Kregel ebenso zwangsläufig entgegen (dein Puls schreibt eine hoch liegende, alpin gezackte Oszillografenlinie aus der Abenddämmerung in einen blassen Morgen der Zukunft). Es scheint dir, als fiele nicht die karierte Schlägerkappe, sondern schon die lackschwarze Schirmmütze mit Adler und Totenschädel vom Kopf des Angreifers, als krallten sich deine Finger nicht um einen Hosenträger, sondern um das Lederband des Koppels und um die rote Armbinde mit dem Hakenkreuz, unter der du einen fürchterlichen Bizeps aufspringen spürst, du glaubst, den dreißigjährigen Kregel dort auf dem Hohlweg zwischen den Weißdornhecken bekämpft zu haben, weshalb, wäre eine Überlegung wert, die jedoch weniger erstaunliche Dinge zutage fördern würde (nämlich nichts weiter als deine erwiesene Feigheit dem Terrorstaat gegenüber, solange er bestand) als die magische, auratische Unberührbarkeit deines Freundes. Niemand, weder die Zwillinge noch Kregel oder du selbst, wäre auf die Idee verfallen, Karlheinz in das Handgemenge mit einzubeziehen, obwohl ihn die Angreifer nur flüchtig kannten. Seine Haltung – aufrecht und befremdet, der aristokratische Abgeordnete einer anderen Nation, einer anderen (zukünftigen) Epoche – ließ es nicht zu, dass man ihn körperlich attackierte und in den Staub warf, in dem du dich jetzt schon mit Kregel wälzt. Unmittelbar vor dem Kampf hatte er gesagt, dass er nicht der Meinung sei, dass zwischen uns aufrechten deutschen Kameraden alles geteilt werden müsse, schon allein deshalb, weil wir keine Kameraden wären. Sein Ton war so von oben herab gekommen, dass Kregel ihn eigentlich sofort hätte packen und vernichten müssen und mit dir eigentlich nur ersatzweise, aus Verlegenheit oder vielmehr aus einer starken Irritation heraus, ringt, seltsam gebremst, entschlusslos, beinahe brüderlich, allenfalls mit halber Kraft, die indes leicht ausreicht, dich niederzuwerfen, auf den Rücken zu zwingen und deine Schultern mit beiden Pranken in den Staub zu pressen. Manchen deutschen Kameraden muss man eben Manieren beibringen, erklärt er schnaufend. Auch solchen, deren Väter für Deutschland einen Arm gelassen haben?, fragt Karlheinz, zielsicher wie ein apollinischer Bogenschütze. Wenige Minuten später seid ihr beim Häuschen deiner Großeltern, wo ihr erfahrt, dass die Ziegenmilch schon von Annemarie und Sieglinde geholt wurde. Dass ihr den Angreifern ein und eine halbe Speckseite und ein Kilo Kartoffeln überlassen habt, in einer absurden, allseits gerührten, feig-einverständlichen, obszönen (die gespreizt daliegende falsche Verbrüderung) Weise, wird dich noch lange Zeit beschäftigen, quält dich, weil es im nachhinein so peinlich und überflüssig erscheint. Aber was hättet ihr tun können? Kämpfen bis aufs Blut? Kregel war noch nicht in seine SS-Uniform hineingewachsen, aber Karlheinz hatte bereits gelernt, die Situation einzuschätzen und den Kompromiss zu finden, mit dem alle (bis auf Weiteres) leben konnten. Als ihr den Marktplatz erreicht, stellt ihr eure Rucksäcke vor der Litfaßsäule (ZEICHNET DIE ACHTE KRIEGSANLEIHE!) zwischen den elterlichen Buchhandlungen ab, um im Licht einer Gaslaterne die Vorräte gerecht aufzuteilen. Karlheinz besteht darauf, dass du die letzte ganze Speckseite behältst, während er die von der Kregel-Bande um die Hälfte dezimierte an sich nimmt (Kregels Messer, noch zu den üblichen menschlichen Zwecken eingesetzt). Mein Vater verlor sein Auge schon vor dem Krieg, durch einen Unfall, wollte er damit sagen. Aber nein, es ging ihm darum, deinen körperlichen Einsatz zu würdigen. Ihr gebt euch die Hände, sehr formell. Du ahnst, weißt es eigentlich schon bestimmt, dass du in den kommenden Jahren, Jahrzehnten sogar, keinen besseren oder – zutreffender – keinen passenderen Freund finden wirst als diesen kaltblütigen drahtigen Jungen. Dein Vater öffnet die Tür des schon im Dunkeln liegenden Antiquariats, rasch, fast lautlos, noch bevor du läuten konntest. Du spürst, dass er sich freut, auch wenn er nur kurz den Oberkörper in deine Richtung bewegt wie bei einer angedeuteten Verbeugung. Er trägt sein gutes blaues Jackett, dessen leerer rechter Ärmel in die Außentasche gesteckt wurde. Das deutet auf – selten gewordene – Gäste hin. Esther ist da, sagt er, als er hinter dir die Treppe zum ersten Stock hinaufsteigt, und du weißt nicht, ob dir das angenehm ist oder nicht. Seit jenem Abend vor einem knappen Jahr, an dem sie noch vor ihm den Laden betrat mit einer beschwichtigten, raumgreifenden Geste, als müsste sie den Schock und das Entsetzen zurückdrängen wie große verwirrte Stalltiere, liegt etwas über ihr wie ein Bann aus Trost und Schrecken, ein Schleier (fast schon), der sie zu einer unwahrscheinlichen Figur macht. Ihr sanftes rundes Gesicht, damals fast so bleich wie das ausgezehrte und stoppelbärtige deines Vaters, beunruhigt dich stets, als müsste sie im nächsten Augenblick (wieder) etwas Fürchterliches verkünden. Ihre Kraft, so vieles zu ertragen, mit ansehen, vermitteln zu können, macht sie in deinen Augen wohl zum Komplizen der dröhnenden Kriegsmaschine, die den rechten Arm deines Vaters gefressen hat, den Arm, auf dem er dich einmal trug, die Hand, mit der er Gemälde restaurierte und seine eigenen Ölbilder und Aquarelle malte, wenn er Zeit dazu fand. Esthers untrüglicher, wundersam rasch begreifender Blick wird dich auch jetzt, wo du zerschrammt, staubbedeckt, stolz und gedemütigt zugleich mit deinem Hamsterer-Rucksack die Stube betrittst, in der ersten Sekunde durchschauen – wovor du dich fürchtest und worauf du dich seltsamerweise auch freust. Deiner Mutter wird dieses schnellere Begreifen und Mitfühlen noch nicht einmal viel ausmachen, denn seit die junge Philosophin ihren schwer verwundeten Mann von Frankreich nach Hause begleitet und noch bis zur Tür der Buchhandlung gebracht hat, ist sie mit der ihr eigenen Leidenschaftlichkeit auf die sieben Jahre jüngere Frau eingeschworen, bewundert und bemuttert sie, wenn sie unseren Laden betrit oder (selten) eine Einladung zum Kaffee oder Abendessen annimmt. Schon richten sich die Blicke der ungleichen Frauen, die in ganz ähnlichen weißen Rüschenblusen und langen grauen Röcken am Tisch der guten Stube unter der Pendeluhr sitzen, auf dich: Ute, groß, sinnlich, stolz, ruhig, mit rötlichen Flecken auf den Wangen und dem sichtbaren Rand ihres Halses, Esther dagegen asketisch sanft, akkurat gescheitelt, von innen heraus jedoch glühend, auf ihre verhalten lebhaft Art (sie sind ungleich unausgeglichen, denkst du später einmal, in einer Zeit, in der eine intelligente Frau wohl gar nicht anders sein konnte). Etwas lenkt sie ab, beschäftigt sie stark, du registrierst es mit Erleichterung, weil du begreifst, dass sie jetzt keine detaillierte Geschichte einfordern werden. Bald wird auch klar, dass dieses Mal Esther das Sorgenkind ist, dass sie nahe daran ist, in Tränen auszubrechen, und dass deine Eltern ihr zuhören, sie zu verstehen und zu beruhigen versuchen. Sie muss überlegen, ob sie mit ihrem Professor Edmond nach Freiburg gehen soll oder nicht. Ohne sie, habe ER, nur halb im Scherz, gesagt, sei ER dort verloren. Sie dürfe auch ruhig heiraten, wenn sie mitkäme, unter der Bedingung, dass ihr künftiger Mann und die gemeinsamen Kinder auch SEINE Assistenten würden. Gerade als du glaubst, jetzt würde sie tatsächlich weinen, trifft dich Esthers Blick dann doch und sie stellt fest, dass du vor dem Essen wohl noch einmal kurz im Bad verschwinden solltest. Du lässt deinen zugeschnürten Rucksack stehen, dessen Speckgeruch niemand an dem kümmerlich gedeckten Tisch wahrzunehmen scheint. Deine Schwester hätte bestimmt neugierig gefragt, aber sie ist bei Karlheinz' Schwester Annemarie zu Gast und kennt womöglich schon die ganze Geschichte aus berufenem Munde (diese Version möchtest du seltsamerweise gar nicht hören). Als du mit gewaschenem Gesicht wiederkehrst, sprechen sie über Kirche, Religion und Krieg, ohne weiter auf dich zu achten. Maximilian Lindner, den du von den Galeriebesuchen bei deinem Vater her kennst, ein unheimlicher Typ aus Berlin, sei in ein Lazarett nach Mähren gegangen, um dort Freiwilligendienst zu tun, und Esther wünschte sich oft, man ließe sie an die Front zurück als Krankenschwester. (Stell dir vor, hörst du deine Mutter am nächsten Abend auf ihre empörte und eigentümlich selbstsichere Art sagen, laut genug, um es in deinem Bett zu hören, dass ich in ihrem Alter schon zwei Kinder hatte, dass sie ja auch einmal einen Mann kennenlernen will, dass sie dem einen oder anderen zugelächelt hat, aber schon ist sie in einem Lazarett und sieht die Männer nur dann aus der Nähe, wenn sie zerschossen sind und schlimm verletzt und verzweifelt und ihr unter den Händen wegsterben. Was bewirkt das denn bei ihr?) Edmond bräuchte sie in Freiburg, weil ihn der Tod von

Hans erschüttert habe und er auch nach einem Kuraufenthalt im Allgäu in keiner guten nervlichen Verfassung sei. Jetzt gerade sei es besonders schlimm, für alle in der Phänomenologischen Gesellschaft. Plötzlich sieht sie auf, über mich hinweg auf das Kreuz an der Wand, das Ute neben die von Gerhardt einmal aus München mitgebrachte kleine Reproduktion von Michelangelos *Erschaffung Adams* hängte, vielleicht um den Unterschied zwischen Protestantismus und Katholizismus zu verdeutlichen oder um ihr inneres Schwanken zum Ausdruck zu bringen, weil sie mit ihrer Faszination für Maximilian Lindner zu Anfang des Krieges und ihrer neuen schwesterlich-mütterlichen Zuneigung zu Esther in Glaubensdingen unsicher geworden war. Sie sei bei ihrer Tante in Köln gewesen, erzählt Esther, und habe eine freie Stunde genutzt, um allein den Dom zu besuchen. Am meisten habe sie dort eine alte Bäuerin oder Marktfrau beeindruckt, die ihren Korb an eine Seitenwand gestellt und sich dann für eine Viertelstunde in eine Bank gekniet habe, um sich anschließend zu bekreuzigen und ruhig und gelöst wieder ins Freie zu gehen, ohne dass es eine Messe oder irgendeine Form von gemeinsamer Andacht gegeben habe, einfach nur diese kurze, ganz persönliche Zwiesprache im Raum der Kirche mit Gott. Er gehe nicht mehr in Kirchen, er sei ganz Phänomenologe geworden, sagt dein Vater, ohne damit einen Widerspruch vorbringen zu wollen und fast ohne Ausdruck, in der kühlen Bestimmtheit oder Gelassenheit, mit der er die alltäglichsten und die aufregendsten Dinge behandelt, als habe sie der Krieg sämtlich in die gleiche große Distanz gebracht, in der sie ihn weder betreffen noch begeistern konnten oder gar in Schrecken versetzen. Wenn du Phänomenologe bist, müsstest du eigentlich Jude sein, wirft Ute ein, reflexhaft, um dann – mit einer neuen Vorsicht – eine etwas hilflose entschuldigende Geste zu machen. Seit euch Dullsche O-Eff erklärt hat, wie gut das Deutsche Reich daran täte, eine Judenzählung durchzuführen, um zu ermitteln, ob die deutschen Israeliten ihrer Verantwortung zum Waffendienst in ausreichendem Maße gerecht würden, hat es zwei Prügeleien im Pausenhof gegeben, das unverfängliche Sprechen über die Juden ist dahin. Edmond selbst hatte noch vergnügt und laut eine Anekdote erzählt, bei euch im Laden, als ihr Verursacher, Hans, noch lebte und groß und ungeschickt wirkend zuhören musste, wie sein Vater seine eigene Schulgeschichte zu Gehör brachte. (Wie viel Aggressivität gegen die Väter, fragst du dich, steckte in diesen Freiwillig-Meldungen der Sechzehn- oder Siebzehnjährigen, die mit dem Blutdurst des Staates wie auf einem kollektiven Freifahrschein ausrissen ins Massengrab?) Fränzchen nämlich, der einzige Sohn des großen Mathematikers aus Königsberg, habe während der Pause seinen Kameraden Hans ins Vertrauen gezogen und ihn gefragt, woher man wissen könne, ob man ein Jude sei, denn er spüre nichts Besonderes an sich, und niemand habe je mit ihm darüber geredet. Dann bist du bestimmt einer, hatte Hans festgestellt, zutreffenderweise natürlich. Esthers Miene hat sich getrübt, sie nimmt diesen schwer beschreibbaren Ausdruck schmerzlicher Energie oder brennender Milde an, als sie wieder davon berichtet, was ihr im Augenblick so großen Kummer bereite, nämlich der Reimer'sche Nachlass, den zu ordnen ihr Edmond auferlegt habe. Du verstehst das Wort nicht, Nachlass hat etwas Beunruhigendes, fast Schmutziges an sich, der Ausfluss eines Toten, darum scheint es zu gehen, wieder um einen Toten anstelle eines bekannten Mannes, am Ende, denkst du, werden nur noch Frauen und Kinder übrig bleiben und allenfalls noch alte Männer oder verletzte, eingeschränkte und andersartige (zurückhaltende, auf Bücher bezogene) Männer, und diese Vorstellung erscheint dir eigentümlich schön wie die Aussicht auf einen stilleren Planeten. Esther spricht noch längere Zeit über den Toten, einen Lehrer oder Professor an der Universität, dessen gerade dreißigjährige Witwe sie sehr bewundere. Du verstehst nicht genau, weshalb, denn die Müdigkeit des langen staubigen Sommertags der Hamsterfahrt zwingt dich nieder, fast schläfst du am Tisch ein mit dem Kopf auf den verschränkten Unterarmen, was natürlich Esther am schnellsten bemerkt, woraufhin dich deine Mutter ins Bett schickt. In den Kissen erst kommt dir der immer noch zugeschnürte Rucksack wieder in den Sinn. Du willst aufstehen, um deine Schätze vor aller Augen auszupacken, aber da träumst du schon, du befändest dich wieder in der guten Stube und könntest gar nicht verstehen, weshalb keiner der Anwesenden – Esther, Ute, Gerhardt, der Professor Edmond und eine sehr blasse, aber doch lebende Version von Hans – den Geruch wahrgenommen hat, der aus dem Rucksack aufsteigt, den warmen Fleisch- und Blutgeruch, das Aroma und Anzeichen einer phänomenalen Beute. Du hast den rechten Arm deines Vaters gefunden mitsamt dem ihn umschließenden Ärmel der Uniform und einem darangehefteten Eisernen Kreuz zweiter Klasse.

4. LADY GAGARIN

ES GEHT MIR GUT. DER FLUG DAUERT AN. Er fände es nur logisch, meint der Außeröstliche, dass ich meine Zeichnungen von der Nacht des vierzigsten Jahrestages für misslungen hielte. ICH BETRACHTE DIE ERDE. Mein Ärger darüber, dass ich mit der Aquatinta-Technik nur herumstümpere, fehlerhaft experimentiere, unendlich weit von dem Ausdruck entfernt bin, den ich im Sinn hatte, eben die sinnliche Kraft und exquisite Feinheit der Goya'schen *Caprichos*, erscheint dem Außeröstlichen ganz natürlich. ICH SEHE FURCHEN IN DER LANDSCHAFT. Die alten Radierungs- und Ätztechniken anzuwenden, um damit Distanz zu den Ereignissen im Oktober 1989 zu schaffen, sei originell und gefalle natürlich den akademisch geschulten Künstlern wie meinem Vater Andreas, ja sogar dem Spaßmaler Fred, der es einmal klassisch-ernst meinte und in einer Ecke seines Weißenseer Ateliers einen solide gemachten Staubkasten für mich auftrieb, in dem ich auf das weiche Metall meiner Erinnerung den Ruß und Ruch der historischen Untaten rieseln lassen konnte (Nicht einatmen, meine Liebe, Kolophonium ist krebsig, früher klopften wir das Zeug durch alte T-Shirts!). ICH SEHE WALD, FLÜSSE, WOLKEN, KUMULUSWOLKEN. Anstelle überkommener Verfahren könnten ganz neue Sachen kommen, gerade von mir und gerade weil ich auch noch über den vierzigsten Jahrestag hinaus weitererzählen müsse und so fort. Der Außeröstliche verweist mich auf das, was jetzt nachgerade hysterisch gefragt sei, nämlich die ABGEFAHRENE-SCHRÄGEOSTPERSPEKTIVE (aber nicht so stereotyp wie das, was dieser Fred macht, nicht so grafisch und hausbacken wie mit dem Kartoffelstempel). Infolgedessen sieht man mein elektrisches blasses Gesicht auf einem verrauschten Schwarzweißbildschirm, eingeschlossen in den Riesenchampignon eines Kosmonautenhelms. ALLES UM MICH HERUM

IST WUNDERSCHÖN. Die GAGARIN-INSTALLATION, bei der die Besucher ein orangefarbenes Raumfahrerkostüm erhalten und eine täuschend echte Kopie des originalen Leichtmetallhelms der *Arbeitsgemeinschaft Junge Kosmonauten* von 1964 mit der Aufschrift *CCCP-BOCTOK* aufsetzen dürfen, welchen mir Katharina (MUTTERSCHIFF) im Jahre 1978 übereignete, damit ich beim Schulfest zu Ehren DESERSTENDEUTSCHENIMALL (Sigmund an Bord der Sojus) ein aufsehenerregend nostalgisches Requisit vorweisen konnte. Wie fühlst du dich?, fragte Katharina mit gepresster Stimme von ihrem Krankenbett aus. Eine paradoxe Umkehrfrage am Abend des zehnten November 1989. Vor einem Fenster im vierten Stock eines Köpenicker Krankenhauses sah man weder auf die von Menschenmassen gefluteten Grenzübergänge noch auf die Mauer am Potsdamer Platz oder vor dem Brandenburger Tor, auf der enthusiastische junge Männer ihre Freiheitstänze aufführten. Ein Parkplatz mit grünlich schimmernden leeren Flächen. Einige bleifarbene Dachschrägen. Ein Waldstück mit unhörbar im Vakuum rauschenden schwarzen Bäumen. Wie fühlst du dich? Wie Gagarin, sagte ich beim zweiten Nachfragen, ohne recht zu begreifen, weshalb. Aus der Welt genommen, hochgeschossen in die Umlaufbahn. Im Bewusstsein einer aktuellen großen Erregung der Menschheit, die man aber nicht direkt sehen und auf der eigenen Haut noch nicht spüren konnte. Das Fensterglas nah an meinem Gesicht hatte mich vielleicht auf ein Helmvisier gebracht, die Dunkelheit des Parkplatzes auf die kosmische Öde. Wesentlich später erst fiel mir ein, dass der erste Mensch im Weltall im Jahr des Mauerbaus (im Frühjahr jenes Jahres) in die Erdumlaufbahn geschossen worden war. Er flog einhundertacht Minuten lang, aber wir waren schon seit fünf Jahren nicht mehr so recht auf dem ostdeutschen Boden, das wusste Katharina besser als ich, seit sie Andreas hinübergeschossen hatten, lebten wir auf der Startrampe, waren schon abgehoben. Als wir nach Berlin zogen, sprengten wir die zweite Brennstufe von uns weg, und als ich auf die Blutlache unter Andys Kopf starrte, gerade vier Wochen war es her, war meine Ausreise erfolgt, allein mit meiner inneren Genehmigung, ohne eines Schabrawskis oder Schablonskis zu bedürfen, der vor laufenden Kameras stotternd, mit einer fast anrührenden amtlichen Fassungslosigkeit, den Zettel vorlas, den ihm die Obristen mitgegeben hatten, so dass er als Verkünder der totalen Reisefreiheit und größter unfreiwilliger deutscher Novemberweihnachtsmann in die Geschichte einging. (Der Außeröstliche war von der Idee eines Originalfernsehers *Staßfurt Luxotron VT234* entzückt, der an Stacheldrähten hing und immer wieder in ein Aquarium getaucht wurde, so dass er beim Auftauchen desSekretärsdesZKderSEDfürInformationswesen jeweils ganz neue verblüffende Nachrichten mit stets demselben Gesichtsausdruck verkünden konnte, etwa dass alle Ausreisewilligen ein sogenanntes Kuckucksgeld von tausend Ostmark erhalten würden oder dass jedem ertappten Grenzübergänger unverzüglich in den verlängerten Rücken zu schießen sei.) Wenn jetzt alle ausreisten, dann war ich mittendrin. Allerdings schienen die meisten nach Westen zu streben, in der vergangenen Nacht über die Bernauer Straße, am heutigen Tag dann über die Glienicker Brücke und sogar direkt über den Wall am Brandenburger Tor, während Fräulein Gagarin nur in die Höhe geflogen war und weiterhin dort schwebte, im Vorgarten der Botschaft der Luft. ICH SEHE FURCHEN IN DER LANDSCHAFT. Alles ereignete sich tief unter mir, mein Atem verfing sich in der verglasten Kugel meines Kosmonautinnenhelms, ich hätte durch die kalte Fensterscheibe des Krankenzimmers hinaustreten können, und wer weiß, wohin ich in der unvermuteten Schwerelosigkeit jenes Novembers getrieben worden wäre. Um mehr Gravitation zu erzeugen, hätte ich, nach einem verwirrenden Morgen in der Schule (Wir wollen doch erst einmal abwarten, was die neue Reiseregelung faktisch mit sich bringt.), mit den schwarz-grün-roten GORBONAUTEN Kerstin, Andy (unschönes Vorderzahnprovisorium immer noch), Schimi auf der hellen Mittagserde zu Fuß nach Westen ziehen müssen, anstatt meine Teilnahme an der Expedition abzusagen, weil ich überraschenderweise meine Mutter zu Hause vorgefunden hatte. Es sei ein Trick (vermutlich), IHR letzter Trick, der letzte Ausweg, Ventile auf, eine Verzweiflungsmaßnahme des Systems, um die schlimmsten Querulanten loszuwerden, denen sie einen Stempel in den Pass drückten, um gezielt ihre Wiedereinreise verhindern zu können, und wenn es nicht so wäre, dann sei alles doch nur inszeniert, um weiterhin die Bürger vom Sturz der Funktionäre abzuhalten. Das energische HIERBLEIBEN wäre die einzige gute Antwort darauf, eben jetzt, wo wir schon so weit gekommen seien, dass die Wölfe vor laufenden Kameras Kreide aus Eimern fraßen, hatte Katharina erklärt, an der Spüle wie an einer Rednerkanzel, an die sie sich noch eine weitere Minute lang klammerte, bevor sie in ihrer schicken grauen Bürokleidung zu Boden ging. Ein Taxi hatte sie in unsere Wohnung gebracht, jetzt warteten wir über eine Stunde hilflos auf einen Krankenwagen. Erst am übernächsten dunklen Abend, nachdem der Oberarzt der Orthopädie, ein Mann mit eisblauen Augen und einem unvergesslichen gespaltenen Pfirsichkinn, die ins Bett Gekrümmte kurz und unwirsch zum Röntgen des Schädels beordert hatte, stellte sich heraus, dass es kein verschobener Lendenwirbel und keine herausgesprungene Bandscheibe war, die Katharina lähmten und vor Schmerz kaum mehr denken ließen, sondern die obskure Fernwirkung eines im Unterkiefer herumstreunenden Weisheitszahns. Du wirst jetzt gehen müssen, es tut mir so leid, versicherte sie mir. Sie haben mich mit Schmerzmitteln vollgepumpt, es wird besser, aber ich kann meine Beine kaum spüren. Morgen früh bringen sie mich in die Zahnklinik, und dann komme ich vielleicht am Abend schon wieder heim, spätestens übermorgen. Du kannst machen, was du willst, Milena, hörst du? Ich bin nicht krank, es wird nichts passieren. Wenn du rüberschauen willst, dann tu es ... er ... wird vielleicht schon nach Berlin gefahren sein. Er, wer?, hätte ich beinahe gefragt. Ihr rundes Gesicht mit den hoch sitzenden Wangenknochen und den Mandelaugen, das in den vergangenen Wochen so verjüngt, energisch und unangreifbar gewirkt hatte, schien zusammengepresst von einer unsichtbaren Schraubzwinge. Ich legte eine Hand auf ihren bloßen Unterarm, der aus dem Krankenhausnachthemd herausschaute, und spürte (erschrocken), dass ihr die Berührung guttat. Wir schwebten lautlos, sprachlos, hilflos nebeneinander her, zwei Kosmonautinnen, aus rätselhaften Gründen durch Schläuche miteinander verbunden, in der zeitlupenhaften Unwirklichkeit unseres inneren Weltraums, der niemals verschwinden würde, solange wir lebten, der mit meinem embryonalen Schweben in Katharinas Bauchhöhle eröffnet worden war und seit meiner Geburt ein sphärenhaftes Außerhalb bildete, das uns in sanfter Unerbittlichkeit umschloss. Es lag an IHM, dachte ich, wäre er nicht verschwunden, hätte ich Katharina so viel leichter verlassen können. Ich wollte zugleich unter das Krankenbett kriechen, mich an den weißlackierten Metallbeinen festklammern, damit sie uns nicht trennten, und das Fenster aufreißen und durch die Nacht über die Mauer davonschweben – ohne mich von Katharina zu verabschieden und ohne im Überflug (den Westen des Westens im Sinn) meinen Vater auch nur zu grüßen. War es möglich, dass ich sie jetzt hasste, weil sie mich jetzt einsperrte in Treptow und Köpenick, weil sie mich allein ließ, weil sie schwach und misstrauisch war? Als ich am frühen Nachmittag des folgenden Tages einen barschen Anruf aus der Zahnklinik erhielt, dass der Weisheitszahn entfernt worden sei und meine Mutter morgen abgeholt werden solle, hatte ich nichts weiter vor, als einzukaufen, Suppe zu kochen und mit Hilfe unseres literarischen Schwarzweißfernsehers das Jahrhundertereignis des Mauerdurchbruchs in historischen Grautönen zu verfolgen, als es an der Tür klingelte und GENOSSE VIKTOR vor mir stand. Seine Uniform verblüffte mich fast noch mehr als sein Erscheinen. Ein grün-weiß-kariertes Baumwollhemd, eine alte braune Lederjacke und eine senffarbene Cordhose verliehen ihm den schockierenden Sex-Appeal eines Schrebergärtners aus Köpenick. Dazu passte sein klein parzellierter Sterngleiter, ein zartgrüner Trabant, *mintgrün*, erklärte er stolz, wie frisch aus dem Zwickauer Ei gepellt. Mit seinem Nadelstreifenanzug und seinem schwarzen Volvo würde er die Wessis schwer enttäuschen, versicherte er mir und versprach ebenso glaubhaft, mich wieder zurückzubringen und am nächsten Mittag Katharina von der Klinik (mit dem Volvo) abzuholen, falls sie das akzeptieren würde. Immer musste ich Viktor vertrauen. (Erst du, Jonas, hast es mir einmal in einer tödlichen Randbemerkung eines weinseligen Urlaubsabends unter Zypressen erklärt: Es sei stets eine blanke, in ihrer wirkungslosen Unsichtbarkeit besonders theatralische Aggression meinem leiblichen Vater gegenüber, dem ich zeigen wollte, wie bedingungslos ich mich der Fürsorge fremder älterer Männer auszuliefern bereit war, selbst wenn sie einmal meine Mutter beschlafen hatten, hohe Funktionsträger DESSYSTEMS waren und aussahen wie ein ehemaliger sizilianischer Box-Trainer, der sich in die Welt der Hoteliers emporgearbeitet hatte – sprechen wir über dich und deinen verschwiegenen, rätselhaften Erzeuger Matthias!) Viktor tätschelte das Trabantendach und prophezeite mir, dass die Wessis es klopfen würden wie die Schultern eines verlorenen (Papp-)Sohnes. Alle Autofahrten mit ihm hatten mein Leben bereichert, und so war es auch dieses Mal, am dreizehnten November, auch wenn ich nicht den Eindruck hatte, die Erde (den Westasphalt) wirklich zu berühren, sondern hinüber- oder hineinschwebte in der engen Kabine, durch Friedrichshain und dann aber nicht über den Prenzlauer Berg, sondern tiefer, also südlich, in den Pulk der Mittrabanten stoßend, in die Schlangen vor dem Checkpoint Charlie. Es war durchaus wie die Landung auf dem Planeten der Affen, was den Irrealitätsgrad und die allgemeine Gestik anlangt, auch wenn es Sekt statt Bananen gab, ich war dabei, als Schaumwein zwielichtigster Sorten in den helllichten Novembertag sprudelte und es zu wildfremden, artenfremden Umarmungen auf offener Straße immer noch kommen konnte, an diesem legendären Ort, über den sie meinen Vater wie einen Geheimagenten einige Jahre zuvor außer Landes geschleust hatten. Viktor schaffte es nur mit Mühe, einen Westbruder abzuwimmeln, der seinen Trabi für satte tausend D-Mark (auf die Hand!) kaufen wollte. Dann drehte er eine derart schwungvolle Runde durch die jubelnden Spaliere und über die breiten Boulevards des West-Sektors, dass man meinen konnte, er täte das jede Woche. Er fühlte sich um fünfzehn Jahre verjüngt, zurückversetzt in die Zeit, in der er den Trabi das letzte Mal gefahren hatte. In meinem orangefarbenen Kosmonautinnenanzug schwebte ich in der niedrig liegenden Kabine, die kaum größer war als Gagarins Raumkapsel, zum Kurfürstendamm, um dort in eine belebte Kneipe verfrachtet zu werden. Man bot uns Bier, Kaffee (abgefeimte italienische Varianten), Glühwein und undefinierbare galaktische Drinks an, gratis zu unserer Erleichterung, denn wir hatten nur ein paar Blechmünzen von unserem kollabierenden Pappplaneten dabei, und Viktor, der sich als *Ingenieur* (Wirtschaftsingenieur? Politingenieur?) ausgab, plauderte fröhlich mit den Angehörigen der überlegenen West-Zivilisation. Mich selbst erreichte niemand direkt. Der Raumanzug verlangsamte die Bewegungen, der Helm dämpfte die Geräusche. Ich versuchte anhand der Kleidung des Publikums (neonfarben durchwirkte Pullover, Sakkos mit wattierten Schulterpolstern, karierte Stoffhosen, die an Tischdecken erinnerten, Jeans mit Bügelfalte) oder der Haartracht (das auch bei uns Übliche, denn schneiden und kräuseln konnte jeder Individualist) herauszufinden, aus welcher Ecke der Milchstraße die Außeröstlichen kamen. Zwei oder drei Mal wurde ich angesprochen und antwortete so langsam und sorgfältig auf DEUTSCH, als müsste ich es den Dolmetscher-Androiden, die in roten Daunenjacken unter das Volk gemischt waren, besonders leicht machen oder als fürchtete ich, als sowjetische Geheimagentin enttarnt zu werden, nachdem schon niemandem meine seltsame Montur aufgefallen war. Mitten im friedlichen Tohuwabohu verkapselte sich mein Kopf immer mehr, hörte ich immer lauter meinen eigenen Atem. Da wurde mir klar, wie unglaublich leichtsinnig ich handelte, als ich mich vom Mutterschiff losriss, wie gemein und verräterisch, obwohl ich doch am Vorabend die Nabelschnurverbindung zu Katharina so intensiv gespürt hatte. Nicht obwohl, sondern weil mir diese Bindung so stark bewusst geworden war (höre ich dich sagen, mein Hobby-Analytiker und Ehemann). Viktor begriff meine ausbrechende Panik ebenso schnell, wie er mich verführt hatte, in seinen mintgrünen Mauerbrecher zu steigen. Wir kommen garantiert heute wieder zurück, versicherte er. Aber das Brandenburger Tor müssen wir noch machen, damit du es nicht vergisst. Als wir wieder losfuhren, beklopft, belächelt, bewinkt, fragte ich mich langsam, weshalb ich meinen Vater nicht anzurufen versuchte (für einige Westgroschen hätte ich mich nur sehr kurz prostituieren müssen). Da ist ein Problem, das bald allen auf den Nägeln brennen wird, sagte Viktor, über das Steuerrad gebeugt, das mit zwei Speichen auskam. Als Ökonom (Ingenieur, Funktionär, Köpenicker-Kleingärtner-Darsteller) müsse er sich nämlich eines fragen. Meinetwegen durfte er jeden etwas fragen, wir schwebten, rüttelten, ratterten ja schon im Karussell der Geschichte an der Siegessäule vorbei durch den Tiergarten, um den großen Gegenschuss unserer ehemals eingesperrten Unter-den-Linden-Blicke zu wagen und endlich die grünen Pferdärsche der Quadriga in Augenschein zu nehmen. Dort würde ich auf jeden Fall einen paradoxen Durchgang finden als Geisterfußgängerin, Geisterkosmonautin, die gegen die gewaltige große Stromrichtung zu ihrem gequälten Mütterlein in die Zahnklinik nach Adlershof zurückkehrte, belobigt vom gerade aktuellen Staatsratsvorsitzenden und einer Phalanx von landestreuen Schriftstellern, die an Katharinas Bett mit dem Aufruf *Hiergeblieben!* auf mich warteten. WEM GEHÖRT DIE DDR?, wollte Viktor wissen. Das war seine Hänschenfrage, die sich sofort stellen würde, wenn sich das volkseigene Vermögen in heiße Luft auflöse, und das werde es. Mit meinem rausch-kummer-betäubten Kopf im Helm verstand ich solche gewichtigen Sätze kaum, aber ich begriff, dass wir parken mussten, weil man ja noch nicht durch das Tor fahren könne, was aber auch bald kommen würde. Der Staat sei dahin, seine Frau sei dahin, erklärte Viktor. Beides schien ihn im gleichen Maße zu betrüben wie zu erleichtern, und zu beidem fand ich nicht die rechten Worte, außer dass ich irgendwie teilnehmend neben ihm herstapfte. Einmal würden wir wieder philosophischer reden, bald, wenn das Reich der Notwendigkeit und der Zahnschmerzen endete. Dann würde ich die Gretchenfrage stellen, auch wenn sie bei mir noch viel weniger akut war als bei meiner gequälten und dennoch mit höheren Staatsaffären beschäftigten Mutter: WAS SOLL DAS ALLES, UND WOHIN WIRD ES FÜHREN? Tänzer auf der Mauerkrone, Tapetenleitern, auf denen immer neue Reiter zum Riesenschlangenrücken des Walls emporkletterten, um ihn wie am Spieß mit ihren Hinterteilen und Geschlechtsorganen zu berubbeln. Schäumender Sekt, auffliegende Bananenluftballons, Trabis mit kurzen James-Bond-Auto-Flügeln, die über die Quadriga jetteten. Der sägende, hämmernde, kreischende Lärm der Betonsägen und Presslufthämmer durchdrang schließlich meinen Helm so leicht, als wäre er eine Wollmütze. Sie schnitten in die hierzulande wie eine Atelierwand bemalte und besprühte Mauer, die fröhlich wirkte wie ein Geburtskuchen. Ein großes Stück fiel heraus in den Westen, eine Gangway für unbehelmte, unbemützte stramme Burschen der NATIONALEN-VOLKSARMEE, die bereit waren, den kleinen Schritt für die OSTHEIT zu machen, gewaltlos, gefahrlos, gesinnungslos wie die links und rechts der Lücke jubelnd auf der Mauer tollenden Westossis und Ostwessis, die nun Standwaagen fabrizierten, Räder, Hand- und Kopfstände, menschliche Pyramiden. Schweig. Du sahst doch an jenem Tag mit Viktor nicht mehr und nicht weniger als die noch unversehrte Mauer von der westlichen Seite her. Auf der Blickachse zum Brandenburger Tor war ein Holzgerüst aufgebaut. Darauf fröstelten internationale Kamerateams vor sich hin und warteten auf die nächste Aufschäumung. Einige Dutzend Fußgänger streunten herum, fühlten sich aber wohl zu befangen, um die einzige noch bereit stehende Metallleiter zu benutzen, die den Eindruck erweckte, als seien alle schon hinübergestiegen in den Osten und hätten sich dort glücklich davongemacht. Montagmittag, sagte Viktor, das ist keine revolutionäre Stunde, wir müssen am Samstagabend wiederkommen. Es waren schon mehr als zwanzig Durchgänge durch den Wall gehauen worden, an allen möglichen anderen Stellen, und die Geschichte entschlüpfte einem so leicht zwischen den Fingern, dass man versucht war, das tatsächlich Geschehene noch einmal, nur etwas professioneller stattfinden zu lassen, ganz so, wie der einen Meter und siebenundfünfzig Zentimeter große Gagarin als begabter Schauspieler seiner selbst im Fernsehstudio in eine Nachbildung seiner Kapsel schlüpfte und seine legendären Sätze noch einmal, jedoch unverrauscht und flimmerfrei, als vermeintlichen O-Ton zum Besten gab. ICH BETRACHTE DIE ERDE. DER FLUG DAUERT AN. Vorsichtig setze ich einen nackten Fuß vor den anderen. Es bleibt dunkel, weil ich es so will. Solange ich die Augen geschlossen halte (sie nur zu schmalen, wimpernverhangenen Schlitzen öffne), verbleibe ich im Weltraum (in einem Raum über der Zeit). Das Gewicht unangenehmer Fragen ist dort kaum zu spüren. Ich muss nicht dazu Stellung nehmen, weshalb ich mich erst so viele Jahre nach meiner Trabi-Fahrt zum Brandenburger Tor mit der niederdrückenden Tatsache von betongrauem Mauerwerk auf Landesgrenzen intensiver beschäftigen wollte, und dann auch noch mit der falschen Mauer im falschen Land. Im sorgsam bewahrten Dunkel hinter meinen Lidern ist es nicht so schwer, einzusehen, dass ich den Schutz- und Trutzwall, der auf eintausendvierhundert Kilometer Länge die westlichen Imperialisten fernhielt, mit all seinen Beobachtungstürmen, Metallgitterzäunen, Lichttrassen, Kolonnenwegen, Sperrgräben, Minenfeldern, Hundelaufanlagen, Spurensicherungsstreifen, Kontrollpunkten und Betonwänden nicht so genau wahrnehmen wollte, auch als ich an Viktors Seite eine Hand von außen auf den ohnmächtig gewordenen Limes setzen konnte, inmitten eines Graffitos, das in den schillernden Violett- und Grüntönen eines mächtigen frischen Blutergusses gehalten war und ein gekrümmtes *WOTSCH!* oder gebücktes *VLOTSCHI* zu sagen versuchte. Man will nicht sehen, was einen gefangen hält, die Stacheldrähte und Mauern ebenso wenig wie das Innere des eigenen Brustkorbs, die pornografische Inbrunst der Flucht- und Mauermuseen geht uns ab, in denen man den DDRMENSCHEN als in Kofferräume gekrümmten Wurm oder im Erdtunnel schabenden Maulwurf bewundern kann (nur ein Bild, ein Kolossalgemälde, welches die Einwohnerschaft eines ganzen Landes so zeigt, wäre doch einmal schön). Ich muss einsehen und darstellen, dass ich meiner Zeit nicht gewachsen war, weder an jenem Novembertag der zerbrechenden Mauer noch eineinhalb Jahre später, als ich zum ersten Mal in einem jener schmalbrüstigen Häuser zu landen versuchte und kurzzeitig in einem Obergeschoss wie diesem hier logierte, durch das ich mit zusammengekniffenen Augenlidern schleiche, um noch nicht zurückspringen zu müssen in jenes Jetzt, dem ich gewachsen sein muss, da man als Vierzigjährige keine Ausrede mehr hat. Ich habe es immerhin so weit gebracht, dass ich gelassen schweben könnte, hätte ich bessere Nerven. Das Wunder der Wiedervereinigung vollzog sich zu meiner Zeit, in winzig kleiner relativistischer Eile tief unter mir, seltsam schön, aber doch sehr weit entfernt. Dort unten irgendwo machte ein tapferes miniaturisiertes Mädchen sein Abiturchen, spielte drei Wochen lang eine Hausbesetzerin, dann ein Studentchen/Studentinchen an der Freien Universität, an der es überhaupt keinen Halt fand, bis es sich in der roten Brusthaarwolle eines bärtigen freundlichen großspurigen Malers verfing, der wie kein anderer den Eindruck erweckte, den neuen Sonnenschein der Freiheit genießen zu können. Let's go West. DER FLUG DAUERT AN. Weiterhin sehe ich unter mir den Ort, an dem ich nach meiner Rückkehr aus dem Reich der Nordamerikaner arbeitete und schlief, an dem ich immer noch schlafe, während ich aufs Klo wanke. Es ist ein langer grauer Streifen zwischen den Hausdächern, aus meiner Kosmonautinnensicht, vom nordöstlich gelegenen Rosenthaler Platz sanft nach Südwesten hin abfallend, um dort mit der Oranienburger Straße einen scharfen Knick zu bilden, ein sehr schmales Band aus Asphalt, ein schaumschleimschlüpfriger Schwebebalken, auf dessen vielfach geflicktem Pflaster ich aus ungeheurer Höhe landen soll, auf dem ich mich nicht werde halten können, ich wusste es doch schon im Flug, obwohl ich jetzt so elegant, mit zusammengepressten Lidern, im kurzen Nachthemdchen, ohne das Licht anzuschalten, darüberbalancieren kann. (Schau Jonas, ich schlage ein Rad! Mit seitwärts gespreizten Beinen. An dir vorüber.) Die Nulllinie, sagte irgendwer (Fred oder der Außeröstliche), der neue Catwalk der deutschen Kunst. Die Auguststraße zieht sich schnurgerade durch die Spandauer Vorstadt, meine prekäre Landebahn. Als ich das erste Mal auf ihren schief getretenen Trottoirs promenierte, erstaunt über die niedrigen, bloß zwei- und dreistöckigen Häuser im großmächtigen Berlin, DERHAUPTSTADTDERDDR, und sogleich unwillig über die Details belehrt von meiner bibliothekarischen Mutter, war alles museal zerfallen, sauber zerbröselt, mit historischen Schussnarben dekoriert, stand das gesamte Areal noch für einen würdigen Vertreter eines unserer zahlreichen sozialistischen Open-Air-Museen, in denen der Eindruck erweckt wurde, man hätte einen umkämpften Ort unmittelbar nach dem Kriegsende hastig von Trümmern geräumt und in einen besenreinen Zustand versetzt, um dann vierzig Jahre lang nur noch am Jahrestag des Sieges über den Faschismus wiederzukommen, einige Trabis abzustellen und kurz kehrzuwöcheln (wie die hier mittlerweile heftig zugezogenen szenigen sechzigjährigen Schwaben wohl sagen würden). Maßvoll aufgeschickt, zu großen Partien renoviert, von Dutzenden ganz alltäglich auftretender Galerien, von Läden, Restaurants, dezent eingefügten Apartmenthäusern durchsetzt, bis hin zum Feinschmeckertempel in der Aula der denkmalgerecht sanierten ehemaligen jüdischen Mädchenschule, haben wir hier und heute (erwache nicht, SCHWEBE) die kunsttouristische Brandmeile, die Wäscheleinenzeile der angesagtesten Leinwände, schärfsten Fotokartons, haarigst baumelnden Neo-Neuro-Objekte, den altspandauisch vorstädtisch bescheiden tuenden, aber topheißen dollargeilen scheinschläfrigfuriosen Hotspot und Art-Strip, der seinen festen Platz im internationalen Locations-Katalog erobert hat. Alles ist so gekommen, wie es die Pioniere Fred, Schnulli und Jochen (der Außeröstliche) hatten kommen sehen, damals, als ich ins neu vereinte Deutschland wieder einschwebte nach meiner viermonatigen Flucht in die USA. Noch adaptiert an die Hochhäuser und Straßenschluchten von New York und Chicago, unseren letzten Reisestationen, deren Galeristen Freds Werke nicht mehr sonderlich zu schätzen wussten, fühlte ich mich einige Tage lang tatsächlich wie eine gulliverische Riesenkosmonautin, etwa so lange, wie ich es bei Fred noch aushalten konnte. Seinerzeit und sich selbst immer einen Schritt voraus, designierter Trauergast bei der eigenen künstlerischen Beerdigung im klarflüssigen Wodka-Schneewittchensarg, hatte er bereits eine Wohnung in der rechtwinkelig auf den Zukunftssteg stoßenden Tucholskystraße gefunden. Gerade bis zu den Knien meines unzeitgemäß orangefarbenen Raumfahrerinnenanzugs schienen auch dort die dreistöckigen Häuser mit den abgeblätterten klassizistischen Fassaden zu reichen (gerade bis zum Knie kamen noch Freds Patschhände, die Trost, Trost, Trost suchten), alles war wie eine fehlerhafte, biedermeierliche, verrußte und vernarbte Erinnerung im Schatten des touristischen Dampframmenhauptgeschehens an der Museumsinsel, auf der Oranienburger Straße und am Hackeschen Markt, hier lag ein schwächliches altes Vorstadt-Fräulein, das zu seinem Glück noch in Narkose ruhte, während die ersten Galeristen ihre gewagten Verschönerungs- und Verjüngungs-Operationen durchführten. Eine Fotoserie in Schnullis Büro hielt den Beginn des Hypes fest, den ich versäumt hatte, die große DDR-Entrümpelung, bei der ganze Couchgarnituren, ULBRICHT-Fernseher, MOLOTOW-Stereoanlagen (REMA ANDANTE), Wartburg-Motoren, STALIN-Porträts, HUNZIGGER-Gallensteine auf den Bürgersteigen ausgesetzt worden waren, während gerade die ersten VWs, OPELS oder gar MÖRCÖDES (Oh god, buy me!) hier zu parken wagten. An der Ecke zur Oranienburger hatte sich die mächtige Ruine des ehemaligen Wertheim-Kaufhauses in das Kunstzentrum Tacheles verwandelt, eine große wilde Punkerin von Gebäude, ein Armflügel schon abgerissen, gespickt mit Ringen, übersät mit Tätowierungen, von kreativen Besetzern durchwimmelt. Das hier praktizierte polizeibedrohte Hausen, Malen, Spinnen, Kiffen, Verhandeln, Fürchten, Saufen als Dauertrip wollte ich nach meinen Vor-USA-Erfahrungen (keine Skizze wert, eine Prenzlauer-Berg-Randnotiz) nicht mehr unbedingt, aber immerhin schälte ich mich während eines dort stattfindenden *Tekknozid*-Raves ruckhaft aus meinen Raumfahrerinnenanzug. Kurz darauf setzte ich einen nackten Fuß auf das Pflaster vor dem Gebäude, um halb fünf Uhr morgens am siebten Tag meiner Wiederkehr nach Berlin. Ich konnte leicht aus den ausgetanzten Schuhen schlüpfen und den kühlen Stein mit den Fußsohlen ertasten. Am liebsten hätte ich, wie bei den westlichen Straßenschlachten üblich, einige Kopfsteine herausgehebelt, allerdings um mich im weißen märkischen Sand darunter zu vergraben. Es war Unsinn, so kleinlaut und zerknirscht zu sein! Todesängstlich. Nur weil es noch immer keine Mauer mehr gab und ich weiterhin fahren, fliegen, hinken, kriechen konnte, wohin ich wollte und mit und unter wem. Gemeinsam mit meiner Mutter war ich krankenversichert. Weshalbweshalbweshalb. Ausgerutscht. Sanft und grau dämmerte ein Sonntag im Juni herauf, an dem ich nicht erfrieren würde, auch wenn ich, um nicht ein achtes Mal bei Fred übernachten zu müssen (Trosttrosttrost! Oh Gott!), meine Tanzschuhe in der Hand, barfuß über die Kreuzung zur Auguststraße ging, eine Strafaktion wahrscheinlich, in einem groß gepunkteten Partykleid, das ich in der neuen Welt erstanden hatte. Mein Weltraumhelmkopfgefühl verdankte sich einigem Weißwein aus Plastikbechern und gleichfalls auch dem bizarren, extraterrestrischen Sex mit Irgendetwas, das hübsch und blass gewesen war (als solches aufflackerte am Rand einer stroboskopischen Lichtzone), wie vielleicht jener sagenumwobene Mandarin Wan Hu, der durch die Fantasien meines späteren Philosophielehrers spukte und plötzlich heftig an mir zerrte, in einem so menschenverlassenen und düsteren Alkoven der Kunstruine, dass ich mich kurz von ihm begatten ließ mit seinem seltsamen Riemchen oder feuchten Antennenfortsatz, bevor es wieder verschwand, nachdem es ein riesiges Seh-Instrument auf dem ungewiss weichen Boden wiedergefunden und mich erschrocken in der zuckenden Schattenzone begutachtet hatte. (Meine Spezies kam nicht in seinen Dateien vor.) Marsviren, Jupiterbakterien, alles war jetzt möglich. Ich konnte bis zur Charité humpeln und mich in der Tropenabteilung vorstellen. AUF DER ERDE wusste ich mir nicht zu helfen. Keiner meiner Schulfreunde, weder Schimi noch Andy noch Kerstin, die ihn verlassen haben sollte, war mehr in Berlin. Fred, in seiner unendlichen weißweinwodkaspirituellen Klarsicht: Wir haben die Mauer gesprengt, und sie kommen mal eben rein, aber wir gehen durch die Schleuse und TREIBEN IM WELTALL. Schimi schrieb aus Thailand, Kerstin aus Stuttgart. Die Tiefen der Galaxie. Musste ich mir eine Parkbank suchen? Doch es streiften einsame wolfähnliche Tiere durch die Morgendämmerung im steinernen Dschungel. An meiner linken Oberschenkelinnenseite drohte eine Flüssigkeit herabzulaufen, von der ich nicht wusste, ob es sich schon um beginnende Menstruation oder noch um das Sekret des kurzsichtigen süßlich blassen Jupitermännchens handelte, zwei sich immerhin vorteilhaft widersprechende, vordergründig antagonistische Elixiere, die in ihrer Kombination womöglich den großen Tiger angelockt hatten, der mir jäh in den Weg trat und den Rachen öffnete. Eine Tigerin, glücklicherweise! Ich fiel ihr um den Hals, und sie sagte zärtlich: *Die Mächtigen haben die Welt immer nur verändert, es kommt aber darauf an, sie zu verbessern.* So genau wie Saskia sich an meine Höhleninschrift auf der Feuerbach-Tafel im Dresdner Atelier meines Vaters erinnerte, so genau sah ich ihren mit Streifen bemalten nackten Körper vor mir, der geschmeidig durch das Vernissagen-Publikum geglitten war, während die historische *Eisensack*-Combo aufmischte. Vager, aber schlimmer, da ergreifender und tröstlich (Trosttrosttrost!), war das impulsive Zurückfallen in die Umarmungsmomente, in denen sie mich als Vier- oder Fünfjährige vom Atelierboden emporgehoben oder auf einer grünen Wiese an der Elbe auf ihrer berühmten mexikanischen (aus Kuba stammenden) Decke hin- und hergerollt hatte, weil sie sich gerade mütterlich fühlte. Saskia also jetzt in Berlin (nach sechs Jahren West-, nun wieder seit sechs Monaten Ost- gleich Ganz-), sie als Malerin aus dem sächsischen Dschungel, ich als Kosmonautin aus dem amerikanischen Weltall. Immer noch verblüffte es mich, dass sie im Osten – wie hier vor dem Hinterhofatelier-Eingang – Werbeplakate für Bayern-Autos, Schweizer Uhren und schwedische Unterwäsche (hätte ich gerade brauchen können) – ankleben durften. Immerhin arbeitete die Wahlfälschung noch zuverlässig, denn siebenundneunzigkommaeins Prozent der Stimmen entfielen stets auf die CEDEU (und ähnliche), während die Parteien des Fortschritts auf schmähliche, niederträchtige ZWEIKOMMANEUN Prozent zurechtgestutzt wurden, sofern man meiner Mutter glaubte. Seit den finalen freien Volkskammerwahlen im März des vergangenen Jahres hatte sie diese Zahl überall in ihrer Welt verteilt, infrarot, wie den klagerufenden Kuckucksstempel des letzten Gerichtsvollziehers. Ich kam darauf, weil in Saskias Eingangsflur eine Karikatur hing, die beweisen wollte, dass im Vergleich zum Gesamtgewicht zweikommaneun Prozent etwa der Hirnmasse des menschlichen Körpers entsprächen (aber es war nur bei mir so und nur an diesem Morgen mit meinem Marsmenschenriesenkopf). Einige Tage lang schlief ich verkrümmt auf einem nicht ausklappbaren roten samtbezogenen Sofa, das herrlich sinnlos in ihrem Atelier stand. Es schien auf einen Akt mit festem weißen Fleisch (ein Grillhähnchen, ein Jupitermännchen) zu warten, der einen kleinen schmutzigen Fleck darauf hinterließe, aber niemals kommen würde, denn Saskia malte trotz oder wegen ihrer Performances prinzipiell keine nahliegenden nackten Menschen.

Um Fred bräuchte ich mir kaum Sorgen zu machen, erklärte sie mir schon beim ersten gemeinsamen Frühstück, er habe noch alte Freundinnen in Reserve und verfüge noch über sein altes Atelier in Weißensee, sogar sein alter Galerist wäre da, mitten im Berliner Geschehen, einen der ersten Läden in der Auguststraße habe er aufgezogen, Schnulli, ich erinnerte mich doch? (Vager Gesichtsfleck, Halbglatze, einer jener clownesken Typen, denen Kinder nicht über den Weg trauen). Sie selbst arbeite jetzt mit einem blutjungen Hamburger zusammen, einem irren Schnösel, der direkt gegenüber von Schnulli einen brandneuen (blutigen) Laden eröffnet habe (Kunst aus frischer Schlachtung). Immer noch hatte Saskia ihre Tigerinnenfigur, denn sie war in einem Ruderclub und lief Halbmarathons, aber jedes Mal, wenn sie mir erklärte, dass das Porträt in der Kunst unmöglich geworden sei, da vor vier Jahrhunderten bereits unübertrefflich gemeistert (wie vor einem dreiviertel Jahrhundert dann spätestens auch der Akt), musste ich ihr herb und kantig gewordenes Gesicht studieren, das mit seiner schmalrückigen gebogenen Nase und den eng stehenden blauen Augen (meine Kornblumenfarbe, da gab es ein Mutterdings zwischen uns) etwas Raubvogelhaftes angenommen oder vielmehr herausgearbeitet hatte. Kinder, aus einiger Entfernung gesehen, konnten auf ihren Leinwänden erscheinen, so auf etlichen Bildern ein Hänsel-und-Gretel-Paar, sehr klein und scherenschnitthaft, oft mit dem Rücken zum Betrachter an den Rand gesetzt. *Die neue Welt* hieß der Zyklus, an dem Saskia arbeitete. Ein Mädchen mit Zöpfen oder das Kinderpaar, manchmal nur als Schatten am unteren Bildrand präsent, betrachteten seltsame Objekte, glänzende, geschwollene, protzende, groß wie ein Auto oder ein Haus, etwas zwischen allein herumliegender Mutterbrust und omnipotenter Küchenmaschine, funkelndem Blasinstrument und metallischem Felltier, quellend organisch und rätselhaft technisch, Melkmaschine aus Kalbfleischlappen genäht und gebläht, sich fortsetzend in einen elektrischen Stuhl im italienischen Design. Nach zwei Alpträumen auf dem roten Sofa, in dem mir fürchterliche Mutterroboter zusetzten, fiel mir ein, dass Saskia ein Kind verloren haben sollte. War es ertrunken oder an einer Krankheit gestorben? Ich durfte Katharina nicht mehr länger meine Rückkehr aus den USA verheimlichen. Es war mir nur daran gelegen, eine Art von Perspektive oder einen Job vorzuweisen, bevor wir uns wiedersahen. Nachdem Saskia mich zu Schnulli mitgenommen und vorgestellt hatte (neu, er erinnerte sich nicht mehr an eine Elfjährige in seinem Ateliernest), konnte ich meiner Mutter etwas anbieten, denn wir waren uns rasch handelseinig geworden. Als Tochter von Andreas Sonntag, die mit seinem alten Klienten Fred Feuerstein durch die USA getingelt war, dort Dutzende von Galeristen kennengelernt und manches von der dortigen Szene sowie einige respektable Brocken American English (real shit) aufgeschnappt hatte, offerierte er mir einen attraktiven lausig bezahlten Zwanzigstunden-Job sowie einen Schlafplatz in einer kleinen Wohnung über der Galerie, die seine Schwester ab und an nutze oder Freunde, wenn sie ein paar Tage in der Stadt verbringen wollten. Mit Hilfe eines Papa-Anrufs (vier amerikanische Monate lang hatte ich paritätische Kurzbriefe an meine Erzeuger geschrieben, es gab das Dreieck Kunst, Liebe, Verzweiflung immer noch und immer nur durch und für mich) konnte ich mich zu einem Geldautomaten und in einige Boutiquen begeben. Binnen Stunden verwandelte ich mich in ein schwarz kostümiertes, hochhackiges, nach Bedarf cool oder hilflos durch die schwarzgerahmte Brille äugendes Galeriemäuschen. Zu meiner eigenen Verblüffung fiel mir der Umgang mit den hereinschneienden Kunden und Gaffern in der *Sektion Zwei* leicht. Nebenbei, um Fred behilflich zu sein und mich davon abzulenken, dass ich weder etwas Vorzeigbares malte noch respektable Ideen oder Pläne für meine Zukunft hervorbrachte, hatte ich in den USA etwas über das Geschäft gelernt. Klare Schnitte machen. Ohne einen Rückfall in den Mitleidssumpf alle verbliebenen Milena-Residuen aus Freds Wohnung schaffen. Ich trank keinen Alkohol mehr (zwei Jahre lang, denn: Wenn du dein Leben aushältst, änderst du es nicht, Fred!), ich war mittlerweile imstande, die beliebte Scheibe *Ich bin nicht deine Fickmaschine!* aufzulegen, obgleich ich nicht selten aus dem Trost der Trostspenderin einen nektarischen Rückfluss empfangen hatte, den Honigspritzer am Ende einer jähen Verausgabung, den ich selbst in Freds Gegenwart und oft mit seiner willigen Assistenz zu verspüren vermochte. Zum ersten Mal war ich mit einem anderen Menschen fast ein Jahr lang in einem dunkel leuchtenden biwakzeltartigen Beziehungsraum gefangen gewesen und hatte, wenn auch nicht Erfüllung und Geborgenheit, so doch die dreigliedrige Mosesmoschusmaxime über den rechten Umgang mit dem Manne erlernt: Lasse ihm Zeit, entspanne dich, nutze mit flinkem Becken die stutzigsteilen Momente seines Selbstvertrauens bis zu ihrer religiösen (gott!gott!GOTT!) Verflüssigung. In vielen Nächten war der Kletterer aus dem Yosemite Valley in meinen Armen erschienen, berückend gleichartig und sexlos, geschwisterlich nah. Ich wollte anscheinend einen Freund. Innerhalb von zwei Wochen, vom Tag meines Auszugs an gerechnet, vollzog sich das Wunder der Verwandlung an Fred. Er trank weniger, malte langsamer, hörte besser zu, dachte nach. Plötzlich hatte ich – für viele Jahre – den besäuselt-plüschigen Rückhalt eines absolut zuverlässigen Exlovers, der sich alles, was mich hätte bedrängen, ärgern oder auch nur stören können, still verbiss. Schnulli verkaufte Freds Arbeiten in der *Sektion Zwei* eine Zeitlang noch recht gut. Allerdings war er an Freds kalifornischen Galeristen mehr interessiert als an

Fred selbst, denn es ging ihm darum, JETZTUNDHEUTE, im Juli 1991, in Los Angeles oder San Francisco eine Dependance aufzuziehen, und wäre es in einer Garage oder dem Hinterhof einer Wäscherei, und wäre es auch nur temporär, für zwei, drei Monate, so wie er es mit Erfolg in Miami und Tokio gemacht hatte. Das Clownhafte an Schnulli beschränkte sich auf sein maskenhaft freundliches Gesicht mit der hohen gerunzelten Stirn, das eigentlich selten lächelte, obgleich man es ständig annahm. Mit elf hatte ich jene Vernissage in seiner Zweiraumwohnung in der Dresdener Neustadt erlebt, bei der mehr als fünfzig Leute diskutierten, rauchten und tranken, was das Zeug hielt, und er sein Geschirr, sein Bad, sein Bett den Gästen überließ, als handelte es sich um gnadenlos feiernde Angehörige einer Besatzungsmacht, die auch nur den geringsten Protest seitens des Hausherren mit fürchterlichen Strafen hätten ahnden können. Solcherart hohe Toleranz rief Verdachtsmomente hervor. Aber nicht Schnulli hatte sich als IM erwiesen, sondern diejenigen, die es ihm nachsagten. Man hatte nur, erklärte er mir, als ein so verrückter und unbrauchbarer Hund erscheinen müssen, dass man nicht mehr protokollfähig war. Da erinnerte ich mich wieder daran, dass ich schon als Kind etwas von dieser unheimlichen, passiven Überlegenheit an ihm gespürt hatte, weshalb ich auch damals schon dem Fotoplakat aus dem Jahre 1976 misstraute, das an seiner Badezimmertür hing und ihn als schon fast glatzköpfigen komischen Halbakt mit einer Art Eisbärenfell und einen um den Hals gehängten roten Riesenschnuller zeigte, ein Spaßobjekt, das man nur auf Rummelplätzen sah. Es ginge stets um die maximal mögliche Schwellenabsenkung, vertraute er mir als Leitmaxime für den Umgang mit Kunden der *Sektion Zwei* an, sie dürften keinen Widerstand, aber auch kein besonderes Interesse spüren, sie müssten den Eindruck haben, ein Bild zu kaufen wie eine Tüte Milch, ein Grundnahrungsmittel, notwendig, verfügbar zu einem nicht weiter diskutierfähigen Preis. Er war schon so angesagt, dass es ihm nützte, wenn er seine Strategien offen aussprach, etwa davon erzählte, dass er sehr lange einen Künstler beobachtete, bevor er ihn vertrat, am liebsten jahrelang (mit den Westlern fange er deshalb erst an), oder dass er prinzipiell keine überhöhten, sondern moderate oder gar unterdurchschnittliche Preis-Forderungen stellte, damit der Kundenkreis stets genügend groß war, um Schwankungen, Abwanderungen, willkürliche Geschmacksänderungen auszugleichen. Auch die Konkurrenz der anderen Galeristen, die ihre Claims in der Auguststraße absteckten, nahm er hin wie die Masse der Gäste in seiner alten Dresdener Wohnung. Sie belebten nur das Geschäft, es sei wie bei Möbelhändlern, Ärzten oder Nutten in derselben Straße. Damit keine falsche Scheu entstand, brachte er mich persönlich zu dem neuen (blutigen) Hamburger direkt gegenüber, der die ganz Jungen einsammelte, die Verwegensten und Heftigsten. Zwischen 1989 und jetzt, ja selbst zwischen Ende 1990 und jetzt, also während meiner Auszeit in den Staaten, sei derart viel geschehen, versicherte Schnulli beim Überqueren der Auguststraße in Richtung der trabanthimmelblau lackierten Fenster- und Türrahmen der Galerie *neissfelde & masch* (*masch* gäbe es bislang noch nicht, was man neidlos als blendende Idee anerkennen müsse), dass die Masse der künstlerischen Reaktionen nur noch von ganzen Galeristengruppen bewältigt werden könne, die neue Ausstellungsformate kreierten. Während er selbst noch viele Maler und Zeichner vertrete, mache Neissfelde bevorzugt installative und konzeptionelle Künstler, gerade noch etwas Fotografie. Ich hätte meinen Raumanzug nicht ablegen sollen, dachte ich, als der Hamburger Schnösel erschien, mit einer riesigen schwarzen Hornbrille auf dem Näschen und dem Mädchenmund im achttagebärtigen Milchgesicht. Jochen Neissfelde war das Jupitermännchen, der Außeröstliche, dessen hastige Verkehrsformen ich im Tacheles kennengelernt hatte. Schnulli erfasste beinahe noch schneller als wir unser sich vielleicht eben nur dadurch fortsetzendes Ineinandergemenge, das er zu sehr begrüßte, um uns nicht auch unglaubwürdig zu erscheinen und trotzig geil aufeinander zu machen. In einem Traum, den ich ihm eingestand, fand ich unter Jochens nervösem kleinen Jupiterpenis tatsächlich zwei Mark, das heißt zwei dreidimensionale Münzkörper, nuggetschwere Ovoide, in deren gediegenem Gold die Vorder- und Rückseite der begehrten (und endlich in unsere Hände gelangten) Westwährung, unserer einigseligen Deutschwährung vielmehr, tief eingeprägt waren. Weil ihn die Vision so begeisterte, malte ich ihm zum Geschenk das wertvolle Gemächt in Acryl unter dem Titel *My first Wessi*. Gegenüber dem siebundzwanzigjährigen Jochen wirkte Schnulli mit seinen scheinlockeren Zwölfstundentagen geradezu väterlich abgeklärt. Die Stadt und er wüssten noch zu wenig voneinander, verkündete der Außeröstliche und machte unerbittlich Ernst damit, sich ihr aufzuzwingen wie sich ihr hinzugeben, indem er sich verdoppelte und verdreifachte (eine einfache Konzentrationsübung für Jungs vom Jupiter), um auf sämtlichen Vernissagen und Partys, bei allen Club-Events, Performances, Aktionen zu erscheinen, jedes Atelier zu besuchen, jedem Künstler, der ihn einlud, zuzuhören, alles zu lesen, was die wichtigsten Theoretiker empfahlen, alles zu tun, um mit jedem jederzeit in Kontakt zu bleiben, niemanden nicht kennenzulernen, über nichts nicht Bescheid zu wissen, alles auf sich zu beziehen, alles mit allem zu verbinden, insbesondere mit sich selbst. Einmal kam er mit violetten Striemen auf dem Rücken in mein schmales Bett über Schnullis Galerie, einmal hatte er Schnee und Blut in der Nase an einem helllichten Montagmorgen. Er verschwand für zwei Tage (*in einem Kloster*), schlief zwei Tage lang nicht, fuhr wegen eines kleinen Festivals zweitausend Kilometer mit seinem blauen BMW, der mit cremefarbenem Leder ausgekleidet war, um den darin kutschierten Künstlern, Kunden, Sammlern ein Gefühl realer Unwirklichkeit zu vermitteln, das entscheidend sei in der Kunst. So kurz nach der Trennung von Fred wäre ich nicht in der Lage gewesen, erneut eine feste Beziehung mit einem ekstatisch Getriebenen einzugehen. Aber Jochen war kein Mensch, sondern ein Netz, wie er selbst behauptete, das einfing, umschloss, durch die Maschen (*maschen*) fallen ließ, in das ich mich einige Male stürzte wie von einem Seiltänzerinnenseil, um kurz darin zu zappeln und trampolinartig wieder herausgeschleudert zu werden. Ich brachte ihn zum Kaffeetrinken zu meiner Mutter nach Treptow, als *meinen Freund Jochen*, ohne zu wissen, wen ich damit am meisten in Verlegenheit bringen wollte. Immerhin verzichtete Katharina darauf, ihm, als Außeröstlichem, lange Predigten gegen die Heuschrecken zu halten, die sich über UNSER Volksvermögen hermachten. Er selbst fand zu diesem Thema, weil er zwei markante Künstlerinnen mit Installationen und Videoarbeiten zu dem Komplex Privatisierung, Treuhandanstalt und *Blühende Landschaften* im Programm hatte, und sie nahm ihm das noch nicht einmal übel als Amts- oder besser Landes- oder Bundesländer- oder Fünfneuebundesländeranmaßung, sondern drehte plötzlich alles gegen mich, indem sie sagte: Sie wissen, dass sich das AIDS-Virus mehr und mehr verbreitet, also ziehen Sie gefälligst ein Kondom über! So jedenfalls wirkte die tatsächlich gemachte Aussage, ob er ihr nicht dabei helfen wolle, mich zur Erstellung einer bewerbungsfähigen Kunstmappe oder zur Aufnahme eines sinnvollen Studiums zu bewegen. Sie verstanden sich blendend, sie gefiel ihm, ich wusste ja nicht das Geringste über seine Hamburger Mutter, seine Familie überhaupt, die ihn jahrelang auf einem englischen Internat entsorgt hatte, bevor er seine Heimat im Luftraum der internationalen Kunstszene fand, ohne Studium im Übrigen, allein durch Tätigkeiten bei Galeristen in London, Mailand und New York. Milena könnte *masch* (Arsch!) werden, schlug er vor, und dennoch studieren. Ein großherziges Angebot für einen Achtzigstundenjob, aber es lag ein so schockierender Ernst darin, dass ich einen Schweißausbruch bekam. Katharina sagte nichts dazu, sie lehnte sich zurück, nicht unglücklich, aber erschöpft, wie mir schien, als akzeptierte sie meinen Schachzug, zwischen mich und ihre zwangsläufige Ermahnung, zwischen uns und unseren Muttertochterklammerreflex diesen manierlich-unheimlichen Hamburger Goldjungen zu stellen. Nichts als ein weiterer Versuch, die Nabelschnur zu durchschneiden, die dich mit dem Mutterschiff verbindet. Treibe endlich ins All. Vielleicht war gar nicht sie stehengeblieben (sie besaß mittlerweile einen bunten Westfernseher, eine Westkaffeemaschine, ein West-Brillengestell, eine nun halb-westliche Bibliothekarinnenstelle mit einem sacht diskriminierenden Angestelltentarif BAT-Ost), sondern ich, die in den folgenden Wochen nichts weiter zuwege brachte, als jene zehnteilige Serie kleiner Aquatinta-Arbeiten mit nostalgischem Bezug auf den vierzigsten Jahrestag der DDR. War es so, dass meine ganze große USA-Reise, all die Städte, Highways, Landschaften, Brücken, Küsten, Seen, all die stillen, ergreifenden, krachenden, idiotischen Szenen mit und ohne Fred, mit und ohne Kunst, nichts gegen den Ruß vermochten, der auf meiner Seele haftete? Wollte ich etwa zurück (wie ich es von Katharina zu glauben geneigt war, damit sie unbehelligt von BRD-Bonzen und der Bevormundung durch die Bonner Bürokraten ganz alleine oder allenfalls zusammen mit ihren besten Freunden vom Neuen Forum oder Bündnis 90 die DDR in ein Musterbeispiel von Demokratischem Sozialismus verwandeln konnte, so leuchtend und verführerisch, dass die absolute Mehrheit der BRD-Bevölkerung darauf gedrängt hätte, ihr beizutreten)? Aber ich hatte keine Ambitionen, ich war einverstanden mit dem Einbrechen des Kapitalismus, des Westens, des Weltalls, mit der Aufregung und der Chance, mit dem Verschrotten des Staatssozialismus, mit dem Einstampfen des Palastes der Republik, vor dem wir ohnmächtig gezittert und geschrien hatten. Du bist zu jung, um politisch zu sein, erklärte Katharina einmal, und ich sagte böse, weshalb, ich hätte schon zweimal frei gewählt und zwar die ESPEDE (die Stammpartei meines Vaters und meines zukünftigen Mannes und dessen Vaters). Ist ja gut, erwiderte sie sanft, und plötzlich fiel mir ein Zitat ein, das sie – in ihrer Eigenschaft als einmal Autorin werden wollende, klassisch versierte, ständig weiter lesende Bibliothekarin – mundtot machte: *Lass mich scheinen, bis ich werde!* Aber natürlich machte ich etwas falsch, wenn ich mich nackt oder im stets wieder auffindbaren Gagarin-Schutzanzug in das Jochen-Netz fallen ließ, das die Welt umspannte und jedes fleischige Frauenbein umgarnen mochte wie ein Strumpf, falls es nur einer Künstlerin gehörte. Oder einem klapperdürrschönen model-artigen, vollkommen zugedröhnten Geschöpf mit hochgerutschtem Rock, über dem er, ein Whiskeyglas in der einen, eine Zigarette in der anderen Hand, unten (hängend) ohne, oben noch im Smokinghemd, gelassen dastand, gewissermaßen auf einem Bein, da er zwei oder drei bestrumpfte Zehen in ihre glattrasierte Scham versenkte, was sie zwar zu sehen, aber nicht zu spüren schien. (Hallo, Milena. – Hallo Jochen, kriegst du wieder mal keinen hoch?) Meine Astronautenstiefel waren zu plump für den Catwalk oder sie hatten das falsche Profil (zu dünn für den *masch*-Arsch). Du kannst noch nichts daraus machen, das ist dein einziges Problem, klärte mich meine Tigermutter Saskia auf, mit einem lässigen Prankenhieb. Schnulli hatte Künstler, die mit leichter Hand aus den nach Moskau geflohenen Hunziggers eine fliehende Heilige Familie in ironischer Brechung herstellten, aus den Spekulanten, die sich über die abbröckelnden Landschaften hermachten, herrlich genau dargestellte Kapital-Heuschrecken, aus dem dumpfen Volkszorn eine berückende Installation, bei der man ein Maschinenpistolen-Imitat von einem Sockel nehmen sollte, auf dem zu lesen war: *Sie wissen es besser! Erledigen Sie den nächsten Treuhand-Chef mit eigener Hand!* Saskia forderte mich auf, bei einem *richtig amerikanischen* Projekt mitzuarbeiten, der Aktion *Desert Storm*, bei der sie alle möglichen Gebrauchsgegenstände wie Toaster, Haarföhne, Espressomaschinen, Staubsauger oder Dampfbügeleisen zertrümmerte und mit einem Schweißbrenner versehrte, so als wäre der Amerikaner über sie gekommen, und dann in Öl auf zeitungsblattgroße, mit Wüstenansichten grundierte Leinwände brachte. Schließlich sei ich in den USA gewesen, im Zentrum der Macht, und sollte diesen Vorteil nutzen. Zerrissene oder offene Schnürsenkel waren mir eingefallen, sonst nichts, die wenigen Blätter meiner Serie *Something is wrong (in paradise)*, die ich auf dem Weg ins Yosemite Valley begonnen hatte, bevor mich der herabgefallene Kletterer mit den aufgerissenen Händen auf den flüchtigen Höhepunkt der seherischen *Falling Men* brachte. Von der Auguststraße aus betrachtet, im Vergleich zu den Arbeiten, die an Schnullis Wänden hingen, waren sie nur stümperische Versuche und lagen am Boden zerschmettert. Jonas, dein Seil! Du bist aus meiner Wand gestürzt, ohne Netz und ohne Garantie. Halte dich nicht an den Kindern fest, du reißt sie sonst mit hinab. DIE ERDE.

Schritt für Schritt. Als Gagarin wieder auf dem Boden angekommen war, musste er auf dem Roten Platz über einen endlos langen roten Teppich zur Tribüne mit dem wartenden Chruschtschow marschieren, ganz allein, im Paradeschritt. Der Schnürsenkel seines rechten Stiefels hatte sich gelöst und drohte ihn zu Fall zu bringen, vor der größten Menschenmenge, die seit dem Kriegsende 1945 hier versammelt gewesen war. Nicht nach unten schauen. Nicht bücken. Einfach weitergehen. Alle Bordinstrumente und Ausrüstungsteile an Bord haben fehlerfrei und mit Präzision funktioniert. Ich erfreue mich einer ausgezeichneten Gesundheit. Ich bin bereit, weitere Aufgaben unserer Partei und der Regierung zu übernehmen.

5. KATHARINA SIEHT FLORENZ NICHT

Sie hatten niemandem Bescheid gesagt, keinem Freund oder Verwandten, nicht einmal ihrer Mutter Anneliese, und so konnten sie an Dresden vorbeifahren auf der ersten Etappe und in einem Hotel übernachten, irgendwo in Unterfranken, Nordbayern, Mittelpfalz (sie würde es nie lernen, genauso wenig, wie sie es je würde vermeiden können zu spüren, dass sie das unsichtbare Spinnennetz der Grenze zerrissen, die Gaze ihrer teilenden Erinnerung). Der zweite Reisetag begann angenehm verworren, mit einem planlosen Spaziergang durch einen wie verwunschenen, von Granitbrocken befallenen Nadelwald. Nach einigen Stunden Autobahnfahrt und einem deftigen und zu spät eingenommenen Mittagessen, sank die Stimmung, vielleicht weil eine Schnapsidee keine langwierigen Etappen vertrug oder weil Milena inzwischen ihre Bemerkung bereute, dass auch Bibliothekarinnen ein Recht auf Verrücktheit hätten. Manchmal hatte Katharina das Gefühl, sie beobachte ihre Tochter und deren hypernervösen, aber routiniert und sicher fahrenden neuen Freund wie fremde Kinobesucher, die eine Reihe vor ihr saßen und mit denen sie gemeinsam einen immer stärker leuchtenden, immer eindrucksvolleren Film betrachtete. Auf der Inntalautobahn glitten sie zwischen langgezogenen Fototapeten mit himmelhoch aufgedruckten, unwirklich dreidimensional erscheinenden Gebirgszügen dahin. Die weißen Lederpolster der Rückbank umfingen sie sanft und stützten sie mit orthopädischer Raffinesse. Wie konnte sich ein junger Mann ein solches Auto zulegen? Materielle Verrücktheit, das begriff sie nicht, die Chuzpe, sich so zu verausgaben, eines vage kalkulierten möglichen Effekts wegen (auf Künstler, Kunden). Ihre Ossi-Scheu vor dem Unternehmertum. Von Jochen lernen, hieß angeben lernen. Entspanne dich. Im Gegensatz zum trunksüchtigen Szenemaler Fred, der ihr Vater hätte sein können, war Milenas neue Errungenschaft doch beinahe zukunftsträchtig. Wer oder was gab ihr biedere Gedanken ein? Die Notwendigkeit, tagtäglich ein festes Auskommen zu erzielen. Der Wunsch, dass sich die Unzufriedenheit endlich legte, die sie immer wieder in Milenas auf sie gerichtetem Blick zu entdecken wähnte, ein Hilfeschrei doch eigentlich, manchmal so intensiv, als ertränke sie und könnte es nicht fassen, dass ihre eigene Mutter ihr nicht die Hand reichte. (So verrückt bist du geworden mit deinen Ammeninstinkten, hör auf.) Wenn sie die Augen schloss und dem gleichmäßigen Dahinrauschen des Wagens nachspürte, hätte sie einnicken mögen. Aber man fürchtete, die makellosen weißen, nein eigentlich vanillepuddingfarbenen, Sitzpolster zu beflecken, im Schlaf zu bespeicheln. Die komfortable Fahrt, der helle Glanz der Straße, das unglaubwürdige Wogen und Schimmern der Almwiesen, das kulissenhaft dramatische Wildschütz-Felsengrau der Berge waren an sie verschwendet. Ihr fehlte die Aufbruchsfreude und viel mehr noch die selbstvergessene Perfektion der Jugendfrische, die von ihrer Tochter und ihrem Hamburger Freund ausging, für die das da draußen wie gemacht schien, obwohl sie unausgeschlafen und nachlässig präpariert waren, als Paar mit derselben Hotelseife gewaschen, weder rasiert noch geschminkt. Mama, du bist urlaubsreif. Ja, das war möglich. Milena hatte in dem Dreivierteljahr ihrer USA-Reise die Wandlung vom hübschen Entlein zum – nun, nicht Schwan, denn das hätte sie selbst vor acht oder noch vor fünf Jahren sein sollen (war es einige festliche Abende und Nächte lang mit Viktor auch gewesen, illusionär, aber nur darum ging es ja immer) – modekatalogfähigen Bild der jungen Frau vollzogen, das sie halb freudig, halb missmutig angriff oder zerraufte, ohne es entstellen zu können, so wie man eine wirklich gut geschnittene Frisur nicht völlig oder nur kokettierend aus der Form bringen konnte. Wenn Berlin jetzt Hauptstadt ist, dann ist ja alles getan, und wir können endlich mal rübermachen, über die Alpen!, hatte die Tochter mit einer neuen Bestimmtheit und Lebenslust bei einem gemeinsamen samstäglichen Frühstück mit Jochen erklärt, der sofort auf den Zug aufgesprungen war, Katharina eine Hand an den Oberarm legte wie bei einer Turnhilfestellung für ein sitzengebliebenes Mitglied der Seniorengruppe und den Zielort Florenz ausgab, er wäre da schon sechs Monate lang nicht mehr gewesen. Auch Bibliothekarinnen (strenger Tochterblick, noch bevor sie etwas zu dem Einfall anmerken konnte, etwa: Wolltest du nicht sagen: Auch ältere Bibliothekarinnen ...) hätten ein Recht auf ... endlose Autofahrten. Einige unnötige Schrecksekunden, wenn die von drei Händen auseinandergefaltete Landkarte beinahe die gesamte Windschutzscheibe auskleidete. Auf Abstand, auf ein kurzes heftiges Sich-weg-Stemmen (Loslassen!) von den Pflichten und Aufgaben der letzten eineinhalb Jahre. Wenn sie die Augen aufschlug, hatte sie die Kinobesuchersicht auf ihre Tochter und deren unermüdlich fahrenden Junggaleristen (was blieb ihm auch übrig bei einer führerscheinlosen Freundin und deren aus aller Übung gekommenen Mutter, die anno 1986 zum letzten Mal das Steuerrad eines – fragwürdigen – Automobils in den Händen gehalten hatte) in der Dunkelheit intimer als zuvor, im filigranen Schein der Armaturen beinahe ikonenhaft, überaus plastisch, sobald eines der jungen Gesichter sich beim Diskutieren der Route zur Seite drehte. Erst am Abend des Folgetages, als sie die Säle der Uffizien besichtigten, fand sie einen Ausdruck für den Zustand, diese Art von (kreisförmig ausgeleuchtetem) Bild zu betrachten. Man hat nichts zu melden, sagte Milena, nah an ihrer Seite. Kann die Route nicht bestimmen, die Karte nicht mitlesen, das West-Auto nicht sicher lenken, die Alpen nicht als das dem Menschen natürlich vorbestimmte Skigebiet betrachten, den Süden nicht als Zitronengarten vor der eigenen Haustür, obgleich man ihn mit Goethes Dachsränzel auf dem Rücken in Dresdener Lesenächten durchschritten hat. Michelangelos *Tondo Doni* drückte das Ausgeliefertsein an eine kleine Szene aus, das Autorückbankgefühl einer Fahr-Entwöhnten. Milena hatte natürlich den hilflos in der Luft schwebenden nackten Jesuskindkörper im Blick, der vom glatzköpfigen bärtigen Vater in einer prekären Schulterwurfposition an die verdreht auf der Erde sitzende Maria mit den kräftigen Basketballspielerinnenarmen gereicht oder von jener nach hinten in den Korb der Josefshände gelegt wurde. Bedenke den nach unten zielenden Blick des Kindes, den die gesenkten Lider zwar verbergen, dessen panische Tiefenwahrnehmung jedoch ausgewiesen wird durch die sich ins Haar der Mutter vergrabenden Fingerchen. Milena hatte wohl andeuten wollen, dass sie, psychologisch gesehen, dem Streit in der Treptower Küche in eben einer solchen ohnmächtigen Jesuskind-Lage beigewohnt hatte. Die tief hängende Lampe über dem Tisch schuf den Lichtkreis des Tondo, meißelte das auf zwei Dienstagabendstunden wiedervereinte Elternpaar in den Raum mit der Präzision des *painting sculptor (as you see!,* flötet eine bohnenstangige Kunstführerin über die Köpfe einer amerikanischen Kleingruppe hinweg). *Der Maler Josef achtet nicht auf seine Tochter und ruft der unmittelbar neben ihm sitzenden Exfrau ins Ohr:* Sie haben euch eingesackt? Was soll das denn heißen? Dass sie die Mauer niederrissen und mit DM-Büscheln in den Fäusten auf euch zurannten? Dass sie die SED zerschmetterten und euch zwangen, vogelfrei wählen zu gehen? *Maria seufzt, nimmt die Klatsche, haut etwas antriebsschwach zurück:* Wir konnten doch gar nicht zur Besinnung kommen. Die Volkskammer beschloss den Beitritt, und das war's. Dabei hatten wir eben erst angefangen zu denken. *Josef, kopfschüttelnd:* Es waren freie Wahlen. *Maria:* Hastig frühe freie Wahlen. *Josef:* Dennoch freie Wahlen, bei der Bundestagswahl im Dezember wurde es doch nicht viel anders. Das Ergebnis entsprach den Verhältnissen im Land, der Stimmung. Und es war gut, sich zu beeilen, bei den schwierigen außenpolitischen Umständen. Es gibt auch einen Sinn von indirekter Demokratie. *Maria:* Zu indirekt, wenn du mich fragst, was du nicht tust. Wir hatten eigentlich selbst denken und handeln wollen. *Josef reicht ihr noch einmal das kümmerliche Zweikommaneunprozent-Frühchen der Volkskammerwahl und setzt hinzu:* Es ging nicht um euch. *Maria:* Sondern? *Josef:* Um DASVOLK, was sonst? DASVOLK trieb die Politik vor sich her, die Wessis und euch gleichermaßen, die Russen, die Amerikaner, die Franzosen, die Engländer, selbst DERKANZLERFÜRDEUTSCHLAND kam außer Atem, obgleich er, der Dickste, der

Schnellste war. Alles musste sofort kommen, die Demokratie, das Reisen, die D-Mark, die Wiedervereinigung, das Paradies auf Erden. Und es kam – nur in einer realistischen Version. *Maria nimmt das Frühchen bekümmert auf den Schoß und sucht nach ihrer linken Brust in den Falten des rosigen Gewandes:* Und alles, was DDR war, musste rigoros verschwinden! Meinetwegen, ich bin nicht so nostalgisch. Aber alles, was neu war, was kreativ und interessant war, das musste auch weg. *Josef hebt den Zimmermannshammer:* Ich musste auch einmal verschwinden! *Maria schüttelt den Kopf. Josef, erneut ausholend:* Es war nicht neu, es war alt und längst bewährt, und ihr wart frustriert, weil ihr das Rad nicht ein zweites Mal erfinden durftet und DASVOLK nicht glaubte, dass ein Rad anders aussehen würde als ein Rad. Statt dem Neuen Forum zu dienen, wollten sie freie Wahlen mit der CDU. *Maria, spitz:* Freie Waren! *Josef, nachhämmernd:* Freie Waren und freie Wahlen! Hört doch auf, diejenigen für dumm zu verkaufen, die ihr sonst für so souverän haltet! *An dieser Stelle meldet sich die Tochter zu Wort, aus ihrer frei schwebenden Position heraus, um anzumerken, dass es vor allem doch um ihre Generation gehe, der nun die Myrrhe der Freiheit, der Weihrauch der Demokratie und das Gold der Marktwirtschaft zuteilwerde, die in der Krippe der Wende Geborenen oder erwachsen Gewordenen.* WENDE war ein armseliges Wort! – Revolution also. – Revolution, Komma, friedliche! – Ach was: Beitritt! – Revolutionärer Beitritt! – Friedlicher revolutionärer Beitritt! – Friedlicher revolutionärer Beitritt mit Anschlussdepression! Kurzzeitig etwas humorvollere Stimmung im Tondo Sonntagi. Zum dritten Mal seit dem VORGANG, von dem sich jeder sein eigenes Bild zu machen schien, waren sie alle drei wieder zusammengetroffen, anlässlich eines Ausstellungstermins des Malers Josef und der glorreichen Wiederkehr der verlorenen Tochter aus dem Land der unbegrenzten Möglichkeiten und jederzeit möglichen begrenzten Kriegsführung (*Maria*: Und schon leben wir in einem Staat, der einen Ölkrieg finanziert! *Josef*: Du hast in einem Land gelebt, das applaudierte, als man die Ungarn und die Tschechen niederwarf. Und die Sowjetunion führte einen blutigen Krieg in Afghanistan. *Maria:* Ich habe nicht applaudiert! *Josef:* Ich applaudiere auch jetzt nicht, und keiner zwingt mich dazu!). Milena attestierte einen postsozialistischen, quasibethlehemischen Stall-Schaden und bestand darauf, sich einfach als MENSCH (ohne ausgewiesene Himmelsrichtung) fühlen zu dürfen, wenn sie morgens die Augen aufschlug. Im Fond des Menschenwagens, der in ein nächtliches Menschenland fuhr, überlegte Katharina ALSMENSCH, ob es nur darum gegangen war, die Tochter in die eigene Ost- oder Westhälfte zu ziehen, ein kaukasisches Duell zwischen ihr und ihrem Exmann, der zugleich etabliert und nervlich angegriffen erschien, ein nun bartloser, hünenhafter Josef, welcher es vom Zimmermann zum Architekten gebracht, dabei aber Federn (und Haare) gelassen hatte. Illusionen wohl auch. Was hatten sie über die Alternative, den Dritten Weg, das Mitteleuropa-Konzept diskutiert, lange bevor die Runden Tische aufgestellt werden konnten! Am Ende gab es nur Leinwandtaten und das Bepinseln junger Kunststudentinnen. Milenas USA-Reise mit dem wesentlich älteren Maler war von Andreas gelassen hingenommen worden, vermutlich weil er diese Art von Verhältnis für natürlich hielt und die Fürsorge und Anleitung, die er seiner Tochter hätte angedeihen lassen sollen, an seine jüngeren Geliebten weitergab. So lange lebte er schon von Milena getrennt, dass er das Vakuum ihrer Abwesenheit gar nicht mehr spürte. Nur in der Viertelstunde, die sie allein gewesen waren, weil Milena sich verspätet hatte, und in der sie, um die Verlegenheit zu überspielen (um eine Gemeinsamkeit wiederzuentdecken, um sich vielleicht auch durch eine Indiskretion, von der man sich einbilden konnte, die Tochter wünschte sie sich sogar, ein wenig an ihren brüsken Manieren zu rächen), eine von Milenas Zeichenmappen öffneten, ergab sich ein verwirrend starkes Moment der Rückversetzung. Denn Andreas erfasste mit einem Blick die Kraft und Finesse der Arbeiten und kleidete seine Begeisterung in die kunstsinnige Formel: Mein lieber Herr Gesangsverein! Rußender Kohleofen, ewig undichte, im Wind klappernde Atelierfenster, große Leinwände mit orangefarbenen Landschaftsdarstellungen nah wie Paravents um das selbstgezimmerte Bett gestellt. *Keine Mondos mehr, wir lassen es drauf ankommen!* Er hatte sie provoziert, weil sie, *bieder und solide*, nach einem Jahr unglücklicher Schreibversuche wieder eine feste Stelle als Bibliothekarin annahm. Zugleich aber verließ er sich immer mehr auf ihre praktischen Fähigkeiten. Für ein Einkommen sorgen, eine Wohnung in Schuss halten. Wer seine Medaillensammlung in drei Laufdisziplinen in einem roten Samtkistchen hütete, war auch in der Lage, ein Kind zu versorgen. Ende der Kondomzeit. Mit beiden Händen auf seine Schultern gestützt, hatte sie ihn außer Atem gebracht, ihn schier um den Verstand gevögelt, man konnte es nicht anders sagen, außer eben mit jenem kunstsinnigen Ausruf. Heute gehörte er, der Herr Professor aus Kassel, mit seinem Tweed-Sakko, dem Markenhemd und den polierten Lederschuhen, zum *Establishment*, was er anscheinend auch nicht mehr leugnen mochte. (Erinnere dich daran, wie dir der Begriff erstmals im nervtötenden Dauergebrauch begegnete, 1971 in Bad Schandau, aus dem Mund eines sächsischen Bobdylanmickjaggerverschnitts mit Ziegenbart, Barst alias Arsch, der auf einer Kraxeltour über die Affensteine eine Gitarre auf dem Rücken trug und nun als *IM Thyr* bekannt war, nach den von ihm eigenhändig über die Gemälde des Künstlerfreundes Greibel geschmierten Imitaten der Tierfiguren des früh außer Landes gewiesenen Stammberg. *Blowing in the wind.* Oder doch nicht? Weshalb redeten sie nicht darüber, wie sehr sie die Enttarnung von Barst, von Lorch, von noch weiteren Mitläufern der Dresdener Szene getroffen und verstört hatte? Es war sinnlos, weil sie schon getrennt lebten, als Arsch & Loch ihre Freunde verrieten, und ebendeshalb war es auch sinnlos, auf den Vorwurf einzugehen, den Andreas niemals machte, obgleich sie ihn jeden Moment erwartete. Sie waren schon geschiedene (Ehe-)Leute gewesen, als man ihn auswies, und ihm nicht in den Westen zu folgen (es gar nicht ernsthaft zu versuchen) war nur noch ein Ausdruck dafür gewesen, ihm überhaupt nicht mehr folgen zu wollen. Verrate mir aber doch, wie aus der übervorsichtigen Dresdener Bibliothekarin, die nach Berlin zog, um zu verhindern, dass ihre Tochter in die Protestszene abrutschte, die eifrige Demonstrantin wurde, die allmählich den Respekt vor der Stasi verlor? Wie konnte aus der trainierten Leichtathletin, der man die Weichen zu den Leistungskadern stellte, eine heimlich schriftstellernde, abgebrochene Germanistikstudentin werden, die allenfalls noch mit langhaarigen Pinselschwingern auf den Elbuferwiesen um die Wette lief? Suche, was du mir gewesen bist (was ich jetzt nicht mehr brauche oder wenigstens nicht mehr will), den Mann, der mich aus der Fassung bringt, ein verheirateter neuer Kollege (wir überblättern hier sein Gesicht und zeigen nur kurz sein halb entblößtes Hinterteil unter dem Saum eines Karohemdes auf einer unbezogenen Klappcouch in seinem Arbeitszimmer, da er das vom dortigen Kopfende zwar sichtbare, aber wohl unter seiner rosafarbenen Überdecke zu schonende Ehebett für einen politisch motivierten Seitensprung zwischen zwei Flugblättern nicht entehren wollte), mit dem ich mich heute sogar wieder verstehe, weil ich mich umgekehrt ebenfalls nicht in ihn verliebt hatte, sondern nur erleichtert und zufrieden damit war, dass mir so etwas tatsächlich noch und womöglich sogar wieder passieren konnte. Ende des unausgesprochenen Dialogs. Andreas mochte seine Professur im Westen redlich erarbeitet haben, aber nun auch Milena an seiner eigenen Kunsthochschule studieren zu sehen, hatte er nicht verdient. Wahrscheinlich konnte er es sich deshalb so freimütig wünschen. Die Unschuld der Gewinner. Seine neue Entspanntheit brachte sie auf, diese wessihafte Zurückgelehntheit. Schon als er an ihrer Tür geklingelt hatte, war ihr klar geworden, dass sie ihn besser nicht zu einem Käse-und-Wein-Imbiss in ihre Wohnung hätte einladen sollen. Ihn in ihre eigenen Räume zu lassen, war fürchterlich intim, niederschmetternd, kalt und unangenehm erotisch, als rammte man sich auf nüchternen Magen einen Dildo hinein (dachte sie wörtlich, und er schaute so betreten, als hätte er das an ihren Augen ablesen können). Jeder Gegenstand, den er betrachtete, kam ihr billiger, zerkratzter, schäbiger vor, entwertet durch seinen Touristenblick. Suchte sie stets nach einem Grund, ihm nichts über die beiden Gemälde zu sagen, die sie in Viktors Haus entdeckt hatte? Ihm nichts von Viktor zu erzählen? Weshalb auch. Als sie Milenas Zeichenmappe wieder schlossen, von der Türglocke zur Eile getrieben, dachten sie wohl beide an den hastigen Komplizen-Sex der Elternzeit, und sie hatte für eine Sekunde unklare und heftige Wünsche. Im Tondo-Schein des Küchenlichts, mit seinen glattrasierten Wangen und dem von grauen Strähnen durchzogenen, auf halbe Streichholzlänge gekürzten Haar, figurierte er als verdammt müder Josef, und zwischen ihnen lag wieder ein Jahrzehnt getrennten und geschiedenen Lebens, das absurde Hindernis der weggeräumten Mauer, die Menschenkette seiner flachgelegten Studentinnen, und vor allem die Furcht, der andere käme viel besser mit dem Leben zurecht. Du etablierst dich doch auch immer, hatte er im Laufe des Abends beiläufig und freundlich behauptet (das war im Interesse seiner Tochter, wie sollte er es schlecht finden). Abgesehen von ihrer beruflichen Situation war aber alles nur ein Stochern im Dunkeln, sie sah die Hand vor den Augen nicht, ihr Zustand glich meistens dieser Nachtfahrt, in der fortwährend vielversprechende Namen auftauchten, die einem etwas sagten, etwas versprachen und dann doch wieder nicht: Demokratie, Freiheit, Selbstbestimmung, Bolzano, Modena, Fiesole. Kurz vor Mitternacht erst entdeckten Jochen und Milena, während der Suche erstaunlich wortkarg, wie zwei verbissene Schachspieler, die Zufahrt zum Hotel. Sie hatte sich nicht beklagt und jede Einmischung unterlassen. Sorgt für eure alte Mutter. Ohne Reise- und Sprachführer, ohne auch nur eine aktuelle touristische Seite über die Stadt gelesen zu haben, in die sie verfrachtet worden war, fühlte sich Katharina, als brächte man sie in einem Traum unvorbereitet und übermüdet zu einer schwierigen, wenn auch etwas lächerlichen Prüfung. Man liest sonst viel. Man informiert sich. Man hätte aber zugegebenermaßen nur schwer ein so charmantes kleines Hotel entdeckt, in dessen zum Innenhof liegenden Zimmern man vollkommen ruhig schläft, offenbar am späten Morgen erst erwacht. Katharina öffnet die Augen noch nicht, weil sie mit einer seltenen Klarheit ihren eigenen Zustand registrieren kann, ungewohnte Entspanntheit, Vitalität und eine Art allgemeiner politischer Ekel vermengen sich, den sie schon für überwunden geglaubt hatte, bis er durch den Besuch von Andreas erneut aufgekommen war. Dass uns nichts einfiel. Dass ich kein Argument dagegen habe, dass die Mehrheit der Bevölkerung machte, was sie wollte. Sie war keine Abgeordnete gewesen, sie war noch nicht einmal einer Partei beigetreten. Nur eine dieser Demonstrantinnen, Flugblattverteilerinnen in der Anfangszeit, aufs Glatteis (in unwichtige Nebenräume) geführte Erstürmerinnen der Stasi-Zentrale, dieses Termitenbaus, an dem sie einige Monate lang in Lichtenberg niedergeduckt vorbeigeschlichen waren, als sie im achten Stock jenes Plattenbaus wohnten. Ergibt keinen Garantieanspruch für ein Wohlleben in Utopia. Andreas hatte viel in ihr aufgewirbelt und selbst nur eine Schwäche gezeigt, als er – nach dem dritten Glas Wein – mit einer unterdrückten Aggression fragte, ob sie sich vielleicht einmal vorstellen wolle, wie das sei, komplett neu anfangen zu müssen? Unter kapitalistischen Vorzeichen, auf dem Kunstmarkt, ohne ein einziges Werk, mit mageren Stipendien, unter lausigen Arbeitsbedingungen, mit Nebenjobs und der stets eingehaltenen Verpflichtung, ihr die versprochene Unterstützung für die Tochter zu überweisen? Du bist hier. In Florenz. Am Leben. ALS-MENSCH. Das Blut zirkuliert durch deine Arme, deine Beine, deine Schläfen. *Katharina erhebt sich.* Ein Buchtitel, könnte man meinen. Sie zieht die Vorhänge zur Seite, sieht nur einen ausgetrockneten Steinbrunnen im Innenhof. Nachdem sie eine Dusche genommen hat (wackeliger Griff, rostfleckige Rinnsale in der Emaille der Wanne, man will ihr heimatliche Gefühle gönnen), tritt sie auf die Straße, ohne Frühstück, ohne Nachricht für ihre Tochter. Sie will nur eine halbe Stunde geradeaus gehen. Wie ausgesetzt. Immerhin hat sie in den vergangenen zwei Jahren an einem ersten Urlaubsmorgen bereits den Phoenix Park in Dublin und den Grassmarket in Edinburgh erblickt, denn Bibliothekarinnen hatten ein Recht, die Länder und Städte ihrer Lieblingsautoren zu besuchen. (Leningrad hatte sie unter realsozialistischen Bedingungen bereist, zwanzig Jahre lag es zurück, also war sie etwa in Milenas heutigem Alter gewesen, sie sah den Betonriegel des Studentenwohnheims vor sich auftauchen, das eiskalte Zimmer darin, in dem sie zu viert schliefen und sich mit Tee und Tütensuppen zu wärmen versuchten, dann ein schlampiges und herrliches Buchkaufhaus am Newski Prospekt, das in der wirren Topografie ihrer Erinnerung direkt an der Seite des Winterpalasts in die meeresarmartige Weite der Newa zu kippen drohte, über die lange Brücken ins Nichts führten und deren asphaltgraues Wasser alles überspülte, flutete und verschlang, Heldendenkmäler, marmorweiße U-Bahn-Stationen und goldene oder zuckerstangenhaft spiralig gestreifte Kirchturmkuppeln, verzweifelte, am Zügel gerissene Pferde aus Kriegsromanen trieben darin, riesige Fasane, Eisbeine, Melonen und gerupfte Enten, ausgewaschen aus den Monster-Stillleben der Eremitage, und schließlich das füllige, bildschöne Puppengesicht ihrer oberen Stockbettnachbarin, das sich rotglühend über sie beugte, um sie drei Mal zu küssen, intensiv und mit einem katzenartigen Lecken endend, ohne weitere Konsequenz.) Nun also endlich der Süden, Italien ohne Vorwarnung. Sie hatte – mit einer unnötigen und peinlichen Abwehr – Milena erklärt, dass in ihrem Kopf zu viele Probleme herumschwirrten, um abschalten und die spontane Reise genießen zu können. Sie werde Florenz gar nicht sehen. Aber natürlich stimmt es nicht. Auf einem schmalen Bürgersteig geht sie durch ein Sträßchen auf die Lichtung eines Platzes zu, dessen Namen sie unter gewöhnlichen Umständen schon längst im Reiseführer entdeckt hätte, da er gewiss von Bedeutung ist. Ein Reiterstandbild in der Mitte zeigt zwar nur den üblichen erzenen Triumphator, aber die umliegenden, angenehm niedrigen und weitgestreckten Gebäude berücken durch die Ausstrahlung von Wärme und zurückhaltender Noblesse, durch ihre klaren Fassadenlinien und die Eleganz ihrer hohen Arkaden. Allein schon der einladende, vollkommen gelassene Anstieg der Treppe, die, mit einem Dutzend Stufen auf der gesamten Gebäudefront ausgedehnt, zu den Toren einer Art Waisenhaus leitet (man sieht über den Säulenkapitellen himmelblaue Medaillons, auf denen die Reliefs von Wickelkindern in weißem Marmor prangen), ergreift und rührt sie, die Lässigkeit der großen alten Kultur, sie spürt, wie ihre Schritte leichter werden, ohne dass sie sich dagegen wehren könnte, es ist ein unwiderstehliches Nachlassen der Erdanziehungskraft. Auch das zunehmende Vergnügen, mit dem sie weitergeht, durch eine ziemlich dunkle Straße mit altmodischen, kitschig dekorierten, verstaubten Geschäften scheint physikalisch bedingt, wie eine leichte Narkose oder ein sich anbahnender touristischer Rausch. Das helle, riesige Steinschiff, an dem die Straße endet, das die Kaimauern eines nicht weit entfernten Hafens durchbrochen zu haben scheint und sich wie ein Eisbrecher bis in die Mitte der Stadt seinen Weg durch die niedrigen ockerfarbenen alten Häuser rammte, kennt sie immerhin, *il duomo*. Aber in diesen Ausmaßen und mit seinem schier irrsinnigen Protz, den mit Figuren, Ziergiebeln, Rosetten, Galerien, Pfeilern, Säulen überladenen Fassaden aus weißem, achatgrünem und rosafarbenem zuckergussartigem Marmor, nimmt der Dom ihr den Atem und beschwingt sie zugleich, er ist aus den Kalender- und Buchabbildungen in die Wirklichkeit emporgestiegen wie ein Dschinn aus der Flasche oder eben herabgedonnert wie ein tatsächlich auf den Straßen, auf einem dafür eigentlich viel zu kleinen Platz, gelandeter Raumkreuzer der katholischen Sternenflotte. Man ist vergnügt, weil man es überlebt, erlebt, weil man die versöhnliche Nachricht erhält, dass ein solches Architekturwunder auch für einen selbst da ist (Käthchen Sonntag, geborene Rieder, aus Dresden), ohne sich im mindesten zu zieren, mit der großartigen demokratischen Freigebigkeit der puren bombastischen Realität. Hunderte von Touristen drängen sich am Morgen schon zwischen dem Hauptportal des Doms, dem frei stehenden Glockenturm und dem Baptisterium. Das Publikum verstärkt den Eindruck einer gerade erfolgten Landung, eines Durchbruchs oder Raumfährenstarts. Ganz automatisch stellt sie sich in einer Schlange an (hier kann ihr keiner), um in das Innere der Kirche zu gelangen. Mit knurrendem Magen geht sie durch das erstaunlich schlichte, dunkle hohe Kirchenschiff, und die einzige Andacht, zu der sie fähig ist, sind jäh aufkommende, völlig unbegründete Beischlafsfantasien mit Viktor, still und obszön wie ein Weihwasserbecken, in das ein jeder seine Finger taucht. Sein großer, schwerer Körper war zu müde geworden, *fast völlig impotent*, wie er seufzend behauptete, *abgewickelt, meine Liebe*. Das war nicht der Grund. Oder doch? Was sollte man in Kirchen denken, wenn man nicht gerade versuchte, den Staat zu stürzen? In einer Gruppe von Schweden oder Norwegern (das Erkennen dieser Nuancen muss sie sich noch erreisen, will sie sich erreisen!) wird sie wieder hinausgespült ins Vormittagslicht. Eine Zeitlang sieht sie Florenz nicht, weil die missglückte Begegnung mit Viktor sie mit ihrem unsichtbaren Garn umfängt. In einer Wechselstube tauscht sie einen Fünfzig-Mark-Schein in Lire um (das DM-Wechseln ist fast schon Routine), dann betritt sie ein Stehcafé, das noch nicht überfüllt ist. Sie kann mit einer gewissen Lockerheit schon das westliche Ausland genießen, sich rasch wohlfühlen zwischen Spiegelglasflächen, polierten roten Marmorbanden, Kuchenvitrinen mit pistaziengrünen und zitronengelben Kreationen. Noch als sie an der Theke vor dem souverän seines Amtes waltenden Signore an der vielläufigen Kaffeemaschine die Fingerspitzen auf den blank polierten Tresen legt, fühlt sie sich sicher, denn er kann sie mit ihren dunklen Haaren und den braunen, schon eher südländisch wirkenden Augen nicht so rasch einordnen, auch ihre Kleidung könnte einer Portugiesin oder Französin gehören. Errötet, stotternd, in einem Gemisch aus Deutsch, Englisch und Speisekartenitalienisch, findet sie sich kurz darauf wieder, denn sie hat nicht begriffen, dass man zunächst an der Kasse einen Bon erstehen muss, um ihn dem nun vor überlegener Hilfsbereitschaft schmelzenden Kaffeewart vorzulegen. Aber sie bleibt, bedankt sich, kauft sogar noch ein Croissant, oder *cornetto* vielmehr, zum Cappuccino hinzu. Italienische Familien und wuchtige, leicht als Niederländer zu identifizierende Touristen schließen sie in ihren Kreis. Viktor war erst im Frühjahr wieder aufgetaucht. Von Milena, der er es im November neunundachtzig bei ihrem gemeinsamen Mauerdurchbruch mit dem Trabi erzählt hatte, wusste sie, dass seine Frau gestorben war. Die Villa in Dresden gehörte ihm nicht mehr. Anscheinend hatte es Unklarheiten mit den Besitzverhältnissen gegeben. Zu diesem Thema erklärte er unaufgefordert, dass die von ihm *geretteten* Gemälde nicht verloren seien. Auch jene Bilder von Andreas, die er zu DDR-Zeiten nicht gekauft hatte, würden zu ihrem Urheber zurückfinden (über kurz oder lang), das müsse sie ihm glauben, es bestand nur noch ein organisatorisches Problem, da er *einige Depots bei einem Freund habe zwischenlagern müssen*.

Wie sie sich wohl gedacht habe, arbeitete er mittlerweile für die Treuhand, deren herkulische Aufgaben nur mit Hilfe von Experten aus Ostdeutschland bewältigt werden konnten, es gehe ihm ökonomisch gesehen also ganz gut. Er war stark gealtert, wirkte, mit Anfang sechzig, auch in einem unauffälligeren, moderneren Anzug tatsächlich rentnerhaft.

Ihn nicht wenigstens einmal – unter freiem Himmel, wie er sagte – nackt in die Arme zu schließen, wäre undankbar und auch unaufrichtig gewesen, denn sie dachte oft an ihre erotisch beste Zeit zurück, die Fluchten in den Interhotels, die ebenso wenig wiederkehren konnten wie die hoch aufgeladenen, riskanten, sich wie Streichholzköpfe an der Zensur reibenden Theateraufführungen der achtziger Jahre. Die buchstäblich entgrenzten Stücke der letzten Monate, von denen sie noch zwei gesehen hatte, waren der Spannung beraubt wie Viktors armer dicker Penis, der bekümmert auf seinem Römerbauch ruhte. Ausgerechnet die Treuhand?, hatte sie gefragt. Aber natürlich, was sonst? Er hatte sich immer mit dem Notwendigen, der Ökonomie, der Grundlage des Ganzen beschäftigt. Ihr fiel die Frage ein, die er (Milena zufolge) am Tag des Mauerbaus gestellt hatte: Wem also hätte die DDR gehört? Denjenigen, die sie verkauften, sagte er ungerührt. Und wer habe sie verkauft? Diejenigen, die sie kauften. Sie erbat sich eine weniger kryptische Erklärung, und er sagte: Wir waren verschuldet und nicht mit dem Westen konkurrenzfähig, also mussten wir verkauft werden, aber keiner von uns hatte Geld, uns zu kaufen, also gründete man die Treuhand, die uns verkaufte und noch verkauft und die von westdeutschen Experten gesteuert wird, mit dem Ergebnis, dass Wessis Ostdeutschland an Wessis verkaufen. Und das wäre gut so? Das sei unvermeidlich, meinte er gelassen. Aber ich denke, wir sind nichts als Schrott und Schulden? Den Schrott würfe man weg, und die Schulden würden auch die Wessis bezahlen, das sei das Gute; allerdings zahlten nicht diejenigen Wessis, die die guten Geschäfte mit der Treuhand machten, sondern die anderen, die sich auf Sozialisierung verstünden, die Sozialisierung der Verluste, man kannte das dort schon. Und wir, wirft man uns auch einfach weg? Aber nein – es geht doch nur um uns!, versicherte er beinahe vergnügt, es gehe immer nur um die lebendige Arbeitskraft, ganz wie es Marx festgestellt habe, es seien doch zig Millionen gut ausgebildete Arbeitnehmer da und ebenso, oder noch besser, sechzehn Millionen dürstende Verbraucher, deshalb werde alles gut ausgehen. Nur nicht für uns, protestierte sie. Viktor hob im Liegen die Hände wie einer dieser Domportal-Apostel: Die politischen Vorteile der Wende wären sofort da, aber die ökonomischen seien für die nächste Generation, so wäre es immer, für Milena, sagte er mit Wärme, er warte darauf zu hören, dass sie nun bald Philosophie studiere. Erst nach längerem Gehen wird Florenz wieder sichtbar, unbekannte, malerische Fassaden umschließen ihren Weg. Dieses pittoreske Zerbröckeln hätte man in den realsozialistischen Architekturstudiengängen als Spezialdisziplin vermitteln sollen. Katharina muss sich darauf verlassen, dass Milena und Jochen sich schon gedacht haben werden, sie sei zu einem Spaziergang aufgebrochen. Natürlich hätte sie dem Portier Bescheid sagen oder jetzt von einer – allerdings nirgends sichtbaren – Zelle aus anrufen können. Am liebsten möchte sie verschwunden bleiben bis zum Mittag, sie will ihren Namen nicht hören und auch nicht die Namen und Bezeichnungen ihrer Umgebung kennen. Allerdings spürt sie schon bald, nach wenigen Schritten durch eine Seitenstraße, die Versuchung, sich an einem der Kioske einen Reiseführer zu kaufen, und sei es eine der scheußlichen Fotobroschüren, wie in einem Anfall von Heißhunger oder Geilheit. So formvollendet und makellos ist der weite Platz, auf den sie nun gerät, dass die Touristenmassen den Eindruck nur noch erhöhen können, ähnlich wie die Menge vor dem Dom oder wie eine große Schar von Fans vor einem weltberühmten Star. Die hoch aufragenden weißen Marmorstaturen im Blick, den Turm des Palazzo Vecchio und die Galeriebögen der Loggia dei Lanzi, geht sie auf Michelangelos unübertrefflich selbstbewussten David zu (eine Kopie, das weiß sie noch, auch wenn sie nicht mehr sagen könnte, wo das Original zu finden wäre). Ihre Sicht auf die Skulpturen, die Bauwerke, die Touristen verschwimmt. Es kommt ihr auf die Details nicht mehr an, sondern nur noch auf die Tatsache, dass sie hier ist und im warmen Vormittagslicht unbehelligt ihren Gedanken nachhängen kann, während sie langsam einen Fuß vor den anderen setzt. Sie fühlt sich in der Menge aufgehoben und getröstet – als käme bald etwas wie eine starke Berührung oder ein inniges langes Gespräch, oder als wäre beides schon da. Es ist, als würde jemand sie festhalten, ihr in die Augen sehen und ihr klar und deutlich, mit hypnotischer Eindringlichkeit die wichtigsten Dinge sagen, die sie sich klarmachen muss, um besser zu leben. Sei ruhig. Du kannst froh sein, du hast viele Gründe. Goliath liegt zu deinen Füßen. Dass du mitgeholfen hast, eine Diktatur gewaltlos abzuschütteln, ist eine historische einzigartige Erfahrung, die nicht viele Menschen machen konnten. Du brauchst deshalb heute kein Politiker zu sein, kein Funktionär oder Ministerialbürokrat, der bald über seine Stasi-Vergangenheit stolpert. Weil du im Grunde nicht wusstest, wie die Utopie aussehen sollte, deren Verlust umso brennender und schwerwiegender zu sein schien, je mehr die Opposition die Mitsprache verlor, kannst du dich entspannen und einfach der Mehrheit ihren Willen lassen, die sich mit der tatsächlichen Entwicklung zu arrangieren scheint. Es ist dir erlaubt, dich um dich selbst zu kümmern. Freue dich darüber, dass du in deinem Beruf als Bibliothekarin etwas kannst, sogar anpassungsfähig bist, dass du schon jetzt interessante neue Wege gehen konntest und nach wie vor auf eigenen Beinen stehst. Sieh, glaube, spüre, wie attraktiv du noch immer bist, mit bald zweiundvierzig, auch wenn du dich müde fühlst. Es ist kein Problem, einen Liebhaber zu finden, genieße das Universelle am Sex, die aufatmende, zu Kräften kommende, jubelnde Entdeckung, dass sich nichts geändert hat zwischen Mann und Frau. Deine schmale unberingte Hand auf dem hellen warmen Marmor einer Hüfte. Ziehe ihn an beiden prallen, muskulösen Hinterbacken zu dir heran (italienische Methode, Bildhauermaterial). Vergiss noch fünf, zehn Minuten lang, nein, sogar noch eine labyrinthische Stunde, in der ihr euch ineinanderwälzt, ineinanderschmiegt, verflechtet wie zwei sich ringende Hände, dass du dir (in deiner Eigenschaft als Mutter) ebendas noch versagen wolltest. Was wohl dieses steinerne Geschlecht des David, für sich genommen, wiegen würde. Hat Michelangelo je (im Privaten etwa) einen erigierten Schwanz gemalt oder gemeißelt? Flüssiger Marmor auf deiner geröteten Haut. Du siehst blauen Himmel und warmen, innervierten, denkenden Stein. Das Schöne umgibt dich, Ästhetik, dein Mann war Maler, deine Tochter philosophierte schon mit fünfzehn, und du hast eigentlich nie darüber nachgedacht. Zu literarisch, um das offenkundig Schöne zu sehen. Des Schrecklichen Anfang, denkt sie, den Blick auf eine kreisrunde Marmorplatte in der Mitte der Piazza senkend, deren Inschrift sie mit etwas Kombinationsgabe entnimmt, dass an dieser Stelle Savonarola erhängt (?) und verbrannt (?) wurde: *FU IMPICCATO ET ARSO*. Als sie wieder aufschaut, begegnet dem ihren ein feuriger, entflammter, beinahe fanatisch lodernder Blick.

6. ERSTES ABENDMAHL

Rudolf hatte noch immer oder vielmehr erneut diesen Familientick und war in einer euphorischen Stimmung nach dem Punkte-Erfolg gegen Stenski. So erklärte es sich, dass er den drei Unbekannten, die kurz nach ihm das Hotelrestaurant betraten, um dann in seinem Rücken vor dem einzigen noch freien Tisch zu stehen, sogleich anbot, gemeinsam das Abendessen einzunehmen, selbstredend in Form der höflichen Frage, ob es ihnen etwas ausmachen würde, wenn er, als Hotelgast, gleichfalls hier Platz nähme. Mutter und Tochter ähnelten sich gerade noch genug, um als solche erkenntlich zu sein, die seltene Kombination einer fast italienisch wirkenden, unsicheren, in Moll getönten, aber vom Gang und körperlichen Ausdruck her doch starken Frau mit einem beinahe verletzend schönen Nachwuchsgeschöpf im Abiturientinnenalter, das all seine glänzende Jugendlichkeit anscheinend durch eine nachlässig-trotzige Art schützen wollte, als wagte man es nicht, ein perfektes frisch gelegtes Ei anzufassen, das in einem konfusen Nest aus Heu lag. Der junge Mann, Freund oder gar Ehemann der Tochter, hätte ihm unter andern Umständen missfallen, da er ein dandyhaftes und gönnerisches Verhalten an den Tag legte. Sein kleiner Sieg über Stenski umgab jedoch verborgen strahlend seinen Körper wie ein erbeutetes Kettenhemd und stimmte ihn unverbrüchlich mild. Auf der *Konferenz zum Internationalen Strukturwandel nach 1989 (Tearing Down the Wall: Building New Fences?)*, die in der rot geäderten und drückend eng bestuhlten Marmorschale eines alten Palazzos stattgefunden hatte, war Stenski als heimlicher Star erschienen, als neu gewachsene Perle in einer Art Renaissance-Muschel, auf deren frischen Glanz man neugieriger wartete als auf den opaken Schimmer der nobilitierten grauköpfigen Keynote-Speaker. Seine frühzeitige (gerade noch rechtzeitige), kühne Vorhersage des Zusammenbruchs des Staatssozialismus in Osteuropa hatte ihm einen gewissen Kassandra-Nimbus verliehen. In einem auffälligen, fast lachsroten Anzug, als wäre er ein Showmoderator aus dem italienischen Alptraum-Fernsehen, sich das glänzend schwarze linksgescheitelte Haar immer wieder mit einer gezierten Bewegung hinters rechte Ohr werfend, verkündete er eine komplett neue Etappe der Menschheitsgeschichte. Das Wegfallen der bipolaren Paralyse, der erzwungenen Lagerdisziplin während des Kalten Krieges, würde eine Jahrzehnte währende Abfolge von Unruhen, Umstürzen, Bürgerkriegen, lokalen Katastrophen hervorrufen. Weil es weltweit fast nur noch das eine, kapitalistische Paradigma von der Entfesselung der Marktkräfte gäbe, würde die binäre Welt der Nachkriegszeit abgelöst durch eine polyzentrische antagonistische Dynamik. Man könne von einem globalen Regionalismus sprechen oder von einer oligopolaren Schlachtordnung, in der sich die wichtigsten Volkswirtschaften und multinationalen Konzerne einen harten Verteilungskampf um die ökologischen, demografischen und kulturellen Ressourcen lieferten. Der Vernetzungsgrad dieser neodarwinistischen Welt unter globalisierten Bedingungen sei so hoch, die Benachbarung so eng, dass man hier, in der Umgebung von Florenz, im nahen San Gimignano, das historische Vorbild vor Augen habe, jene dicht beieinanderstehenden Geschlechtertürme, in denen sich die verfeindeten aristokratischen Familien eingemauert hätten. Beide Frauen, Ostdeutsche und tatsächlich Mutter und Tochter, wollten Näheres über den Inhalt der Konferenz erfahren, sie waren darauf fast so neugierig wie auf den gemischten Antipasti-Teller, den der junge Dandy freimütig und kennerisch für alle geordert hatte. Immerhin überließ er Rudolf die Auswahl des Weins. Stenskis Vortrag hatte sein Referat wie ein starker gegenpoliger Magnet in eine eindeutige Position gezwungen. Die Zunahme chaotischer Bewegung, das Ausagieren bislang durch die Blockdisziplin unterdrückter Konflikte, stellte Rudolf nicht in Frage. Allerdings sah er im historischen Augenblick des kommenden Dezenniums weniger ein Macht-Oligopol als eine recht deutliche politische und ökonomische Hegemonialphase der USA heraufziehen, die sich ja schon in massiven Symptomen wie etwa dem Krieg gegen den Irak manifestiert habe. Auf längere Frist würden andere Mächte, China und das gewiss wiedererstarkende Russland, Europa und Japan und auch Indien sowie Lateinamerika die Vormachtrolle anfechten und das Spiel diversifizieren. Dabei sei keineswegs das Paradigma der Geschlechtertürme zwingend vorgeschrieben oder als hoch wahrscheinlich anzusetzen, schließlich hätte das zwar unzureichende und immer wieder beschädigte, aber oft wirkungsvolle Netz der internationalen Abkommen und Vereinbarungen für die überwiegende Zahl der Menschen eine verlässliche Grundlage friedlicher Koexistenz und gegenseitigen Austauschs ermöglicht. Die nahezu gewaltfreie Überwindung der deutschen Teilung sei das Glanzbeispiel für Diplomatie und Kooperation, auf die man setzen müsse, anstatt einer fatalistischen Hinnahme aggressiver Konkurrenz das Wort zu reden. Später einmal würde Rudolf klar sehen, dass im Applaus der Konferenzteilnehmer untergegangen war, wie knapp Stenski an der Entwicklung einer wirkungsmächtigen globalen These vorbeischrammte. Hätte er in sein internationales Bürgerkriegs-Szenario nur noch die Religion als Kulturdeterminante eingebaut, eine gehörige Portion Weißer-Mann-Paranoia nebst einigen Dutzend Statistiken hinzugefügt und das alles in ein umfangreiches, aber verständlich gehaltenes Werk verpackt, dann wäre er womöglich zum international gefeierten und umkämpften Theorie-Star aufgestiegen, schon zu Beginn der neunziger Jahre. Als Verkünder des weltweiten Kulturenkampfes hätte er Flutwellen in die globalen akademischen Salons gespült, anstelle der kleinen Wellenschläge seiner zyklisch wiederkehrenden Polemiken. Letzten Endes fehlte Stenski die Chuzpe und der Fanatismus (der Fleiß, die Ehefrau) zum globalen Rundumschlag, so wie Rudolf, noch skeptischer (bescheidener, träger), in erneuter Abschwächung sich damit zufriedengab, als Kritiker von Breitwand-Theorien und als Liebhaber exotischer Gedankenspiele aufzutreten. Er wirkte gewiss weniger seriös als die meisten der Kollegen, die sich auf den schmalen, filzgrau bezogenen Stühlen gegenseitig mit den Schulterpolstern ihrer Sakkos bedrängt hatten. Daran mochte auch sein Vorhaben, eine Professur an der Berliner Humboldt-Universität zu ergattern, gescheitert sein, man hielt ihn für originell, aber unsolide. Nach zwei Gastdozenten-Semestern an der Freien Universität würde er im kommenden Herbst eine (beklemmende, von paradoxen Hoffnungen durchwirkte) Vertretungsprofessur in Göttingen annehmen, die ihm sein ehemaliger Doktorvater vermittelt hatte. Er sah bisweilen schon die türmchenartige Eingangspforte des alten Philosophischen Seminares vor sich, durch die Edmond vor neunzig Jahren geschritten war, um auf der kurzen Steintreppe mit übel gelaunten zukünftigen Versionen seiner Exfrau zusammenzustoßen. Zweimal hatte er Martha schon tatsächlich in Göttingen getroffen seit seiner Rückkehr aus den USA, zwar keinesfalls, um in Ais Sinne die natürliche Ordnung der Dinge wiederherzustellen, aber doch um zu betonen, dass er nicht aufhören würde, sich als Vanessas Vater zu betrachten. Beim letzten Besuch war ihm die mittlerweile Achtjährige, die seine Postkarten aus Kanada und den Staaten über ihrem Bett an die Wand gepinnt hatte, sehr nah gekommen. Für einige Augenblicke schien das auch ihre Mutter zu beeinflussen, denn sie neigte sich mit errötendem Gesicht zur Seite, wenn sie sich versehentlich streiften, und berührte einmal wie geistesabwesend seinen Hals. Kurz davor, ihre akademische Karriere endgültig zu befestigen, verspürte sie wohl Anwandlungen von Leichtsinn oder Großmut, und weil sie die Phase der eleganten zweiteiligen Kostüme und zielsicher gewählter, vorteilhafter Kleider (erdacht von großen europäischen Designern) erreicht hatte, berückte ihn ihr Faible für den modischen Chic, der früher nur eine konventionelle, adrette Bürodamenart erreicht hatte, plötzlich neu, als hätte sie sich auch teurere und sündigere Geschlechtsteile zugelegt. Er würde ihr nicht ins Gehege kommen, schon aus Eigeninteresse nicht, denn sie war dabei, sich als herausragende Kennerin des Edmond'schen Werkes international hervorzutun. Sein Doktorvater Schmiedmeyer hatte um *zwei, drei orthodoxe Sachen* (Aristoteles, Platon, vielleicht ein wenig Kant) gebeten und ihm wie einem Paradiesvogel einen *freien*

Zweig versprochen, auf dem er *philosophische Dokumentarfilme* drehen oder etwas über die Theorie der Anerkennung erzählen könne, zu der er unlängst doch einen eindrucksvollen Aufsatz vorgelegt habe. Rudolf würde erstaunlich lange brauchen, um zu begreifen, dass die Aufspaltung seiner akademischen Lebensform in eine broterwerbssichernde Pflicht solider Standardvorlesungen einerseits und in die Kür populärer sozialphilosophischer Essays und filmischer Dokumentationen andererseits wohl befriedigend und einträglich (für Vortragshonorare und Gastprofessuren) war, aber dem Aufbau einer großflächig wirksamen Mandarin-Intellektuellenfigur im Wege gestanden hatte. Einstweilen aber, in jenem Florentiner Hotelrestaurant, in Gesellschaft der ostdeutschen Frauen und des reichlich exaltierten Hamburger Galeristen, fühlte er sich vor allem noch jung und lebendig, im Gegensatz zu seiner Exfrau, die sich mit ihren Designer-Kostümen doch nur immer tiefer in den Regalschluchten der Universitätsbibliotheken vergrub. In seinem siebenunddreißigsten Lebensjahr war er mit sich im Reinen und hätte sich nicht gewundert, wäre ihm in einer Kristallkugel (auf einem Tondo-artigen Gemälde in den Uffizien, auf einer Overheadfolie zwischen den rötlichen Marmorsäulen eines Palazzo-Instituts, auf einem jener in archaischer bernsteinfarbener Schrift aufleuchtenden klobigen PC-Monitore der MS-DOS-Zeit) der absolute Höhepunkt seiner Etablierung gezeigt worden, das Ithaka-hafte vorläufige Ende seiner Odyssee, ebenjene nah beim Campus stehende klassizistische Villa, auf die er Arm in Arm mit der stellvertretenden Universitätspräsidentin Sandra Parnell zuschritt (my home, my castle, my brain, my wife). Die damalige Zuversicht, der Leichtsinn, die lässige promiske Routine, die ihn auf die Lagerstätten diverser Geliebten und ihre wartenden Körper zugehen ließ, als handele es sich nur darum, ein erfrischendes Bad zu nehmen (in einem Waldsee, am Mittelmeer, im stürmischen Atlantik nahe der Küste) oder eine nicht weiter aufregende Entspannungseinheit anzutreten (saubere Bahnen im chlor-steril funkelnden Hallenbad, Wälzungen im sprudelnden Hotelwhirlpool, stilles Eintauchen in einen kleinen asiatischen Yakuzi-Teich, durchzuckt von elektrischen Goldfischen), war ihm durchaus bewusst und konnte auch peinlich werden (er erinnerte sich lange an einen Moment, in dem er das enge schmuddelige Badezimmer einer Geliebten aufsuchte, deren starker Intimgeruch an ihm haftete, als hätte sie ihn wie eine große Hündin für (oder gegen) ihre Geschlechtsgenossinnen markieren wollen, und sich für die Gier verfluchte, die diesen immer noch jünglingshaft wirkenden Männerkörper nackt und gnadenlos nach Wirklichkeit riechend vor solche mit Lippenstiftherzen bemalte Spiegel stellte, auf deren Rahmen man eigenhändig Muscheln aufgeklebt hatte).

Die ernsthafte, zurückhaltende Frau an dem Restauranttisch, die er auf Anfang vierzig schätzte, flößte ihm, nicht durchgängig, aber in wiederkehrenden sanften Schüben im Laufe des sich doch länger ausdehnenden Essens einen beinahe zärtlichen Respekt ein, er kam sich für Augenblicke arrogant und windig vor, anstatt kosmopolitisch und selbstbewusst.

Nach einer gewissen Zeit (Abtragen des Geschirrs der *primi piatti*) stand zu vermuten, dass es den nicht vorhandenen Mann an ihrer Seite auch an anderen Abenden nicht gab. Sie saß ihm gegenüber wie bei einem Rendezvous, dessen Gesprächslinie allerdings von der des jungen Paares durchkreuzt wurde. Er kannte immer noch zu wenig Ostdeutsche, aber die meisten erschienen ihm wie Katharina im ersten Teil des Abends, zurückhaltend, unsicher, schwankend im Ausdruck zwischen latenter Feindseligkeit und einer maskenhaften Freundlichkeit, die man nicht zu durchschauen vermochte. Wenn er seinen Charme spielen ließ, der ihn doch vor so manchen Badezimmerspiegel gebracht hatte, wich sie aus. Wenn er – und dazu ging er rasch über – sie nach seinen Begriffen unhöflich direkt ausfragte, gab sie aufrichtig klingende ernsthafte Antworten. So brachte er sie zur sichtlichen Verwunderung der Tochter dazu, etwas über ihren Beruf zu erzählen. Tagtäglich war sie mit dem Problem der Vereinigung der beiden Berliner Staatsbibliotheken befasst, weil sie noch vor der Wende im alten Stammhaus Unter den Linden eine Anstellung gefunden hatte. Vier Millionen Bücher lagerten dort und ebenso viele im Scharoun-Bau an der Potsdamer Straße im Westen, der erst 1978 bezogen worden war. Jetzt mussten Entscheidungen über die beiden Kataloge, die Bestandsaufteilung, die gesamte Organisation, gar über die etwaige Schließung eines der Häuser getroffen werden, wobei manche sich schon vor der Sieger-Buchhaltung des Bundesrechnungshofs fürchteten, der womöglich mit einem Federstrich die Zusammenlegung in das moderne West-Gebäude verlangen würde, da ihm die Bedeutung des Stammhauses gleichgültig sei, der einstigen Preußischen Staatsbibliothek, die mit ihrem (im Zweiten Weltkrieg zerbombten und in den siebziger Jahren abgerissenen) Kuppellesesaal einmal als geistige Mitte Deutschlands gegolten habe. Die Tochter wandte sich gegen die notorisch pessimistische Ossi-Sicht und erinnerte an das Versinken der *geistigen Mitte* im Schützengrabendreck. Dabei blieb sie aber im Tonfall recht sachlich, wohl weil sie sich freute, die Mutter so engagiert und ausführlich von ihrem Beruf sprechen zu hören, gelöst und verjüngt wirkend, ausdrucksvoll, wenn sie mit den verschränkten langen Fingern ihrer sehr weißen, gepflegten und schmalen Hände die notwendige Zusammenlegung oder Umgruppierung verschiedener Magazinbestände in den Bäuchen der riesigen Bücherwalfische erörterte, die getrennt in den wiedervereinigten Stadthälften feststeckten. Etwas später geriet Rudolf in einen längeren Dialog mit dem jungen Galeristen, dem er vor allem zuhörte, gutmütig und geduldig, schließlich war er selbst zwei Tage über die Konferenzdauer hinaus in Florenz geblieben, um einige kunstgeschichtliche Bildungslücken zu schließen. Wie die beiden Ostberlinerinnen besuchte er tatsächlich zum ersten Mal die Stadt (und entzückte sie damit gänzlich unverdient). Was der reichlich bizarre, zugleich milchbubenhafte und abgebrühte Jungkunsthändler ihm über den kommerziellen und ästhetischen Kontrast von alter und moderner Malerei erzählte, fand er ziemlich aufschlussreich, auch wenn ihn dessen streberhafte Luxus-Hornbrille normalerweise ebenso abgestoßen hätte wie die Kombination von Dreitagebartstoppeln mit einem mädchenhaft geschwungenen Mund. In der Erinnerung der Zukunft erst (vielleicht sogar nicht früher als an diesem einen, entscheidenden HEUTIGEN Tag, an dem er zur aktuellen Stunde noch immer in einem vollkommen unvorhersehbaren Frankfurter Doppelbett im Rücken einer wie aus einem Traum geschälten Frau liegt, die vielleicht doch ungewiss ist, nackt, aber undeutlich, halb eingesponnen in den Kokon einer Heimkehrer-Fantasie, helle warme Haut, überzogen mit der klebrigen, zuckergussartigen Gaze einer heftig ersehnten Unwahrscheinlichkeit) würden ihm zwei Gründe für die ihn selbst überraschende Freundlichkeit klarwerden, mit der er sich dem jungen Hamburger zuwandte, welcher von Künstlerinnen schwärmte, die sich in Riesenstrümpfe einstrickten (eine Hülle für die erträumte träumende Frau) oder sisyphosartig mit weichem Bleistift einen entrindeten Baumstamm mit Zehntausenden rätselhafter Zeichen bedeckten. Etwas sagte ihm, dass Jochen Neissfelde, der schon in seinen Zwanzigern höchstens noch vier Stunden am Tag schlief, in der Kunstwelt Furore machen würde, und er akzeptierte und bewunderte dessen fanatisches Potenzial. Im Augenblick jedoch, im Verlauf des ausgedehnten Abendessens, wog der zweite Grund für Rudolfs freundschaftliche Zuneigung zu dem dandyhaften Galeristen schwerer, nämlich ein vages, von männlicher Solidarität getragenes Mitleid, hervorgerufen durch die Ahnung, dass der junge Mann geschlagen war, ausrangiert, nicht mehr im Spielfeld stand, auch wenn er es selbst noch nicht viel deutlicher begriff als Rudolf. Seine im frischen duftenden Heu versteckte Partnerin hatte ihn aus irgendeinem Grund aus ihrem Leben entfernt, vielleicht noch gleichfalls ohne klare oder gar ausgesprochene Trennungsabsicht. Sie wirkte vornehm isoliert, aufrecht in einen schmalen Goldrahmen gesetzt, ein Botticelli-Porträt ihrer Frühlingszeit im Abendlicht eines toskanischen Restaurants, seltsam klar und konzentriert, entschlossen vor allem, wenn auch unerfindlich blieb, wozu. Im Umgang mit seinen attraktivsten Studentinnen hatte Rudolf eine nahezu priesterliche Zurückhaltung und Neutralität erlernt, eine Disziplin, die den erstaunlichen Effekt einer tatsächlichen Unempfindlichkeit gegenüber den Reizen sehr junger, sehr hübscher Frauen mit sich brachte. Sie gehörten in ein anderes System, eines, das er nach eher durchschnittlichen Erfolgen mit Mitte zwanzig verlassen hatte, um den fünfjährigen Alptraum seiner Ehe mit Martha zu betreten, in dessen Verlauf sie beide promovierten und es noch bis zur gemeinsamen Feier von Vanessas zweitem Geburtstag brachten. Danach war er in ein neues System geraten, fast absichtslos und längere Zeit sogar ohne es recht zu bemerken. Es war im Grunde die Erfüllung seiner pubertären Träume, bei der es den Reiz verlor, die Geliebten und Affären zu zählen. Das Lieben, eingehegt in den freiheitlichen Kontext, der schnelle Sex, kurze Dramen und lange heftige Nächte mit dreißig- bis vierzigjährigen Frauen waren ihm in den sieben oder acht Jahren nach seiner ersten Ehe geläufig und gleichsam organisch geworden, Effekte und Erfahrungen einer befreiten virilen Natur, die er hinnahm wie die Launen eines Haustieres (die vernünftigste Sicht auf etwas, das einen fortwährend zwang, ohne sich zwingen lassen zu wollen). Er band sich nicht, erklärte das stets beim ersten Rendezvous oder im Verlauf der ersten Nacht, hielt es aber auch für möglich, dass ihn erneut ein *coup de foudre* träfe (denn das war es seltsamerweise ganz zu Beginn bei Martha gewesen, wohl dieser Zusammenklang zwischen einer wie klischierten Stewardessen- oder Sekretärinnen-Attraktivität mit einem wirklich scharfen Intellekt), und er gedachte gar nicht, sich in einem solchen Fall zu wehren. Seinen Studentinnen setzte er notfalls deutlichen Widerstand entgegen, wenn sie ihre sportlich frischen, zumeist unmysteriösen weiblichen Kräfte an ihm erproben wollten. Erst allmählich bemerkte er an diesem Abend in Florenz, wie stark er sich auch gegenüber der jungen Frau zu seiner Linken verpanzert hatte. Irgendwann nahm er gleichsam sich selbst mit einer beschwichtigenden väterlichen Geste die Fäuste herunter, denn schließlich saßen Mutter und Freund des trotzig-hübschen, anscheinend mit einer gewissen Erregung oder inneren Anspannung ringenden Geschöpfs mit am Tisch. Ihr langes ebenholzfarbenes Haar hatte den matten Ton eines exquisiten Instrumentengriffbretts, ihre polareisblauen Augenkristalle funkelten ihn an, und er dachte *Geschöpf*, weil ihm plötzlich einfiel, dass schöne Frauen im Alter zwischen siebzehn und fünfundzwanzig die begehrteste Spezies im uns bekannten Universum darstellten, Sex-Mode-Kult-Objekte, erotische Mariengestalten, Trophäen, in Bilderfluten über alle Kanäle des Globus glitzernd ausgestreute, androidenhaft überformte Feen-Huren-Jungfrauengestalten, hymnisch gefeiert, gepriesen, gehasst, verfolgt, verstümmelt, versteckt, mit allen Gnaden und Flüchen beladen und zumeist völlig erschöpft darin, dies schleierspielerisch zu wissen oder hartnäckig, bösartig oder weidwund zu ignorieren. Sie hatten es nicht leicht, und weil er dies wusste und nicht versuchte, sich heuchlerisch auf ihre Seite zu schlagen, mochten sie ihn zumeist und verliebten sich mitunter auch in ihn. Er sprang über seinen professionellen Schatten und ließ sich auf sie ein, zunächst etwas verkrampft den Hals über die linke Schulter drehend, dann auch den Oberkörper zu ihr wendend. Sie taute auf, machte originelle Bemerkungen mit einem aufreizenden, halb spöttischen Ausdruck, als bezweifelte sie deren Bedeutsamkeit am meisten oder habe sie von jemandem aufgeschnappt, der nicht ganz ernst zu nehmen sei. Dass sie den Dialog überhaupt begannen, erschien zunächst wichtiger als das Thema selbst. Nach einer Weile kamen sie auf die Piazza della Signoria zu sprechen, *ein Areal mit haufenweise Schönheit, Angst, Mord und Zivilität.* Was sie meinte, war neben Vielzahl und der offensichtlichen Qualität der Skulpturen, die der Piazza den Charakter eines Freilichtmuseums verliehen, jene im Grunde offenliegende Gewaltästhetik. Herakles, ein Muskelberg, hat den diebischen Cacus am Schopf gepackt, um in nächsten Augenblick seinen Schädel mit einer Keule zu zertrümmern. Judith schwingt das Schwert über dem Kopf des Holofernes. Perseus hält schon im Triumph das abgetrennte Haupt der Medusa in die Luft, aus deren Halsstrunk bronzenes Blut schießt. Die Gelassenheit des David gründet sich auf seinen tödlichen Sieg, von dem, mit größtmöglicher Leichtigkeit, die noch auf der Schulter ruhende Schleuder erzählt. Der Untergrund der Piazza wäre die nackte Angst unter der nackten Haut, sagte die junge Frau. Deshalb gäbe es vor allem Skulpturen, die zeigten, wie der vermeintlich Schwächere einen Stärkeren überwinde beziehungsweise ermeuchle. Das habe wohl in der Absicht der

Stadtoberen des späten fünfzehnten und frühen sechzehnten Jahrhunderts gelegen, bestätigte Rudolf, die Ausstellung grandioser Drohgesten der von inländischen Stadtkonkurrenten und mächtigen ausländischen Heeren bedrängten Signoria – und im Handumdrehen war er in eine fast seminaristische Auseinandersetzung über Kunst und Macht verwickelt und vergaß die beiden anderen Tischnachbarn. Es mochte an seiner eigenen, halb nackten Furcht gelegen haben, sich mit dem bevorstehenden Antritt der Gastprofessur in Göttingen in das Gefilde seiner hochversierten, im phänomenologischen Detailwissen unschlagbaren Exgattin zu begeben, jedenfalls brachte ihn eine Bemerkung der jungen Frau, dass man die Dinge erst einmal sehen müsse, bevor man sie mit historischem oder kunstgeschichtlichem Wissen ausstopfe (so war sie auf den eigentümlichen Begriff der *Zivilität* gekommen, worunter sie die friedliche, alltägliche, vergnügte Touristenschar mit ihren Kameras, Stoffhüten, Sonnenbrillen, T-Shirts und Eistüten verstand, im sofort erfassbaren Gegensatz zu der schieren nackten Größe der in tödliche Händel verwickelten Skulpturen, ein Unterschied wie zwischen Katzen und Löwen oder bekleideten Schoßhündchen und ins weiße Fell gemeißelten muskelstrotzenden Doggen – selbst David musste annähernd vier Meter hoch sein vom Scheitel bis zur Sohle – oder vielleicht zwischen Menschen und Göttern im Schlachtgetümmel der Ilias), auf die auch von ihm hochgeschätzte philosophische Tradition der Edmond'schen Schule. Philosophie schien der jungen Frau zu gefallen, ja sie geradezu zu stimulieren. Allein der Begriff der Phänomenologie straffte ihren Oberkörper, als hätte man sie zum Tanz aufgefordert. Das Anschauen, erklärte Rudolf lebhaft (Platon mochten ja Knaben gefallen haben, aber was gab es Anregenderes als die Rarität philosophischer junger Frauen), die Theorie des puren, vorurteilsfreien Ansehens der Dinge, wie es der skrupulöse Vordenker lebenslang praktiziert habe, war seines Erachtens die Vorbedingung der Erkenntnisfortschritte des zwanzigsten Jahrhunderts. Anno 1901 habe man Edmond in Göttingen empfangen, keineswegs begeistert, in diesem Kaff an Wall und Leine, das, die Mathematik, die Physik hinzugenommen, so erstaunliche Erdbewegungen in der deutschen Geistesgeschichte hervorgebracht habe. Wenn Milena, beim Blick auf die Piazza della Signoria, zunächst einmal auf jedes Kunstwissen verzichten und die doch eigentlich klaren, offensichtlichen Verhältnisse zutage befördern wolle, wie etwa die puren Größenverhältnisse zwischen Skulpturen und Menschen oder das Weiß des Marmors im Kontrast zu den fröhlichen zivilen Fehlfarben des tatsächlichen Lebens, dann stünde sie ganz in der phänomenologischen Tradition. Der strenge, unvoreingenommene Blick Edmonds, der akzeptiere, bevor er urteile, der sorgfältig ordne und prüfe, bevor er behaupte, der – nur mit Hilfe logisch geklärter Wahrnehmungsakte – *zu den Sachen selbst* vorstoßen wolle, sei in den Vorkriegsjahren schließlich ein Erfolg, ein allgemein übernommenes Modell, gar eine Mode gewesen, man müsse sich das einmal vorstellen: Ganz Göttingen dachte phänomenologisch! Rudolfs Erinnerung machte später bei diesem Ausruf Halt, der ja seltsam genug wirkte in Rahmen eines toskanischen Hotelrestaurants des Jahres 1991 mit rotweißen Tischdecken vor dem Hintergrund grob verputzter Wände, auf denen Ölgemälde mit kubistisch stilisierten, vor einem betongrauen Hintergrund fliegenden oder treibenden Meerestieren hingen. Wahrscheinlich hatte er, beflügelt von einem beachtlichen Chianti Riserva, das Bild des phänomenologisch verzückten Göttingen noch weiter ausgemalt, in dem Kaffeeröster und Bierbrauer, Saaldiener und Pferdekutscher, Sockenfabrikanten und Seifensieder, Doktoranden und Barbiere auf dem Marktplatz vor dem Gänseliesel oder im Schatten der Michaeliskirche DEM WESEN auf den Grund gingen, als röntgten sie ein großes Gespenst im Tageslicht. Aus einer reißverschlussartig obszön aufspringenden Stelle dieser philosophischen Auswölbung tauchte der Dandy-Galerist wieder auf. Im Bewusstsein der Niederlage – nicht gegen Rudolf, sondern gegen einen schwer ergründlichen Vorgang im System der jungen Ostberlinerin, einem fallen- und fintenreichen Mädchensystem gewiss, in das man sich als erwachsener Mann nicht begeben sollte – drängte es ihn, noch einmal aufzutrumpfen. Als Katharina gerade zur Toilette gegangen war, kam er über das von Rudolf aufgebrachte Thema der phänomenologischen Anschauung, der Reduktion auf das Sichtbare und Wesentliche, auf einen populären amerikanischen Maler zu sprechen, der eine Pornodarstellerin geheiratet hatte und in Form von drastischen Fotografien, Holzplastiken, Ölgemälden den eigenen ehelichen Geschlechtsverkehr erfolgreich auf den internationalen Kunstmärkten absetzte. Die Arbeit *Blue Butt* etwa zeige ein Close-up des Analverkehrs mit der blau bestrumpften Künstlergattin. Was sie am meisten daran störe, sei die Haut, erklärte die junge Frau nach kurzem Nachdenken. Man wolle doch in der Kunst mehr sehen als in der Pornografie, also sollten die Verkehrsteilnehmer kein menschliches Fell tragen, so dass man das ganze ädrig sehnige, muskulöse Wunderwerk der Verflechtung von Penis und Enddarm zu Gesicht bekäme. Rudolf sah ein, dass er das noch so mädchenhaft wirkende Geschöpf nicht zu beschützen brauchte. Die schwarze Brille, die sie im Partnerlook mit dem Freund trug, gab ihr etwas Höhere-Töchter-haftes und ihr mittelgroßer, wohlproportionierter Körper (soweit man ihn durch eine tintenfarbene Bluse und eine weite helle Hose erahnen konnte) schien, auch wenn er sich ihm inspiriert zuneigte, weiterhin völlig entzogen, sphärisch fremd, selbst noch, als sie davon sprach, dass man aus Gründen der Transparenz gläserne Knochen für die kopulierenden Modelle wünschen sollte, denn das Ziel der Pornografie, die stets im ultimativen Mannes-Moment den Penis aus der Frau zerre, um die Ejakulation zu verfolgen, sei doch, dabei zu sein, wenn es in ihr geschehe. Dass es ihnen gelungen war, innerhalb weniger Augenblicke angesichts der wiederkehrenden Mutter den Gesprächsstoff erneut unverfänglich zu gestalten, hatte wohl an Rudolf gelegen. Seine Dozentenroutine beherrschte die Kunst des raschen zwanglosen Übergangs. Neissfelde hätte sich wahrscheinlich nicht sehr bemüht, das Thema zu wechseln. Die beschämte Mutter einer Freundin wäre womöglich seiner Neigung entgegengekommen, Porzellan zu zerschlagen, dachte Rudolf bei einem späteren Versuch der Rekonstruktion des Gesprächs. Er selbst dagegen hatte zwischen Martha Dernburg und Sandra Parnell überhaupt kein bürgerliches Geschirr besessen und war nie glücklicher unglücklich gewesen als in dieser Zeit. Während Katharina erneut über die Schattenseiten der Wende sprach, die Massenarbeitslosigkeit, das Hereinströmen von Besserwessis in sämtliche Führungspositionen etcetera, sank er in rotsamtene Chianti-Erinnerungen an Hildegard zurück, seine einzige Geliebte während der vergangenen eineinhalb Jahre in Berlin. Sie trug gerne Seidenstrümpfe, auch blaue, ihre Oberschenkel hatten fast den doppelten Umfang seiner eigenen, und sie sprachen kein Sterbenswörtchen über den Sex, den sie umstandslos und herzhaft miteinander hatten, in einer schwer und gediegen möblierten Dreizimmerwohnung mit Blick auf den Tegeler See, fast jeden zweiten Dienstag, wenn Hildegards Mann, ein Elektroingenieur wie sie selbst, die für die Berliner Verkehrsbetriebe arbeitete, seine Viertagewoche bei einem Autobauer in Wolfsburg ableistete. Alles erschien so greifbar, athletisch und selbstverständlich, als würde man mit einem entschlossenen Ruck eine massive Truhe anheben oder einen Eichenschrank umsetzen wollen. Wendete sie ihm die Rückseite zu, fühlte er sich emsig und etwas lächerlich wie das kleinere Männchen bei manchen Tierarten, aber sie gab ihm stets mit großer Lautstärke zu verstehen, dass er wundersame, tiefgreifende Wirkungen auslöste. Im Gegensatz zu Ai, die nur widerwillig mit ihm theoretisiert hatte, liebte es Hildegard, animierte es sie, wenn er im Bett oder auf ihrem Balkon, von dem aus man das Treiben auf der Seepromenade verfolgen konnte, seinen Gedankenspielen nachhing. Sie las vor allem Liebesromane und technische und ingenieurwissenschaftliche Bücher, so dass er ihr gerne und ausführlich von seinen exotischen geisteswissenschaftlichen Theorie-Schlachtfeldern berichten durfte. Ihre Intelligenz war in ihren mächtigen, noch jungen Körper (er schätzte sie auf Anfang dreißig) eingebettet wie eine kostbare Hightech-Rechenmaschine in eine luxuriöse, alle Stöße abfedernde, samtpolstrige Hülle. Etwas in ihr suchte den Kitsch, behängte sie mit zweifelhaftem Schmuck, verstellte die Wohnung mit pseudoantiken Möbeln, sammelte geblümtes Flohmarktporzellan und CDs von furchterregenden Popbands der siebziger und achtziger Jahre. Etwas in ihr kultivierte eine unumstößliche geistige Überheblichkeit, denn im Grunde nahm sie ihn trotz ihrer zuhörenden Neugierde genau so wenig ernst wie die Informatikerin Ai. Darunter oder daneben ging ihr opulenter, divenhafter, heroischer Leib seine eigenen Wege und fand spielend bereitwillige Männer, die ihr mehr boten als der anscheinend fantasiearme Gatte. Rudolf vermutete, dass sie noch mindestens einen anderen Liebhaber hatte, weil sie bisweilen von *ihren Männern* sprach, die unpässlich waren oder dieses und jenes gleichermaßen mochten oder mieden, und er vermutete auch, dass sie die Spuren ihrer Geliebten noch nicht einmal sehr sorgfältig vor ihrem Mann verbarg. Er drang nicht in sie ein, während er doch körperlich in all ihren Geheimnissen zu Hause war. Einmal setzte sie sich vor einem Spiegel rückwärts in seinen Schoß, damit sie den pornografischen Blick auf sich selbst hatten, Live-Schaltung, O-Ton. Er glaubte durchaus, von Glück sagen zu können, nur durch eine freundliche Bemerkung vor der Brottheke eines Kaufhauses eine Geliebte wie Hildegard gefunden zu haben. Jedoch erschien ihm eine reichhaltige erotische Praxis in dieser Zeit noch so selbstverständlich und angemessen, ihm gleichsam als Grundversorgung zustehend, dass ihn die Einschränkung auf die bloß vierzehntägige Bereitschaft ärgerte. Hätte Hildegard ihm das tägliche Privileg (wenigstens des Zusammenlebens) zugestanden, wäre er sofort davongelaufen, denn er fand sie nur im unbekleideten Zustand und in ihren sexuellen Handlungen schön und raffiniert, etwa so wie man den Akt eines Rubens-Gemäldes bewundern und begehren konnte, ohne den Anstand zu besitzen, sich mit ihm (seiner in Seidenstrümpfen, knielangen schwarzen Röcken, Blusen mit floralen Mustern auftretenden Version) auf der Straße zeigen zu wollen oder auf einem akademischen Empfang. Noch hätte er sich kaum vorstellen können, wie stark, mit welchem nahezu ikonenhaften Glühen ihn die zuckenden Spiegelbilder, die sinnlichen Formeln, der feuchte Torf und nasse Mohn, Hildegards tiefe Seufzer und die Erinnerung an ihr süßliches florales Parfum einmal heimsuchen sollten. Ohne recht daran zu glauben, hatte er mit ihr verabredet, in Kontakt zu bleiben, als wäre ihm schon klar gewesen, dass es nach dem Umzug nach Göttingen schlimmer kommen sollte als in den drei Berliner Semestern. Vor ihm lagen auch in erotischer Hinsicht zwei elende Jahre, er betrat den ungemütlichen kalten Vorraum zu einem Leben als Vierzigjähriger im Zeichen des AIDS-Virus und der Angebotsreduzierung aufgrund der zunehmend in Ehen oder eheähnlichen Konstruktionen verschwindenden Kollegen und Bekannten seiner Altersstufe. An den Restauranttisch zurückfindend, hörte er sich Katharinas Klage darüber an, dass die politischen Entscheidungen vollkommen vom Markt und den ökonomischen Erfordernissen geprägt seien – er widersprach, denn gerade die deutsche Wiedervereinigung sei doch vor allem politisch gewollt und über alle wirtschaftlichen Bedenken hinweg in die Tat umgesetzt worden. Nachdem die DDR bankrottgegangen sei, warf die Tochter ein und setzte mit einer Frage fort, die er bis zum heutigen (HEUTIGEN) Tag noch nicht schlüssig zu beantworten wüsste, nämlich was denn seines Erachtens die ausschlaggebenden Faktoren für den Verlauf der Geschichte wären. Hatte er sie auf ein künftiges Studium verwiesen, das sie dringend beginnen solle? Er war sich jedenfalls sicher, dass er ihr das gewünscht hatte, so wie er am Ende des Abends, eine halbe Stunde nach Mitternacht, noch genau wusste, was man der vierzigjährigen Frau sagen sollte, die eine schwer bestimmbare Aura von Melancholie, Reife und Müdigkeit umgab. *Sei ruhig. Du kannst froh sein, du hast viele Gründe dazu. Goliath liegt zerschmettert zu deinen Füßen. Dass Du mitgeholfen hast, eine Diktatur gewaltlos abzuschütteln, wenn auch nur in einer kleinen Nebenrolle, ist eine historisch bedeutsame, großartige Erfahrung, die nicht viele Menschen machen konnten.* Sie hatten sich mit dem peinlichen Bewusstsein von den jungen Leuten verabschiedet, dass auch diese von ihrer notwendigerweise gleich auftretenden Verlegenheit wussten, denn während die Tochter und ihr Freund im dritten Stock logierten, waren Rudolf und Katharina auf der ersten Etage des Hotels untergebracht, in einander gegenüberliegenden Zimmern. Ein sehr hoher, alles dämpfender Läufer bedeckte den Boden des schmalen Flurs, so dass sie ihre

Schritte nicht hörten, und sie sich benommen fühlten wie durch ein ins Halbdunkel gewispertes Versprechen, dass sie alles vergessen würden, was hier in der nächsten Stunde geschah. Im Schein einer kerzenähnlichen Wandlampe sah Rudolf das große Oval ihres Gesichts, verschwommen, wie aufgelöst, weichgezeichnet in einer Art von verwaschenem Glück, als hätte er eine Brille abgesetzt und dadurch die Welt verjüngt und verklärt. Katharina bewegte seltsam schief und langsam den Kopf, er dachte an eine unsichtbare Hand, die ihn gewaltsam im Genick drehte. Dann traf ihn ihr Blick auf eine vollkommen neue, zutiefst erregende Art, genau auf seiner Warte, nein, von einer tatsächlich erhabeneren Position aus, die ihr das fortgeschrittene Alter oder irgendwelche sozialistischen, dialektisch-materialistischen Erfahrungen verschafften oder die prinzipiell größere Sicherheit, mit der sich eine erfahrene Frau in einer kultivierten Umgebung auf einen Geschlechterhändel einlassen kann, und er fühlte sich auf eine animierende Weise in ein spieltaugliches Objekt verwandelt, ein noch immer recht junger, seit mehr als einem Jahrzehnt in diversen Fitness-Studios geformter, beinahe noch als Modell für Statuen tauglicher Männerleib, den wir an dieser Stelle, an der er zu zittern beginnt, mit einem messerscharfen phänomenologischen Satz durchdringen: *Wenn du mit ihrer Mutter schläfst, dann wird sie zu deiner Tochter!* (In einem solchen Fall müsste man auch unbedingt dem anderen sagen, dass es nie wieder vorkommen sollte! Schwarze Knochen, aschgraue Arterien und Venen, Tränen fließenden Pechs.)

7. DURCH DEN WIND

Noch Jahre später würde Katharina behaupten, der Blick, den ich ihr über die Totenplakette Savonarolas zugeworfen habe, sei fanatisch gewesen wie der des an diesem Ort entflammten Predigers. Dabei dachte ich (damals, Jonas!) weder an Strafe noch Sünde, sondern war erfasst vom Sturm der Kunst, der seit Jahrhunderten auf der Piazza die Ängste und Zweifel hinwegfegt, das Kleinliche und Falsche, den Streit mit dem Liebsten und diesen selbst. Im lautlosen Sturm wirbelt kein Blatt auf und fliegt kein Schnipsel Papier. Es ist zutreffend, dass ich nichts mehr höre (schlecht höre, man kann mir etwas ins Ohr schreien) und seltsam verengt sehe, kaschiert vom Visier des Helms des Skaphanders der Betrachtung des Großen, des Wahren, des Guten, des Schönen, das meine irdische Existenz von sich entfernt. Wieder bin ich Lady Gagarin beim Spazierflug ins All. Mitten unter den Leuten, die sich wie auf einem Bahnhof oder Sportplatz tummeln, treibe ich mit verlangsamten Bewegungen durch das Vakuum der Nichtwahrnehmung des Ortes des Körpers, zu dem ich gehöre, der mich bei jedem Flug und Sturz unentrinnbar umschließt, des wahren Raumanzugs LEIB mithin, von dessen Ekstasen hier in Marmor und Bronze berichtet wird auf so vielen Podesten. Mein Blick fliegt von der Plakette am Boden schräg links empor zur heroisch gemeißelten Brustplatte des eigentlich unbeherrschbaren mächtigen Pferdes des Cosimo, dessen Kopfneigung der schräg aufwärts zielenden Schulterlinie des Fürsten zeitweilige Dienstbarkeit verspricht. Gesenkten Hauptes gehe ich an der burgähnlichen Front des Palazzo Vecchio vorüber (der Neptunbrunnen entlockt auch mir nur den altbekannten Stoßseufzer im besten Lese-Italienisch der weltgewandten Sächsin: *Ammannati, che bel marmo hai rovinato!*, bringt mich aber auf eine fellineske Idee von globalen Brunnenbädern mit einer Handvoll großglockiger Blondinen und kalifornischer Stripper für eine internationale Modemarke), um die weißen Giganten, die seinen Haupteingang flankieren, keiner unwürdigen Nahsicht-Verzerrung auszusetzen. Als Kopie wie mich selbst gibt es den David Michelangelos noch ein weiteres Mal in der Stadt. Wann bin ich das Original meiner Florentiner Dreifaltigkeit? Davids Urbild steht in der Akademie der Künste an der Piazza Annunziata. Die ganze perfekt komponierte Frische des Originals, das so unnachahmlich lässig das linke Bein auf dem Podest nach außen dreht und schiebt, kann ich mir selbst wohl nur bei jenem ersten Aufenthalt mit meiner Mutter und der Junior-Version des großen Kurators Neissfelde attestieren, als man die Beckenknochen noch sanft und davidgleich über meinen hellen Leisten hervortreten sehen konnte (stellte man sich geschickt an). Doch der Sturm der Kunst hat diese frühe Version von der Auguststraße gefegt, vom Catwalk der Eitelkeiten, wie ein Hurrikan, selbst die zarten Staubsäulen der Aquatinta, die jene wundersam feinen Schleierflächen ergeben, die ich als Kind so sehr an den alten Radierungen liebte, wurden von der Druckplatte der Vergangenheit geblasen, nichts von dem, was ich gemacht hatte, schien bleiben zu dürfen (bis ausgerechnet hier jener Sammler auftauchte, der weltläufige alte Mann aus Tel Aviv). Weil ich von der Dame mit der Krücke nicht sprechen will, bleibt nur ein anderer Termin für mein Original, ein Vormittag im Juli 2004. Erneut gehe ich gesenkten Hauptes an der Front des Rathauses vorbei, und nachdem ich *den im Herzen der Stadt* errichteten David (nah am Herzen immer eine Mauer) wieder begrüßen konnte (all die komplizierten Winkel, Schwünge, Einbuchtungen, Schatten, Rillen, Gelenkstellungen der mächtigen rechten Hand, die auf einen Blick verraten, ob man mir zu Ehren einmal das Exemplar aus der Galleria dell'Accademia im Freien aufgestellt hat, nein, wieder nicht), bewege ich mich erneut nach rechts, im lautlosen Sturm treibend, mit einigen wenigen kosmonautischen Weltall-Schwimmbewegungen, bis sich die heroischen Skulpturen des Herkules, des David, des Neptun und noch des prachtvoll auf der Stelle reitenden Cosimo zu einer perspektivischen

Flucht riesiger Gliedmaßen und schwellender steinharter weißer Muskeln staffeln. Einerseits empfinde ich in sämtlichen drei Versionen, denen es vergönnt war, hier zu sein, an diesem Punkt, an dem sich die Heroen für mich in einer Reihe aufstellen vor den müden lehmgelben Fronten der alten Patrizierhäuser, wie kurz vom Olymp herabgestiegen auf die Startplätze ihrer einstigen Verewigung, Vergrößerung, Vergöttlichung, nichts weiter als die kosmische, unendlich tiefe Erholung, die sich ergibt, wenn die Kunst eine solche Schneise in das alltägliche Leben schlägt, durch die jener Sturm blasen kann, der uns offenbart, dass wir inmitten der Fußgängerzone, auf der Piazza, an der Seite unserer Lieben, mit dem zappelnden Kind an der Hand oder auf dem Arm im grandiosen Wahnsinn des Universums schweben. Andererseits ist alles menschlich, wenn auch erhaben. Ich könnte die Kolosse als Statuen der bedeutenden Männer meines Lebens ansehen. (Niemand sieht in den Stein, doch bedenkt: Michelangelos Marmor ist atmende, dünne Haut!) Dann hielte mein herkulischer Vater Andreas den diebischen Viktor am Schopf gepackt, und in der Ferne ritte als Cosimo der gereifte Jochen in seinen späten Vierzigern als Fürst der Kuratoren dahin. Er schüttelte sich damals, in jenem Hotelrestaurant mit den rot-weißen Tischdecken, als ihm der noch junge (jünger als ich heute!) *professore* erklärte, dass in der großen Kunst die Relevanz, die Überwältigung und die Erlösung in einer einzigen schlüssigen Figur zusammenfänden. (Vor zwei Jahren begann er das Vorwort eines Ausstellungskatalogs mit ebendiesem Satz, wies damit aber verdienstvollerweise auf die Installationen einer äußerst rätselhaften mexikanischen Künstlerin hin.) Wenn ich den Lehrer in Ammanatis verdorbenen Marmor stecke, dann nicht nur, weil jenem so vieles (Schriftrolle oder Seekarte, unter den Hoden gereichte Pfahlmuschel) unfreiwillig komisch aus dem Unterleib ragt, sondern auch weil das weiß schäumende Spiel und der athletische intellektuelle Ernst (oder war es umgekehrt) zu ihm gehören, der über den Nymphen und Satyren thront. Wäre *il professore* Rudolfo über Savonarolas Plakette geschritten (er schritt, er dachte), hätte (hat) er an Macchiavelli gedacht, der wenige

Jahre nach der Verbrennung des Predigers an dieser Stelle sein Amt als Sekretär des Rats der Zehn angetreten war. Die Frage der Macht, auch in der gefälligen, diffizilen, blutdürstenden Form ihres symbolischen Erhalts, faszinierte ihn schon damals bei unserem ersten Treffen, als er mir noch wie die apollinische Inkarnation des Gottes des besseren Westens erschien, dessen Existenz ich meiner Mutter mit Jochens eigenartiger Figur noch nicht recht hatte beweisen können, ein Erfolgstyp ohne Allüren, souverän, aber mit Respekt und Benimm, akademisch versiert, aber libertär, weltmännisch und doch noch jung, kaum arrogant, und wenn, dann eher mit Recht. Etliche Male habe ich ihn seither, ganz wie meine damals noch frisch empörte Mutter Katharina an jenem Tisch (unter seltsamen Ölgemälden, die auf Beton ausgestreckte ölverpestete Meerestiere zu zeigen schienen), gefragt, ob nicht (doch) die Ökonomie, DASKAPITAL, DERKAPITALISMUS, DERREALEXISTIERENDEKAPITALISMUSSOWEITWIRIHNKENNEN, die heutzutage alles bestimmende Macht sei und wir uns mithin immer so verloren geben mussten, wie sich viele DERUNSRIGEN damals fühlten. Soweit ich es verstanden habe und verstehe, verwehrte sich *il professore* dagegen, mit einer platten Phraseologie so zu tun, als hätte sich seit den Manchester-Zeiten nichts geändert und als wären die Verrechtlichung, Gewaltenteilung, Demokratisierung, die Organisation der Parteien, Verbände und Gewerkschaften, die Entwicklung der Justiz und der bürgerlichen Kultur nicht existent. Wenn man mit Ökonomie aber das Reich der Notwendigkeit meine, eine Quasi-Natur, die den ewigen Überlebenskampf des Menschen einfordere, dann müsse man auch zugeben, dass sie jedes bislang ersonnene Gesellschaftsmodell betreffe. Man könne dann nur sagen, wir würden von der Ökonomie unter demokratisch-kapitalistischen Bedingungen beherrscht und hätten die Wahl, ob wir von der gleichen Ökonomie unter solchen Umständen oder unter staatssozialistischen respektive industrie-feudalistischen oder schlichtweg tyrannischen Verhältnissen dominiert werden wollten. Im Übrigen könnten die meisten Bürger in den modernen westlichen Gesellschaften ihre wirtschaftliche Existenz recht gut selbst bestimmen und dürften sich sogar darauf verlassen, dass ihnen geholfen werde. Das heißt: Ich muss nicht die DDR rächen!, hätte ich damals am liebsten ausgerufen, auch wenn meine Mutter es einmal völlig absurd finden sollte, dass ich einige Jahre lang diesen stummen Auftrag in ihrer Anwesenheit auf mir lasten spürte. Ich durfte studieren und mich zu einem ganz eigenen ökonomischen Faktor entwickeln, Unterbau inklusive Oberbau, und bei meinem zweiten Blick über die Kaskade der Marmor-Heroen, gerade einmal dreizehn Jahre später, ist das alles schon geschehen. David hat in meinem Bett geschlafen, umrankt von zwei Putten. Das palastähnliche Hotel, in dem man uns einquartierte, erfüllt uns vermöge seiner Stukkaturen, Perserteppiche, Edelhölzer, schweren Vorhänge und antiken Truhen mit frivoler Heiterkeit. Am Morgen traten wir kurz vor einen goldgerahmten Spiegel, der uns von der Scham aufwärts rahmte, als wären wir gerade aus einem Busch des Paradieses geschritten, und ich wollte dir eine Brustwarze bieten, damit du sie mit jenem delikaten Penholdergriff zwischen Daumen- und Zeigefinger nähmest, dein Körper fast noch jungmannhart, der meinige mit infolge zweier Geburten aufgegangener Hüfte näher als zuvor am Frauenideal der Renaissance. Wir können nicht so bildhaft verharren und uns auch nicht, wie früher durchaus möglich, vor dem kühlen Spiegelblick eines anonymen Meisters, in dessen Kopf sich ein Teil unserer Erregung schalten möchte, für einige vieräugig zurückstarrende Minuten hintereinanderstellen, weil die Putten hereinfliegen (Igittigitt – nacki!). Wenn wir ein längeres Stück gehen und verhindern wollen, dass die Italiener den wohlgerundeten blondblauäugigen Trotzkopfengel entführen, füttern, abschmatzen oder an ihre Kirchendecken hängen, nimmst Du Jakob auf die Schultern oder steckst ihn in die Kraxe, während Katrin sich mit dem reifen Ernst einer Fünfjährigen von mir fernzuhalten versucht, um zu verdeutlichen, dass sie es nicht schätzt, wenn ihre Mutter zwei Tage lang in abgedunkelten Räumen verschwindet, um Projektoren auszurichten, herumliegende Kabel abzukleben, bessere Jalousien anbringen zu lassen und Lautsprecher so zu platzieren, dass möglichst keiner darüber stolpert. Zu wissen, dass am selben Tag, an dem wir zu viert über die Piazza schlendern, die Projektoren anspringen werden und das Publikum langsam durch eine musikalisch untermalte kühl glühende Projektion meines Kopfes spaziert, die ich nach wochenlangen Kämpfen erschöpft, aber zufrieden verlassen habe, genügt, um mit meinen beiden Putten (meinem Putto und der Infantin) und dem etwas blassgesichtigen David innerlich in jene himmlische Schwebehaltung über toskanischer Landschaft zu geraten, die man hier auf so zahlreichen Leinwänden und Freskenmauern wiederfindet. Aber nicht nur, dass der Andrang auf *Looking at Memorials* (2003/2004) nach den ebenfalls erfolgreichen Installationen in Berlin und Wien einen geheimniskrämerischen Anruf meiner Galeristin zur Folge hat, der auf das Ankauf-Interesse eines Museums schließen lässt, es erschien auch zum Frühstück an unsrem blumengeschmückten Antiktisch, auf dessen Dasmastdecke Jakob ein grausiges Zweijährigenstilleben mit explodiertem Ei und ausgeweidetem Cornetto präsentierte, der hiesige riesenwüchsige Galerist mit der Nachricht, dass die in einem Nebenraum präsentierten Aquatinta-Arbeiten aus den Jahren 1990 bis 1991, ergänzt um Nachträge von 1993, für einen hohen fünfstelligen Betrag (in JUHURO! My Dear!) von einem Sammler aus Tel Aviv erworben wurden. Damit hatte ich in einem halben Jahr so viel verdient wie in den vergangenen drei Jahren zusammen und würde David, die Infantin und den Putto spielend leicht auf die Insel der Seligen einladen und monatelang dort ernähren können. Gerade haben sie sich vor dem mittleren Torbogen der Loggia dei Lanzi zu einer Pyramide gestaffelt, die eine wunderbare Sekundenkopie von Giambolognas *Raub der Sabinerin* darstellt, von Jakobs schräg über den Kopf ausgestrecktem Arm über den gestrafften Rücken von Jonas, der im Scherz, damit sie ihren Schokoriegel vor dem kleinen Bruder retten kann, Katrin emporstemmt, welche das Objekt der Begierde mit der ausgestreckten Linken zum Himmel hebt (wird sie einmal den perfekten Arsch der Sabinerin bekommen, dann Gnade uns Gott). Jonas hält die Stellung zwischen den Steinlöwen des Bogens, umströmt von geduldigen und gelassenen Touristen, er ist wirklich etwas blass. Eigentlich trägt er uns alle im Augenblick, denke ich und fühle mich sanft schwellend wie ein frisches Blütenblatt, er ist unser Familienchristophorus mit Vierstundennächten, wenn Jakob zahnt und Katrin blöde Träume hat und ich nach einem triathletischen Ateliertag daliege wie ausgeschüttetes Blei. Es kann sein, dass ich in der wankenden, hochgestapelten Sekunde der vor dem Putto geretteten Sabinerin alles mit einer brennenden, bedingungslosen Liebe umfasse, die ich erst heute vollständig ertragen kann (weil sie bereit ist, den Tod eines jeden für möglich zu halten, ohne zurückzuschrecken). Den kleinen, verschwitzten, speckgepolsterten Jungen, der sich an Deinen Oberschenkel klammert und so selbstverständlich und perfekt mit seiner Zweijährigengestalt die Welt bereist, als lebte er schon Jahrhunderte darin wie ein Raffael'scher Engel, fühle ich in jeder Pore, ganz als zappelte er noch in meinem Bauch. Und zugleich möchte ich dieses drahtige Mädchen, das den einmal beim Turnen schlimm verstauchten Arm in die Höhe streckt, in jeder wichtigen Sekunde seines Lebens so umarmen, wie ihr Vater es jetzt tut. Ich weiß in diesem Augenblick genau, was es für meine menschliche Pyramide bedeutet, im Sturm meiner Erfolge das Gleichgewicht zu halten, ich spüre ihren Mut, ihre Kraft, mit Verlusten umzugehen, ihre Energie für immer einen weiteren gewöhnlichen, glücklichen oder auch tragischen Tag. Im Inneren dieser Sekunde (dieser Sekunden, denn üblicherweise denke ich nicht so rasant) ist mir auch völlig klar, wie es meinem fleischgewordenen David zumute ist, der seine Doktorarbeit so lange in den Wind geschrieben hat, um sicheres Geld zu verdienen und täglich solche Familienkunstwerke auftürmen zu können. Entnervt, aber froh, sagt er (seit fünf Jahren). Sein Poloshirt ist in die Höhe gerutscht, und ich möchte ihn nach der gestauten Erregung einer wegen Vorbereitungspanik und Reisestress komplett entsexten Woche eine Hand auf den sichtbar gewordenen Haarstreifen legen, der von seinem Hosenknopf zu seinem Nabel emporsteigt. Stattdessen berühre ich die warme Marmorschulter des Löwen zu meiner Rechten, der mit seinen Pranken eine

Bowlingkugel rollt oder das Rund des Laufs der Welt. Gehemmt aus Scham, denkt mein zukünftiges zerknirschtes Ego, als hätte ich damals ahnen müssen, was ich bald anrichten würde. Aber es ist vielleicht auch Klugheit, die mich zurückhält, weil man zulassen können sollte, dass sich die gesamte Familie, ohne der eigenen Mitwirkung zu bedürfen, in einen kunstvollen Zustand des Gleichgewichts begibt, wenigstens für eine gewisse Zeit. Stillhaltend genieße ich unser freudiges Untergehen im Touristenstrom (als hielte Jonas Katrin zur Oberfläche empor, damit sie kurz Luft schnappen kann). An den Podesten der Skulpturen teilt sich der Strom wie an Klippen, ich stelle mir fünfhundert Sommer vor und das Flackern der Kleider und Kostüme auf immer der gleichen lebenden und vergehenden Haut. *Looking at Memorials*, meine Installation, die zwei Wochen lang in der nahe gelegenen Galerie laufen würde und auf einem großen Videoschirm den Zusammenprall von Menschen und Gedenkstätten präsentiert, verdankte sich genau diesem Eindruck des Zusammenhangs von Klippe und Fluss, von Strom und Fels. *Der Erinnerung bei der Arbeit zusehen*, hatte der riesenwüchsige Kurator am Vortag sehr berührend auf Deutsch gesagt. Am Abend meines ersten Besuchs auf der Piazza, dreizehn Jahre ist es her, im Sommer 1991, war der Keim zu der Idee gelegt worden, als ich es nach eineinhalbstündigem Zuhören wagte, mit dem smarten Professor über den Zusammenhang von Marmor und Fleisch, Kunst und Mensch, Augenblick und Leben zu sprechen, mit dem niedergeschlagenen Blick einer Zwanzigjährigen, für die ein charismatischer Gelehrter mit siebenunddreißig (hohe Stirn eines bald kahl werdenden Schädels, den er gerade mit verschiedenen Dreiervarianten – drei Tage, drei Wochen, drei Monate – eines flaumigen Bartes einzufassen beginnt, grüngraubraungoldene Augen, der Krötenblick eines Verwunschenen, der dich zur Prinzessin macht, greifst du nur nach seinem Frosch, eine gefällige Fußballerstatur, also mittelgroß, ein wenig untersetzt, aber nicht zu breit, hinzukommend das kaum nachahmliche Geschick, sich immer verändernd, aber stets zeitlos leger zu kleiden, als hätte er über Jahrzehnte eine Stilberaterin engagiert, anstatt einfach nur in bessere Kaufhäuser oder Boutiquen zu gehen und mit sicherer Hand und ohne großen Zeitaufwand einige Angebote herauszufischen) ein unendlich weit entfernter, unnahbarer, in einer Welt komfortabler Selbstsicherheit, materieller Sorglosigkeit und geistiger Souveränität waltender Heros gewesen wäre, hätte sie nicht über seelische und manuelle Erfahrungen mit einem blass zitternden Exemplar dieser Spezies und dieses Alters verfügt, das ihr flehend den feuchten roten Pfahl reichte (*ogottogotto*). Es konnte also sein, dass ich etwas auslöste in dem sich mir allmählich zuwendenden Jungprofessor. Aber es war nicht mit dem Nilregen vergleichbar, der auf mein fruchtbares Delta niederging, in dem sich nun der arme, reiche, kunstwahnsinnige Jochen verlor wie ein hungriger Schakal neben einem prachtvoll daherschnaubenden habilitierten Wasserbüffel. Sein Untergang in meiner und sein Aufgang in seiner Welt, bei dem ich ihn als Kompagnon *masch* nur beschwert und beschädigt hätte, war schon eingeleitet, bevor wir am Vormittag die Piazza erreichten, heillos darüber zerstritten, ob wir meine arglose bibliothekarische Mutter nun suchen müssten (Jochen, die empfindsame Seele) oder einfach einmal den Gelatieri, Gondolieri, Ragazzi und Paparazzi überlassen sollten (Messamilena). Die Hand auf die erodierte Schulter des Marmorlöwen gelegt, der mit einem vielhundertjährigen Tantalushunger auf die stets frischen, saftigen Turisti in ihren appetitlichen Verpackungen starrt, sehe ich uns heftig gestikulierend durch die Via dei Calzaiuoli auf den Platz zugehen, auf dem wir uns auch ohne die futurische Einwirkung des bevorstehenden Abends verloren hätten. Es genügte mein (savonaroleskter) gebannter Blick, meine mesmerisierte Verzückung, mein paralysiertes Tagtraumwandeln zwischen den Statuen und Menschen, um zu begreifen, weshalb mich mein Vater Andreas stets nach Italien hatte schicken wollen, nämlich um mir ein für alle Mal die Kunst auszutreiben! Wenn es das doch so oft schon gab, eine solche Perfektion in Marmor (und seien wir ehrlich: Ammanatis Brunnen wird anbetungswürdig, sobald wir selbst versuchen, mit Hammer und Eisen auch nur eine Maus aus dem Stein zu graben), solche in der

Darstellung absolut beherrschten Sekunden des Kampfes, des Sieges, des Todes, dann gab es nichts mehr für einen selbst zu tun (zu malen, zu meißeln). Es ging nur noch darum, etwas von dem drängenden Ernst, einen Gran der geballten titanischen Energie, die solche Kunstwerke hervorgebracht hatte, umzuwandeln in die Fragen, die sich auf der Piazza schon fast wörtlich so in mir formten, wie der Lehrer sie am Abend desselben Tages vortragen sollte (meine Eingangsvorlesung beginne ich immer mit KANT: ...). Ich war allein auf der Piazza, Lady Gagarin im Weltall, und es war Zeit. Es fehlte nur noch das Ziel – am Abend sollte es bestimmt werden. Noch ein, zwei Dinge darf ich nicht vergessen, bevor ich wieder in der Auguststraße ankomme, um mich dort nicht mehr halten zu können. Dass mir die Piazza nicht alleine gehört, sondern auch denjenigen, denen ich sie unbedingt zeigen wollte, als hätte ich sie erfunden oder gemalt oder als gäbe es hier keinen Stein ohne mich. Jonas wird nicht nur den Raub der Sabinerin nachstellen mit Hilfe unseres handlichen weiblichen Nachwuchses. Er wird (auch das Vergnügen haben, das man immer nur sich selbst gestatten möchte, nämlich einige Nächte in parallelen Universen mit parallelen Partnern in weit entfernten Parallelen zum eigenen Gewissen zu verbringen) eines Tages den gesamten Platz mit Hilfe seines mentalen solipsistischen Raumfahrzeuges leeren, um eine eigene Geschichte hier anzusiedeln, die zwei fünfunddreißigjähre Männer zeigt. Erregter noch diskutierend als Jochen und ich, hasten sie an einem hauswandgroßen Porträt des Duce vorüber, und der größere der beiden ruft: *Ich verstehe das nicht, du bist eiskalt, das sind doch Kollegen!*, woraufhin der andere, ein schlanker, sehr gut aussehender Mann in einem sandfarbenen Zweireiher, unterdrückt, aber offenbar gereizt und sichtlich gegen seinen Willen, nie die Haltung zu verlieren, mit den Schultern zuckt und kontert: *Mein lieber Friedrich, möchtest du als Physiker leben oder als Kanonenfutter verheizt werden?* Dass ich, fast versteckt in der Marmorreihe der weißen Kolosse, ein Motiv gefunden habe, welches mich lange beschäftigen wird, darf ich gleichfalls nicht vergessen: FRAUEN KÖPFEN MÄNNER, sagt eine spöttische Stimme in meinem Kopf (er konnte das nicht unterlassen). Dabei trifft das nur für Judith zu, die zwischen David und Neptun verloren und zierlich wirkt, auch wenn sie einen Fuß unter den Falten ihres bronzenen Gewandes auf das Gemächt des Holofernes stellt und sich den linken Oberschenkel zerhacken wird, falls sie tatsächlich das Haupt des Betrunkenen mit dem angekündigten Schwerthieb vom Rumpf trennen will. Perseus dagegen ist ein Mann, und ich verharrte so lange so regungslos vor dem Podest der extravaganten Statue des Benvenuto Cellini, dass man glauben musste, das abgetrennte Medusenhaupt in der linken Faust des Helden wirke nach Jahrhunderten noch mit einer nachklingenden mythischen Kraft. Der Blick der Medusa richte sich in die Vergangenheit, und deshalb stehe sie still, hörte ich den Lehrer einmal sagen. Zeitreisende, die es wagten, die Geschichte zu besuchen, kehrten deshalb niemals zurück. Ich aber dachte mir, die Medusa starre entsetzt in die Zukunft über unsere Köpfe hinweg. Wenn sie den Blick zu uns senkte, versteinerten wir, weil das Kommende sich dann nicht mehr von dem unterschiede, was war. Vielleicht kann man die Zukunft nur im Gehör ertragen, ihre Musik und einige ihrer Sätze. Die spöttische Stimme gehörte einer futurischen Version von Jochen Neissfelde, und weil sie ja nur zurückgebracht wird in eine schon erstarrte Vergangenheit, kann ich auch die Augen öffnen und ihn vor mir sehen mit dem gleichen Dreitagebart, über den er mit Rudolf schon immer in unterirdischer Korrespondenz gestanden hat. Erste graue Stoppeln zeigen sich darin, und die Haarhaltekraft seiner vorderen Schädelpartie beginnt zu schwächeln, wenn auch nicht so arg wie bei dem (unter höherem denkerischen Druck stehenden) Philosophen in jenem Alter, beim schneidenden Eintritt ins fünfte Lebensjahrzehnt, den wir tatsächlich erleben werden, was wir bis Ende des dritten niemals glaubten, ich mit meiner Krücke, meinem schönsten knielangen Pariser Rock, einer Seidenbluse und den Perlohrringen meiner Großmutter, ohne Farbkleckse oder Schwielen an den Händen (Vorteile meiner erzwungenen digitalen Periode), Jochen dagegen in einem schwarzen Nadelstreifenanzug, der wie ein ironisches Al-Capone-Zitat wirkt, die Hände in den Hosentaschen, immer rascher auf und ab gehend, vielleicht um sein sanftes, kissenhaftes Bauchpolster wegzutrainieren, vielleicht um meiner unwürdigen Humpelei seinen dynamischen Gang in glänzenden handgenähten Fünfhundertdollarlederschuhen entgegenzusetzen oder um mir die grandiose Weite seines New Yorker Büros besser vor Augen zu führen, dieses in den elften Stock geschossenen Aquariums, in dem ich jeden Tag nur in den Himmel schwimmen, schweben, schwingen würde, anstatt zu arbeiten. An unseren zukünftigen Egos überrascht ganz besonders die gute Laune, mit der sie sich fortwährend anstrahlen, kein Zweifel, wir haben verdammt viel überlebt. BRING MIR SEINEN KOPF!, ruft Al Jochone feist grinsend und wippt auf den Spitzen seiner Giambologna-Schleicher. Bedenke: Es ist nicht mehr lange hin bis 2014! Dort unten könnten wir ihn haben! Die Frau mit der Krücke stakst artig näher und folgt dem Hinweis der schräg aus dem Nadelstreifenärmel nach unten weisenden Hand. Einige wenige Bäume und kleine dunkle, bewegte und unbewegte Objekte zeichnen sich auf der hellgrauen Betonunterlage des Skulpturengartens seines phantastischen Museumswürfels ab. Um das Kopfabschlagen sei es mir damals schon gegangen, im Sommer 1991, vor beinahe zwanzig Jahren, meint er – und täuscht sich damit, wenn auch sehr effektvoll und schmeichelhaft, weil er mir einen so lang anhaltenden mörderischen Willen unterstellt. Ich sah Cellinis wundervoll auf ein Podest gefaltete enthauptete Medusa und seinen geflügelten, vollkommen kalibrierten Perseus, erschaffen in einem neunjährigen Arbeitswahn, mehr wie das Paar eines vollendeten Tanzes, und zog (zunächst) eine ganz andere Konsequenz als den Griff nach einem an der Spitze ziemlich übel geschwungenen Schwert (ein *Sichelschwert*, die Waffe der Titanen, höre ich Jochen plötzlich anmerken, als türmte er damit alles auf, was er hatte, zugegebenermaßen fast ein Heiratsgrund). Weit weg von der Auguststraße, sagt er jetzt, in seinem schwebenden Aquarium über dem Glaswürfel seines weltberühmten Museums. Und dann doch wieder nicht, fügt er hinzu. Wir schauen hinab in die glitzernde Avenue, von der sich der graue Museumsgarten mit einer für die Östlichen unter uns doch leicht irritierenden fensterlosen Betonmauer abgrenzt. Könnten wir klar durch die trübe Eisfläche der hinter uns, unter unseren Füßen vielmehr, gefrorenen Zeit sehen und läge dort tatsächlich die provinzstille Auguststraße anstelle der New Yorker Verkehrsader, so erblickten wir Jochen in seiner Galerie, *masch*-los und für meine Begriffe stets schlaflos, eifrig wirbelnd, noch fünf weitere Jahre, während ich nach unserer Rückkehr aus Florenz nicht einmal mehr fünf Tage blieb. Kaum bin ich zurück zu Mama nach Treptow gezogen (noch schaudernd bei dem Gedanken an ihre temporären florentinischen Beziehungen zur westlichen Wissenschaft, über die sie kein Sterbenswörtchen verliert), sieht man einen weißen Lieferwagen schwungvoll und mit leicht überhöhter Geschwindigkeit von der Auguststraße her an Clärchens Ballhaus vorbeirauschen und in die Tucholskystraße einbiegen. Hierbei handelt es sich um den letzten und mitentscheidenden Anstoß in Richtung Göttinger Philosophie, der nicht ganz ohne logisch-metaphysischen Zusammenhang von meinem dialektisch-sokratischen Parteidenker Viktor kommt. Nachdem er mich weder bei Saskia noch bei Schnulli findet, landet er – wohl um möglichst nicht oder möglichst spät bei Katharina vorsprechen zu müssen – vor Freds Atelier in Weißensee. Kurz darauf rief Fred mich an. Der Weihnachtsmann hat einen Schlitten vor meine Tür gestellt und die Automiete für drei Tage bezahlt, verkündete er, komm sofort vorbei. Und weil ich (im zarten Alter von einundzwanzig wie auch heute noch, weshalb ich die Schwierigkeiten einer Lady Chatterley habe, meinen Chauffeur zu entlassen) immer noch keinen Führerschein hatte, setzte er sich ans Steuer und fuhr mit mir zu meinem Vater nach Kassel. Wir trugen zehn Ölgemälde in das großzügige Atelier, das dem Herrn Kunstprofessor Andreas Sonntag dort zur Verfügung stand, in einem flachgestreckten Betonbau, der von seinem eigenen Exo-Skelett wie von einem großen Eisenrechen erfasst schien. Schweigend (schockiert, schreckbegeistert, mit kaltem Schweiß auf der Stirn) verfolgte Andreas, wie seine verlorenen Kinder wieder zu ihm fanden, getragen von seiner auch einmal verlorenen (abgestoßenen, sitzengelassenen, lebendig eingemauerten, ins Amiland entfleuchten) Tochter und dem rotbärtigen Spaßmaler, der am Ende der Aktion einen ehrfürchtigen Rundgang entlang einer Reihe neuerer, düsterer, monumentaler Verrottungskunstwerke unternahm, um schließlich beeindruckt auszurufen: Ja, das ist es! Schleim und Ruinen! Und was sagst du?, fragte Andreas, zu mir gewandt. Dabei wusste er, dass ich weit von der Malerei entfernt war, denn ich hatte ihm tatsächlich einen langen Brief geschrieben. Aber er wusste besser, dass sie wieder auf mich zukommen würde (Aquarelle der Felsen im Elbtal. Katharina als gehender Akt am Strand von Vitte auf Hiddensee. Die einen Brief lesende junge Frau Vermeers, die hinausblickte auf die Parkflächen des Zwingers zu einem Kind, das dort saß, seltsamerweise auf einem Klavierhocker, in einem weiß-orange gestreiften Strandkleid, mit Blutergüssen im Gesicht. Bilder aus einem verschwundenen Land, in dem ich ein Mädchen war.), auch wenn ich ihn gerade zum zweiten Mal in Kassel besuchte und nicht lange bleiben konnte. Also verabschiedeten wir uns noch am selben Tag. Jetzt sehen wir uns in einem halben Jahr erst wieder, stellte er fest, als ich mich kurz von ihm umarmen ließ und für zwei Sekunden von einem urvertrauten Vatergeruch, Ölfarbengeruch, Höhlengeruch umfangen wurde. Wir sehen uns nächste Woche, sagte ich, trotzig zur blonden Perücke schauend, ich fahre nur zu Steffie nach Göttingen. Zu deiner Cousine, für länger? Jahrelang, versicherte ich, ich will jetzt mal DENKEN. Klaglos brachte Fred den Wagen allein nach Berlin zurück, und ich setzte mich in einen Regionalzug. Am Göttinger Bahnhof beging ich sofort einen Fauxpas, als mich Steffie mit einem herzlichen Willkommen in der Stadt! begrüßte und ich verwundert erwiderte, wieso Stadt, man sehe ja sofort hindurch bis zum Hügel auf der anderen Seite. Das gefiel ihr, woraufhin sie mir gefiel, eine etwas großnasige, sonst aber sehr hübsche Dunkelblonde mit braunen Augen, drittes der vier Kinder meiner Tante Julie, der älteren Schwester meines Vaters, die mit perfektem Timing im Juli einundsechzig rübergemacht hatte, etwa in meinem Alter, um sich hier zu vermehren, in diesem zentraldeutsch gelegenen Fladen im Wald, wie mir schien, einem still und emsig vor sich hin brütenden Gehirn doch eher, wenn man Steffie glaubte, die mich über die Leine (hoppla, das war jetzt der Fluss) führte und dann zwischen Fachwerkhäusern und soliden dreistöckigen Werkstein-Amtsbauten durch ein schläfriges, bilderbuchartiges Sträßchen (hier wohnte Lichtenberg, ist jetzt ein Künstlerhaus, was für deinen Papa) und bis zum Marktplatz, in dessen Nähe sie wohnte. So stieß ich zum ersten Mal aufs Gänseliesel unter seiner schmiedeeisernen Haube, schlicht und elegant zugleich schien es mir, es band mich vielleicht schon an die Stadt, weil mich die Zurückhaltung, eine solche filigrane Figur zum Wahrzeichen zu machen, bestach, oder waren es alle diese Gelehrtenplaketten an den Bürgerhäusern (als lebten darin keine Menschen, sondern zwei- bis dreistöckige Gehirne, was uns über ein Jenseits nachdenken ließ, in dem wir häuserähnliche Köpfe wurden, erahnt auf Kinderzeichnungen, die schon immer die Affinität von Haus und Gesicht heraufbeschworen – ich begann, diese Cousine ins Herz zu schließen) und die hier und da eingestreuten ehrwürdigen Universitätsbauten, welche die Stadt mit ihrem honorigen Geist befallen zu haben schienen wie ein aus einem Wissenschaftsmuseum ausgebrochenes missionarisches Rudel. Steffie war für Deutsch und Englisch eingeschrieben und studierte Philosophie nur nebenbei. Sie, als Lehramtsstudentin, könne sich aus Zeitgründen Edmonds Phänomenologie nicht so genau vornehmen, erklärte sie, nachdem ich ihr erzählt hatte, dass ich mich dem hiesigen Denken hingeben wolle. Sie fühle sich dem auch nicht so recht gewachsen. Aber jemand so Exzentrisches, so Hereingeschneites (über den großen Teich, über die von Spechten zerhackte Mauer), so Radikales wie ich (mit meiner abstrusen, pflaumenfarbenen *Puma*-Tasche) könne es vielleicht wagen. Nachdem die großen Richtungskämpfe vorüber seien (Aha, dachte ich, Hegel gegen den auf den Kopf gestellten Feuerbach! Der gegen die Madonna geschwungene Stalin-Hammer!), also sich die Irrationalismus-Diskussion um die Poststrukturalisten (oder Pop- oder Postpopstrukturalisten?) beruhigt habe, seien auch in Frankreich wieder die

Phänomenologen (Neo-Post-Pop-Phänomenologen) auf den Plan gerückt ... Einen Atemzug später drängte ich mich in einen schmalen Seminarraum fern vom Sonnenlicht. Der Mann aus Florenz trat ein, grüßte uns kurz, stutzte, als er mich sah, hob erfreut die Augenbrauen, kehrte sich zur Tafel und schrieb:
Was kann ich wissen?
Was soll ich tun?
Was darf ich hoffen?
WAS IST DER MENSCH?

8. AUFFAHRT ÜBER WALDGEBIET / DER BALLON

Beim Aufwachen dachtest du empört: Esther ist verschwunden! Als hätte sie sich unerlaubt aus dem Bild entfernt, das dir gehört, als wäre Helen hereingekommen und hätte vermeldet, dass sich im Zentrum der unteren Bildhälfte nur mehr ein figürlicher Umriss befinde, eine Art weißer Schatten aus Leinwandtextur. Wie lange hängt das Gemälde schon im Flur am Ende des Treppenaufgangs, der zu ihm emporführt wie zu einem Altar? Dein Memento. Natürlich, das war die Absicht (der Umweg über Esther und Edmond, ein Bild, auf dem du selbst nicht vorkommst, aber jene seltsam überirdischen Phänomenologengestalten deiner Kindheit und Jugend). Die fehlende weibliche Gestalt der davongeschwebten Esther, die deine Erinnerung nun wieder in die Silhouette montiert, war von der Malerin gleichfalls hineingeschoben worden, als hätte sie die beiden Männerfiguren auseinandergerückt, um Platz zu schaffen für die ausgleichende weibliche Energie. *Esther und die zwei Hirsche* ist eine malerische Übersteigerung der bekannten Schwarz-Weiß-Fotografie, auf der sich Edmond und Strecker vor einer Waldhügel-Kulisse gegenüberstehen, die polierten Lederhalbschuhe im Wiesengras. Beide tragen Kniebundhosen und zeigen ihre Waden in Wollstrümpfen. Edmond, der bartwürdig Gealterte, ein gutes Stück größer und von einem breitkrempigen Gamsbarthut beschirmt, einen Spazierstock nach hinten ausfahrend wie einen Wespenstachel (oder als sitze er halb darauf), ist überwiegend dunkel gehalten, in grauer Lodenjacke und wohl ackerfurchenfarbener Jägerhose, bis auf den vornehmen weißen Streifen seines Hemdkragens, wohingegen Streckers Hose kalksteinartig erscheint und er einen hellgrauen langen Zopfstrickpullover über einem sonntäglichen weißen, noch dazu mit folklorischen Rüschen verzierten Hemd trägt. Die väterlich-geduldige Zuneigung Edmonds stößt auf die verschränkten kräftigen Arme, die Ellbogenwehr Streckers, und dessen absolut selbstsichere Haltung mit vorgestrecktem Knie, die zu sagen scheint: Ich höre mir das jetzt noch eine kurze Weile an, und danach ergreife ich die Waldherrschaft! (Man erfasst an der Dreiergruppe vorbei schon einmal die recht ungewöhnlich gestaltete Naturkulisse.) Chaplins Diktator steckt bereits in dieser Gestalt, all die Bilder von solchen zornigen Janker-Potentaten oder Loden-Wüterichen. Natürlich kannte die Malerin die Zukunft, aber wie denn auch der zeitgenössische Fotograf? Sie hat jedenfalls Esther zwischen die Hirsche oder jene das unsichtbare Geweih aufrichtenden Philosophen geschoben, in einer betenden oder wenigstens bittenden Haltung, eine kleine Frau mit glühendem Blick und streng mittelgescheiteltem, zurückgebundenem Haar, noch nicht in Nonnentracht, sondern in dem hochgeschlossenen pflaumenfarbenen Kleid, das sie zu ihrem Rigorosum bekam (einmal streifte es dich mit einer steifen Falte und du dachtest, dass sie in einem dünnen, hartschaligen Panzer leben musste). Sie steht merkwürdig schief, zu dem um einen Kopf größeren Edmond gebeugt, als zögen sich die gelben Judensterne, die sie und Edmond tragen, magnetisch an. Der ihre ist mit groben Stichen über dem Ansatz ihrer rechten Brust im matt glänzenden Stoff verankert, während man Edmonds Stern nur von der Seite her erkennt, an zwei gelben Zacken auf dem Revers seiner Jacke, die womöglich gar nicht zu deuten wären, stünde einem das Stigma Esthers nicht klar vor Augen. Ihre Schiefstellung rührt daher, dass sie levitiert. Falls sie nicht gerade umkippt – aber dann würde sie erschrocken aussehen. Wie von einem unsichtbaren Kraftfeld wird die Frauengestalt ein kleines Stück über den Wiesengrund erhoben, die Körperachse nach links geneigt, vom Betrachter aus gesehen. Wegen des langen Kleides erblickt man nur eine leicht unter dem Saum hervorragende Schuhspitze, die den Boden noch berührt, aber in einer solchen Stellung unter üblichen Bedingungen keinesfalls das Gewicht des ganzen Körpers halten könnte. Schwebt sie aus eigener Kraft? Oder gibt es wirklich eine Art Feld, eine Energie, die aus der Position des Bildbetrachters zu ihr strömt, da sie diesen flehentlich anblickt anstatt einen der Philosophen? Vielleicht bittet sie den Betrachter auch, sie wieder aufzurichten und ruhig zu stellen, weil es die telekinetischen Kräfte des Philosophenduells sind, die sie in die Schwebe gebracht haben. Im Wald, in dem hochgetürmten, mehr als die obere Hälfte des hochformatigen Gemäldes einnehmenden übergrünen, überdunklen, überdeutschen Überwald, kann man zwei kleine (tatsächliche, rein animalische) Hirsche entdecken. Im Gegensatz zu den klassisch gemalten Vordergrundgestalten wirken sie jedoch ironisch stilisiert und spielzeughaft. Beim genauen Hinsehen oder vielmehr optischem Verirren im Überwald entdeckt man weitere befremdliche Dinge und Gestalten, Fliegenpilze etwa, die einer Rotkäppchenfigur bis zur Hüfte reichen, eine das leere Innere zeigende Pickelhaube, einen weißhaarigen alten Mann im Gehrock, von dem man nicht weiß, ob er Goethe vorstellen soll oder Beethoven oder eine anthropomorphe Version vom bösen Wolf. In der Nähe eines Ameisenhügels, der sich bei genauerer Betrachtung als ein Haufen Sauerkraut entpuppt, liegen auch einige Blut- und Leberwürste im Farn. Eine Gruppe von Jägern, in größerer Distanz, hebt die Flinten und man weiß erst gar nicht, was an dieser Aufstellung nicht in Ordnung ist, bis man hier und da einen niedergestreckten menschlichen Körper erblickt und sich sagen muss, dass die Weidmänner wie ein Exekutionskommando aufgereiht sind. Zwei verdrehte nackte Frauenbeine unter einem Haselnussbusch lassen das Schlimmste befürchten. Man sieht ein übergroßes Beil (eben mehr ein Schlachterbeil als eine Holzfälleraxt) in einem blutenden Baumstumpf stecken und erschaudert. Handelt es sich bei den über eine Böschung verstreuten Blechbüchsen wirklich nur um alte Konservendosen? Keinem Baum oder Strauch ist über den Weg zu trauen im dunklen und verwirrenden Forst, der sich über den drei Gestalten erhebt wie eine Flutwelle aus Holz und Laub und Gras und Tann. Was haben die Philosophen mit den morbiden Vorgängen zu tun, in die jene spielzeughaften Gestalten im Hintergrund verstrickt sind? Damals hast du dich (stehend, noch stehen könnend, auf einen der Stöcke mit gediegenem Silberknauf gestützt, die du in deinen letzten Gehtagen bevorzugtest) mit ebendieser Frage an die Künstlerin gewandt, um verblüfft in ein von schulterlangem schwarzen Haar umrahmtes, fast noch mädchenhaftes Gesicht zu sehen, armiert mit modisch großer Hornbrille. Die frische, strahlende Energie, die von dieser jungen Frau ausging. Sie kam dir beängstigend perfekt vor (trotz Sehhilfe), umgeben von einer Aura ahnungsloser Unzerstörbarkeit. Mit welchem Zaubertrick hatte sie Esther zum Leben erwecken können, ganz so wie die junge Philosophin damals in das Antiquariat deines Vaters kam? Nur zwei oder drei Mal in deiner langen Sammlerkarriere bist du einem solchen Wunderkind begegnet, das dreißig Jahre künstlerischer Entwicklung im Flug durcheilte und deshalb, vor dem Hintergrund eines reifen Werks, unglaubhaft (ewig) jung wirkte. Mit ihrem übermäßigen Talent (oder Glück) hatte sie etwas niederdrückend Apollinisches, steril-Dämonisches, deprimierend Schein-Unsterbliches an sich (warst du so empfänglich dafür, weil du es zuerst an Karlheinz sahst, vor dem die übelsten Raufbolde deiner Kindheit die Fäuste sinken ließen, weil sie fürchteten, sie könnten ihre Knochen an seinem Marmor zerschlagen). Verirrt in Milena Sonntags verzaubertem deutschen Wald (du wusstest schon, dass du das Bild kaufen würdest, zum besten Festmeterpreis wie ein wahnsinniger Förster), suchtest du nach einem Halt, sahst über ihren seltsamen, hysterischen Galeristen hinweg und – erschrakst so heftig beim Anblick des Jungen (ihr Ehemann!, er war Anfang dreißig!), dass dir beinahe der Stock aus der (neunzigjährigen) Hand gefallen wäre. Jetzt bist du wieder in einem solchen Wald. Du gehst zwischen korallenroten Stämmen über nadelgepolsterte Wege, du wunderst dich über die Formen der Büsche und Sträucher, über die Zypressen und Pinien, dann erscheinen sogar Olivenbäume auf dem felsigem Grund. Das ist kein deutscher Wald, obwohl er voller Leichen steckt, die von Deutschen hinterlassen wurden. Du spürst eine widerwärtige Schwäche in den Knien, du würdest fallen, stützte dich nicht die feste weibliche Hand, der Arm, die Gestalt einer ganz anderen jungen Frau, die plötzlich an deiner Seite auftauchte (aus ihrer Kindheit, Jugend, Studentinnenzeit, in der du sie kaum wahrgenommen hattest), um dich aus der Einsamkeit zwischen deinen Bildern zu erlösen, um dir mit kaum fasslicher Leichtigkeit das Geschäftliche abzunehmen, die Reisen, Verhandlungen, den Großteil der Korrespondenz. Deine Großnichte Helen. Sie hat dein Leben verlängert, um mehr als ein Dutzend fast unsinnige, oft quälende, kränkliche, nein, von Krankheiten zersetzte Jahre, und doch um eine Art Reise im Schlafwagen, ein ächzendes, hustendes, manchmal aber auch wie berauschtes (vielleicht nur von den Schmerzmitteln ermöglichtes) Gleiten durch die Fieberhalluzinationen deiner Erinnerung. Helen ist kaum älter als die Malerin des deutschen Waldes, nur größer, kräftiger und mit ihrem dunklen Haar und den grünen Augen auf eine etwas unglückliche Weise schön, vielleicht so wie ein Sporttalent, bei dem es gerade nicht zum Profi reicht, oder eine Hobbykünstlerin, die lieber nicht professionell werden sollte, aber das interessiert dich eigentlich nicht mehr oder überhaupt nicht, sie ist eine fantastische sachverständige Händlerin geworden und sie kommt gut mit dem Jungen aus (Jonas, er, sie, beide sind jetzt über vierzig), der zudem noch seine eigene Kunstberaterin hat in Gestalt seiner apollinisch-unheimlichen Ehefrau, von der du mit der Zeit wenigstens zehn Arbeiten erwerben konntest. Helen stützt dich in diesem verwandelten, ins Südliche, fast Mediterrane transformierten Wald, so, wie sie dich in den vergangenen Jahren bei all deinen taumelnden Ausflügen in die eigene Vergangenheit zu stützen wusste, bei denen sie dabei war, ohne darin vorzukommen, oder indem sie dich zurückholte in die von ihr wohl organisierte Wirklichkeit deines unaufhaltsamen Zerfalls. Esther konnte gleichfalls perfekt organisieren, aber gewiss nicht verhandeln, sie hatte wenig sinnliche Ausstrahlung, nur die Aura einer gütig ordnenden Kraft. Dass ihre ausgleichende Energie nun fehlt, hat auch der Junge (Jonas, du nennst ihn bei dir immer in zwei Schritten, wie ein Versmaß) festgestellt, er wollte wissen, wo das Gemälde seiner Frau wäre, das er bei jedem seiner Besuche wiedersehen konnte, bevor er dein Zimmer betrat. (Einer großen Ausstellung geliehen.) Ebenso wollte er herausfinden, was du mit Karlheinz in Florenz erlebt hattest, im Oktober 1943. So weit waren seine Nachforschungen gediehen, er hatte einige italienische Namen in den Archiven gefunden, sogar ein Foto des Askania-Spektroheliografen, das du selbst aufgenommen haben musst, wenn es nicht das tote Scheusal war. Deshalb gehst du nun durch einen ins Südliche, Toskanische veränderten Wald und du löst dich von Helens Arm, weil du dich zwar niedergeschlagen fühltest, innerlich ausgehöhlt und angewidert von der sich zerfleischenden Welt um dich herum, aber du bist wieder jung, heftig in deinen Reaktionen und leichtfüßig, und so läufst du schon am Ende des Waldhügels durch eine Reihe im Abendlicht wie mit satten Ölfarben in Altrosa, Elfenbein und Weinrot hingespachtelt wirkender schmaler Häuser über den Ponte Vecchio, in der verdammten Luftwaffenuniform, weil Karlheinz ihren autoritativen Druck (Andeutung des jederzeit möglichen Terrors) auf die italienischen Kollegen wirken lassen wollte. Du warst gerade von Sizilien heraufgefahren. Dort hattet ihr die Forschungen wegen der Invasionsgefahr aufgeben müssen, also kam es auf die hiesige Sternwarte an. Jonas erkundigte sich, wo die auf der Insel verpackten Gerätschaften verblieben sein könnten, die ihr vor dem Angriff der Alliierten in Sicherheit bringen musstet. Du erinnerst dich noch an die Handvoll flacher Gebäude zwischen den Funkmasten in Syrakus, dann an eine Art aufgelassenen Weinkeller. Am Ende der beiden Monate, die du auf Sizilien verbrachtest, um die letzten Sonnenaufnahmen zu machen, zerlegtet ihr den (in Belgrad entwendeten) Heliografen und versuchtet, die Spiegel bruchsicher in ausgepolsterte Holzkisten zu lagern. Aber du weißt noch nicht einmal, ob ihr längere Zeit mit dem Lastwagen zu jenem Keller gefahren seid, geschweige denn, in welcher Himmelsrichtung. Das tote Scheusal (es kriecht staubbedeckt, weiß gekalkt, ächzend und Blut spuckend zwischen den Trümmern in einem Raum deiner Erinnerung, den der Forschergeist des Jungen noch nicht ausgemacht hat und auch nicht finden soll) reiste als Erster ab nach Freiburg. Dann wart ihr nur noch zwei Wissenschaftler und zehn Soldaten, die ihre Spuren verwischten und unbrauchbar machten, was für die Amerikaner oder Engländer irgendwie von Nutzen hätte sein können. Vierzehn Tage habt ihr noch ausgeharrt, ohne militärischen Sinn und Zweck. Die ausgemusterte Mannschaft saß in der bewusstlosen Sonne auf einem Hügel über der alten Stadt des Archimedes (wären wir doch geblieben, hätten astronomische Kreise in den Sand gezeichnet und uns von fremden Söldnern erschlagen lassen, dachtest du später etliche Male, in den Schlingen deiner Kriegsdepressionen), die sich weiß und immer fragiler werdend ins Meer hinaustastete, als wären ihre Häuser aus Salzkristallen erbaut, die sich langsam in den Wellen auflösten. Die Eselskarren, die winzigen alten schwarzen Frauen, die Bettler und bettelnden Kinder. Erst dreißig Jahre später, in Indien, hast du wieder solche Formen von Armut gesehen. Dennoch warst du fast glücklich in den zwei Wochen außerhalb der Zeit, des Krieges, außerhalb Deutschlands und außerhalb deiner absurden ersten Ehe, so glücklich, wie man mit einer Handvoll Bücher in einer Art Klosterzelle mit Blick auf Macchia und Meer sein kann, während der Krieg näher kommt. Du warst sogar imstande, darauf zu verzichten, dir für eine Wochenration von drei Konservenbüchsen und fünf Zigaretten eine Geliebte zu halten. Jonas' gewissenhafte Art zu fragen (ja, die Syphilis grassierte, ja, es waren Original-Zeiss-Instrumente, aber da bestand kein Zusammenhang) hat dir gefallen. Alles, was er noch erforscht (und er selbst auch, in seiner Eigenschaft als eines deiner letzten Probleme), ist für dich nun gelöst und aufgehoben, eingeordnet und versorgt. Du kannst dich auflösen wie ein Salzgebilde (eine weiße Mumie) im Meer. Du kannst auch zurückkehren in den toskanischen Wald, auf die schmale Straße, die in der Abenddämmerung zwischen hohen Zypressen und alten Gutshäusern von der Sternwarte Arcetri in einer guten halben Stunde zum Ponte Vecchio hinabführt. Du kannst dich wieder einfinden in den Zustand vermeintlicher totaler Depression und Erschöpfung (den du jetzt erst erreicht hast, erst jetzt kannst du absolute Urteile über dein Leben fällen, nur noch einige Wochen oder Tage vom Gipfel entfernt, der kaum noch eine andere Aussicht bieten wird). Die hastige lange Reise von Sizilien nach Florenz und die Aussicht, an die Ostfront zu geraten, wenn auch nur ein falscher

Draht zwischen Freiburg, Göttingen und Berlin gezogen wurde, hatten dich zermürbt. Du gehst neben Karlheinz durch Florenz, über die mit kleinen Häusern bepackte alte Brücke, einige Jungen angeln noch im abendgrünen Spiegel des Arno, als könnten sie einen Gletscher zum Schmelzen bringen, der seine Zunge zwischen die morschen Häuser der Stadt gedrängt hat. Der Zauberwald der Malerin durchwuchert die Zeit, den Raum, du warst einmal auf dem Weg zum theoretischen Physiker, diskutiertest endlos die Quantentheorie und die verfemte jüdische Relativitätstheorie, wohingegen Karlheinz sich mehr an das Praktische hielt (die Astrobiologie des Überlebens) und an den nächstliegenden einflussreichen Stern. Der Blick in die Sonne ist nur indirekt möglich, immer müssen wir uns abwenden, immer haben wir nur die Sicht der unterworfenen, abhängigen Kreatur auf eine erträgliche Projektion ihrer absoluten Macht. Durch das Schattenrohr des Observatoriums fällt ihre große bleiche Münze lautlos auf den Tisch des Labors. Dein Kopf, deine Zahl. Die Inseln!, begeistert sich Karlheinz, die Inseln sind die Lösung! Er hätte noch liebend gern am Kraterrand des Ätna gearbeitet, auf den Liparischen Inseln auch (dein Arbeitsweg: mit dem Ruderboot nach Stromboli), aber es gebe ja noch andere Möglichkeiten oder es würde sie geben, sobald der Krieg vorbei wäre. Das ist seine Art zu denken, während wir über den großen berühmten Platz gehen, auf dem im Licht von Gaslaternen und Fackeln eine Kopie von Michelangelos David steht, umrahmt von Hakenkreuzflaggen, die aus schierem Hass und Rachedurst so ostentativ auf die Front des alten Palastes mit dem seltsamen Turm geheftet wurden. Die italienischen Verräter sollen gedemütigt werden, die ehemaligen Waffenbrüder, die feige kapitulierten. Von außen gesehen könnte man denken, dass Karlheinz nur ein Werkzeug dieser Rache ist, wenn er in der Sternwarte in Frascati (während du von Sizilien herauffuhrst) die Kuppeln und Instrumente wieder abbauen ließ, die derführer demduce zum sechzigsten Geburtstag geschenkt hatte. Die *Rückführung der Führerschenkung an den Duce* ist nur eine Umdisponierung, ein Standortwechsel von Untersuchungsmitteln ohne Leidenschaft, so wie auch der Hass, die Verheerung, der Krieg nichts zur Sache tun. Ihr habt jene kurze Diskussion auf dem Weg zum Palazzo, in dem jetzt derdeutschkonsul herrscht (noch für beinahe ein Jahr). Du hast zu bedenken gegeben, dass man ja nach dem Krieg eventuell wieder zusammenarbeiten wolle (was niemand besser versteht als Karlheinz). Er sieht über den Krieg hinaus, über den Krieg hinweg, ganz wie er schon im Alter von zwölf Jahren darüber hinwegsah, als er dir erklärte, es käme niemals auf den Krieg an, sondern immer nur auf das Fliegen. Heute zählt für ihn allein der Blick auf die Sonne. Sagtest du, warfst du ihm tatsächlich vor (oder willst du es nur getan haben), dass ihr die italienischen Kollegen benutzt und ausgeplündert habt? So wie ihr es auch im norwegischen Tromsö hieltet, auf der Krim, in den Observatorien in Belgrad und Paris, indem ihr entweder die Teleskope, Spiegel und sonstigen Instrumente requiriertet oder die dortigen Wissenschaftler für eure Zwecke arbeiten ließet. Die Sonnensucht des Reiches lässt dir die Hakenkreuze auf dem im Fackellicht ochsenblutroten Flaggengrund wie ausgeglühte, verkrümmte Streichhölzer erscheinen, die neuen Phosphor suchen, und als du nach Sizilien kamst, hattest du beim Anblick der dir noch unbekannten Trinacria die absurde Empfindung, sie hätten sie Karlheinz zuliebe überall angebracht, die schönen drei Beine auf ihrem Lebensweg um das ährenbekränzte Sonnenantlitz in der Mitte, denen gegenüber die Swastika wie eine mit einer Beinprothese erweiterte skelettierte Version ohne Zentrum wirkt. Der Griff nach der Sonne, der Griff der Herrschenden nach jener höheren Macht, die in unserem System immer die ältere ist, älter als derführer, derduce, der vierzehnte Ludwig, die Aztekengötter und selbst Echnaton. Karlheinz ist sich der Tatsache natürlich bewusst, er strebt ja nicht nach Macht, sondern nach Einfluss, um besser die absolute Herrschaft der Sonne beobachten zu können, er ist, auf seine unnachahmlich apollinische Art, denkbar bescheiden – und noch dazu außerordentlich geschickt. Hältst du ihm vor: Wir plündern sie aus!, sagt er nur gelassen: Wir ändern lediglich die Verteilung der Dinge. Er braucht gar nicht hinzuzufügen: Wir morden nicht und werden nicht ermordet (mein lieber Friedrich, solange du dich an mich hältst, der im Sonnenwind zu segeln versteht). Du willst ihm klarmachen, dass der Krieg, den er ignoriert wie ein Außerirdischer, der nur auf die Erde gekommen ist, um von dort aus den nächstgelegenen Stern zu studieren, weil es der beste (wohltemperierte) Aussichtsposten ist, ganz gleich welche Arbeiten, Feste, Veranstaltungen, Aufstände oder Massaker sich in seiner unmittelbaren Umgebung abspielen, dass der Krieg also (auf den es nie ankommt) direkt unter unseren Füßen ausgebrochen ist, dass er den italienischen Stiefel emporsteigt wie eine schwärende Blutvergiftung von der Sohle her, dass du gesehen hast, wie Brücken gesprengt wurden, wie man Straßen verschüttete, Gleise aufriss, wie die Bauern, die auf einen Trupp stießen, der ihr Dorf mit Tretminen verseuchte, ohne Warnung erschossen wurden und man sich mit einer grauenerregend sanitäterhaften Umsicht an ihren Leichen zu schaffen machte, um sie in Sprengfallen zu verwandeln. Zweitausendjährige Aquädukte, alte Bibliotheken, Wassertürme, Kanalisationsanlagen, Fabriken flogen hinter den sich zurückziehenden deutschen Truppen in die Luft. Wenn unsere Astronomiekollegen mit uns sprechen, dann sehen sie mit scheinbar leeren Blicken an uns vorbei auf die SS-Leute, die junge Partisanen an den Straßenkreuzungen aufhängen, die mit Todeslisten für die jüdischen Italiener durch die Gassen marschieren, die mit vorgehaltenen Maschinenpistolen Tausende entwaffneter Soldaten in Züge pferchen, um sie zur Zwangsarbeit nach Deutschland zu verfrachten. Karlheinz hatte gewiss Ähnliches erlebt, er konnte nicht unentwegt in die Sonne gestarrt haben. Du willst ihn fragen, ob er tatsächlich glaubt, dass die hiesige Sternwarte in Arcetri noch lange für uns die beauftragten Sonnenaufnahmen anfertigen wird. Aber er bleibt stehen und dreht sich zu mir. An dieser Stelle, sagt er eindringlich, müssen wir umkehren, wenn du nicht willst, dass du derjenige bist, der einen Menschen mit einer Pistole in den Kopf schießt. Die Dinge um uns herum – der flackernd beleuchtete alte Palast mit seiner Front aus ockerfarbenen Quadersteinen, die Flaggen, die stahlbehelmten Wachsoldaten, Karlheinz selbst bis in die Iris seiner braunen Augen – werden gänzlich grau und weiß, deine eigene Hand, sich zum Protest erhebend, ist schon heller Stein wie die Rechte der David-Statue, die eine leichte Bewegung auszuführen scheint. Es ist ein Spiegel, sagt Karlheinz, das ist die einzige Möglichkeit, um hier und jetzt zu entkommen. Du bist doch immer auch Physiker, fügt er hinzu, als er spürt, dass ich kaum fassen kann, dass unsere gesamte Umgebung und wir selbst nur noch in Grau-Schattierungen gegeben sind, als wären wir mit einem Schlag drei Stunden tiefer in die Nacht getaucht worden oder verwandelt in die Figuren eines Schwarz-Weiß-Films. Eben noch hatte ich an Jonas gedacht, dem ich fast alles erklärt und gestanden habe, dieser junge, systematische und neugierige Mann, der mir in unseren Gesprächen die Zeit widerspiegelt, in der ich jetzt vor und mit Karlheinz in eine monochrome Welt entrückt werde, als wären wir im Licht einer einzigen Frequenz, durch ein Gitter, von einem unteroder überirdischen Spektrografen abgetastet worden, Zeile für Zeile unserer Existenz. Du warst einmal Naturwissenschaftler. In der Quantentheorie ist es möglich, dass du hier an dieser Stelle, auf der Piazza della Signoria im Oktober 1943, existierst, nur weil Jonas einmal an dich denken wird, in siebzig Jahren, so, genau auf diese Weise. Habe ich selbst diesen Unsinn von mir gegeben, oder war es Karlheinz? Jonas kann nicht hier sein. Du glaubst gerne, dass er zu Helen passt, dass sie gut miteinander arbeiten können werden, was auch immer das nach sich zieht. Sie war erschrocken und entzückt, als du ihr alles gestanden hast, das letzte (vorletzte, halte den Raum mit dem toten Scheusal verschlossen, du wirst es nur wiedertreffen, wenn du seinetwegen in die Hölle kommst) Geheimnis musste gelüftet werden – und deshalb fühlst du dich nun so leicht und grau. Wenn es ein Zeitspiegel ist, dann muss irgendetwas einen Schlusspunkt gesetzt oder vielmehr den alles umfassenden Schirm errichtet haben, an dem sich die Wellenlinien aller Möglichkeiten unseres Lebens brechen, zerstreuen, überlagern zu wahnwitzigen neuen Trajektorien. Es ist so erstaunlich, dass auch Sie einmal Physiker waren!, hörst du den Jungen, Jonas, von der rechten Seite deines Bettes her sagen, aber er verblasst nun gänzlich, erscheint hypothesenhaft, erfunden, kehrt in die ungewisse Schemenwelt der Zukunft zurück, die ich nicht mehr erleben werde. Stell dir einen Scharfschützen vor, erklärt mir die farblose, aber sehr lebendig und vergnügt wirkende Version von Karlheinz auf der Piazza, den Blick schon zum nächtlichen Himmel gewandt. Denk dir einen originellen Partisanen, der sich überlegt hat, dass gerade so ein seltsames Paar von einem Zivilisten und einem Uniformierten für diese verdammte Nazibrut ganz wichtig sein könnte, so dass es sich lohnen würde, sie zu liquidieren. Jetzt. Oder vielmehr: gerade eben. Ich habe nichts gespürt. Aber wie denn auch, sagt mein unausweichlicher, unübertrefflicher Jugendfreund, du musst nichts mehr spüren, schließlich atmest du ja auch nicht mehr. (Jäher Griff an die Brust!) Er zeigt nach oben, damit ich endlich in den an seinen Rändern noch von weißen Wolken gerahmten, sonst aber rein dunkelgrauen Himmel sehe. Ein großer, elegant wirkender Ballon, der mich an eine alte Jules-Verne-Verfilmung (Karlheinz' Lieblings-Jugendschriftsteller) erinnert und zugleich an eine der modernen, silbrig glänzenden, mit raffinierten Messapparaturen vollgestopften stratosphärischen Ballonsonden, schwebt zur Piazza herab. (Deine Brust, dein Zwerchfell, dein Bauch – regungslos wie Stein.) Rasch sinkt er tiefer, kommt immer näher, nun ganz dicht heran, weil der riesige David von seinem Podest gesprungen ist und ihn an einem Tau zu uns herabzieht. Schon ergreift die muskulöse weiße Figur mit einer Marmorhand den Rand der Gondel, die ringsum von mehreren schwarz-weißen, historisch wirkenden Personen besetzt ist. Weil ich nicht mehr atme, bin ich in derselben Sphäre wie Michelangelos eleganter Koloss, der nun die Gondel ganz auf den Boden herabzieht, ohne seine narzisstisch gleichgültige Miene zu verziehen. Die Tür des Korbes öffnet sich, und eine bärtige, altmodisch gekleidete Gestalt lädt uns schweigend, mit einer väterlichen Geste ein, den Zutritt zu wagen. Als ich aufspringe, streife ich kurz das kalte Fleisch des muskulösen Unterarms des David (oder war es die Nachgiebigkeit meines eigenen Körpers, die den Eindruck von Fleischlichkeit unter der steinernen Oberfläche entstehen ließ). In der Gondel, an deren nachgiebigen, wankenden Boden man sich erst gewöhnen muss, kann ich über die Schulter meines gleichfalls eingestiegenen Freundes hinweg erkennen, dass es sich bei dem weißbärtigen älteren Herrn mit Hut um Edmond handelt, ganz wie ich es erhofft habe. Hinter ihm, kleiner und nur erkennbar, weil sie den Oberkörper zum Zentrum der Gondel hin neigt, steht Esther in ihrem langen violetten Promotionskleid und lächelt mir auf ihre energische, anfeuernde Art zu. Ich habe Karlheinz noch nicht gesagt, dass sie verschleppt und ermordet wurde, von den Herren, denen wir dienen (dienten, bis gerade eben), aber vermutlich weiß er es schon, und wir wollten es uns nur gegenseitig ersparen, uns einzugestehen, für wen wir hier astronomische Geräte stehlen und ausländische Kollegen pressen. David hat die Gondel losgelassen, er ist einige Sekunden später nur noch eine kleine weiße Gestalt auf dem trapezförmigen Grau der Piazza. Der seltsam teleskophaft (ineinandergesteckt) wirkende hohe Turm des Palazzo Vecchio scheint uns mit seiner zwischen Burgzinnen gestellten Spitze zu streifen, und wir sehen den Dom wie ein riesiges graues Schiff durchs Häusermeer fahren. Die langen parallelen Dachreihen der Uffizien, wie die Zinken einer überdimensionierten Stimmgabel, entfernen sich rasch von uns, das von den Brücken skalierte graue Band des Arno scheint in die Tiefe zu fallen, geometrisch angelegte Gärten und Parks verkleinern sich, als sänken Sterne und Spinnennetze aus Silber und Eisen hinab auf einen von seltsam rechteckigen Muscheln befallenen Meeresgrund, Wälder in Nachtfarben entfernen sich, alles, was unter uns liegt, wirkt immer abstrakter und gleichgültiger, so dass wir uns bald nur noch an das halten wollen, was konkret und greifbar vor uns liegt, den silbrigen Ballon, die Gondel, die Passagiere natürlich, die grauen Luftschiffer, mit denen wir gemeinsam aufsteigen wie in einer mondhellen Nacht. Edmond und Esther sehen schweigend und lächelnd zu uns her, dann, auf ihrer Seite auch, ein junger Mann, dessen Gesicht durch eine senkrecht vom Stirnansatz bis zum Kinn laufende Narbe wie gespiegelt wirkt. Der halbe Hans, beide Hälften, wieder vereint, sagt mir Karlheinz leise ins

Ohr. Wenn nur Tote an Bord sind, solltest du aufpassen, du bist wegen einer solchen Ballonfahrt gestorben!, will ich ihn warnen, aber da sehe ich plötzlich meinen Vater – in seinem Sonntagsanzug, mit zwei gesunden Armen. Er reicht mir lächelnd einen länglichen, schlaffen, lederartigen Gegenstand. Die Prothese! Es ist Ballast, höre ich wiederum Karlheinz flüstern, du sollst sie über Bord werfen. Nichts lieber als das! Ich beuge mich über den Rand der Gondel und lasse das ledrige Objekt ins Dunkle fallen, zu rasch und impulsiv, um den plötzlich aufkeimenden Verdacht zu erhärten, dass es sich gar nicht um eine Prothese handelte, sondern um die Schleuder des kolossalen David, die er auf dem Sockel noch so elegant auf der linken Schulter abgelegt hatte. Das bedeutet wohl, dass ich auf dieser Luftfahrt die Kunst, alle Kunst meines Lebens, loslassen muss. Nur noch Leben und Tod und die absolute Wahrheit zählen, nach der Edmond und Esther auf ihre Weise gesucht haben. Mein Vater klopft mir anerkennend auf die Schulter (Atme weiterhin nicht!), als ich mich wieder aufrichte und mich auf Karlheinz' Drängen hin an ihm vorbeischiebe, um noch weitere Passagiere zu begrüßen. Meine arme kleine Schwester Sieglinde, schon weißhaarig und ganz mager, wie kurz vor ihrem Tod, küsst mich rasch und leicht auf die Stirn, weicht aber, ohne ein Wort zu sagen, aus, damit ich meinen Weg entlang der Gondelbrüstung fortsetzen kann. (Wie soll sie, wie sollen wir reden, ohne zu atmen?) Alleinstehend und von mir abgewandt, zwischen den silbrig glänzenden Ballonschnüren, sieht die hohe weibliche Gestalt in die Nacht hinaus, auf die ich so lange gewartet zu haben scheine. Das Haar hat sie ganz untypisch hochgesteckt. Ihr Kleid ist schwer zu beschreiben, denn es könnte einer älteren Stilepoche angehören oder ein klassisch geschnittenes modernes Abendkleid sein. Ich sehe ihre langen, schönen nackten Arme, die sich auf den Gondelrand stützen, ohne sie eindeutig wiederzuerkennen, und mein Blick wagt sich bis zur fremden silbergrauen Linie ihres Halses. Sie anzusprechen, zu berühren, sie an einer Schulter zu mir zu drehen, ist alles, was ich noch möchte, und zugleich hält mich etwas davon ab, das ich nicht näher bestimmen kann, das eine schaudernde Rücksicht sein könnte oder der Ansatz eines unvorstellbaren Grauens. Du weißt nicht, wer sie ist, welche sie ist, was sie ist. Hat das Karlheinz in meinem Rücken gesagt? Jetzt sagt er etwas (telepathisch, keiner bewegt hier die Lippen), das ich nur zu gut verstehe: Wenn du sie umdrehst, mein Freund, wird sie dich vernichten, dann stirbst du ohne Reise, und das wäre sehr schade. Ich mache einen Schritt nach vorn, so dass ich sein Profil erkennen kann und gerade noch nicht das der Frau an meiner linken Seite, deren Schulter zu berühren mich jetzt mit einer Art blutrieselndem Glück erfüllt. Wir fliegen zum Mond, wie in deinen alten Zukunftsromanen?, frage ich Karlheinz nach einer Weile. Ist es agioskopisch und lunaelektrisch wie in den Zeiten des Zeppelins, fliegen wir in die Nacht, während sie uns da unten in einer Leichenhalle sezieren? Aber nein, Friedrich, erwidert er überlegen und geduldig wie stets, ich habe dir doch erklärt, wo sich die Toten treffen. Wir nähern uns dem sichersten Ort.

Teil 4

KOPFLOSER VORMITTAG

1. DIE UNSICHTBARE ZEIT

Acht Minuten. So lange braucht der dürre Zeiger meiner Uhr, bis er die Zwölf erreicht hat. Das entspräche der Reisezeit eines Lichtstrahls zwischen Erde und Sonne. Läge ich tot auf dem Asphalt, halb auf der Straße, halb auf dem Bürgersteig, und eilte meine Seele, als mäandrisches Muster aus Photonen (ein Weibchen!), der Feuerhölle des Zentrums zu, wäre sie acht Minuten lang unterwegs. Doch die umgekehrte Richtung ist unendlich viel bedeutsamer, da sie alle und alles auf Erden betrifft. Ein Flackern, eine Fackel, ein Feuerbogen, gespannt über eine Glutstrecke von einhunderttausend Kilometern, der zehn Milliarden Grad heiße Blitz eines Flares. Schaltete man die Sonne aus – wie ein Bewusstsein oder als hätte die Schere Gottes sie aus dem Tuch des Alls geschnitten –, dann blieben uns noch acht Minuten (zu leben und zu sehen, so wenigstens stelle ich es mir vor, mein Freund und Ehemann, Dunkelheit, Eiseskälte und baldiger Tod, denn es geht mir ja nicht um konkrete Physik oder um die Soziologie einer sibirischen Nachtgesellschaft des ewigen Kunstlichts). Was würdest du tun? Was wolltest du in den letzten acht Minuten getan haben (als Nichtraucher), anstatt auf der Straße zu liegen wie schon tot, während der dürre Zeiger unbeirrt dem Zeitpunkt deiner Verabredung entgegentickt? Ich bin nicht mehr originell. Sieh in die Augen deiner Liebsten. Halte in jedem Arm ein Kind. Der letzte Tag ist immer Kitsch, weil er nie kommt. Aber die letzten acht Minuten sind verflucht und milliardenfach real.
(Was ich dachte, als ich explodierte. / This is not my blood. Tafel 3)

Als die Frau am dritten Tag ihres Aufenthaltes durch die von Hibiskussträuchern und Bougainvilleen rosarot und weiß betupfte Straße geht, trifft sie den Kunstsammler schon ein gutes Stück vor dem Café, in dem sie sich verabredet haben, und es dauert keine drei Minuten, bis sie über das sprechen, was sie auf gar keinen Fall bei ihrer ersten Begegnung erwähnen oder anschneiden wollte: das Mauer-Projekt. Weil sie selbst eingemauert aufgewachsen sei und kurz nach Erreichen der Volljährigkeit das Ende und den Fall des sogenannten antifaschistischen Schutzwalls direkt miterlebt habe, läge die Betrachtung oder künstlerische Diskussion der israelischen Sicherheitsanlagen natürlich nicht fern. Doch handele es sich hierzulande nur auf kurzen Teilstücken um eine Mauer, meistens aber um einen Zaun. Dieser Zaun hielte nicht wie im realsozialistischen Ost-Deutschland die Richtigen von der Ausreise ab, sondern hindere die Falschen an der Einreise, im Grunde wirke er also tatsächlich so, wie es die Propaganda der DDR-Regierung ihrer Bevölkerung hatte weismachen wollen. Er sei von der Mehrheit der israelischen Bevölkerung gewollt, wenn auch nicht unbedingt mit diesem kritischen, die Waffenstillstandslinie überschreitenden, hier und da absurde Enklaven schaffenden Verlauf, den man im Übrigen mit Gerichtsurteilen anfechten und korrigieren könne. Ob man als israelischer Bürger nun glücklich wäre mit der Politik der eigenen Regierung sei die eine Sache. Entscheidend wäre aber, dass man in diesem besonderen Heimatland leben müsse wie auf dem einzigen Schiff im feindlichen Meer. – Ihre Idee, sagt die neben dem lebhaft gestikulierenden Achtzigjährigen gehende Frau, bestünde nur darin, einen Rahmen für das zu finden, was in Wirklichkeit geschehe, eine künstlerische Form oder ein Forum für das Erzählen und Zuhören. Carl, in seinem Sommeranzug, mit dem silbernen Schopf, der Adlernase, den braunen Augen und dem dunklen Teint, erinnert sie so sehr an einen vornehmen Römer, dass sie, als er nun noch !CESAR! erwähnt, denken muss, sie rede mit Cicero (flexibler Redner versus !Gewaltmensch! wäre aber doch wohl zu leicht und übertrieben!). Wenn sie mit !CESAR! arbeitsteilig an ein solches Projekt heranginge, erklärte er, dann fiele ihr zwangsläufig die Beschreibung der israelischen Position zu, da der internationale Großkünstler zwar Amerikaner sei, aber zur mütterlichen Hälfte Palästinenser, wie ein jeder in der Kunstszene wisse. Er vertraue ihr vollständig, denn wenn er an ihre *Caprichos* denke, dann habe sie eine große Fähigkeit bewiesen, die Ochsen, Esel und Füchse voneinander zu unterscheiden, die es auf beiden Seiten der Mauer gäbe, und es täte ihm leid, so viel zu reden. Statt Vorträge zu halten, antworte er nun lieber auf ihre Fragen. Nun gut, entgegnet sie, dann möchte ich zunächst eines wissen: Wie sind Sie auf das Schiff gekommen, das im feindlichen Meer schwimmt? Der Achtzigjährige mit dem Senatorenkopf (eigentlich doch eher Cäsar: die vorstehenden Wangenknochen, das Falkenprofil) lacht, zuckt mit den Schultern, sieht sich um – und entdeckt ein Papierwarengeschäft auf der anderen Straßenseite, einen nachgerade biblischen Fingerzeig, dessen Bedeutung die Frau bald verstehen wird, nachdem sie dort einen überraschenden Einkauf getätigt und kurz darauf im Freien, auf der schmalen Terrasse eines Cafés Platz genommen haben, zwischen jungen Leuten, die ihren Harfouch neben ihrem Laptop plazieren. Anstelle eines Rechners hat die Malerin einen jungfräulichen Zeichenblock in ähnlichem Format aufgeklappt (einzelne Kartons eigentlich, die an den Kanten mit einem abreibbaren Kleber zusammengehalten werden), und neben ihrem Milchkaffee liegen drei Bleistifte (neu, unberührt und seltsam militärisch wirkend in ihrem dunkelolivgrünen Lack, wahrscheinlich weil einer der Laptop-Studenten seine Maschinenpistole über die Lehne seines Stuhls gehängt hat) und ein Stück Zeichenkohle bereit. Ein Raum. Ein besonderer und zugleich doppeldeutiger, ja antagonistischer Raum, der einmal kalt und leer, ein anderes Mal drückend heiß und von Menschen überfüllt ist, in beiden Fällen aber umgeben von einer spezifischen Leere oder Isolation. Die Dichte des äußeren Mediums – hier das tobende Salzwasser, dort die heulende schwarze Luft – könnte einen großen Unterschied ausmachen. Aber eine Bombennacht, die man allein in einem Dachstuhl zubringen muss, kann sich anfühlen wie lange Stunden unter Deck eines mit Flüchtlingen überladenen Schiffs, das bei höchstem Seegang vor Kreta an den Küstenfelsen zu zerschellen droht. Sie erzeugt mit der Breitseite des Kohlestifts eine Art Bande, so etwas wie eine Schleifspur oder einen vagen dunklen Hintergrund, eine unruhige Dämmerung vielleicht. Man muss die Ebenen voneinander trennen, um aus der Abfolge der Szenen eine Geschichte zu erhalten. Rechts unten also das in der See rollende Schiff, das vor Kreta zu kentern drohte, links oben der fünfzehnjährige Junge im Dachspeicher des Pfarrhauses. Der Junge hat eine Matratze, auf der er schläft, und drei Turnmatten aus flach ausgepolstertem Rindsleder, auf denen er die Übungen macht, die er in einem Buch mit schematisch gezeichneten athletischen Männerkörpern findet. Hintereinander gestaffelt, als wären sie die Vorlage eines Trickfilms, zeigen sie den idealen Ablauf von Rollen, Handständen, Überschlägen, Rädern. Niemand hört ihn, niemand kann durch das mit Verdunklungsvorhängen kaschierte Giebelfenster sehen oder durch die beiden Dachluken, die das meiste Licht in den Speicher lassen. Die Balken des Dachstuhls, an denen er gleichfalls turnt, geben ihm eine Art Skelett, das ihn vor dem paradoxen Druck des Vakuums bewahrt, das ihn umfängt, seit er versteckt werden muss. Er war im Turnverein bis zu seinem dreizehnten Lebensjahr, er begeisterte sich für die simplen martialischen Geräte (Reck, Barren, Pferd), die halb ergeben, halb drohend darauf warteten, dass sich menschliche Körper in einer fast lautlosen, das heißt nur vom heftigen Atem, knarrenden Holz, leise singenden Eisen untermalten Choreografie darumwickelten, darüberschwangen oder wie hydraulisch betriebene Druck- oder Stützkompositionen auf ihnen vollführten. Hätte es (so sagt Carl heute, als hagerer Achtzigjähriger, der den Anschein einer völlig geistigen, beinahe schwerelosen Existenz erweckt) eine jüdische Turnabteilung in der Hitlerjugend gegeben, wäre er sofort beigetreten, aber er war, als man ihn aus seiner Riege und dem Verein wies, zu schüchtern gewesen, der zwei Jahre älteren Ellie zu folgen, die ihm von den Makkabiot vorschwärmte, die es für die jüdischen Sportler weltweit zu etablieren gälte und die 1932 und 1935 schon einmal in Tel Aviv abgehalten worden wären (zum ersten Mal hörte er den Namen der Stadt). Elli trieb einige Monate Leichtathletik im Bar-Kochba-Verein, bevor sie verschwand, um in zahllosen Dachspeichernächten wiederzukehren, zumeist in die wallenden altrosafarbenen oder veilchenblauen Gewänder gehüllt, in denen die Frauen auf den Kirchengemälden erschienen (vier Kunstbände, die neben fünf rotgolden schimmernden Bänden einer *Encyclopedia Britannica* von 1927 – aus der Reihe *A-Esp*, darin gerade auch noch Edmonds berühmter Überblicksartikel zur Phänomenologie – lehnten), dann plötzlich mit gelöstem kupferfarbenen welligen Haar, das über ihre weiße, von Sommersprossen gesprenkelte Schulter fiel oder vielmehr wie ein Vorhang beiseiteglitt bis zum Ansatz ihrer Brüste oder gar zu einer eigenartig entsinnlichten, wie mit einer Lauge aus Weihwasser gebleichten Warze, unter der er auf seiner Turnmatte lag wie das Kind unter der penibel *Stillenden Madonna mit dem grünen Kissen* von Andrea Solario, eine Schwarz-Weiß-Fotografie (graues Kissen, graue, weiche, sich spreizende und doch die Warze mit den vordersten Gliedern von Zeige- und Mittelfinger zur Tülle pressenden mütterlichen Hand), deren Kolorierung mit den Apfel- und Auberginenfarben des Gemäldes im Pariser Louvre er in den sechziger Jahren erlebte, immerhin zwei Jahrzehnte nachdem er seine erste nackte Frau gesehen hatte – ebendieses Mädchen, als Zwanzigjährige, ein brennender roter Feuerbusch auf einer silbrig und grün gestreiften Couch in einem niedrigen Wohnzimmer in Haifa, zwischen schweren deutschen Holzmöbeln, wilhelminischen Panzern aus Eiche, Kirsche, Nussbaum, die trotzig den an den Fensterläden raschelnden Palmwedeln entgegenschwiegen (fügen wir noch ein aus der Kuckucksuhr schnellendes Holzvöglein hinzu, simultan zu seinem ersten Erguss in der Tiefe ihrer Flamme, alles das kann geschehen, wenn Sie als älterer Herr erotische Andeutungen vor einer fantasiebegabten jungen Malerin machen). Er hatte nur die Schwarz-Weiß-Fotografien klassischer Gemälde in den Folianten, die anatomischen Querschnitte der Enzyklopädie, seine Erinnerungen an Ellis hitzig-milchigen Geruch (ohne eine zugehörige Berührung), einige Lappen und herausgerissene Seiten aus Kirchenzeitungen und dem *Völkischen Beobachter* neben dem Eimer, den er nachts benutzen musste und tagsüber, wenn Gäste im Pfarrhaus waren, irgendjemand anderes als der Pfarrer oder dessen jüngere Schwester, die den Haushalt besorgte und auch ihm das Essen zur Speichertreppe brachte, absolut gleichgültig, wie ihm schien, als wäre er ein Hund, der eben gefüttert werden musste, oder ein Stallhase, den es durchzubringen galt, damit man ihn in besseren Zeiten wieder mästen konnte. Nur weil der Pfarrhausspeicher sehr geräumig war und von Möbeln, Kirchen- und Kindergartenutensilien verstellt, von den Kulissen für Krippen- und Passionsspiele, die mittlerweile als unerwünscht galten, gleichsam auf natürliche Art von Trennwänden unterteilt, konnte er sich fast zwei Jahre lang dort verbergen, nah am Kirchturm, der ihm unerbittlich die Stunden schlug. Werktags zwischen zehn und zwölf brauchte er in der Regel nicht sonderlich leise zu sein. Seine Turn- und Wutstunden, nannte er diese Zeit. Auf den Ledermatten und an den Dachbalken übte er bis zur Erschöpfung. Die schematischen, sich verschraubenden, in die Höhe stemmenden, auf den Händen stehenden, schwarz gezeichneten Männerkörper des Turnbuches, das aus dem Fundus der katholischen Jugend auf den Speicher geraten war (möglicherweise weil es ähnlich unangebracht erschien wie die Bände der *Encyclopedia Britannica* oder die Bücher über die Maler der italienischen Renaissance), verfolgten ihn bisweilen im Traum, wenn er durch die unerreichbar gewordenen Gassen seiner Heimatstadt ging, die direkt unter seinem Fenster lagen, und nur noch Skizzen von Menschen begegnete, die stumme Turnübungen vollführten, anstatt auf seine Fragen oder Anreden etwas zu erwidern. Er machte seine Übungen in einem alten Fußball-Trikot des Pfarrers, das die Nummer zehn trug. Sein Vater besaß noch sein eigenes, mit der Nummer neun. Bevor er auf den Speicher kam, hatte Carl die Anweisung erhalten, eine Woche lang im Haus (in ihrer Zweizimmerwohnung über dem verschlossenen Laden) zu bleiben, sich an keinem Fenster zu zeigen, sich absolut still zu verhalten, auf keinen Fall auf die Straße zu gehen. Angeblich stand ihre Ausreise nach Amerika kurz bevor, er sollte sie bloß nicht gefährden. Der Vater hatte ihm auch das *Affidavit of Support* seines Bruders aus Philadelphia gezeigt, des schon drei Jahre zuvor ausgewanderten Arztes. Das Versteckspiel in der eigenen Wohnung schien im nachhinein wie eine Trainingswoche für seine Zeit im Dachspeicher des Pfarrhauses. Er hatte dem Vater geglaubt und nicht geglaubt, ebenso wie er dann zweifelnd und hoffend in der Dunkelheit aufgebrochen war, angetan mit einer Mütze, einem alten Arbeitskittel, einer unförmigen blauen Hose des Vaters, einer Kluft, die sich eignen sollte, wenn er dem Pfarrer Bernhard dabei half, den Speicher seines Hauses aufzuräumen. Um in aller Frühe beginnen zu können, sollte er dort auch übernachten. Wegen der nächtlichen Ausgangssperre (für ihresgleichen) war es am besten, noch am Abend, kurz nach Einbruch der Dämmerung loszugehen. Da er schon öfter für etwas Geld oder Lebensmittel Handlangerdienste verrichtet hatte, seit er nicht mehr zur Schule ging, war der Auftrag nicht ungewöhnlich. Nur die Übernachtung machte keinen Sinn, denn zum Pfarrhaus war es nicht weit. Aber er hatte dem Vater ohne Widerspruch zugehört, mit gesenktem Kopf. Bei den ersten Schritten auf dem dunklen Straßenpflaster hätte er laut schreien oder sich hinwerfen mögen und warten, ob tatsächlich etwas Furchtbares geschah. Immer noch konnte er nicht glauben, dass sie sich in dieser ausweglosen Situation befanden. Ein einziges Mal hat er später noch die alte bayrische Stadt besucht, eine wie mit Säure verunstaltete Mörderin, hastig geschminkt und schon wieder prall, was stand auch zu erwarten, zehn Jahre nach Ende des Kriegs, hatte er an ein Denkmal für den Pfarrer geglaubt? Seinen letzten freien Gang durch die Stadt, seinen letzten regelrechten Weg für mehr als zwei Jahre, hatte er mit fast demselben Gefühl wund gescheuerter Vertrautheit und unerträglicher Exterritorialität unternommen, mit dem er als Siebenundzwanzigjähriger die Donau auf der wiederhergestellten steinernen Fußgängerbrücke überquerte. Wenn sie tatsächlich bald nach Amerika gingen, dann fühlte er sich zu Recht von allem losgerissen, wie ein Boot, dessen Vertäuung am Ufer durchschnitten oder mit einem Axthieb durchtrennt worden war. Seine tote Schwester, in ihrem hellblauen Kleid, mit aufgelöstem dunklen Haar, kam ihm plötzlich entgegen, als wäre sie ihm durch die Gasse in die Arme getrieben worden, seltsam aufrecht, kalt und nass, aber so wirklich, dass er seine Stirn an ihrem

Schlüsselbein spürte. Sie musste ihn öfter genau auf diese Weise umarmt haben. Das Wasser, das die Stadt mit ihren Flutmarkierungen an den Brückenpfeilern und den Außenmauern der mächtigen alten Gebäude seit Jahrhunderten ängstlich beobachtete, schien in der Dunkelheit über alle Ufer getreten zu sein, an allen Tauen zu zerren, die Menschen von den Beinen zu reißen und sprachlos zu machen wie Fische. Weil die Friedhöfe überflutet worden waren, musste auch seine Mutter erscheinen. Nach dem Unfall der achtjährigen Margot hatte sie ihre Fröhlichkeit verloren, sich ganz zurückgezogen, in die Küche, in ihr Schlafzimmer und ihren Laden (Schreibwaren, Papier, Künstlerbedarf). Es hätte ihr nicht gefallen, dass er woanders übernachtete, dass er sich vom Vater trennte. Er sah sie herantreiben wie seine Schwester im Wasser der Donau, am Ende der Gasse vor dem Brunnen, der üblicherweise einen Schalk und eine das Schwert hebende Justitia besprühte, jetzt aber in der Flut unterging wie ein Spielzeugobjekt in einem Aquarium – eine Kneipentür sprang vor ihm auf, unbegreiflich rasch und hart schlagend, drei SA-Männer, die Kappen noch in den Händen, kamen aus dem *Goldenen Engel* auf ihn zu, ungehindert, ungedämpft redend, die Flut trifft nur die Juden, dachte Carl, er hatte das Gefühl, schwimmend nur, quälend langsam, wie unter Wasser laufend, fliehen zu können, während die drei Männer angetrunken und lachend an ihm vorbeigingen. Einer wich ihm sogar aus, vielleicht weil Carl in seiner Arbeiter-Verkleidung, mit seinen mühseligen, langsamen Schwimmbewegungen, wie ein alter Mann wirkte. Wenn die Flut mit der Naziherrschaft über das Land gekommen war, dann war seine Schwester nur eine der ersten gewesen, die darin ertranken. So hatte es seine Mutter gesehen, als Auftakt zu einem noch viel größeren Unglück, als tödlichen Unfall, der schon ein Teil der Katastrophe war. Nur an den beiden hohen Feiertagen hatte die Familie die Synagoge besucht (seit drei Jahren ein Aschestumpf vor dem jüdischen Friedhof, Mauern in der Flut brennend, es war möglich, es gab Stoffe, Dinge, Menschen, die im Wasser brannten). Nur einmal im Sommer, anlässlich des Geburtstags einer Großtante, war unter den Pflaumenbäumen ihres Gartens die verstreute Familie und Bekanntschaft zusammengekommen, Juden fast alle, man konnte es aber erst später erkennen, als sie am hellen Tag auf offener Straße ertranken, eine Herausforderung für eine Zeichnerin, die ein schlichtes Straßenbild mit arglosen Volksgenossen, eine Marktszene oder eine Schar munterer Volksfestbesucher darstellen sollte, in deren Mitte Leute erstickten und davontrieben, als gäbe es zwei Medien zugleich, klare Luft und eiskaltes, tödliches Wasser, das nur in die Lungen von Angehörigen einer ausgesuchten Minderheit drang, ihnen die Kraft nahm, die Lebensfreude, den Atem, bis sie kapitulierten und davontrieben wie Grasklumpen oder totes Holz oder eben Wasserleichen in der Donau. Beim Begräbnis seiner Schwester hatte es ihn erschreckt, dass sich einige an die Sitte hielten, sich beim Verlassen des Friedhofs die Hände zu waschen, ohne sie anschließend abzutrocknen, als hätte sich schon damals ihre besondere Empfindlichkeit für das tödliche Wasser gezeigt. Das Salzwasser, in das man am Seder-Abend gekochte Eier tauchte, stand nicht mehr für die Tränen des Auszugs aus Ägypten, sondern für ein neues, gnadenloses, siedendes Rotes Meer, das über den Fliehenden zusammenschlug. Als seine Mutter starb, hatte sich ihm das Bild des unsichtbaren Hochwassers endgültig aufgedrängt, eine Flut, die nicht vom Grund her aufstieg, sondern von oben kam, nicht in Form von Regen, sondern wie aus durchsichtigen, widerwärtigen, quallenartigen Körpern strömend, die sich auf alles pressten und ihm die Luft nahmen (also war er Jude, also flog er aus dem Turnverein, also wies man ihn vom Gymnasium, also kam er mit zweihundert zusammengewürfelten Kindern und Jugendlichen auf die jüdische Schule, wo man ihnen hastig und improvisiert die Fächer des anderen Ufers beibrachte: Sprachen, Geografie, praktische Fertigkeiten im Werkunterricht, mit denen sie Wüsten und Steppen kultivieren konnten, wäre es nach ihm gegangen, dann in Amerika). Unter Wasser verloren sie die Möglichkeit, die Fähigkeit, etwas klar und deutlich zu sagen, sich rasch und unbefangen zu bewegen. Unter Wasser konnte man auch in kein Konzert mehr gehen, kein Theater besuchen, kein Kino. Seinem

Onkel (der ihnen das Affidavit aus Amerika geschickt hatte) war es verboten worden, nicht-jüdische Leichen zu sezieren, noch bevor man ihn aus dem Krankenhaus entließ: In seiner Privatpraxis durfte er nur noch jüdische Patienten behandeln, die, wie er sagte, ausschließlich jüdische Krankheiten haben sollten, insbesondere wohl diese jüdische Wasserkrankheit, die sie aus den Schulen, Ämtern, Kulturgebäuden, Parkanlagen, schließlich aus Land und Leben trieb. Die Mutter war rasch daran gestorben, bald nachdem die Schaufenster ihres Ladens beschmiert worden waren. Er dachte, dass sie sich seit Margots Tod wie in einer Vitrine verschlossen hatte, in einer Art Schneewittchensarg, der sie am Leben erhielt um den Preis einer sterilen Distanz zu allem und jedem, selbst zu ihm, C-a-r-l, sagte sie so langsam und zweifelnd, als könnte sie kaum mehr sehen oder als hielte sie ihn für eine Wahnvorstellung oder ein Traumgespinst. Der Stein, der ihr Ladenfenster traf (und damit auch den weiß aufgepinselten Schriftzug *Judensau!* und ein gleichfarbenes Hakenkreuz mit zerstörte), hatte ihre durchsichtige Isolation getroffen und beschädigt wie das Visier eines Taucherhelms. Die Flut drang in das Ladeninnere ein und machte die Gegenstände unbrauchbar, durch deren Kauf und Herausgabe sie noch mit der Außenwelt verbunden gewesen war: die Papierbögen, die Umschläge, die Kartons, die Ölfarben, die Stifte, Leinwände, Pinsel, die Büroartikel und Briefmarken, die Sonderfläche mit den Uhren der Augsburger Firma, die Carls Vater exklusiv reparierte und vertrieb. Was sie tötete, hatte keinen speziellen Angstnamen wie Krebs oder Infarkt, sondern war nur das in der Luft verborgene, namenlose Medium, das sie immer tiefer in sich gesogen hatte, während sie sich weigerte auszuwandern und sich damit von Margots Grab zu entfernen. Carl begann, nachmittags und an den Sonntagen weite Streifzüge zu unternehmen, als könnte ihm nichts geschehen, wenn er einsam große Entfernungen zu Fuß in der Natur zurücklegte (ein Reservoir von Erinnerungen an freie, raumgreifende Bewegung schuf, wie es ihm später vorkam). Sein Vater dagegen, der bis 1941 noch als Uhrmachermeister in einer nahe gelegenen Fabrik zum Arbeitsdienst verpflichtet gewesen war, bevor man ihn entließ, kam auf engstem Raum zurecht, er hatte seine Briefmarken-Korrespondenz, seine Schachzeitschriften, er reparierte weiter Uhren und verkaufte oder vermittelte Verkäufe von Briefmarken und Uhren per Post. Sie versteckten tagsüber ein kleines Radio (das größere Gerät hatten sie zusammen mit der Schreibmaschine zum plakatierten Stichtag abgeben müssen, die Flut zerfraß wie eine Säure die jüdischen Fahrräder, jüdischen Motorräder, jüdischen Autos, die jüdischen Kameras und die jüdischen elektrischen Geräte, schließlich den Schmuck, die Edelmetalle, sämtliche verwertbaren, einschmelzbaren Gegenstände), das sie nachts bei geringer Lautstärke hörten, zumeist klassische Konzerte, aber auch den BBC (*Hier ist England, hier ist England!*). Carl erinnert sich an die Stimme Thomas Manns, die sich homerisch-amtlich aus einem Rauschen erhob, als reiste sie in einer Rakete durch ein dunkles Weltall heran, und an die gemeinsamen Stunden des Hörens bei Todesgefahr. Schulter an Schulter lehnte er sich mit seinem Vater über einen im Dunkeln glühenden, betörenden Abgrund, in den sie beide eigentlich fallen wollten, unter dem Bann der toten Mutter jedoch außerstande, sich das einzugestehen. Wenn der Vater ihm versicherte, sie würden bald ausreisen, bevor es noch schlimmer würde – als von einem Nachbarmädchen in BDM-Uniform auf der Straße angespuckt zu werden, als zuzusehen, wie man die jüdische Schule verriegelte, als sich tagelang im Freien herumtreiben zu müssen und sich einzureden, man wäre Huckleberry Finn, weil es keinen Unterricht mehr gab –, dachte Carl an die Runde unter den Pflaumenbäumen der Großtante zurück. Etliche der Verwandten waren ausgereist, einige Männer schon verhaftet und interniert. In zwei Fällen (eben die Großtante und deren Cousine) hatte man es nicht geschafft, ihm zu verheimlichen, dass diese fülligen, urbayrisch aussehenden, großmütterlichen Frauen sich das Leben genommen hatten. Drei Mal reiste der Vater nach München, um bei der amerikanischen Botschaft vorzusprechen, und gab sich danach mühsam zuversichtlich. Als er an jenem Abend verkleidet als (älterer, nicht-jüdischer) Arbeiter zum Pfarrhaus ging, hoffte Carl noch am stärksten auf irgendeine komplizierte Art von Flucht, die arrangiert worden war, auf eine Maßnahme über seinen Kopf hinweg zu seinem Besten, so wie er die letzten Lebenstage der Mutter nicht miterlebt hatte, weil ein entfernter Onkel auf seinem Bauernhof angeblich einen Erntehelfer benötigte und Geld dafür bot, das die Familie dringend brauchte (drei Wochen sprach er kein Wort mehr mit dem Vater). Sich in einer Lüge einrichten, dachte er später oft, wie eine Überschrift oder der Titel eines sinistren Kammerspiels, wenn er sich gemeinsam mit dem Pfarrer auf dem Dachboden des Pfarrhauses zwischen Möbeln und Kulissen einen Wohnraum vorbereiten sah, für ein jüdisches Mädchen, wie es hieß. Ein guter Zug des knapp sechzigjährigen Pfarrers, der, solange es nur möglich war, mit seinem Vater öffentlich Schach gespielt hatte, in einem Wirtshaus, in dem man das obligate Schild *Für Juden verboten!* gerne versehentlich gegen die Wand drehte. An der steigenden Erregung, an der bei jedem Handgriff zunehmenden Unsicherheit in seinen Armen, Händen, Knien spürte Carl jedoch, wie sein Vertrauen in die Aussagen des Pfarrers brüchig wurde. Nachdem sie alles notdürftig eingerichtet hatten, hieß es, er könne den Schlafplatz des zu versteckenden Mädchens selbst ausprobieren, da er ja ohnehin im Pfarrhaus übernachten solle. Wach liegend bis zum Morgengrauen, starrte er in das vom Vollmond ausgeleuchtete Gebälk des Speichers. Jenes unvergessliche, schier unerträgliche Gefühl hilfloser Lähmung (schmerzlicher, ein Angenagelt-Sein) packte ihn, das zwei Jahre später unter Deck des rollenden Schiffes wiederkehrte, als spiegelten sich in einer Art gewaltsamer reziproker Verschränkung die Balken des Dachstuhls in den Spanten des schmalen Schiffsrumpfs und als verkehre sich die Einsamkeit des Speichers in die panische Überfüllung des engen Raums unter Deck mit schreienden, sich aneinanderklammernden Passagieren. Der Pfarrer weckte ihn am nächsten Morgen erst um halb neun. Sein Vater sei vor Stunden schon fortgebracht worden, in das Lager Dachau wahrscheinlich. Weil er zunächst selbst getäuscht war, wirkte der Pfarrer dieses Mal überzeugend. Er gab Carl einen Brief in einem Pergament-Kuvert. Sein Vater schrieb, dass Carl sich zu Hause eine Woche lange habe verstecken müssen, damit man glaube, er sei schon vor Tagen geflohen. Jetzt müsse er sich absolut still verhalten, lange Zeit, vielleicht für mehr als ein Jahr, bis alles vorbei wäre, die Verfolgung, der Krieg. Dann würden sie sich hier, in ihrer Heimatstadt, wiedersehen. Im Gedenken an seine Mutter und seine Schwester bat er Carl, durchzuhalten, für die ganze Familie. Pfarrer Bernhard sei der einzige Mensch, dem er trauen solle, ihm habe er auch alles noch verbliebene Geld, die eine besondere Uhr und die Familienpapiere, die für Carl einmal wichtig sein könnten, übergeben. Man kann sich den Jungen in der Dachkammer im Verlauf von mehr als zwei Jahren in den sich hundertfach überlagernden oder überdeckenden Silhouetten einer endlosen Turnübung vorstellen, und genau das hatte er denken sollen, der Pfarrer hielt ihn fortwährend dazu an. Er gewöhnte seinen Körper an Hitze und Kälte unter den extremen Klimabedingungen des Dachstuhls (glühende Plateaus der Negev-Wüste, Schneegipfel des Hermongebirges). Täglich trainierte er zwei Stunden auf der Matte und an den Balken. Er las vier Stunden in den vorhandenen Bänden der *Encyclopedia Britannica*, schrieb eine Stunde in ein Tagebuch, übte Mathematik (weil sein Vater ihm das empfohlen hatte, nachdem die Schule geschlossen worden war), lernte Latein, weil ihm der Pfarrer außer der Bibel und einigen wenig verlockenden Romanen vor allem die klassischen Autoren im Original zur Verfügung stellte, dazu dann auch ein Lehrbuch für Althebräisch, Teil des *Spezialtrainings für Rom und Jerusalem*, wie sie es nannten, da sie eine gemeinsame Reise in beide heiligen Städte unternehmen würden, sobald der Krieg vorbei wäre. Carl ängstigte das Hebräisch-Lehrbuch allerdings, es schien ihm wie eine Besiegelung oder nachgereichte Begründung der Katastrophe, in die er geraten war, als müsste er sich eine schwarze oder gelbe Haut über den Körper ziehen oder eine alles bedeckende Tätowierung zufügen lassen wie der Harpunier Queequeg (nach drei Monaten hatte er in einer Kiste unter zerlesenen Gesangsbüchern ein Exemplar von *Moby Dick* geborgen), jedoch aus hebräischen Schriftzeichen bestehend. Jüdisch zu sein, hatte er bis zum Tod seiner Mutter als so wenig bedeutsam erachtet wie eine seltene Haarfarbe. Er hatte den katholischen Schulunterricht besucht und war zu Ostern und Weihnachten mit Freunden in die Messe gegangen. Im Jahresdurchschnitt war er also ebenso oft in einer christlichen Kirche gewesen wie in der Synagoge. Sein Vater, der an die Mechanik der Uhren und die Logik seiner Schachzeitschriften glaubte, ein vollkommener Rationalist, hatte den Hass und die Gewalt einfach nicht verstanden, obwohl sein geliebtes Brettspiel doch nichts anderes war als der verzwickteste Krieg und Vernichtungsfeldzug. Carl stellte sich das Lager, in das er verschleppt worden war, immer schrecklicher vor, wenn ihm die Frage zusetzte, was geschehen wäre, hätte er selbst sich nicht (scheinbar gutgläubig) fortschicken lassen an jenem letzten freien Abend. Die Ängste der lautlosen (nur selten hörte er das Radio des Pfarrers oder Stimmen, die aus der Wohnung zu ihm heraufdrangen), stummen, geknebelten, auf einen engen Rahmen gespannten, absurden Welt, in der er sich befand, entdeckte er wieder wie auf einem weißen Spiegel, wenn er Goyas *Caprichos* betrachtete. Neben die Kunstbände über Michelangelo und Leonardo hatte der Pfarrer zu den im Speicher exilierten fünf Bänden der *Encyclopedia* ein gewiss teures und aufwendiges Buch gestellt mit Reproduktionen der fantastischen Aquatintas, 1923 in der Bernsdorff'schen Kunstbuchhandlung gedruckt (anscheinend auch ein gefährlicher Gegenstand, der aufs Dach gehörte). Längere Zeit hatte Carl versucht, mit Bleistift und Papier einige der ihn quälenden inneren Bilder auf eine solche zwingende, fantastisch groteske Art darzustellen. Er zeichnete ausgehungerte, geschlagene, verstümmelte, niedergemetzelte Menschen, vermochte aber nicht, ihnen die Gesichter der Sommergesellschaft unter den Pflaumenbäumen seiner Großtante zu geben. Er konnte sich auch nicht damit trösten, das allgemeine Elend einzufangen, weil seine Versuche im Vergleich zu der überwirklichen Klarheit und Ausdruckskraft der Goya'schen Radierungen lächerlich erschienen, ja verräterisch, als täten sie den dargestellten Opfern ein weiteres Mal etwas an, im Bild, *in effigio* (wie er lernte). Deshalb gab er es auf und überließ sich seinen Fantasien, die manchmal in lang anhaltenden Weinkrämpfen endeten. Die Erschöpfung tat ihm gut. Er trainierte, er schrieb, lernte, fantasierte, weinte, bis er zu kraftlos war, um es nicht zu genießen, auf seine Matratze zu sinken und zu schlafen. Als er (mehr als fünfzig Jahre später) Milenas *Caprichos* über die Füchse der Staatssicherheit und die Büttel (Wölfe) der Volkspolizei sah, die Esel des Volkes und die Ochsen der Regierenden, verwickelt in vergleichsweise harmlose Gewaltvorgänge, jedoch bestechend klar in Szene gesetzt, mit den entschlossenen Linien und den (ihm damals technisch ganz unerklärlichen) feinen Staubschleiern und exquisiten Hell-Dunkel-Kontrasten der Aquatinta, hatte er eine tiefgehende Erleichterung verspürt, vielleicht darüber, dass die Fähigkeit, das Grauen oder (wie in Milenas Fall) die Angst und bürgerliche Erschütterung mit einer so tradierten künstlerischen Methode darzustellen, nicht ausgestorben oder vernichtet war. Abgesehen von einer Kunstzeitschrift mit farbigen Druckgrafiken waren sämtliche Gemälde, über die in den Kunstbüchern des Dachbodens geschrieben wurde, nur als kleine schwarz-weiß-fotografische Abbildungen zugänglich gewesen, wie in der Ferne eines Traums gesehen. Carl behielt dennoch oder deswegen lebenslang eine Zuneigung zu monochromen Arbeiten. Aber er hasste Kaschierungen, Abdeckungen, Schlüssellochperspektiven, Blickverstellungen, wie sie zwei Jahre lang die Welt außerhalb des Dachbodens oder des priesterlichen Arbeitszimmers (in dem er in den kältesten Winterwochen auf einem Feldbett schlafen durfte) ausgeblendet oder eng gerahmt hatten. Gleichermaßen entwickelte er eine Art Allergie gegen das Gurren von Tauben. Weil das Auftauchen seines Kopfes im Dachfenster zu riskant war, hatten sie Verdunklungstücher gespannt, die er morgens, bevor er sie aus der unteren Leiste hakte, und abends, bevor er sie wieder befestigte, zu einem schmalen Schlitz beiseiteziehen konnte, um einen Blick auf die immer gleiche Szenerie zu werfen (Teile des Kirchenschiffs und des Turms, ein Straßenstück, die ewig starr und tot wirkende Fassade eines Amtsgebäudes, den von zwei Kastanien gesäumten Eingang zu einem Park und ganz links das halbe Schaufenster einer

Bäckerei, in der er einige Jahre lang Brot und Brötchen hatte kaufen dürfen, als wäre er ein ganz gewöhnliches bayrisches Kind gewesen). Die Aussicht wirkte so friedlich und alltäglich, dass es ihn erleichterte, wenn vor dem Amtsgebäude Pulks von Braunhemden und Uniformierten auftauchten oder das Haus beflaggt wurde für die eigenartigen Parteifeiertage, die der Pfarrer hasste. Immer häufiger rasten dann aber Militär-Lkws und Geländewagen über das Kopfsteinpflaster, die Schlangen vor der Bäckerei wurden länger, und nachts zeigte sich deutlich, dass nichts beim Alten bleiben würde, erst recht im zweiten Winter, mit dem Sirenengeheul, der fauchenden Flak, den Bombeneinschlägen und Erschütterungen der Stadt. Er sehnte sich nach Feuer und Zerstörung, er wollte zusehen, wie das Amtsgebäude vor seinem Fensterschlitz in Flammen aufging. Dabei war er hilflos wie ein Opfertier, wie die weiße Frau bei *King Kong*, die man in einem Lianenkäfig für das Monster an die Abwehrmauer hängte, im Dachstuhl gefangen, während die Bevölkerung Zuflucht in den Kellern und Bunkern suchte. In manchen Nächten kletterte er zu einer Dachluke empor, riss das kleine Fenster auf und sang oder brüllte vielmehr alle Lieder, die er kannte, Kinderlieder, Wanderlieder, Kirchenlieder, sogar Nazilieder gegen das infernalische Geheul und Krachen der Bomben und des Abwehrfeuers. Aber er hungerte nicht, weil der Pfarrer über die Rationierungen hinaus Lebensmittelgeschenke von Bauern und Gärtnern erhielt, er wurde nicht geschlagen und gefoltert, nicht an die Front geschickt und nicht zum Foltern und Morden gezwungen, er blieb ein einsames panisches Opfertier, unsichtbar, trotzig nach der Luft ringend, in der man ihn ersticken wollte. Abgesehen von der hageren und gekrümmt gehenden einsilbigen Haushälterin, der Pfarrersschwester, einer damals knapp fünfzigjährigen Frau, die ihm stets das Gefühl vermittelte, sie würde ihn ans Messer liefern, wenn sie noch einmal seinen Eimer leeren und reinigen musste, war der Pfarrer der einzige Kontakt zu der Welt, die jenseits des Dachstuhlfensters in Agonie versank. Etwas wie die Johannes-Apokalypse der Bibel ereignete sich da draußen, und er starrte in einen staubigen Winkel wie ein Irrer –

nein, er trainierte! Wieder und wieder schwor ihn der Pfarrer auf diese Sichtweise ein und auf sein tägliches Programm. Man müsse sich sagen, dass der Krieg die Dinge zu Ende brächte, den Alptraum zerschlage, eine neue, bessere Ordnung in Kraft setze, für die junge Menschen gebraucht würden (er nahm sich vor, sich zu nichts gebrauchen zu lassen). Noch als Sechzigjährigem sah man dem Pfarrer in seiner Soutane oder dem schwarzen Anzug an, dass er früher ein aktiver Sportler gewesen war. Das hatte ihm einen gewissen Respekt bei den Nazis verschafft, vor allem aber bei Jungen, die zwischen katholischer Jugend und Hitlerjugend schwankten. Wenn Carl trainierte, wenn er – beim Lernen oder beim Schachspiel, das er zunehmend besser beherrschte, offenbar war doch etwas vom Talent seines Erzeugers auf ihn gekommen, obgleich dieser nie mit ihm gespielt hatte (ein besonderes Thema) – sich kämpferisch und entschlossen gab, dann fühlte er sich am sichersten, weil er auch den Pfarrer damit aufrichtete. Mit innerer Festigkeit nur konnte man den Schmähungen (Abschaffung kirchlicher Feiertage, Verbot von Kirchenfahnen und Prozessionen, die jederzeit mögliche Versetzung in eine Pfarrei der anderen Konfession), Schändungen (besudelte Wegkreuze, beschmierte oder gar zertrümmerte Heiligenstatuen, an die Kirchentüren geklebte Plakate mit freizügig präsentierten BDM-Mädchen), Beschämungen (vor Parteifahnen aufgereihte Bischöfe, die begeistert *Frontsoldaten der Armee Christi* für denführer in den Krieg schickten) etwas entgegensetzen. Wenn Carl Schwäche zeigte oder Niederlagen erlitt (zu rasch im Schach verlor, wobei er das Gefühl hatte, auch besser nicht zu oft zu gewinnen), an den Tagen, an denen er den Tod seiner Mutter (zu plötzlich, auch wenn sie schon lange so erschöpft gewirkt hatte) kaum mehr ertragen zu können glaubte (weil er ihn begriff, weil er nicht mehr an ein natürliches Ende glaubte) und dachte, auch sein Vater sei schon nicht mehr am Leben, dann löste er bei dem Priester eine Art paralleler Verzweiflung aus. Bernhard trank dann mehr als sein übliches Viertel Rotwein, begann auf die Nazis zu schimpfen oder auf seine Schwester, die zu vergessen drohe, was Barmherzigkeit sei, redete sich immer weiter in Rage, zählte alle Vergehen dieses oder jenes Bischofs auf und wollte vor Erregung etwas aus dem Fenster rufen. Einmal erkrankte Carl an einer Bronchitis, die sich zu einer Lungenentzündung entwickelte, er fieberte, verlor das Bewusstsein, glaubte in seinen Wahnträumen, der Pfarrer würde von der Kanzel herab verlangen, man solle denführer kreuzigen, dann bräuchte keiner mehr einen Juden zu verstecken. In einer Art Mandorla begegnete ihm, von flirrender Luft umgeben, ein Mann mit Halbglatze und Nickelbrille, der ein unwirklich funkelndes Instrument, eine Schere oder ein Skalpell, in ihn stoßen wollte. Carl dachte, dass jetzt eine Zeit furchtbarer Qualen anbreche, bis er in dem über ihn Gebeugten den Arzt seiner Kindertage zu erkennen glaubte. Einige Male erschienen dann der Pfarrer und seine Schwester gemeinsam an seinem Lager. Sie wuschen ihn, flößten ihm Tee und Suppe ein. Als er wieder klar im Kopf war, erfuhr er, dass ihn tatsächlich Doktor Morgenstern untersucht hatte, ein Mann, auf den man sich verlassen konnte, wie Bernhard versicherte. Carl begann wieder zu lesen und zu trainieren. Die Kulissen eines seit Jahren nicht mehr aufgeführten Krippenspiels, auf Holzrahmen gezogene Leinwände, die sein Versteck abschirmten, zeigten in naiver Manier den auf einem Esel in Jerusalem einreitenden Christus mit einem Palmzweig in den Händen. Nach einer Bombennacht, in der er aus der Dachluke in den Himmel gesehen hatte wie in einen feuerspeienden Vulkan, erklärte der Pfarrer, dass sie sich nun bald wirklich sagen könnten: *nächstes Jahr in Jerusalem.* Carl und er würden mit einem Schiff fahren und zu Fuß in die Stadt des Friedens pilgern. In einer grellen Eingebung dachte Carl an jenes Capricho, das zwei Männer zeigte, die jeder einen Esel auf dem Rücken schleppten. *Tu que no puedes,* stand darunter. Einen Esel zu schleppen, war Training – und ein knappes Jahr später ist es genau das, worauf es ankommt, Kondition und Disziplin und die Vision von Freiheit in Jerusalem (letzteres fand Carl später vollkommen absurd, denn wenn es einen idealen Ort gäbe, an dem Menschen freiwillig unfrei seien, dann wäre das die Hauptstadt des religiösen Eifers und des ewigen Zanks). Carl, gerade achtzehn geworden, sieht wie in einem paradiesischen Fiebertraum von einem Hügel inmitten eines Olivenhains auf die dreifach geschwungene sonnenglänzende Küstenlinie einer südfranzösischen Hafenstadt. Zu seiner Linken steht Uri Avinoam vom Mossad Alija Bet in Shorts und einem schilfgrünen Khakihemd wie ein magerer Seeräuber mit Hornbrille und schärft ihm noch einmal die drei Hauptgebote des Gruppenleiters ein: Zusammenhalten – Ermutigen – Durchhalten. Carls Gruppe besteht aus dreißig Flüchtlingen. Sie stammen aus Polen, Deutschland und Rumänien, sie haben die Konzentrationslager überlebt, die DP-Lager, Gewaltmärsche durch Österreich und Bayern, sie wurden auf Lkws, die der Mossad aus den Beständen der britischen Armee abzweigte, nach Süden gekarrt, bis hierher, in ein notdürftiges Exodus-Lager, sie nennen sich *She'aerith Hapletah*, der Rest, der entkommen ist, abgemagerte, graue, papierleichte, tatsächliche Gespenster, wirkliche Manifestationen eines falschen Bildes, das Carl einmal von sich hatte, als er glaubte, er bestünde nur noch aus Knochen und Erschöpfung, und sie müssen nun erneut zusammengepfercht, organisiert und diszipliniert werden, dürre ältere Herren in fadenscheinigen Anzügen, schwangere Frauen, eine Handvoll Kinder und Jugendliche, Siebzigjährige, die von sich behaupten, sie seien schon lange tot, und dennoch sehr genau den Anweisungen folgen, die Carl auf Deutsch erteilt oder mit den zehn Worten Ivrit, die er sich rasch eintrichtern ließ (die wenigen Versatzstücke seines angelesenen Althebräisch überschreibend). Zehn Tage Training liegen hinter ihnen, sie mussten wieder auf engstem Raum schlafen, sie mussten lernen, mit zwei Litern Wasser am Tag fürs Waschen und Trinken auszukommen, ihre Habseligkeiten unter Zeitdruck auf kleinstes Packmaß zu bringen und reibungslos zu transportieren, sich zügig im Verbund zu bewegen. Jetzt, wo sie endgültig aufbrechen, halten sie es auch durch, früh am Morgen, auch wenn es mit Hilfe der Ruderboote nicht auf den strahlend weißen italienischen Dampfer geht, der verheißungsvoll inmitten der Bucht liegt, sondern zu dem dahinter dümpelnden stahlgrauen Seelenverkäufer mit rußigem Schornstein, der nicht einmal halb so groß ist.

Als sie (mit ihren gefälschten Visa für Kolumbien) unter Deck gehen, wo sie sich für zehn Tage versteckt halten müssen, ist es Carl, im schummrigen Speicherlicht, angesichts der galgenförmigen Schiffsbalken, zumute, als müsse er sogleich seine Vergangenheit herauswürgen, auf die Planken spucken und danach als untauglich über Bord geworfen werden. Aber irgendwie schafft er es, sich zusammenzureißen, auch als ein Pole hinter ihm, angesichts der groben Verschläge, die zum größten Teil schon belegt wurden, und bedrängt von den hinter ihnen Herabsteigenden, ausruft, es ginge ihnen wie Juden in der Gaskammer. Keiner dort, sagt Carl laut und deutlich, sei nach zehn Tagen wieder an die frische Luft gekommen, aber sie würden es, wenn sie sich alle zusammennähmen. Training, es war nichts als Training, er hatte zwei Jahre in einem solchen Holzkäfig gelebt, deshalb hatte man ihn zum Gruppenleiter gemacht (Blödsinn, er war jung, kräftig und gut ernährt). Die Schiffsmannschaft und der Kapitän, denen gesagt worden war, man wolle nach Kreta, mussten gezwungen werden, weiterzufahren, als sie sich nach sieben Tagen der dortigen Küste näherten. Der Auseinandersetzung, die beinahe tätlich geworden wäre, folgte eine weitere, als ein Sturm aufkam und der Kapitän aus Sicherheitsgründen erneut vor Anker gehen wollte. Das tosende Labyrinth der Bombennächte kehrte zurück, das rauschende Wasser, die schwarze Flut, mit der alles begonnen hatte, in der schon seine Schwester ertrunken war, nur war er diesmal nicht allein, sondern von angstschreienden, betenden, zitternden, sich erbrechenden Flüchtlingen umgeben, für welche die Aussicht, nicht allein zu sterben, keinen Trost darstellte, sondern eben das Ausgelöschtwerden in qualvoller Bedrängnis heraufbeschwor, vor dem sie sich so lange gefürchtet hatten. Natürlich könne man das schwerlich zeichnen, gesteht Carl der Malerin zu, die ihren Bleistift schon seit Minuten nicht mehr bewegt. Aber vielleicht die in der letzten, zehnten Nacht der Überfahrt auftauchenden Gesichter, die sich ihm übermenschlich groß, aber freundlich im Traum näherten, natürlich nur, weil er sich brennend wünschte, sie könnten ihn sehen: das seiner Schwester Margot, porzellanweiß, puppenhaft von welligem schwarzen Haar umflossen, mit etwas eng stehenden braunen Augen, einer großen Stupsnase und den eigentümlichen, leicht zueinander gedrehten oberen Schneidezähnen, die er im Laufe seines Lebens immer wieder einmal mit einer erschreckenden Wiedersehensfreude an anderen, erwachsenen, bisweilen sogar alten Frauen sah; das Gesicht seiner Mutter, noch porzellanhafter, aus dünnerem, noch feinerem Material, durch das blaue Äderchen an den Schläfen und Mundwinkeln schimmerten, unter der hochgesteckten Frisur an das von Rosa Luxemburg erinnernd, nur schmaler, auch der Mund; die hohe, blanke Stirn seines Vaters schließlich, schräg geneigt, wie zumeist an seiner Uhrmacherdrehbank, links und rechts gerahmt von säuberlich angeordneten, an eine Nagelleiste gehängten feinen Zangen, Schraubenziehern und Pinzetten, von den hellen, nach unten fokussierten Lampen indirekt wie von einem Lagerfeuer beschienen, das Gesicht eines Arztes oder älteren Ingenieurs, ohne die Goldbrille durchaus auch das eines asketischen alten Römers. Vielleicht wäre es auch möglich, das unglaubliche, fassungslose (so als gäbe es tatsächlich keinen anderen Rand des Meeres als das Ufer von ihrem Kiel, nur die Küste bei Haifa) Einlaufen im Hafen darzustellen, dicht gefolgt von einem britischen Zerstörer, der ihr Schiff schon seit dem Vortag bedrohlich eskortierte. Oder sie könnte zeichnen, wie die Flüchtlinge von Bord gingen (in der unerwarteten Wärme Ende Oktober), die Drähte, Masten, Bretterwände des Auffanglagers vor Augen, in das sie von kurzhosigen englischen Soldaten mit weißen Helmen und Holzknüppeln gedrängt wurden. Als Carl sich zum ersten Mal niedersetzen wollte, hinter einer Stacheldrahtrolle im Gelobten Land, auf einen nackten roten Felsen (abgesehen von der Farbe hatte er ganz die Form eines Eselrückens), reichte ihm eine alte Frau aus seiner Gruppe ein Geschenk. Sie hatte in der Wäscherei des Lagers Theresienstadt gearbeitet und wollte ihm eines der *hervorragenden* Frotteehandtücher schenken, das letzte, das sie dort gewaschen hatte. Es war grau und sehr fest. Nun hatte er auch das Fell des Esels, das er im Gedenken an den Pfarrer Bernhard über den Fels legte. Irgendwann würde dieser Stein Jerusalem erreichen. Vielleicht zeichnen Sie mir am Ende noch ein lebendes Tier, sagt Carl. Die Malerin muss nachdenken (damals, die Aquatintas), dann versucht sie es. Picassoartig, meint der Kunstsammler lächelnd, wenn man es schnell machen muss, kommt keiner an ihm vorbei. Auf drei Kartons hat sie so etwas wie die Schatten seiner Erzählung gezeichnet, nur hier und da, wenn er ausführlicher berichtete, detaillierter, einen einzelnen Gegenstand hervorhebend wie die besondere Uhr aus Augsburg, die Carls Vater dem Priester übergab und die sie nach dem Original gestalten konnte, vor ihr, am Handgelenk des Erzählers. Am Ende legt sie einen vierten, leeren Karton zwischen den zweiten, der noch das Dachgeschoß zeigt, und den dritten, mit den Bildern der Alija, der Hinauffahrt eines Schiffes entlang der Kante eines schräg gestellten Ozeans. Nach einem Jahr, erwidert Carl auf ihre Frage, wann der Priester ihm erzählte, dass sich sein Vater das Leben genommen habe. Wie sie vermutet hatte, tötete er sich am Morgen der ersten Nacht, die Carl im Pfarrhaus verbrachte, um sich selbst als mögliche Quelle eines Hinweises auf Carls Aufenthalt auszuschließen. Das Weiß des vierten Kartons kann so bleiben, es steht für die Bilder des Lagers, die zu zeichnen er ihr erspart, für den Tod des Priesters nach zwei Monaten im Lager, eine Typhusinfektion, sehr häufig in Dachau. Das Versteck auf dem Dachboden flog auf, als man bei der Verhaftung des Pfarrers das Haus nach verdächtigen Materialien durchsuchte. Ein Glas Rotwein zu viel, das er auf einer Hochzeit trank, ein Satz zu viel über denführer, zwar nicht mit der Aufforderung, ihn zu kreuzigen, aber mit der ausdrücklichen Hoffnung, eine Bombe möge ihn der Hölle zuführen, damit der Krieg ein Ende finde. Dass man die Schwester des Pfarrers freiließ, verdankte sie der einstmaligen Freundschaft mit einem SS-Mann. Carl hatte Glück, dass er mit Bernhard nach Dachau kam, statt in eines der östlichen Vernichtungslager. Den weißen Karton könnte man für jenen Tag in der Zukunft nutzen, an dem er einen Grabstein für seine Eltern neben dem seiner Schwester aufstellen ließ. Er wollte sehen, was er für die Schwester des Pfarrers tun konnte, die auf dem Bauernhof eines Verwandten ihr Altenteil fristete, aber sie betrachtete ihn nur mit der alten unverbrüchlichen, unverräterischen Feindseligkeit. Als er, siebenundzwanzigjährig, an der Bäckerei vorüberging und an den Kastanien zum Park und nach oben zum Dachfenster des nach wie vor als Pfarrhaus fungierenden Gebäudes sah, hatte er für einen irrsinnigen Augenblick die Überzeugung, er sehe sein eigenes Gesicht auftauchen und rasch wieder verschwinden. Es gab ein Café, dessen Neubau die Hälfte der Bombenlücke des Amtes schloss. Dort saß Carl zwei Stunden im Freien, die Kirche und das Pfarrhaus im Blick, als wäre er aus Blei gegossen, vielleicht in der gleichen, äußerlich entspannt wirkenden Haltung, mit der er jetzt der Malerin gegenübersitzt. Aber was er dort unternahm, war eine hoch konzentrierte Übung, ein Training, das er im Lauf seines Lebens so lange exerzierte, bis es ihm für Monate, ja sogar für Jahre gelang: den Namen der Stadt zu vergessen. Die Malerin hat es sowieso nicht mit süddeutschen Kleinstädten. Sie irritiert nur der neugierige Zuschauer. Seitwärts hinter ihm, so dass Carl ihn sehen konnte und also seine Nähe bewusst zuließ, steht seit kurzer Zeit ein fünfzigjähriger schlanker Mann mit lockigem Haar, in einem teuren dunkelblauen Anzug, kerzengerade und selbstbewusst wie ein Dirigent. Carl lässt sich die Kartons reichen und betrachtet sie eingehend, gemeinsam mit dem hinter ihm Stehenden, der ihn weiterhin nicht zu stören scheint. Schließlich möchte er von der Malerin noch einmal wissen, ob die Zeichnungen – wie vereinbart – ihm gehörten. Als sie das bestätigt, wendet er den Kopf zu dem Mann im blauen Anzug und sagt: Thousand Dollar, for all. Of course, erwidert der andere rasch. Carl übergibt ihm drei Kartons, er behält nur den weißen. Ich bin ein jüdischer Kunsthändler, erklärt er dann vergnügt der Malerin, die verlegen und erschrocken in ihre geleerte Milchkaffeetasse blickt.

2. NACH INNEN LEBEN

Alles wird sich verändern, vertiefen, immer größere Räume sollen sich eröffnen, Abgründe, Höllen, Paradiese, prächtige leere Tanzsäle in einsamen Raumschiffen weit draußen im Orionnebel in meinem Kopf. Meine karge Zelle, eine Pilotenkanzel im Denk-All, durchschossen von transzendentaler Energie. Fräulein Gagarin macht Ernst. Im biophilosophischen Selbstversuch ist sie ihre eigene Labormaus. *Wenn man erst einmal anfängt, nach innen zu leben* ... Esther, meine arme unfreiwillige Seelenführerin, von einem verwirrten, lüstern irrlichternden Geschöpf der Zukunft in den Dienst genommen (aber wer machte sich sonst noch alles über sie her), war von Anfang an dabei, so scheint es jetzt wenigstens, als hätte mich Rudolf von Florenz aus mit ihr verabredet, verkuppelt, vermählt (jenes erschreckende Hochzeitsbild, das mich umtreibt, dieser brautweiße Selbstmord am Geschlecht), anstatt mit dem vornehmen, vollbärtigen, vollvergrübelten Edmond mit seinem Gelehrtencharme, seinen Depressionen, seiner unbedingten intellektuellen Redlichkeit und dem labyrinthischen Riesenmaulwurfsbau seines Vierzigtausend-Manuskriptseiten-Werks, den eine ewig den Grund des Grundes umpflügende Wühlarbeit schuf. Selbst Esther wurde es einmal zu viel im Erdreich des Untergrundes, in dem, gleichsam als Gegenverkehr, jäh die zerfetzten Körper des Krieges erschienen, als kämen sie aus der Tiefe und wollten weiter auftauchen, emporschwimmen in eine bessere Zeit.

Dabei ging es um Transparenz in den Fundamenten, sich immer tiefer in die Erde wühlend, fand man immer mehr Licht, auch wenn man dabei traurig wurde. *Nach innen leben*, still sein, still wütend, wühlend, wimmernd, weinend still. Ganz zu Beginn kann Esther mich noch nicht begleitet haben, ich lebte nur rasch auf sie zu, bis sich der Riss öffnete und sie in mich fand. Sie sah mich, aus dem Totenreich oder aus der Fülle des

Unerbittlichen Lichts, die sie für sich gewählt hatte. Wie es kam, dass ich mich so begleitet, gesehen, gar durchdrungen fühlte, inmitten der putzigen West-Germany-Modernität, in die ich mich verbannt hatte, um zu mir zu kommen. Göttingen war die geografische Mitte (Gesamt-) Deutschlands, sein Helium-Kern in Form einer Guten Stube, eine Art Spiegel-Weimar, das anstelle von Goethe und Schiller mit einer lichtspendenden Fusion von Mathe, Physik, Grünkohl, Herrentorte und Phänomenologie aufwartete. Dein Stern, Jonas, auf den du zu jener Zeit noch gar nicht verfallen warst, flutete den Seminarraum, in dem ich den smarten Professor aus Florenz wiederfand, unter jungen Westphilosophen, die sich mit Designer-Sonnenbrillen als Aliens verkleideten. Hinter dem alten, wohnzimmerhaften Göttingen-Städtchen lag noch eine zweite Stadt, eine komplette große und moderne Universität vielmehr, als hätte man sie absichtlich hinter den Wall gebaut wie einen geheimen Militärforschungs-Campus. Das war so seltsam und künstlich, so abgehoben und anheimelnd zugleich, dass ich bleiben konnte, um mich aufzulösen, mitsamt meinen alten Dresdener Fragen. Als nichts als Philosophie Studierende brütete ich in einem Glaswürfel, über, an, neben anderen Glaswürfeln mit Ausblick auf die neu erstrahlende Bibliothek, die um die Achse eines runden Stahlturms ihre mit Büchern besetzten langen Flügel ausstreckte wie einen nachlässig zusammengeklappten Riesenfächer. Eines unvermuteten Tages, an dem ich dort vor einem in den Himmel weisenden Lesepult saß, würden die Flügel mit ihren vier Millionen Büchern in sanfte Rotation versetzt, um mit mir die Erde zu verlassen. So lange aber wollte ich mich selbst hinausdenken. Ich saß mit offenem Mund, aufgerissenen Augen wie ein Glasfisch, mit gläsernem Gehirn, gläsernem Körper, gläsernem Herzen, unsichtbarem Geschlecht auf einem grünen Plaste-(recte: Plastik-)stuhl und starrte in die WELT, die direkt um mich herum begann, ein ungeheurer Kristall, endlos ausgebreitet, endlos werdend, endlos tief und ohne einen anderen Halt als die hastigen Grundkurse in Logik, Erkenntnistheorie, Praktischer Philosophie und die Ausrisse aus den Gedärmen der Klassiker, die halfen, aber nicht so recht hielten, wie losreißende Versorgungsschläuche am Kosmonautinnenanzug. *Werde Astronautin!*, schrieb ich ins Tagebuch. Man konnte dann, mir nichts, dir nichts, wie eben Rudolf, den Aristoteles-Vortrag anhalten und die Frage aufwerfen, ob es nun in Ordnung sei, dass Berlin gerade die deutsche Hauptstadt werde. (Sparta verliert gegen Athen, wo sollen die Olympischen Spiele stattfinden?) Es war mir egal, denn ich saß hier, um in Erfahrung zu bringen, was ich hoffen durfte, was ich wissen konnte, was ich tun sollte und was der Mensch sei. Ich sah den tadelnden Geist meiner Mutter ohne Sonnenbrille hereinschweben und sich zum Ohr des Lehrers beugen, vielleicht um ihm zuzuflüstern, dass der Ostmensch eine vollkommen andere Anthropologie benötige, wobei sie sich seltsam halbunschuldig gegen ihn drehte, so dass ihre Brust seinen Oberarm berührte. Bei den Anfängervorlesungen verhält er sich völlig orthodox oder er macht Unsinn, sagte mir ein gewiefter Kommilitone, mit dem ich entgegen meiner neuen Ordensregel allein einen Kaffee trank. Den Unsinn konnte man hören, sobald man den Professor auf seine anthropologischen Filmdokumentationen ansprach, die erste, frühe, handelte von den Träumen chinesischer Arbeiter in San Francisco, eine andere mit dem Titel *Extreme 55* beschäftigte sich mit zehn Personen am obersten und untersten Ende der Einkommensskala in Toronto, wo er ein Jahr lang gelehrt und erstaunlicherweise die Zeit gefunden hatte, fünf Multimillionäre und fünf beinahe mittellose Menschen zu interviewen, die allesamt fünfundfünfzig Jahre alt waren. (Kurz vor Fertigstellung der Dokumentation hatte er seinen dreiunddreißigsten Geburtstag gefeiert, woraus wir auf sein Faible für Zahlenmagie schließen dürfen.) Die Filmerei zeige, dass Rudolf Zacharias ein verhinderter Regisseur wäre, ein Mann ohne Fantasie, der sich nach künstlerischen Leistungen sehne, befand der Kommilitone. Er war ein geschniegelter Typ mit Brille, aufrecht ins graue, langärmelige Hemd montiert, der tatsächlich meinem Jochen ähnelte, aber nicht das geringste anarchische und ästhetische Potenzial zu besitzen schien, weshalb er wohl auch nicht wie ein Schlosshund heulen würde, wenn man ihn wegen unheilbarer promisker Umgangsformen und seines masch-manischen asozialen Aktivismus sitzen ließe. Rudolf Zacharias hatte bestimmt einmal genau dasselbe wie ich gewollt, nämlich sich auf Edmond und die Bleiplatten seines Monumentalwerks stürzen, sonst hätte er nicht die berühmte Florentiner Pizzeria-Vorlesung (ganz Göttingen dachte phänomenologisch!) halten können, deretwegen ich hierhergekommen war. Zacharias sucht Nähe und Verzweiflung, sagte ich versonnen zum lautlos schwappenden Kaffeespiegel meines Styroporbechers hin. Ich meinte damit natürlich nichts anderes als den *Steinwurf in die Lebenswelt*, um es so viel besser mit den Worten des grünäugigen Prinzen selbst zu sagen, der mich im Angesicht meiner seltsam mitbetroffenen Mutter verzaubert hatte, des Jungkönigs vielmehr, da Rudolf mit seinen siebenunddreißig Lenzen in meinen Augen den Gipfelpunkt der Heldenschönheit erreicht hatte. Spielte ich (wie er) mit den Zahlen, dann ergab sich, dass er vor gerade einmal sechs Jahren noch doppelt so alt gewesen war wie ich. In seinen gestärkten Hemden, den ausgesuchten Sakkos, den Leinenhosen und stets polierten Lederschuhen erweckte er den Eindruck vollkommener Selbstzufriedenheit und innerer Balance, während ich mich wie eine ungelenke, fahrige, anämische (Ost-)Oberschülerin fühlte, die sich stets für einen neuen Tag heimlich an die Uni geschlichen hatte, um sich einmal als (West-)Studentin zu fühlen. Wie schon bewiesen, konnte er wunderbar über Edmond sprechen, über seine Redlichkeit, Vorurteilslosigkeit, thematische Fülle, persönliche Integrität. Aber die einzige Veranstaltung, die er zu phänomenologischen Themen anbot, war ein Seminar zu verwickelten sozialphilosophischen oder soziologischen Erweiterungen der Lebenswelttheorie im Hinblick auf interkulturelle Verflechtungen (wir können nicht mehr sein, was wir waren, nachdem wir euch erblicken mussten), in das sich noch nicht einmal jener coole, geschniegelte Norbert traute, der mir unbedingt noch einen Becher Kaffee spendieren wollte. Es wäre mir auch viel zu hoch gewesen, da oben, auf den zu anderen Wissenschaften hin schwankenden Zinnen des Elfenbeinturms. Etwas in mir, vielleicht schon Esther – aber das trotzige Dresdener Feuerköpfchen an Viktors Seite im Feuerbach'schen Volvo durch das Tal der Ahnungslosen gondelnd, reichte ja doch auch –, wollte durchaus in die Tiefe, sogar express, also Platon und Aristoteles in ihrer (einzig wahren) West-Version, und dann im Jahrtausendsprung sofort Edmond (von unten). Sofort? In diesem Semester noch den originalen Edmond anfangen? Das ist irre, das passt zu dir, versichert mir meine Cousine Steffie vergnügt. Wenigstens einmal in der Woche treffen wir uns im Café Lanz zu einem Tee mit Herrentorte. Eigentlich genieße ich es zum ersten Mal, dass ich Verwandtschaft habe. Ihre Westpakete in Form bester Ratschläge kann mir meine lebenskluge, solide, zwei Jahre ältere Cousine jetzt direkt über den Tisch reichen. Sie erträgt keinen Kuchenkrümel auf der roten Marmorplatte, freut sich aber stets über meine leidenschaftlichen Ausbrüche, auch als ich mich über alte Professoren beklage, die uns für faule Kleinkinder halten, und ihre dynamischen Assistenten, die jede Seite Primärtext mit den aktuellen und alleraktuellsten *papers genau zu diesem Problem* begraben, frisch an Lehrstühlen in Chicago, London, Timbuktu oder Feuerland publiziert, als wollten sie jedes in uns aufflackernde selbst entfachte Geistesflämmchen sogleich unter einem Berg von Sekundärbrei ersticken. Wenn es dir der große Zacharias nicht recht macht, warum gehst du dann nicht zu seiner Frau, ich meine, zu seiner Ex?, fragte Steffie. Anscheinend war ich in meiner sächsischen Selbstverblendung die Einzige, die den Zusammenhang zwischen Rudolf Zacharias und Martha Dernburg noch nicht begriffen hatte. Er las keine Grundlagen zu Edmond, weil es *ihre* Domäne war. Niemand kann sie schlagen, niemand ist *in Edmond* besser als sie, erklärt Steffie, das habe ich dir im Übrigen schon einmal erzählt. Den Philosophen muss man alles zweimal sagen, einmal für sie selbst und einmal für ihre Einbildung. Also ergreife ich Marthas Hand. Ihre fürs Grundstudium eher nicht empfohlene Vorlesung (aber: Genießen Sie unsere *großzügige* Prüfungsordnung!) verspricht genau das Exerzitium, nach dem ich mich sehne, das konsequente, knochenharte, unvoreingenommene, vor nichts zurückschreckende, sich jeden Tag den Grund unter den Füßen hinwegfräsende DENKEN, auf das es mir einmal angekommen ist, als die meisten seiner Hauptwege vermauert waren. Woche für Woche bemühe ich mich, ihre athletische Munterkeit zu imitieren, die offensive, unerschöpfliche Energie, mit der sie sich auf die Texte stürzt. Jedes Geheimnis kann entschlüsselt werden, auf den langen Wegen durch die Bleiwüsten der Fachbibliotheken, durch die Zellplasma-Offenbarungen der Mikrofiches, in den grünen Rastern der Datenbanken, während der Debattenscharmützel in den Seminarräumen und Vorlesungssälen. Glaube daran! Unbeirrbar schön wirkt Martha auf mich, uneinholbar erfahren (schließlich bändigte sie einmal sogar den Rudolf-Wolf!). Latein und Griechisch, Englisch und Französisch, formale Logik und Mathematik stehen ihr zu Gebote wie ein Feinmechaniker-Werkzeugkasten, in den sie mit blinder Sicherheit greift. Die schmale Hand der Professorin, aus den Ärmeln einer grün-schwarz karierten Kostümjacke ragend, aus einer gestärkten weißen oder tiefblauen Bluse, aus dem Strickbund eines Kaschmirpullovers, führt die Kreide über die blank gewischte Tafel deiner Neugierde, den Filzstift über die Folie des Projektors deiner exorzierten Seele, die taumelnd in dich zurückfindet (was für ein Land und Leib). Klar und sauber schreibt sie, mit markanten Zügen aber auch, die dich ermahnen, wach zu bleiben und nicht so dumm zu sein, ihrer Akkuratesse und Ordentlichkeit wegen ihre Geistesschärfe und Wehrhaftigkeit zu unterschätzen, die wichtigsten Begriffe und Thesen der Edmond'schen Lehre auf (aktuelle Sekundärwerke in Fußnoten, denken Sie selbst, bevor Sie denken lassen). Eineinhalb Jahre lang, ab dem zweiten Semester, sitzt du bei ihr in der ersten Reihe und folgst ihr durch die verschachtelten Prunkräume, Kabinette, Alkoven und Folterkammern der sechsbändigen *Phänomenologischen Grundlagen*, schüchtern auf eigene Anordnung hin, ehrlich gebannt, mit brodelnder Großhirnrinde, zehrender Aufmerksamkeit. Schier alles das, was du dir vom Denken einmal erhofftest, erfüllt sich. Go west. Die Hand der Professorin, stellst du dir vor, wischt über die Dresdener Irrungen wie über das Gekritzel auf einer Zaubertafel, legt sich kühlend auf deine heiße Stirn.

Sie spricht alles aus, was Nehring so gerne gesagt hätte, damals, als Viktor dich in seinem Wagen über die Elbe schweben ließ. Nichts ist mehr vorgegeben, nichts wird dahindekretiert vom Sekretär der Bezirksdenkleitung. Es gibt nicht einfach nur einen Gegenstand wie einen Klotz im Raum, auf dem geschrieben steht: Auch du bist nur ein Klotz. Alles ist da und doch auch wieder nicht. Du siehst, du riechst, du schmeckst. Du willst. Da sind die doch eigentlich unbezweifelbaren Dinge, da ist dein Körper, da sind deine Gefühle, deine Ideen, die Körper der anderen, ihre Gefühle, ihre Ideen, Fantasmen, Ideologien, Konstrukte. Das natürliche Milieu der Menschen. Kein Materialismus mehr, sondern eine Art Multi-Phänomenalismus. Sie drehen gerne am Wort, Fräulein Sonntag, das kann mitunter amüsieren. Ich drehe auch gerne an den Klötzchen, denn dort lauert (unter anderem) eine bestürzende Göttinger Phänomenal-Frage: Wieso können Philosophen Katholiken werden?! Edmonds weiter Blick. Ist er daran schuld, weil er zunächst einmal alles zulässt? Weil er den Rahmen nicht ignorieren und zerstören will, in dem wir tagtäglich und verständig leben? Die Lebenswelt. Also haben wir: das logische Denken, eine blaue Vase, Marthas seifengrünen, apfelduftenden Pullover, die Betonzylinder des Studentenwohnheims, in dem du ein Zimmer bekommen hast, die Verworrenheit einer Kreuzung an der Weender Landstraße, an der unablässig Pulks von Fahrradfahrern durch den Autoverkehr Richtung Uni gepumpt werden. Es könnte auch eine x-beliebige moralische oder ethische Entscheidung sein, sagt Martha, oder das Licht auf Ihrem Schreibtisch. Die Edmond'sche *Revision*, die kontrollierte Wieder-Gewinnung der Welt, das Wieder-Sehen – nach deiner Wiedergeburt als Philosophin. Du behauptest nichts mehr. Du ziehst dich in deinen innersten Winkel zurück. Edmond, dieser würdige Professoren-Prototyp mit Gelehrtenbart und Kneifer, tritt im Jahre 1905 ans Katheter und spricht wie ein Yogi von *Meditation*, mit deren Hilfe die *Revision* eingeleitet werden kann. Du meditierst also, du fällst in deine eigene Tiefe. Dabei lässt du im Prinzip alles, wie es ist. Aber du hüllst die Dinge in eine Art durchsichtiges Tuch (Myriaden phänomenologischer

Seidentücher aus Marthas Zauberkleiderschrank). Du setzt die Welt in Klammern, so hat Edmond es ausgedrückt. Alles ist da, und doch muss es wiedergewonnen werden, frisch enthüllt, entklammert, entbunden. Dein Kopf ein Schoß (dein Schoß will einen Kopf und will doch keinen, was ist nur los mit dir), die Klammern deiner Schädelknochen, zuständig für das fortwährende Neu-Gebären der Welt. Gehe in dich. Meditiere über die Nacktheit unter deiner Haut. Bestaune die in Zeitlupe wiedergeborene, *revidierte* Welt. Wie sie zappelt im unnachgiebigen Zangengriff der systematischen, allein durch Logik zwingenden Operationen! Welches sind die nicht mehr hintergehbaren, elementarsten Regeln, mit denen der Weltbaukasten arbeitet? Immer wieder, in sich vertiefenden Zirkeln und Mäandern, ist deren Plausibilität und Ursprung zu überprüfen. Was ist sicher? Das Buch vor deiner Nase? Diese Reihe von Fachwerkbauten? Dein Herzschlag? Dass zwei und zwei vier ist? Der Anblick deiner weißen, beinahe jungfräulichen Brust, die beim Umziehen plötzlich in deinen Gesichtskreis fällt wie ein flüchtendes Rehkitz? Mit Edmond denken, heißt, die Frage nach der absoluten Gewissheit stellen, sagt Martha. Verdammt, es geht jetzt und hier tatsächlich um die Wurzeln des Denkens, um den Absturz zum letzten Grund, in diesem todnüchternen Seminarsaal, in dem sich auch ein Grüppchen Versicherungsvertreter treffen könnte. Ihre linke Hand, elegant bis zu den nicht oder farblos lackierten Nagelspitzen, sortiert, ohne dass es einer Blickkontrolle bedürfte, einen Stapel zusammengehefteter Manuskriptblätter, während ihre Rechte den feinsinnigen Penis ihres hübschen Assistenten durch ihren verblüffend wilden schwarzen Busch leitet. (Klemmwirkung des Keuschheitsgürtels, den du dir anlegen zu müssen glaubst.) Wenn du dir nicht bald einen neuen Freund oder Lover suchst, wirst du lesbisch werden oder dich wenigstens eidetisch in deine Professorin verlieben, die einmal deinen (längst von ihr geschiedenen) Professor liebte oder umgekehrt. Ich weiß nicht, in welcher Richtung ich mir das schlechter vorstellen kann, aber sie sollen eine Tochter im Schulalter haben. In ihrer strahlend soliden Aura siehst du sie einige Male mit einem (einzuklammernden) blonden Mann auf dem Campus, ein Literaturwissenschaftler, heißt es, der wirklich blass erscheint, wie ein Buch ohne Einband. Ein idealer transzendentaltransparenter Liebhaber. Ich hätte nie gedacht, dass Jochen weinen würde. Es lag nicht in meiner Absicht, ihm den Rettungsring wegzunehmen, wie er behauptete. Im schmalen Kanal der Auguststraße wäre ich ihm und mir selbst nur ein Rettungsring aus Blei gewesen (endlich ein paar vorzeigbare Kunstprodukte für Schnulli, Rettungsringe aus Schwermetall, Schwimmflügel aus Marmor, Luftmatratzen aus Schwarzkohlerotblutechtemgold). Ich habe mich selbst gerettet vor einem Leben als Galeriemäuschen (Betthäschen, Punk-Raverin, Kokainschnüfflerin), ich trenne mich von kunstbesessenen Männern, die mich nur in ihre Sammlung dienstbarer Vaginas einreihen wollen, ich diene noch nicht einmal meiner eigenen Vagina (im Augenblick). Reise ins hellste Licht. *Die Logik ist wahr, weil sie ideal ist.* Du wünschst dir, diesen Edmond'schen Satz auf die Feuerbach-Leinwand im Atelier deines Vaters geschrieben zu haben. Gewiss ist der Automatismus der Schlussfolgerung (und du darfst fragen, weshalb). Gewiss bin ich, es gibt immer: das zu drei Vierteln durchsichtige, dreivierteluendliche, alles berührende Wunderwerk des transzendentalen Egos, durch dessen Schleier, in dessen Innenaußenraum die Welt sich zeigen muss, deren zwiespältiger Teil du bist. Aber auch der Klotz ist transzendental, wer hätte das gedacht! Er ergibt sich erst aus der Überschneidung einer Reihe von Klotzwahrnehmungen in deinem Kopf. Habe ich das richtig verstanden? Unmittelbar gewiss ist zunächst nur, was innen ist, das Erlebnis. Die Außenwelt der Klötze muss ewig wanken, was aber nicht heißt, dass sie nicht real ist, sondern nur weniger scharf umrissen, indirekter und entfernter (fast wie ich). Du beschäftigst dich auch noch mit Esther Goldmann? (Steffie, in meiner Zelle zu Besuch.) Dann wirst du verrückt werden oder ins Kloster gehen oder beides, hast du dich übrigens beim Uni-Sport angemeldet, wie ich es dir ärztlich verordnet habe? Ich versuchte es mit *Popgymnastik* (Heiterkeitserfolg, also: *Aerobic*), aber dort tauchte der superbe Norbert auf, in eng anliegendem Neonfarbenkostüm, um wie ein Hampelmannschatten hinter meinem Hintern im Stakkato zu springen. WAS DARF ICH HOFFEN? Ich wollte mich für das Damen-Volleyball anmelden, aber traurige schwarze Stoffe, Ost-Ruß-Schwebeteilchen, das Kolophonium meiner Erinnerung an die letzten Monate des Regimes, rieselten herab, und so fand ich mich schließlich in einem garantiert hirn- und seelenlosen Fitnessstudio direkt an der Weender Landstraße, dessen grelles Ambiente und die allüberall in ihm verteilten, stöhnenden und pumpenden Muskelmänner den hageren Norbert schreckten – den ethnologisch versierten Gastprofessor Rudolf aber nicht. Ich denke heute (jetzt!), dass die Art, mit der wir uns beim Zusammentreffen vor den Folterwerkzeugen begrüßten, unsere Beziehung noch einmal grundlegend gestaltete (*fundierte*, um es mit Edmond zu sagen), sie war einfach und ganz erstaunlicherweise familiär, entspannt, wohlmeinend, so wie wir uns in dem Florentiner Restaurant nach dem zweiten Glas Rotwein (des Professors, ich trinke immer noch nicht) unterhalten hatten, er begegnete mir zu unerwartet und zu schnell in seinem verwaschenen malvenfarbenen T-Shirt, seiner schwarzen Turnhose und den neuen apollinisch weißen Sportschuhen, als dass ich irgendeine Art von Widerstand oder Scheu hätte aufbauen können. Du kommst in die Küche und sagst dir, es ist okay, dass er in Unterhosen vor dem Kühlschrank steht, da er ja deine Mutter vögelt, nein, es war kein Gran Eifersucht dabei, sondern nur Freude, unbegründet, aber unglaublich gewiss, der Trost einer Aussicht auf eine lange Zugehörigkeit oder eine Art von Kameradschaft, als wäre er wirklich der ältere Cousin oder Onkel geheißene alte Freund deines Vaters gewesen, als den du ihn ausgeben wirst, wenn sich Kommilitonen über euren vertrauten Umgang wundern. Beinahe jeden Freitagnachmittag streben wir nun Seite an Seite, triumphal und vergeblich, auf das Bild der Landstraße zu. Hinter schräg orangefarben beschriftetem Glas rollt staubiges Metall in philosophischen Bauklötzchenfarben vorbei, Westwagen wie Mercedes, Opel, BMW und so fort gleiten lautlos über graue Bänder vor Werbeflächen dahin, gerahmt von Laternenmasten, überspannt von Leitungen, auf denen schwer grübelnde Spatzenphänomene sitzen, alles unerreichbar auf dem Laufband des Studios Leben, doch unzweifelhaft vorhanden und real. Edmond ist im Grunde ein Monist, das hat mit Realismus oder Idealismus nichts zu tun, sagt der Professor von unten her, während ich an seiner Langhantel vorbei in seine malvenfarbig eingefasste haarige sokratische Achselhöhle schaue, das Phänomen und seine Wahrnehmung sind siamesische Zwillinge, untrennbar verbunden und gegeben mit derselben Evidenz. Er hat das Vermögen, mit aerobicscher Leichtigkeit große Gewichte zu stemmen. Vielleicht hasst Martha ihn deswegen oder liebte ihn einmal deshalb. Nach jeder freitäglichen Fitnesseinheit trinken wir seltsame Säfte an der Sportlerbar und sprechen eine halbe Stunde über Edmond, Esther, das Wetter und die Welt, mit Blick auf das rhythmisch wuchtende Studio, als schauten wir direkt ins Gehirn eines betriebsamen, aber repetierenden materialistischen Philosophen. Seither gibt mir Rudolf (immer wieder) das absurde Gefühl, genau hier (wo auch immer ich gerade bin oder weglaufe) am rechten Platz zu sein. Es ist richtig, dass du damals nicht an der FU studiertest, dass du zunächst in die USA gingst, dass du die Auguststraße verlassen hast, dass du jetzt aber bleiben und nicht mehr weglaufen willst. Die Phänomenologie ist richtig, wenn auch nicht unbezweifelbar. Es ist auch richtig, dass du gewissenhaft die Pflichtveranstaltungen des Grundstudiums absolvierst und doch schon in Marthas Vorlesung sitzt, denn du willst JETZT Philosophin werden, nein SEIN, denn so etwas beginnt man nicht, sondern hört nur fälschlicherweise damit auf, am Ausgang der Kindheit oder spätestens der Jugend. Falsch wäre nur, dass ich mich nicht integrierte, behauptet Steffie, dass ich mich zu wenig verabredete, dass ich immer nur mit ihr ins Kino ginge (und mit ihrem Freund Christoph, einem in Hamburg an seiner Promotion sitzenden Mediziner, der sie jedes dritte Wochenende in der Dachgeschosswohnung besucht). Weshalb gäbe ich diesem Norbert keine Chance? Vermisste ich denn nichts? Die Produktivkräfte, die sozialistischen Massen, den Fahnenappell, das Pionierhaus, die Kaufhalle, Tee aus dem Samowar. Tatsächlich fehlen mir Katharinas unruhige Nähe, ihr ewiges Lesen, die Theaterbesuche mit ihr, die animierend stolze Art, mit der meine Mutter mich betrachtet, seit ich die Phänomene beäuge. Jetzt, wo sie weiter entfernt ist als Andreas, schmerzt mich das, was sie einmal in einer bestimmten Phase war, eine spezifische Abwesenheitsform ihrer Vergangenheit mithin oder die Abwesenheit einer spezifischen Vergangenheitsform (sie seminarisieren mich hier noch vollständig). Nicht die elegante, neu selbstbewusste, durch Florenz promenierende Touristin und Beinahe-Freundin wünsche ich mir nah, sondern die symbiotische, gehetzte, aufgebrachte Rebellin der achtziger Jahre im mäuschengrauen Bibliothekarinnenpelz, so wie ich Andreas, der nur dreißig Zugminuten entfernt wohnt, fast gar nicht besuche, damit ich meine Mädchensehnsucht nach ihm noch eine Zeitlang behalten kann, als erinnerte ich mich als Sechzehnjährige, alleingelassen in Dresden, daran, wie er um meinen elften oder zwölften Geburtstag war. Ich will also vermissen, stellt die frisch gebackene Phänomenologin in mir fest. Definition einer Heimat als Abwesenheit geliebter Menschen und Objekte. Auf meiner Etage des Studentenheims weiß jeder, dass ich Ossi-Frau einen Ossi-Freund in Ossi-Berlin habe. Seine frankensteinartig aus Teilen von Jochen, Fred und Rudolf zusammengenähte virtuelle Existenz bewahrt mich davor, normal zu werden, meinen härenen Philosophinnengürtel (*cingulum*, ich erobere in galeerenruderbankartigen Latein-Intensiv-Kursen das Weströmische Reich) abzulegen und irgendeinen wiedervereinigenden Unsinn mit jenem Norbert oder auch einem Max oder Günther zu treiben (Bremen, Deggendorf, Günther- oder Gütersloh). Erst nach einem Dreivierteljahr fahre ich für mehr als zwei Tage heim, nach Berlin, zu Mama und Frankensteins Liebesmonster, um Erstere wider Erwarten vergnügt und ganz mit ihren Bibliotheksangelegenheiten beschäftigt vorzufinden, Letzteren, zunächst den Fred-Anteil an meiner künstlichen Kreatur, in einer Art depressiven Fixierung. Ausgerechnet er, der so plakativ und ironisch die Wende in ihren Eierschalen protokolliert und seine Werke in New York und San Francisco verkauft hat, verheddert sich jetzt in düsteren

Reflexionen darüber, wie die Westpolitiker, Westmedien, Westeliten das havarierte Land an ihren fetten Dampfer andocken und die Befehlsgewalt auf allen Kommandobrücken übernehmen. Er hat zwei TV- und Videoanlagen in seinem Atelier aufgestellt und zeichnet jede Dokumentation über die alten Machthaber, die Treuhandaktivitäten, das Zusammenbrechen der Ost-Ökonomie auf, ohne wirklich etwas Neues damit anfangen zu können. Es ist mehr ein Hinstarren als ein Sehen, etwas, das mich aufbringt als Phänomenologin, so wie ich ihn aufbringe mit meiner vermeintlichen Gleichgültigkeit gegenüber den absaufenden Resten unseres Ex-Vaterlandes (Grüß mir den Hunzigger in der Haftanstalt Moabit). Immerhin trinkt er deutlich weniger und verhält sich weiterhin tadellos freundschaftlich zu mir. Deshalb darf er mir die Meinung geigen, ich sei, findet er, schon regelrecht verwestlicht, gerade als ich eine ungesunde Regung verspüre, seinem Selbstmitleid und meiner singulären Sublimiertheit ein (saftiges) Intermezzo anzutun. Es wäre nicht gut (geschweige denn befriedigend) gewesen, denken wir wohl beide, denn Fred kramt plötzlich das Foto einer mild-verblühten Brunetten hervor, mit der er, sobald wie möglich, ein verwildertes Olivenbaumgrundstück mit verfallener Steinhütte in Apulien kaufen möchte. Ich schenke mir die möglichen Kommentare (Toskana-Fraktion Ost), denn schließlich bin ich persönlich die Wende-Gewinnerin, wenn auch viel weniger verwestlicht, als er denkt (und ich möchte), sondern vielmehr zurückversetzt um ein Dreivierteljahrhundert, bis in die Windungen meines Gehirns und die Gürtelringe um mein Geschlecht, das nach langen Monaten tatsächlicher (interaktiver) Askese so heftige Zustandsänderungen (nicht vorhanden – voranstoßend wie eine hungrig triefende weiche Wombat-Nase) erleidet wie in der Göttinnendämmerung meiner Jungfernzeit, so dass ich beinahe den immer bekannter werdenden Junggaleristen Neissfelde flachlege, den ich am nächsten Tag besuche. Er war und ist auch bereit dazu, stets interessiert am größtmöglichen Chaos zwischen den Leinwänden und Monitoren seiner um zwei Räume der einstigen Nachbarwohnung erweiterten Galerie, die brandaktuell (wieder der sengende

Schmerz meines Unvermögens, auch nur annähernd so etwas machen zu können wie diese versierten Künstler auf den Leinwänden und Monitoren um uns her) den entfesselten Ausländerhass als Steinigungsszene vor den lichten Termitenbauten eines *virrten rhighchs* abbilden (Verena Carstens, Acryl, 164×72) oder grauenerregende, diffuse, alles Furchtbare erahnen lassende Videovergrößerungen von heimlichen Filmaufnahmen der Internierungslager in Bosnien-Herzegowina. Schon weil ich so eingeschüchtert bin von diesen Arbeiten, falle ich wieder ganz aus der Rolle der rückfallwilligen Ehemaligen, auch als Jochen mich an sich zieht und sich ein nach oben hin verästelnder Blitz ausbreitet in meinem Leib (einem, wie Esther schrieb, höchst sonderbaren Objekt, das uns mit noch größerer Hartnäckigkeit als der Mond seine Rückseite vorenthält (gebrauche den Spiegel deiner Hände)), flüstere ich, indem ich ihn sanft von mir stemme, den alten, aber weisen T-Shirt-Spruch ins sich von mir entfernende Ohr: *don'thavesexwithyourex.* Ich schütze den verirrten, ins englische Internat abgeschobenen Jungen, der irgendwo noch in ihm steckt wie das großäugige misstrauische Künstlerinnenkind in mir. Wären wir nicht nach Florenz gefahren, wärst du nicht nach Göttingen abgehauen, zu deinen Vätern, erklärt er mir, wobei er neben Andreas natürlich Rudolf Zacharias im Sinn hat, meinen Laufbandpartner im phänomenologischen Fitnessstudio, in dem Judith das Abhacken von Köpfen an einer holofernischen Kraftmaschine übt. Noch bin ich nicht in der Lage, irgendein Haupt von irgendeinem Rumpf zu trennen, auch wenn Jochen klar zu erkennen glaubt, dass ich es bald tun werde, er zielt auf meinen Ehrgeiz ab, die Dinge nicht nur phänomenologisch, sondern auch wirklich, anatomisch, ontologisch radikal zu packen (mit Stumpf und Stiel den Kopf ausreißen zu wollen). Ich möchte begreifen, weshalb immer wieder Blut auf den Straßen von Sarajewo fließt. *Mitten in unser friedliches Studentenleben hinein platzte die Bombe des serbischen Königsmordes*, schrieb Esther, *wir konnten es nicht fassen, daß es zum Krieg kommen sollte. Er würde anders sein als alle Kriege zuvor, eine so entsetzliche Vernichtung würde es werden, daß es nicht lange dauern konnte. In ein paar Monaten würde alles vorbei sein.* Es ist absurd, dass ich Andreas nicht besuche, wenn mir doch allein schon die räumliche Nähe zwischen Kassel und Göttingen als Zeichen eines Vaterkomplexes angelastet wird. Andreas muss lachen, als ich ihm erzähle, Fred fände es – trotz seines lange gehegten Abscheus – unpassend und höhnisch, dass Hunzigger in Moabit einsäße. Also war ich meinem Vater bislang aus dem Weg gegangen, weil er mit dem Westen noch viel besser zurechtkam als ich oder ich schon früher hätte feststellen müssen, dass die fünfzehn Jahre jüngere aktuelle Blondine zwischen seinen manischen Verschrottungs-Gemälden sehr feinsinnige, geistvolle, verwirrend weibliche Tuschezeichnungen anfertigte? Andreas steht plötzlich neben mir vor einem solchen Bild, das mit einer gewissen Wahrscheinlichkeit häkelgarnstrangartig ineinandergreifende Eierstöcke zeigt. Mit einem Mal bin ich zurückversetzt in die Gemäldegalerie vor Vermeers lesender junger Frau und beginne panisch nach klugen Sätzen zu suchen. Aber der sächsische Patriarchen-Bart ist doch ab, neben mir lehnt ein rasierter Kunstprofessor an seiner Ateliersäule, und ich muss mich nicht mehr geprüft fühlen bis ins Mark, denn mein Kopf ist entlaufen, ist in Dresden schon unabhängig geworden, als Viktor das Madonnenbild in seiner Villa versteckte, das jetzt wie beiläufig, halb zur Wand gedreht, in einer Ecke des Ateliers steht. Wo meine Aquatinta-Radierungen jetzt seien, fragt Andreas mit größtmöglicher Arglosigkeit und trifft, weil ich impulsiv, beinahe schon unter Tränen hervorstoße: *Bei Mama!*, anstatt mich darüber zu wundern, dass er die Arbeiten überhaupt kennt. Ich spüre das Metallkästchen, das er mir in die Hand drückt, bevor ich es sehe, weil ich immer noch durch einen Schleier hindurch auf die verhäkelten Eierstöcke starre. Es sind zwölf verschiedene Härten, dabei braucht man nur drei oder vier im Leben, sagt er und zaubert mich damit ein paar Zugstunden später in einen Göttinger Künstlerbedarf-Laden, mit einer wahren Grals-Begierde nach gutem Papier. Es war das letzte Mal, dass er mir – abgesehen von seinen wirklich pünktlichen Banküberweisungen – zutiefst und praktisch geholfen hat bei meinem Hobby Leben. Man braucht ein Hobby, wenn man viel denkt, sage ich mir beim Anblick des teuren Stapels gebundener Zeichenblöcke und edler Einzelblätter, die ich verschämt auf einem Bücherregal niederlege, weil die philosophischen Werke auf meinem Kinderschreibtisch und rings um mich her sofort zu knurren beginnen wie quaderförmige Kleinkampfhunde und ich schon die entfesselten Skizzen sehen kann, die ich des Nachts, im Angesicht ihrer großsprecherischen Rücken, stumm hinwerfen will. Nur eine Linie ziehe ich schon jetzt, sehr fein, wie ein Riss ins Porzellan, durch den weißen Raum der Zeit.

3. GOTT HAT KEIN HERZKLOPFEN

Esther sieht mich durch den Riss, den ich zeichne, so stelle ich es mir vor, und wäre es so, könnte sich nicht mehr so leicht einer über den wehrlosen anderen in der Vergangenheit beugen, von der wir zumeist nur Bilder haben, Fotografien, Schrift. Ihr Blick ist in die Zukunft gerichtet, das große verschwommene Tableau, in dem ich nur ein blasser Tupfen im Hintergrund bin, der, wie Meister Edmond festgestellt hat, immer auch existieren muss, damit vor ihm etwas geschehen kann. Der Blick ihrer großen, zumeist schattenunterlegten Augen ist auf allen ikonografischen Darstellungen hervorgehoben, sie sieht immer schon zurück, durch den Beobachter hindurch oder wenigstens in den Schmerz seiner Seele (die Einheit der psychophysischen Organisation), und von daher verwundert es mich, dass in ihrer Theorie über das Bewusstsein der anderen das erste, herausragende, unmittelbar treffende Anzeichen des benachbarten Subjekts fehlt, das frappierende Aufblitzen einer anderen Welt im Augenblick des gegenseitigen Augenblicks. Weshalb Esther Goldmann? Warum liest du sie, studierst sie regelrecht, wirfst ihren zarten Schatten aufs Papier? Alle fragen dich das so verwundert, als wollten sie gleich hinzufügen: gerade du, die uns jetzt erklären sollte, wie man von den Clara-Zetkin-Reliquien der Erweiterten Oberschule Immanuel Kant (Preußischer Genosse aus Kaliningrad) auf Fräulein Goldmann käme. Was reizte dich an ihr? Die Preußin, die Jüdin, die staatstragende konservative Halb-Suffragette oder gar die philosophierende katholische Ordensschwester? Mit ihrer Energie wäre sie heutzutage bestimmt noch vor ihrem dreißigsten Lebensjahr Erziehungsministerinnenstaatssekretärin geworden, oder wie heißt das hierzulande. Sie hätte aber auch habilitieren dürfen. Überleben dürfen. Traumhaft unschlüssig, aber doch wie unter Zwang suche ich in der silbernitratgrauen und sepiafarbenen

Tiefe des Jahres 1913, in dem sie nach vier Semestern Studium in Breslau zur Göttinger Denkerschule gestoßen ist. Sie ging wie ich durch die Eingangspforte des alten Philosophischen Instituts, durch diesen lebkuchenhaushaften Vorbau, ein Hexenhaus für die Zeitumkehr, in dessen renovierungsbedürftigen, also heimelig ossihaften Innenräumen ich kaum je dem Gastprofessor Zacharias begegnete, es sei denn, ich trüge zwei Bände Goldmann aus der Bibliothek auf dem Arm, etwas Ehrenvolles, aber leicht Peinliches, wie mit Weihwasser besprengte Zwillings-Hirnhanteln. Mein Sportkamerad (morgen ist Freitag) scannt blitzschnell und unfehlbar die Buchrücken. Zu meiner Erleichterung gibt er nach einem wissenden Nicken zunächst nur die Anekdote der Vorstellung von Esther beim sagenumwobenen Edmond zum Besten: Wie sie ihm erzählte, sie habe den gesamten zweiten Band seiner Logischen Untersuchungen gelesen, was er als eine Heldentat pries und ihn dazu veranlasste, sie als Studentin anzunehmen, geschenkt. Weshalb Esther? Möchte der Gastprofessor aber dann doch wissen, draußen, vor einem verwilderten Fahrradständer. Weil sie so talentiert war. Weil sie Nonne wurde. Weil sie ermordet worden ist in diesem alten, jungen, verdammten blutbesudelten Land, das wir alle zur Gänze, zur Tiefe, zur Breite auf den prallen Oberflächen und im lyrischen Grund seiner Seen und Flüsse, auf den Sandsteingipfeln von Sachsen, den Felsgraten der Zugspitze und in den klaustrophoben Bohrgängen im Obersalzberg in uns aufnehmen oder wenigstens ordentlich DURCHDENKEN müssen. Für was bin ich denn hier, mitten in der deutschen Mitte, die jetzt wieder beinahe so mittig ist wie sie es zu Esthers Zeiten war, abgesehen von Ostpreußen, dem Pommernland und Schlesien, aus dessen größter, repräsentativster Stadt meine nach-adoptierte große Schwester kam, um in diesem seltsam lichten Göttinger Fladen zu brüten. Im Kontrast zur heimischen Insel- und Brückenstadt könnte ihr das Tuchweber- und Geistweberstädtchen an der Leine doch provinziell vorgekommen sein. Was findet man an der Göttinger Rathausfassade, wenn man die Prachtgotik des Breslauer Wahrzeichens kennt? (Reine Nüchternheit und das Gänseliesel.) Und als ich, umgekehrt, als Malerliesel mit einem Aquarellfarbenkästchen, einmal nach Breslau gelangte, fand ich sofort unser Wahrheitszeichen, Jonas, die dickwangige, ihr feuerheißes Licht ins Weltall blasende goldene Sonne im Zentrum der astronomischen Uhr unter dem mittleren Rathausgiebel, und von überall her prangte mir das Stadtwappen entgegen, das seit 1990 wieder demjenigen gleicht, das Esther schon kannte, mit der von den Nationalsozialisten wie von den Realsozialisten gleichermaßen verbannten Büste Johannes des Täufers in der rechten unteren Ecke, passgenau eingesetzt in die Wippe einer auf die Zacken gestellten Kaiserkrone.) Was es bedeutete, vor fast einhundert Jahren in einer weitgehend assimilierten jüdischen Holzhändler-Familie in Schlesien aufzuwachsen, deren Vater an einem Hitzschlag starb, die Mutter mit sieben Kindern zurücklassend, kann ich nur erahnen. Den Lagerplatz, auf dem Esther, die Jüngste, das Maikäferchen genannt, eigenwillig und versonnen spielte, kann ich entstehen lassen, atmosphärisch wenigstens, als einen Ort elementarer Materialien, aufgestapelter Dinge, etwas wie ein Riesenatelier der Wirklichkeit, mit Baumstämmen und Brettern, Latten und Balken, unter oder hinter denen man sich verkriechen kann, anstelle von Leinwänden, Staffeleien, Leitern und Stapeln mit Farbeimern. Die Mutter, unter der Last ihrer sieben lebenden und vier toten Kinder, schaffte es, aus der verschuldeten Baustoffhandlung ein florierendes Geschäft zu machen. Also hätten wir eine starke, höchst realistische Frau und einen abwesenden Mann, aber es ist doch alles viel zu weit weg von mir, wie soll man sich etwa die jüdische Hochzeit im Jahre 1871 ausmalen, mit der Esthers Familiengeschichte begann, ein traditioneller Hochzeitsgesang, der mit einem Mal, zur Begeisterung des noch schwer Sedan-berauschten Publikums, in die tannenharzige Marschmelodie des Rufes, der da wie Donnerhall braust, übergeht, in rumpelkrachender Vaterlandsmanier. Die Völker und auch der Staat seien im Grunde wie gigantische Personen, jedoch würde der Einzelne nicht wie eine biologische Zelle in deren Körper aufgebraucht, sondern könne sich sein Verhältnis zum Ganzen ins helle Bewusstsein heben, um sich dann aus freien Stücken zu unterwerfen. Esther, die das einem staunenden, leicht ironischen polnischen Kommilitonen (wir atmen kurz in ihm auf) erklärt, den sie wohl lange vergeblich verehrt hat. Versuch über den Staat als Wimmelbild aus Holzlageruntertanenzellstoffzellengestrüpp, Gesichter wie Amöben in Schraffuren untergehend, in Schlaglichtern wieder erscheinend, zerrieben, zerschmettert, zurücksinkend, in Gräben verrottend. Ich schreibe in Esthers Worten mit Kohle auf Kohle, Schwarz in Schwarz: *So scheint mir die Organisation als ein Zeichen der Kraft und dasjenige Volk das vollkommenste, das am meisten Staat ist, und ich glaube bei ganz objektiver Betrachtung sagen zu können, daß es seit Sparta und Rom nirgends ein so mächtiges Staatsbewusstsein gegeben hat wie in Preußen und im Deutschen Reich. Deshalb halte ich es für ausgeschlossen, daß Deutschland im Krieg unterliegt.* Der Maximilian-Lindner-Sound, könnte man denken. Staat und Tüchtigkeit als Droge. Sie war selten glücklicher als in jenem halben Jahr, in dem sie drei Jahre Schulstoff in Latein und Mathematik nachholen musste, um zur Abiturprüfung zugelassen zu werden – ha, es gab, bis zu meinem fünfzehnten Lebensjahr, Momente, in denen Fräulein Gagarin mit ihrem blauen Halstuch sich den sauertöpfischen Groll ihrer staatsfernen Eltern zuzog, weil sie vorwärtsimmerrückwärtsnimmer schulischstaatlichjugendlich voraneiferte imklassenkampf (lasst uns nun den Hunzigger enthaupten im Hof der Haftanstalt Moabit und seinen Kopf auf eine umgedrehte Sichel stellen, welche wir rechts unter dem Bundesadler ... aber nein, büffle Latein). Lindner, sage ich zu meinem Sportkameraden, wurde schaudernd von ihr bewundert, aber in ihrer Doktorarbeit metzelte sie ihn ab wie überhaupt alle, die IHREMMEISTER zu nahe gekommen wären. Das solltest du auch machen, wenn du demnächst promovierst, huldige stets den *Bonzen*, so wurden die renommierten Profs damals genannt, von Esther und ihren Kommilitonen, erklärt mir der Rudolf-Gastbonze. Esthers Schriften seien (an der Sportler-Bar betrachtet) so etwas wie Selleriesaft, gesund, aber mystisch – nein, ich bräuchte jetzt nicht zu protestieren, ich bräuchte aber mit meinen Fragen auch nicht alleine zu bleiben, sondern könne seine Ex, Martha, die durchaus abenteuerlustig sei, auch wenn sie solide wirke wie eine Bankfilialenleiterin, doch einfach fragen, ob sie eine Hausarbeit über einige von Esthers Schriften zulasse. Selleriesaft, nichts für Weintrinker, gib das Gemüse in die Moulinette (den Dresdner Gemüsezerkleinerer Multigirl Typ LMZ 252) deiner Ex, Erbarmen deiner Karotte. Die zugereiste Esther war topfit, wanderte, ruderte, tanzte hinein in Edmonds Zettelgebirge, hier vor dem Rathaus, durch die Weender Straße, die sie womöglich an den Breslauer Ring erinnerte, vor den ungleichen Türmen der Johanniskirche, auf Schusters Rappen über die die Gleichen und die die ungleichen Gleichen genannten Hügel, hinein in die phänomenologische Gesellschaft blasser junger Damen und Herren, welche in den zumeist winzigen Studierstübchen zur Untermiete von Handwerksmeistern, Offizierswitwen oder weniger definierten älteren Fräuleins hausten. Sie galt als vorlaut, *keck*, sie redete immer gleich mit. Fehlt mir ihre scheinbar angeborene Energie und Arbeitswut? Ich muss mich zwingen, selbst wenn meine Professorin mich ermutigt, lobt, die Idee einer Hausarbeit über das Fräulein Goldmann nach kurzem Zögern gutheißt. (Spürte sie das Kuckucksei-Wirken ihres Exmannes?) Sitze wie ein Ölgötze starr an deinem Tisch. Esther arbeitete oft fünfzehn, sechzehn Stunden am Tag. Ich will nicht mehr davonlaufen (allenfalls auf dem Zeichenpapier), ich will nicht mehr kneifen wie damals vor der USA-Reise, als ich nach drei Wochen kopflos aus den flachen Metall-Labyrinthen der Freien Universität ausbrach. Keine Diskotheken, keine Partys, sehr wenig Studentenbudeneinladungen, Meidung von melancholischen Onanisten (die mir gleichen) und jedweder Künstlertypen, die auch nur entfernt an Fred erinnern. Wozu führt das aber?, fragt Steffie, deren Christoph den schicken Norbert kennt, so dass man doch zu viert einmal. In den Wald. Gehen. Könnte. Wie Esther, die doch viel wanderte. Ich träume von ihr, oder sie zieht mich durch den Riss in einen seltsam fahlen, zelluloidgrauen Forst, den sie mit ihrer geisterhaften phänomenologischen Gesellschaft durchstreift, junge bleiche Herren in kratzigen Wollanzügen umringen einige wenige Damen in dunklen Röcken und langärmeligen, hochgeschlossenen Blusen, fahl wie Trockenblumen, einmal stößt ein ledergesichtiger älterer Typ dazu, morbide irgendwie, elegant, verlebt, er hat etwas von einem altbayrischen Schlossvampir – es muss der Max Lindner sein, schießt es mir durch den Kopf, er fahndet auch schon mit seinem silbrigen Weiberblick nach Esthers Rucksack, in dem stets ein Band Spinoza geborgen ist, doch sie klettert rasch auf einen Baum, bevor er sie die neuesten katholischen Mores lehren kann. Solche Bilder flimmern durch mich hindurch wie die grauen Stummfilmaufnahmen mit Klavierbegleitung im Studentenkino. (Bonze Rudolf: Du musst dir Fritz Langs *Metropolis* ansehen, das ist ein Befehl!) Doch die Länder der Befehle sind untergegangen. Aus freien Stücken sitze ich zwischen Norbert und Steffie und sehe gebannt zu, wie die echte Maria von ihrem Frankenstein-Entführer mittels auf und ab flirrender elektrischer Kreise auf die Maschinen-Maria übertragen wird, jene Androidenfrau, der die Arbeitermassen verfallen, um von ihr zur Zerstörung der Metropole getrieben zu werden. Esther könnte diesen Film gesehen haben, einen Science-Fiction in Schwarz-Weiß, 1927 uraufgeführt, in der depressiven, prekären Mitte zwischen den Kriegen. Was hätte sie gedacht beim Anblick der auf und nieder schwebenden gloriolenartigen Lichtringe, welchen den auf einem Stuhl sitzenden femininen Eisenkörper umschlossen, um die Transformation zum perfekt menschenfrauähnlichen Androiden zu bewirken? Nicht das, was wir heute denken. Aber die brachiale Zukunft der Menschenmassen, Maschinenmenschen, Massenmaschinenmassaker hatte doch schon begonnen, als sie noch traumartig durch den Wald schwebte. Der Körper der Frau ist die gewaltigste Maschine, die mächtigste und die wichtigste, seit Jahrzehntausenden als einzige imstande, Menschenwesen zu fabrizieren und auszustoßen, Millionen und Milliarden. Will Esther – um Geist zu werden, um Geist bleiben zu dürfen – die umgekehrte Transformation, die elektrotranszendentale Metamorphose des sinnlichen, säugetierwarmen Frauenleibs zur eisernen Jungfrau, die den Turing-Test besteht? Am

Ende des Films steht die Versöhnung der Elite der Oberstadt mit dem Proletariat des Untergrundes. Das Herz, nicht die Maschine (Auto, Geschirrspüler, TV) sollte der Mittler zwischen Hirn und Hand werden. Es ist eine *innere* Regulation, mein lieber aftershaveduftender, dich im Dunkeln auf den Flügeln des Pianos herantastender Norbert, nicht das zutiefst äußerliche Erfassen der linken Hand einer hirnlastigen Kommilitonin, in der vergeblichen Hoffnung, sie würde williger, wenn sie es nicht zu sehen bräuchte. Weshalb bin ich verdammt, verflucht, entschlossen, in der Geistesnekropolis Kleingöttingen eine Esther-Maria-Androiden-Jungfrau zu spielen, umschwirrt von den elektrischen Feuerkreisen ihrer Sprödigkeit? Um mein Denken zu schützen, anders kann ich es nicht, sei es auch um den Preis, den Esther schon bezahlt hat, als sie sich an ihrem Schreibtisch mutterseelenallein im Universum fühlte und sich fieberhaft in die Verzweiflung hineinarbeitete, bis sie nicht mehr auf die Straße gehen konnte, *ohne zu hoffen, daß ein Wagen über mich fuhr*, und bei jedem Wanderausflug wünschte, *daß ich abstürzen und nicht lebendig zurückkommen würde*. Fräulein Gagarin verbrachte kaum mehr als zehn Stunden täglich am Steuerpult ihres Think-Gleiters oder Denk-Jets. Danach und dazwischen las sie, warf sich aufs Bett, hörte CDs, rauchte aus dem Fenster, duschte in Ruhe (in diesem Studentenwohnheimzimmerluxus habe ich zum ersten Mal in meinem Leben ein Bad für mich allein) und hielt Zwiesprache mit ihrer Tageszeitung aus der Freien Welt (Siebzig Jahre lang untersuchten Physiologen in Moskau das Gehirn Lenins, welches im Jahre 1926 von einem Freiburger Hirnforscher in einunddreißigtausend Scheiben zerschnitten worden war, um nichts zu finden als DURCHSCHNITT.), masturbierte sich den eitel-verzweifelten Jochen vom Hals, den ansehnlichen kräftigen Mattias, den Schotten Neil, der ein halbes Jahr neben ihr in Martha Dernburgs Vorlesungen saß. Auf eine bestimmte Weise muss sie auch die Erinnerung an die nach einer erfolgreichen Zwischenprüfung erteilte herzliche und doch meereswogenkühle Gratulation der Professorin loswerden, deren schmale Hand in ihren eigenen, nervösen, tintenbeklecksten Schülerinnenfingern so überirdisch wirkt, dass sie Hephaistos verdächtigt in Verbindung mit Microsoft. Wie konnte mein bonziger Sportkamerad so leichthin darauf verzichten, von einem solchen Greifwerkzeug zwischen den Hinterbacken gestreichelt zu werden? Ich begriff es nicht, mit meinem Kopfkissen zwischen den Zähnen, obgleich ich doch allen Ehrgeiz daransetzte, mit Hilfe von Esthers Dissertation ZUM ANDEREN vorzudringen, ihre Theorie der Einfühlung zu begreifen, einen Beitrag zur Phänomenologie der Intersubjektivität in Form einer literarischen Feier darüber, dass uns der Schmerz, die Freude, das Glück oder Unglück eines menschlichen Gegenübers auch im Philosophen-Habit anders erscheint als der Zustand eines Baums oder Felsbrockens: nämlich als überschlagende Flamme! Entzündete Vergangenheit, eine Fackel, eine Kerze, eine Wunde. Also konnte mich – selbst über den Abgrund der Zeit hinweg – die Depression dieser pausenlos arbeitenden, überlasteten, sich mit brennendem Eifer ins patriarchalische Denkräderwerk stürzenden jüdischen Studentin anstecken, die auf den ersten Blick so wenig mit mir gemein zu haben schien. Was ist der Gesamteindruck ihrer Doktorarbeit auf dich, wie wirkt sie atmosphärisch?, möchte der Sportkamerad wissen, bei einem Freitagsselleriesaftersatz (Mango-Orange, o goldener Westen). Dass ich nicht wisse, ob Esther mir ungeheuerlich fremd oder unheimlich nah wäre. Als er mich daraufhin höchst aufmerksam zu betrachten beginnt, wehre ich mich, indem ich ihn meinerseits etwas Prinzipielles frage, nämlich was er selbst denn an Edmonds Philosophie heute noch so außerordentlich interessant fände. Nun – gehen wir zusammen essen, ich führe dich aus, sagt er, wohl um das Überraschungsmoment wieder auf seiner Seite zu haben. Schon sitzen wir uns am Freitagabend (zur Wochenend-Ausgehzeit, wie romantisch verabredet, wären da nicht die sperrige, hundepaarartige Begleitung unserer Sporttaschen und unsere doch eher lässige Garderobe, die gerade so für den Besuch einer mittelklassigen Pizzeria zureicht) an einem rot-weiß gedeckten Tisch gegenüber. Es ist fast zwei Jahre her, aber wir sehen (Technik der Einfühlung, des zielsicheren Eindenkens) einander an, dass wir denselben Gedanken haben, nämlich dass er mir das alles, seine Faszination an der Phänomenologie, doch schon in Florenz dargelegt habe (womit er mich hierherlockte, in dieses Kaff!). Der großzügige Renaissance-Rahmen von Freiheit und Kunst umgibt und berauscht uns wieder, die Leinwände nehmen leicht jede Verirrung des Fleisches auf, die weißen Schwanenfedern zwischen den üppigen Schenkeln, der trunkene Vater zwischen den Töchtern, die Mutter wie entführt, enthemmt vor Davids gemeißelten Lenden. Wäre Esther so depressiv, so christlich, so katholisch geworden, wenn sie Glück bei einem der zwei, drei Männer gehabt hätte, in die sie sich wohl verliebte? Mit der laufbandnahen Zugänglichkeit einen solchen höchst freundlichen, greifbaren, maskulinen, lässig-dreitagebärtigen Hochschullehrers hatte sie nicht ringen müssen. Oder doch, denn taucht nicht Edmonds (verheirateter) Assistent Richard einige Male in selten warmherzigen Beschreibungen bei ihr auf, und zählte er sie nicht, im Fronturlaub, mit sich bald rächendem Scherz *zur engeren Trauergemeinde* für den Fall, dass er fiele? Rudolf will mir helfen und beantwortet gewissenhaft die Frage, weshalb ihn Edmond noch heute interessiere, obgleich er doch in seinen Vorlesungen zur zeitgenössischen Anthropologie eher eine strukturalistische Außensicht (der behavioristische Beton nicht zugänglicher Köpfe) zu empfehlen scheine. Es gehe ihm um das kontrollierte Nacheinander (erst die Bluse, dann den BH, ich trage ein schreckliches altes blaues Frotteehöschen, eine Art halbfeuchter Waschlappen, o Gott), man solle im ersten Schritt immer Strukturalist sein, im zweiten dann aber Phänomenologe. Edmond habe mit der Entdeckung der Lebenswelt, dem Einbeziehen der Zeitlichkeit, der Gefühle, der Werte, der sozialen Interaktion schließlich die lebendigste Philosophie geschaffen, wenn auch in einer denkbar bürokratischen Sprache. Was man unbedingt begreifen müsse, sei das zutiefst Versöhnliche seines Denkens, das in seiner monistischen Zusammenführung von Ding und Dingwahrnehmung, Phänomen und Phänomenerkenntnis das Subjekt mit der Welt, mit den anderen Subjekten, mit der sozialen und historischen Gemeinschaft verbinde. Zeige sich, meines Erachtens, dieser Geist auch in Esthers Dissertation? – Ja, nein, vielleicht, du liebe Güte, wo habe ich meinen Kopf verloren, mir fällt zuerst ein, dass Esthers Arbeit sehr forsch (*keck!*), wenn nicht aggressiv wirke, sie beiße sofort alle psychologischen Widersacher Edmonds aus dem Feld, wie ihr wohl auch aufgetragen war, also wirke sie zunächst nicht sehr versöhnlich. Allerdings sei (das kommt mir seltsamerweise erst jetzt in den Sinn) das ganze Thema ihrer Arbeit, eben die Theorie der Einfühlung in den Anderen, etwas grundsätzlich Versöhnliches und Menschliches, ich fände es bezeichnend, dass sie sich gerade eine solche Aufgabe vorgenommen habe. Welcher ihrer Gedanken hat dir besonders gut gefallen?, fragt der einfühlsame Bonze und Wieder-Florentiner. Dass Esthers Arbeit einen protokollierten Druckfehler enthalte, dass sie einmal von *Einführung* statt von *Einfühlung* spreche, will ich so bestimmt und vamphaft suggestiv sagen, dass ich nur noch erröten und schlucken kann. Ganz generell hasse ich meinen nervösen, schon wieder erhitzten, noch viel zu mädchenhaften dreiundzwanzigjährigen Organismus dafür, dass er sich in der Konfrontation mit dem Jungprofessor so unreif und hysterisch ausnimmt. Ich mag, dass sie sagt, sage ich (Was wollte ich …?), dass ich also MICH (Wo steckt meine Grammatik?) nicht viel genauer als ein ICH *konstituieren* kann als den Anderen, also mit dem gleichen Erkenntnismechanismus der Einfühlung. Beim Erinnern oder in Träumen sehe ich mich zumeist auch als Körper, wie von außen, als hätte mich das eigene Gehirn fotografiert oder gefilmt, auf eine Art und Weise, wie man eigentlich nur einen anderen Menschen wahrnehmen könne, ich stellte also eine vage, kleinere Version, eine Marionette von mir her, deren Fäden mit meinem Innenleben direkt verbunden seien. Hm, sagte Rudolf bedeutungsschwanger, er glaube allerdings, in Edmonds Schriften schon etwas in dieser Art gelesen zu haben. Aber Esther hat sich in ihrer Doktorarbeit sogar an Gott herangewagt!, deklariere ich (als wäre ich plötzlich darüber erschrocken oder eingeholt von meinen Feuerbach-Trauma). Sie schreibe, dass der Mensch, so wie er das Seelenleben eines anderen Menschen erfasse, als

Gläubiger über den Mechanismus der Einfühlung auch die Liebe, den Zorn, das Gebot seines Gottes ermitteln könne und dass Gott über denselben Mechanismus das Leben der Menschen erkunde. Allerdings sollten wir ihm keine Organempfindungen unterstellen, Gott habe kein Herzklopfen. Donnerwetter, sagt Rudolf, ich hoffe, du schreibst ähnlich wagemutige Sätze auch einmal in deine Dissertation, Martha wird begeistert sein. Daraufhin werde ich wieder nüchtern und reiche ihm brav einen kleinen akademischen Selleriesalat hinüber: Es beschäftige mich (theoretisch) sehr, dass Esther glaube, über die Ausdrucksbeziehung, also über eine Art körperlich geleiteter Einfühlungsfantasie, könne man das Subjekt des Anderen erfassen, aber dass sie nie die Sprache ernst nehme, einfach die Tatsache, dass wir doch sprächen und alle unsere gegenwärtigen oder auch vergangenen Zustände glaubhaft mitteilen könnten, ohne sie körperlich, über einen bloßen Indizienbeweis, nur vorführen zu können. Und was folgt daraus?, möchte Rudolf wissen. Im Augenblick noch nichts. Oder doch: Etwas wie ein neuer, fein gezeichneter Rahmen ist um uns herum entstanden, es kommt mir vor, als würden der Professor und seine erhitzte Studentin wie durch einen Computertrick aus der italienisch tuenden Gaststube geschnitten und in einen größeren, kühleren, seltsam abstrakten Raum verschoben. Nur die Stühle, auf denen sie sitzen, wurden hinüberprojiziert. Kein gedeckter Tisch verstellt mehr die Leere zwischen ihnen, auch die Kleidung ist ihnen genommen worden, aber das schafft keine Nähe, etwas entfernt sie sogar noch mehr voneinander, als wären ihre einander gegenübergestellten Stühle auf Schienen montiert, sie rücken so weit, bis sich jeder von ihnen in einem Glaswürfel von der Größe einer quadratischen Studentenbude ($4 \times 4 \times 4$ Meter) befindet, es ist

DIE PHÄNOMENOLOGISCHE BOX

in die sich der geneigte Besucher begeben kann, durch eine Tür in einem mittleren Glaswürfel, welcher zwischen dem Mannwürfel und dem Frauwürfel eingelagert wurde. Gleich nach dem Zutritt springt ein helles Licht an (von außen konnte man nicht in die Würfel hineinblicken), und man erkennt zur Rechten die nackte Frau (den Mann/Version B), um fast zwanzig Jahre gealtert, die zunächst auf ihrem Stuhl verharrt, während der Mann (die Frau/Version B) im linken Würfel nicht zu sehen ist, denn seine gesamte Box wurde mit einer blauen Folie (*preußischblauen* Folie, Pigment Blue 27/77510, wir verweisen auf die Vorhänge am Eingang dieser Ausstellung und fügen für unsere Experten hinzu, dass die Darstellerin der Maria in Fritz Langs *Metropolis*-Film einen Chemiefabrikanten ehelichte, dessen Werke ebenjene anorganische tiefhimmelblaue Farbe, das Berliner Blau, produzierten) beklebt. Allerdings kann der Betrachter die Stimme des Mannes (der Frau/Version B) deutlich hören, verstärkt sogar durch einen Lautsprecher in der Besucherbox. Der Mann hat sogleich zu sprechen begonnen, den neu Eintretenden freundlich begrüßt, sich nach seinem Befinden und dem Wetter draußen erkundigt. Dagegen dringt aus dem hell beleuchteten Würfel der sitzenden Frau, der zum Betrachter hin eine gläserne Wand hat, kein Ton. Auch die Frau reagiert nun auf den Eintritt des Besuchers, erhebt sich und kommt näher heran an die schaufensterartige Seite. Sie beginnt, eine Art pantomimischen Dialog mit dem Besucher zu führen, während die Männerstimme aus der Blue Box weiterhin das Gespräch sucht und wohl Antworten auf die von ihr gestellten Fragen erwartet. Mancher Besucher, hinter dem sich die Eingangstür, eine preußischblau gefärbte Glaswand, lautlos geschlossen hat, wird vielleicht weder mit dem gastlich und erwartungsvoll grüßenden nackten Frauenkörper noch mit der um Aufmerksamkeit heischenden Männerstimme Kontakt aufnehmen wollen. Den Weg, den er gekommen ist, kann er aber nicht zurück (schon allein aus Sicherheitsgründen, man denke an die anderen Besucher, die vor der Box Schlange stehen). Es gibt zwei EXIT-Schilder über den nach innen hin aufzudrückenden Glastüren, den Zugängen zu den beiden seitlichen Würfeln. Im transparenten Raum oder Terrarium der stummen Frau kann er leicht eine weitere Tür mit einem weiteren EXIT-Schild erkennen, von der er annehmen darf, dass sie nach draußen führt. Die männliche Stimme in der Blue Box versichert ihm, dass es in ihrem uneinsehbaren Raum gleichfalls einen Ausgang gebe, jederzeit ungehindert zu benutzen, sobald man ins Blaue getreten sei. Mutigere Besucher werden länger an der phänomenologischen Hexenprobe arbeiten, sich ausgiebig und trickreich mit dem verborgenen Mann unterhalten, im Wechsel mit dem Versuch, sich mit der geradezu überschwänglich bemühten, schlanken und hübschen, aber etwas unheimlichen Frau, die man auf Ende dreißig schätzen würde, durch Gebärdenspiel zu verständigen. Vertraut man bei der Wahl des Ausgangs nun dem sprachlosen Körper, der alle Anzeichen von Freundlichkeit und Liebenswürdigkeit vermittelt, mit der Einschränkung einer gewissen befremdlichen, vielleicht hinterlistigen, vielleicht nur naiven Art, oder der körperlosen Stimme, welche jedwedes Gespräch zu führen bereit ist und einem völlige Sicherheit und freies Geleit beim Durchqueren des blauen Raums verspricht? (Wir fügen hinzu, dass wir auf eine den Besuchern verborgene, statistisch ausgewogene Weise die Geschlechter, das Alter, das Aussehen beziehungsweise die Stimmlage und Stimmführung der Statthalter der pantomimischen und der verbalen Box abwandeln, wobei allerdings die Uneinsehbarkeit der Box B und die gewisse Undurchsichtigkeit der Figur in A gewahrt bleiben.) Ich fürchte, ich weiß genau, wer in den Schachteln steckt, sagt meine Cousine Steffie. Aber wichtiger sei es zu klären, was den Besuchern nach dem Eintreten in die linke oder rechte Box tatsächlich passiere. Da muss ich ihr gestehen, dass ich meine beiden Professoren mit dem jeweils markantesten Satz, den sie mir im fraglichen Zusammenhang schenkten, zitieren möchte (dies ist eine analytische Box und zugleich eine Hommage, so etwas darf in den Künsten wohl sein). Die Männerstimme, die sich auch beim Eintritt in die Box nicht materialisiert, sondern ganz in ihrer schwebenden akustischen Intimität verbleibt, hat nicht gelogen, denn man erkennt im berlinisch-preußischen blauen Schimmer des vollkommen leeren Würfels klar die Umrisse der eigentlichen Ausgangstür, welche in die Räume der großen Ausstellung zurückführt und an der man, zutraulicher oder mutiger, doch noch einmal verharrt, um den Abschiedsgruß zu vernehmen: *Die Frage ist nicht, ob ich den anderen Körper sehe oder ob ich glaube, dass er existiert, sondern wie es kommt, dass ich ihn sehen kann und doch in der Lage bin zu glauben, er sei in Wirklichkeit gar nicht da.* Weil die Frauen-Pantomimin, eine androide, perfekt menschengleiche Gestalt aus atmendem Aluminium, noetischem Nylon, seidig-sensitiven Silikonstrukturen, keinesfalls sprechen darf, hat sie (wer weiß, wann und wo) ein Zettelchen geschrieben. Die Notwendigkeit, es zu verbergen, erklärt im nachhinein die etwas merkwürdige, wie durch eine partielle Lähmung oder ein neurologisches Handicap erzwungene, starre, einwärts zum Daumenballen geneigte Stellung der Finger ihrer linken Hand. Zerknittert und von etwas wie Schweiß benetzt, offenbart das karierte Stück Papier der Besucherin, die es vorsichtig glättet und dabei nicht umhinkann zu bemerken, dass sie von ihrem Gegenüber auf eine berührend inständige pantomimische Weise zur Rückgabe nach der Lektüre gebeten wird, den zweiten Merksatz der phänomenologischen Box: *Dass man einen Körper hat, viel weniger also als den lebendig durchströmten Leib der eigenen Gegenwart, weiß man erst vom Körper der anderen; es ist so schwer oder so leicht, diesen Körper zu akzeptieren, wie es schwer- oder leichtfällt, dem anderen einen Leib zuzugestehen.*

4. RUF MICH NICHT AN, DENK AN MICH

Rudolf löste sich für einen aussichtslosen Moment aus dem Traum, als tauchte er aus einem Medium auf, in dem man mit geschlossenen Augen die erstaunlichsten und fernsten Dinge wahrnehmen konnte, um jetzt nichts mehr vorzufinden als empörend dicht vor ihm geschlossene grau-rosa schimmernde Vorhänge, in denen sich vage etwas bewegte. Zugleich breitete sich wie die Wirkung eines scharfen, überheißen Getränks in seinem Körper der Schreck aus, einen Fehler begangen zu haben. Niemals eine Studentin! Assistentinnen, Doktorandinnen, Sekretärinnen, Professorinnen, erregte Mütter, die für fünfundzwanzigtausend Dollar im Jahr doch mehr von einer Universität erwarten konnten als schlechte Beurteilungen ihrer Töchter, waren möglich und zulässig (und freilich doch selten geworden, ja gar nicht mehr vorgekommen in den letzten Jahren, weshalb dachte er überhaupt daran). Eine Studentin wäre nichts weniger als die Wiederholung der Chelsea-Katastrophe, jener einmaligen (drei-, viermaligen, mein Gott, die vollkommen konfusen, innerlich im selben Augenblick fluchenden und jubelnden Übergriffe auf dieses stämmige sommersprossige Großkind mit dem Katzengesicht) Grenzüberschreitung, die ihn alles gekostet (Haus, Hof, Frau, Amt, Elch, die Wochenendfrühstücke im gestärkten weißen Hemd, serviert von einer pinguinartig schwarz-weiß kostümierten Haushälterin) und zu einsamen Vortragsreisen auf drei Kontinenten getrieben hatte, am Ende nach Japan, in das Innere eines riesigen tickenden Geigerzählers. Er war mit keiner japanischen Studentin so gut bekannt, dass er mit ihr im Bett hätte landen können. Der nahe weibliche Körper, den er spürte oder ungeheuer wirklichkeitsecht zu spüren glaubte, gehörte auch nicht Ai, die er in den Wochen des Erdbebens und der wahren Katastrophe nur bei zwei Gelegenheiten getroffen hatte, erschöpft und von der Sorge um ihre im Norden lebende Familie gepeinigt und deshalb, trotz einer in den Pausen ihrer Gespräche als träumerisches Entgleiten auf ihrem großflächigen müden Gesicht erscheinenden Neigung, völlig außerstande, an ihre gemeinsame Zeiten in New York und Pennsylvania anzuknüpfen, einmal als Fünfundzwanzigjährige, die missmutig seinen geschienten Hals betrachtete, einmal als vierzigjährige Gastdozentin an der UPenn, die nackt regelrecht auf ihn prallte, ihre rund gewordenen Arme wie Flügel ausbreitend, gurrend, schülerinnenhaft ungelenk und begeistert, in einer lang kultivierten Vorfreude (danach hatte sie sich sogar für sein neu entstehendes Werk *Forget Democracy* interessiert, einen Essay über die autoritäre Permanenz in Russland und China). Er war nicht in Japan, aber auch nicht in seinem verlorenen Zuhause in Toronto. Wenn er die Augen über der Oberfläche des Traumes nicht öffnete, würde er sich noch eine Zeitlang die Enthüllung des Ortes, des Landes, des Planeten ersparen können, dessen Gravitation die irdische wohl um einiges überstieg und ihn beschwerend erleichterte, weil bei eins Komma fünf g zweifellos eine gewisse Wahrscheinlichkeit dafür bestand, dass erfrischend extraterrestrische sittliche Normen galten. (Stellen Sie sich trigamische Gesellschaften vor! Eine, die auf zwei, eine andere, die auf drei unterschiedlichen Geschlechtsorganen und -partnern beruht!) Das Rollen, das langgezogene gedämpfte Pfeifen, die wie mühevoll unterdrückten Winsellaute, die große Flugmaschinen von sich gaben, ermöglichten ihm die Vorstellung einer Zukunft, in der man sich im Rahmen der Lebenszeit mehrfach entschließen konnte, eine monate- oder gar jahrelange Reise durch den interstellaren Raum zu unternehmen. Er hatte sich an der in weißem Glanz erstrahlenden Rezeption angemeldet, gemeinsam mit Milena, die in einem silbernen Reiseraumanzug daherkam. Nach einer vorsichtigen Drehung auf die linke Seite spürte er ihren verbotenen Körper von den Knien bis zur Brust in der Löffelchenposition. Es war falsch! Doch glücklicherweise war er erneut einer Täuschung erlegen, und er fand sich nun gerne hinein in das faktische Gewebe jener Gegenwart, in der er sich an eine beinahe unbekannte Frau schmiegte, in einem Hotelzimmer der Stadt Frankfurt am Main, zu Beginn des zweiten Dezenniums des einundzwanzigsten Jahrhunderts. Milenas jetzt deutlich sichtbare Gestalt war nur eine Erinnerung. Sie entstammte einer Zeit, in der es noch unvorstellbar gewesen wäre, dass sie ihm schrieb, sie möge noch einmal sein Glück so nahe an ihrem Gehirn explodieren spüren wie damals in jenem Künstlerhaus im wilden deutschen Osten. Absichtlich hatte sie das Verb explodieren gebraucht, um eine neue Unbefangenheit und Freiheit darzutun. Rudolf genoss die Präzision der Erinnerungen an beide Zeiten, weil er nun wach und orientiert war, ganz von dem vermeintlichen Fehler befreit. Verblüffend genau sah er Milena mit dem noch bis zur Brust fallenden glänzenden schwarzen Haar vor sich. Die unantastbare große Hornbrille, die sie in ihren Anfangszwanzigern so gerne trug. Jener daraus hervorleuchtende skeptische Blick. Wenn sie dieses unwirklich tiefe Blau auf ihre Kommilitonen richtete, musste sie Verheerungen (oder wenigstens Verwirrungen) ausgelöst haben. Rudolf hatte sich damals noch ungefährdet geglaubt, den Studenten, allen Studenten, so nah und so entschieden fern, als sähe er sie durch die Glasscheibe einer Art geistiger Entbindungsstation. Nur deshalb war es möglich gewesen, sich fast wöchentlich im Sportstudio an der Weender Landstraße zu treffen. Er hatte sich verantwortlich gefühlt für die junge Dresdenerin, die ohne sein schwärmerisches Plädoyer für die Phänomenologie wahrscheinlich nicht den Weg von Florenz nach Göttingen genommen hätte. Am Ende, nach zwei angespannten und unangenehmen Jahren, war alles noch einmal durcheinandergeschüttelt worden wie in einem Knobelbecher. Weil er kurz vor seinem Göttinger Abgang ein solches Spiel Vanessa geschenkt hatte, stellte er sich die nackten Körper der Beteiligten wie jene kleinen Plastikschweinchen vor, die man als originellen Würfelsatz über die gespreizten Extremitäten purzeln ließ. In Marthas Wohnung hatten sie sich alle versammelt, um mit den Zähnen zu klappern vor dem finalen Wurf, bei dem wenigstens zwei Augenträger über die Tischkante springen sollten. Dass er sich gerade jetzt und hier, in diesem anonymen Bett, hinter diesem fast anonymen Leib, an Milena als überraschenden Gast auf jener Party seiner Exfrau Martha erinnerte, war klar und folgerichtig. Die Dresdener Studentin mit der schwarzen Hornbrille musste sich deplaziert vorgekommen sein, denn Martha, seit drei Jahren als Vertretungsprofessorin in der Stadt, hatte vornehmlich Kollegen und die höheren Universitätschargen eingeladen (zielgenau und karrierebewusst). Rudolf sah sich selbst mit seinen damals achtunddreißig Jahren unter den Gästen stehen, halb durchsichtig, halb wie von einem schmeichelhaft hübscheren Jungschauspieler verkörpert, im raschen Wechsel von einem immer noch nahen Innen zu dem reichlich fiktiven Außen des Darstellers. Seine Gedanken und Empfindungen kamen ihm noch völlig schlüssig und zugehörig vor, kaum von einer Erinnerung an vorgestern zu unterscheiden, während er jede Fotografie, die ihn selbst in diesem Alter zeigte, doch mit einer Mischung aus Neid, Ungläubigkeit und einer absurden, stammesgeschichtlich freilich erklärbaren Patriarchen-Aggression gegenüber dem Jungmann betrachtet hätte. Die Theorie der Erinnerung als Einfühlung in ein von außen gesehenes Selbst sollte doch an etlichen Stellen verfeinert werden. Ein Weißweinglas in der Hand, gab die seltsam hybride Gastprofessoren-Version im Wohnzimmer seiner Exfrau einige gründlich aus dem Gedächtnis radierte Sätze von sich. Sein mentales Protokoll war zunächst filmisch, visuell detailgetreu, sonst aber unberedt und ignorant gegenüber den Dingen, über die sich Akademiker in jenem Sommer ereifert hatten. Dann fiel ihm ein, dass jemand seinen Dokumentarfilm *Angst in Deutschland* (1993) erwähnte, so etwas behielt man. Dass der Film sich auf die Opfer konzentrierte, hauptsächlich Interviews mit den tagelang im Rostocker Stadtteil Lichtenhagen vom Mob belagerten und bedrohten Vietnamesen zeigte, war (von wem nur) besonders hervorgehoben worden. Üblicherweise merkte man sich doch auch solche lobenden Kritiker. Er musste in einem zerrütteten, halbblinden Zustand gewesen sein an jenem Abend. War es gewesen, natürlich. Wenn ihm die Leute genügend fernstehen, dann ist er wirklich bereit, etwas für sie zu tun, hörte er – nun wieder in bester

Aufnahmequalität – Martha sagen, anscheinend im Gespräch mit seiner jungen Sportkameradin. Nahm Milena ihr diese Beleidigung ab? Er konnte auf ihrem erschreckend jungen Gesicht keine Antwort ablesen. Es befand sich hinter dem Glas der Entbindungsstation. Wie all seine Studentinnen, mit Ausnahme des einzigen Fehltritts in zwanzig Professorenjahren (Chelseas schläfriger Katzenblick, vergiss dich, auf diesem sonnenüberglänzten Felsen, wieso Fels, Puma, ach ja, sie hatte etwas Silberlöwenhaftes, und Pumas räkelten sich für gewöhnlich auf Felsen in der Sonne, anstatt den Stein des Denkens emporzuwuchten, womit sie im Grunde recht hatten), war sie ihm unantastbar vorgekommen, auch wenn er Seite an Seite mit ihr schwitzte, unter Hantelstangen und auf dem rotierenden Gummiasphalt der Laufbänder. Die Entrücktheit einer anderen Spezies, die ihn in Florenz schon bezaubert hatte, umgab sie während der gesamten Göttinger Zeit, eine Renaissance-Schönheit, frei und genialisch aufgemalt auf das brav linierte Papier jener Tage. Der Altersabstand zwischen ihnen, ganze fünfzehn Jahre, machte es damals noch leicht, dem zu widerstehen, was sie mit Chelsea teilte, jenen Ausdruck von Renitenz und unterschwelliger erotischer Aggressivität, dem er erst verfiel, als sich die Differenz zu einer Studentin in der Mitte oder im letzten Drittel des Studiums fast verdoppelt hatte und er dumm wie ein brünstiger Gorilla (wer weiß allerdings etwas über Gorillas) über die junge Kanadierin hergefallen war. Mit vierundfünfzig war er so süchtig nach einem Potenzbeweis und so grob geworden, so destruktiv und fatalistisch, so seriös und verzweifelt, dass er eine gleichfalls Dreiundzwanzigjährige, die ihr (immerhin fachfremdes) Ökonomiestudium abzubrechen drohte (aus handfesten und unabweisbaren Gründen, nämlich wegen schwacher Zensuren und einer tiefen Abneigung gegen theoretische Spielereien, Chelsea gründete dann auch eine eigene, ganz erfolgreiche Firma, die Küchengeräte übers Internet vertrieb), für die selbstbewusste, risikofreudige, sinnlich-reife Frau nahm, die sie erst werden würde, sie gleichsam hildegardisierte, wo er hätte zurückstehen und seine Beziehung zu Sandra auf eine weniger drastische und klägliche Weise beenden sollen. Dass er sich in Göttingen, mit siebenunddreißig und achtunddreißig, nach der wilden New Yorker Zeit und dem Berliner Jahr der massiven Verschränkungen mit seiner Tegeler Walküre, besser beherrschen konnte, lag vielleicht nur an der Verschiedenheit der beiden Ausnahme-Studentinnen. Chelseas erotische Robustheit milderte im nachhinein seinen Fehler, sie war stämmig und athletisch, physisch wahrscheinlich stärker als er, eine Wildmischung aus Konfusion und Lebenshunger, während Milena unter dem Druck eines zum Ausbruch drängenden künstlerischen Talents stand. Ihre Vernarrtheit in die Nonne Esther hatte ihrem Renaissance-Bild zeitweilig einen ungesund wirkenden, keuschen, altflämischen Klein-Madonnen-Ausdruck verliehen, eine Art Rogier-van-der-Weyden-Appeal, der ihn bestürzte. Einmal träumte er, ihr eleganter nackter Körper wäre aus inhaltslosem, organlosem Kirchenkerzenwachs geformt. Erleichtert sah er sie dann anderentags im Sportstudio eine Kraftmaschine bedienen, laufen und Gewichte stemmen. Wenn seine Empfindung ihr gegenüber nicht gleich väterlicher Stolz war, dann wenigstens die Zufriedenheit eines platonischen Coaches. Perfekt!, dachte er oft, wenn sie sich nach dem Duschen am Saftbar-Tresen zusammenfanden, ohne Hintergedanken, frei von Begierde. Setzte sie allerdings die schwarze Brille auf und kam zurück zur Welt, dann wurde alles fragil, ungewiss und vielversprechend und hätte den Eroberungswillen des fortgeschrittenen Verführers anstacheln können. Hinter der Glasscheibe. Er war zu sehr mit sich selbst beschäftigt gewesen in den letzten Göttinger Monaten, sonst hätte er früher begriffen, was die sich überfordernde und erschöpfte Studentin umtrieb, anstatt nur freudig zur Kenntnis zu nehmen, dass sie Martha von der Schippe zu springen drohte. Die buchhalterisch sichere Beherrschung von Edmonds reiner Lehre, auf saubere Kolumnen gezogen aus dem Tausendzettellaub seiner Notizen und Skripte und den achtundzwanzig Bänden der Werkausgabe glomm in den braunen Augen seiner geschiedenen Frau wie ein Kastanienfeuer, mild, aber glühend und sengend im Zweifelsfall. Wenn Martha die mögliche Abwanderung seiner Sportkameradin aus der strengen Philosophie in seine vagen kulturwissenschaftlichen Gefilde kaltgelassen hätte, dann wäre Milena nicht als eine der ganz wenigen Studierenden zu der Party eingeladen worden, mit der sie (sah man es etwas struktureller, also überhaupt strukturell) den Sieg und die symbolische Verspeisung ihres Exmannes feierte. Nach geduldigen Vertretungsjahren war ihr eine außerplanmäßige Professur mit den besten Aussichten (auf Dauer, ja Ewigkeit) angeboten worden, während sich das vorläufige Ende seines Vertrags mit einem Mal in ein definitives zu verwandeln schien. Er wusste erst seit wenigen Tagen davon, so dass man ihm eine gewisse Unausgeglichenheit nachsehen sollte sowie die mangelnde Aufmerksamkeit für eine krisengeplagte Studentin, vielleicht auch das akute Unvermögen, besser auf seine zehnjährige Tochter einzugehen, die, angetan mit einem übertriebenen damenhaften Kleid – wohl aus der mütterlichen Garderobe, es kam ihm entfernt bekannt vor –, linkisch, kokett und todunglücklich als Junior-Gastgeberin aufzutreten versuchte. Vanessa, hörte er sein lässiges Dozenten-Ich sagen, sei ganz locker, die finden schon selbst ihre Lachsbrötchen, wie geht es in der Schule? Im Vollbesitz seiner Erwachsenen-Idiotie. Er konnte noch heute, durch das Theaterfernglas der Zukunft, mit der er die bühnenhaft intime Szene in der von zwei Dutzend Akademikern belagerten Wohnung beobachtete, sein hilfloses Bedauern und den Ärger über seine Bemerkung so nah heranholen, dass er zusammenzuckte. Vanessa hatte dennoch bis zu ihrer fest geregelten Schlafenszeit (Wochenende einundzwanzig Uhr dreißig) mit Blicken und Gesten jongleurhaft versucht, einen Ausgleich zwischen ihrer Mutter, ihrem leiblichen Vater und ihrem designierten (denn Martha machte bestimmt bald Ernst) Stiefvater zu schaffen, einem schier unsichtbaren, fischartig glasigen, wahrscheinlich blonden Mann von der germanistischen Fakultät, der so versiert war in all den bürgerlichen Fragen, die Rudolf überforderten, dass die gut möblierte, geschmackvoll ausgestattete Wohnung den Eindruck vermittelte, man lebe schon viele Jahre in der Stadt. Sie konnten nichts dafür, dachte er, schuldbewusst, bleiern müde, sich wie in einem Wunschtraum von hinten gegen ein üppiges weibliches Gesäß schmiegend, nicht dasjenige einer Flugbegleiterin auf einem Mars-Shuttle, sondern ein noch besserer Fang, in Wirklichkeit und Gegenwart, Frucht eines unglaublichen Zufalls, der ihm die Kehle zuschnürte und das Blut in die überraschten Schwellkörper pumpte. Martha und die anderen hatten ihre Rollen ebenso erfüllen müssen wie er die seine als geschasstes, dennoch cooles Dozenten-Enfant-terrible, und jetzt und hier konnte er gar nicht anders, als seine Exfrau wegen ihrer Hingabe, persönlichen Klarheit und geistigen Energie zu bewundern. Mit Ende zwanzig, während sie beide im konkurrierenden Fieber an ihren Doktorarbeiten schrieben, hatten sie (hatte *er*) es vermasselt. Jahre später, als es nicht mehr nur auf die originelle wissenschaftliche Schreibfähigkeit ankam, sondern auch ganz entscheidend auf das Vermögen, mit dem akademischen Betrieb geschickt umzugehen, vermasselte er es erneut, dieses Mal aber nur sich selbst schädigend, nicht mehr jene nun so elegant auftretende Professorin mit dem zugegebenermaßen schönen Hals und dem mittlerweile sichtlich professioneller frisierten, halblangen braunen Haar und nicht mehr ein zweijähriges Kind, dessen Bronchitis-Leiden, Allergien, Schrei- und Wutanfälle ihn aus der engen Wohnung und der erwünschten, aber nicht erfüllbaren Vaterfunktion getrieben hatten, eine Flucht, die zur Wunde wurde, gesalzen von Marthas steifblusigem Abend-Glanz (elegante silberne Streubüchse, spätes neunzehntes Jahrhundert, vielleicht aus dem Edmondschen Familienbesitz). In den vergangenen zwei Jahren hatte er Vanessa immerhin fast jede Woche gesehen, zumeist samstags, am Nachmittag und Abend, als glücklicher Babysitter für Martha und den Fischmann. Seine dreizimmrige Wohnung nahm das gesamte obere Stockwerk einer altehrwürdigen Villa ein, die nur knapp an der Nobilitierung durch eines der in der Nachbarschaft häufigen weißen Emailleschilder (*Hier wohnte der Physiker/Mathematiker/Philosoph/Mediziner XY von ... bis ...*) gescheitert war (es sollte aber einen an sich durchaus schildreifen Religionsphilosophen gegeben haben, behauptete die Vermieterin). Neben der Küche hatte er eine Art Kinder-Gästezimmer eingerichtet, in dem Vanessa einige Male auch tatsächlich schlief. Stets war er in dem zum Vorlesen ans Bett gerückten Sessel sitzen geblieben, wenn sie den Kopf von ihm abwandte und ruhiger und endlich gleichmäßig atmete, so leise dann gar, dass er sich besorgt über sie beugte, bis ihn der leise Pfefferminzhauch an der Wange oder den Lippen berührte. Im Halbdunkel des Zimmers, dessen braungestreifter Tapete er mit allerlei hastig gekauften bunten Kissen und Spielobjekten zu widersprechen versuchte, als breitete er einige seiner weniger orthodoxen Einfälle vor den langen Krawatten eines hiesigen Professorenkollegiums aus, fand er sich unweigerlich an den archimedischen Punkt seiner Trennung von Martha zurückversetzt, an dem er schließlich allem zugestimmt hatte, was sie über ihn behauptete, dass er also keinerlei Familie wolle, dass er Kleinkinder nicht ertrüge, dass er nicht sesshaft werden könne und unheilbar promisk sei. Mit diesem Eingeständnis hatten sich sämtliche Taue gelöst, und alles war von ihm weggetrieben. Nur zufällig, wie auf einer schwimmenden Fläche oder Matte vorbeitreibend, auf einem Rettungsfloß aus wolkenartigem Material, schien sich das schlafende Kind in seiner Nähe zu befinden. Mit einer falschen Bewegung seiner Hand, einem fehlplazierten Wort oder auch nur einem achtlosen Gedanken würde es von ihm abgestoßen werden und durch die Wand hindurch die ruhige Straße entlangschweben, hinein in irgendein anderes Zimmer irgendeiner anderen Villa. Er wusste keinen Grund zu sagen, weshalb das für sie nicht besser sein sollte, denn die Abbitte, die er für sein Versagen in ihrer frühen Kindheit und für seine langen Abwesenheiten leisten wollte, indem er für ihre Treffen stets ein kleines Geschenk besorgte und sich ein abwechslungsreiches Programm ausdachte, schien nicht nötig zu sein. Vanessa wirkte ganz zufrieden damit, ihn im Wochenabstand zu sehen, legte auf außergewöhnliche Veranstaltungen keinen Wert und verabschiedete sich fast jedes Mal so fröhlich und leicht von ihm, dass es ihm ins Herz schnitt. Auch nach zwei Jahren Samstagsvaterschaft konnte er sie nicht wirklich erreichen oder an sich binden, egal, was er tat, vielleicht weil sie spürte, wie unsicher er war.

Schon bei ihrer Namensgebung hatte er kapituliert, denn Martha musste ihrem alltäglichen marthialischen Marthyrium (wie er das Dilemma ihrer vornamentlichen Anrede nannte) unbedingt mit einem snobistischen Schauspielerinnennamen für die Tochter widersprechen. Eher ein inszeniertes als ein erzeugtes Kind, sagte er sich im Stillen, wenn sie so hartnäckig und spröde wirkte wie Martha. Dass Vanessa lispelte und zu drastischen Wutausfällen neigte, wenn man sie nicht auf Anhieb verstand, gefiel ihm jedoch ebenso wie ihre manchmal rätselhafte Genügsamkeit, die etwas Asiatisches hatte und an seine Geliebte Ai erinnerte (man konnte über einen personenübergreifenden Zusammenhang sinnieren, eine gegen den Zeitsinn laufende Interferenz späterer sexueller Aktivitäten mit den biologischen Ergebnissen von früheren). Zwei Jahre lang hatte es jedenfalls den Anschein, als ob Marthas Konzept vollkommen aufgegangen wäre, nämlich sich von ihm zu trennen, als es ihr am schlechtesten ging (eingepfercht in eine enge Studentenwohnung, allein gelassen mit dem wimmernden Kind, abgeschnitten von den meisten Kommilitonen, der Möglichkeit ungestörter Lektüre und Forschung beraubt). Sie hatte am Höhepunkt seines Schuldgefühls nur eines verlangt: das alleinige Sorgerecht und das Zurücktreten aus der von ihm ja ohnehin so mangelhaft ausgefüllten Backform der Alltagsvater-Rolle, in die sie sogleich nach Vertragsabschluss (der Verabredung einer einvernehmlichen Scheidung) einen arglosen Musiker (Flötisten?) mit ausreichend Tagesfreizeit goss, um ihn kurz vor dem Umzug nach Göttingen durch den literarischen Fischmann zu ersetzen, dessen Transparenz und universitäre Beziehungen ihr hier vor Ort wohl zweckdienlicher erschienen waren. Er sollte zugeben, auf Marthas Party, im Angesicht, im Nahfeld, im wohlparfümierten Odium ihrer bürgerlichen Überlegenheit, etwas boshaft gewesen zu sein. Selten war sie ihm attraktiver und ausdrucksvoller erschienen als in diesen Stunden des Triumphs über ihn. Doch ließ ihn das Geschniegelt-Harmlose, irgendwie Bankschalterangestelltenhafte, das sie nicht abstreifen konnte, genügend kalt, auch wenn es beim älteren und einflussreichen Universitätsadel verfing. Im Vergleich zu der von ihr bewunderten Professorin wirkte die blutjunge Milena trotz oder wegen ihrer Blässe und ersichtlichen Überarbeitung wunderbar gefährlich und unzufrieden. Vielleicht glaubte Martha, dass er etwas mit ihr hatte? Er beschloss, sich zu seiner Sportkameradin zu gesellen, um diesen Eindruck zu verstärken, ein kleines Spielchen in der *Lebenswelt*, wie Edmond das unvermeidliche, bestimmende, wahrhaft transzendentale Durcheinander von Menschen im unentrinnbaren Aquarium der sozialen Praxis getauft hatte. Die hiesige akademische Variante, ein zweckentfremdetes Gurkenglas mit bebrillten Zierfischen zwischen Gänseliesel und Hainberg, war ihm schlecht bekommen, abgesehen von der immerhin wieder lebendig gewordenen Beziehung zu Vanessa. Er hätte eifriger mitpokern sollen im Stellenkarussell, hatte ihm eine Juristin aus der Universitätsverwaltung erklärt, so aber fiele er einer Rochade-ähnlichen Stellenbesetzungstaktik zum Opfer. Auf dem Karussell beim Pokern Schach zu spielen, lag ihm nicht. Die Juristin, ähnlich pantoffelhaft verheiratet wie seine Nordberlinerin Hildegard, hatte ihn zwei Mal in ein Hotel ins benachbarte Kassel locken können. Dabei war ihm etwas Schockierendes widerfahren, nämlich dass er inmitten des an sich nicht unangenehmen Vollzugs von einer rätselhaften Langeweile befallen wurde, so dass er sich hatte befehlen müssen, die Sache ernster zu nehmen, es aufregender zu finden, im kleinen schmalen Körper einer Vierzigjährigen zu stecken, deren spitze Brüste wie die einer Pubertierenden wirkten oder wie die einer Buschjägerin (letzteres half ihm, er trieb seinen nachdenklich erschlaffenden Speer noch einmal voran und ergoss sich dann gerade noch so auf dem verworrenen, hungrigen Paragrafenzeichen ihrer Schamlippen, um der Beweiskraft willen). Gegen die Rochade vorzugehen, wäre ihm vielleicht mit der Juristin möglich gewesen oder im Verein mit einer der anderen Kolleginnen aus der Fakultät oder der Verwaltung. In kaum einer Lebensphase hatte er mit weniger Frauen geschlafen als in den drei deutschen Jahren nach der Wende und seiner Rückkehr aus New York. In Berlin hatte ihm wegen seinen anfänglich sehr hohen Arbeitspensums Hildegard genügt, der auch jedes Mal ein Kniff oder Trick einfiel, an den er sich viele Tage mit Genugtuung und Freude erinnerte, und sein Arbeitsumfeld war so eingeschränkt geblieben, dass ihm kaum interessante und interessierte Frauen begegneten. Dagegen sah er sich zu seiner Überraschung in Göttingen schier augenblicklich umworben, er erschrak regelrecht über die Fülle von Annäherungsversuchen und kaum verhüllten Angeboten. Glücklicherweise begriff er rasch das Muster, die Antriebsstruktur der Avancen von Frauen seiner Altersstufe, in den mittdreißiger oder enddreißiger Jahren. Entweder hatten sie bereits eine längere Ehe oder Beziehung hinter sich und zogen nun alleine die Kinder groß, oder sie spürten das Ticken der biologischen Uhr in den Eierstöcken. In beiden Fällen meinten sie es ernst, selbst die juristisch versierte Buschjägerin, die er für bloß abenteuerlustig gehalten hatte, klausulierte ihm nach jenem erschreckend müden zweiten Hotelbesuch einige Sätze, die ihn veranlassten, ihr zu erklären, dass er sich im Angesicht seiner Exfrau und Tochter keine längere Affäre leisten wolle. In der Tat verbrachte er in seltsamer Zufriedenheit ganze Monate, in denen ihm die Arbeit, gelegentliche Fahrten nach Berlin (Hildegard fand noch eine Zeitlang Methoden, die Nachdrücklichkeit zu erhalten) und das Leben zwischen *seinen beiden Töchtern* genügte – seit die Freitagstermine mit Milena institutionell geworden waren, gebrauchte er insgeheim diesen Scherz. Die Florentiner Aureole umgab Milena auch an jenem Party-Abend, wenigstens als er sich ihr näherte, um Martha einen Stich zu versetzen. Er sah sich wieder gut gelaunt und beflügelt von seinem Vortragserfolg die kleine Berliner Gesellschaft an seinen Restauranttisch einladen, das Hereinströmen von Kunst, Eros und intellektueller Delikatesse in die banale Lebenswelt hatte an jenem Abend selbst die bibliothekarische Mutter mit den Mandelaugen und den slawisch ausgeprägten Wangenknochen erfasst und ein Stück weit mitgerissen (bis zur Schwelle ihrer Zimmertür?, bis zur Kante ihres mit einer leicht eingestaubten goldblauen Decke geschonten Hotelbettes?, bis zu ihrem unvorbereiteten schüchternen Nabel, in dem sich drei schwarze Härchen zeigten?, bis zum etwas verdutzten, dann aber geübten und wie lächelnden Nachgeben ihrer aus dem Wendeschlaf geküssten Vagina?). Kurz bevor er die Partygäste erreichte, mit denen Milena sich nun unterhielt, wurde Rudolf von einem sinnierenden Blick des Philosophen Edmond getroffen. *Geben Sie Kleingeld!*, sollte jener allen Studierenden empfohlen haben, die sich zu sehr in großartige Reflexionen verstiegen. (Haben Sie mit der Mutter Ihrer Studentin geschlafen? Es kann sein, DASS DEIN BILD DIR KEINE ANTWORT GIBT!) Edmonds schwarz gerahmtes Porträt erschien wie das eines verstorbenen überwürdigen, überbärtigen, überverehrten Bierbrauer-Urgroßonkels an unvermuteten Stellen in der Wohnung, als würde es fortwährend von jemandem umgestellt, von seinem Geist vielleicht, der den idealen Platz suchte und froh darüber war, in Martha eine so versierte und akademisch erfolgreiche Wiedergängerin Esthers gefunden zu haben. Ich denke wie er, aber ich lebe wie sein nachgewachsener Urfeind, der wüste Reinhold Strecker, der Esther aus dem Feld geschlagen hat, sagte sich Rudolf, endlich in Hörweite von Milena und sofort von der Runde begrüßt und aufgenommen, die sie umgab (wer nur, sein Gedächtnis hatte sie alle verworfen, nur ihr Lächeln oder Grinsen und Nicken übrig gelassen wie bei der Ceshire-Katze). Milena hatte sich ereifert, gerade als er zu ihr stieß, es war um etwas Politisches gegangen, nicht um den Maastricht-Vertrag oder um den Handschlag zwischen Arafat und Rabin. Er suchte nach dem Thema auf der weichen Marsoberfläche, in den Kissen seiner Doppelbett-Flugkabine, über die mächtige Transportraumschiffe ins All dröhnten, in jenem Flughafenhotel, richtig, im Sommer 2011, zehn Jahre nach der letzten historischen Zäsur. Würde man sich an die Katastrophe von Fukushima als Zäsur erinnern? (Er selbst ganz bestimmt.) Die Zäsur kam durch das Zusammenfallen von Ereignis und Datum im kulturellen Gedächtnis zustande, so wie man den Fall der Mauer immer mit 1989 und das Terrorattentat in New York immer mit dem Jahr 2001 und 9/11 in Verbindung bringen würde. Für die Jahrtausendwende, über die er einmal etwas hatte schreiben wollen, gab es kein auf dem Zeitstrahl unverrückbares politisches Ereignis, und so erschienen umgekehrt die meisten historischen Vorgänge, wie markant sie auch sein mochten, etwa die Regierungsperioden berühmter Präsidenten (War Clinton schon im Amt gewesen? Gewiss, wenn Arafat und Rabin sich tatsächlich schon die Hände gedrückt hatten. Es gab doch dieses Foto, wo er den strahlend lächelnden Übervater für die beiden Streithansel spielte.), wichtige internationale Abkommen (Gehörte Maastricht ins Jahr '92 oder '93?), gar der Ausbruch und das Ende von Kriegen, seltsam unbefestigt auf der Zeitskala, als hätten sie ebenso gut zwei oder vier oder gar zehn Jahre früher gewesen sein oder stattfinden können. Milena sprach von Hunzigger, das war – ebenso wie die Rostocker Krawalle – ihr Thema gewesen, natürlich. Ihr Vater hatte den ehemaligen DDR-Staatschef so genannt. War er damals gerade aus der Haft entlassen und nach Chile ausgeflogen worden, aus gesundheitlichen Gründen seiner Aburteilung entrückt? Er konnte nicht mehr rekapitulieren, was die für einige Minuten sehr lebhafte (sarkastische? erbitterte?) Studentin gesagt hatte, jedoch erinnerte er sich an das sehr betont ausgesprochene Wort *Witz*. Vielleicht kam sie damals, in der noch akuten Verärgerung, zum ersten Mal auf das Bonmot, das er sie später viel gelassener hatte von sich geben hören: *Je näher einer dran war, desto weniger war es ein Witz.* Ein schier universeller Satz, der auch für seine in Scherben fallende Göttinger Karriere galt oder für Vanessas aufgesetztes, lächerliches Gastgeberinnengehabe. Wer hatte ihr das beigebracht? Um zehn Uhr gab sie ihm förmlich die Hand wie dem Fremden, der er war. Wenn ich nicht da bin, dachte er, dann ist sie wohl kaum solchen überflüssigen und unergründlichen Spannungen ausgesetzt. Er hätte die Party verlassen sollen wie das Kind oder wie Milena, die kurz darauf aus seinem Gesichtskreis verschwand. Aber es war ihm danach zumute, seine Niederlage (die Niederlage in einem nicht deklarierten Kampf) mitzufeiern. Dass seine ehemalige Frau als eine der besten Kennerinnen des wundervollen Edmond eine ordentliche Professur erhalten sollte, war ein Umstand, über den er sich nicht ärgern durfte und wollte, denn er hätte ihr auf ihrem Gebiet nie Konkurrenz machen können und liebte den phänomenologischen

Ansatz, wenn auch in *vogelfreier* Form. Wenn er in einer Vorlesung, von der man Martha berichtet hatte, leichthin (flatternd) behauptete, es verhielte sich mit dem Philosophen Edmond doch auch ganz einfach, dann musste ihre ganze Existenz aufschreien, die ein ihm unverständlicher lebenslänglicher Opfergang (Passionsmarsch? Karnevalsumzug?) durch die Denkkaskaden, Mäander, Korrekturen, Korrekturen von Korrekturen im Lichtdschungel des wahrlich die Leser schreckenden Werks war. Wo Descartes sagte: *Ich denke, also bin ich*, verbesserte Edmond wegweisend: *Ich denke es, also sind wir*. Wie die meisten Philosophen hatte Edmond auch nur einen (nun, vielleicht auch zwei oder drei) bahnbrechend neue Gedanken, auf deren Grundlage er, wie auch seine Vorgänger und Nachfolger auf ihrem eigenen Claim, immer weitere Papiertürme von Selbsterklärung und Selbstverteidigung errichtete. Die jüngerhafte Verfolgung jedweden geistigen Winkelzugs eines solchen Denkers war nicht Rudolfs Sache. Er betrat eine neue Stufe, um weiterzugehen, um sich fortzubewegen, um das Denken hinauszuführen, wo man es fürchtete oder bestaunte wie einen großen grauen Hund. Seine Bestimmung lag darin, unterwegs zu sein, das sah er jetzt klarer als je zuvor, er war definitiv und erwiesenermaßen ungeeignet, in irgendeiner kleinen deutschen Stadt, an irgendeiner (deutschen) Universität, in irgendeiner Ehefrau zu verwurzeln (die reziproke Kastrationsangst wäre die Furcht vor dem endlosen Koitus, hatte schon jemand darüber geschrieben, garantiert). Als er zurückgekehrt war, um Beobachter und Teil des Wende- und Wiedervereinigungsdeutschlands zu werden, hatte er sich der Täuschung hingegeben, dass seine freie, interdisziplinäre, zum Leben und zur Kunst hin offene Denkart wenn nicht Schule machen, so doch einen Platz an der Schule (an einer renommierten deutschen Universität) finden könnte. Wie entzückt man gewesen war, als er, ein Göttinger Professor, sich mit einem Kameramann und zwei Studenten in die Nachwehen der Rostocker Ausschreitungen begab und einen fürs Kulturfernsehen tauglichen Dokumentarfilm (eigentlich nur einen Interview-Film, das, was er immer machte) herstellte. Milena hatte ihn tatsächlich einmal gefragt, ob er sich für einen verhinderten Regisseur halte, ob er nicht lieber Spielfilme drehen wolle. Die Dringlichkeit, mit der sie das herausfinden wollte, überraschte ihn. Auch wenn er ihr Fritz Langs (dubioses, als Studienobjekt aber doch sehr aufschlussreiches) Monumentalwerk *Metropolis* empfahl und bisweilen öffentlich den europäischen Meisterregisseuren der siebziger Jahre nachtrauerte, so war Filmen für ihn doch nichts weiter als praktische Feldforschung. Er machte ästhetisch ansprechende Interviews. Angefangen mit der Arbeit über die träumenden Chinesen, waren die Dokumentationen, die er alle vier oder fünf Jahre drehte, nichts weiter als eine eindringliche und einprägsame Art, mit Menschen zu sprechen. Schon den ersten Film hatte er nur drehen können, weil ein Schulfreund bei einem großen regionalen Fernsehsender arbeitete. Nachdem der Freund dort Redakteur geworden war, fand Rudolf für jedes Filmprojekt ein offenes Ohr, besonders, wenn noch eine der Universitäten, an der er sich gerade befand, einen Obolus zu den Drehkosten beisteuerte. Als er die erschreckenden Nachrichtenaufnahmen aus Rostock gesehen hatte, spürte er, dass es wieder Zeit für einen *Wandertag* war (wie er den erfrischenden, real-aufwändigen, technisch-umständlichen Aufbruch mit Kameramann und Assistenten bei sich nannte). Das Innere der Angst, daran war ihm gelegen, die Darstellung der anderen Seite, die den schockartigen Einbruch des gesellschaftlichen Grundvertrauens hatte erleben müssen. Er hatte sich auf Gespräche mit einem Dutzend der über hundert betroffenen Vietnamesen konzentriert, einst von der DDR ins Land geholte Vertragsarbeiter, die sich selbst dann noch in Sicherheit gewiegt hatten, als der Mob schon zwei Tage lang die Asylbewerber im Nachbartrakt des sogenannten Sonnenblumenhauses attackierte. Das Gebrüll der mit Steinen und Brandsätzen angreifenden Randalierer, der Beifall von zeitweise über zweitausend Gaffern, die stundenlang anhaltende, volksorgienhafte, quasi-gemütliche Pogromstimmung, die man an den umstehenden Kiosks mit Alkohol und Imbissen versorgte, machten den im Fackellicht illuminierten zehnstöckigen Plattenbau-Riegel unvergesslich, ein düsteres Riff des

Hasses, das im kollektiven Halbbewussten des Schönwetter-Wiedervereinigungsdeutschlands aufgetaucht war, als es dunkel wurde und die auf die Fassade gemalten Blumen verdorrten. Man musste es aus dem Inneren des Gebäudes betrachten, aus der Sicht von Menschen, die in der Nacht immer wieder das schmale Treppenhaus hinauf- und hinunterhasteten, angetrieben vom Zerkrachen der Scheiben, von den skandierten Vernichtungsparolen, von Qualm und Rauch, die aufstiegen, als es den ersten Angreifern gelungen war, an der Fassade so weit emporzuklettern, dass sie die Gardinen offen stehender Fenster anzünden konnten. Man hatte die Polizei abgezogen, und neue Einsatzwagen tauchten erst wieder auf, als die Schläger sich bereits im Gebäude befanden und die unteren Wohnräume verwüsteten. Männer, Kinder, schwangere Frauen, die sich in Todesangst in den höheren Stockwerken vor den verschlossenen Notausgangstüren drängten, bis es endlich gelang, diese aufzubrechen und über das Dach in den benachbarten Gebäudeteil zu fliehen. Aus Angst vor den Verfolgern durch das Treppenhaus nach unten hasten, in der Hoffnung, die Polizei möge den Eingang bereits kontrollieren. Durch den Polizeikordon unter dem Wutgebrüll des Mobs in Busse verfrachtet werden, die scheinbar ziellos umherfahren, bis man endlich in einer Turnhalle landet, wo man die Nacht ohne weitere Verpflegung zubringen muss. Die Alpträume der vietnamesischen Verfolgten, mit denen er sich zum Teil noch über sein eingerostetes Chinesisch verständigen konnte, erschienen wie eine exotische und unvorhersehbare Provinz einiger Angstfantasien, die damals in San Francisco zum Vorschein gekommen waren, als wären die Näherinnen in Chinatown mit den Näherinnen in Mecklenburg über das unsichtbare Fadennetz der Zeit miteinander verknüpft gewesen. Sicherlich existierten diese Verbindungen nur in seinem Kopf, synthetisierten sich allein im subjektiven Gewebe seiner Erfahrung. Und ebenso willkürlich und unangebracht war es, die elende, von Hass und physischer Gewalt bedrohte Lage der Vietnamesen mit seiner akademischen Exklusion in Verbindung zu bringen, es sei denn, er machte die gemeinsame elementare Erfahrung, ausgeschlossen und einer gewissen Andersartigkeit wegen attackiert zu werden, zu einem Motor dafür, sich immer wieder in die Situation derer zu versetzen, die mit Haut und Haaren Spielball der destruktiven Energien wurden. *Zu den Sachen*, hatte Edmond gefordert. Zu den Menschen, mein Freund, in der realen Lebenswelt. Weshalb hatte er an diesem Abend nicht mehr getrunken, sondern nur an seinen Glas Weißwein wie an einem Schierlingsbecher genippt? Sein Rausch und Trost erschien, als er dann doch endlich aufbrechen und sich an einem anderen Ort friedlich betrinken wollte. Er hielt sich später zugute, dass er Cara in den ersten Minuten ihrer Bekanntschaft auf eine bestimmte Weise auch überhaupt nicht hatte leiden mögen. Leicht aufgelöst oder vielmehr reizvoll derangiert wie gerade vom Fahrrad gestiegen, zog sie mit ihrem offenen blonden Haar und der natürlichen Art, sich zu bewegen, die Aufmerksamkeit auf sich. Sie trug eine weiße Hose und einen blau-weiß gestreiften Pullover, wie auf einer Reklame für französische Savoir-Mourir-Zigaretten. Dabei rauchte sie nicht, nicht einmal das. Sie hatte etwas offensiv Gesundes und immer noch Mädchenhaftes. Es konnte an den Sommersprossen auf ihrer schmalen Nase oder den gebräunten Wangen liegen, an dem großen Mund mit den kräftigen Schneidezähnen – jedenfalls sah sie aus wie ein sehr schön erwachsen gewordener schwedischer Kinderstar, und als man ihm sagte, sie sei eine Hörerin von Marthas Vorlesungen, brachte er die Tatsache, dass sie doch schon etwas älter war, Ende zwanzig vielleicht, mit einer (aus schnippischen Abweisungen seiner frühen Studienjahre genährten) Aversion gegen eine gewisse Sorte hedonistischer Bummel-Studentinnen zusammen, die im vierzehnten Semester Yoga-Kurse gaben, kellnerten und in Ferienclubs animierten, bis sie doch endlich Sportlehrerinnen wurden oder erfolgreiche Gastronomen heirateten. Diese Spezies pflegte allerdings keine Vorlesungen über die *Phänomenologische Anthropologie* zu besuchen und sofort abzurücken, wenn man auch nur eine kleinere geistige Pirouette vorführte. Cara dagegen kam näher und offenbarte eine fesselnde Art zuzuhören, bei der sie den Kopf neigte und die Augen etwas zusammenkniff, deren nordisches Blau (Husky-Weibchen, strahlend und wild) auf verwirrende Art dem kurzsichtigen Hypnose-Blick Milenas ähnelte. Sagte man etwas sehr Interessantes (er wollte nur noch das), reagierte sie mit einem verführerischen Noch-nachdenklicher-Werden, einer Art träumerischem Entgleiten, so dass man sofort hinter ihr herrutschen wollte und gleichermaßen verleitet war, sich zu brüsten, wie ernsthaft und unverstellt von sehr persönlichen Dingen zu sprechen. Sie sprach leise und gewählt – und das hatte ihn auch einmal an Martha fasziniert. Schon war er einen Schritt weiter und tappte in die romantische Falle der Besonderung, denn er glaubte, dass sie sich (wie er selbst zwischen seinen davonschwimmenden akademischen Fellen) in einem prekären Zustand befand, anscheinend von irgendetwas befreit, von irgendetwas bedrückt, er hatte den Eindruck einer nicht unbedingt unglücklichen, aber verwirrenden Instabilität, vielleicht, weil sie einen so großen Schritt oder Sprung gemacht hatte, dass sie unmöglich schon fest stehen konnte. Dem einen untreu geworden, dem anderen noch nicht treu, schrieb Martha klar und prägnant mit schwarzer Tinte auf das Seelenpapier ihrer Freundin. (Aber wann nur? Nicht schon an diesem Abend, an dem kaum vorstellbar war, dass er tatsächlich einmal mit Martha *Briefe* wechseln würde.) Rudolf sah keinen Ehering an den Fingern seiner neuen Bekanntschaft. Sie hatte Medizin studiert und bereits zwei Jahre als Assistenzärztin an einer Klinik gearbeitet. Jetzt versah sie dort nur noch halbtags ihren Dienst, um sich das zusätzliche Philosophiestudium zu ermöglichen, sich auch Zeit nehmen zu können für einige große Reisen, zu denen sie endlich den Mut fassen wollte. Sie sei, erklärte sie ihm, als er ihre Art des offensiven Zuhörens nachahmte, auf eine positive Weise durcheinander (hatte er es doch geahnt), wüsste nicht, ob sie zu sich käme oder aus sich herausginge, sie spüre das Leben mit einer nie gekannten Intensität, als ein ständiges Entgegenkommen, so könne man es ausdrücken, sie schlage am Morgen die Augen auf und fühle sich umarmt. Ihr gegenüber an Marthas (oder Fischmanns) Bücherregal lehnend, fühlte er sich wundersam mitumarmt, besonders da die spät Gekommene keine Anstalten machte, sich mit jemand anderem als ihm unterhalten zu wollen, noch nicht einmal mit der Gastgeberin, von der sie womöglich etwas über seinen zweifelhaften Ruf erfahren hatte und wie schlimm es um seine Karriere stand. Bis Mitternacht lehnten sie nah beieinander am Regal, unterbrochen nur von durchsichtig gereichten Weißweingläsern, also vom Tablett des Fischmannes, und von einem äußerst dezenten, äußerst tiefgründigen Abschiedsgruß seiner Sportkameradin (war sie doch also erst jetzt gegangen). Er kam nicht dazu, ihre (elb-)florentische, altflämische, stets perversionsfähige Delikatesse mit der Natur-Rassigkeit des großen weißen Mustangs denkerisch zu vergleichen, der sich tänzelnd vor ihm aufbäumte (eine Stute, aha), sondern sprang wie ein in Jagdlust fiebernder Apache gleichsam (real dann etwas später) auf den Rücken des neuen Rosses. Nach Tagen voller Ärger und Zerknirschung spürte er den knisternden, funkensprühenden Trost einer frühen Morgenstunde über der weiten Prärie. Erweckt werden durch den anderen, aufgeschreckt aus der Isolation. Edmond, der gewiss aus einer Lücke des Bücherregals auf sie herabsah, hatte es so beschrieben, von einer *Weckung* gesprochen, als es darum gegangen war, wie das fremde Bewusstsein in die solipsistische unerlöste Welt des ebenso größenwahnsinnigen wie kindlich verlorenen Ichs eintrat. Rudolf mochte diese Erklärung, präsentierte sie gerne in seinen Vorlesungen, völlig zusammenhanglos, wie Martha ihm vorwarf, ohne den enormen logischen Unterbau voranzustellen, den Edmond in Jahrzehnten geistiger Arbeit angelegt hatte. *Der Zusammenhang* überstieg aber bei weitem das Ausmaß eines einzelnen philosophischen Systems, mochte jenes auch den Umfang einer Kathedrale besitzen. Es ging um die Besichtigung interdisziplinärer Städte in kurzer Zeit. Also konzentrierte man sich auf das touristische Highlight vor dem Hauptaltar der St. Edmonds Cathedral. Nimm deine Studenten an die Hand und führe sie durch das streng gestaltete Kirchenschiff, durcheile entschlossen den Denkweihrauch, vorbei an den harten Gebetsbänken der formalen Logik und den mit den Knochenreliquien der Vordenker angefüllten schummrigen Seitenkapellen, so fröhlich und entschlossen, dass sie ganz uneingeschüchtert und vorurteilsfrei vor dem berühmten leuchtenden Rosettenfenster der *Fünften Kartesianischen Meditation* zu stehen kommen. Milena war mit ihrem Nachdenken über Esthers Doktorarbeit von ganz allein zu dieser schönen Aussicht gelangt – ermutigt von ihrem freibeuterischen väterlichen Sportsfreund, hörte er Martha sogleich einwenden, nachtragend auf ihre gründlich-sachliche Art. Indem sie die Studentin zur Party einlud, hatte sie ihm demonstrieren wollen, dass sie Milena nicht so einfach aus der reinen Lehre zu entlassen gedachte. Bevor Cara aufgetaucht war, hatte er kurz das Bedürfnis nach einem direkten Rededuell in fröhlicher Runde unterdrücken müssen, bei dem er sich zugutehalten wollte, bloß abwartend und fördernd auf Milena gewirkt zu haben und keineswegs manipulativ. Weder hatte er sie in Richtung des qualvollen Mysteriums von Esther Goldmann gestoßen noch auf den absehbar als Nächstes drohenden historischen Konflikt zwischen Edmond und seinem ödipalen Ziehsohn Strecker. Die Dresdenerin rieb sich aus ganz eigenen Gründen an den Standardprozeduren und formalen Zwängen, sie wollte aus sich heraus wie in Edmonds und Esthers Theorie das einsame Individuum aus seinem Körper. Es ging darum, aus der Kapsel von diffusem Selbstempfinden, vor der eine unglaubwürdige, schwach illuminierte Außenwelt zitterte, ins Licht des hellen Tages zwischen den tatsächlichen Mitmenschen zu finden. Kurz ließ man sich noch einmal hinabsinken in das Ur-Eigene, das zweifelsfrei zu einem Gehörende, sei es in den Kissen einer Zweipersonenliege eines Raumschiffes auf dem Weg zum Mars (er spürte mit unumstößlicher Sicherheit die Existenz seines Körpers, dessen warm rieselnde entspannte Gegenwärtigkeit), sei es als Sekundenmeditation, während die Gesprächspartnerin einmal auch das Wort an jemand anderen richtete, inmitten einer Schar akademischer Partygäste. Der beschleunigte Puls, das Pochen in der Brust und an den Seiten des Halses, die durch den Bauch und die Gliedmaßen fahrenden halb-elektrischen Spannungsbögen und Entladungen in spürbaren, sprühenden Farben gehörten zu ihm selbst wie seine Gedanken und Erinnerungen und zeigten, dass er niemals, solange er lebte, ein bloßer physikalischer Körper war, sondern ein fühlender, geistig aktiver, eine halbe Unendlichkeit einschließender *Leib*. Die Leibhaftigkeit des Anderen war kein simpler Analogieschluss. Ein ständiger, prüfender, tänzelnder Abgleich des lebendigen eigenen Leibs mit dem höchst ähnlich gebauten, sich durch Gesten, Gebaren, Verhalten, Reaktionen als Subjekt-Heimat (psycho-physische Entität) anzeigenden Körper des Anderen schuf eine viel tiefere, plastische, fortwährend wirksame Analogie im Sinne eines überspringenden Funkens, einer entstehenden Bindung, der überflutenden, erlösenden Gewissheit der anderen Existenz, eben das, was Esther in einer etwas biederen Weise als *Einfühlung* untersucht hatte. Mit diesen Augen, die den deinen gleichen, sah der Andere tatsächlich zurück und sah dich (das Aufblitzen in deiner Blutbahn, wenn du es bemerktest). Um dein sehendes Gegenüber in eine Puppe zu verwandeln, was so viele Philosophen getan hatten, bedurfte es im Grunde völliger Ignoranz oder aberwitziger zynischer Gedankenmanipulationen. Verlangst du die Innensicht als Beweis, dann übersiehst du, dass es sich nicht mehr um den Köper des Anderen handeln würde, sondern um deinen eigenen. Der Andere, sagte Edmond, erweist sich als Subjekt in einem ganz eigenen *Bewährungsstil*. Die Fenster der Monade öffneten sich, spiegelten sich in anderen Monaden, die sich in weiteren reflektierten, und so entstand jenes leuchtende Rosettenfenster der zusammenwirkenden menschlichen Gemeinschaft, vor das er, Rudolf, seine Studenten rasch und zielstrebig führte, mochte Martha die ihren davor mit noch so viel mathematischer Logik traktieren oder semesterlang auf den Gebetsbänken der *Phänomenologischen Untersuchungen* kniend heranrobben lassen. Immerhin hatte sie ihn ihrer blonden Hörerin und Freundin sehr direkt vorgestellt: Rudolf, mein Ex, ein unkonventioneller Denker, ich glaube, ihr könnt eine Menge miteinander anfangen. Marthas Einfluss, ihre Zeugenschaft oder gar Mittäterschaft beim Zustandekommen der Affäre war so offenkundig und blödsinnig, als hätte sie davor gewarnt, ein scharfes Messer zu benutzen, um sich in der nächsten Sekunde selbst damit in den Finger zu schneiden. Hatte sie das Verletzungsrisiko einkalkuliert und hingenommen, weil sie wusste, dass es ihn ungleich stärker treffen würde? Am Ende steckte die Klinge bis zum Heft in seiner Brust. Warum es untertreiben mit seinen Gefühlen für Cara? Madame-Ich-glaube-ihr-könnt-eine-Menge-miteinander-anfangen hatte ihn der zu spät gekommenen Freundin zum Fraß vorgeworfen und so eine Folge sinnloser erotischer Pantomimen in sein Gedächtnis gepflanzt, die ihn noch lange Jahre quälen sollten (denn der Leib des anderen, in die Vergangenheit verbannt, allein in deinem sehnsüchtigen Gedächtnis fixiert, wird unweigerlich zur Puppe). Er sah sie von verschiedenen Winkeln her auf dem blauen Laken seines Bettes, kriegerisch vergnügt, dann wieder anmutig und still, wie eine Taucherin in einer vom Meerwasser gefluteten Grotte. Der Lichtkegel einer Stehlampe, die er erst ausschaltete, als die Morgendämmerung die Einrichtung des Zimmers mit silbrigen Konturlinien aus dem Dunkel hob, brannte die Details ihres Körpers in seine Erinnerung, unerträglich genau, ein filmischer Beweis dafür, dass er eine solche Frau unmöglich in den Armen gehalten haben konnte: den Schwung ihrer Hüfte, sehr sanft, eine reine surreale Kurve, die langen Arme, die Oberschenkel, das genussvoll aufklaffende Geschlecht, das von ihm gelesen und mit der Zunge sortiert und umgeblättert werden wollte, als unendlich weises, Millionen Jahre altes ewig junges Buch. Taschenbuch, verdammt. Es war eine Möse gewesen, nicht mehr, und sie musste diesen doch eher universellen als individuellen Geruch gehabt haben, hieran erinnerte er sich nicht, obgleich er sich noch seiner erst irritierten, dann wegen einer gewissen Vertrautheit erleichterten und erfreuten Reaktion auf den unbefangenen Schweißgeruch ihres Schamhaares entsann. Er hätte nicht aufzeichnen oder anhand eines Bildes bestätigen können, wie ihre Schamlippen ausgesehen hatten, wahrscheinlich waren sie nicht so viel anders geformt gewesen als das Paragrafenzeichen der Juristin, an das er sich nur wegen seines seltsamen Halbversagens erinnerte. Diese Dutzendgesichter der Geschlechtsorgane, was drückte sich darin aus, wenn nicht das Versprechen auf den Trost einer Wiederholung mit einer ganz anderen Frau? Er hatte sich schon bei ihrer ersten Umarmung, ihrem ersten Kuss vor dem Eindruck einer erschreckenden Haltlosigkeit schützen mögen, eines ungeahnten Hineintaumeln- und Dableiben-Wollens, einem tückischen Sog. Weshalb ausgerechnet jetzt? Er musste Göttingen verlassen, und sie befand sich ganz offensichtlich an einem Drehpunkt ihres Lebens, an dem sie wohl kaum eine neue Bindung eingehen wollte. Rudolf spürte eine enorme Kraft, Freiheit und Potenz – leider nicht an sich, sondern von diesem weiblichen Körper ausgehend (unendlicher, rätselhafter, denkender Leib), von dem er etwas wie einen Abglanz empfing. Du musst nicht aufpassen, flüsterte sie ihm ins Ohr. O doch, und wie!, dachte er. Selten hatte er mehr auf der Hut sein müssen. Sie war zu jung, zu alt, zu schön und zu durcheinander, um jetzt nur einen einzigen (oder überhaupt einen) Mann zu haben. Also versuche nicht, diese sinnlose Rolle zu spielen. Er dachte an eine Bemerkung Marthas, die im Überschwang ihres vertanen Glücks einmal bemerkt hatte, es sei schade, dass nicht auch andere Frauen etwas von ihm hätten, und er bemühte sich, diese Großherzigkeit in sich einzulassen, sich zu fühlen wie eine männliche Brücke oder Schleuse, die von schönen Frauen nach Belieben verwendet werden konnte, was allerdings schlecht gelang mit seinem hingerissenen und kindisch besitzsüchtigen Leib. Immerhin brachte er es zuwege, auf Augenhöhe mit ihr zu bleiben, indem er in den Pausen ihrer Umarmungen genau wie sie jeden tiefer gehenden, problematischen, allzu persönlichen Satz mied. Sie sprachen über Reisen, das Meer, die Berge, er theoretisierte kaum und leistete keine Widerrede, als sie, eine Hand stethoskopisch auf seine Brust gelegt, seine unbürgerliche Lebenseinstellung bewunderte, die ihr Martha, wohl ohne Vermittlung der langwierigen logischen Grundlagen, in griffigen Sätzen dargelegt hatte. Die rückhaltlose Art, mit der sie sich dann wieder verhakten, umschlangen, saugten, zu melken versuchten, bekam etwas Vergebliches, bloß Athletisches. Eine Ernüchterung, immerhin. Eine ihrer hellrosafarbenen Brustwarzen geriet überscharf ausgeleuchtet in seinen Blick. Er dachte, dass dieses aus feinen Zellen getürmte, erregt gespannte Fleisch ja auch wie ein Netz sein musste, durchzogen von feinen Milchkanälen, und gleichzeitig kam ihm der offenkundig trainierte Frauenkörper im Morgenlicht so schön und unfruchtbar oder gar unbefruchtbar vor wie eine allein von illusorischen Tricks belebte Statue. Trieb auch sie nur Sport mit ihm? Infolge einer letzten Operation, die er nicht vergaß (sie griff unter ihrem Oberschenkel hindurch und wandte eine Technik an, die Medizinstudentinnen im vierten Semester erlernen), ließ sie ihn ein weiteres Mal in sich vergehen, in ein ekstatisches Dunkel einströmen, aus dem er nicht unbedingt wieder zurückkehren wollte. Danach mochte sie nicht mehr viel reden und schlief auf der Seite ein, rasch wie ein Kind, während er sich noch einmal an ihren Rücken schmiegte, das Ohr an ihren Nacken legte, als könnte er unterhalb ihrer Kontrolle in sie hineinhorchen, ihren Leib in seinen Träumen belauschen. Vielleicht hätte er auch so mit Milena liegen können, postsexuell ohne vorausgegangene Handlung. Sie hatte erst nach einiger Zeit bemerkt, dass sowohl Edmond als auch seine getreue Schülerin Esther den überwältigenden, weltenzeugenden Grund ignorierten, in dem uns ähnelnden Körper das andere Ich zu vermuten, sie hatten nämlich, wie Martha salopp und zutreffend schrieb, den *linguistic turn* nicht mitvollzogen, der sich doch schon klar zu ihren Lebzeiten ankündigte. *Sprich zu mir, damit ich dich sehe.* Wer hatte das gesagt? Plato vermutlich, Sokrates nach Plato. Immerhin entdeckte Rudolf am Morgen, an einem unauslöschlich verlassenen und unglaubwürdigen Vormittag vielmehr, an dem er zu sich kam, als erwachte er allein in einem Zelt auf dem Mond (Mars), ihre großzügige, irgendwie fröhliche (oder sportliche) Handschrift: *Ruf mich nicht an ... Denk an mich!* Eine einzige leichte Bewegung, ein Laut, die Geste, mit der die schläfrige Hand einer Frau nach der deinen greift und sie sich auf die über Nacht vergrößerte und weichere Brust legt, genügt vollkommen, um das andere Ich nah und überwältigend real erstehen zu lassen. Mit der Sprache aber wird die Haut durchsichtig, gleitet der andere in dein Gehirn, teilt die Zeit mit dir, schlägt dir noch einmal die Wunde der Vergangenheit. Es war nicht nur wegen Martha, das weißt du, ich musste gehen, sagte Cara mit einer fast unveränderten leisen und klaren Stimme, ich war damals in einer verrückten Lage, ganz außer mir. – Es ist gut, dass wir reden, erwiderte er, ich meine, im Bett, es wurde langsam Zeit. – Was möchtest du sagen? – Dass es leider nicht nur am Jetlag liegt, wenn ich mal nicht mit einer Frau schlafen kann, ich bin gottverdammte siebenundfünfzig! – Bekenntnisse, ich sehe schon. Damals war ich gerade dabei, den Oberarzt zu verlassen, der mich heiraten wollte, weil ich mit einem verheirateten Mann etwas angefangen hatte, den ich dann glücklicherweise auch nicht geheiratet habe. – War ich wenigstens daran schuld? – Ich denke schon, etwas, vielleicht. Martha sagt, du könntest einiges an Schuld einstecken. – Es ist ein Talent, die meisten erkennen es sofort. – Du wirkst befreiend, das stimmt, sagte sie, und ihr Körper straffte sich merklich. Man möchte seine Last abwerfen. Wenn man dich sieht, scheint es plötzlich möglich zu sein. – Dass er auch jetzt noch so wirken konnte, erregte ihn wie eine intime Berührung. Cara drehte sich in seinem Arm, so dass er anstelle eines jugendhell gefärbten blonden Haarschopfs wieder ihr sommersprossiges Gesicht mit dem lächelnden großen Mund sah. Jetzt wirkte sie wie die Mutter des erwachsen gewordenen schwedischen Jung-Stars, immer noch berückend, sommerlich einladend. Sie liebten sich mit der Ruhe und innigen Direktheit eines langjährig eingespielten älteren Paars. Tatsächlich dachte er zum ersten Mal seit langem an die Kindertage zurück, in denen er im Gras liegend geglaubt hatte, sich vollkommen auflösen zu können, wenn er noch einige Atemzüge länger in das tiefe Blau über der Erde starrte. Die Sehnsucht, nach oben zu fallen. Dabei hatten sie nur die Erfahrung und das Geschick, das Richtige mit ihren schwerer gewordenen, wie aufgeblähten, dabei aber paradox faltiger gewordenen Körpern anzustellen. Schon wieder musst du nicht aufpassen, sagte Cara. Die Kraft, mit der sie ihn an sich presste, sollte vielleicht den schnöden Abschiedszettel ausgleichen, den sie ihm achtzehn Jahre zuvor hinterlassen hatte. Aber er hatte es ja nie bereut, er war damals so dankbar gewesen wie jetzt. Fünf Monate lang war er nicht mehr in einer Frau gewesen und noch um einiges länger nicht in einer Frau, die es aus freien Stücken tat. Edmond, der in ihrem Flughafenhotel keinen futurischen Stützpunkt besaß, noch nicht einmal das Briefmarkenterrain oder den knappen zweizeiligen Standplatz eines Konversationslexikons, hatte der *Paarung* im Zusammenhang mit den Erkenntnis des fremden Leibes eine große Bedeutung zugesprochen, gänzlich den offenen, wahrhaft gespreizt daliegenden Hintergedanken ignorierend. Humorlos in allen Edmond'schen Angelegenheiten, hatte Martha eine diesbezügliche Bemerkung Rudolfs einmal sehr verübelt. Ihm war es aber um ein nicht unbedeutendes Thema gegangen, nämlich um das Verschwinden der erotischen Reflexion aus der europäischen Philosophie seit Platons *Phaidros* (sah man einmal vom nur quasi-philosophischen Auftrumpfen der desadecartesianischen Pornmaschinen im Frankreich des achtzehnten Jahrhunderts ab). In der Paarung, der verschmelzungsähnlichen Kombination der Körper, veränderte sich die kinästhetische Wahrnehmung entscheidend, insbesondere auch bei der scheinbar gewöhnlichen Missionarsstellung oder deren Umkehrung (Eingeborinnenstellung), bei der die Konturen und Grenzformationen der körperlichen Vorderseiten so unscharf wurden, dass man – keinesfalls nur mit den primären Geschlechtsorganen – in den physischen Kosmos des anderen einzutauchen glaubte. Dass der Akt banal sein konnte wie eine Steckerverbindung oder grandios wie das Zusammenfluten zweier Universen, machte die Sache erst recht interessant. Rudolf hatte den Eindruck, dass Cara inniger und stärker an dem von außen gewiss weniger beeindruckenden, eigentlich nicht mehr filmtauglichen Ereignis beteiligt gewesen sein könnte als an ihren heftigen akrobatischen Mühen viele Jahre zuvor. Aber vielleicht täuschte er sich auch und sie hatte einfach mütterliche Qualitäten zugelegt, die sich stellvertretend für den Eindruck nehmen ließen, hohen sinnlichen Genuss hervorgerufen zu haben (anscheinend war er weit genug von der Möglichkeit entfernt, erneut von ihr verletzt zu werden). Glücklich erstaunt (irritiert im Unglück, in seinem Fall, er sollte es zugeben) fielen sie in einen flachen Schlaf, in dem man das Pfeifen und Bohren der Flugmaschinen nicht vollständig loswurde. Es musste früher Nachmittag sein, und es war vernünftiger, bald aufzustehen. Caras Bemerkung über Schuld (der Duft ihres Nackens vielleicht noch mehr) versetzte ihn ein weiteres Mal in ihre erste gemeinsame Nacht zurück. Er dachte mit einer akuten Betroffenheit an Milena als junge Studentin, mit ihrem Nonnen-Problem und ihrem Talentkonflikt. Auf der Party war ihr gewiss noch aufgefallen, wie er sich in die blonde Ärztin vergaffte. Sie hatten später nie darüber geredet. Was war seine Schuld gewesen? Sie nach Göttingen zu locken? Ihr Esther Goldmanns Philosophie samt ihrer tragischen Lebensgeschichte aufzubürden? Sie hatte es sich selbst ausgesucht. Und sie war klar ihren Weg gegangen. Also konnte er sich allenfalls mangelnde Betreuung vorwerfen. Hätte ich mich aber intensiv um dich gekümmert, wären wir uns noch viel näher gekommen, viel zu früh und viel zu nah, sagte sein Parallel-Ich in der Gegenwart zu einer Fiktion der gegenwärtigen Milena, in dem vertrauten Ton, den sie in so vielen Jahren entwickelt und gepflegt hatten. Anstelle einer Hausarbeit hast du gleich eine Promotion angefangen, das musste schiefgehen. Aber es war gut! Nur weil du so großartig versagt hast, bist du heute eine Künstlerin!, hätte er hinzufügen sollen. Zum ersten Mal fiel ihm auf, dass er ebendies nie zu ihr gesagt hatte. Ach, wunderbar, eine Spiegelschwester der alten Schuld, mit der man sich doch leicht abfinden, derer man sich sogar wie nebenbei entledigen konnte, wenn man als VIP-Besucher zu der wichtigsten Ausstellung seiner Schülerin eintraf. Einen Tag später nach Berlin zu kommen, aber doch pünktlich zur Eröffnung, war eine weitere Schuld, mit der er fertig wurde. Das Kind dagegen, das vor ihm auftauchte, als er sich bemühte, den Erinnerungen an Marthas Party zu entfliehen, schreckte ihn endgültig aus dem Schlaf am frühen Nachmittag. Es war gerade zwei Jahre alt, ein blondes Mädchen mit kurzem seidig glänzenden Haar, das in einer Latzhose und einem blauen Pullover steckte, ein rotweiß gemustertes Tuch um den Hals geknotet. Es fasste sich rasch ans Auge, und er erschrak darüber im ersten Moment, bis er begriff, dass es schon so kurz nach der Trennung von Martha in der Lage war, den Schwung des Händchens abzubremsen und dann sacht und kontrolliert den Augenwinkel zu wischen. Wie begierig er auf jedes Anzeichen dafür gewartet hatte, dass Vanessa ihn nicht brauchte.

5. AUS DEM KOPF IN DEN KRIEG IN DEN KOPF

Und wenn du selbst eine solche phänomenologische Box betreten würdest, eine eigens von dir für dich aufgestellte Dreischachtel-Anordnung in deiner persönlichen Ausstellung? Ich ginge natürlich zu der pantomimischen Frau im Glaswürfel, um den Punkt herauszufinden, die Silhouettenlinie oder sich anschmiegende Fläche vielmehr, an der sich der Körper des anderen zur kosmischen Weite der fremden Seele hin öffnet. Es ist MARTHAS BOX, wie könnte es anders sein (liebe Steffie). Noch bevor ich ihre schmale Gestalt eingehender studieren kann, befinde ich mich schon in einer schwesterlichen Umarmung, rieche ihr Parfum, ihre Haut, ihr Haar, spüre ihre Leichtigkeit und Beweglichkeit in Verbindung mit ihrer bestimmenden Art, wie die Figur einer führungsstarken Tänzerin. Wir sind uns tatsächlich so nah, ich bin als einer der wenigen Studenten zu ihrer Party eingeladen worden, ich kenne ihren privaten Schreibtisch, ihre Küche, ihr Badezimmer, in dem ich ein Spiegelschränkchen öffnete, um darin tief in ihre Vergangenheit zu blicken, in die Wut und Verzweiflung der jungen Jahre, in der sie und Rudolf sich über ein schreiendes Kleinkind hinweg zwischen aufrecht stehenden Lippenstiften und Flakons hochgeistiger solipsistischer Essenzen verloren haben, sie damals kaum älter als ich heute, vernünftig, spröde, milchig und eisern, er nichts als Ehrgeiz und Testosteron. Ich will noch mehr von dieser professoralen Sachlichkeit, Entschlossenheit, disziplinierten Klugheit verstehen, ihr nachspüren, herausfinden, wie sie ihre Arbeitstage organisiert, ihre Wochenenden, ihr Liebesleben mit dem blassen Sprachforscher und das Heranwachsen ihrer Tochter Vanessa, die ich nun kennengelernt habe (ein mir doch sehr ähnliches, verhalten wirkendes, innerlich jedoch mörderisches Geschöpf). Martha spricht zu mir, das Regelwerk meiner phänomenologischen Box einfach beiseitewischend, zu Recht natürlich, weil sie es besser weiß, weil sie schon nach einem kurzen Blick auf meine Papiere meine Themen versteht und genauer begreift, was Esther Goldmann denn nun in ihrer Doktorarbeit gemeint haben könnte. Deren Gedankengänge hätte ich gut erfasst und beschrieben, ihre Darstellung der Einfühlung in eine andere Person im Unterschied zur simplen äußeren Wahrnehmung, jenes Vorstoßen, das uns den anderen als neuen, glaubwürdigen *Nullpunkt der Orientierung* zu erkennen gibt. Deshalb gebe sie mir eine Eins minus auf die Hausarbeit, also hauptsächlich eine Eins, das Minus sei nur angemerkt und solle einen kleinen Wink vorstellen, einen Hinweis, wenn wir an größere und selbständigere Arbeiten dächten, in denen die rein philosophische Bemühung zentral sei. In meinem Fall wäre da eben der Kern der Goldmann'schen Theorie zu prüfen, die Technik oder besser der Mechanismus der Einfühlung selbst, den sie ja hartnäckig vom bloßen Analogieschluss unterscheiden wolle, dessen theoretischen Charakter sie begonnen habe zu erkennen, ohne ihn allerdings genauer fassen zu können. Letztlich erscheine es doch so, als *glaube* sie, vom anderen Bewusstsein regelrecht *eingeschlürft* zu werden, auf eine im Grunde unbegreifliche Art. Eben darüber sollte ich noch einmal nachdenken, intensiver nachlesen bei Edmond, weiter gehen in Richtung der modernen psychologischen Phänomenologie, hier wüsste sie mir dann schon zu sagen, was ich bräuchte, welche Lektüre natürlich, welche Bücher und Aufsätze ich benötigte. In einer BLACK BOX von Wut und Enttäuschung (über wen mehr: sie oder mich?) beschließe ich, zu versteinern und mich in keinen Menschen mehr eindenken, einfühlen oder einführen zu wollen. Meine Cousine, die fünf Stunden nach diesem Entschluss aufkreuzt, schafft es leicht, den Panzer zu durchbrechen. Deshalb müsste ich eine kleine Skulptur nach ihr gestalten, aber mir fällt keine antike Göttin der Familienhilfe ein. (Vielleicht die junge Pallas Athene?) Was denn gegen eine Eins in einer Hausarbeit spräche, wollte sie wissen. Und was ich bräuchte, wäre doch ganz klar: einen Mann. Selbst Esther hatte ihre (scheuen, still brennenden) Lieben, jenen sarkastischen und brillanten polnischen Studenten etwa oder den jungen Mediziner, der erst nach dem Tod der Frau, die er ihr vorzog, auf sie zurückkam, in Begleitung seiner mutterlosen Kinder – aber da war sie schon *einem anderen versprochen*, dem GANZ ANDEREN, wie ich erschaudernd aus ihren Briefen erfuhr. In meinen Studentinnenzimmer-Glaswürfel dringen plötzlich aufgeregte Gestalten ein, um mich AUSALLEM herauszureißen. Vier Kommilitonen informieren mich über einen höchst beunruhigenden Vorfall. Das Auto von Norbert sei mit offenstehender Fahrertür hinter dem botanischen Garten am Waldrand gefunden worden, vom ihm selbst fehle jede Spur, aber er habe sich am Vorabend in einer Kneipe bitter über meine Herzlosigkeit und abweisende Art beklagt. So verbringen wir einen Sonntag im Wald, auf der Suche nach einer erschossenen, erhängten, in einem Dachsbau vergrabenen Norbert-Version. Ich kann mich nicht erinnern, jemals so panisch durch den Farn und über das Moos gehechelt zu sein, erfüllt von Selbstvorwürfen und Scham. Weshalb bin ich zum Studium nicht zurückgegangen in den Osten, wo mich noch keiner mit einer unmenschlichen Maria verwechselte, deren elektrische Keuschheitsringe tödliche Schläge versetzten? Weshalb blieb ich nicht als Kunsthäschen in der Auguststraße, um mit meiner seltsamen dreiundzwanzigjährigen Delikatesse Schnullis Kunden anzulocken oder Jochens artifiziellen Harem zu bereichern? Der Laub- und Pilzgeruch des Waldes (frisch aufgeworfene Graberde) verschränkt sich mit der Vorstellung eines leblosen jungen Männerkörpers zu einem Bild, vor dem wir auf den Wegen, den überwucherten Pfaden, zwischen den Baumstämmen von dichten Schonungen doch eher zu fliehen scheinen, als es entdecken zu wollen. Niemand glaubt mir, dass ich nun wirklich gar nicht und nie auf den Verzweifelten eingegangen bin (waren wir nicht einmal zusammen im Kino), niemand kann sich des Gefühls einer gewissen Großartigkeit entziehen, denn schließlich ist dies ein wahrer Berg- oder Waldretter-Einsatz, bis wir, kurz davor, die Polizei zu benachrichtigen, nach einem Kontrollanruf bei einem guten Freund von Norbert den Bescheid erhalten, der Vermisste sei vor einigen Stunden schon bei ihm eingetroffen, vollkommen betrunken, und schlafe jetzt wie ein Stein. Das Band aus Herbst und Winter, Frühling und Sommer ist nun fast zwei Mal an meinem Göttinger Fenster vorbeigelaufen. Jahreszeiten nur mit Bleistiften darzustellen, hatte einen ganz eigenen, binären Reiz. Doch jetzt fahre ich mit feinen Aquarellpinseln über die Landschaft und füge Gestalten hinzu, schnurrbärtige Studenten in sandfarbenen und haselnussbraunen Anzügen, Damen mit aufgebauschten blonden oder rötlichen Frisuren und Röcken in Taubenblau und Malvenrot, alles noch etwas fahl, noch halb tot, aber auch schon halb lebend, Vampirgesellschaften auf stummen Tanztees und lautlose Kutschfahrten mit riesigen schwarzen Militärpferden. Der Ernst des Krieges, schrieb Esther, sei ihr bewusst geworden, als sie eine Kolonne von Pferden sah, die man vom Land einzog, um sie an der Front zu verwenden. Scheinbar gleichmütige, geduldige Tiere in einer nicht enden wollenden Reihe, mit dem schweren Gang von zu Zwangsarbeit und Tod verurteilten Sträflingen, die dem Wahnsinn des Menschen nichts entgegenzusetzen hatten. (Zeichne die Pferde!) Nach der übersteigerten Norbert-Suchaktion habe ich den Göttinger Forst so deutlich vor Augen, dass ich mir nun ganz leicht den fast sechzigjährigen Edmond vorstellen kann, der in seinem Lodenmantel, mit dem gamsbartgeschmückten Jägerhut auf dem Kopf, hinaufspaziert zum Hainberg. Esther geht an seiner Seite, seltsamerweise trägt sie schon das violette Seidenkleid, das ihr die Mutter fürs Freiburger Rigorosum schenkte. Wie verliebt seien sie nebeneinanderhergegangen, nachdem sie ihm angeboten hatte, als seine Privatassistentin (also unbezahlt) nach Freiburg zu kommen. Würden Sie das wirklich tun, Fräulein Goldmann?, ruft er verzückt aus. Mein Lieblingsprofessor dagegen hat mir noch nicht einmal verraten, dass man den Film, den er in Rostock drehte, ungekürzt in einem hiesigen Studentenkino zeigt. Da der wieder ausgenüchterte Norbert seit seiner Entrückung durch mich hindurchsieht wie durch die Luft, die ich liebend gern für ihn bin, kann ich allein und friedlich (unelektrisch) im Dunkeln sitzen, während die Dokumentation meines Sportkameraden auf zwei Videomonitoren abläuft – gespenstisch nah, gespenstisch irreal, erschreckend, peinigend, zutiefst familiär quälend (für UNSEREINEN!). Zweimal bin ich in Rostock gewesen, auf dem Weg zu den Stränden bei Kühlungsborn, ich sehe die Sandburgen vor mir, die Familienlagerplätze, nackte Leiber hinter den mit Zeltplanen getarnten Schützengräben, den Strandzeitungskiosk mit dem *Neuen Deutschland*, der *Weltbühne*, der *Jungen Welt*, der *Pramo* und unserer beliebten *NeuenBerlinerIllustrierten (NBI)*. Vor der Wende, bevor sie die Scheiße nach oben drehten. Der dramatische Norbert (leider ist er mir jetzt viel häufiger im Kopf als zuvor) mag ja recht haben mit seiner Behauptung, Rudolf wäre ein verhinderter Kreativer, aber seine Dokumentationen sind faszinierend, originell gefilmt, so nah an den Menschen, dass man sie schwerlich mit der lächelnd-lässig dozierenden Gestalt ihres Urhebers zusammenbringen kann. Wie hat er das gemacht?, ist die erste Frage, die sich stellt, und die zweite, noch quälendere, ist jene, die sich seit Monaten vor allen gelungenen Bildern, Fotografien, ja sogar Büchern oder eben Filmen aufwirft und meinen klapprigen kleinen Denkerinnen-Jet zum Trudeln bringt: Und du? Ich kann noch nicht einmal Regieassistentin bei meinem Philosophieprofessor werden. Also begebe ich mich mutterseelenallein eine Woche lang, ohne Papa, Mama, Fred, Jochen, Schnulli oder Saskia zu verständigen, in die BERLIN BOX, nein: WEST-BERLIN-BOX, als anonymes Phänomen, das vielleicht hier studieren will und eine günstige Bleibe sucht. Es ist sofort die Hölle. Eine Masse zusammengepferchter, schweißüberströmter Leiber. Im Dunkeln stampfend, die Arme hochwerfend, schreiend, johlend. Männer, Frauen, wie auf einem Sieb durcheinandergeschüttelt, zerhackt vom stroboskopischen Licht, wie Kieselsteine auf einer Eisenplatte umherspringend, auf die unablässig rasend ein Hammer schlägt. Der infernalische Lärm dringt durch die Poren der Haut, vibriert in den Knochen, peitscht die inneren Organe. Stundenlang kochen sie in einem schwarzen Kessel, bis sie unversehens mit dem Rücken an der Wand einer finsteren Kellerecke stehen, während sich ihnen zwei grinsende Teufel nähern, mit offenen schwarzen Lederwesten über der haarigen Brust.

Etwas pulst ihnen entgegen (den Schwellungen ihrer schwarzen Hosen), und etwas möchte im selben Moment fliehen, durch das Menschengewühl, die Kellerwände, hinaus in die frische Nacht oder ins Morgengrauen vielmehr. Unvermutet will ich um Hilfe schreien, bis ich den tröstlichen weichen Druck einer anderen Schulter an meiner Schulter spüre, den Kopf drehe und in das freundlichste, kurzweiligste (interessanteste, amüsanteste, wie soll man den hohen Unterhaltungswert eines Kopfporträts beschreiben) Frauengesicht blicke, das ich seit langer Zeit gesehen habe. Ich bin ja ein Luder, aber das hier geht zu weit!, flüstert, nein, ruft mir die Nachbarin ins Ohr, und als ich ihr an den souverän, irgendwie göttinnenhaft von ihren langen kräftigen Armen hinweggestoßenen Typen vorbei durch das Gedränge folge, bin ich schon wieder ruhig genug, um ihre Figur zu studieren, die, wie ihre Augen, die vollkommen geradrückige Nase, ihr geschwungener Mund, etwas zu groß, zu ausdrucksvoll, zu klassisch erscheint, als wäre eine Florentiner Statue vom Podest gestiegen oder besser aus einer Leinwand in den Uffizien. Gut ausgeleuchtet und in angenehm harmonischen Blütenfarben, war sie mir nämlich zwölf Stunden zuvor im Tageslicht erschienen, in der Kantstraße, als sie mir ihre Wohnungstür öffnete, deren abblätternder Rahmen sie umso frühlingshafter erscheinen ließ. Im Lauf meiner WEST-BERLIN-BOX-Wochen gingen wir nicht noch einmal in einen Club. Wir unternahmen etliche Ausflüge. Eva zeigte mir Kreuzberg, den Wedding, das KaDeWe und Schöneberg. Sie hatte ein zweites Fahrrad, klapprig wie ihr eigenes, so dass ich das erste Mal überhaupt in Berlin radelte, denn im Schockzustand nach dem Umzug von Dresden und in der Zeit vorm Abitur war mir diese Fortbewegungsart zu naiv und zu fröhlich (zu gefährlich, zu frivol) für die Großstadt (HPTSTDTDDDR) erschienen. Am Teufelssee, hingestreckt auf einer Waldwiese zwischen einer unerhörten Masse nackter Wessis, die ihre Haut irgendwie marktgängiger oder -schlüpfriger zu Markte zu tragen schienen als die Unsrigen (ich erkannte sie an der sparschweinschlitzartigen Arschfalte, den klimpernden Ovoiden, den Aktionärinnenbrüsten und den schmal rasierten Schamhaar-Landebahnstreifen), entdeckte ich die malerisch vollkommene, freundliche Gegenwart ihres alabasterweißen, übertrieben proportionierten kräftigen Körpers, den sie nicht oft blank der Sonne aussetzte und dessen klassische Schwunggebung ihrem gewellten dunkelbraunen Haar und den bernsteinfarbenen Augen so wundersam entsprach, dass ich ihn noch auf der Stelle, zwischen den im Wildgras unter den Kiefern verschmachtenden westöstlichen Nudisten, in zwei Positionen skizzieren musste, aus Not mit einem Kugelschreiber auf der leeren Rückseite einer Uni-Informationsbroschüre. Wenn es Erotik war zwischen uns, dann im besten, platonischen Sinne (ein Jahr später versuchten wir es einmal, arg beschwipst, und blieben lachend und verlegen in uns stecken, womit es bewiesen ist). Ich (als fliehende Seele) entdeckte Eva (als lockenden Körper) als einen Menschen, in dem ich mich gerne aufhalten wollte, in dessen Haut (nur deshalb hatte ich wohl den gynäkologischen Fingerversuch unternommen) ich glaubte, mich wohler zu fühlen als in meiner eigenen. Malte, fotografierte, filmte ich sie, erschien jedes Bild als bestmöglicher Schnappschuss von mir selbst, nein, als etwas Schöneres, eine Ich-Übertreibung und Verwandlung, das schmeichelhafte, übersteigerte Porträt des Hofmalers Leben, wie unverletzlich, aber doch zungenwarm und nah. Eva studierte (schon damals zu lange) Romanistik, lebte von technischen Übersetzungen und gelegentlichen Dolmetscherjobs, nahm etwas zu viel Alkohol und auch einige Männer zu viel zu sich, liebte Kunst, als reine Betrachterin, wie sie damals glaubte, und begann sofort, meine Zeichnungen und Kritzeleien zu sammeln, in der fälschlichen Annahme, das wäre ihre Rolle und nicht der Beginn eines langwierigen, zu erstaunlichen Ergebnissen führenden Prozesses. Im Tiergarten nötigte sie mir ihre Kamera auf, denn sie begriff, dass etwas in mir arbeitete und mich vorantrieb. Ihre Anwesenheit, die Begleitung einer in sich ruhenden (aber dann auch fröhlich losprudelnden) Raffael'schen Madonna, schien mir passend, etwa wenn ich auf den Großen Stern zuging, um an dem hoch erhobenen (über eine Sphinx, einen Atlas, eine mir unbekannte Dame, die eine Raubkatze mit einem Fuß niederhielt) Bismarck vorbei zur goldenen Viktoria auf der Siegessäule hinüberzusehen oder den alten weißen Moltke vor die Linse zu nehmen, der an einer lächerlichen Arschparkplatzsäule lehnte, um das vom Autoverkehr kreisförmig umtoste Monument bequemer studieren zu können. Immerhin hatte ich die Goldelse schon einmal in Viktors Trabant umrundet, um die Zentrifugalkraft unter West-Bedingungen zu messen. Was ich jetzt aber suchte, hatte schon 1871 seine eisenherrische Pracht gefeiert, das Preußisch-Deutsch-Imperiale, hier im einstigen Zentrum der Macht, das in der Lage gewesen war, aus München, Frankfurt, Dresden, Hamburg, Leipzig, Köln und Bremen, unerbittlich, blutschwelgerisch, gnadenlos, aus jedem sächsischen Dorf, jeder schlesischen Kleinstadt, jedem bayrischen Gemeindeflecken, jedem hessischen oder schwäbischen Kaff und dann auch noch aus dem mitteldeutschen Universitäts-Göttingen alle verfügbaren todestauglichen Männer zu pressen, um so viele von ihnen auf den Schlachtfeldern zu vernichten wie Vieh, nein, wie Menschen, denn kein Vieh wird derart sadistisch und bestialisch ums Leben gebracht. An der Siegessäule vorbei konnte ich bis zum Fernsehturm schauen, über die Straße des 17. Juni gehen (UNSEREN aufständischen Arbeitern gewidmet, aber auch ich kenne jetzt bald nur noch DEUTSCHE), durch das Brandenburger Tor hindurch, um Unter den Linden den Geist der preußischen Architektur zu schnuppern, vor der zugleich geisterhaft unglaubwürdig die Schemen meiner Mutter und meines fünf Jahre jüngeren Ichs auftauchen, noch vor den Verwerfungen des vierzigsten Jahrestages, im reinen Dunst der Ostwagen und Braunkohleheizungen. Sie will mir darlegen, dass ich (ALS-VOLK) ein Anrecht besäße, die verwitterten Prachtbauten der Staatsbibliothek, des Alten Museums, des Zeughauses oder der Humboldt-Universität als mir zugehörig zu betrachten (etwa wie das preußische Skelett des Staatssozialismus), wenn ich nur genügend über sie wüsste. Vor dem stillgelegten, im Hunzigger-Schlaf versiegelten, noch von Kunst und Schabernack unberührten Palast der Republik, den wir einmal mit weichen Knien anbrüllten, schiebt sich das Gespenst der Schlossfassade, und auf den Balkon tritt LEKAISER, um zu verkünden, dass auch er keine Parteien mehr kenne, sondernnurnochdeutsche, die nun leider ihr GUTESDEUTSCHESSCHWERT aus der Scheide ziehen müssten, um es hoffentlich bald siegreich wieder zurückstecken zu können. Ich bin gar nicht mehr bis zur einstaubenden Palastfassade gegangen, weil mir danach war, wieder in den Westen zurückzukehren, und ich spürte, dass ich noch kein Mittel hatte, das deutsche Eisen zu biegen, dass ich noch einmal Anlauf nehmen musste oder einige weitere Jahre lesen, lernen, studieren oder einfach nur schlafen, es kommt mir fast so vor, als wäre ich damals schon der zwanzig Kilo schwereren, zwanzig Jahre älteren, cool internationalisierten Jochen-Version begegnet, die auf den Absätzen ihrer exquisiten Lederschuhe wippte, die Augenbrauen hob und sich dann unvermutet und grinsend mit dem Zeigefinger über die weiße Kehle fuhr. LEKAISER – EXIT. Es war mir so wunderbar leichtsinnig zumute auf Evas Fahrrad und auf dem kleinen Balkon ihrer Zweizimmerwohnung, von dem aus man beschwipste Ansprachen (ich nahm das kaum geübte Trinken wieder auf) an die vorbeiratternden S-Bahnen und Fernzüge halten konnte. Etwas davon wolle ich nach Göttingen mitnehmen, aber um sicherzugehen, dass ich wirklich etwas anderes sein konnte als eine elektrisch abstoßende Maria oder ein später Esther-Klon, erhörte ich am Vortag meiner Rückreise den zurückhaltenderen der beiden schwäbischen Studenten, die Eva und ich in einer irischen Kneipe aufgabelten, und in einer Art Jungfernfahrt unserer Zweikammer-Abenteuer parallelliebten, Wand an Wand. Alles funktionierte noch, nach zwei Jahren Askese (!), nicht großartig, aber angenehm zuverlässig, mit einer gut ausgeschlafenen Möse und einem sehr brauchbaren Bübele mit Spätzele, es ging hinein, aber nicht zu tief, es war eine Art Sparring-Sex oder Spaß-Ringkampf mit Verkehr, der am Ende immerhin recht herzlich wurde (vier Monate lang schickten wir uns noch Postkarten mit albernen Karikaturen auf der Vorderseite, als wären wir Teenager, die den ersten Kuss verklärten). Jedoch konnte mir das längerfristig nicht helfen, ich musste weitgehender und tiefer untersucht werden, durch einen berufenen Phänomenologen, examiniert, entlassen und befreit, ich kehrte in die GÖTTINGEN BOX zurück, wo es geschehen musste. Schon lehne ich wieder an einem Bücherregal im Institut, selbstgewisser als je zuvor, was allerdings nicht viel bedeutet. Hinter mir schnurren Computerfestplatten. Die auf die Tastaturen prasselnden Sekretärinnenfinger hören sich wie panischer Regen auf einem Blechdach an. Draußen flutet die Sonne (dein prachtvoller Stern, mein vollkommen vergessener Jonas) zwischen silbernen Metallwänden einen Innenhof, auf dessen kurz geschorenem Rasen sich zwei Erstsemester knutschen. Es kann nicht immer nur im Sportstudio passieren. Also stelle ich den Lehrer direkt in seinem coolen, gläsernen Büro zur Rede: Ich verfranse mich total in Esther Goldmann, obwohl ich doch die Hausarbeit schon hinter mir habe. Ich kann nicht aufhören mit ihr! Ich weiß gar nicht, weshalb! Soll ich ihre Arbeit weiterverfolgen? Das ist dein ethnologisches Gespür, du suchst das andere, meint Rudolf gelassen, du kommst ja vom dialektischen Materialismus. Von ihm aus könne ich mich ruhig länger mit Esther aufhalten, ich müsse mir nur über die Ursache der Faszination klar werden. Anscheinend interessierten mich ihre Depression und ihre bizarre Persönlichkeit ebenso sehr wie ihr Werk. Aufgrund meiner Vorbildung als wissenschaftliche Kommunistin, sage ich, liebe ich den Titel ihres Hauptwerks über alles: *Endliches und Ewiges Sein*. Himmel immer, Hölle nimmer!, ruft er fröhlich, aber du solltest dich genauer fragen, weshalb. Er wollte mich dazu anhalten mit weit ausgebreiteten Armen Foliantenstapel aus den Bibliotheksregalen zu hieven, deren Gewicht mich hilflos gegen seine Brust taumeln ließ, oder? Was ich mir vorstellen könnte, verkündet er, wäre so etwas wie eine kleine Phänomenologie der Phänomenologen! Ein schönes Thema! Eine so begabte Studentin (ich selbst als mein Köder, in Marzipan, nackt mit entzückenden Brustwärzchen aus rosa Zucker) könnte als künftiges Diplomarbeitsthema und gar schon als Grundlage einer Promotion (ein schwarzes Doktorhütchen), als Arbeitsfeld jedenfalls, das so nahe liege und sich garantiert lohne, doch eine Art Mikro-Soziologie der Göttinger Philosophen-Gesellschaft

Anfang des zwanzigsten Jahrhunderts ins Auge fassen. Die Lebenswelt des Entdeckers der Lebenswelt! Er selbst wisse zu wenig über sie, obwohl er doch in einem erweiterten Sinn stets Phänomenologe geblieben sei. Immer habe man Esther von der eigentlichen Philosophie abbringen wollen, sage ich trotzig, sie wäre permanent sexistisch herabgewürdigt worden und kämpfte mit konservativem Furor (eine preußische Suffragette) unterwürfig dagegen an. Martha hat nichts gegen deine Spezialisierung auf reinste Metaphysik, wendet er ein. Es stimmt, mir wird kein Hindernis in die Wege gelegt, ich will es nur dazu bringen, das enorme Zutrauen meines inspirierenden, modernen, höchst freundlichen, greifbar maskulinen Hochschullehrers und Sportkameraden in meine Fähigkeit, jene blendende kleine Phänomenologie der Phänomenologen zu schreiben, als gut erdachtes Manöver zu verstehen, mich aufs Kreuz zu legen. Aber er wirkt immer noch so väterlich neutral, dass ich aufs Ganze gehen muss: Ich werde aufhören, sage ich bestimmt, hinschmeißen, ich gehe weg. Aber weshalb? Er wirkt nun tatsächlich überrascht, ja fast schockiert. Esther war glücklich, als der Krieg ausbrach und sie ihre philosophische Gummizelle in Göttingen fluchtartig verlassen konnte. Anstelle der denkerischen Qual die Droge Gebraucht-werden, Zwölfstundenschichten im Verwundeten-Lazarett, Ruhr, Cholera, Flecktyphus, amputierte Gliedmaßen, schreiende Verletzte. Aufgeputscht von Nikotin und schwarzem Kaffee den eigenen Körper quälen. Glück im Exerzitium. Sie galt als unermüdlich, tröstlich, humorvoll, penetrant arbeitsam, sie war froh über die Gelegenheit, bedingungslosen Einsatz zu zeigen, als Dutzende Verwundete in einer Nacht ankamen, sie bedauerte es, dass man sie 1916 wieder zurück an die Universität schickte, und fragte die Ärzte, ob sie nicht lieber an die vorderste Front gehen und sie mitnehmen wollten. Wo ist deine vorderste Front, möchte Rudolf wissen (als hätte ich nichts unter der Bluse), hör zu, du bist durch deine Forschungen diesen Menschen sehr nahe gekommen, du siehst in den Orkus des Ersten Weltkriegs, direkt, unvermittelt, fast wie sie, in ihrer bürgerlichen Ahnungslosigkeit, vermutet er im Therapeutenton, wobei mir nun auffällt, dass er ein enzianblaues Hemd trägt, als wollte er mir die reine Himmelskraft oder wenigstens einen spätsommerlichen Optimismus eingeben. Du hörst keine propagandistischen Phrasen mehr, die dich von der Wirklichkeit entfernen, Milena, da fehlen jetzt die Vorhänge. Vorhänge, auf die Fotos von den Leichenbergen bei Verdun und Dünkirchen projiziert wurden, Filme unter Einschluss von US-Ware (*Im Westen nichts Neues*, *For Whom the Bell Tolls*, *Paths of Glory*), oder meinte er die verschleiernde Lektüre von Ernst Toller und Arnold Zweig mit seinen *Vorhängen*? Zum ersten Mal sehe ich ihn außerhalb der SPORTBOX erröten und fürchte, er werde mir die gereizte Reaktion übelnehmen. Touché, sagt er nur und hebt die Hände von den Lehnen des Ledersessels in jenem großen gläsernen Arbeitszimmer, das nur für ihn gemacht scheint (ein halbes Jahr später wird ihn die verborgene Hydraulik der akademischen Ränkespiele lautlos und sanft dort hinauskippen). Gehen wir spazieren, schlägt er vor, die Philosophie spielt im Leben und nicht in der Wüste vor einem Stein. Natürlich hat er recht, das Persönlich-Nehmen macht mir zu schaffen. Dass Edmonds jüngster Sohn im Krieg fiel, dass Esthers schüchtern gesuchte Lieben nicht einmal im Ansatz zustande kamen, dass nach dem Gemetzel des Ersten Weltkriegs die historische Brutalität sich noch weiter zu steigern vermochte und auf dieselben Personen einwirkte, war schwer erträglich, weil ich zu viel Empathie hatte für meine Studienobjekte, weil ich mich für dümmer und unwürdiger hielt, weil ich mit ihnen lebte und gelernt hatte, in der Luft dieser Zeit zu atmen. Stoße das Fenster auf, und das Giftgas zerfrisst dein Gesicht. Durch diese Göttinger Straßen waren sie gegangen, zwar nicht durch jenes Fahrrad- und Gebäudeblech hier, doch schon dort über den Kreuzbergring in Richtung Altes Philosophisches Seminar, jene seltsame Phänomenologengesellschaft, deren männliche Mitglieder in die Gräben geschickt wurden. Für die Alten und die meisten Frauen in Deutschland sei der Krieg entlegen und virtuell gewesen wie ein Computerspiel, sage ich zu Rudolf, ein Brettspiel vielmehr, auf den Satzspiegeln von Zeitungen und Flugblättern. Selbst Esther habe nach der Lazarett-Zeit in Ruhe, mit neuem Drive sogar, ihre Doktorarbeit zu Ende geschrieben. Sie war nach Freiburg zu Edmond gegangen und hatte noch vor ihrem Rigorosum eine Urlaubsreise an den Bodensee gemacht. Dort hörte man von fern den Donner der Front dröhnen, während ihr Mentor, als Einjährig-Freiwilliger den Tod in Belgien suchte und fand. Ein Computerspiel, bei dem sie am Ende zu verhungern drohten, sinniert der Gastprofessor. Das Elend der anderen, fügt er hinzu, kümmere einen selbst dann nicht so arg, wenn man mit ihnen verwandt sei. Man sollte einmal eine vergleichende Untersuchung der Eltern-Kind-Beziehungen anstellen, wenn die eine oder andere Partei an die Front gehe, ob freiwillig oder erzwungen, das würde ihn sehr interessieren. Ich bin kein Soziologe, sage ich böse, entschuldige mich aber gleich und versöhne ihn mit einem Kompliment für seinen Dokumentarfilm über die Rostocker Krawalle. Ob er sich besonders für die Ausschreitungen interessiert habe, weil Vietnamesen davon betroffen gewesen seien, frage ich impulsiv, im nächsten Augenblick erschrocken darüber, eine Dummheit begangen zu haben. Aber das stört den enzianblau in der Spätsommerwärme dahinwandelnden Professor nicht, zerstreut wie Edmond, allerdings flott ausschreitend in seinem noch nicht mal vierzigjährigen Fußballerkörper. Nachlässig grüßt er einige, die uns grüßen und auf die ich so wenig achte wie er auf den Weg, den wir nehmen (meiner nahen Ferne entgegen). Asien, meint er, sei die Herausforderung und die Lösung zugleich, was ich nicht hinterfragen kann, denn schon möchte er wissen, ob ich gelesen hätte, dass an der französischen Front über einhundertdreißigtausend chinesische Arbeiter zum Schanzenbau eingesetzt worden seien, angeworben in ihrem Heimatland und so drastischen Bedingungen ausgeliefert, dass zweitausend ums Leben kamen. Ich denke, das ergäbe eine spannende historische Dokumentation, sage ich vorsichtig. Aber du bist kein Soziologe, ich weiß. Kurz überlegt er, dann schlägt er mir etwas Philosophischeres mit einer historischen Komponente vor, nämlich die genaue Darstellung von Esther Goldmanns akademischem Scheitern, eine gewiss brisante Sache. War es eine klare sexistische Abfuhr, dass man ihre Habilitation nicht zuließ, oder gab es auch Gründe zu sagen, sie habe den damaligen akademischen Anforderungen nicht entsprochen, sofern diese berechtigt waren? Wie genau und von wem wurde sie chauvinistisch geknebelt und um ihre wissenschaftliche Karriere gebracht? Das wären kritische, genau zu untersuchende Fragen, die mich doch interessieren müssten ... Interessierte mich das? Oder sollte ich sagen: Nein, Genosse Professor, mich fasziniert nur die Abwesenheit Gottes, die sie zu quälen begann! Der namenlose Stachel EWIGES SEIN, der einen umtreibt, niederdrückt, unzufrieden macht mit dem fleißigen Bücherlieschen, dem nichts Bedeutsames gelingt. Die Last benennen, das, was mir jede Schrift, die ich anfertigen könnte, ob schlichte Hausarbeit, kühne Diss oder telefonbuchdicke Habil über das Herzklopfen des Universums, immer unzureichend und kläglich erscheinen lassen wird, auch wenn Rudolf anerkennend nickt. Er glaubt Verständnis dafür zeigen zu müssen, dass es einer im *Atheismus der Dresdener Künstlerbohème Aufgewachsenen* schwerfalle, sich in die geografischen und religiösen Verzwicktheiten der kleinen bürgerlichen Göttinger Geistesgesellschaft um 1914 einzudenken. Verzwick dich doch selbst!, flucht es in mir, still und stumm. Mein fröhlich atheistischer Malervater, über einen Lithographie-Stein gebeugt, plötzlich umgeben von vier Lederjacken: Herr Sonntag, wir müssten mal zum Kirchgang. Edmond kam aus einer Tuchhändlerfamilie, die sich nicht viel aus Religion machte. Also hatte er mit weniger Konflikten zum Protestantismus übertreten können als Esther, die ihre jüdische Mutter in blanke Verzweiflung stürzte, als sie Katholikin wurde (und dann gar noch Nonne des Karmeliterinnenordens). Mein unverzwickter Jonas, als Elfjähriger, der in einer Freiburger Kirche das Weihrauchfass schwenkt, träumt von den weißen Brüsten der Jungfrau Maria. Priester segneten Kanonen, Juden zogen singend für Deutschland auf die Todesäcker, die Söhne der Philosophen wurden in Schützengräben zerhackt. Religiöse Verzwicktheiten in diesem Denkerkaff an der kurzen metaphysisch-patriotischen Leine. Ich bin schlecht assimiliert, noch schwieriger zufriedenzustellen als die sich ins Christentum rettende Esther. Meine Ossi-Herkunft ist dabei nur ein Symptom, meine schwankende Aussprache (das Bühnenhochdeutsch meiner Mutter mit dem sächsisch kontaminierten Berlinerisch meines Vaters auf der Palette meiner Tageslaune vermischt). Auf der Erde weiß ich dennoch manchmal, wo es langgeht, hier lang etwa, auf diese geschwungene gelbe Gebäudefront zu, wo auf eng benachbarten Minibalkonen historische Anti-Atomkraft-Sonnen, Regenbogenflaggen und sich auf das Hinterrad aufbäumende Fahrräder das studentische Leben signalisieren. Rudolf doziert über Marx Weber oder Max Feuerbach, ohne den Kurs zu bemerken, so dass es mir für einige Sekunden gelingt, mich auf die Frage zu konzentrieren, ob ich mit ihm schlafen oder mit ihm aufwachen will oder eines während oder nach dem anderen. Keine Antwort unter dieser Nummer. Er hat meine Mutter gevögelt! Oder besser: Wie kriege ich es heraus? Katharina sagt nichts. Nur einmal merkt sie geschäftsmäßig an, dass in den Hotels zwischen den Leuten viel weniger passiere, als man gemeinhin annehme, aber ich habe vergessen, bei welcher Gelegenheit und wann. Wer, wenn nicht sie, hat ihm etwas über die Dresdener Künstlerbohème erzählt? Andreas schenkte mir die Bleistifte mit einer Dezenz, als hätte er eine Pubertierende auf den rechten Weg bringen müssen. Er tat gut daran. Ich war so empfindlich geworden, dass ich nicht gewusst hätte, ob ich ihn hätte anschreien oder in Tränen ausbrechen sollen, wenn er mir gottlose Predigten gehalten hätte. Nachdem Martha mich vernichtet hatte (übertreibe es nur), musste ich mich aber zusammenreißen, mich aufraffen, Führungsstärke beweisen, wie etwa jetzt, wo ich ihren Exmann in das Treppenhaus des Studentenwohnheims schleuse, auch wenn ihm mittlerweile klar geworden sein dürfte, wo er sich befindet. Würde es helfen, wenn ich verriete, dass ich ihn schon öfter vor Kommilitonen als entfernten Verwandten ausgegeben habe, um unsere seltsame sportliche Intimität zu rechtfertigen? Ich muss einfach mehr tun, als zu wissen und zu denken, ich muss dir etwas zeigen, erkläre ich, noch bevor er sich gezwungen sieht, den Kurs durch die studentischen Flure zu ändern oder die Gemeinschaftsküche statt die PAINTERS BOX anzusteuern. Ich hatte schon sämtliche Unterlagen für meine Studien und all meine geplanten wissenschaftlichen Arbeiten in Ordner versteckt, die ausgeliehenen Bücher in der Bibliothek abgegeben. Das Chaos ist verringert, aber mein Zimmer sieht dennoch wie ein Briefmarkenalbum aus, mit all den Skizzen, Zeichnungen und Malereien, die es bepflastern. Ich sehe schon, du willst mehr als denken, sagt der Professor im blauen Hemd. Er bleibt mitten in meinem Kasten stehen, nicht aufgeregt und auch nicht peinlich berührt. Neugierig beugt er sich über eine Bleistiftarbeit, die ich *We found a dead student in the woods* getauft habe (ein Norbert-Sebastian mit Burschenschaftsmütze, von sieben Pfeilen mit der nackten Brust an eine Eiche genagelt). Dann entdeckt er die Esther-Serie an der Fensterwand. Mein Problem war ihr Gesicht oder vielmehr mein Schmerz und mein Elend, wenn ich das fotografische Schwarz-Weiß-Porträt der noch jungen Frau auf meinem Schreibtisch betrachtete. Alles, was ich schreiben konnte, würde nicht bestehen, sagte mir jeder Blick darauf. Ihr Talent war außerordentlich gewesen (so viel größer als meins), ihre Hingabe erschreckend, das Einhergehen von starkem Selbstbewusstsein, ja Arroganz, mit Unterwürfigkeit und schließlich mythisch überhöhter Opferbereitschaft rätselhaft und quälend. Ich hatte so wenig mit ihr gemein, nur das Alter, das Geschlecht. Die brennende Flamme Leben in mir. Die streng gescheitelte junge Frau auf dem Foto ähnelte mir nicht einmal entfernt. Aber der Eindruck von verhaltener Stärke und Verletzlichkeit, klösterlicher und doch (noch) sinnlicher Ausstrahlung verfolgte mich, als entschleierten sich die silbergrauen, verwaschenen Töne des Porträts und legten einen tiefen, metallharten Seelenspiegel frei. Die infame Bestialität, die es gewagt hatte, eine solche Frau zu ermorden, richtete sich direkt gegen mich, gegen jeden, der auf dieses Foto sah. Meine Sprache reichte nicht mehr aus vor diesem Bild, und deshalb zeichnete ich es zwanzig Mal. Was ist aus diesem Neissfelde geworden, dem Jung-Galeristen?, sagt Rudolf nach einer quälend langen Zeit, in der er einzelne Bilder einer offenbar kundigen Prüfung unterzogen hat. Ein erfolgreicher Jung-Galerist. Er sollte eine Ausstellung für dich machen – jetzt dreht er sich zu mir und wirkt gelöst, offenbar gefallen ihm die Zeichnungen tatsächlich. Ich wollte ihn noch im Unklaren lassen, aber er lobt nun die Bilder explizit – viel natürlicher und besser, als ich es mit seinem Film machen konnte (verflucht, ich werde wohl noch Jahre brauchen, bis ich mich zu benehmen weiß), also teile ich ihm mit, dass ich eine Zulassung für die Berliner Hochschule der Künste habe und im Herbst dort mit der Malerei anfangen will. Du wolltest mich hierherbringen, aber es ist alles schon geschehen, stellt er fest. Richtig, ich bin nicht mehr deine Studentin. Also kann er mich fragen, was ich noch habe. Also können wir uns nebeneinander auf mein schmales Bett setzen, denn ich habe sonst nur einen Schreibtischstuhl. Die Mappe klappt ihre grauen Flügel über unsere Geschlechtsteile. Ganz oben liegen dummerweise, ich wusste ja nicht, was ich ihm alles zeigen wollte, die Entwürfe zur PHÄNOMENOLOGISCHEN BOX mit ihren wie im Irrsinn beschrifteten oder überkritzelten Umrissen und Figuren. Überaus großzügig erinnert ihn das an die Konstruktionszeichnungen von da Vinci (er war nie in einem Malkurs für Schizophrene), er begreift vielleicht instinktiv, dass es hier um das Dilemma der Einfühlung geht, auf dem letzten Blatt der Serie versuchte ich ja das Boxen-Problem deutlich zu verschärfen, indem ich es als monadologische Insel-Zwickmühle gestaltete: Wäre er lieber lebenslänglich auf ein Eiland verbannt, auf dem er zur Gesellschaft nur einen faustgroßen schwarzen Würfel mit Lautsprecherfunktion erhielte, dessen inhärente freundliche Männerstimme jedwedes Gespräch mit ihm zu führen imstande wäre, oder bevorzugte er einen absolut willigen, immer jungen, verführerischen, Palme, Strand und Bett mit ihm teilenden Frauenkörper, der jedoch niemals zu ihm sprach und nichts schrieb und auch nicht bereit war, irgendeine Form von gemeinsamer Zeichensprache zu entwickeln, obgleich er so verständig und sinnlich klug wirkte wie jenes blonde Edelgeschöpf im blauweiß gestreiften Sommerpullover, das sich auf Marthas Party mit ihm vor den hohen Bücherregalen geistig gepaart hatte. Ich hatte keines ihrer Worte verstanden, da ich schon nahe der Ausgangstür (EXIT) gestanden war, die ich auch bald durchschritt, um dann hier wieder, bei einem Pfefferminztee in der PAINTERS BOX, nach innen zu leben, zu wüten. Rudolf hätte garantiert den Kasten mit der Stimme gewählt. Unsere Schultern berühren sich, und er wendet das letzte Blatt der BOX-Serie, um nun auf etwas ganz anderes stoßen, das ihn zu erleichtern und zu erheitern scheint. Es sind die in Warhol-Manier in vier Grundfarben getönten Darstellungen von Konservendosen, auf die ich direkt nach unserem Disput über den Weltkrieg gekommen war. Kaisergulasch, liest er amüsiert über dem grafisch stilisierten Kopf des letzten deutschen Kaisers. Er findet das gelungen, wenn auch nur in Popart-Kategorien, nur zitierend sozusagen, während ich doch mit diesen Zeichnungen von Esther, die an der Wand hingen, eine viel ernstere Dimension erreicht hätte. Ich wollte es persönlich nehmen, sage ich, den Weltkrieg persönlich nehmen. Aber das tust du doch, indem du Esther so genau porträtierst. Ich wollte auch die Kriegstreiber oder die Kriegsherren persönlich nehmen, entgegne ich trotzig. Ich weiß, dass er mir einen Satz über die Qualität meiner Bemühungen erspart. Was soll's! Ich muss mich entspannen und bin doch schon wieder gereizt. Jetzt werde ich ihm auch meine inneren Farben zeigen, die Aquarelle in Preußisch Blau und Dunkelrot, arteriell, venös, Paare oder Kämpfer, ringend oder tanzend, in rhythmisch befreiter Begegnung, das Orange der Flamme, das Rosa der Haut (ein Dutzend Abstufungen), ja, richtig, ich bin keine Studentin der Philosophie mehr, man muss verlassen, was man nicht bewältigen kann, die Wissenschaft, die Männer und Frauen und Exfrauen der Wissenschaft, den eigenen fehlgeleiteten Ehrgeiz. Eine Umschlingung sieht aus wie Krieg, ist es aber nicht, kann es nur werden. Der weibliche Körper in der Box, der mit nacktem Bauch auf der Sitzfläche des schwach skizzierten Stuhls liegt (ein rechtwinkliger Knick, wie auf den Oberschenkeln und Knien eines Sitzenden), könnte vergewaltigt sein oder befriedigt. Dahinter kommen immer noch weitere Blätter, die es zutage treten lassen, dahinter entsteht vielleicht auch die weiße Ruhe der Zukunft, in der ich meinen neuen, wahren Beruf ausüben kann, können kann, beherrsche, über ein bloßes 𝔓𝔬𝔭𝔞𝔯𝔱-𝔊𝔲𝔩𝔞𝔰𝔠𝔥 hinaus. Es wird ein Tag kommen, hoffe, ich, an dem es mir wirklich zusteht, Sätze zu sagen wie: Komm, Rudolf, ich will dir etwas zeigen. Rätselhafte fahle Räume. Verschachtelte Treppenaufgänge, finstere enge Flure, herabhängende Seilwinden, Staub, Kisten, Stolperfallen. Aber man ahnt schon das Große, Weiträumige dahinter, die Halle einer Ausstellung. Durch den schwarzen Wasserfall des Vorhangs dringt an den Rändern ihr Licht, und jetzt, beim Näherkommen, hört, spürt man plötzlich das immer stärker werdende Pochen, das fast rhythmische Ansetzen der Arbeitsgeräusche eines riesigen Organs, von dem aber nicht sicher ist, ob es ein Puls wird oder ein Wirbel immer lauter krachender, schrecklicher Schläge. Für mich ist es eine persönliche Sache. Ich bin keine Philosophin mehr. Es ist das Anpochen des Kriegs, in den sich die Millionen der Lebenswelt stürzen, aus der geistigen Finsternis in die körperliche Verrottung, der Krieg naht, das Massaker, der Völkermord, das letzte, verzweifelte, grässlichste Mittel, mit dem die Menschheit das Herzklopfen ihrer Götter prüft.

6. DIE EXPLOSION

Looking at Memorials. Looking at me. Sie liegt am Strand neben Tova, was soll man da schon sehen. Nun, Tova und sie, zwei aparte dunkelhaarige Mütter, erfolgreiche Geschäftsfrauen (banking & art). In ihrem Blut. Nein, auf schneeweißem Sand unter einem schneeweißen Himmel, nur drei rote Tropfen zum Zeichen dafür, dass der Jäger die Stimme herausgeschnitten hat, ein deutsches Märchen, was sonst. Tova ist nicht allein. Aus dem Schnee oder Sand, aus einem Nebel, der aus beidem gemischt erscheint, körnig und doch federweich, tauchen Gestalten auf, als materialisierten sie sich auf einem allmählich belichteten Fotopapier. Sie sehen auf das liegende Denkmal herab, das sie ist, eine weiße, weißhäutige Frau in der weißen Stadt, richtig, das hier ist Tel Aviv (irgendwo im weißen Reservoir der Noch-Nicht-Belichtung oder Un-Belichtetheit, wie soll man das ...). Missgünstige Frauen beobachten sie, arabische Frauen mit weißen Gesichtern und weißen Kopftüchern und orthodoxe Siedlerfrauen mit ebenfalls wie gekalkten Gesichtern und weißem, kurz geschnittenen Haar. Bevor man ihr das Leben nehmen wollte, nahm man ihr die Illusionen. Die Stadt des rettenden Ufers wurde zu einer misstrauisch von den eigenen Leuten beäugten arroganten, hedonistischen, gottesfernen, snobistischen, reichen Metropole (araberfreien Zone indes), in der man auf den alten orientalischen Jischuw herabsah und auf die Jiddisch daherredenden Brüder, auf die ärmlichen aschkenasischen Betergestalten, Ghettojuden aus Russland, Litauen und Polen, auf die mit Lederriemen an die Thora gefesselten ewigen Studenten im Greisenalter. Jalla!, ruft Tova ihr zu, die sich vom weißen Strand, aus dem Schnee, den Papierflocken eines unbeschreiblichen (unbeschreibbar gewordenen) Untergrundes aufraffen konnte. Wehe dem Land, das Heldinnen nötig hat, will sie entgegnen, aber damit meint sie nur das, was sie Tova in Berlin schon immer sagte, als deren Mobiltelefon alle dreißig Minuten klingelte oder piepte, um Fragen, Nachrichten, Instruktionen aus der Bankfiliale in Haifa zu übermitteln, für die ihre mehrtägige Abwesenheit als Abteilungsleiterin anscheinend unerträglich war, weshalb sie dann auch, um noch einen Tag shoppen und einen Tag lang Kunstmuseen besichtigen zu können, den historischen Teil ihres Besuches einer erschöpfenden vierstündigen Führung anvertraute, die von Karl dem Großen und der Reformation Luthers über Friedrich den Großen, Bismarck den Großen und denführer und die Shoa bis hin zur Wiedervereinigung und aktuellen großen Kanzlerin leitete in der Art eines Walpurgisnachtritts. Am Denkmal der liegenden Touristin würde Tova sich aber Zeit nehmen. Die Frau am Boden spürt, dass sie wenigstens eine Freundin in Israel gewonnen hat, und sie möchte mit ihr reden. Aber der Preis der Nähe scheint das Verstummen oder Stumm-Bleiben zu sein, das ist die Regel, die sie sich selbst auferlegte, nachdem sie drei Wochen (zwanzig Tage) im Land verbracht hatte. Das Denkmal sieht zurück, und weil es schweigt, kann es bemalt, erklettert oder gesprengt werden. Das hat nichts mehr mit ihr zu tun und auch nicht mit den sechs Hauptpersonen ihrer Videoarbeit (*Looking at Memorials*, 2004), die sie jetzt nah umgeben, in der koordinierten Intimität von Sargträgern oder gescheiterten Schutzengeln oder Bodyguards, die einen Moment lang nicht aufgepasst haben und sich bestürzt zu ihr herabbeugen. Nachdem man Tova auf der Museumsinsel, in den Galeries Lafayettes und in den Kellerverließen der Ausstellung *Topographie der Terrors* gesehen hatte, wissbegierig, empfindsam, erschüttert, aber immer telefonierend, lernte man Ela mit ihren acht- und zehnjährigen Söhnen kennen, die sie nur mühsam im Stelenfeld des Holocaust-Denkmals wiederfand, um dann ausgedehnte Bootsfahrten durch die Stadt und aus der Stadt hinaus zu unternehmen, was sie am meisten faszinierte. Chaim und Ben, ein endfünfzigjähriger Vater mit seinem Sohn, der gerade den Militärdienst absolviert hatte, waren absichtlich im Winter gekommen und bekamen glücklich, was sie wollten, die Gelegenheit zu einer Schneeballschlacht vorm Brandenburger Tor. Sie fuhren weiter nach Berchtesgaden, um demführer über die Nase zu rodeln (sie filmte die beiden im Stollenlabyrinth des Obersalzbergs), während Chaim von seiner ersten Skifahrt, 1972 auf dem neu eröffneten Mount Hermon Ski Resort auf den Golanhöhen, erzählte (einmontierte Siebziger-Jahre-Filmaufnahmen zeigten einige wenige gekonnt abschwingende Skifahrer, während die meisten mit dem Lift Hinaufbeförderten in dünner Kleidung lachend und bibbernd durch den Schnee stapften oder mit Hilfe von Plastiktüten, Schaufeln oder ähnlichen Schlittenimitaten Fahrt zu gewinnen suchten). Chaim hatte ihr erlaubt, die Aufnahmen zu verwenden, die ihn weinend am Gleis 17 zeigten, nachdem er einen Stein auf eine Schiene des Denkmals für die an dieser Stelle des S-Bahnhofs Grunewald in Zügen Deportierten gelegt hatte. Sie hatte auch filmen können, wie Ari und Galit, ein älteres Ehepaar, beide Orchestermusiker aus Jerusalem, mit Hilfe der Reiseführerin anhand eines Berliner Adressbuches aus der Weimarer Zeit das Wohnhaus von Galits Großeltern entdeckten und davor im Straßenpflaster den glänzenden Stolperstein mit den Namen und Todesdaten. Dass sie gar nicht geglaubt hatten, eine Spur finden zu können, war in dem zwanzigminütigen Videofilm (ohne die Sprache zu verwenden) kaum darstellbar. Ebenso hatte sie es bedauert, nicht hörbar machen zu können, wie eine fünfzehnköpfige Gruppe aus Nazareth, die in das fensterlose enge Tonnengewölbe des Keller-Restaurants im Brechthaus Chausseestraße geführt wurde, zunächst unisono erschrak, weil jeder an die Bunker während des Beschusses durch die irakischen Scud-Raketen im zweiten Golfkrieg dachte, um nach dem Essen und einem Glas Wein alle möglichen Liebes-, Wander- und Siedler-Lieder zu singen. Sie hat *ihre* Melodie vergessen. Während sie sich noch an die Rhythmen und Melodien einiger Lieder der Reisegruppe erinnert (oder erinnern zu können glaubt), fehlt in ihrem Gedächtnis vollständig die Musik, mit der sie den eigenen Film unterlegt hatte, und sie vermutet, dass das ein sehr schlechtes Zeichen ist für ihren Zustand im aufwirbelnden Weiß der Stadt. Mit Ausnahme des plötzlich verstorbenen Chaim hat sie sämtliche Akteure des Films in den vergangenen Wochen wiedergesehen. Jetzt scheinen sie sich alle getroffen zu haben, um sich stumm über sie zu beugen. Carl muss sie an ihrer Stelle begrüßen. Schließlich kennt er sie gut, auch wenn er sie niemals persönlich getroffen hat. Es mache einem klar, mit wem man lebe, hatte er ihr damals (vor zwei Jahren) in Florenz erklärt, nachdem er wiederholt die Ausstellung mit der Videoinstallation besucht hatte, in jenem perfekten, stimmigen, wie gemeißelten Sommer 2004, in dem sich ihre Familie unter einem Torbogen der Loggia dei Lanzi zu einem ganz eigenen Memorial staffelte, dem Raub oder der ruhmreichen Erhebung der Katrin durch einen Jonas-David, an den sich der Putto Giacobbe klammerte, als hätte er schon immer gewusst, dass nur an Papa der Halt der Familie zu finden sei. Er täuscht sich, er täuscht sich nicht, auch ein Baumstamm (etwas Lebendiges, keine Denkmalsäule) kann schwanken, es entwurzelt ihn nicht. Die Frau am Boden, im Weiß, im Schneewirbel einer neuen Definition, hat nicht umsonst dieses wurzelsüchtige Land durchstreift. Jetzt ist ihr klar, wo sie hingehören will – dorthin, wo man verzeihen kann. Nur die Familie und die besten Freunde sind stets dazu bereit. Sie hat mit Carl über die Juden gesprochen, die es fertigbrachten, nach Deutschland zurückzukehren, etwas, das kein Verzeihen sein konnte, sondern nur der Ausdruck eines ungeheuren zivilisatorischen Vertrauens. In Florenz, nachdem er sowohl ihre Caprichos als auch die Videoinstallation gekauft hatte, war er ihr vollkommen kosmopolitisch vorgekommen, mit einem perfekten amerikanischen Englisch und dem flüssigen Französisch, das er mit dem Kurator sprach. Nur sein bayrisch eingefärbtes Deutsch, das er nach einer Weile erst zum Vorschein brachte (nachdem er ihre Kinder gesehen hatte), gab Rätsel auf, bis er sagte, er sei nach längerer Zeit wieder in das einzige Land gezogen, in dem *sie* stärker seien als ihre Feinde. So hatte sie von seiner Herkunft erfahren, und war – nach Überwindung des Trennungsschmerzes, den alle Mütter und sämtliche Originale verfertigenden Künstler ertragen müssen – seltsam berührt und beruhigt gewesen angesichts des Umstands, dass die Figuren ihrer Videoarbeit mit dem Verkauf an Carl wieder zu den Menschen zurückkehrten, die sie dargestellt hatten. Tova und Ari und Galit übermittelten ihr dann auch per Mail ihre Eindrücke vom Besuch der Installation in einem dunklen, durch einen Vorhang abgeteilten Kabinett in der weißen Betonverschachtelung des Tel Aviv Museum of Art. Ben Landauer hatte geschrieben, dass er es nach dem Tod seines Vaters nicht über sich brächte, noch einmal die Schneeballschlacht vor dem Brandenburger Tor zu sehen, aber dass es ihn tröste und beruhige, die Szene im Museum aufgehoben zu wissen. Schneebälle. Der Berliner Schnee im Weiß des Museumsbaus. Ein Erweiterungsgebäude sei geplant, hatte Carl erklärt, eine Art Schiff, wie aus Eiswürfeln oder zu Rhomben geschliffenen Schneeblöcken zusammengesetzt. Er wolle es erreichen, dass *Looking at Memorials* angekauft und als ständiges Exponat in die Abteilung Zeitgenössische Kunst aufgenommen werde. Aus diesem Grund hatte er auch für tausend Dollar die drei Kartons verkauft, auf denen sein Versteck im Dachspeicher abgebildet war, seine Fantasie des Ertrinkens der Juden auf den Gassen und Plätzen, in den Parks und Gaststätten seiner Heimatstadt, seine Anreise in einem heillos überfüllten Schiff und sogar der Esel am Meer, der durch einen Stacheldrahtzaun blickte. Jener elegant gekleidete, an einen Dirigenten erinnernde Mann im Café war einer der Kuratoren des Tel Aviv Museum of Art, und Carl hoffte, dort auf Dauer wieder zu erscheinen, ebenso wie es die Figuren der Videoarbeit tun sollten, die der Kurator mit seinem spontanen Ankauf der Zeichnungen im Grunde schon dazuzukaufen versprochen hatte. In einem Raum mit Arbeiten von Milena Sonntag fehlte nur noch das Porträt von Esther Goldmann zwischen den Denk-Hirschen, das er im Übrigen beinahe einmal gekauft hätte. So erfuhr sie, weshalb es zu dem außerordentlich guten Preis für die zweite und bessere Version ihres Ölgemäldes gekommen war. Carl Levy und Friedrich Bernsdorff hatten sich gegenseitig bei ihrem Galeristen überboten, bis sie sich trafen und Carl vor dem älteren Sammler zurückstand, weil ihn der Grund für Friedrichs Interesse, die persönliche Bekanntschaft mit Esther, sehr berührt hatte. Vorkommen in einem Bild. Ihr Vorkommen auf den Dutzenden von Porträts mit Kohle und Bleistift, die Andreas in ihren ersten zehn Lebensjahren angefertigt hatte, oder auf jenem heftig (zwischen den Eltern) umstrittenen Ölgemälde. Das Mädchen im weiß-orange gestreiften Kleid, auf einem Klavierhocker sitzend, nachdem es einen Fahrradunfall erlitten hatte. Im Weiß des letzten Tages, den sie (vorerst) in Israel verbringen will, erscheint das Mädchen mit den aufgeschürften Knien, dem lädierten Ellbogen, den Blutergüssen im Gesicht wie eine ironische Prophezeiung, wie ein Voodoo-Kind, eine Elfjährige, an der angedeutet oder vielmehr deutlich markiert wurde, was ihr dereinst geschehen sollte. Die Knie, der Ellbogen, zertrümmert in einer Version für Erwachsene. Es ist ihr, als hätte sie nach ihrem Vater geschrien in den Augenblicken, in denen seine malerische Vorhersage sich erfüllte. Sie hatte schon in Jerusalem eingehend an ihn gedacht, nicht nur, als sie auf Strümpfen vor dem spektakulären Felsbrocken stand, auf dem Abraham, behindert von Mohammeds herabbaumelnder Himmelsleiter, seinen Sohn hatte abschlachten wollen. Erzähl mir bitte keine heiligen Geschichten mehr. Sie helfen mir nicht weiter bei der Beantwortung der Frage, wozu noch ein Opfer nötig sei oder ab welchem Punkt es zulässig wäre, seine Familie zu verlassen. Das Weiß einer frischen neuen Leinwand, auf der mein sich bewegender Körper erscheint, ist nicht das kalte Polster, in das ein blutendes Tier in einem verschneiten Wald fällt, sondern (gerade noch) die befreiende, fröhliche Leere des Aufbruchs, jene anmaßende Erleichterung, ein ganzes Land mit seinen Jahrhundertquerelen hinter sich zu lassen, als steckte man es wieder in die Reiseführer zurück in seiner Eigenschaft als erleichtert vergessender Heimkehrer, als negativer Tourist. Die Straße taucht wieder auf, in der sie am dritten Tag ihres Aufenthaltes mit Carl das Café besuchte. Dieses Mal ist es später Nachmittag, und sie wollen sich am Carmel-Markt treffen, um dort in der Nähe ein Restaurant zu besuchen, das Carl schätzt und seiner Ansicht nach einen schönen Rahmen für ihren letzten Abend in Tel Aviv abgäbe. Sie hat noch viel Zeit bis zu ihrer Verabredung, aber die freudige Erregung treibt sie aus ihrem Hotelzimmer durch die blühende weiße

Einkaufsstraße mit den kleinen Läden, deren hebräische Beschriftungen ihr nun ganz vertraut vorkommen. Selten hat sie eine ähnlich große Vorfreude empfunden. Seit zwei Tagen, seit sie ihren Entschluss, baldigst und unverrichteter Dinge heimzukehren, gefällt hat, fühlt sie einen so wirksamen Auftrieb, dass sie alles mit größter Leichtigkeit erledigt, sie schwebt immer einen geheimen Zentimeter über der Erde, als hätte sie ganz verstohlen bereits ihren Rückflug angetreten. Es ist das Glück der Kapitulation und des Verzeihens (eine schwierige Sache, in Israel wie überall), zu dem sie gefunden hat, und seither ist die Sehnsucht nach ihren Kindern und auch nach ihrem Mann kaum mehr zu ertragen. Es mag sein, dass er in den Wochen, in denen die Wellen des Erfolgs über ihr zusammenschlugen und sie sich in einem Karussell von Städten und Menschen drehte, einmal ausgerutscht ist. Ganz still mag er auf seiner guten alten Göttinger Buchhändlerin Marlies gelandet sein, die in ihrer Erinnerung als eine Art Lufthansakapitänswalküre aufersteht, der gute alte Leser Jonas, gewissenhaft buchstabierend zwischen ihren fleischigen Blättern. (Sie selbst war aus dem Schlaf geschreckt, als er vor etlichen Wochen um zwei oder drei Uhr morgens an ihre Seite unter die Bettdecke kroch, sacht wie ein Blatt Papier, sie wollte gleich weiterschlafen und hatte nur für eine träge Sekunde noch gedacht, wie seltsam es war, die eigene Möse so intensiv zu riechen, um dann blitzartig grell aufzuwachen, als wäre sie auf einem OP-Tisch eingeschlafen. Sie hatte gar nichts gesagt, sich nicht gerührt, sich tot gestellt und mit jagendem Puls in einen leuchtenden Abgrund gestarrt, den sie vielleicht selbst aufgerissen hatte mit ihrer Ruhmsucht und dem wochenlang aus allen Nähten platzenden Terminkalender). Aber sie weiß – ohne Wortwechsel, mit der erworbenen Sicherheit ihres zwanzigtägigen israelischen Verstummens, mit der sie ihr silberglänzendes Aufnahmegerät immer ruhiger auf die Tischplatte vor ihre Gesprächspartner legte –, dass er das ungeschehen machen möchte. Und so wird sie ihn gnädig herausziehen wie einen Korkstöpsel, ihn trockenwischen, ihn zwei Monate auf Eis legen und ihn dann wieder zu sich nehmen, on the rocks ... Ein Museumsbau wie aus

Eiswürfeln geformt, hatte Carl gesagt. Sie freut sich auf die Begegnung, auch wenn sie ihm nicht nur wird erklären müssen, weshalb sie am nächsten Vormittag nach Hause fliegen möchte. Ich gebe auf, ich passe, ich habe mich entschieden. Die Farben des Carmel-Markts breiten sich vor ihr aus, Decken, Tücher, Kleider, Gewürze, vor allem Rot-, Orange-, Gelb- und Rosa-Töne, Sonnenfarben, vor den grauen Felsfronten von Hochhaustürmen seltsam tibetanisch wirkend. In Tibet fällt die chinesische Armee ein, es gibt anscheinend keinen freien hohen Berg auf der Erde. Weil sie noch immer viel Zeit zu haben glaubt, erwägt sie einen Marktbummel. Jedoch fehlt ihr gerade der Sinn für Details, und so wendet sie sich ab und lässt sich in der feierabendlichen Menge treiben, entfernt sich, in einer Art sanftem tibetanischen Höhenrausch, von der Sonne, schlendert Richtung Südosten durch goldgerandete Menschen und Dinge, die im Verlauf der kommenden dreißig (28:33) Minuten zunächst cityhaft schick, geschäftig, organisiert wirken, dann ärmlicher und zerstreut, so dass sie üblicherweise, mit den in den vergangenen Wochen erworbenen Reflexen, vorsichtiger und aufmerksamer für die Umgebung würde. Sie hat aber das Gespräch mit Carl schon begonnen, ihr *Mauergeplänkel*, wie sie es nennen, wobei nicht ganz klar ist, ob es so heißt, weil sie nicht ernsthaft streiten oder nicht glauben, dass es irgendetwas ändern könnte, wenn sie sich ernsthaft stritten. Sie sagt Mauer, er sagt Zaun. Sie sagt, der Zaun schafft Hass, er sagt, er schaffe Hass, aber er verhindere Mord. Sie sagt, er verletzt die Grenze, er sagt, die Grenze werde durch jeden Mord überschritten. Sie sagt, alle Mauern und Zäune werden fallen, weil sie dereinst überrannt werden oder überflüssig sind. Er sagt, ich wünschte, sie würden überflüssig, aber das bedeute nicht, sie seien nicht eine Zeitlang vonnöten. In Grunde streiten sie nicht, sondern betrachten verschiedene Aspekte eines Symptoms. Die Symptome sind augenfällig – aber die Frau interessiert sich mehr für die Krankheit. Und die wäre? Nicht friedlich miteinander auszukommen. Stellte man sich vor, der Zaun verliefe genau auf der grünen Linie (der Waffenstillstandslinie von 1967), dann wäre er nur noch Symptom. So aber ist er es zu achtzig oder neunzig Prozent – und zu wenigstens zehn Prozent verursacht er eine neue Krankheit. Was ist die Mauer oder der Zaun? Das siebenhundert Kilometer lange Symptom einer martialischen Angst, die auf der gegenseitigen Rücksichtslosigkeit und Verachtung beruht. Ein Wundschnitt, durch die ockerfarbene Landschaft gezogen bis zum Horizont, vernäht mit Stacheldraht, aufplatzend an den Stellen, an denen er neues Land nimmt. Die Narbe ist Wunde, die Krankheit erwächst aus der Therapie. Es mag dennoch sein, dass Carl recht hat und ohne den Zaun alles noch schlimmer würde. Sie sagt, ihr unterwerft euch der Angst, er sagt, ihr eigener Mann halte doch Israel für so gefährlich, dass er nicht mit der ganzen Familie kommen wolle. Sie sagt, dass ihr Mann die Irrationalität des gesamten Nahen Ostens fürchte (verabscheue?). Er sagt, vielleicht fürchtet er nur dasselbe wie ich und die Erbauer des Zauns, nämlich den durch das siegreiche Israel hervorgerufenen, unversöhnlichen Hass der Palästinenser, der erst mit der vollständigen Vertreibung oder Vernichtung der Juden gestillt sein wird. Alles andere folge daraus. Kann sie ihm einfach widersprechen? Man muss sich vom Zaun abwenden, vom hässlichen Symptom, und auf beiden Seiten an die Untersuchung der eigentlichen Krankheit gehen. Aber sie ist nicht dazu berufen, sie fühlt sich heillos überfordert, sie ist nur eine Künstlerin mit Blick auf zwei Länder, die statt Helden wohl besser Psychiater nötig hätten. Dabei weiß sie, dass Carl ihrer Entscheidung, das Projekt aufzugeben, widersprechen wird, um sie aufzufordern, eben genau das zu sagen, was sie ihm gesagt haben würde, hätte sie es denn im Gespräch mit ihm tatsächlich so äußern können. Das Projekt über das Aufgeben eines Projekts war eine Traditionsware der Moderne, nichts Ehrenrühriges. Wenn !CESAR! die eine und sie die andere Seite eines Symptoms beschrieben hätte – wollte sie Carl erklären –, dann hätten sie das Symptom reproduziert, als Teilung. Aber jeder musste die Teile, die unterschiedlichen Aspekte, in sich zusammenführen, und das bedeutete, sie einzeln und sämtlich im Rahmen der eigenen Arbeit zu betrachten. Dazu bräuchte sie nicht sechs Wochen, sondern ein Jahr, nein, zwei Jahre, eines für jede

Seite. Die zahlreichen wütenden, traurigen, resignierten, sarkastischen Stimmen, die sie auf ihrem Rekorder gesammelt hatte, müssten warten, bis sie Gegenstimmen bekämen, wiederum von ihr persönlich aufgenommen. Sie hatte geglaubt, sie fände zu einer originellen und einfühlsamen Betrachtungsweise, weil sie in einem ummauerten Land geboren war und eine doppelt so lange Grenzanlage (Teil der Teilung der Welt) hatte fallen sehen. Aber sie hätte es wohl besser als Chinesin versucht als ausgerechnet als Deutsche. Für einen kurzen Moment sieht sie sich in einer Schaufensterscheibe eines ramschigen Elektrogeschäfts. Sonnenbrille, schulterlanges schwarzes Haar, schwimmbasinblaues Kleid (sie treibt davon, stehend, gehend, den Kopf über Wasser). Man könnte sie durchaus für eine Tel Aviverin halten, die sich in ein heruntergekommenes Viertel verirrt hat. Bevor sie sich die Frage stellt, wo sie eigentlich gelandet ist (sie vermutet, in der Nähe des Busbahnhofs), kommt sie noch auf einen Gedanken, den sie Carl unbedingt mitteilen möchte. Wenn es ein so deutliches Symptom gibt, dann kann man immerhin sehr genau zusehen, wie die Krankheit verschwindet. Später würde sie immer glauben, sie hätte den Feuerball, eine haushohe, aufplatzende Rosenblüte, eine goldrote, wertvolle alte Sorte, wie auf einem Ölgemälde, allerdings von bösen schwarzen Schlieren durchsetzt und riesig, bereits in der Schaufensterscheibe gesehen, sich hinter ihrem eigenen Bild rasend aufblähend, bevor sie zersplitterte. Aber sie hatte schon einen Schritt auf die Straße gemacht, und dort erst wurde sie ein Teil der Rose mit den krachend zerbrechenden schalenartigen Blättern, sie explodierte, glaubte es, aber weil sie es glauben oder denken konnte, war es vielleicht auch nicht so schlimm.

Endgültig. Kein Geräusch, kein Ton. Eine riesige Filzwalze, die alles erstickt hat, die notwendig war nach jenem ungeheuren Lärm. Akustische Filzwüste. Vollkommen gedämpftes Weiß. Ein weißer Filzhimmel über weißem Sand, vielleicht auch Papier, handgeschöpftes filziges Bütten. Darauf nichts, lange Zeit nichts. Dann erscheint in mittlerer Höhe eine Art

Horizontlinie, die jene gedämpfte, schneeartige Farblosigkeit zu zerteilen beginnt, ein schmaler, schwarzer Streifen, sehr fein, Schwarz auf Weiß, wie einblutende, immer wieder abbrechende Zeichen, eine perforierte unsicher schwankende Zeile. Wiederum ein Zaun, eine Grenzlinie in einer weißen Wüste. Es ist der Morsestreifen deiner Gedanken: Das hier ist deine letzte Stunde. Atme ein. Atme aus. Atme nicht. Es macht keinen Unterschied. Du wirst nie wieder atmen, nie wieder etwas essen oder trinken. Du wirst keine Gespräche mehr führen. Bald kann dich niemand mehr berühren. Dein Körper wird vollkommen gleichgültig sein. Du wirst noch eine kurze Weile hier liegen, aber es gibt nichts mehr zu tun. Seltsamerweise stimmte es sie am traurigsten, dass sie nie wieder schlafen würde, nicht einmal in dieser Nacht. Das Ende kommt noch vor dem Schlaf.

(Was ich dachte, als ich explodierte. / This is not my blood. Tafel 4)

7. BESUCHER NR. 1 / VIP

Der erste Blick entscheidet. Darin liegt die Summe ihrer Begegnungen oder ihr Fazit vielmehr. So kann man sich vorstellen, dass Jonas den grau durchsetzten Bart des Älteren, sein schütteres, kurz geschnittenes Haar, die schlaffen Jetlag-Gesichtszüge, die Falten auf der Stirn und zwischen Nase und Mund, die Blässe, die vorsichtige Gangart, die eingezogenen Schultern (und so weiter) in einem mathematischen Eilverfahren bilanziert, um die Quersumme, Wurzel oder Spur der Matrix zu ermitteln, in Gestalt zweier kurzer, stummer, miteinander verhakter Sätze: Er kann mir nicht mehr gefährlich werden, er ist zu alt für meine Frau. Umgekehrt (negativ, reziprok, invers) ergeben sich aus Rudolfs Perspektive auf den hageren, immer noch jungenhaften Mittvierziger in Jeans und blau-weiß gestreiftem Hemd, der, einen Autoschlüssel in der Hand, am Check-in-Schalter seiner Airline am Tegeler Flughafen auf ihn gewartet hat wie ein Sohn (den er mit elf Jahren in die Welt gesetzt haben müsste) zwei gleichfalls eng gepaarte Gegensätze: Ich will ihnen tatsächlich helfen, sie sollen zusammenbleiben. Fast hätten sie sich umarmt. Etwas stimmte nicht, rein äußerlich schon, dazu brauchte man nicht tief in das Innere des jüngeren, schwarzhaarigen hageren Mannes zu blicken, der womöglich den ungewohnt angegriffenen Zustand des anderen mit der Katastrophe in Japan zusammenbrachte, erlebt im vergangenen Frühjahr aus der panischen Nähe eines Fremdenzimmers in Tokio, als wäre man in einer Tauchkugel eingeschlossen, einer absurden Picard'schen Monade, inmitten hoch aufschäumender Ozeanwellen, zerkrachender Schiffskörper, zerschmetterter Schutzmauern, explodierender Reaktorblöcke. Die Strahlung durchschießt unsichtbar, unfühlbar, unaufhaltsam die Kristallkugel der vermeintlich undurchdringlichen Beobachtersonde. Fünf Monate ist es her, in fünf Jahren frühestens wird man sich wieder längere Zeit in den verseuchten Gebieten aufhalten können. Anstatt rückläufig zu Jonas' Hinweg durch das im Ferienbetrieb summende Sechseck des Flughafengebäudes zum Ausgang zu streben, setzen sie ihn (irritiert, aber blödsinnig bestimmt, sich in der Menge Schulter an Schulter zum Pärchen-Rammbock vereinigend und großartig gestikulierend) im Gegenuhrzeigersinn fort, wobei Rudolf das Hineinschreiten in sein so unvermutet aus der zivilen Atomenergienutzung ausgestiegenes Heimatland befreit zu genießen vorgeben könnte, um sich dann (wiederum wie bei einem erwachsenen Sohn, der sein Schulwissen noch besser parat hat) bei Jonas zu vergewissern, dass die Radioaktivität an sich, mit den Fusions- und Spaltungsprozessen in den Glutkörpern der Sterne, erst jene höheren und stabileren Elemente erzeuge, ohne die kein Leben möglich sei. Gleichermaßen bemüht hören sie sich zu und nicken unablässig bei ihrem drei Mal länger als nötig dauernden Gang im benzolringartigen Flughafengebäude (aber auch das ist es nicht, was nicht stimmt, Jonas, du wirst schon noch darauf kommen). Könnten wir in den fünf Zentimeter größeren, jüngeren Mann im gestreiften Hemd hineinsehen, stießen wir vielleicht wie auf ein erleichtert weggelegtes (der Bibliothek der Eifersüchtigen zurückgegebenes) Buch mit Schauermärchen auf die abgeschüttelte ängstliche Traumvision, in der er den Konkurrenten als riesigen Denkerschädel wie einen Felsblock auf sich herabzustürzen wähnt oder ihn mit offenem Rüschenhemd und offener Rokoko-Kniebundhose, das fünf Zentimeter längere roh-rote Florett gezückt, als Casanova-Dauerrammel-Maschine vor die weiß gepuderte, ins bruststrotzige rosa Mieder gedrängte Kokottenversion seiner Ehefrau treten sieht (in einem lauschigen Seitentrakt des Schlosses Sanssouci). Tatsächlich aber ist dies eine ihrer entspanntesten Begegnungen, eine absurd erleichternde Begegnung (denn es geht ihnen beiden gerade sehr schlecht), beinahe wie im Sommer 2006, als Rudolf aus Toronto kam und für einige Tage bei ihnen und den Kindern blieb, so dass Jonas sich ausgiebig um seine im Krankenhaus liegende Frau kümmern konnte. Es ist gut möglich, dass einer von ihnen, im Eingedenken

an jenes Zusammentreffen, auf einen Titelseitenfächer derselben Tageszeitung zeigt:
TERRORSERIE ERSCHÜTTERT
TERRORSERIE ERSCHÜTTERT
TERRORSERIE ERSCHÜTTERT
Israel (wie sie schon wissen), um die ewige Wiederkehr des Gleichen zu markieren, zu bannen, achselzuckend hinzunehmen. Im Jahr 2008 hatte der ältere Mann im sandfarbenen Sakko und weißen Hemd nicht drei, sondern fünf oder sechs Jahre jünger gewirkt, viel frischer jedenfalls, und erfüllt von dem Vorsatz, Mut und Zuversicht auszustrahlen (mein Bruder wird diese erneute Operation am Ellbogen deiner Frau absolut präzise und mit den besten Erfolgsaussichten durchführen). In beiden Fällen, so könnte es Jonas langsam dämmern, war Rudolf als vergebene Partie gekommen, als Mann in festen Händen, mit dem Elch in der Garage, ein fest mit einer *kanadischen Professorin* (so etwas ergibt kein spontanes Bild, es ist wie eine norwegische Spitzenköchin oder eine belgische Scoutführerin) liierter Professor ohne Seitensprunggelüste. Nur ein – hypothetisches, aber nicht völlig unwahrscheinliches – Mal hätten sie sich noch beruhigter treffen oder wenigstens streifen können oder auch nur sehen, jeder auf einer anderen Seite der schmalen Schöneckstraße in Freiburg. Denn Rudolf hatte sich in jenem Sommer, in dem Jonas davon träumte, den Münsterturm zu erklettern, bevor er davon absah, um stattdessen lebenslänglich zur Sonne emporzufliegen, nach Freiburg aufgemacht, wo er an einem müßigen Abend nach längeren Recherchen in der Universitätsbibliothek auf die Idee gekommen war, sich Edmonds letztes Wohnhaus anzuschauen. Seine Dissertation, die in der späteren Buchform den sportlichen Titel trug *Den Gegenstand gewinnen*, balancierte (äußerst gewagt, wie seine schwangere Ehefrau Martha naserümpfend feststellte) zwischen phänomenologischen und strukturalistischen Konzepten. Es handelte sich um eine anthropologische Studie darüber, wie in drei verschiedenen Kulturen die Dingwelt hergestellt oder argumentativ errungen wurde, also um eine erweiterte Nachfolge

des Edmond'schen Rufes *Zu den Sachen!* Dass die Villa am Schlossberghang, nach Edmonds bitteren letzten Jahren und seinem Tod, während des Krieges noch zu einem Institut für die Erforschung der Sonne umgewandelt worden war, hatte etwas von einer unguten Verdrängung an sich (obgleich keinerlei Zusammenhang bestand, Edmond hatte hier nur noch wenige Monate gelebt und Karlheinz Pleßner das Haus erst Jahre nach seinem Tod für das Institut angekauft), aber auch etwas Tröstliches (Fortsetzung der Suche nach dem Licht mit technischen Mitteln). Unschlüssig war Rudolf vor der bronzenen Gedenktafel am Gartentor des Instituts stehen geblieben. Einen Schaukasten mit der Ankündigung des Pleßner'schen Vortrags *Solarphysik heute* denken wir uns in der abendlichen Sommerluft flimmernd vor sein Jungforscher-Auge. Er trägt noch höchst selten Sakkos oder Anzüge, stellen wir ihn uns folglich in einer scheußlichen schwarzen Röhrenjeans und einem goldfarbenen kurzärmeligen Seidenhemd vor, als er in Betracht zieht, wie die auf ihn zukommenden Menschen den Vortrag zu verfolgen, schon allein, um das Innere des Gebäudes kennenzulernen. Er hat sich jedoch dagegen entschieden, das ist gewiss, denn Jonas wird ihm einmal genau erklären müssen, wer Karlheinz Pleßner war und weshalb es sich lohne, über dessen Tätigkeit im Nationalsozialismus zu promovieren. Dann tut es ihm sehr leid, eine der letzten oder gar die letzte Chance verpasst zu haben, Pleßner in dem Institut zu hören, das später einmal seinen Namen tragen würde, und Jonas und er werden gleichermaßen versonnen, irritiert oder rätselnd auf die eigenartige Verschränkung von strahlender Physik und leuchtender Erkenntnis reagieren, eine befremdliche und doch intime Koinzidenz wie die mögliche, sich an den kurzen Hemdsärmeln streifende Begegnung am Rand der schmalen Schöneckstraße, der siebzehnjährige Jonas aufwärts zum Vortrag strebend, das Gehirn zur Hälfte (zwei Vierteln) noch in den Kletterschuhen, zur anderen Hälfte zwischen Renis ein einziges unglaubliches Mal im Morgengrauen erblickten planetarischen Kugelbrüsten, wohingegen Rudolf, der mit achtundzwanzig einer seiner jüngeren Gymnasiallehrer (apage!) hätte sein können, sich entschlossen hat, an seinem freien Abend durch die Freiburger Altstadt zu streifen. Er muss noch früh genug in geschlossene Räume zurück, in die kleine Heidelberger Wohnung vor allem, in der ihn seine hoch angespannte junge Ehefrau erwartet, mit ihrem hoch leistungsfähigen Schaufelbagger-Gehirn und dem verstörend launischen Körper einer im fünften Monat Schwangeren, die vor der Geburt, wie um die Muttermilch damit anzureichern, noch ein Dutzend Fachbücher und drei Mal so viel wissenschaftliche Aufsätze zu inkorporieren gedenkt. Keine Zigaretten mehr, kein Schluck Wein (von Martha), eine irgendwie grandiose, adventliche, erstickende, aufreizend sterile, berückend kinderzimmerliche Atmosphäre ist in ihren Räumen entstanden, die Rudolf in seinen optimistischen Momenten weniger als zu einem engen Wartesaal gehörig empfindet als zu einer Weltraumfahrt-Kabine für den Flug in das Universum der absolut rätselhaften Familientiere (die auf eine noch unvorstellbare Weise glücklich sein mochten). Zum Zeitpunkt der möglichen Freiburger Begegnung war er so alt gewesen wie seine Tochter Vanessa heute. Jonas, Vater zweier Schulkinder, ein Mann im besten Professorenalter eigentlich, hätte damals mehr von ihm lernen können als heute, wo für ihn in erster Hinsicht eine Unterrichtung in Geodäsie (Unterabteilung Kunde der kürzesten Verbindungen zweier Punkte in realistischem Gelände) vorteilhaft gewesen wäre, denn sie verfolgen weiterhin ihren haarsträubend indirekten Weg zum Parkplatz vor dem Terminal C, an dem Rudolf angekündigterweise am Vortag hatte ankommen wollen und Jonas, den Wechsel der Fluggesellschaft nicht berücksichtigend, das Auto abgestellt hatte. Dennoch oder trotzdem oder – vor allem wohl – um das große und dramatische, psychologische und peinliche Thema der TRENNSTADT BERLIN (gerade passierten sie eines der Stadtreinigungsplakate) nach Männerart noch eine zünftige Zeitlang zu meiden, scheint Jonas außerordentlich an allen Aussagen, Thesen, Verkündigungen des Universitätsprofessors interessiert, ganz als wolle er in die Rolle seiner wütend ausgezogenen, seit vierzehn Tagen bei ihrer Galeristin nächtigenden betrogenen Frau schlüpfen, die schon immer alles Mögliche aus dem LEHRER hatte heraussaugen mögen (in jener E-Mail vor einer knappen Woche angeblich, um ihn wieder einmal so nahe an ihrem Gehirn zu spüren). Nachdem Rudolf ihn vor kurzem schon um eine Auskunft über die starke Eruption Anfang Juni gebeten hatte (ein nicht weiter beunruhigender Flare der Stufe zwei) mochte er sich auf weitere solare Fragen des Lehrers vorbereitet haben, kulturwissenschaftliche oder historische auch, so dass er etwa von der ägyptischen Göttin Nut hätte berichten können, die in einer feuerschluckenden Fellatio den riesigen Glutball am Himmel zu sich nahm, um ihn während der Nacht durch ihren sternbesäten Leib wandern zu lassen, bevor sie ihn am Morgen aus der blutenden, die Welt rosig färbenden Wunde zwischen ihren Beinen wieder entließ. Vielleicht stellt er aber auch endlich, nachdem sie durch den halben Tegeler Sechseckring gewandelt sind, sich theatralisch vor die Stirn hauend, die Gretchen- oder vielmehr Cara-Frage, nämlich, ob sie denn nicht, um Nut und Himmels willen, vergessen hätten, Rudolfs Koffer mitzunehmen, denn er wäre doch, von Tokio her kommend, wohl kaum nur mit einer Lederumhängetasche unterwegs gewesen? Aufgeben der Souveränität, Verlegenheitsröte oder Bekenntnis-Flare auf dem blassen Gesicht des Lehrers. Nein, sie bräuchten nicht auf den großen Koffer zu warten, der sich noch in Frankfurt befinde. In drei Tagen müsse Rudolf von dort aus nach London fliegen, wo er eine Woche bliebe, wahrscheinlich auch länger. Es habe sich die Gelegenheit ergeben, das Gepäck bei einem Frankfurter Freund zu deponieren – allerdings, das sehe er jetzt doch ein (sein zerknittertes Sakko kurz am Revers befühlend), hätte er mehr Kleidung mit nach Berlin nehmen sollen, weshalb er sich am Mittag kurz auf Einkaufstour begeben müsse, der Jetlag wirke sich selbst auf einen Routinier wie ihn manchmal noch geisteszerrüttend aus. Durch den Fadenschein dieser Textilkümmernisse glaubt Jonas für eine Sekunde die blanke Verzweiflung (ein kalter Spiegel von Einsamkeit und menschlicher Leere) im Blick des anderen auszumachen, es wundert ihn auch nicht, wenigstens eine Folgesekunde lang, in der ihm das Zurückfallen aller Menschen (Männer) in den Zustand panischer Isolation unvermeidlich erscheint (als ob er gleich noch von den Kindern ließe, von seiner Mutter oder Schwester, von all seinen Freunden, wenn Milena nicht mehr zurückkehrte). In London!, verkündet Rudolf plötzlich mit Verve, stünden ihm große Dinge bevor! Er bemüht sich, komisch ängstlich zu wirken, wodurch er Jonas für einen Moment abstoßend erscheint wie ein Zirkusclown. In der Arena einer plakativ angekündigten Podiumsdiskussion, auf dem Parallelschlachtfeld eines mikrofongespickten langen Debattiertischs vielmehr, treffe er zwei ganz besondere Konkurrenten im Diskursgewerbe, mit denen er in den vergangenen Jahren oder gar Jahrzehnten eigentlich immer wieder in verschiedenen Konstellationen zusammengebracht worden sei, aber niemals, wie jetzt in London, zur selben Zeit am selben Ort. Unter dem Titel *Menschheit 2.1* oder *Das Bild des Menschen im 21. Jahrhundert* (oder ähnlich, er wolle sich das großspurige Thema gar nicht so genau merken) müsse er mit Arthur Riffle und Markus Stenski (sowie einer anthropologischen Kollegin, die garantiert rechtzeitig erkranke und fernbliebe) im Gespann parallel fechten, was er in einem Anfall von Dummheit oder Leichtsinn vor einem halben Jahr schon zugesagt habe (pacta sunt servanda), aber nun bitter bereue. Stenski solle Jonas sich als einen korpulenten Entertainer in Rudolfs fortgeschrittenem Alter vorstellen, mit einer Art ergrauter Beatles-Frisur und, wenn es hart komme, in einem lachsrosa oder mintfarbenen Anzug, als beabsichtige er, an einem Alt-Schlagerstar-Wettbewerb mitzuwirken, wobei er allerdings die tintenschwärzesten Thesen absondere, vor allem wider alle Restbestände von Humanismus in Form eines utopischen oder auch nur optimistischen Fortschrittsdenkens, das als lächerlichste und nichtswürdigste Illusion zu brandmarken sei in einer Epoche, in der sich der Westen im intellektuellen und moralischen Niedergang (unaufhaltsam wie alle anständigen Niedergänge) befinde, in der das autoritäre, anti-demokratische Sparta (die orientalischen Despotien China und Russland) immer mehr das strategische Feld bestimme, während der populäre Diskurs, die kulturelle Hauptsorge, von den erbärmlichen Querelen der irrationalistischen, religionsideologisch verdrehten, eifernden, terrorverseuchten und pauperisierten Massengesellschaften Indiens, Pakistans, Afrikas und der arabischen Welt geprägt werde, deren sogenannter Frühling alsbald in einen blutigen Herbst umschlagen müsse infolge ihrer ungelösten inneren Konflikte. Dagegen würde Riffle sogleich seinen großen Helden-Tenor erheben. Auch er übe schon rein äußerlich eine starke Wirkung aus, denn er gleiche, breitschultrig und über einsneunzig groß, einem alternden US-Marshal in einem Qualitäts-Western, wobei er jedoch eine Art statistischer, positivistischer Schwärmerei anhänge. Die Zivilisation, die gesamte Menschheit, werde nämlich immer empathischer, die wirklich verheerenden, Millionenopfer fordernden Kriege lägen hinter ihr, das allgemeine Partizipationsbewusstsein (ein Teil der Menschheit, der Toynbee'schen Mutter Erde, der allgemeinen Geschichte zu sein) wachse, das universelle Verantwortungsgefühl ebenso. Die Kinderkrankheiten der Globalisierung wären fast schon überwunden, die digitale Revolution, die unaufhaltsame (natürlich) Vernetzung der Menschheit, habe gleichsam ein kollektives, supranationales Gehirn geschaffen, das eine ständige Zivilisierung und fortgesetzte Humanisierung von Wissenschaft, Technologie und Kultur einfordere und zu erzwingen imstande sei. Jonas könne sich vielleicht vorstellen, wie amüsant es wäre, zwischen diesen Opponenten das Weltkind zu spielen. Während Stenski alle drei Jahre die Welt aus einem anderen Grund untergehen sehe, errette sie Riffle aus noch einem anderen Grund jedes Mal neu. Womöglich – das wäre Rudolfs schlimmster Verdacht – glaubten sie sogar, dass sie eben nur darum, als Frucht oder Produkt ihrer dialektischen Auseinandersetzung, überhaupt bestünde, wie man das aus so zahlreichen antipodischen Ur-Mythen kenne. Jonas kann nicht umhin, den Älteren zu bedauern. Seit er den Entschluss gefällt hat, zwar auf solarem Gebiet, aber mit einer historischen Arbeit über Karlheinz Pleßner zu promovieren, ist sein Verständnis für die sozialen und moralischen Probleme der Geisteswissenschaftler exponentiell gewachsen, wir stellen uns sogar vor, dass er am frühen Morgen dieses Tages, kurz vor halb acht, als er rasch noch in dem von ihm und seiner Gattin gemeinsam genutzten Arbeitszimmer das Gästebett vor dem großen Bücherregal aufschlug, sich herabbeugte zu Z wie Zacharias, um dort sämtliche (und sämtlich mit frivolen Widmungen signierte) Werke des Lehrers in Augenschein zu nehmen, einen am Boden, durch das Alphabet nach unten rechts gerückten Hausaltar, vor dem nur noch die Schüsselchen mit Sake und Reis, einige verstreute Kupfermünzen, die brennende Räucherkerze und die silberne Winkekatze, Maneki-neko, fehlen. Seinem Nebenbuhler das Bett aufschlagen. Seinem Leidensgenossen, schließlich hörte man vor einiger Zeit, dass ihn die Kanadierin vor die Tür gesetzt habe (als er gerade in einer Studentin steckte (und deshalb von einem Rettungsteam der ELK-Force mit ihr als Ganzes hinausgetragen werden musste)). Dabei in die Knie gehen, um aus den schmalen Vexiersäulen der Buchtitel herauszurätseln, was er am besten mit dem Verfasser besprechen könne, um ihn zu verräterischen Aussagen über die wahren Absichten bezüglich seiner Ehefrau zu verleiten. *Den Gegenstand* (die Frau) *gewinnen*, Heidelberg 1983. *Das taumelnde* (liebes- und saketrunkene Satyr-)*Subjekt*, Heidelberg, New York, Berlin 1986. *Furcht* (Furche) *und Wirtschaft* (landwirtschaftlicher Landsmann), Frankfurt (wo sonst) 1993. *Arbeit, Liebe, Tod* (Liebesarbeit, Liebestod, die Arbeit am Liebestod), London, Paris, Wien, Bukarest, Frankfurt, New York, Toronto, Delhi 1999 ff. (ein ergreifendes Buch, das schönste, vielleicht ungewollt wichtigste, beruhend auf filmischen Interviews mit Menschen zwischen dem dreißigsten und vierzigsten Lebensjahr in Deutschland, Frankreich, Japan und den USA, auf der Suche nach dem rechten Umgang mit den Invarianten des Lebens, den statistisch nicht ermittelbaren Konstanten). Jonas, obgleich sechs Jahre zu alt, musste das letztgenannte Werk aus der Reihe ziehen, um die Widmung *Für Milena, das dunkle Zentrum im Licht* zähneknirschend zu überspringen oder besser zu überklettern und trotz Zeitnot und Manneskummer (also gerade deswegen) in verschiedenen Textspiegel-Bildersplittern seinen aktuellen Zustand zu erkennen (ToddurchArbeit, KeineZeitzusterben, Toddurch-

Kind). Es folgte noch *Forget Democracy* (Toronto, New York 2005). Dann kam anscheinend *Forget Rudolf* (Toronto, Tokio, Berlin 2005 ff.), denn sein sechsjähriges schriftliches Schweigen verlangte ja einen Grund, ein Nachfragen, eine gewisse Besorgnis, die mit dem ersten Blick auf das übernächtigte bleiche Gesicht des Lehrers tatsächlich auch empfunden werden konnte. Es ist ihnen gelungen, den Parkplatz zu erreichen, und Jonas steuert jetzt direkt auf das neue Auto, den waschechten wasserblauen Franzosen mit Glasdach zu, vor dem sie beide einen Moment andächtig stehen, bis Jonas unnötigerweise den Kofferraum öffnet und kopfschüttelnd wieder zuschlägt. Nachdem sie in das jungfräulich duftende Innere eingedrungen sind (Annabel-BWL kennen wir vom Hörensagen, aber wo Rudolf sich seine ersten jungmännlichen Sporen verdiente, müssen wir raten, wir denken an eine große geräumige Professionelle in der Mannheimer Lupinenstraße, die ihm die schlimmsten Ratschläge fürs weitere Leben mitgab, oder an eine junge Lehrerin für Französisch und Sport, weshalb nur ...), beginnen sie sich zu entspannen. Trotz alledem, erklärt Jonas auf dem Fahrersitz, trotz des Auszugs seiner Gattin, trotz der Trennstadtmüllentsorgungsgefahr untreuer Ehemänner, habe SIE ihn (den einzigen Führerscheininhaber der Familie) veranlasst, das Auto zu kaufen. Na also, sagt Rudolf, alles wird gut, es kann gar nicht anders sein. Wenig später, als sie die Parkplatzschranke passiert haben, scheint er eine Art Bekenntniszwang oder ein Tröstungsbedürfnis zu verspüren und gesteht, dass er seinen Koffer in Frankfurt nicht irgendwo habe stehen lassen, sondern bei einer Frau, einer großen alten Liebe, mit der er vor kurzem zufällig wieder zusammengetroffen sei. Jonas hegt einen Moment lang den absurden Verdacht, die eintägige Verspätung des Lehrers rühre daher, dass er sich mit Milena in Frankfurt auf eine stille One-night-stand-Vor-Vernissage verabredet hatte, dann schämt er sich (bei all dem Mitgefühl, das Rudolf schon offenbart hat), er sollte auch besser an seinen eigenen Rückfall mit einer alten Geliebten (vielleicht doch Annabel mit ihren schlumpffarbenen Rocailles und nicht die Wiederkehr der Göttinger Buchhändlerin mit ihrem gewaltigen Alabaster) denken, der seine Ehefrau hinausgetrieben hatte an das rettende, drangvolle, explosive Ufer des Landes Israel. Rudolf, eingesunken auf dem federnden Beifahrersitz, hilft Jonas nicht weiter bei dem Bemühen, etwas mehr über die Frankfurterin zu erfahren, von der er doch eher davonzulaufen scheint, als bei ihr ankommen zu wollen. (Denn weshalb ist er nur eine kurze Nacht in Frankfurt geblieben? Weshalb nimmt er sie nicht mit zu der tollen Vernissage in Berlin? Sie hatte keine Zeit für einen Hauptstadt-Trip, sie musste früh zur Arbeit und er stand brav mit auf, so einfach könnte es gewesen sein. Aber es scheint nicht simpel, sonst hätte er mehr erzählt.) Womöglich laufen sie beide vor einer Geliebten davon, die sie sich kreuzweise kaum vorstellen könnten, verfügten sie nicht über das (allerdings trübe, tückische, verschlingend-maliziöse) Medium der (kreuzweise) eifersüchtigen Malerin, wodurch sich im Falle der möglichen Gespielin des Älteren eine vage Erinnerung an einen quälenden Partyabend in der Wohnung ihrer ehemaligen Philosophieprofessorin (Exfrau des Lehrers) aufbaut, die Rudolf an eine mächtige Bücherwand genagelt sieht (die Linke noch ein Weißweinglas haltend) oder festgebunden, gefesselt vielmehr, während die Sirene immer näher kommt, ihren schwedischen Nixenkörper an ihn presst, eine stroh- oder weizenblonde, hochgewachsene, erbarmungslos edelrassepferdige, kruppenstarke, edelsportartenverdächtige Tennisegelbootdressurreiterin, mit der er wohl bald einen nächtlichen Ritt mit mehreren Sätzen törnte. Ihr Gesicht (Sommersprossig? Rosig? Hasenartig?) ist allerdings ganz verloren im phänomenologischen Boxengeschachtel jener Tage, während man das der gekreuzten Konkurrentin nur zu deutlich vor Augen hat, seit der schicksalhaften Stunde, in der unser Forscher Jonas im grandiosen Treppenhaus des ominösen Kunstsammlers Friedrich Bernsdorff aufstieg, wo er vor einem frühen Monumentalwerk seiner klecksenden Gattin, zwischen dem Philosophen Edmond und seinem gefährlichen Ziehsohn Strecker, jäh anstelle der bittenden Esther Goldmann (diese vollständig verdeckend) eine offensichtlich frisch dem Bade entstiegene stolze Brünette barfüßig im weißen Frotteehandtuch erblickte, das nur von einer lässigen rechten Hand und den unsichtbaren dunklen Brustspitzen gehalten wurde (strafe dich nur mit solchen Bildnissen). Rudolf hat Helen nie gesehen, er kennt sie nur aus den bösen Mails seiner Exschülerin (die Millionenerbin, eine eiskalte Schnepfe, super-attraktiv, was kann ich machen?). Über ihre direkte Seelenpein reden die Kerle nicht. Über so etwas verständigen sie sich automatisch. Sie tragen schweigend ihr Päckchen, der eine in noch ganz schwarzem, der andere schon länger im grau melierten Wollgespinst, und man stellt sich die Frage, ob sie sich nicht besser verstehen müssten als je zuvor, denn niemals waren sie sich bezüglich ihres Päckchens näher, rein funktional betrachtet, ein Mann mit sechsundvierzig und ein Mann mit siebenundfünfzig treffen sich doch wohl schon auf den absteigenden Ästen (was nicht heißt, sie könnten dort nicht den wilden Affen markieren). Die Umgebung kommt dem von seinen Chauffeurspflichten (zwanzig Ölgemälde, zwei Videoarbeiten mitsamt Recordern, die Kinder, die Mutter Evelyn, der Lehrer nun, vielleicht noch der Schwiegervater am Abend) geplagten Jonas so verworren und verschachtelt vor, als hätte man den Film seiner Hinfahrt vor dem Rückwärtslaufen in zwanzig Schnipsel zerschnitten und willkürlich wieder zusammengeklebt (eine Autobahnbrücke, der Zubringer mit wütend ruckelnden Taxis, der Tegeler Tower, wehende Flaggen, ein Riesenrad hinter Laubbäumen, Brücke, Park, Schloss, Straßenkreuzung, Straßenkreuzung, Straßenkreuzung, Schlüsseldienst Bismarck, LSD (Love, Sex, Dreams), Fisch & Kaviar, Schuh-Express, San Giorgios Restaurant, ANKUNFT/ARRIVAL, die Piktogramme auf gelbem oder grünem Leuchtuntergrund, die ihm sagen, dass alles nur menschlich und vergeblich ist: Koffer, Regenschirme, Geldscheine, Taxis, Apotheken, Meeting Points). Jonas fährt, als träumte er nur zu fahren, rätselhaft sicher und somnambul, während sein Gehirn völlig auf die Tonspur des Heimreisefilms fixiert ist, auf das lebhafte, nicht abreißende Gespräch zwischen Rudolf und ihm, das von einem Smartphone-Email-Alarm unterbrochen wird (Rudolf: Deine Frau ist aufgewacht. Jonas: Schreibt sie das? Rudolf: Ja, sie ist aufgewacht und stellt die üblichen Fragen: *Was kann ich wissen? Was soll ich tun? Was darf ich hoffen? Was ist der Mensch?* Jonas: Ist das ein Zitat? Rudolf: Ein alter Hut, aber er steht ihr.), dann von einem Parkmanöver und einem Treppenaufstieg, und schon sitzen sie in der Küche der Familienwohnung und leeren eine große Kanne Kaffee, was den Lehrer und VIP-Ausstellungsbesucher angeblich nicht daran hindern wird, sich für zwei oder drei Stunden im Gästezimmer erfolgreich aufs Ohr zu hauen, bevor er sich aufmacht zu dem notwendigen kleinen Einkaufsbummel (neues Sakko, neues Hemd, neue Unterwäsche), um bei seinen folgenden Verabredungen des Tages und der abschließenden Vernissage bella figura zu machen. Die AUSSTELLUNG überhaupt, der Grund ihres Zusammentreffens, muss endlich einmal ins Bild rücken, und so vertraut Jonas dem Besucher an, dass er glaube, seine Frau wäre trotz oder wegen der enormen Bandbreite der Ausstellung, die große Teile ihres bisherigen Lebenswerks vereine wie keine andere zuvor, im Kopf schon ein Projekt weiter, nämlich bei der Konzeption einer für das Jahr 2014 anstehenden künstlerischen Auseinandersetzung mit dem Ausbruch des Ersten Weltkrieges und der Verantwortung des Deutschen Kaisers. Dieser grauenerregende Dilettant, eine Witzfigur in einer Zeit, in der Einstein, Husserl und Wittgenstein gearbeitet haben! Rudolf zitiert noch Max Weber mit der Feststellung, dass er sich von Irren regiert fühle, und er denkt womöglich an die Andy-Warhol-artigen Darstellungen von Kaisergulasch-Dosenetiketten im Studentinnenzimmer der Malerin, die – wie sie es für ihn mit den Esther-Goldmann-Porträts damals schon überzeugend getan hatte –, den Krieg persönlich nehmen wollte. Das persönliche Nehmen. Kunst über deinen Knien. Wenn eine Frau eine schmucke Prinzessin (ein nobler Pelz über einem glänzenden Speckstein mit Purpurstreifen) hat, dann hat sie auch eine Kaiserin, also dasselbe im Grunde, nur erwachsener, in größerer, augenloser, schockierender Pracht. Die Kaiserin sieht es auf dich ab, indem sie von dir absieht, sie exekutiert ohne Blick. Ist der gute Jonas nicht gerade dabei, noch ein weiteres Projekt seiner Frau zu beschreiben, das sich mit der vernichtenden Wirkung weit entfernter Selbstrepräsentationen auseinandersetzt? Die Drohne als Verwirklichung der Idee souveräner Fernwirkung. Ohne dass dem Kaiser ein Haar gekrümmt wird, zerstört er die Hauptstadt des Feindes. Wir sollten uns 𝔚𝔦𝔩𝔥𝔢𝔩𝔪-Drohnen vorstellen (triumphale Endstufe des Paris-Geschützes), 𝔉𝔯𝔞𝔫𝔷-𝔍𝔬𝔰𝔢𝔣𝔰-Drohnen im Gegenflug zu 𝔑𝔦𝔨𝔬𝔩𝔞𝔲𝔰- und 𝔊𝔢𝔬𝔯𝔤𝔢-Drohnen (hydromagnetische elektropneumatische Telegrafen-Flugkörper), womit wir allerdings das gern verschwiegene asymmetrische Konzept der Waffe zerstört hätten, ihre einseitige Anwendung durch den Stärkeren. Nur dann, wenn der Aussendende, sonnengleich, unberührt bleibt von der enormen blitzartigen Wirkung, die seine Strahlen entfalten, kommt das Drohnen-Prinzip zur Geltung, zu dem gleichfalls noch die äußerste virtuelle Nähe zum attackierten Objekt gehört, der sehende Blitz also, der Lichtstrahl, der vernichtet und zugleich das Bild der Vernichtung nach Hause schickt. Bleiben wir bei der Beobachtung. Dass du noch im Bett liegen kannst mit einer Tasse Kaffee (gegen zehn Uhr am Vormittag), während deine Spiegelgestalten sich in der Küche gegenübersitzen. Hinter dem Jonas-Objekt (Target) sieht man die Schiefertafel, auf der ihr eure Rezepte oder Einkaufslisten oder Spontan-Mal-Ideen mit Kreide auftragen könnt. Es/er wirkt angespannt, freundlich, sehr bemüht, etwas sonntäglich im blau-weiß gestreiften Hemd, während die Gegenschaltung das pixelgenaue Bild des Professors Rudolf Zacharias liefert, der mit fahlem Gesicht schwarzen Kaffee aus einer weißen Tasse nimmt, dankbar wie ein Vampir über einem zarten Hals. Von derselben Pilotin gesteuert, können die Drohnenmänner sehr genau das phänomenale Äußere des anderen fotografieren, aber nicht das eigene innere Ich. Dabei mag vieles in ihnen vorgehen, auch wenn sie bei ihrem gemeinsamen Kaffeetrinken kein anderes Thema mehr finden als die Wahl eines guten Fitnessstudios. Als er wenig später den Älteren ins Arbeitszimmer geleitet, wo er ihm das Gästebett aufgeschlagen hat und nun noch vorsorglich demonstriert, wie er am besten die Jalousien herunterlässt, springt Jonas der von ihm gedankenverloren auf ein Tischchen gelegte Band *Arbeit, Liebe, Tod* ins Auge, aber Rudolf scheint es nicht zu bemerken oder es ganz normal zu finden, von seinen Werken an fremden Orten umgeben zu sein. Kurz sprechen sie noch darüber, dass Jonas nun selbst etwas Geisteswissenschaftliches, Historisches schreibt. Als Rudolf mit Empathie bemerkt, man fände dabei üblicherweise einiges über sich selbst heraus, wirkt der Jüngere so stark berührt und betroffen, dass der sterbensmüde Professor den Ausbruch eines längeren Geständnisses oder einer sehr persönlichen Geschichte befürchten muss. Doch Jonas bleibt kontrolliert (ich bin Physiker) und wünscht einen guten Powernap – so hat es Rudolf selbst ausgedrückt, als er genau zwei Stunden schlafen zu wollen vorgab. Unglaublich rasch entspannt er sich, nachdem er die Jalousien heruntergelassen und sich auf das Gästebett gelegt hat, es ist, als fiele er in Ohnmacht und verlöre das Bewusstsein. Schon glaubt er, nirgends mehr vorhanden zu sein, aber es gäbe noch eine Art Kammer in einem einzigen dunklen Raum. Vor dort her ist eine Stimme und das Rauschen von Wasser zu vernehmen. Langsam begreift er, dass es sich bei dieser Box um eine Duschkabine handelt und um eine darin stehende, einsam singende Frau. Etwas presst sein Herz zusammen, obgleich er doch schon nicht mehr da ist, und eine bleierne Traurigkeit überkommt ihn, der er nicht Herr werden kann. Die Singende ist seine Tochter Vanessa, die er an diesem Tag ja noch besuchen will. Aber im Traum ist sie um einiges älter als heute, er spürt es, ohne sie zu sehen, gleichsam aus der Dauer seiner künftigen Abwesenheit von der Erde. Vielleicht ist sie schon fünfzig oder gar so alt wie er jetzt. Diesen Traum hatte er schon einmal, und nur deshalb ist er nach Berlin gekommen.

8. DE-WILHELMIFICATION (1) / DEUTSCHER PAVILLON

Es könnte das Meer sein. Jene graue, aber leuchtende, wie zerknitterte, doch strahlende Fläche, ein Gewirr von Flächen eigentlich, Hunderte unregelmäßiger, sich überschneidender Vielecke, das geometrische Chaos einer kabbeligen See, vom Horizont her fast gleißend beleuchtet. Am Rand bräunliche Töne, die Farbe der verdorrten Macchia. Das passt, Er glaubt schon die wilden Kräuter zu riechen, Majoran, Thymian, Rosmarin, Salbei, was noch. Die Herbststürme können so dramatisch sein, dass der (Adler-)Blick sich wie in heftig flatternden Schleiern verfängt. Elisabeth, das arme, romantische Huhn. Ermordet, Feile ins Herz. Man versteht kein Wort mehr in diesen Stürmen, nicht einmal das eigene (wichtige, mächtige, immer wieder lächerlich gemachte), als würde Einem alles direkt vom Mund gerissen, geschnitten. *Infames Pack!* Man kann den Blick nicht wenden, Man ist in einer Art Pose erstarrt. Wie Elisabeths sterbender Achill mit dem fantastischen Blick aufs Meer, den Er durch einen siegreichen Achill hat ersetzen lassen, einen, dem die Aussicht noch etwas nützt. Vielleicht ist Man auch an einer anderen Stelle der Insel, es lässt sich schwer festlegen. Immerhin kann Man spüren, dass Man bald eine bessere Sicht haben wird, eine unvergleichliche sogar, von zentraler, erhabener, einzigartiger Position, von einem Ort, der Einem gebührt. Nach unten hinschielend, linsend, augapfelverdrehend, kann Man allmählich etwas erkennen. Wie durch eine Schießscharte, an die Man näher herantritt. Noch näher. Dann hat Man den Eindruck, unterhalb der sturmzerfegten Landschaft, unterhalb der Hügel, der Strandlinie, des flaschengrünen Scherbenhaufens der See, befände sich eine zweite Landschaft, ein Raum oder Saal vielmehr, größtenteils weiß, wie in einem türkischen Dampfbad ohne Dampf oder in einem Mausoleum, ausgelegt mit Carrara-Marmor. Zwei Figuren in seltsam schlichten Uniformen nähern sich Ihm, lautlos auf dem weißen Boden, obwohl sie festes Schuhwerk anhaben. Der Mann, ein ziemlich feister Junker (erinnert an den mittelalten Bürstow, hat ganz das Glitschige dieses Kerls, gegen ihn wäre ein Aal ein Igel, wer hat das gesagt), verharrt unten, während die Frau, ein hübsches, aber Sisi-haft mageres Weibsbild in weißer, obszön offenstehender Bluse und einer Art verwaschener blauer Reiterhose auf einer großen Leiter, wie Man sie aus Bildhauer-Ateliers kennt, zu Ihm heraufsteigt, in die knisternden grauen Nebel. Er wollte noch ihr Gesicht begutachten, aber Er verliert sie paradoxerweise aus den Augen, während sie sich auf den Leitersprossen nähert. Es liegt an dem pergamentartigen leuchtenden Material, das Ihn umfängt, eine Art heller Gewitterwolke. Um ein Titanenhaupt. Etwas wollte Er noch sagen, schließlich will oder wollte Er immer etwas sagen, eine Begrüßung, jawohl, etwas, das widerhallte in dem weißen Saal zu seinen Füßen (steht Er überhaupt? kein Gefühl für die Beine), vielleicht ist es ja wirklich ein Empfangssaal, Thronsaal gar in einem Marmorschloss. Den Schönling, den Beau da unten am Fuß der Leiter, diese glattfette Bürstow-Figur, kann Er gut erfassen, aber die Frau, die sich schon auf Augenhöhe mit Ihm befindet und womöglich noch über Ihn hinaus emporsteigen will, sieht Er nur als bewegten, länglichen, weißblauen Fleck hinter der knisternden Wolkenschicht. Sie kommt näher, eine ihrer Hände – und jäh durchzuckt Ihn das alles, die Erinnerung an die vermaledeiten Griffe nach Seinem Kopf, an die Schnitte in den Hals, die Stiche ins Ohr, die Lederbänder um Seine Stirn, das ganze gottserbärmliche Zerren und Zurichten, Man wollte schreien, anbrüllen gegen diese Saubande von Kurpfuschern!, aber Er kann leider nicht, es ist als ob man Ihn verklebt und vernäht hätte, vermummt und vernietet wie einen Blechkopf (Sein Eisenhaupt). Doch dann hört Er mit einem Mal Seine eigene, fröhlich-gutmütige, herzlich-vitale Stimme, unterlegt von einem seltsamen elektrisch-knackenden Rauschen, das womöglich von den halb durchsichtigen Wolkenschleiern herrührt. Ja, das sind Seine eigenen Worte: **Der Mensch an sich!**, hört Er Sich rufen, laut und deutlich, mit dem Opernsänger-Organ, das schon der Herr Großvater an Ihm rühmte. **Deutsch sein, ist das: Nicht wünschen, was unerreichbar oder wertlos! Zufrieden mit dem Tag, wie er kommt! In allem das Gute suchen und Freude an der Natur und an den Menschen haben, wie sie nun einmal sind! Für tausend bittere Stunden sich mit einer einzigen trösten, welche schön ist, und an Herz und Können immer sein Bestes geben, wenn es auch keinen Dank erfährt!** Super!, ruft der aalige Bürstow-Junker von unten her. Die Frau klettert anscheinend hinab, ja tatsächlich lässt sie Seinen Kopf wieder in Ruhe. Man konnte es sogar von oben gut hören, erklärt sie, wir machen das so, dass er am Eingang im Weg steht mit einer wahnsinnigen Gala-Uniform und einem Säbel gegenüber dem Stuhl, auf dem wir das Grammophon plazieren, aus dem die O-Töne kommen, der Anfang wird über eine Lichtschranke gesteuert, und die Rede springt jedes Mal, bei jedem neu Eintretenden, wieder zum ersten Wort: **Der Mensch** ... **Der Mensch an sich** ... **Der Men-** ... **Der Mensch** ... Wenn sie den ganzen Text hören wollen, müssen sie sich verabreden, vereinbaren, dass sie warten, dass für eine halbe Minute keiner vorangeht. Aus Respekt für diesen Arsch!, Wie schön! Der Kurator wird sich auf den Absätzen seiner notorisch edlen Halbschuhe drehen und auf die Leere unmittelbar vor seinem Embonpoint weisen: Und hier wäre dann also die KINDERSTUBE. Ich kann es gar nicht anders sehen als

DIE GEBURT DES FRÖHLICHEN RÄCHERS

unter den Linden, im Kronprinzenpalais, unweit des Stadtschlosses, von dessen Balkon Er fünfundfünfzig Jahre später den Weltkrieg ausrufen wird, liegt Seine chloroformierte Mutter im Gebärstuhl, während der Frauenarzt, ganz unter ihren grauen langen Rock gekrochen, eine Hand im Geburtskanal, das in Steißlage befindliche Kind am linken, über den Kopf gehaltenen Ärmchen zerrt, um es zu wenden (unternehmungslustige Besucher erhalten an einem puppentheaterartigen Kasten die

Gelegenheit, durch die geschlossenen Vorhänge in eine Silikonsimulation zu greifen und das Kunststück der WELTRETTENDEN KAISERDREHUNG selbst zu versuchen), die Nervenstränge an Hals und Schultern zerreißt, und es nach äußersten Mühen schafft, den Jungen ans Tageslicht zu befördern, auf ein weißes Leintuch, auf dem Er liegen bleibt wie tot. Es muss die Hebamme Stahl kommen, die Ihn schlägt, bis Er anfängt zu atmen und zu krähen, in einer Welt aus Schmerz, die sich um Ihn dreht. Emily, die neunzehnjährige Tochter der englischen Queen, wollte einen in jeder Hinsicht prachtvollen Thronfolger und muss nun bei der Taufe mit einem weißen Tuch das Kümmerärmchen ihres Erstgeborenen verbergen, auf das sich jedoch baldigst die preußische Medizin stürzt, indem sie es in *animalische Bäder* steckt (den ausgeweideten Körperhohlraum frisch geschlachteter Hasen), mit Streckmechaniken zu verlängern sucht, es zur Kronprinzenverantwortung erziehen will, indem es die Arbeit des rechten Arms übernehmen muss, den man mit Bändern am Körper fixiert. So eingebunden, geplagt von Gleichgewichtsstörungen, stürzt DERLETZTE bei seinen Gehversuchen auf üble Weise, verrenkt sich mehrfach das Knie. Malzbäder, Magnetfelder, elektrische Schläge empfindlicher Stärke bringen keine Besserung, die gesunden Halsmuskeln ziehen den Kopf zur rechten Seite, drehen das Kinn nach oben, man muss sie in zwei Operationen durchtrennen, Emily zeichnet die Streckmaschine in einem Brief an ihre Mutter, eine umgegürtete Rückenstange, an der man das Haupt des sechsjährigen Thronfolgers fixiert, soll Ihm Haltung verschaffen, einem sowohl gequälten als auch maßlos verzogenen, verzerrten, gewalttätig trotzigen, hochmütigen, geschwätzigen, selbstherrlichen Kind, das sich nicht auf seinem Holzpferd halten kann, aber doch aufs hohe Ross muss, wieder und wieder, bis es endlich im Sattel sitzt und sogleich die Nase rümpft. Keine nimmt dich später!, dich mit deinen schwarzen Fingern!, droht die englische Mutter, um Seinen Hochmut zu dämpfen. Man schenkt Ihm das geliebte Holzboot Fortuna, um Ihn daran zu erinnern, dass Er zur Hälfte von einem kultivierteren Inselvolk abstammt, welches das finstere

Hohenzollernregiment Manieren lehren könnte. Unser Kurator Jochen wird die lackierte Nussschale mit Mast und Wimpel, die auf einem Schaukelbrett steht, witzig finden, vielleicht eine Bauweise verlangen, die es zulässt, dass sich Besucher gefahrlos hineinsetzen können (bei der geringsten Verletzungsmöglichkeit sehen wir uns vernichtenden Klagen hiesiger Anwaltsfirmen wie *Stewie & Labuff* oder *Grey & Hacks* gegenüber!). Dann will ich auch ein kaltblüterriesiges oder brauereipferdmächtiges Holzross mit tückisch glattem Rücken, umflort von Weichbodenmatten (Fuck *Stewie*!), so dass ein jeder sich den linken Arm festbinden lassen und den REITWILLI markieren kann. Vom Boot aus schweift der Blick hinüber nach England (die See, die Pracht der Flotte, die mächtigen Kanonen, bei der Landung empfängt Ihn das großartige Musikgeschepper des Horseguard-Korps, Opa Albrecht, der Coburger, geliebter Ehemann der Queen, schaukelt Ihn in einem Jagdhundfell, scherzt gelassen, runzelt nicht die Stirn, als Er sich am Plumpudding überfrisst und auf das Parkett des Buckingham Palace kotzt, der undurchdringliche Indianerblick der bald verwitweten Königin, Regina et Imperatrix, Gebieterin des Empire und designierte Großmutter Europas und Kaiserin von Indien, wendet sich Ihm zu und kann nichts Gutes an Ihm entdecken. Vom Pferderücken herab zeigt sich aber Seine Zukunft, das glorreiche Preußen (Garnisons-Herrlichkeit vor dem Neuen Palais, Reiterei unter den Linden, Bildnis des Großen Kurfürsten, Eiserner Fritz, Großer Fritz, Fischers Fritz, Langer Fritz mitsamt seinen Kerls)). Sein HERRGROSSVATER im Eisenschaum seines Prachtbartes steht wie sein eigenes Denkmal am Ende der Weinbergterrassen und Er läuft auf ihn zu, empor, hinauf, vergisst die Krüppelarm-Schiene, es gibt nur noch die Kaisergestalt, den Himmel, das Schloss, alles, was Ihm gehört. Und bald schon der triumphale Ritt durch das Brandenburger Tor anlässlich der Reichsgründung! Papa und Opa als ordensübersäte Helden der Schlacht! Zimbel, Glanz und Glorie, Eisenblech forever, mit der Proklamation von Versailles im Rücken (auf deinem abgehackten Fuß stehend, Gallier, erkläre ich mich in deinem Schloss zum Kaiser meines Landes und weine, weil das geliebte PREUSSEN in der neuen DEUTSCHEN Großpracht erstirbt). Die Guillotine, blitzend zwischen den Säulen des Brandenburger Tores, die Menge, die mit den Hurra-Rufen *Danke für '71! Rache für '48!* den alten Kartätschenprinzen um einen Kopf kürzer macht (dann seinen Sohn und Macbeth-haft sämtliche Hohenzollern-Enkel). Hätte sie uns die Mauer erspart, die genau an dieser Stelle das Tor verrammelte? Das ist meine Frage, mein lieber Jochen, deshalb wüte ich hier, mit dem Ernst der Nemesis, den du schon immer in mir brennen sahst. Unserem fröhlichen Rächer hätten wir die biblische Judith als Hebamme gewünscht, anstelle der schlagfertigen Frau Stahl. Was wäre der schrumpelige rote Apfel auf einem KPM-Tellerchen schon gewesen im Vergleich zu den endlosen Feldern weißer Grabkreuze von Lemberg bis Verdun? Der in die Vergangenheit projizierte Besucher, der es verstanden hätte, den Kaiser besser im Mutterleib zu wenden als der sichtbehinderte Frauenarzt, wäre mir natürlich lieber gewesen als die Hinrichtungsmaschine. Wäre ein gesundes Ärmchen anstelle eines angerissenen und verkümmerten zureichend gewesen, eine kleine chiropraktische Korrektur am Flügel des Schmetterlings, um die Geschichte in die Raumzeit eines besseren Universums zu stürzen? Doch so geht es weiter mit DEMPLÖTZLICHEN, der heranreifen oder rückverfaulen muss zu einem vermeintlich vom (zynisch auflachenden) Himmel gerufenen Herrscher unter den Augen seiner indignierten jungen Mutter, die viertausend Briefe nach London schickt zu MRSSMITH, ihrer eigenen Mutter (benannt nach ihrem geliebten schottischen Jagdhelfer), der GROSSMUTTEREUROPAS, als säße sie wie Herzeloyde in einem Wald rüpelhafter langer Kerle mit Eisengesichtern wie jener arrogante STAHLJUNKER, den ihr rotztrotziges Söhnchen zu verehren beginnt, anzuhimmeln wie seinen Riesengroßvater. *Wir wollen unseren Kartätschenprinzen wiederhaben!*, soll auf den Transparenten eines in die Szene laufenden Rudels wilder Berliner stehen. Der Stadt, die er einmal sturmreif schießen wollte, bekam er nicht und sie nicht ihm. Das Bildnis einer respektvoll oder drohend schräg geneigten Statue des KAISERSUNTERBISMARCK kann auf das berühmte Aufbahrungsgemälde der Märzgefallenen projiziert werden, einhundertfünfundsechzig Tote, demokratische Spreu. Zusätzlich wollen wir noch einen mäandernden Saum an den Eisenmantel des aufrechten Preußen sticken, der siebenundzwanzig kleine Galgen für die Gehängten der Badischen Revolution zeigt über einer Art Staublinie als Sinnbild für achtzigtausend aus Baden und der Pfalz in alle Welt geflohenen Aufrührer. Unter den Linden, unter denen DERPLÖTZLICHLOSKRÄHENDE fast sein Leben gelassen hätte als Eintagsprinz, schießt man auf den Riesengroßvater, einmal knapp vorbei, beim zweiten Attentat aber treffen den alten Kaiser dreißig Schrotkugeln an Kopf und Hals. Auch hier muss man, muss ausgerechnet ich (mit meinem gestörten Verhältnis zu Attentaten) den Misserfolg bedauern, denn der geglückte Anschlag hätte die frühere Herrschaft DESLIBERAL(ER)ENVATERS bedeutet und womöglich die Abwendung des Weltkrieges oder wenigstens eines solchen Massakers. So aber übertraf DERERSTE seinen Enkel, DENZWEITEN, auch noch in der Attentatsbilanz, denn Letzterer würde am Ende seines langen Lebens nur einige Moabiter Steine (wir wollen einmal einen Kutschenausflug in den Kiez machen und sehen, wie beliebt wir sind), ein schwächlich nach Ihm geworfenes Beil und ein in Seine Richtung geschleudertes Eisenstück vorweisen können. DERHERRGROSSVATER hatte auch die Nerven und die Kompetenz, seine Kriege selbst zu befehligen (wo der Soldatenpfau nur einmal sinnlos gackernd im Hauptquartier der Apokalypse stehen wird). Der MEHRSEINALSSCHEINENWOLLENDE hatte den STAHLHERING zum Kanzler berufen, den der Jungpfau bald anhimmelte, um seine fortschrittlichen Eltern zu ärgern. Preußens Armee, seine Eisenseele, als Schwert in den Arsch der Demokratie, als Rückgrat des Deutschen Reiches gestoßen (wir geben diese Aufgabe als Karikaturenwettbewerb an talentierte Besucher weiter). Was, wenn die Heeresreform gescheitert wäre, wenn der GROSSELÜCKENBÜSSER nicht als Virtuose der LÜCKENTHEORIE hätte wirken und das Heer nicht in der Zustimmungslücke des Reichstags zur schwersten Eisenfaust hätte schmieden können?

(Man denke sich vor einem malerischen schwarz-rot-goldenen Hintergrund die Abdankung DESERSTEN anstelle von Königgrätz und Versailles und ein friedliches schwaches Groß-Weimar, auf das alle Junker dieser Zeit gespien hätten, aber die Bürger womöglich geschworen.) Die großen alten Eisenkerle sind die Helden und der Trost DESLETZTEN, wenn Ihn die Seufzer, pikierten Bemerkungen, bitteren Drohungen der englischen Mutter verletzen, die immer neue Kinder im Preußenland gebärt (wie um Ihn zurückzunehmen oder untergehen zu lassen, aber es werden alles nur *jüngere* Geschwister sein und bleiben). Die alten Eisenriesen wachsen noch von Jahr zu Jahr, unendlich schwer, unendlich massiv, unendlich langlebig. Sie stehen auf den Schultern des beinahe schon liberalen, akademisch gebildeten Vaters, des Kriegshelden von Königgrätz, Weißenburg und Wörth, der bloß den Kopf schütteln kann, als ihm ein ausgebildeter Psychiater (wohl nur in seiner Eigenschaft als Universitätsrektor) zur Volljährigkeit seines ältesten Sohnes gratuliert. *Lerne leiden, ohne zu klagen.* Emily und er hatten gehofft DENPLÖTZLICHEN durch den Besuch öffentlicher Schulen und Einstellung eines (Alptraums von) Hauslehrers, des HUNZPETERS, zum weltoffenen, allseits gebildeten, herzensgütigen Thronfolger zu machen. In der Sektion

PRINZ PARZIVAL DER TUMBE TOR

sehen wir die Schuljahre eines mittelmäßig begabten Zappelphilipps vorüberziehen, gekrönt vom Aufenthalt im Kasseler Lyceum Fridericianum, zehn Lehrer, zwanzig Klassenkameraden, die seine Durchschnittlichkeit erkennen (genießen, verabscheuen, fürchten?) lernen. Der HUNZPETER traktiert Ihn morgens mit zwei Stunden Extra-Griechisch und empfängt Ihn nach der Schule mit zwei Stunden Sonder-Latein, es gibt noch Kunstgeschichte, kombiniert mit Museumsbesuchen, das traurige Ergebnis wird sich offenbaren, gar Zeichenunterricht, eine nützliche Sache für das Entwerfen einer kanonenstarrenden Schlachtkreuzerflotte, die sich ebenfalls materialisieren soll, mit ungeahnter Konsequenz. Noch ist Er gefangen, noch kann Er nur für die grauen Eisenriesen schwärmen (der BISMARCKISTWICHTIGER-Großvater vergisst, Ihn Prioritäten zu lehren), die das englisch-coburgische Tun Seiner Eltern und das humanistische Gehunze des HINZ verachten, noch zerren sie an Seinem Kümmerarm, noch hat Er als Gegenwehr lediglich die Ausbildung eines grauenerregend fröhlich-lauten, manischen Naturells. Unser

PÄDAGOGISCHES KABINETT,

das die werte Besucherin nun betritt, erweist sich als beichtstuhlartige oder telefonzellenhafte Validierungs-Box, in der man sich stellvertretend für DENLETZTEN von drei überlebensgroßen Erziehern maßregeln und beurteilen lassen kann. Links erblickt man das Konterfei des kraftbärtigen Vaters FRITZWILLEM, des verzweifelt-ewigen Kronprinzen bis in sein letztes, siebenundfünfzigstes Lebensjahr. Er attestiert seinem Sohn mangelndes fürstliches Taktgefühl, egozentrische Rechthaberei und schwaches Urteilsvermögen. In der Mitte erscheint die wütend-traurige englische Mutter, matronenhaft inzwischen, die einen zweiten Großen Friedrich (nur: ganz anders) aus Ihm hatte machen wollen. Sie ist in einer gebetssurenhaften Schleife von Sohnes-Verunglimpfungen gefangen, die aus ihrem doppelten Herzen kommen: haughty, frech, egoistic, barsch, snobbish, eitel, narrow-minded, ultrapreußisch, ignorant. Rechts das vor Strenge ausgemergelte Gesicht des HINZ-HUNZ (dessen Quälereien Er später beklagen, aber dessen Tod Ihn seltsam erschüttern wird: *Auch der H. ist von mir gegangen!*), der unerbittlich bleibt: Der Junge hat nie arbeiten gelernt, kein Mensch könne auf den Gedanken kommen, dass er eine Seele habe wie andere Kinder, der arme Kerl könne einem leid thun mit seinem krystallinisch hart gefügten Egoismus und seiner beklagenswerten Selbstgenügsamkeit, wo soll er denn bitte Liebe und Glaube hernehmen, die er doch mehr als jeder andere bräuchte? Man (die Besucherin) möchte dem Schulmeister nachlaufen, Ihn dafür zur Rede stellen, dass er quälte, statt zu befreien, niederdrückte, statt aufzurichten, zurechtwies, statt anzuerkennen, aber der HUNZ hat schon einen großen Vorsprung, ist schon davongegangen in der Bildfläche des pädagogischen Triptychons, auf der er erschien, man sieht jetzt blühende Wiesen dort und die geliebten Pflaumen- und Apfelbäume, die er nun endlich wieder, nach zehnjähriger Prinzenverhinzung, mit seiner Schere hunzen kann nach Lust und Laune. Hier, im Freien, hören wir ihn noch murmelnd räsonieren, hätte er sich erhängen sollen, an seinem schönsten Baum, statt den hoffnungslosen Kampf gegen die Prinzenseele aufzunehmen, gegen eine solche *Perversion der Natur*. Diese aber hat endlich Abitur! J survived!, wird der LETZTPLÖTZLICHE frohgemut ausrufen (und wer könnte es Ihm verdenken). Er durchbricht die Box, das griechisch-lateinisch-gymnastische System, hat es als verknöchernd und geisttötend erkannt, erlitten und erledigt. Seine zwei Studienjahre in Bonn dagegen belasten Ihn kaum, denn er hat das El-Dorado der Potsdamer Garderegimenter für sich entdeckt, Kameradschaft, feuchtes Heldentum, Männerwitze, Pferdeschweiß und Herrenrotz. In der dunklen Kammer hebt sich sein dritter Arm, ungestüm, in diesem Glied ein ganzer Hohenzoller. *Starke Sexualität*, vermerkt der EISENKANZLER (jenes Ungeheuer, das als treu-sentimentalistischer Ehemann überrascht). Man muss mit einer MISSLOVE umgehen, die einige leidenschaftliche Briefe des REXINSPE teuer verkauft. Seine Vorliebe für SM-Spielchen mit Arm-Fesselung wollen wir Ihm kaum verdenken, hätte Er sich nur als gütiger Landesvater (lerneherrschenohnezuleiden) einige Lustkammern alt-libertärer Art in einigen Seiner Schlösser gegönnt, anstatt den Love-Arm zu donafizieren mit jenem drallen Landei von Schleswig-Hohenhausen-Sonderstatt, das Ihm sechs (oder waren's sechzehn, egal) Söhne und eine Tochter gebären wird. Dona, eine brave Frau, wird er seufzen, aber ganz schrecklich, immer nur steif mit den Leuten! Wie es der EISENKANZLER vorhersah, wurde Er trotz schlimmer Vorzeichen ein verdammt tugendhafter Herrscher auf den

Leichenfeldern seiner männlichen Untertanen – doch so weit sind wir noch nicht. Wir befinden uns erst in der

STEIGBÜGELPHASE

und Jung-Parzival, neben Achill (der Siegreiche, Sisi!) Sein Lieblingsheld (Sein Abiturthema) reitet aus dem Hohenzollern(Grune-)wald, verflucht von Herzeloyde (fuck!), angetan mit dem Narrenkleid der Totenkopfhusaren. Auf Seinem Schild prangt der Elsterspruch: *Gesmæhet und gezieret / ist, swâ sich parrieret, / unzerzaget mannes muot, / als agelstern varwe tuot.* Schande und Schmuck, die Elsterfarben, sind nah beieinander, Schmuck außen, Schande innen, Kaiserhermelin und Kot der Verreckten. (Er ist nicht Kaiser ohne Krieg, falls der Krieg nicht ohne Kaiser gewesen wäre, wir untersuchen noch, aber Er weiß schon und wird es immer besser wissen, dass Man die Dinge nur trennen muss, um die Besudelung zu vermeiden, *malo mori quem foedari* (stirb sauber und schau dir bloß die Front nicht an), hätte Sein HINZ leichthin gesagt.) Vor dem Reiter im juvenilen Glanz des tumben Toren öffnet sich der Vorhang. (Tatsächlich denke ich mir ein ausgestopftes Pferd und einen Wachsreiter im Husarenkostüm, oder umgekehrt, und eine große Leinwand, auf der flackernde, aber eindrückliche Filmaufnahmen in Schwarz-Weiß erscheinen. Wie in einem preußischen Zeitraffer (Husarenritt der Zeit) entwickelt sich vor der Parzivalnarrengestalt das Panorama einer boomenden Nation: Bergwerke wühlen im Kohle- und Erz-Gedärm des Landes. Fabrikschlote wie Orgelpfeifen, hintereinander gestaffelte Werkhallen, Tansporttrassen, Frachtkanäle, Arbeiterbaracken überzogen von Schwaden aus Dampf und Ruß, schaffen neuartige, unwirtliche, dröhnende, hämmernde, hustende Kraftzentren. Eisen, Stahl, Elektrizität, Chemie. Adern aus Schienenstahl bilden Netze, Sterne, lange Trajektorien durch Städte, Wälder, Ebenen. Der Mensch erscheint auf Eisenwaggons im Dunkel der Flöze, im Höllenschein der Hochöfen, in Schwaden giftigen Rauchs, vor haushohen Turbinen, Motoren,

Schwungrädern. Dampfhämmern, rasenden Kolben, fauchenden Kesseln. Neue Dynastien erheben sich. KRUPP, THYSSEN, BORSIG, SIEMENS, MAFFEI, AEG. Ein Strom von Geld, Aktien, Kapital ungeahnten Ausmaßes, ungeahnter Wirkweite und Aggregation umfließt die neuen Höllen und Hallen, raschelnd leise, durchzieht als grünes Blut und Schmierfett die Eisenbahnen, Dampfschiffe, Automobile, Busse, Straßenbahnen, Untergrundwaggons. Telegrafen ticken, Bürokratien einer ungeahnten Sorgfalt und Akribie türmen sich in neuartigen Gebäuden. Banken, Kassen, Aktiengesellschaften, Versicherungen, Verwaltungen, Ämter. Die Morgenröte, das Aufglühen der Esse des globalen Industriefeuers wirft ihren Widerschien auf die Gestalt des Husarenprinzen mit dem Zackenschnurrbart (ein wie von Messerklingen starrendes kaltes Frosch-&-Forsch-Gesicht, eine physiognomische Dauerkriegserklärung, das sich noch gerne mit einem Haubenpickel krönt).

PARZWILHELM, auf das Riesenstahlross gehoben, unter dessen Hufen neuartige Düngemittel die preußischen Kartoffelstauden emportreiben. Die Narrenkappe über Seinem Elsternrock glänzt schon in synthetischen Farben, der Elektromotor hebt Seinen Kreuzritterschild, und der Prinz weiß das ja alles, er will ja ein MODERNERHERRSCHER Von-Gottgesandt werden, über allen Fabrikhallen thronend, als kommender Gründer wissenschaftlicher Institute schickt Er täglich ein Telegramm an den Gralskönig, überquellend vor zeitgenössischem Geschwätz, fraglos gewiss. Sein Vater, der Kronprinz, könnte noch zwanzig Jahre regieren, stürbe endlich der Großvater JETZT. Aber DERLETZTE verschickt schon Postkarten, auf denen man Ihn im Schottenkilt erblickt, als designierten Führer des Pruzzen-Clans, mit der Aufschrift: I BITE MY TIME – nein, sorry, dear Jochen, my English is shit as ever: I bide my time. Dagegen wäre die Losung seines Großvaters väterlicherseits nur ein quälendes: NO TIME TO DIE!

Wir atmen hier kurz einmal auf, vor dem drohenden Anbruch des magischen Dreikaiserjahres. Der Kurator legt eine Hand auf den Lichtschalter. Bevor er die Kaiserhalle, den Deutschen Pavillon, in eine vorübergehende Nacht senkt, überlegt er noch einmal, dass auch die Elektrizität, die Leitungen und Klingeln, die Schalter, Glühbirnen und Telefonkabel zu den Leb- und Herrscherzeiten des PARZWILLEMS in die weite Welt gekommen sind. Auch die drohende Vernichtung, die wissenschaftlich technische Grundlage einer beispiellos destruktiven Kriegsmaschinerie, ist schon in Lehrwerken, Tabellen, Formelsammlungen, Laboratorien und Produktionshallen angelegt, als ob das Eisen der Flugzeuge in der Luft, der Tanks und Maschinengewehre auf dem Feld, der Schlachtkreuzer und Dreadnoughts auf See, der U-Boote, die ihnen wie der Schatten ihres Todes in der Tiefe folgen, sich jederzeit aus jedem Element herauskristallisieren könnten, blitzartig, mit noch unvorstellbarer Gewalt. Wir müssen das Licht ausschalten, erklärt der Kurator, das Licht der Kunst der Zukunft in der Halle der Vergangenheit. Aber die Vergangenheit ist in keinem Saal zu fassen, sie stellt einen gewaltigen Raum dar, ein geschichtetes Vielfaches der Erde, eine graduell zunehmende gewaltige Finsternis mit einer Vielzahl von Lichtschneisen und Lichtinseln, vom Berliner Schloss, zum Eiffelturm, zum Petersdom, zum Forum Romanum, zu den Pyramiden und so fort, während die Zukunft eine einzige düstere, verschwommene Sphäre bildet, schwarz schon vor der Hand vor deinen Augen, in der du selbst und der nächste Mensch nur Schemen darstellen, ein graues Gewirr von Möglichkeiten, das überhaupt vorzufinden wir niemals sicher sein können. Wenn wir an die Ausstellung im Jahre 2014 glauben wollen, an die Gewissheit, mit der uns der Kurator für drei Jahre im voraus einen ganzen Pavillon versprochen hat, dann kennen wir aber noch keineswegs sicher die Stadt, die Ihn beherbergen wird, und so gehen wir in der futurischen Finsternis durch ein verworren aufragendes, sich immer wieder veränderndes, dröhnendes, rauschendes, in beängstigende Stille verfallendes NewYorkBerlinLondonKasselVenedig (𝔇𝔢𝔲𝔱𝔰𝔠𝔥𝔢 𝔓𝔞𝔳𝔦𝔩𝔩𝔬𝔫𝔰 lassen sich überall errichten), das der unscharf vibrierende Kurator (Wird er tatsächlich fett werden?), noch nicht festlegen konnte oder wollte. Er selbst könnte jederzeit an meiner Seite verschwinden, so wie meine eigene Hand, meine Arme, mein Kopf sich aufzulösen drohen, sobald ich einen der zahllosen Umstände ins Auge zu fassen beginne, die meine Existenz an diesem Ort oder an irgendeinem Ort überhaupt fragwürdig machen. Ich bin imstande, meine Abwesenheit zu fassen, beinahe zur Gänze, seit dem Tag der Explosion habe ich in dieser Disziplin ein erstaunliches Niveau erreicht. Die gesteigerte Sensibilität für misslingende Attentate, mein lieber Jochen, kommt natürlich ebenfalls daher. Du – die Rauchsäule, als die du mir inmitten der futurischen Schemen erscheinst – möchtest wissen, ob ich zufrieden sei, woraufhin ich nur impulsiv um mich greife nach den Händen meiner zukünftigen Kinder (Jakob müsste zwölf sein, Katrin fünfzehn, mein Gott, sie beginnt gerade, mich zu hassen) und dann, immer noch oder wieder, mit der gelasseneren, sanfteren, ruhigeren Begierde einer Mittvierzigjährigen (ach was) nach dir, Jonas, ich kann's nicht ändern, in der Tiefe meiner Eierstöcke, meiner Seele, meines utopischen Gehirns. Wann ich denn zufrieden wäre, wird der Kurator wissen wollen, zufrieden als Künstlerin, wenn ich hier schon schwiege. Überqueren wir eine Straße auf einem Viadukt oder auf einer schmalen Brücke einen Kanal? Es scheint mir, als wären wir nicht ganz allein, als befänden sich unter den Schattengestalten der Zukunft einige alte Bekannte. Die meisten, das ist das Seltsame, müssten hier irgendwo sein, aber im Einzelfall, wenn wir näher herantreten, sehr verschwommen, als Opfer der futurischen Weitsichtigkeit, die, wenn du Pech hast, schon vollkommen erblindet, vor deinem nächsten Tag. Die Passagiere des American Airlines Flugs Nummer 11 oder des United Airlines Flugs Nummer 175 am elften September 2001. Die Malerin, die einen Tag in Tel Aviv beginnt, an dem sie nichts weiter vorhat, als ein vermessenes Projekt aufzugeben und zu bedenken, wie glücklich sie sich eigentlich preisen müsste. Der alte deutsche Kaiser, herausgeputzt wie ein Weihnachtsnussknacker, mit hängenden Koteletten und Eisenschnurrbart, legt den Grundstein zur Rüdesheimer Germania an einem feuchten Septembertag, der seinen morschen Knochen schadet, aber auch den Zündern der Dynamitladungen, die sie in die Luft jagen sollten, so dass ihm, nach diesem vierten Anschlag auf sein Leben, noch einmal fünf Jahre auf Erden beschieden sind. Wer könnte es Ihm weniger verübeln als ich! Und doch ist sein langes Leben eine Katastrophe, die vernichtende Frustration seines Sohnes (DERLEI-DENLERNENDE) und die große Chance des dreisten Enkels, das, wird der verschwommene Kurator feststellen, sei ihm nun klargeworden. Er habe auch einigermaßen verstanden, dass DERLETZTE aus einem überforderten, gequälten Wicht mit Aufmerksamkeitsdefizitsyndrom herauswachsen musste, an dem eigentlich nur die Vitalität und Fröhlichkeit überraschten. Aber wie konnte er dazu kommen, allen Ernstes zu glauben, GOTTGESANDTERKAISERALLERDEUTSCHEN zu sein? Du musst mir Geld für größere Räume geben, werde ich dann sagen, wenigstens für deren Vortäuschung: Prunksäle, Spiegelkabinette, Schlösser, Paläste, der Hofstaat, die Dienerschaft, die Paradetruppen, die Kutschen, Yachten, Jagden, Büchsenspanner und Penishalter, das unendliche byzantinische Getue um Arsch und Arm dieser Person, im Grunde ist er vollgepumpt mit Herrenreiter-Helium, das Ihm jeden Bodenkontakt auf immer erspart, oder permanent high vom dynastischen Kokain. Das muss dem Kurator gefallen, und wir fragen uns, was der adrenalinische Lebenswandel mit vier Stunden Schlaf, dreihundert täglichen E-Mails mit Künstlern, KÜNstlern und KÜNSTLERN, fünfzig mobilen Telefonaten zwischen Apple- and Cigarette-Breakfast und Gourmet-Dinner im Szenerestaurant aus ihm gemacht haben wird in der Zukunft, für die er uns einen solchen großen Auftrag in Aussicht stellte. Wir können nicht unbedingt wissen, ob wir dann eine ganze Nacht in seinem majestätisch-albernen Boxspringbett verbringen werden, vordergründig befreit von den Familienbanden (hemmungslos rettungslos und wahrscheinlich betrunken agierend). Würde ich ihn tatsächlich noch einmal an mich heranlassen (mich auf ihn herablassen) aus Wut oder Dankbarkeit, auf einem der Höhepunkte meiner Laufbahn, an dem ich aufgrund seines Einflusses den Palast eines Deutschen Pavillons vollkommen nach eigenem Ermessen gestalten kann wie ein wahnsinniges Königskind ein eigenes kleines Schloss, jedoch mit gefrorenem Herzen, allein in meinem fischkalten, unerlösbar gewordenen Fleisch. Ich bin dann – Augenblick – vierundvierzig. Zwanzig Jahre älter als die vor Erregung zitternde Studentin, die ihrem Herrn Professor erklärt, dass der Junggalerist, den er in Florenz als ihren Boyfriend kennenlernte, ein erfolgreicher Junggalerist wurde. Die Kaisergulasch-Dosen-Entwürfe. Ein erster Versuch. Heute (in drei Jahren) bin ich anspruchsvoller, verstiegener, bösartiger, wütender, gewalttätiger (eine geschiedene Ehefrau mit zwei vernachlässigten Teenager-Kindern), internationaler, gereift, was noch alles. Wie kann ich zufriedengestellt werden in jeder Hinsicht? Mein verehrter Kurator Jochen kann diese Frage an jedem Ort mit derselben trockenen Kindlichkeit stellen. Nehmen wir das (ihn) jetzt rein beruflich. Ich werde mich zufriedengeben, wenn ich – wütend, wühlend, wirkend – herausgefunden habe, ob DERLETZTEUNDVERHUNZTE schuld war am Ausbruch des Krieges. Das ist die Frage, die mich bei diesem Thema umtreibt, die Frage, wie man ihn sehen muss: als Täterfigur mit aller Konsequenz oder einfach nur als pfauenhaft lächerliches Symptom der mörderischen Kultur seiner Zeit.

9. DE-WILHELMIFICATION (2) / DEUTSCHER PAVILLON

Sterbender Achill. Siegreicher Achill. Sisis Palast gibt doch immer zu denken. Stellen wir uns den Sterbenden als Siegreichen vor – eine Figur, die Er unmöglich abgeben konnte. (Was verlangten sie noch von Ihm? Der Geköpfte soll auch noch erhängt werden?) Immer im Sattel. Im neu aufflackernden Licht der KAISERHALLE, die wir erfrischt (oder ausgelaugt von sündiger Nacht) am Morgen betreten, finden wir die deutsche Prinzgemahlin mit einem Arm voller Neu-Prinzen, allesamt für den Thron verloren, denn DERLETZTE geht ihnen voran. Das DREIKAISERJAHR folgt auf dem Fuße, dem Hufe vielmehr, es wird Zeit für Sattel, Thron und Sarg, die Zeiten der bloßen Tollerei sind vorüber, der Kostümball von Gottes Gnaden bricht an. Das Publikum soll deshalb zunächst die Gelegenheit erhalten, im Wettstreit mit einem kaiserlichen Mannequin, fünf bis sechs Galauniformen (steif wie Karton, mit Schnüren und Troddeln und Orden behängt, in Schärpen gewickelt, mit Umhängen garniert, mit Knopfreihen besetzt, in jungfräulich engen kniehohen Stiefeln endend, von absurden Mützen, Hauben, Kappen, Federhüten und Helmen gekrönt) anzulegen, des Kaisers tägliche Chamäleonsdisziplin, bevor es in die SATTLEREI gerät. Dort wird es Zeuge, wie DERENDLICHE (*I bide my time!*), der nun unglaubliche 𝔡𝔯𝔢𝔦ß𝔦𝔤 𝔍𝔞𝔥𝔯𝔢 𝔩𝔞𝔫𝔤 Deutschlands obersten Herrenreiter spielen wird, die Sitzflächen sämtlicher Schreibtischstühle durch Sättel ersetzen lässt. Wollen wir uns vorstellen, wie er seinem gottesfürchtigen Landei, das sich beim bloßen Aussprechen des Wortes *Paris* hastig bekreuzigt, den Reitsattel überwirft. Nein, denn sie ist ohnehin schon den ganzen Tag pikiert und wird nach ihrer siebten Geburt ihre Zeugungsleidenschaft im Kirchenbau ausleben, gemeinsam mit ihrem Freund, dem Glocken-Ernst. Kurz erhält man Einblick in das Modell einer preußischen Reitkirche, in der sämtliche Gebetsbänke durch getrennte Reihen von Damen- und Herrensätteln ersetzt wurden, aber schon ist es an der Zeit, über ein kaiserliches SATTEL-UND-SÄBELGRAB nachzudenken, denn Großvater und Vater, die Kriegsheroen, kehren im seltsam dornröschenhaften Abstand von neunundneunzig Tagen zum Ewigen Kurfürsten heim. Neunundneunzig Tage Regierungszeit des leidenden Vaters, in denen der Kehlkopfkrebs wie eine entsetzlich langsame Enthauptung die liberalen Hoffnungen zunichtemacht und schier alles getan werden musste, damit DIE AUFGEHENDE SONNE des neunundzwanzigjährigen ALLERLETZTEN sich behaupten konnte gegen die drohenden Intrigen seiner Mutter Emily, von der man ebenfalls schier alles befürchten musste, am Ende gar das Einschleppen der liberalen Sklerose ins preußische Mark! Eine Frau, die bereit war, **das Familienschild zu beflecken und das Reich an den Rand des Verderbens zu bringen**! Sogleich nach dem letzten Atemzug ihres Ehemannes riegelt man das Potsdamer Schloss ab, um zu verhindern, dass DIE ENGLÄNDERIN unliebsame Staatspapiere außer Landes schafft, was natürlich längst geschehen ist, sie war schon immer klüger als ihr ältester Sohn (man schreibe die Geschichte der Iokaste, die ihren Sprössling erdolcht, weil sie weiß, dass er sich niemals entleiben würde, auch nicht angesichts der Leichenberge von Verdun). Was folgt, ist für die Besucher des Deutschen Pavillons ganz nah und sinnlich erfahrbar, weil der Aufstieg zum Sattelthron über die PRUZZENTREPPE erfolgt, die unbehaglich, drohend, erdrückend eng von den AHNEN und VORHERRSCHERN flankiert wird in Form überlebensgroßer Wachsfiguren oder, besser noch, mächtiger Vollgummipuppen, die man hinaufsteigend nur mit einiger Körperkraft beiseitedrängen kann, ganz so wie ERDERLETZTE sich zu erheben verstand über all seine Vorgänger. Die Reihen hochmittelalterlicher schwäbischer und fränkischer Reichsbeamter und Burggrafen sollen spinnwebgrau und mumienblass den Aufstieg säumen, aber in ihrer Eigenschaft als Ur-Hohenzollern den Gedanken aufkommen lassen, dass der Schwabfranke an sich (der Ihnen, verehrter Herr Kurator, in den Neugründungstagen der Auguststraßen-Galerien doch sehr auf die Nerven ging) nach Berlin gehört, seit seine Beraterdienste (Mercedes-Coaching) für das Reich mit der prächtigen, allerdings von halb verwilderten Junkern wüst behausten, Mark Brandenburg belohnt wurden. Die dort dahinherrschenden Nachfolger, alles ganz stattliche Kerle in Eisen, Brokat, Pelz und Samt, bekommen langsam Farbe mit dem zufälligen Umstand, dass der letzte Deutschordensmeister im entlegenen Preußen ein hohenzollernsches Familienmitglied ist. Wie auf Kirchenfensterglas gemalt, prangt dieser ALBANSBACH über der entscheidenden Stufe der Aufstiegstreppe, von der Reichsacht getroffen, weil er das Deutschordensdings hinwarf und somit ein nur noch der polnischen Lehnshoheit unterstelltes Familienherrschaftszusatzgebiet schuf. Ab hier beginnt das martialische Spiel der Vereinigung der weit auseinanderliegenden Hohenzollern-Ländereien (mit List, Gewalt und Tücke), der Konsolidierung der Herrschaft, des ständigen Gebietsgewinns und der Machterweiterung durch das eiserne Rückgrat der maschinenhaft modernen, gnadenlos disziplinierten Armee. DER-GROSSEGELBEKURFÜRST (orange- oder mandarinenfarbene wäre auch gegangen, hält man sich das Kostüm eines schönen zeitgenössisches Ölporträts vor Augen, auf dem er in goldsporigen, goldstulpigen Stiefeln den großen goldenen Schritt andeutet) ragt mit mächtiger Leibesfülle und enormem Zinken in den Weg, schaffte die brandenburgisch-preußische Staatsnation und hinterließ nach dreißigjährigem Hauen, Stechen, Schachern und Merkantilisieren ein dreiundzwanzigtausend Mann starkes Heer, einschließlich der Logistik und Versorgungsbürokratie, die dazugehörte, die Machtkeule der Preußen, nach den Habsburgischen Truppen Deutschlands schlagkräftigste Armee. DERLETZTE, an ihm vorübersteigend, den Thron im Blick, hat die gusseiserne Pose des Schlüter'schen Reiterstandbildes schon als Kind beim Überqueren der Langen Brücke in sich aufgenommen, das war ganz sein Stil, während Ihn die auf der nächsten Treppenstufe residierenden Herrschaften womöglich ungut an die von Ihm cordonisierte

(**Meine treuen Husaren!**) englische Mutter erinnern, der barocke Verschwenderfürst, SPREEATHENER und Kunstakademie-Gründer, Bauherr von Stadtschloss und Schloss Charlottenburg (Institutionen und Lokalitäten also, die sich mit unserem kleinen Leben verbunden haben, Jahrhunderte später, Orte der Anerkennung, der Verzweiflung, des simplen Parkanlagenfamilienglücks an Schönwettertagen), und seine intellektuelle Gattin SOPHIECHARLOTTE (kein Landei, sondern Hüterin einiger Monaden des Leibniz). Für den aufstrebenden LETZTEN zu unheroische Figuren, obgleich dieser Vorfahre doch ein geschickter Verhandlungskünstler war, dem es im dynastischen Roulette gelang, den Jeton auf das Pruzzenfeld zu werfen und zu gewinnen. In jenem immer noch nach seinen ermeuchelten oder zwangschristianisierten Ur-Indianern benannten Gebiet konnte er ruhig ganz großartig sein, dachte man und gestand ihm die Würde eines Königs *in* Preußen zu. Der SOLDATENKÖNIG, der auf ihn folgte, war schon König *von* Preußen. PARZWILLEM, der in der Kindheit von Ärzten Gequälte, kann wohl nur mit Furcht diesen Vorfahren passieren, wenn Er sich ausmalt, was Ihm mit einem solchen Soldatenvater hätte zustoßen können. All die Quälereien, die Einsamkeit, die Prügel! Man läuft mit einem Freund auf und davon, wird von ebendiesem Soldatenvater verfolgt, gefasst, zu Tode verurteilt, dann begnadigt, aber gezwungen zuzusehen, wie man den Freund exekutiert. Sie sollen sein Gesicht gegen die Stäbe des Käfigs gepresst haben, in dem sie ihn gefangen hielten, so dass er den Blick nicht abwenden konnte. Er fiel ihn Ohnmacht, aber durch all diese Zucht, diese Pflicht, diese Brutalität wurde er RIESENGROSS. Sogar die englische Mutter ist von diesem Vorfahren beeindruckt, sie will DENLETZTEN genauso groß machen, nur eben ganz anders (liberal-groß, big shot). An DEMGROSSEN kann DERLETZTE irgendwie nicht so einfach vorbei, zu drückend, zu übelriechend, zu abgerissen, zu dachs- oder fuchshaft, zu kultiviert, zu bösartig, zu glänzend, hinterlistig und zynisch, selbstquälerisch und bitter ist DERALTEFRITZ, von dem Er lernen könnte, der Diener und Wirtschaftsprüfer Seines Staates zu werden. Zudem war der

Bursche ein gnadenloser, hasardeurhafter, aber schlussendlich einsichtiger Heeresführer, der wusste, dass man nach Siegen wir in Roßbach und Leuthen (Königgrätz und Sedan) *keine Katze mehr angreift*, sondern sein Reich festigt, *indem man die Freundschaft der russischen Barbaren kultiviert.* Die konsolidierte Militärmacht, das kalte gastfreie Land des Suum Cuique, das Pflicht- und Kraft-Werkzeug der PREUSSENMASCHINE zu beherrschen, hätte der Alte hinzufügen sollen, sei allein ein Akt des Willens und der scheußlichsten Pflichterfüllung und habe mit der Vorsehung ganz und gar nichts zu tun. Jene Vorsehung, von der sich DERLETZTE emporgehoben fühle, würde kein Wunder tun, damit sich Schlesien lieber in der Hand der Preußen als in der Österreichs, der Araber oder der Sarmaten befinde, und auch der mächtigste und kindischste Menschenherrscher könne sich nur auf wenige, verdammt profane Dinge berufen: die Gier, die Gewinnsucht, die Gewalt. Ein *gottgesandter* Regent, hätte DERALTEFRITZ konstatieren können (geschult am Witz Voltaires), sein Riesenauge ins Kindergemüt des Nachfahren senkend, impliziere wahrscheinlich auch die Öffnung des Höllentores auf Erden. Aber da hat es DENLETZTEN und GOTTIGEN schon emporgetragen. Um die im selben Jahr ausgehobenen Gräber des HERRNGROSSVATERSUNDVATERS zu erreichen, muss er auf der Pruzzentreppe nur noch an drei Friedrichwilhelms vorüber, die seltsamerweise auf der gleichen, niedrigen, in einen diffusen Hintergrund gerückten Stufe zu stehen scheinen, die zwischen dem ALTENFRITZ und dem EISERNENKANZLER (nebst seinem König) verblassen, weil DIEGESCHICHTE (Ihm soll das nicht passieren, wird es aber) sie überragte, begrub, vergaß. Zwischen dem DICKENLÜDERJAHN und dem BUTT eingeklemmt, gewahrt man den freundlichen und wortkargen DRITTEN (III.) in seinem Totenhemd, einem T-Shirt mit der Aufschrift *Schon alles verstanden, mir fatal!* Den BUTT hatten Bonaparte und der Zar gequetscht, immer der Gallier und der Russe. Er musste Preußen beim Abmagern zuschauen, während die ihn flankierenden Dicken es ordentlich vergrößerten, beide mit dem nun wirksam auf Ihn, DENLETZTEN, gekommenen Gotteseifer. Der fruchtbare karpfenähnliche LÜDERJAHN gab noch die wilde Sinnlichkeit dazu (weshalb finden wir kein Fresko seiner Mätressen in einer Säulenwand des von ihm erbauten Brandenburger Tores), der alles und jeden umarmende, alle liebende BUTT aber die Quasselstrippigkeit oder sogenannte Majestätslogorrhoe, die sich

AUF DEM KAISERTHRON

bestens pflegen lässt. DERLETZTE, der alle diese Friedrichwilhelms unentwegt in Kopf, Bauch und Gemächt durcheinanderrührt, hat nun endlich die großartige Höhe erreicht, von der er eingangs schon herabzusehen wähnte, weit über Land und Meer. Eingeschlagen in eine schützende Folie. So dass ihm der Blick über die Insel wie von Herbststürmen getrübt erschien. Bei Seinem notorischen KAISERWETTER aber konnte Er leicht den schmalen Pfad hinter dem Dorf Pelekas hinaufsteigen mit der Vorfreude auf beste Aussicht. Zwischen den Mauerresten einer alten Festung hindurch ging es auf die Aussichtsplattform am Gipfel eines gespaltenen Felsens, von dem aus Ihm ganz Korfu zu Füßen lag. Der *Kaiser's Throne*, auf dem er die Sonnenuntergänge zu beobachten liebte, würde eigentlich sein haltbarster Thron sein. Aus diesem Grund räsonieren wir über eine Nachbildung aus Pappmaschee, in der Mitte des 𝔇𝔢𝔲𝔱𝔰𝔠𝔥𝔢𝔫 𝔓𝔞𝔳𝔦𝔩𝔩𝔬𝔫𝔰 aufragend. Der Kurator lässt sich noch einmal die Geschichte des Achilleions erzählen, jenes von der KAISERINSISI erbauten (erbauen haben lassenden – die Faulheit schreibt die Geschichte den Herrschern zu) Zierpalasts auf Korfu, den DERLETZTE einmal erwerben sollte. Im Garten wird er SISIS sterbenden Achill durch einen triumphierenden und die Skulptur des Dichters Heine durch eine Nachbildung der Vorbesitzerin ersetzen lassen (sie dichtete ja selbst, wozu also einen spottlustigen bürgerlichen Juden hier aufpflanzen). Jener Blick vom Garten des Palastes über eine nahezu urklassische, sanft gewölbte liebliche Zypressen-und Olivenbaumlandschaft hat es UNSALLEN angetan, deshalb versteht der Kurator mein Verlangen nach einer Filmleinwand, auf der man das Flirren der Blätter und die traumhaften Regungen kleiner Wolkenschleier beobachten kann. Seinem in Hunderten von Künstlergesprächen geschulten Blick (es wird mir ein Vergnügen sein zu sehen, wie gut du geworden bist, mein lieber Jochen) entgeht nicht, dass ich melancholisch abgleite, aus der weißen Halle des Pavillons hinübergezogen werde auf die Aussichtsplattform des gespaltenen Felsens mit weitem Blick über die Insel. Ich sehe eine wellige grüne Landschaft, spärlich durchsetzt von den weißen Kieselsteinen einiger Bauernhäuser, in der Ferne einen Meereseinschnitt, dahinter einen gemächlich ansteigenden Bergrücken, und plötzlich dreht sich das Aussichtsfernglas gegen mich, weil Jonas und der in seinem Arm levitierende Jakob beschlossen haben, anstelle des Pantokrators den Berg MAMA heranzuzoomen (es müsste auch im Jahr unserer Reise nach Florenz gewesen sein). ICH bin kein Berg, sondern ein weicher, pfirsichfarbener Fleck. Vergiss es. Was hast du?, fragt der Kurator aus der unscharfen Zukunft einer Ausstellungsumgebung heraus, die es möglicherweise nie geben wird. All diese Kerle! Kerle? Diese Pruzzenkönige, meine ich. Ach so, was ist mit ihnen? Sie mussten immer bleiben, Herr Kurator, bleiben, was sie waren, einmal König, immer König. Willst du dich ent-muttern? Na also, geht nicht. Die Mätressen des DICKENWILHELMS. Der ALTEFRITZ, der seine ungeliebte Zwangsehefrau von sich tut und sich ins Schloss Charlottenburg zurückzieht, durch dessen Park ich noch ahnungslos und leichtsinnig an der Seite meines scheuen ehebrecherischen Prinzgemahls wandelte, in unverhofft frivolen Fantasien über das erotische Treiben der Aristokraten hinter jenen Mauern schwelgend (Herrenwitz im Tabakskollegium). Die untergehende Sonne kann ich kaum betrachten, ohne deine Hand zu sehen, Jonas, die ein millimeterpapierähnliches Gitternetz über ihren lodernden Kreis legt, um säuberlich die seit Jahrmillionen anhaltenden Wutausbrüche zu kartografieren. Doch wir müssen uns abwenden, uns um die eigene Achse drehen, um einhundertachtzig Grad. DERDEUTSCHEKAISER (der letzte nämlich) erhebt sich nun, er ist DIEAUFGEHENDESONNE, die bald EINENPLATZANDER-

SONNE suchen wird (also sich selbst irgendwie beheimaten will, hätte ihm das doch gereicht). Seine Krönung blendet uns. Als öffnete sich das Tor zum Thronsaal und überschüttete uns mit einer Flutwelle gottkaiserlichen Lichts. Wir sinken auf die Knie, pressen die Handflächen gegen die Augen. Man wird uns empfangen, sobald (nach einigen Tagen oder Wochen) der Glanz des Zeremoniells genügend auf die nüchterne Zukunft eingewirkt hat, aus der wir kommen. So lange konzentrieren wir uns auf jene drei Fragen, die wir mitgebracht haben und von deren Beantwortung wir uns nicht abbringen lassen wollen, denn deshalb sind wir hier. Erstens die Balkonfrage: Wie bringt Man es fertig, einen Krieg auszurufen? Zweitens die Feldfrage: Wie kann Man dabeibleiben, wenn sich der Krieg zu einem Weltenbrand entwickelt, der Millionen von Menschen verzehrt? Drittens die Frage des Anstandes: Wie kann Man überleben, wenn Man sieht, was Man angerichtet hat? Plötzlich ist der herrliche Lichtglanz verschwunden, und als wir die Hände von den Augen nehmen, sehen wir anstelle des Thronsaal-Portals nur eine kleine halb geöffnete Tür zu einem finsteren Raum, der sehr groß sein muss, da er die Hälfte des Deutschen Pavillons einzunehmen scheint, wenn wir nach den Abmessungen seiner fensterlosen Frontalwand schließen. Nachdem wir uns erhoben und die schmerzenden Knie gerieben haben, wollen wir den Zutritt in den Ausstellungsraum riskieren – aber plötzlich stellt sich uns der Kurator persönlich in den Weg. Er fordert uns auf, ein mehrseitiges Formular zum Haftungsausschluss zu unterschreiben, bevor wir uns auf die Besichtigungstour begeben. Die zahlreichen Paragrafen sind in so enger und verschwommener Schrift gehalten, dass wir kaum ein Wort entziffern können mit Ausnahme der Überschrift:

Zutrittsvereinbarung
Zur
Abteilung

Decapitation / Siamesischer Kaiser

Vorsicht! Sie sprechen persönlich mit Seiner Majestät (SM)

Ihren Friedrichwilhelm bitte!, verlangt der Kurator mit einer völlig veränderten, entsetzlich autoritären Stimme. Wir kritzeln unsere Unterschrift ans Ende des Formulars mit einem altertümlich überdimensionierten Diplomatenfüllfederhalter, den er uns reicht. Als wir aufsehen, stellen wir fest, dass er sich doch stark verändert hat. Er trägt eine Pickelhaube, eine blaue preußische Uniform mit silbernen Knöpfen, er ist in die Höhe gewachsen und um dreißig Jahre gealtert. Wallrossbärtig starrt er uns aus einem zerfurchten Gesicht mit eisblauen Augen an. Kein Zweifel, er wurde ein Teil der Ausstellung, er fungiert jetzt als DEREISERNEKANZLER, und als solcher packt er uns an der Schulter und zwingt uns in den dunklen Saal hinein mit einer letzten, im herrischsten Befehlston geblafften Anweisung: **Sie haben hier nur e i n e Frage zu beantworten! Nämlich: Soll er g e k ö p f t werden oder nicht?** Dann sehen wir schon den großen nackten Mann vor uns, nicht gerade fett, aber mächtig und etwas aufgedunsen, er müsste diesen verkrüppelten Arm haben, aber weil es sich um den Kaiser handelt, sehen wir das nicht und auch nichts anderes, sondern halten unseren Blick mit geradezu panischem Eifer, immer wenn wir Ihn anschauen, auf der Höhe seines pompösen Gesichts. Zunächst einmal möchte uns SM IM DEUTSCHEN SAAL herzlich begrüßen.

SEINEMAJESTÄT: **Die Wahrheit wird sich Bahn brechen; machtvoll, unaufhaltsam, wie eine Lawine. Wer sich ihr nicht wider besseres Wissen verschließen will, muß erkennen, daß während meiner 26jährigen Regierungszeit vor dem Kriege die deutsche Außenpolitik lediglich auf die Erhaltung des Friedens gerichtet war.**

Sie erstrebte einzig und allein den Schutz des von West und Ost bedrohten heiligen Heimatbodens sowie die friedliche Entwicklung unseres Handels und unserer Volkswirtschaft.

Er drückt uns frisch und kräftig die Hand (die uns etwas nackter als zulässig vorkommt). Mit der Linken deutet er fahrig auf das Thema der vor uns liegenden Abteilung (obgleich es eine sehr rasche Bewegung ist, erkennen wir den verkürzten schwachen Arm), das durch eine von der Decke herabhängende Neonröhrenschrift angekündigt wird:

MIT VOLLDAMPF NACH NIRGENDWO /
TANZ DER DILETTANTEN

Vitrinenartige Monitore schimmern im dunklen Saal. Eine unbestimmte Menschenmenge umgibt uns, bereits vor uns eingetroffene Besucher womöglich, aber seltsam schattenhaft, unangenehm zweidimensional und grau. DERNACKTE(SM) dagegen leuchtet geheimnisvoll wie von innen her, so dass es schwerfällt, nur seine strahlende Büste zu beachten. Mit einer nun schwungvollen Geste weist er auf die rätselhaft unbefestigt im Museumsdunkel schwebenden Bildschirme hin, auf denen in der hysterischen Form von TV-Boulevard-Magazinen, die uns wirklich nicht interessierenden Pracht-&-Protz-&-Pomp-&-Circumstances-Auftritte seiner anfänglichen ICHBINENDLICHEUERKAISERZEIT ablaufen, so dass man Ihn also auf zahllosen Empfängen, Hochzeiten, Einweihungen, Jubiläen, Taufen und Beerdigungen auftauchen, verschwinden und wieder erscheinen sieht, erfasst von einer Art **Kaiservolltausch**, omnipräsent und -potent sowieso, der Mann war sein eigenes **Twitter** und **Facebook**, letzten Endes läuft alles wohl auf das berüchtigte Ölporträt des Malers Kröner hinaus, dessen überlebensgroße Zentralfigur (Maßstab eins zu eins Komma fünf, Mensch zu Übermensch) wir jetzt vor uns sehen, LEKAISER, in die Brust geworfen, ordenbehängt, das Schwert und Riesenszepter packend, von wallendem Mantel und erschauernden Tempelsäulen umgeben, lederbestiefelt bis übers Knie wie eine göttliche Straßennutte, auf Marmor gebaut. Wir hören eine Stimme, aber nicht die des neben uns stehenden NACKTENMANNES, der gebannt auf sein eigenes Porträt starrt, sondern die eines plötzlich aus der schattenhaften Menge, die uns umrahmt, hervortretenden oder vielmehr herausschlurfenden großen alten Burschen in einem verschlissenen grauen Gehrock. Er wirkt schlaff und verwahrlost, aber mit seiner hohen gefurchten Stirn, dem funkelnden Kneifer und dem rabiat gestutzten silbrigen Vollbart unangenehm intelligent und aufmerksam. Die Menge um uns herum scheint ähnlich zu empfinden und vorsichtig den Abstand zu ihm zu vergrößern, während der vor seinem Porträt dahinstrahlende NACKTEMANN ihn nicht zu bemerken scheint und auch nicht zu hören, als er mit einer nachlässig verschleifenden, näselnden Greisenstimme das Gemälde kommentiert:

ALTER BURSCHE: Gestatten, Hohnstein-Kirchenhügel, Geheimer Legationsrat. Was Sie hier sehen, wen Sie hier sehen, das ist, was ich immer gesagt habe, ein Eselskopf, ein Kind, ein Narr! Ein Operettenkaiser, den man schon zu Lebzeiten ausstopfen musste.

Wir wollen seiner Ansicht nicht sogleich widersprechen und nicken vage. Daraufhin zieht er einen Kopfhörer von irgendwoher, drahtlos, eigentümlich klobig, bakelitschwer und mit golden leuchtenden Reichsadlern auf den Ohrenschalen versehen. Nachdem wir den Hörer aufgesetzt haben, vernehmen wir LEKAISER im O-Ton.

SEINEMAJESTÄT: Zu Großem sind wir noch bestimmt, und himmlischen Taten führe ich euch entgegen. Ich bin der alleinige Herr der deutschen Politik und mein Land muss mir folgen, wohin auch immer ich gehe. Diejenigen, die mir behilflich sein wollen, sind mir von Herzen willkommen, wer sie auch seien; diejenigen jedoch, welche sich mir bei dieser Arbeit entgegenstellen, zerschmettere ich.

HOHNSTEIN-KIRCHENHÜGEL *gedämpft, aber vernehmlich*: Und sehen Sie, das war eben unser Hauptproblem mit SM, sein großes Mundwerk! Die Leute, die ihn nicht kannten, hatten furchtbare Angst vor ihm. Stellen Sie sich vor, Sie hätten einen riesigen, schrecklich aussehenden Hund dabei, eine Art geifernder Kaiserdogge, und müssten jedem sagen: Der will bloß spielen. Etwa wie hier – *Hohnstein-Kirchenhügel zeigt auf einen Bildschirm, auf dem SM in weißer Galauniform drohend und schwadronierend den Arm hebt, auf einer Sedan-Feier womöglich oder anlässlich einer Denkmaleinweihung, bei der UNSER Sieg über Frankreich gepriesen werden soll.*

SEINEMAJESTÄT: Ich glaube, dass darüber nur eine Stimme sein kann, daß wir lieber unsre gesamten 18 Armeekorps und 42 Millionen Einwohner auf der Wallstatt liegen lassen, als daß wir einen einzigen Stein von dem, was mein Vater und der Prinz Karl errungen haben, abtreten.

HOHNSTEIN-KIRCHENHÜGEL: Sehen Sie, schwupps hat er sein ganzes Volk geopfert. Die Franzosen spuckten natürlich, wenn sie sein Bild sahen. Was mir bisweilen recht gewesen wäre, aber er geriet auch noch immer zur falschen Zeit außer Kontrolle.

DERKAISER *überhört die Bemerkungen des bösen alten Mannes oder hört sie gar nicht. Da wir vorankommen wollen, treten wir auf einen Monitor zu, auf dem immer wieder in Schwarz-Weiß eine komische Stummfilm-Szene abzulaufen scheint. Ein Greis mit Walrossbart und Nachtmütze liegt im Bett, die Schlafzimmertür wird aufgerissen, und der noch junge Kaiser stürmt herein, adrett uniformiert im Morgengrauen, jedoch in äußerster Erregung, ein Formular oder Schreiben in der Luft schwenkend.*

SEINEMAJESTÄT: Der Fürst! Ich verehrte und vergötterte ihn! Er war der Götze in meinem Tempel, den ich anbetete.

HOHNSTEIN-KIRCHENHÜGEL *gleichfalls an den Monitor herantretend, seltsam vorgebeugt, aber wir wollen ihn jetzt auch nicht so genau betrachten*: Sein Götze, den er beseitigen musste, eine ödipale Sache. In Göttingen hatte der Götze IHM übrigens den Götz gemacht, vor begeistertem Publikum, den von Berlichingen, Sie wissen schon.

SEINEMAJESTÄT: Meine Verehrung für den großen Staatsmann konnte mich indessen nicht veranlassen, als ich Kaiser geworden war, politische Pläne oder Handlungen des Fürsten, die ich für Fehler hielt, mir zu eigen zu machen. Schon der Berliner Kongress 1878 war meines Erachtens ein Fehler, ebenso der Kulturkampf.

HOHNSTEIN-KIRCHENHÜGEL: Hoho, da liegt er so falsch wie richtig, so wie er immer gelegen hat, links und rechts daneben!

SEINEMAJESTÄT: Mein Herr Großvater, Wilhelm der Große, bemerkte einmal, daß das selbstbewußte Wesen des Fürsten manchmal allzu drückend werde. Aber er und das Vaterland brauchten ihn zu nötig, da der Fürst der einzige Mann sei, der mit fünf Kugeln jonglieren könne, von denen mindestens zwei immer in der Luft seien.

HOHNSTEIN-KIRCHENHÜGEL: Bei den meisten in seinem Hofstaat musste man froh sein, wenn sie ihre eigenen zwei Kugeln jonglieren konnten und die der anderen in Ruhe ließen. England und Russland – das waren die zwei großen Luftkugeln! Der Fürst hatte auf Russland gesetzt. Um etwas anderes zu machen, musste man Richtung England gehen, gerade noch, wenn es einem in die Wiege gelegt worden war – wie eine Natter.

SEINEMAJESTÄT: Kaum war ich mein Amt angetreten und wollte nach Petersburg reisen, erhielt ich einen Brief der Königin Victoria von England, welche in großmütterlichem, aber zugleich autoritärem Tone an ihren ältesten Enkel ihre

Mißbilligung über die geplante Reise ausdrückte. Mein Verhältnis zu der selbst von ihren eigenen Kindern gefürchteten Königin ist aber das denkbar beste gewesen. Nur muß man auch eines sehen: Die englische Psyche und Mentalität in der rastlosen, wenn auch durch allerlei Mäntelchen verhüllten Verfolgung des Planes der Welthegemonie war dem Auswärtigen Amt ein Buch mit sieben Siegeln.

HOHNSTEIN-KIRCHENHÜGEL: Es gibt eigentlich keinen Satz von ihm, dem er nicht persönlich den Garaus gemacht hätte!

SEINEMAJESTÄT *wirft einen funkelnden Säbelblick über die rechte Schnurrbartspitze auf den Geheimen Legationsrat:* Trauen Sie ihm nicht! Als ich im Kreise des Fürsten vertrauter geworden war, wurde über diesen Herrn offener gesprochen. Er sei sehr gescheut, eine gute Arbeitskraft, maßlos eitel, ein Sonderling, der sich niemals irgendwo zeigte und keinerlei gesellschaftlichen Verkehr habe, voller Mißtrauen und sehr von Schrullen beherrscht, dabei ein guter Hasser, also gefährlich. Der Fürst nannte ihn den »Mann mit den Hyänenaugen«.

Um weder die Bemerkungen des einen noch die des anderen zu bevorzugen, begutachten wir noch einmal die Szene auf dem Monitor. Der Alte mit der Schlafmütze, ganz offenbar DEREISERNEKANZLER, hat sich in seinem Nachthemd erhoben, zetert nun ebenso wie der junge Kaiser und fuchtelt gleichfalls mit den Armen.

SEINEMAJESTÄT: Er war so gewalttätig, daß ich fürchtete, er würde mir ein Tintenfaß an den Kopf werfen!

HOHNSTEIN-KIRCHENHÜGEL: So gewalttätig, dass ich fürchtete, er würde ... ach ja, es ist auch ein kindlich genialer Dichter an ihm verlorengegangen. Sie sehen hier den letzten Akt des Duells, das mit dem Konflikt über den großen Bergarbeiterstreik begonnen hat, in dem SM wenigstens einmal gar nicht so ungeschickt agierte –

SEINEMAJESTÄT: Un roi des gueux, ein König der Armen und der Arbeiter! Das war mein Amt! Diejenigen Arbeiter andererseits, die blindlings den sozialistischen Führern folgten, haben mir keinen Dank für den ihnen geschaffenen Schutz und für meine Arbeit gezollt. Uns trennt der Wahlspruch der Hohenzollern: »Suum cuique«. Das heißt: »Jedem das Seine«, aber nicht, wie die Sozialdemokraten wollen: »Allen dasselbe«!

HOHNSTEIN-KIRCHENHÜGEL *zeigt auf den Monitor, auf dem die Kontrahenten weiter lebhaft agieren*: Sie streiten sich über eine vergilbte Ordre, derzufolge es dem Monarchen nicht zustehe, Minister ohne das Beisein des Ministerpräsidenten zu empfangen, ein Entmannungserlass, natürlich, da musste er den Alten vor die Tür setzen.

SEINEMAJESTÄT *reckt sich empor, seine nackte, alabasterweiße, kaum behaarte Brust wölbt sich, und wir wenden uns ab, während er losdonnert*: Für immer & ewig gibt es nur einen wirklichen Kaiser in der Welt & das ist der Deutsche, ohne Ansehen seiner Person & seiner Eigenschaften, einzig durch das Recht einer tausendjährigen Tradition, und sein Kanzler muß ihm gehorchen!

HOHNSTEIN-KIRCHENHÜGEL: Man gab ihm einen Schubs, und er schoss zum Mond wie ein Raketenkäfer. *Er schüttelt den Kopf und reicht uns aus dem Hintergrund erneut den kaiserlichen Kopfhörer, aus dem die erregte Stimme von SM schallt.*

SEINEMAJESTÄT: Rekruten! Es gibt nur einen Feind, und der ist Mein Feind. Bei den jetzigen sozialistischen Umtrieben kann es vorkommen, daß ich euch befehle, eure eigenen Verwandten, Brüder, ja Eltern niederzuschießen – was Gott ja verhüten möge –, aber auch dann müßt ihr meine Befehle ohne Murren befolgen.

HOHNSTEIN-KIRCHENHÜGEL: Nach solchen Verausgabungen musste er sich entspannen, bei den echten Männern, herrlichen Gestalten, wie parfümierte Eichenstämme. *Er zeigt auf LEKAISER, der sich an* uns vorbei in fröhlicher Nacktheit auf einen ausgewiesenen 𝔚𝔢𝔩𝔩𝔫𝔢𝔰𝔰𝔟𝔢𝔯𝔢𝔦𝔠𝔥 zubewegt, plötzlich umrahmt von großgewachsenen nackten Kerlen, Flügeladjutanten, wie uns Hohnstein-Kirchenhügel rasch zuflüstert, die mit ihm gemeinsam an einen geräumigen Whirlpool herantreten, in dem ein Dutzend unbekleideter junger Männer sich hängen und treiben lässt, alle mit streng gescheiteltem pomadisierten Haar und wohl dressierten Schnurr- oder Schnauzbärten. Wir sind keineswegs sicher, ob wir näher an diesen Bereich herantreten wollen, denn es kommt uns vor, als würden wir versehentlich eine historische Schwulen-Sauna in Berlin-Schöneberg betreten.

HOHNSTEIN-KIRCHENHÜGEL: Zu Recht! Zu Recht! In der Mitte treibt Euli, Freund Eulenturm, der Troubadour inmitten seines Liederkreises! Friedliebende, romantische Wesen immerhin, aber mittelalterlich wie Reliquienknochen!

Wir wollen uns abwenden, da unsere Fragen (die Balkonfrage, die Feldfrage, die Frage des Anstandes) hier wohl kaum beantwortet werden und wir im Dunkeln des historischen Saales, getrennt nur noch durch einige Stellwände und flackernde Kabinette, einen schimmernden Glaskomplex erkennen, der äußerst rätselhaft und interessant wirkt, so als erhaschte man einen Blick in das Cockpit einer großen Verkehrsmaschine oder auf die Steueranlagen eines Kraftwerks. Nach einem Schritt zur Seite können wir schon eine rote Neonüberschrift über diesem gläsernen kommandobrückenartigen Gebilde erblicken, aber noch nicht genau ausmachen, ob dort 𝔚𝔥𝔦𝔯𝔩𝔭𝔬𝔬𝔩 oder 𝔚𝔞𝔯𝔯𝔬𝔬𝔪 steht, was an unserer Kurzsichtigkeit oder eulenhügeligen Verwirrung liegen kann. Der geheime Legationsrat versichert uns (während der Kaiser auf ein kleines Bad in den Pool steigt), dass er selbst nicht zu diesen *Griechen* gehört habe. Deshalb trage er ja nach wie vor seinen alten Gehrock und liege nicht im warmen Wasser bei Eulenturm, dem Minnesänger, seinen strammen Preußen und dem *Liebchen*, wie sie bekanntermaßen SM zu nennen pflegten. Aber der ganz Komplex, diese Uniform-Manie, die zackigen Kerle, die Matrosen, die im Adamskostüm von Bord ihrer Kriegsschiffe ins Meer hüpften und plantschten, das martialische Gerede (Kopfhörerbeitrag zum Boxeraufstand: Peking muß regelrecht angegriffen und dem Erdboden gleichgemacht werden! Peking muß rasiert werden! Pardon wird nicht gegeben! Gefangene werden nicht gemacht! Wer euch in die Hände fällt, sei euch verfallen! Wie vor tausend Jahren die Hunnen unter ihrem König Etzel sich einen Namen gemacht haben, so möge der Name Deutscher in China auf tausend Jahre durch euch in einer Weise bestätigt werden, daß niemals wieder ein Chinese es wagte, einen Deutschen auch nur scheel anzusehen!) und faktische Zurückgezucke des Kaisers zeige nur, wie sehr er, übrigens ein *Wirklich* Geheimer Rat, mit seinem Begriff des OPERETTENREGIMES im Recht gewesen sei. Weil Hohnstein-Kirchenhügel mit der rechten Hand die Lenkergabel eines Fahrrads umklammert, hat er Schwierigkeiten beim Slalom zwischen den irrgartenähnlich montierten Ausstellungswänden, auf denen man nun böse Karikaturen aus dem *Simplicissimus* und dem *Wahren Jakob* sieht, etwa eine Ansicht der zum Familienschloss der Eulenturms führenden Allee, die anstelle von Bäumen mit Soldaten gesäumt ist, die einladend ihren Hintern in die Höhe recken.

HOHNSTEIN-KIRCHENHÜGEL: Auch der neue Kanzler, mein Freund, den er sich nach den beiden Altmänner-Puppen, welche auf den Fürsten folgten, von Eulenturm aufreden ließ, der gute Bürstow, *das Bürstchen* genannt, war mit seiner faisandierten Ehe auf freilich gut verdeckte Weise recht nahe bei den warmen Genossen, glatt wie ein Aal, glätter, man kennt ja den Spruch.

Im Hintergrund hört man die Männer im Pool eines der von Eulenturm komponierten Rosenlieder a cappella intonieren:

Sang ein Lied von einer wilden Ros'
Hielt ein Dornenzweiglein in dem Schoß
Dornen, sang sie, Dornen rings umher!
Wenn die Lieb' doch ohne Dornen wär!

HOHNSTEIN-KIRCHENHÜGEL: Hören Sie, so kommt der Operettenbegriff voll zur Geltung. Der Operettenkaiser war ein furchterregender Dilettant, ein Pazifist, ein Bellizist, ein Arbeiterfreund und Arbeiterhasser, ein Pferdenarr, ein Pferdemetzger und selbst ein Pferd. Wäre unter seiner Regentschaft der Krieg nur gesungen worden, hätte es ihn wohl am meisten gefreut, ein Kindskopf in der gefährlichsten Position der Welt, heillos überfordert und heillos unbelehrbar, eine Marionette, die wir steuern wollten und die uns plötzlich ins Gesicht schlug, weil andere in die Fäden gegriffen hatten. Wissen Sie, am Anfang stand ich mich nah mit Euli und seinen Schwärmern, sie beruhigten SM, lenkten ihn von seinen Krupp-Kanonen ab, die er anhimmelte wie den Penis des Prometheus, und von Tierpatz, diesem Alptraum mit dem gespaltenen Bart, der ihm die Flotte schuf, die er als Kind aufs Zeichenpapier gemalt hatte, um seine englische Oma zu beeindrucken. Diese Eulis waren immerhin kultiviert und friedliebend, das sage ich als Mann, den der Fürst in die weite Welt hinausgeschickt hat, um Erfahrungen zu sammeln. Wissen Sie, als SM noch tonnenweise Hasen in Brandenburg schoss, jagte ich Huren in Rio und Büffel in Amerika, es stimmt trotzdem nicht, dass ein Schnitzel nach mir benannt wurde, aber –

Von wegen Büffel!, protestiert eine Stimme, die uns zusammenzucken lässt. Sie kommt direkt aus einem Porträt des EISENKANZLERS, einer Kopie oder sogar dem Original des berühmten Gemäldes, das sein Totenbett als blanke ovale Konservenbüchse zeigt, in der er sardineneng zwischen anderen eisengrau-silbern gerüsteten Heldenleibern eingeschlossen ist, bedroht von der Deckelung und Versiegelung durch einen Krupp'schen Maschinenarm. *Diese alte Hyäne! Er hat mein Werk zersetzt,* den Rückversicherungsvertrag mit Russland! Er hat die englische Karte gespielt und gleichzeitig zugelassen, daß sie von Tierpatz-Torpedos versenkt wurde! Stümper! Von wegen Büffel! Frauen! Die verheiratete Amerikanerin, fragen sie ihn nur!

Als wir uns dem Hohnstein-Kirchenhügel wieder zuwenden, erschrecken wir. Tränen laufen über sein altersgraues Gesicht. Er kann sie nur mit dem Rücken der fahrigen linken Hand abwischen, da er immer noch sein Fahrrad halten muss, ein ferrari-rot lackiertes, chromfunkelndes, blitzsauberes Rennrad, wie man es doch frühestens drei oder vier Jahrzehnte nach seinem Ableben baute.

Hyänenaugen! *Hören wir nun auch aus der Richtung des Wellness-Bereichs rufen.* Er hat den Krieg mit Gallien riskiert! Der Ritt durch Tanger war seine Idee! Spanische Anarchisten jubelten mir zu! Das Pferd war ein Araberhengst! Trotz meiner durch den verkrüppelten Arm behinderten Reitfähigkeit bin ich auf das Tier gestiegen. Es hätte mich um ein Haar ums Leben gebracht!

Hohnstein-Kirchenhügel hat sich weinend abgewandt. Er schiebt das Rennrad zur Seite in einen Sonderraum, der mit schwarz-weißen Fototapeten ausgekleidet ist und das mit finsteren Bücherschränken, einem Sofa und einem großen Schreibtisch möblierte Wohnzimmer einer Gründerzeitwohnung vorstellen soll. Durch das Fenster sieht man auf eine Kreuzberger Straße mit Pferdedroschken und langsam vorbeiruckelnden Straßenbahnwaggons, dahinter den künstlichen Wasserfall des Viktoriaparks, gekrönt von einem pseudogotischen Eisenturm (Nationaldenkmal, sollte mal eine Kathedrale werden, mein lieber Jochen, wir sind hier wie immer fast ganz genau). Hohnstein-Kirchenhügel lehnt das Fahrrad an eine Wand. Es ist der einzige farbige Gegenstand in der Wohnung, denn auch der Eigentümer selbst, der sich hinter den Schreibtisch begibt, hat sich völlig entfärbt, den Tapeten angepasst, als müsste er sich gleich in einer alten Fotografie auflösen, als müsste er zweidimensional werden, Teil einer verblichenen, verschwommenen Welt, die man nur noch in Flohmarktkartons und Archiven finden kann.

HOHNSTEIN-KIRCHENHÜGEL: Hier bin ich gestorben. Nach der Amerikanerin kannte ich keine Frauen mehr. Sie war definitiv, in einem gewissen Sinne, wie Bismarck, verstehen Sie, unnachahmlich, auch unangenehm in ihrer Gewalttätigkeit, nicht mehr zu überbieten. Sie machte sogar einen Euli aus mir, vorübergehend. Nach ihr war ich so klug, es nicht wieder zu versuchen. Aber in der Politik suchte ich etwas Neues. England! England!, verstehen Sie, ich bin mit dem Wort England! auf den Lippen gestorben, umsonst natürlich, vollkommen vergebens.

Wir sehen halb angewidert, halb betroffen zu, wie sich der Mann, der Schreibtisch, das alte graue Kreuzberg im Fensterrahmen, das Wohnzimmer, oder seine Imitation vielmehr, verkleinern, verflachen, zurückziehen in eine immer weiter verblassende Schwarz-Weiß-Aufnahme, die mit Reißzwecken an eine Pinnwand gesteckt ist. Weshalb schob er ein rotes Rennrad?, wollten wir ihn noch fragen, zu spät.

SEINEMAJESTÄT: Weil es das Einzige ist, was er hier bekommt. Fahrradfahren war das einzige, was ihn privat noch interessiert hat, außer Spitzelkarteien zu führen und Intrigen zu spinnen. Was glauben Sie, wer Eulenturm ruiniert hat? Gezielte Indiskretion, üble Nachrede, heimtückisches, hunnisches Einsickernlassen von Gerüchten. In seinen Urlauben fiel ihm nichts anderes ein, als allein durch den Harz zu wandern. Er war ein Austernfresser, wie die Gallier, ein unpreußischer Satansbraten! Sein Arzt hat ihm das Fahrradfahren verboten!

Uns nach rechts wendend, sehen wir LEKAISER(SM) in einem flauschigen weißen Wellness-Bademantel mit aufgestickter Goldkrone und schwarzem Adlerwappen, rosig frisch, nach einer altertümlichen Lavendelseife duftend. Auf zum Tanz!

10. DE-WILHELMIFICATION (3) / DEUTSCHER PAVILLON

Wir treten tatsächlich noch nicht in den Warroom ein, sondern in den Ballroom, einen großen, alteuropäischen, festlichen Tanzsaal mit spiegelndem Parkett, livrierten Dienern, glänzenden Roben und Abendkleidern, eleganten Smokings, prachtvollen Galauniformen, glänzenden Juwelen, gewaltigen Kronleuchtern, herumwirbelnden Paaren zu den aufwühlenden Orchesterklängen feurig-fetziger Walzer. Tanz statt Krieg, so schön gemütlich war es in der alten Zeit, nachdem DERLETZTE den Thron bestiegen hatte, um alle fünf Jahre dramatisch zu werden und doch immer wieder auf einem Militär- und Presseball zu enden. DERLETZTE, eben noch im Bademantel, wurde gerade von einer Art Boxenteam in Windeseile neu eingekleidet: kniehohe Pruzzenstiefel, Säbelgürtel und Waffe, auf den Kopf der berühmte Helm mit dem flatternden Huhn. Seine Tanzadjutanten hat er selbst gewählt und gegen alle Widerstände durchgesetzt (sollten sie ihn also manipuliert haben, hat er sich selbst manipuliert), nämlich den depressiven Mollke (der Krieg ist unvermeidlich, also fangen wir ihn lieber gleich an), der servile Bürstow (𝕭ürstchen, mein 𝕭ismarck, nur viel glatter), Freund Euli, der mit einer weißen Rose zwischen den Zähnen gerade aus dem Pool hüpfte, und Tierpatz, der Admiral mit dem entsetzlichen Bratengabelzinkenbart (𝕭iel erkannt, 𝕶raft gespannt!), dem die Erkenntnis zuteilwurde, dass Deutschland eine Insel ist, jeder Untertan ein Fisch und jedes Kind ein Kriegsmatrose (in der Defensiv-Variante zeigt er allerdings Raffinesse, denn wir müssten ja die Flotte nur so weit aufrüsten, dass England im Falle eines nautischen Angriffs auf Deutschland so geschwächt wäre, dass es anschließend von Russland und/oder Frankreich besiegt werden könnte, um dann eigentlich machen zu können, was wir wollten). Erneut hat der Tanz begonnen, ein Ball, eine Saalschlacht, ein globaler blutig glänzender Karneval, eine Kostüm-Orgie mit Feuerwerk und Schlachtfest, beflügelt von Testosteron, Opium und Champagner, Paranoia, Depression und Nervenkrise. Pomp & Blood & Cicumstances! Schon beim ersten Wiegeschritt, den DERPLÖTZLICHE aufs Parkett setzt, neigt sich der Boden, als hätte er den Tanzsaal der Titanic betreten. Egal, er hat den Borsigdampf, den Siemensdynamo, den Kruppstahl, den katzbuckelnden Hofstaat, das untertänig schaffende Volk, und jedes nackt flatternde Huhn von blödem Spruch aus seinem Mund wird als Pfau in aller Ohren enden. ENGLAND, der dreiköpfige Leviathan (Omakopf, Onkelkopf, Cousinkopf) rauscht an IHM vorüber, an unserem muttermörderischen Orest, der seinen Großvater begehrt (ein möglicher Kostümvorschlag von einem jüdischen Nervenarzt aus Wien), hebt sämtliche Augenbrauen angesichts des mit Huhn, Säbel und Stiefel bekleideten lauthals krähenden Enkels, Neffen, Cousins, ENGLAND ist schließlich uneinholbar weltmächtig, raumgreifend, stilvoll, unerschütterlich, ewig ruhend in seinem Komfort (Messing, Plaid, grünes Leder) und seiner viktorianischen Pracht, die es wie einen großmütterlichen Riesenreifrock über den Globus gestülpt hat als kolonialen Teekannenwärmer für die heißen Aufgüsse über die zarten grünen Pflänzchen aus dem Hochland von Darjeeling, die gerösteten und zermahlenen Kaffeebohnen aus Kenia, das zuckende schwarze Menschenfleisch in den Konzentrationslagern des Lord Kiltch am Kap der Guten Hoffnung. Bei der kompletten, schlachtviehhaft geometrischen Zerteilung Afrikas kann der Säbel des Kaisers nicht stillhalten. Doch zunächst legte man Ihm die tückische Diplomatenwaffe des Telegramms in die Hände, um Seine alte Großmutter in ihrem inneren Exil auf der Isle of Wight zu ärgern, beglückwünscht in Seinem Namen die Buren von Transvaal (hoffnungsvolle künftige Schöpfer des Apartheidsystems), die sich erfolgreich gegen die Eroberungsversuche von Abenteurern der benachbarten britischen Kapkolonie gewehrt haben. Nach der Veröffentlichung der Krüger-Depesche ging ein Sturm in England los, wie ich es vorausgesagt hatte. Dabei unterschrieb ich nur, weil man mir gesagt hatte, es heiße, der Kaiser sei ein halber Engländer, er stehe ganz unter dem Einfluß seiner Großmutter, und die Onkelei aus England müsse endlich aufhören. Wenn Er auf dem Tanzboden imponieren will, dann wie England, gegen England, über England hinaus! Dahin führt nur die Flotte! Nur die Flotte wird diesem alten Piratenpack imponieren, dem fetten Onkel und seinen Yachthafensnobs, die etliche Jahre über Ihn die Nase rümpften, wenn Er (als ordentliches Clubmitglied) mit Seiner geliebten schnittigen Meteor die Cows-Week-Regatta peinlich verbissen zu gewinnen trachtete. Schon als Kind hatte er an der frischen Seeluft Visionen seiner künftigen Macht: An der Hand gütiger Tanten und freundlicher Admirale durfte ich als kleiner Junge Portsmouth und Plymouth besuchen und in diesen beiden herrlichen Häfen Schiffe bewundern. Zu diesem Zeitpunkt erwachte in mir der Wunsch, selbst eines Tages Schiffe wie diese zu bauen und, wenn ich groß wäre, eine Marine wie die englische zu besitzen. Die Flotte imponiert den Kolonialvereinen und den Alldeutschen, denen die kraftgespannte Depesche schon sehr gefallen hatte. Sie winken fröhlich in der wogenden Tänzermasse des Saales, ein kleines Rudel schwarz mit Schuhcreme bestrichener fast nackter Herren in Baströcken, begleitet von unserem langgliedrigen, altersschlaffen Freund Hohnstein-Kirchenhügel, der sein rotes Rennrad gegen den Sitz auf einem afrikanischen Wasserbüffel vertauscht hat, dessen Hörner er wie einen Fahrradlenker gepackt hält. Die Sirengesänge dieses Herrn, ruft DERLETZTE empört aus, steckten hinter dem blöden Telegramm, ganz bestimmt! Seine Großmutter habe übrigens, als er das letzte Mal zu ihren Lebzeiten in England gewesen sei, kein Wort über die Depesche verloren, sondern ihrem Enkel nicht verschwiegen, wie unsympathisch ihr der Burenkrieg gewesen sei. Sie machte aus ihrer Mißbilligung und Abneigung gegen Mr Chamberlain und sein ganzes Wesen keinen Hehl. Den Tanzschritt nach Afrika zu wenden, in das Herz der Finsternis, in das Hohnstein-Kirchenhügel seinen Wasserbüffel vorantreibt, hätte man vielleicht auch besser unterlassen, denn nichts, was man dort unternahm, brachte wirklich Glück. Dort operierte schon jener Champ, der auf einem derart hohen Dali'schen Spinnenbeinross durch die Tanzszene reitet, dass man kaum noch seinen Lobesgesang auf sein eigenes Volk, jene Herrenrasse über allen Herrenrassen, vernehmen kann. Völlig lautlos schleicht dort auch der BELGIERKÖNIG auf seinen Kautschukgummisohlen daher, ein imponierender Mann mit Riesenbart und einer langen Halskette aus einem guten Dutzend schwärzlicher afrikanischer Riesenspinnen, die wir beim näheren Herantanzen leider als abgehackte und getrocknete Kinderhände identifizieren müssen. Wessen Kinder nicht genug Kautschuk ernteten, dem wurden zur Ermahnung ihre abgetrennten Hände auf die Bastmatte gelegt. Der Spaß ist schnell und tödlich vorbei im Reigen dieses europäischen Gespenstertanzes, nichts für schwache Nerven, mein Freund und Kurator Jochen, ich habe eine Fotowand mit Originalaufnahmen aus dem belgischen Kongo, die eine Reihe von bestraften einhändigen Eingeborenen zeigt, und auch jenes Foto eines Vaters, der auf die abgetrennten Gliedmaßen seiner fünfjährigen Tochter starrt. Auf einem Rechenplakat, dass ich hinzufügen will, werden die statistischen Annahmen diskutiert, die etliche Historiker zu der Behauptung führten, dass der BELGIERKÖNIG zehn Millionen Menschen in dreißig Jahren ermordet hat, um Europa mit flüsterleisem Gummi für Auto- und Fahrradreifen zu versorgen. Einmal gäbe es etwas zu lachen mit dem Burschen, im Rahmen einer kleinen Bankettszene im Januar 1904 nämlich, bei der unser vollbärtiger belgischer Massenmörder oder Massenmordverantwortlicher (oder wie wollen wir, mein lieber Jochen, diejenigen denn offiziell nennen, die derartige Gemetzel angeordnet haben) neben unserem designierten deutschen Massenmordverantwortlichen (was noch zu beweisen wäre, ich weiß) sitzt und sie ein wenig über Weltpolitik plaudern, ganz entspannt eigentlich, bis DERPLÖTZLICHE dem Belgier erklärt, dass Er, als Blitzkrieger in der Nachfolge Friedrichs des Großen, im Falle eines europäischen Krieges den Angriff auf Frankreich leider durch den belgischen Vorgarten führen müsse, weshalb es gut wäre, Ihm jetzt schon einmal die Unterstützung zuzusagen und Ihm im Falle des Falles sogleich die Verfügung über die belgischen Eisenbahnen und befestigten Plätze einzuräumen. Sonst nämlich könne Er, SM, nicht für Land und Dynastie des kleinen Nachbarn garantieren, wenn Man denn loszuschlagen gezwungen sei. Die Szene schließt mit einem hochrotköpfigen Gummi-König, der so verdattert vom Tisch aufsteht, dass er seinen Prachthelm verkehrt herum aufsetzt, mit dem Wappengummiadler nach hinten. Alles wäre ein guter Witz, folgte nicht zehn Jahre später der tatsächliche Einmarsch, gegen den erbitterten Widerstand der Belgier, mit Tausenden von Toten, verwüsteten Städten und Dörfern, Hunderttausenden von Flüchtlingen. All die lächerlichen Auftritte, karnevalsartigen Drapierungen, albernen Tanznummern schlagen um in das Grauen vor dem großen Massaker. Einige Monate nach dem Bankett-Eklat befiehlt DERDEUTSCHERÄCHER eine Vergeltungsaktion an den Hereros, die gegen Seine Armee in Südwestafrika rebellierten und einhundertvierzig Siedler niedermetzelten, mit der Folge, dass der von Ihm gesandte Generalleutnant, außerstande, die Buschkrieger in einer ordentlichen preußischen Schlacht zu stellen, sämtliche Wasserlöcher blockiert. Zu einem Marsch durch die Wüste gezwungen, sterben vierzehntausend Männer, Frauen und Kinder. (Anstatt uns zu entschuldigen, wollen wir hundert Jahre lang über diese Zahl streiten, könnte der Hohnstein vorschlagen.) Da war es doch noch eine unbeschwertere Zeit, als SM persönlich durch die Wüste ritt! Auf das Tanzparkett werden Palmenattrappen und Fragmente maurischer Paläste aus Pappmaschee gerollt. Wahrhaftige Geopolitik steht an, der genialische Gedanke durchblitzte DENKAISER, dass es ein Millionenpotenzial muslimischer Verbündeter gebe, um England und Frankreich im Orient zuzusetzen. Er hält die Damaskus-Rede, während man auf einer Leinwand im Hintergrund nun die Fassade der Umayyadenmoschee erblickt, die Säulenreihen des Innenhofes, dann die weite, mit einer Teppichwiese ausgelegte Gebetshalle, darin den smaragdgrün glühenden Schrein Johannes' des Täufers, in dem sein anscheinend radioaktives oder wenigstens fluoreszierendes Haupt ruhen soll. Ist es nicht wie ein Aufblitzen der Klinge der Zukunft, die DENKOPFLOSDAHERREDENDEN dazu bringt, sich den Uniformkragen zu reiben, bevor er seine Opernsängerstimme erhebt?

SEINE MAJESTÄT: Möge der Sultan und mögen 300 Millionen Mohammedaner, die, auf der Erde zerstreut lebend, in ihm ihren Kalifen verehren, dessen versichert sein, daß zu allen Zeiten der deutsche Kaiser ihr Freund sein wird.

Noch bevor SM dazu kommt, den Anblick der erbleichenden Gesichter der französischen und englischen Imperialisten angesichts Seiner neuen deutschen Orient-Armee zu genießen, gerät ein weiteres Mal der Berliner Legationsrat ins Bild. Er hat Rennrad und Wasserbüffel gegen den tänzelnden Araberhengst vertauscht, mit dem SM demnächst durch Tanger galoppieren soll.

HOHNSTEIN-KIRCHENHÜGEL: Die Franzosen waren sowieso nicht zu versöhnen, solange man an den Erfolgen von 1871 festhielt, verstehen Sie? Man musste sie jetzt provozieren, sie hatten die internationalen Verträge über Marokko missachtet, das war die Chance! Entweder parierten sie jetzt, oder man hatte einen guten Grund, sie zu schlagen.

SEINE MAJESTÄT: Wegen Marokko England den Gefallen zu tun, das Odium eines Angriffes gegen Frankreich auf uns zu nehmen, das liegt nicht in unserem Interesse. Wir müssen uns nach Verbündeten umsehen, die es in einem Weltkrieg geben könnte. Vor allem aber müßte sofort eine Alliance mit dem Sultan gemacht werden, coûte que coûte, die die mohammedanischen Kräfte in weitester Weise – unter preußischer Führung – zu meiner Verfügung stellt, auch mit allen arabischen Herrschern ebenso. Denn allein sind wir nicht in der Lage, gegen Gallien und England verbündet den Krieg zu führen. Erst die Sozialisten abschießen, köpfen und unschädlich machen – wenn nötig per Blutbad – und dann Krieg nach außen! Aber nicht vorher und nicht a tempo!

HOHNSTEIN-KIRCHENHÜGEL: Ah! Die Bedenkzeit! Köpfen, wenn nötig, per Blutbad! *Er fasst sich an den verkahlten Schädel, der Araberhengst unter ihm bäumt sich auf und prescht mit ihm in das dichteste Getümmel des Tanzsaales.*

Unvermutet packt uns SM an der Schulter und dreht uns – hinaus! Tatsächlich, der Tanzsaal öffnet sich mit hohen weißen Flügeltüren zu einem großen Balkon, einer Balkon-Terrasse vielmehr, auf der zwei Dutzend Gäste Platz finden, mit Sekt- oder Weingläsern in der Hand, fröhlich plaudernd in der warmen, sternklaren Nacht. Man sieht hinab über ein blau- und grau-, bronze- und kupferfarbenes Gewirr von Dächern, Gebäudefronten, steil hängenden kleinen Plätzen, das schattenhaft wie von Zypressen auf einem Berghang von den Silhouetten der Minarette durchsetzt wird. Es ist der dicht besiedelte Hügel des Beyoğlu-Viertels, eine müde, große, glühende Schulter, die sich zum Bosporus neigt. Der seidig dunkle Wasserstrom, hier und da mit aufgesetzten Brokatschnüren, scheint langsam von der Brücke her zu fließen, die den europäischen mit dem asiatischen Teil der Stadt verbindet. Anscheinend ist der hinter uns stehende DEUTSCHEKAISER blind für dieses Bauwerk, das wechselnd illuminiert wird, eben noch türkisfarben, jetzt allmählich rosa und rot.

SEINEMAJESTÄT: Hier könnte einmal eine Brücke die Kontinente verbinden, eine Aufgabe für deutsche Ingenieure! So wie meine Bahn die Völker Asiens zu den Heiligen Stätten geleitet und von hier aus hinabführt bis in den Süden Mesopotamiens. Mit Freuden übrigens nahm ich den Vorsitz der Deutschen Orient-Gesellschaft an und vertiefte mich in ihre Arbeiten.

Die Bagdadbahn ... die Ausgrabung von Babylon durch deutsche Archäologen, leidenschaftlich befördert von SM, dem allergrößten Babylonierherrscher ... Das alles ist hier, unter den gläserklirrenden Gästen, noch ein lebendiges Thema. Fast erwartet man, den kranken Mann am

Bosporus persönlich anzutreffen, dem SM jenes prachtvolle Gemälde von SICHSELBSTALSPASCHA (gefühlte drei auf zehn Meter) geschenkt hat, das wir beim Durchschreiten der hiesigen Festsäle staunend erblickten, da wir dort eigentlich einen stürzenden Bundesadler, eine Popart-Fotografie des Berliner Reichstags oder einen ironischen Akt eines der jüngeren Bundeskanzler erwarteten, nicht aber dieses malerische Geschenk, das seit hundert Jahren *infolge der Kriegswirren* nicht zugestellt werden kann, so dass es hier, im Deutschen Generalkonsulat, hängen blieb (und dem eintretenden Spät-Osmanen doch nahelegt zu glauben, der DEUTSCHEHERRSCHER werde in seinem Land weiterhin Queenartig verehrt). Anstelle der sternfunkelnden Nacht über dem Bosporus scheinen SM und seine große blutige Zeit in unserem Rücken gutes Tageslicht bei Kaiserwetter zu haben und ganz anderer Aktivitäten auf dem Wasser ansichtig zu werden, denn er bewundert die prachtvolle Flottenparade. Und sehen Sie hier, mein eigenes Schiff, die Hohenzollern! Anstelle des kranken Mannes mit dem roten Fes auf dem Kopf (wäre es der UNSPEAKABLE TURK gewesen, so hätten wir gar nicht mit ihm gesprochen, oder hätte uns dessen Bruder mit dem entkräfteten Schlafzimmerblick empfangen, um sich an DESKAISERS Brust zu lehnen?) erblicken wir nun aber im Rahmen der mild glänzenden Nacht unseren Sunnyboy, dich, Jonas, der den Kaiser mit seinem ganzen Gefolge gar nicht zu bemerken scheint. Stattdessen lehnst du an der Brüstung und lauschst geduldigst einer weißhaarigen Dame in einem violetten Abendkleid. Du bist erst widerwillig mitgekommen, es war dir nicht recht, die Kinder allein zu lassen, um mich auf einer erneuten Reise in den chaotischen, blutigen Orient zu begleiten. Aber deine Beschützerinstinkte schlugen dieses Mal zu meinen Gunsten aus, du wolltest mich persönlich am Betreten jedweden öffentlichen Platzes hindern, an dem die europäische Touristin für gewöhnlich in die Luft gesprengt oder kollateral beschädigt wird. Nach drei Tagen, in denen du mit mir bei jedem Frühstück fast eine Stunde lang wie im lautlos gleitenden Kopf einer Möwe über die goldenen und blauen Kuppeln, die Minarette, die Hochhäuser, die verschachtelten Wohnviertel, den majestätischen Schwung der Stadt hinab zum Goldenen Horn geflogen warst, hatte dich der Istanbul-Drive erfasst, du wolltest gar nicht mehr aufhören, durch die Viertel zu streifen, auf den Brücken zu stehen, das Wasser zu befahren und mir drakonische Besichtigungsprogramme zu verpassen (die blaue, die gelbe, die grüne Moschee, die Hagia Sophia, die Hagere Sofia, die Haggis McSoffya), verstandest keinen Spaß mit urbanistischen Details, nahmst dir vier Stunden Zeit für das Istanbul Modern, das einige meiner Videoarbeiten zeigte, sprachst mit dem Direktor, dem Kurator des deutsch-türkischen Künstlerwechseldich-Programms, der Übersetzerin mit den brunnentiefen Augen, leidenschaftlich und geduldig zuhörend, wie jetzt mit dieser Grauhaarigen (sie ist überall grau, glaub mir) an der Terrassenbrüstung, eine Generalswitwe oder Politikergattin, die knappe dreiundachtzig Jahre Autobiografie zum Besten gibt (hat sie WILLY noch persönlich gekannt?), bis mich langsam (zu langsam), das Gefühl (mehr haben wir nicht als dieses widerwärtige dumpfe Ahnen, dass das Leben gleich einen Riss in mich machen könnte, in mein Fleisch, mein Herz, als beiße es wie ein Raubtier in mein pochendes Steak) niederzudrücken beginnt, dass du mir ausweichst, wegläufst an meiner Hand, an der du mich durch die Moscheen, Paläste, Basare, coolen Rooftop-Jazzclubs bei Nacht zu zerren beliebst. Die ANDERE ist schon in unserem Leben, ein Wildgräser-Wildwasserzeichen, der Geruch ihres Haars, ihrer Brust, ihrer Möse ist in dein Gedächtnis geschrieben, du windest dich aus meiner Umarmung in die Erinnerung an die ihre hinein, das stehst du nicht durch, mein Lieber, du bist kein Pascha. SIE ist die immer näher rückende Möglichkeit eines gemeinen, tiefsitzenden Schmerzes, wie ein Dammriss, den man einfach nicht wahrhaben will, etwas wie dieser Willy hinter mir, der die demokratische Zukunft ebenso wenig erfasst wie seine eigene Nacktheit und auf seine längst erloschene Flotte starrt. A pain in the ass. Ich habe diese Frau zwei Mal kurz gesehen, ein großes, eher verhaltenes, starkes Wesen, voll, aber nicht zu üppig, kraftvoll, gefährlich still, Typus heimliche Herrscherin. A pain in ... Es wühlt mir im Gedärm, ich spürte es damals schon, in Istanbul, auf der Terrasse, Jonas, als du dir von dieser Ex-Diplomatin oder pensionierten Gymnasiallehrerin die letzten hundert Jahre türkische Geschichte erklären ließest. Du lachst, schweigst, schaust sentimentalistisch betroffen – und ich ... muss scheißen. Das war's, deshalb winde ich mich innerlich. Etwas dreht sich in meinen Eingeweiden. Ich stehe zwischen diesen Künstlern, Literaten, Diplomaten, Verlegern, Lehrern, Dolmetschern auf der Protzterrasse der ehemaligen kaiserlichen Botschaft und muss so dringend scheißen, dass ich meinen Mann, mein Sektglas, den auf mich zusteuernden Kurator links liegen lasse, von meinem verdrillten Gekröse wie von einem Gummimotor getrieben voransteche, zurück in die Empfangssäle, wo war nur wieder, stell dir vor, du gehst hier in die Knie, mein Gott, es ist, als zöge einer im nächsten Moment schon an der Reißleine deiner Falltür, der Saal mit den Stehtischen, der verdammte Pascha-Kaiser, links, rechts, immer hindurch durch das bikontinental gelassene, infam kontinente Publikum der Veranstaltung *AUSBLICKE-2010-Deutsch-türkische-Künstlerbegegnung*, bloß nicht in die Knie gehen und erweichen, die Bauchmuskeln hochziehen, ohne zu pressen, die Arschbacken zusammenhalten, aber nicht staksen wie ein Storch, wenn du hier in die Hocke, die Scheißhocke, die Gebärstellung von Mensch und Fäkalie gehst, wird das ins Netz gestellt, schon dreht einer sein funkelnagelneues Smartdings in deine Richtung, kurz bevor ich das erlösende D (Damen, Deutschland, Defäkation) erblicke, höre ich tatsächlich noch jemand sagen, dass man immer nur von IHM spreche, dabei soll MAN aber ALSFRAU doch auch einmal an die KAISERIN denken

                                                             Scheißkaiserin!

will ich ausrufen (fürchtete ich nicht die unterleibliche Erschütterung),
bin aber schon durch die Tür und
wie in
einer anderen Welt: Hohe goldgerahmte Spiegel, ottomanische Pracht-

waschbecken, Kronleuchter, brennende Kerzen, Orchideen in erlesenen Vasen, mit rotem Samt überzogene Sitzbänke, gar eine Art Chaiselongue in der Mitte des duftenden, stillen Ortes, an den selbst sie zu Fuß hingehen musste. Ich will mich in eine der gewiss hyperluxuriösen Kabinen hinter den weißen, goldleistenverzierten Türen stürzen – doch da stockt mir tatsächlich das Gedärm. Beim Umrunden des zentralen Plüsch-Sitzelements, von den Waschbecken weg in Kabinenrichtung, werde ich ihrer ansichtig und kann nicht mehr begreifen, wie ich sie fast übersehen konnte. Es liegt wohl an der Schraubzwinge um mein Gedärm, oder es handelt sich um ein Analogon zu der leichtfertigen Art, mit der ich – als Künstlerin, als Frau – über sie hinweggehen wollte bei dem Bemühen, ihrem Ehemann und Herrscher den Kopf abzuhacken. Nun aber sitzt sie da mit Hut, Dona Angusta Viktoria Lisa Frigata Jenny zu Schleswig-Holstein Sonderberg Angustenburg, die KAISERIN höchstselbst, auf der rotsamtigen Chaiselongue in einem strengen, reichsschwarz schillernden Kostüm, mit eng geschnürter Hüfte, aufgeplusterter Beckenregion, berüschter Halspartie, und ich sinke in die Knie und spreche mit letzter Kraft:

Grüß Gott! Das ist kein Hofknix, ich muss nur furchtbar scheißen!

ANGUSTA nickt. Lächelt kalt. Im Millimeterbereich. Nichts Menschliches ist ihr total fremd. Ich weiche zurück, in Richtung einer Kabine, die ihrem roten Plüschthron direkt gegenüberliegt. Wundersam, wie von selbst öffnet sich deren Tür (ein raffinierter ottomanischer Mechanismus, ein Stockwerk tiefer von türkisch-dänischen Eunuchen gesteuert), so dass ich nach kurzem Schulterblick und hastigem Herabstreifen von Strumpfhose und Slip rückwärts einparken kann auf der breiten weißen Brille eines vollwestlichen Waterclosets mit der notwendigen Ehrfurcht vor Angusta, meiner Vision, meinem Gedärm, das sich wie mit einem Schuss (und noch einem) befreit. Als sie DENPLÖTZLICHEN (so muss ich nun auch meinen Darm nennen) ehelichte, in Potsdam oder war es in Berlin, Bellevue oder Sanssouci, erklangen statt eines Hochzeitsmarsches drei mal zwölf Kanonenschüsse, preußische Orgelpfeifen im flachen Anstellwinkel. Das Notwendige muss getan werden, die Ordnung gewahrt, der Ehre genügt – noch einer.

MILENA SONNTAG: Pardon, sorry! Sie verstehen das doch, Sie galten ja als Waschbär, Sie errichteten doch überall Waschräume und Toiletten, in Schulen, Lazaretten und so fort ...

Sie nickt. Vielleicht. Unmerklich. Ich kann gar nicht sagen, wie alt sie gerade ist. Ihr kleines, festes, auratisches Gesicht kommt mir vor wie ein Madonnenantlitz hinter einer von Gläubigen behauchten Glasscheibe. Ich bin ja selbst ganz diffus und muss mich konvulsivisch zusammenkrümmen im Embryo ihrer Zukunft. Auf dem maurischen Kachelmuster des Toilettenbodens gewahre ich links und rechts von meinen schief aufgesetzten lackschwarzen Pumps (Sie trägt zierliche Schnürstiefelchen unter dem Zuchtrock) zwei pfauenfederhafte Arabesken, in deren Augen nun auf handlichen (fußlichen) runden Kleinmonitoren zwei bekannte reichsdeutsche Gesichter erscheinen. Maßgebliche Persönlichkeiten, ja Reichskanzler in beiden Fällen, wollen bei der Beurteilung der Kaiserin ein Wörtchen mitreden.

DER ALTE EISENKANZLER: Sie war eine starke holsteinische Kuh. Brachte frisches Blut nach Preußen. Ansonsten aber sehr schlicht.

DER GLATTE NEUKANZLER (Bürstchen): Sie hätte für einen Oberpräsidenten oder einen Provinzgeneral eine vortreffliche Frau abgegeben. Aber für eine deutsche Kaiserin war sie zu kleinkariert, engstirnig und steif. Immerhin: Wie schon ihre Schwiegermutter hat sie das Ehebett zum Kult erhoben!

Meine beiden Schuhabsätze recht energisch auf die Pfauenaugenmonitore setzend, richte ich mich so weit auf, dass ich wieder die ganze Kaiserin sehen kann. Auf ihrem schwarz glänzenden Schoß und über die ganze Plüsch-Chaiselongue hin, auf der sie thront, sind inzwischen jede Menge lautlos zappelnder Säuglinge verteilt, dazwischen stapeln sich handliche Bibeln mit Goldschnitt, und weiße Tennisbälle kullern herum, als bestünde da ein Zusammenhang (aber ja: sie verhütete nicht und hielt sich fit durch lawn-tennis). Ihr Einsatz für Säuglingshygiene soll nicht vergessen werden, einige Steinwürfe vom Schloss Bellevue oder Schloss Charlottenburg entfernt hausen ganze Großfamilien in lausigen feuchten Zimmern im zweiten oder dritten Hinterhof einer Mietskaserne, vierzig Prozent der Neugeborenen sterben, man gründet deshalb ein vorbildliches Säuglingspflegeheim (man hofft immer auf Vermehrung). Sie will auch die Mädchenbildung voranbringen, sie denkt an Mütter mit Abitur, die in der Lage wären, die gymnasialen Hausaufgaben ihrer Kinder zu betreuen, und sie steckt maßgeblich hinter der Einführung des Studienrechts für Frauen an preußischen Universitäten. Plötzlich ist es, als ginge der Schatten von Esther vorüber, traurig und ernst. Ich zwinge den Kopf wieder in die Höhe nach einem spiraligen Darmentleerungskrampf, um festzustellen, dass sich zwar nicht die Pflegeheime, dafür aber die Säuglinge der Kaiserin erneut vermehrt haben (Zellteilung oder Bettkult) und zu einer wirklich enormen Kinderschar in Matrosenanzügen heranwuchsen, um die deutsche Flottenpolitik voranzubringen. Sie hatte ein Verhältnis zur See, ihre dänische Abstammung. Die durch preußische Okkupation verlorengegangenen Machtansprüche ihrer Familie auf den dänischen Thron waren durch ihre Heirat mit dem PARZWILLEM glänzend wiedergutgemacht worden. Anscheinend sieht sie mich jetzt genauer an, erfasst meine nackten Knie, die Ellbogen, sieht die langen Narben.

KAISERIN ANGUSTA: Life is not a bed of roses.

Wir sind im Ausland. Sie ist zweisprachig aufgewachsen, englische Kinderfrauen. Was will ich von ihr? Wäre ich in die Luft geflogen, wenn nicht ihr idiotisch selbstverliebter, protzvoller Ehemann dreißig Jahre Gelegenheit gehabt hätte, Deutschland an den Rand des Abgrunds zu führen, in den es jubelnd hineinsprang? Zu Teilen jubelnd. Die Arbeiterbewegung. Einige widerstrebende Intellektuelle. Ein paar Hunderttausend Demonstranten gegen den Krieg als Fußnote. Die erstickte deutsche Revolution, man könnte dort schon anfangen, 1848.

KAISERIN ANGUSTA: Ich habe diese Nacht von der französischen Revolution geträumt und von unbarmherzigen Weiberhorden, es war schrecklich ungemüthlich. Gott bewahre uns vor dergleichen! It worries on. Wenn sie erst geheiligte, gekrönte Häupter zur Zielscheibe ihrer Launen machen!

Noch mehr Tennisbälle und Säuglinge, zu kullernden, rollenden, krabbelnden Pyramiden gestapelt, umgeben sie. Ihre älteren Söhne, aufgereiht hinter den Matrosenkindern, tragen schon Uniform und Pickelhaube. Sie bilden eine Art Chor hinter der Chaiselongue. Dahinter tauchen weitere Zacken auf – es sind Kirchturmspitzen als harmonische Verlängerung oder Tiefenstaffelung der preußischen Pickel, stolze Ergebnisse der Aktivitäten des Kirchenbauvereins, dem sie vorstand. Überall im heidnischen Berlin, in der Mark, in finsteren gottlosen Landstrichen oder von Sozialisten bedrohten Vierteln errichtete sie geweihte Institutionen zur Hebung der Volksmoral. Was will ich nur von ihr, was kann es bringen, diese eiserne, ewig Gebete wiederkäuende, kaiserliche Kuh zu melken, die fünf Dutzend Schlösser besitzt und ständig mit einer Handarbeit (handjob) beschäftigt ist, wie jetzt auch, mit klappernden Stricknadeln in ihren kleinen weißen, festen Händen? Was will ich von ihr wissen?

KAISERIN ANGUSTA: Etwa wie man vierzig Jahre lang eine glückliche Ehe führt?

Folge hingebungsvoll einem verblendeten Pfau in den Untergang. Hinter den Stricknadelspitzen, Pickelhauben und Kirchtürmen erscheint in einem goldgerahmten Spiegel plötzlich das Konterfei des geliebten WILLIFREUNDES Euli.

GRAF EULI *lässt ein Lied anklingen:*

Willst du Rosen kosen,
hebe nie die Hosen!
Denn was unten rötlich blüht,
schlägt dir später aufs Gemüth!

Er wartet den nicht einsetzenden Applaus ab und fährt dann mit souveräner Geste fort:

Ich möchte daran erinnern, dass SM Liebchen um die Hand seiner verehrten Angusta mit einem prachtvollen Strauß Marschall-Niel-Rosen warb. Im Übrigen: Sie siegte über alle möglichen Rivalinnen durch Treue und reine Passivität.

Scheiße! Du hockst gekrümmt wie ein bleiches, mageres, schwitzendes, stinkendes Tier auf der Kloschüssel und sollst durch Passivität siegen, während da draußen dein Ehemann auf der Generalkonsulat-KAISER-Terrasse mit glutäugigen türkischen Künstlerinnen und Dolmetscherinnen parliert. Oder mit DEMKAISER persönlich die Flotte besichtigt, auf den Gewässern des Sultans – wo, vielmehr und wann, sind wir hier eigentlich? Ist es noch die Zeit der großen kaiserlichen Pilgerreise mit Thomas Cook (500 Maultiere, 6 Pferde, 110 Koffer), oder sind wir nicht schon etliche Jahre weitergeritten und -gerückt, wenn man nach den feldgrauen Socken schließen soll, die sich unter den rasend klappernden Stricknadeln der Kaiserin häufen, oder an den Körben mit aufgesammeltem Fallobst, aus dem sich noch prima Marmelade für die Front kochen lässt? Sind wir vielleicht schon im Jahr 1917, in dem LEKAISER ein letztes Mal den SULTAN hier in Konstantinopel besuchte, um ihn zu ermutigen, den Angriffen der Alliierten weiter standzuhalten? Mein braunäugiger Mann da draußen steht zwischen den – sagen wir wieder umsichtig – Massenmord-Verantwortlichen, auch wenn sie das selbst so genau nicht wissen wollten, der Liquidator von Zehntausenden von Hereros, die verdursteten oder in den Konzentrationslagern von Seuchen dahingerafft wurden, und der kranke Mann mit dem roten Fes, in dessen Herrschaftsgebiet die Jungtürken mit den Armeniern aufräumten. Die Kaiserin hat sich der SOCKENAKTION so leidenschaftlich gewidmet, dass ich wohl nicht mehr hoffen darf, von ihr direkt zu erfahren, was ich herausfinden wollte, nämlich ob SIE ganz persönlich DEN KRIEG HÄTTE VERHINDERN KÖNNEN, indem sie den FRIEDENSKAISER in ihrem Ehemann wieder hervorlockte. Aber das wäre anscheinend eine gewaltige Überforderung ihrer Rolle gewesen, die Frau mit den vier K (Kinder, Küche, Kirche, Krieg) strickte nur Socken, ließ Lazarette einrichten, sammelte weiter Fallobst (Hände, Köpfe, Füße), heulte brav mit den schlimmsten Eisenhunden der Obersten Heeresleitung, weil sie ihrem Mann das leidige Kriegshandwerk abnehmen sollten, und betete für den uneingeschränkten U-Boot-Krieg, um England in die Knie zu zwingen, denn schließlich war auch sie mit der Queen verwandt, als einer derer Großnichten mit dem Enkel WILLY liiert. Ich muss mich abwischen, abspülen, wo ist das ottomanische Bidet für meinen Kopf, weshalb ist mir die Idee meines alten Liebhabers und liebsten alten Kurators Jochen so ins Gedärm und Gehirn gefahren, sein hirnrissiger Einfall, dass ausgerechnet ich im Jahre 2014 im Deutschen Pavillon eine *Kaiser-Wilhelm-Gedächtnis-Tour-de-force* veranstalten könnte? Ich will mich erheben, ich will aus dieser wahnwitzigen Szene heraus, aus der wahnhaften Geschichte verschwinden, sie hinabspülen in den Bosporus. Die schwarze Kaiserin auf der Chaiselongue hat inzwischen alle Pickelhauben ihrer Soldatenbuben mit selbstgestrickten grauen Schonern versehen. Sie scheint mein heftiges Verschwinden-Wollen zu bemerken, denn sie unterbricht ihre Handarbeit und starrt mich mit seltsam zusammengekniffenen Augen an, als fehlte ihre eine Brille oder als drohte ein künstlicher Nebel mich zu verschlucken. Mit einem Mal läuft ihr überhebliches Gesicht rot an, und sie schreit wütend los.

SCHWARZE KAISERIN: Was willst du hier? Wer bist du? Ich sehe nur deinen Kopf. Wie siehst du denn aus?

MILENA *ist hastig aufgestanden, hat sich mit Parfum besprüht, spricht jetzt aber auch mal Klartext:* Wie ich aussehe? Woher soll ich das wissen?

SCHWARZE KAISERIN: Du siehst aus wie eine Katze, ein in der Luft schwebender Katzenkopf! Starr mich nicht so an! Was willst du von mir, du dummes Ding?

MILENA: Ich will wissen, warum du den uneingeschränkten U-Boot-Krieg wolltest, obwohl sogar dein Mann erkannt hatte, dass sich damit alles nur verschlimmern würde.

SCHWARZE KAISERIN: England muß auf die Knie! Kopf ab! – Und außerdem: Was geht dich das an? Du Katzenvieh! Diener! Diener! *Die Soldatenbuben um sie herum wollen anscheinend nichts gegen mich unternehmen. Sie sind damit beschäftigt, mit den Kolben ihrer verkehrt herum gehaltenen Gewehre die auf den Boden gerollten Tennisbälle zu krickettieren, was ihnen immer schwerer fällt, da sich die Waffen rosa verfärben und mit ausklappenden Flügeln zu flattern beginnen:* Diener! Haut ihr den Kopf ab! Amen! Ab den Kopf! Ich will nicht, daß sie mich so anstarrt!

MILENA: Niemand kann verhindern, dass eine Katze die Kaiserin anstarrt.

SCHWARZE KAISERIN: Kopf ab, Amen! Kopf ab!

Anstatt ihrem Befehl nachzukommen, verflachen die Soldatenbuben mit den Flamingos in den Händen zu Spielkarten und kippen, wie aus einer Kartenspielerhand gefallen, auf einen einzigen Stapel. Die Kaiserin öffnet sprachlos den Mund. Wir verlassen sie, soll sie doch auf ihrer Chaiselongue sitzen und toben, wir ziehen uns hoch, in unseren futurischen Nebel zurück. Schon erscheint sie verkleinert und hilflos, nur noch wie eine hölzerne Spielfigur. Es ist vorbei, denke ich erleichtert, ich trage meinen schwebenden Kopf wieder auf den Schultern. Wie mit einem Augenaufschlag passiere ich die Empfangssäle und bin schon zurück auf der Terrasse, um meinen Ehemann an mich zu binden. Statt dort aber sicheren Boden unter den Füßen zu finden und eine verlässliche Ebene der Zeit, gerate ich auf einen fliegenden Teppich mit schwarz-weiß-karierter Oberfläche, ein fliegendes Schachbrett, wenn ich es recht betrachte, das bedrohlich schief und hoch über dem nächtlichen Bosporus schwebt. Sämtliche Gäste der glücklichen Gegenwart jener türkisch-deutschen Künstlerbegegnung, in die ich wieder eintreten wollte, als erleichterte Malerin und fragile Installation einer ahnend betrogenen zweifachen Mutter, sind verschwunden, hinabgestürzt auf die Hausdächer, Plätze und Gassen des Beyoğlu-Viertels. Es gibt nur noch einige wenige, entscheidende, maßgeblich gefährliche Figuren im

Endspiel der Könige (Cousins)

vor allem natürlich DENPLÖTZLICHEN an meiner linken Seite, der wieder nackt und weiß zu sein scheint, seltsam gerundet kommt er mir auch vor, aber mein Augenmerk richtet sich unwillkürlich auf das Neue, zwei bärtige kleinwüchsige Herren nämlich, die sich wie ein Ei dem anderen gleichen, mit ihrer rund in die Stirn fallenden Locke, ihrem kühnen Herrscherblick und ihren ordensbehängten Uniformen. Es sind Tweetle-George und Nickydum, der linke raucht zwei Zigaretten gleichzeitig und ist mit Briefmarken und Yachtwimpeln beklebt, der rechte scheint von Weihrauch und Wodka beduselt, und bei beiden handelt es sich um leibhaftige Vettern DESPLÖTZLICHEN. Streiten sie sich, oder umarmen sie einander, hoch über dem Bosporus? *They agreed to have a battle!* Und zwar weshalb? *For Tweetledum said Tweetledee had spoiled his nice new rattle!* Die Rassel China wäre ein guter Grund gewesen, sich blutig zu schlagen, mit Weihrauchfässern, Entenjagdflinten, Wodkaflaschen oder Wasserpfeifen. Aber weil der russische Bär so empfindsam von den Japanern ins mandschuranische Hinterteil getreten wurde, suchte er den Honig wieder in Europa, streckte eine versöhnende Pranke dem britischen Walfisch hin, der als größter Drogendealer der Welt halb China mit seinem indischen Opium vernebelt hatte (ich wüsste das nicht ohne meinen fernöstlich beschlagenen alten Universitätsprofessor). Die in britischen Konzentrationslagern verendeten Buren, die in deutschen Konzentrationslagern von Seuchen hinweggerafften Hereros, die von der eigenen Armee abgeschlachteten Arbeiter und Bauern der ersten russischen Revolution stehen dafür, dass hinter den albernen Cousin-Figuren das Spiel jederzeit in blutigen Ernst umschlagen kann. Man muss aufpassen! Traue niemandem! Denke an die Austern, die dem Walross und dem Zimmermann folgten! Es ist die Zeit der hysterischen Männer, die sich von elektrischen Maschinen bedroht, von magnetischen Suffragetten kastriert, von homosexuellen jüdischen Sozialisten-Bankiers untergraben fühlten. Ein Duell reinigt doch immer die Luft! Tweetle-George und WILLYDUM bauen Kriegsschiffe, dass die Werften krachen. Der Zar-Tweetle reiht eineinhalb Millionen Soldaten hintereinander, als wollte er das fließende Blut seines Hämophilie-kranken Söhnchens durch Androhung des Vergießens eines Blut-Ozeans stillen. Doch PARZ-WILLEM versucht sich noch einmal in großartiger, herrlicher, deutschkaiserlicher Eigendiplomatie. Auf dem wackeligen Schachbrett wankt er auf den russischen Cousin zu. Er erwischt ihn in einer nördlichen Region (d5 oder c6). Sein Plan ist, Tweetle-Edward (THECARESSER, den Streichler, den qualmenden, unermüdlich Enten und Frauen jagenden, dicken Onkel, der zu diesem Zeitpunkt noch König von England spielt) von Nickydum zu trennen, abzuspalten, indem er Letzteren ganz für sich gewinnt, denn so sicher ist es nicht, dass sich die Tweetles, ob Onkels oder Cousins, immer um irgendeine Rassel streiten werden.

HOHNSTEIN-KIRCHENHÜGEL *erscheint kurz auf dem Schachbrett, fürchterlich in die Länge und Breite gezogen, ein Ungeheuer aus einem sagenhaften, labyrinthischen Akten-Wald:* Ach was! Bär und Walfisch werden niemals zusammengehen! Jeder erstickt im Element des anderen! Das sieht doch jedes Kind!

Doch auf dem prekär schief fliegenden Schachbrett, in jener nördlichen Region, in der seltsamen, grau schwappenden Gegend des finnischen Meerbusens (zu flach für Walfische) hat PARZWILLEM mit seiner Yacht Hohenzollern rein zufällig das Vergnügungsschiff DESZAREN, seines russischen Cousins Nicky, entdeckt und springt kurz zu ihm hinüber, rein zufällig mit einem interessanten Vertragspapier in der Tasche. Kaum an Bord, beginnt Er eine Seiner berüchtigten Endlosreden, die sich wie eine Telegrafenpapierschlange laokoonisch um den bald entnervten Nicky windet. Seit Jahren schon führt Willy eine vertrauliche Korrespondenz mit ihm, um ihn darauf einzuschwören, als 𝔄𝔡𝔪𝔦𝔯𝔞𝔩 𝔡𝔢𝔰 𝔓𝔞𝔷𝔦𝔣𝔦𝔨𝔰 gegen die heidnische 𝔊𝔢𝔩𝔟𝔢 𝔊𝔢𝔣𝔞𝔥𝔯 vorzugehen, während Er selbst, als 𝔄𝔡𝔪𝔦𝔯𝔞𝔩 𝔡𝔢𝔰 𝔄𝔱𝔩𝔞𝔫𝔱𝔦𝔨𝔰, im Westen für Ordnung sorgen wolle. Nicky ist angeschlagen, reif für den großen Bündnisvertrag. Ein Jahr zuvor hat ihm der Japaner die schöne Flotte zerschossen, hat mit Maschinengewehren die goldenen Marienleiber jener Ikonen durchsiebt, die er als Abwehrschilde oder Angriffs-Rackets (anstelle von Flamingos) in enormen Mengen an die Front geschickt hatte. Zudem befindet sich sein Land in Aufruhr, man muss es niederhalten, zum Respekt zwingen, bald wird er zwar angesichts Tausender Hingerichteter und Vertriebener seinen berüchtigten Kitzelausruf ausstoßen können. *(Cela me chatouille!)* Aber jetzt geht es ihm schlecht, jetzt hat ihn DERPLÖTZLICHE in der Kajüte seiner eigenen Yacht mit Seinen eisernen Spruchbändern eingewickelt, um den toten EISENKANZLER und sämtliche zögerlichen

Minister seiner Regierung mit einem genialischen kaiserlichen Schachzug zu übertrumpfen.

SEINEMAJESTÄT: Ich zog das Kuvert aus der Tasche, entfaltete das Blatt und legte es vor den Zaren hin. Er las es ein Mal, zwei Mal, drei Mal. Ich betete ein Stoßgebet zum lieben Gott. Er möge jetzt bei uns sein und den jungen Herrscher lenken.

Vor Nicky wankt die Täfelung. Er sieht das Blatt mit dem Vorschlag eines deutsch-russischen Bündnisvertrags (über dem das Ungeheuer Hohnstein-Kirchenhügel im Aktenlabyrinth jahrelang vorsätzlich tatenlos gegrübelt hatte (England!)), er sieht die fotografischen Porträts seines Vaters und seiner Mutter auf dem Schreibtisch seiner Kajüte, er sieht die zerfetzten blutigen Beine seines Großvaters im Schnee vor sich, er sieht die aufgebrachte Menschenmenge vor dem Winterpalais unter der Führung eines Popen auf ihn zukommen, er hört Schüsse fallen im nächsten Moment, er wankt, er sieht Alix, seine Frau, erröten, schüchtern, panisch, ihr hilfloses Französisch stammelnd, über ein blasses Kleinkind gebeugt, den einzigen männlichen Thronfolger, er sieht den DEUTSCHENKAISER in Admiralsuniform vor ihm aufragen wie eine dunkelblaue Wand mit goldenen Sternen. Sein schneeweißer Hemdkragen, sein erwartungsvoll zitternder Schnurrbart, seine kleinen porzellanartigen Zähne entblößt von einem enthusiastischen Lächeln. Die großartig von oben her ausgestreckte Hand wächst auf ihn zu … er schüttelt sie, wird von ihr geschüttelt, dass ihm das Schultergelenk schmerzt, was sollte er machen, er wäre sonst von den Wortkaskaden des Cousins erstickt worden, jeder fürchtete das, jeder hatte Angst, mit WILLY allein zu sein, jeder versteht, dass er sich da herauswinden musste, er wusste ja schon, dass das heimische Außenministerium das Dokument zerfetzen würde, kaum dass man einen Blick darauf geworfen hatte.

DER PLÖTZLICHE *strahlend, auf dem Höhepunkt seiner diplomatischen Mission:* Mein Herz schlug so laut, daß ich es hörte! Mir stand das helle Wasser der Freude in den Augen – allerdings rieselte es mir auch von Stirn und Rücken herab –, und ich dachte, Friedrich Wilhelm der III., Königin Luise, Großpapa und Nikolaus der I., die sind in dem Augenblick wohl nah gewesen.

Ein gelber Tennisball springt auf dem Schachbrett vor Seine Stiefel, bleibt liegen und bekommt Stacheln. Er entrollt sich. Er wächst, glättet sich aalig, bekommt ein Schnurrbärtchen, pomadisiertes Haar, goldene Ringe glänzen an den feisten Fingerchen der fetten Hände der runden Arme – es ist Bürstchen, der Geschmeidige! Und tatsächlich windet sich der Bursche aus allem heraus! Er will dieses Vertragswerk des Morgens des 24. Juli 1905 zu Björkö, der ein Wendepunkt in der Geschichte Europas geworden ist, tatsächlich nicht als gültig ansehen! Er kündigt sogar beleidigt sein Amt! Sein Kanzler! Nur weil Ihm, ohne sein, Bürstows, Mitwirken, gelungen ist, was der große Bismarck kaum geschafft hätte! Bürstow, der Ihn auf einem ungezähmten Araberhengst durch Tanger schickte, inmitten spanischer Anarchisten! Was soll er ihm nun sagen? Mein Freund, das habe ich nicht verdient! Ihre Person ist für mich und unser Vaterland 100 000mal mehr wert als alle Verträge der Welt! Ich appelliere an Ihre Freundschaft für mich. Lassen Sie nicht wieder etwas von Ihrer Abgangsabsicht hören. Denn der Morgen nach Eintreffen Ihres Abschiedsgesuchs würde den Kaiser nicht mehr am Leben treffen. Denken Sie wenigstens an meine arme Frau und die Kinder!

Am Rande des Nervenzusammenbruchs sinkt der Kaiser für Tage auf die Bettstatt. Aus St. Petersburg geht die Annullierung des Vertragswerks ein. Was kann Er, dessen majestätischer Schachzug von kleinmütigen Bürokraten vereitelt wurde, jetzt noch tun? Durchs Feuer gehen? Ins Feuer starren. Man erholt sich langsam, sehr langsam. Fast scheint es, als kehre die alte Behaglichkeit nicht wieder. Doch nach und nach überwindet Man die schlimmsten Anfechtungen und Niederlagen. Am offenen Kamin im

Schloss Highcliffe Castle

bei einem guten Single Malt, kommt Man ins entspannte Plaudern mit Seinem Gastgeber, dem alten Haudegen James Edward Morsley, während draußen die Winterstürme entlang der Steilküste fegen. Von hier aus könnte Man alles Mögliche genüsslich in Flammen aufgehen sehen, etwa das verfluchte **Ungeheuer im Labyrinth**, den Hohnstein-Kirchenhügel, den SM endlich entlassen hat. Jener fegte sich selbst hinweg, im Irrglauben, ein weiteres Mal negativ beschieden zu werden, wenn er eines seiner höchst eitlen Entlassungsgesuche einreichte. Wie er sich aufbäumte, der alte Bursche, als Man ihn auf eigenen Wunsch vor die Tür setzte! Wie er sich, halb blind und tapsig wie ein Maulwurf, mit Freund Euli duellieren wollte, dieser alte Austernschlürfer! (**Ein einziges Mal im Laufe vieler Jahre hat er sich herbeigelassen im Auswärtigen Amt mit Mir zu speisen. Im Gehrock! Weil er angeblich keinen Frack besaß!**) Wie er dann die Schandpresse des Herrn Harder belieferte! Freund Euli, der Rosensänger, musste dran glauben. Man sieht ihn in den Flammen verglühen, den schönen Mann mit dem eleganten Schnurrbart, dem freien Blick, den feinen Pianistenhänden. Man möchte ihm durchaus noch einmal das Notenblatt wenden, wenn er im Kreise seiner zahlreichen Kinder und Freunde selbstkomponierte Lieder sänge, oder noch einmal mit ihm auf Nordlandfahrt gehen und lange, lange Gespräche führen! Uranische Schande! Sodomitische Schmutzereien! Gerichtsprozesse! Er musste leider verglühen, im Feuer der Presse, der Sittenrichter, der Hetzkampagnen. Es blieb Uns nichts übrig, als ihm augenblicklich die Orden abzureißen und ihn zu vergessen. Höchst bedauerlich. Aber das Haus der Hohenzollern konnte nicht durch den Hintereingang besudelt werden! Wechseln wir das Thema! Hat unser Freund James Edward schon diese köstliche Geschichte von jenem dreisten Zuchthäusler gehört, der sich als Hauptmann verkleidete, einen Trupp Soldaten requirierte und am hellichten Tag das Rathaus von Köpenick besetzte? Den Bürgermeister nahm er gefangen und ließ die Stadtkasse mitgehen! Wunderbar! **Eine** famose **Chose!** **Ein genialer Kerl.** **Das ist Preußen, das macht uns keiner nach!** Natürlich ist der Witzbold von Uns persönlich begnadigt worden, Man hat doch Humor, mein Gott, viel mehr als die Engländer glauben. Die Engländer überhaupt, mein Freund Morsley: Sie verstehen einfach nicht, wer ihr wahrer Freund ist. Die deutsche Flotte wird übrigens nicht gegen England gebaut, sondern zur Eindämmung der gelben Gefahr im Stillen Ozean. Wisse man hierzulande denn überhaupt nicht, dass Er, SM, in Deutschland überall angefeindet werde, weil Er sich für die Interessen des Inselreiches einsetze? Er, SM, habe das perfide Ansinnen Russlands und Frankreichs weit von sich gewiesen, eine Kontinentalliga zu gründen, um England damit bis in den Staub zu demütigen! Deutschland und England, die beiden germanischen Kernvölker, müssten sich zusammenschließen und gemeinsam gegen Japan vorgehen! – Wonderful!, Right!, erklärt der alte Haudegen Morsley. Seine Landsleute seien verdreht wie Märzhasen, wenn sie an einen bevorstehenden Angriff durch Deutschland glaubten. Das müsse man wirklich einmal publik machen. Die Flammen im Kamin lodern auf. Für einen Augenblick glaubt der Kaiser, ein Gesicht im tanzenden Feuer zu erkennen, das ihn prüfend anstarrt, das seltsam katzenhafte Gesicht einer Frau, das Ihm nicht gänzlich unbekannt zu sein scheint. Als es zu lächeln beginnt, schwant Ihm nichts Gutes – und tatsächlich:

Daily Telegraph News!
The German Emperor and England!

Der Kamin, das Feuer, der gemütliche Sessel, in dem er die Beine ausstreckte, alles das stand auf dem prekär hoch über dem Bosporus fliegenden Schachbrett der internationalen Politik, auf dem nichts verziehen wird, als gäbe es mit einem Mal die Figur des offenen Kamins wie die des Springers, Königs oder Turms. Er hatte Bürstow das Interview gegeben, er war ihm wichtig gewesen, es vom Auswärtigen Amt absegnen, vom Kanzler persönlich prüfen zu lassen. **Durch Anmerkungen hatte Ich auf** einige Stellen hingewiesen, die meiner Ansicht nach nicht hinzugehörten und zu streichen seien. Das ist nicht geschehen. Der Sturm in der Presse brach los!

Ein ungeheurer Shitstorm kommt auf!
(Wir denken an acht symmetrisch verteilte Laubbläser,
die faksimilierte historische Zeitungsblätter von allen Seiten her
auf den Besucher zutreiben.)

Beispiellos! Die Engländer! Die Russen! Ein jeder in Deutschland, der schon immer den Kaiser erniedrigen wollte, jaulte auf und verlangte meine Abdankung. Der Kanzler hat durch sein Verhalten dem festen Vertrauen und der aufrichtigen Freundschaft, die mich bis dahin mit ihm verband, einen schweren Stoß versetzt. (Unter uns, mein Freund: Bei einem kleinen Spaziergang im Tiergarten habe ich das Luder weggejagt.) THEEMPEROR hält sich den schmerzenden, seltsam ovalen, seltsam glatten Kopf. Er scheint einen regelrechten Sprung bekommen zu haben und schaukelt hin und her, auf die äußerste Kante des fliegenden Schachbretts zu. Ich habe unter dieser ganzen Angelegenheit seelisch schwer gelitten! SM waren erholungsbedürftig. Er sehnte sich wie das Ei des Columbus nach einem Schiff, das neue Kontinente ansteuerte, oder wenigstens nach einer Nordland-Fahrt mit seiner guten Hohenzollern, mit schönen Männergesprächen und herrlichen Scherzen (alte Generäle, denen Man bei der Morgengymnastik an Bord majestätisch in den Arsch trat oder einmal lausbubenlustig die Hosenträger mit einer Schere durchschnitt). Jedoch konnte Man im Winter allenfalls ein paar rote Füchse im Schwarzwald schießen und ein wenig Aufmunterung in der Abendgesellschaft guter Freunde genießen. Der Chef des Militärkabinetts, ein Bursche von unendlichem Humor, hatte sich etwas Besonderes einfallen lassen – jedoch: Hinzu kam, daß gerade damals ein jäher Tod meinen Vertrauten und Jugendfreund, den Chef des Militärkabinetts Graf Hülßen-Haeßeler, vor meinen Augen dahinraffte. In einer Video-Einblendung auf einem Schirm am Rande gewahrt man in zeitgenössisch schwarz-weiß flackernder Slapstick-Manier jenen Grafen, sich eifrig für eine Tanzaufführung zurechtmachend, mit der er die triste Stimmung Seiner Majestät garantiert zu vertreiben hofft, denn er zwängt seine massige Gestalt in die Ballrobe der gastgebenden Fürstin, setzt einen ihrer Hüte mit Straußenfedern auf, ergreift einen Fächer mit japanischen Tempelmotiven (gelbe Gefahr!) und tänzelt kokett in den Salon, um dort nach wenigen Schritten zusammenzubrechen, niedergestreckt von einem tödlichen Herzinfarkt. Grauer rauschender Monitor. Der Kaiser wankt, er wirft sich aufs Schmerzenslager, während der Shitstorm weiter über ihn hinwegbraust. Wie kann ein Wort nur so viel bedeuten? Ein paar Sätze. Aus jedem Satz ist ein Elefant im Porzellanladen der wütenden Nachbarn geworden – und jetzt stehen sie wieder fest umarmt, Tweetledee-Walfisch und Tweetledum-Bär, ach-so-noble Demokratie und mittelalterliches Zarentum, Bürgerdiktatur und Glanz der Romanows, wider alle politische Natürlichkeit. Sein Kopf schmerzte, als könnte ihm der Schädel abfallen, wenn er nur ein einziges Mal lächelte. *The question is, whether you can make words mean so many different things.* Wer der Kaiser ist, das ist die Frage! Es ist misslungen, einen Keil zwischen die beiden höchst ungleichen Tweetles zu treiben. Er könnte sich damit trösten, dass Er sowohl den dicken, alten, ewig Rauch ausblasenden Walfisch überleben wird, den Onkel Europas (des Zaren, des norwegischen Königs und Seiner selbst), als auch den ihm nachfolgenden englischen Cousin und vor allem den Spiegel-Tweetle, Zar Nicky, der sich jetzt noch brüsten und gekitzelt geben mag, aber am Ende des Krieges mitsamt seiner Ehefrau, seinem Sohn, seinen drei Töchtern im Keller eines Hauses in Jekaterinburg hingerichtet wird, wohingegen auf Ihn der Sonderzug nach Holland wartet – aber vielleicht nicht unbedingt in dieser Geschichte, in der eine riesige Katze wie ein Flammenbild in der Luft erscheint und den Rachen aufreißt. Er habe zweimal den Weltkrieg verhindert!, könnte Er an dieser Stelle ausrufen, sogar mit einiger Berechtigung. Denn nach dem verdammten Ritt durch Tanger, dem Ihm das Ungeheuer im Labyrinth eingebrockt hatte, war Er, SM, es gewesen, der dafür sorgte, dass man auf der Konferenz von Algeciras einlenkte und somit verhinderte, den Kampf gegen England und Frankreich im noch ungenügend gerüsteten Zustand aufzunehmen. (Was für eine Erleichterung, by the way, als Er auf Korfu, bei der Neueinrichtung des Sisi-Palastes, erfuhr, dass es den Jabberwocky von Kreuzberg endlich hinweggerafft hatte! Uff! Man wollte erleichtert den Tomahawk schwingen wie ein Indianerhäuptling bei Karl May!) Und erneut wegen Marokko, nach Ausführung der prächtigen, wohl bei einigen Vierteln Trollinger geborenen Idee des Kiderlein, dieses cholerischen Schwaben, dieses Spätzle-Bismarcks von Außensekretär, das alte Kanonenboot Panther vor Agadir dümpeln zu lassen, hatte Man alle Mühe gehabt, den Frieden zu wahren und nur durch souveräne Selbstbeherrschung es auch bewerkstelligt – um dann wieder einmal in den Berliner Zeitungen als Guillaume le timide, le valeureux poltron beschimpft zu werden! Am Ende, nachdem Bürstow abgefallen, Euli versumpft, der Hinzpeter gestorben und der Jabberwocky mit dem Rad zur Hölle gefahren war, blieb nur noch der österreichische Freund FRANZ-F. Die Missgunst des alten kakanischen Kaisers, dessen alltäglich-überirdische Präsenz den Unterschied zwischen Gottvaterbild, Briefmarkenkopf und Marionettenkasper nicht mehr erkennen ließ, saß dem schroffen Burschen im Genick wie Einem selbst einmal der verächtliche Blick des Eisenkanzlers. Ein markiger Fünfziger war dieser FRANZ-F, nur vier Jahre jünger als Man selbst, mit einem schier quadratischen Querschädel und einem herrlichen, bestens gewachsten, zu dem eigenen nahezu spiegelsymmetrischen Schnurrbart. Er hielt sich prächtig, er scharwenzelte nicht herum. Das war kein Grüß-August, der mit jedem konnte, sondern ein Kerl von Schrot und Korn, der sich gleichfalls eine gute und brave Frau unter seinem Stand gesucht hatte, die böhmische Sophia, eine gottesfürchtige Hausfrau und Mutter, nahezu schwesterlich passend zu Dona (wenn vielleicht auch nicht so verletzend spitz), weswegen er in Ihm DEMDEUTSCHENKAISER stets einen Freund und Befürworter seiner morganatischen Ehe gefunden hatte. FRANZ-F, ein begnadeter G'stanzl-Dichter, Sänger, Geiger, Schlittschuhfahrer und Reiter, war nicht nur ein Mann mit unerbittlichem

Kunstverstand, ein knochenbrechender Kämpfer gegen Zersetzung und neurasthenisch-syphilitischen Zerfall auf Leinwand und Bühne, sondern auch ein ausschweifender Liebhaber und Kenner der Marine (seine Adriaküste), ein begeisterter Automobilist wie THEGERMANEMPEROR selbst, vor allem aber ein großer, um nicht zu sagen gewaltiger Jäger, auf dessen Schussliste sich Tiger fanden, Löwen, Bären und Elefanten, Nashörner, Ameisenbären, Gazellen, Giraffen, Tapire, Zebras, Schildkröten, Faultiere, Gnus, Flamingos, Bartgeier, Nachtigallen, Kolibris, Gibbons, Makaken, Mambas, Feldhamster, Koalas, Skorpione und Wasserbüffel (direkt unter Hohnstein-Kirchenhügels Hintern weggeschossen). Die Arche Noah, mein Freund, glaubte man zu sehen, wenn man die wunderbar mit Tausenden von Jagdtrophäen dekorierten Gänge von Schloss Konopischt entlangpromenierte, Dutzende von Archen, wenn man es genau nahm, Archen als fliegende Holländer oder schwebende Konservatorien. Einmal schoss der Erzherzog 2763 Lachmöwen an einem einzigen Tag, haha! Hätte man aus ihnen ein Mobile in einem Spiegelsalon gemacht! Der Mensch – als Gebieter erhöht vor diesen Bergen von glattem, gestreiftem, struppigem, glänzend gestriegeltem, zottigem Fell, von schillernden Federn, von Hauern, Stoßzähnen, Geweihen, Hörnern, Krallen, Klauen, Hufen, von spitzen, platten, hakenförmigen, scharf gebogenen oder überkreuzten Schnäbeln, von Panzern, blutverschmierten Lederhüllen, von Schuppenhaut und Balg, wild übereinandergehäuft, als hätte man Tausende von meisterlichen Jagdstillleben aus den großen Museen in den Raum geschüttet. Lass uns jagen gehen, mein Freund! Dabei ist der Erzherzog mit seiner umwölkten Granitstirn und den wasserhellen Augen ein durchaus nachdenklicher und friedfertiger Bursche in strategischer Hinsicht (sprich ihn nur nicht auf die ungarische Mischpoke an!), der keineswegs immer ans Dreinschlagen denkt. Die Annexion von Bosnien hat er nicht gutgeheißen, solche gefährlichen Kraftstückerln, meinte er, könne man bleiben lassen, so wie er auch immer wieder die heftigen Kriegsfantastereien des Generalstabschefs Konrad von Hötzenplötz abzulehnen und einzudämmen verstand, FRANZ-

F, ein Mann mit Augenmaß und sicherer Hand, der ganz zu einem FRIEDENSKAISER passte. Seite an Seite treten sie also zur Jagd hinaus ins Freie. Die Flinten im Anschlag, stehen sie am Rand des Schachbretts hoch über Konstantinopel, tweetlehaft dopppelschnurrbärig, und studieren die Luft. FRANZ-F erläutert in einer Schießpause mit dem FRIEDENSKAISER die Lage da unten, am Südzipfel, wo sich Europa und Asien mit ausgestreckten Zeigefingern berühren wie Gott und Adam auf Michelangelos Deckengemälde: Wie der Serbe da unten, der Balkanköter, mit seiner Schwarzen Hand unaufhörlich intrigiert und vorandrängt, wie der Bulgare, der Montenegriner und der Grieche es ihm gleichtun bei dem Versuch, den Türken ganz nach Asien zurückzudrängen, wo er hingehöre, eine unvermeidliche Sache, wie auch der FRIEDENSKAISER findet, denn letztlich müsse, bei aller Liebe zum Sultan, Europa wieder zur Gänze dem Christentum zurückgegeben werden. Beide Jäger quält und ärgert der Versuch des Zaren, auf den Bosporus zuzugreifen, man muss immer die große russische Gefahr im Auge haben, über die man sich in Berlin schon lange Sorgen macht. Haut man zum Beispiel den Serben, dann hat man den Zaren an der Gurgel. Der FRIEDENSKAISER mit seiner unerbittlich anwachsenden Kriegsflotte baut auf ein neues Wehrgesetz, das die deutsche Armee auf neunhunderttausend Mann aufstockt, was allerdings, wie ihm sein depressiver Generalstabschef versichert, immer noch nicht zureichen werde, wenn der Russe in zwei oder drei Jahren eine Heeresstärke von zwei Millionen Mann aufgebaut haben wird, weshalb es nur ein Mittel gäbe: ihn sofort mitsamt dem unversöhnlichen und dauerintriganten Gallier zu schleifen, wie es in DEMPLAN stünde, der alle Fronten berücksichtige. Im Prinzip hat der FRIEDENSKAISER der prachtvollen Idee natürlich zugestimmt und irgendwann wird auch Er sich einmal mit DEMPLAN beschäftigen und ihn womöglich verbessern. Man muss das einmal genauer ausarbeiten. Im Augenblick, bei bestem Sommerwetter, scheint es aber doch angebracht, die Nerven zu entspannen. Gemeinsam promeniert man durch den Rosengarten im Park von Schloss Konopischt. Dann spannt man wieder die Büchse und arbeitet am ganz persönlichen Rekord, um den Kaiserberg auf der Schusstafel wachsen zu lassen: 1200 Fasane, 10 Hasen, 2 Eulen, 3 Igel, 1 Zwölfender, 7 Schwäne, 9 Spatzen, 23 Ameisen, 1 Zwölfender, 3 Elfender, 2 Achtzehnender, 1 Einender (Wildhüter), 4 Zwölfer und 1 Bock. Sie lehnen am Stand und ballern, was die Rohre hergeben. Ist man noch im böhmischen Wald, oder steht man schon am Abgrund des diplomatischen Schachbrettes? Gestern noch erzählte der FRIEDENSKAISER dem THRONFOLGER, wie er auf Korfu das Achilleion pflegte, den schönen Palast, den seine bayrische Tante, die vor über fünfzehn Jahren erdolchte Frau des uralten Kaisers, so geschmackvoll erbaut hatte, gerade noch hob man seine Flinte in den Himmel, doch heute schon fährt FRANZ-F neben seiner geliebten Sophia im offenen Wagen durch Sarajewo. Der erste Schuss durchschlägt die Autotür und trifft die Herzogin in den Unterleib, der zweite Schuss zerfetzt dem Erzherzog den Hals. Urplötzlich und eiskalt hat es den FRIEDENSKAISER erwischt. Es ist wie bei einem Sturz des empfindlichsten Objekts:

And all the king's heroes and all the king's men
couldn't get you in this place again!

11. DE-WILHELMIFICATION (4) /
DEUTSCHER PAVILLON

Der Warroom ist eröffnet, und es gibt so gut wie keine Dekoration. Grelles Licht, Glas, Beton, Stahl. Eiseskälte. Die Akteure haben alle Farben verloren, sind zugleich riesenhaft und blass, das heißt, sie atmen eine andere, graue Zeit, und wir können keine ihrer Bewegungen verhindern oder auch nur einen Fingerbreit in die gewünschte Richtung lenken. Stück um Stück fällt alles von ihnen ab, was sie an Menschlichem, Verständlichem, Verzeihlichem an sich hatten. Mit jeder ihrer ungeheuerlichen Entscheidungen wandelt sich das Komödiantische dieser Gestalten in die missbrauchte, abstoßende Infantilität eines boshaften Horrorfilms. Unsere lustigen Tweetles tragen blutverschmierte Säbel. Die resolute Pariserin, die mit ihrer Coco-Chanel-Handtasche um sich schlägt (wir hatten sie als Jeanne au pays des merveilles einführen wollen, als weiße chauvinistische Revanche-Königin der demokratischen Jugendstil-Einkaufspassage, immer bereit, einige Zehntausend Kartenspielbuben im Graben zu verschwenden), schleppt Geldbüschel nach Russland und ist schon mit dem Parfum des Todes besprüht. Das aufgeblasene deutsche Kaiser-Ei stinkt nach tödlichem Gas (erst riechst du es nicht und du glaubst, du kannst Deckung nehmen in einer Grube, in der wachspuppenhaft uniformierte gegnerische Leichen stehen, willst du aber zwischen sie, Hans, und es ist Nacht und du siehst diesen schwachen grünlich-gelben Nebel nicht, und hattest schon bei dem Versuch hinabzurobben plötzlich einen stechenden Geruch in der Nase wie an jenem dunklen Abend, an dem ich dich wieder hinaus, nach oben, ins gegnerische Feuer zerrte, dann denke an mich, und das dachtest du auch, zwei Wochen später, wie du mir erzähltest, und so bist du nicht an Land erstickt wie ein in ein Erdloch geworfener Fisch, sondern hattest noch vier Tage Leben und den wahrscheinlich schmerzloseren oder wenigstens rascheren Tod eines Menschen, dessen Schädel in Sekundenbruchteilen zerteilt wird). Es geht bergab, unweigerlich, unaufhaltsam, in ein Meer aus Nacht und Blut, von dem wir uns noch kein Bild machen sollten, weil keiner der hysterisch-skrupellosen Akteure eines hatte (aber wir können es nicht verhindern). Stufe um Stufe, im Laufe eines ganzen Monats, steigt das alte, fette, uniformierte Europa, Austern schlürfend, Champagner süffelnd, Zigarren schmauchend, wie auf einer elegant pflanzenstilartig geformten Schwimmbeckenleiter aus Messing in die eiskalte, stinkende Jauche des Krieges hinab. Ich will diese Stufen erkennen, benennen, verstehen, ich will zusehen, wie es geschieht – eine Idee von halsstarriger Naivität, ich weiß, denn Tausende, Zehntausende von Historikern aus aller Frauen und Herren Länder sind schon im Raum, ätherisch unsichtbar, flüsternd, wispernd, zischelnd debattierend, in jeder Fuge und Ritze, jedem Nasenloch und jeder Arschfalte der großen, lächerlichen, bittergrauen Heroen des Untergangs. Weshalb kommen nach hundert Jahren nicht alle zu demselben Schluss? Im Publikum, das gerade aus dem europäischen Tanzsaal herausschlendert, wo es sich auf dem Schachbrett mit der Schwarzen Kaiserin amüsierte, befinden sich gewiss noch einige Experten, die es besser wissen als jeder Ausstellungskatalog. Wo ist überhaupt der Kurator, mein als Bismarck getarnter Jochen, der mich in diesen Nachtmahr gestoßen hat, um mich auf die halsbrecherische (kopfabreißende) Frage hinzuweisen, die mich dazu anhält, mit einem gefährlichen, reißzahnbewehrten Grinsen durch die Vergangenheit zu schweben (nur dort können wir so wunderbar ungewiss sein, auftauchen und verschwinden, wann immer es uns passt): Soll er geköpft werden oder nicht?! Gemach. WILLY kommt schon bald wieder ins Bild. Auf der ersten Stufe liegt zunächst die blutbesudelte silbergraue Uniform des FRANZ-F neben dem mit einem Büschel grüner Pfauenfedern gekrönten leeren Hut. Das weiße Sommerkleid seiner Frau hat einen großen rostfarbenen Fleck in Höhe des Schoßes, und ganz Österreich bekommt einen kakanischen Kopfhörer, in dem die letzten Worte des cholerischen, finsteren, einstmals schrecklich unbeliebten, nun aber als liebevoller Familienvater und Gatte erkannten Thronfolgers ertönen: *Sopherl, Sopherl, sterbe nicht, bleib am Leben für unsere Kinder!* Schwer zu ertragen, ein Kriegsgrund eigentlich schon, wenn man es oft genug wiederholt. Der schwarze Peter wird ausgespielt. Es ist das Bildnis des krummbeinigen, mickrigen, schnurrbärtigen Königs von Serbien mit einem bluttriefenden spitzen Dolch in der Hand. Die Regierung eines aggressiv nationalistischen Kleinstaates (𝔖𝔠𝔥𝔲𝔯𝔨𝔢𝔫𝔰𝔱𝔞𝔞𝔱𝔢𝔰), die nichts von den Terrorgruppen wissen will, die ihr eigener Geheimdienst rekrutiert, erscheint dem heutigen Betrachter seltsam zeitgemäß, desgleichen die sich gegenseitig die Gegensäure ins Maul geifernde Presse hier und dort. Es fehlt der visuelle Hammer, um damit täglich, stündlich, halbstündlich auf den Daumen des Volkes zu hauen: Wir ersetzen sämtliche Kuckucks- oder Mozart-Uhren im Reich durch rot-weiß gerahmte Monitore, auf denen man im Stile der Dallas-Morde immer wieder den offenen Wagen mit dem Thronfolger-Ehepaar auf der Rückbank einfahren sieht in den grau-weißen Aspik einer hemmungslos vergrößernden Zeitlupe. Das bequem wie auf einem Sofa sitzende, öffentliche Hineinfahren in den Tod lässt das Luxus-Automobil als ideales Schafott der alten Monarchien erscheinen, ein zeitgemäßer, motorisierter Sterbeort, sarkophagähnlich, floßhaft, langsam und gespenstisch autonom bewegt, ein Todeskahn auf einem steinernen Fluss. Die erste Frage, die auch im müden, geplagten Haupt des dreiundachtzigjährigen Kaisers (dessen Bruder seit Jahrzehnten auf einem Gemälde von Monet in Mexiko erschossen wird, dessen Sohn sich das Leben nahm, dessen Ehefrau ein Attentäter mit einer Feile erstach, dessen Lieblingsnichte im Bett verbrannte und dem man nun noch die Leiche des ungeliebten Neffen nebst der seiner morganatischen Ehefrau in Sarajewo vor die Füße geworfen hat) rumort haben dürfte, lautet: Soll oder muss man deswegen einen Krieg anfangen? Sobald er mit dem wackeligen, verkahlten, von seinem riesigen weißen Backenbart beflügelten Haupt nickte (erklären einige Experten unter den Ausstellungsbesuchern und einige Hundert oder Tausend der ätherischen

Historiker), sei alles schon mit der Zwangsläufigkeit des Umkippens einer sorgsam arrangierten Reihe von Dominosteinen geschehen, denn DERRUSSE (Tweetle-Nicky) habe schon lange gegen DENÖSTERREICHER vorgehen und anschließend nach Konstantinopel vorstoßen wollen, der FRANZOSE (Chanel-Handtaschen-Banknoten-Königin) habe ihm schließlich eifrig zugenickt und jegliche Unterstützung zugesichert für den Fall, dass DERDEUTSCHE angriffe, der selbst wiederum aus Nibelungentreue oder Umzingelungsfurcht oder Expansionslust oder depressiver Paranoia oder allem zusammen zu DEMÖSTERREICHER stünde und also gegen DENRUSSEN vorginge, wobei er aber nur DENGROSSENUNDEINZIGENPLAN zur Verfügung hatte, infolgedessen also DENFRANZOSEN gleichfalls angriffe, über einen Durchmarsch durch Belgien, der zwangsläufig DENENGLÄNDER (Tweetle George, mit dem WILLY noch vor kurzem am Sarg des DICKENEDWARD Händchen hielt) ins Spiel brachte – Kawumm! Und so folgte, was folgen musste. Tatsächlich? Schütteln wir doch einmal den geplagten alten Schädel des militaristischen, streb- und arbeitsamen, knochentrockenen, legendär emotionsarmen, bisweilen schon halb davonlevitierten KAISERJOSEFSFRANZ: Muss er wirklich DEMSERBEN den Krieg erklären? (*Es hat mich sehr gefreut!*) Irgendwie sehen wir es nicht. Weder MUSS derserbe seinen Geheimdienst Terrorkommandos steuern lassen, noch MUSS derösterreicher (was gerade der erschossene franz-f erkannt hatte) sofort den Säbel ziehen. Wir malen ihre riesigen Bärte, ihre blutunterlaufenen Augen, ihre bizarren Prachtuniformen, ihre arteriosklerotischen Hirne, ihren Ziersäbelschmuck, ihre Jagdflintenschwänze. Alte Säcke! Ist Krieg der Sex der alten Männer? Und wenn es nicht nur die Greise waren, dann widert es mich noch mehr an, diese Jauche aus Testosteron, Magensalzsäure und Blut! Männer! Das jahrzehntausendealte, periodische (Sic! Ihr Menstruationsblut fließt aus den Kehlen ihrer Feinde!) Verkommen der Menschheit in Gewaltorgien, vom kleinen schlichten Westentaschenattentat bis zum großangelegten Völkermord, ist Männersache, was helfen da Jesus und Buddha (oder August Bebel und Jean Jaurès)? Nun aber stellt sich mir der Kurator mit markigen Worten in den Weg, da ich dabei wäre, das Publikum aus dem 𝔚𝔞𝔯𝔯𝔬𝔬𝔪 in eine Art 𝔖𝔢𝔵𝔯𝔬𝔬𝔪 zu treiben. Aber er irrt sich, denn aus dem Warroom gibt es keine Ausflucht mehr, wenigstens in unserer traurigen Version der Geschichte. Er zeigt auf die weiße Wut in meinem Herzen und das rotgefärbte Schwert in meiner Hand. Auf jeden Krieger wartet eine Frau? Will er das sagen? Oder Schlimmeres? In der Eiseskälte, Bedingungslosigkeit, Starrheit und metallischen Härte des 𝔚𝔞𝔯𝔯𝔬𝔬𝔪𝔰 erhalten meine Fragen die Starrheit und Schärfe von Messerklingen. DER KRIEG! Wer ist daran schuld? HUMPTYWILLY oder die TWEETLES? Der SCHWARZEPETER? 𝔖𝔬𝔩𝔩 𝔢𝔯 𝔤𝔢𝔨ö𝔭𝔣𝔱 𝔴𝔢𝔯𝔡𝔢𝔫 𝔬𝔡𝔢𝔯 𝔫𝔦𝔠𝔥𝔱?! Eröffnet wird das tödliche Spiel ohne Grenzen, EUROVISION!

𝔎𝔲𝔫𝔡𝔢 1: 𝔇𝔢𝔯 𝔅𝔩𝔞𝔫𝔨𝔬𝔰𝔠𝔥𝔢𝔠𝔨

Das große deutsche KAISER-EI (männlich, keiner denkt an das Geschlecht im Dotter) sitzt (bechert ein) in der Sonne auf der Terrasse vor der GEWALTIGEN, langgestreckten, von einer pickelhaubenartigen Tambourkuppel gekrönten (behelmten) lachs- und granitfarben gestreiften Fassade des Potsdamer Neuen Palais. Ein 𝔊𝔞𝔟𝔢𝔩𝔣𝔯ü𝔥𝔰𝔱ü𝔠𝔨 wird eingenommen von SEINERMAJESTÄT, worunter wir uns das weidmännische Haschen und Spießen von würstchenähnlichen (Frankfurter, Wiener, Nürnberger) Elementen aus einer edlen Kristallschale vorstellen. Eines von ihnen zappelt mit leisen (eigentlich unhörbaren) Todesschreien auf den Zinken der Spezialgabel, die SM versonnen unter Seinen prachtvoll ergrauten Schnauzer hält, während Er auf die lange, schnurgerade durch den Park laufende, von Kegelbüschen gesäumte Allee hinabschaut. Ein seltsamer Trupp kommt ihm da entgegen. Vornweg tippelt in Begleitung einiger Schranzen, so unwichtig, dass wir sie pulverisieren, der österreichische Botschafter Graf Szegedy, ein im Grunde schon pensionierter krautfasriger Alter, mit zwei bedeutsamen Briefen unter den Arm, ausladend wie Architektenmappen, wenn wir ihre Wichtigkeit bedenken. Ihm folgt das sisihaft magere, katzengesichtige Malerinnengeschöpf, das (immer wieder komplett verschwindend und neu auftauchend) in der Sommerluft flimmert. Gleichfalls fluktuierend, im selben Rhythmus, zeigt sich eine wunderliche Gestalt, die eigentlich nur einen mageren Oberlehrer im Gehrock vorstellte, hätte sie nicht gleich drei Köpfe, die aus einem kleeblattartigen weißen Kragen hervorragen. Die drei Gesichter, hochstirnig, bebrillt, pergamenthäutig, erscheinen SM verdammt austauschbar, es sind diese hochmütigen, belehrenden, besserwisserischen Visagen, es ist eine einzige Visage im Grunde, die wie durch das Vermischen der Konterfeis des Eisenkanzlers, des Hohnstein und des Hinzpeters (alle schon tot und hin oder hinz) entstanden scheint. Dabei handelt es sich aber nur um die höchstpersönliche Historikerkommission der Malerin, den Kerberos der Zeit, den ein jeder reiten oder als Begleiter mit sich führen muss, wenn er zugleich in die Gegenwart und in die Vergangenheit sehen will. Jeder Kopf hat einen großen Namen (FISCH, NISCH und KISCH), aber was sie gerade sagen (und sie sagen immer etwas) in ihrem gabelfrühstückhaft spießenden Durcheinanderreden, kann SM allenfalls erahnen, zudem Er nun aufs äußerste abgelenkt wird, denn hinter dem alten Szegedy mit den kaiserlichen Briefen, der flimmernden Malerin und ihrem dreifach quasselnden Kerberos zeigt sich – größer, näher, mächtiger als je zuvor, von einer Sekunde auf die andere (als Er sich gerade sagte: *Ich weiß schon, was Mir der alte Jausel da bringt!*) am Ende der Allee, alles überragend, die Menschen, die alten Eichen im Park, um ein Vielfaches sogar, titanisch, nackt, über und über von hellrotem Blut bespritzt, mit Atlasbeinen stampfend, blicklos, ein triefendes Beil in der Faust – der KRIEG. Schon immer hat das KAISER-EI ihn kommen sehen, von Seinem ersten Holzpferdchen herab, bei den Ruhmesritten des Vaters und Großvaters durchs Brandenburger Tor, bei Seiner glorreichen Ankunft in Jerusalem (seit Jesus kaum mehr ein Christ mit diesem Aplomb!) oder auf dem fliegenden Schachbrett mit dem schlappen Sultan hoch über dem Bosporus hat Er IHN bereits erblickt. Jetzt hat der KRIEG die Gestalt des **Rassenkampfes der Germanen gegen die übermütig gewordenen Slawen** angenommen, jetzt stellt sich die **Existenzfrage der Germanen auf dem europäischen Kontinent**. Im ersten Schreiben, das der alte Szegedy überreicht, findet sich ein kaum überraschendes Memorandum über die Lage auf dem Balkan und die Gefährlichkeit des dort einwirkenden Bündnisses zwischen den Galliern und den Russen, das auch Deutschland bedrohe. Dagegen wird es im zweiten Brief, vom alten Kaiser direkt an SM gerichtet, konkret und spannend, denn dort heißt es, die Fäden, an denen die terroristischen Marionetten in Sarajewo geführt wurden, liefen in Belgrad zusammen, und es gäbe keine Sicherheit für Österreich, solange nicht Serbien als politischer Machtfaktor ausgeschaltet würde. Der COUSINNICKY mit seiner riesigen Russenarmee könne aber etwas dagegen haben, dass man den Serben maßregle, gibt HUMPTYWILLY zu bedenken, wobei er den Blick zu dem ROTEN KRIEG aufflackern lässt, der dampfend und zitternd vor Wut vor seinem Barockschloss steht, um es womöglich in der nächsten Sekunde mit einigen Beilhieben zu zerschmettern. Aber nachdem Ihm der alte Szegedy etwas Zeit gegeben hat, um noch ein wenig zu gabeln (er spießt einige kleine nackte armlose Burgfriedenssozialdemokratenwürstchen), kommt WILLY bei einem guten Kaffee und einer feinen Colonialzigarre doch dazu, es sehr bedauerlich zu finden, wenn man den günstigen Moment nicht nutzen würde, dem Serben eines auf die Schaffellmütze zu geben. Sein neuester Reichskanzler, Betmann, DEREHRLICHEKAUFMANN, müsse dem nur noch zustimmen, und das täte er auch sicherlich. Ein kleiner nachmittäglicher Plausch mit dem Kriegsminister, dem Kanzler, dem stellvertretenden Außenminister FISCH: Ein Kriegsrat!, NISCH: Ein Kronrat!, KISCH: Ein kleines Ressort-Palaver in der Sommerpause! Und WILLYWISCH: **Der vielbesprochene sogenannte Potsdamer Kronrat vom 5. Juli hat in Wirklichkeit niemals stattgefunden. Er ist eine Erfindung von Böswilligen. Ich habe selbstverständlich vor meiner Abreise, wie das immer zu geschehen pflegte, einzelne Minister empfangen** – führt zum allgemeinen Abnicken des Kaiserwortes, ein jeder sieht das mit dem Serben genauso, und nachdem der alte Szegedy am nächsten Tag noch persönlich mit DEMEHRLICHENKAUFMANN gesprochen hat, kann er 𝔖𝔱𝔯𝔢𝔫𝔤 𝔤𝔢𝔥𝔢𝔦𝔪! die Nachricht vom BLANKOSCHECK nach Wien telegrafieren: im weiteren verlauf der konversation habe ich festgestellt, dass auch reichskanzler, ebenso wie sein kaiserlicher herr ein sofortiges einschreiten unsererseits als radikalste und beste lösung unserer schwierigkeiten am balkan ansieht. vom internationalen standpunkt hält er den jetzigen augenblick für günstiger als einen späteren.

FIP: Ganz klar, der Blankoscheck und im Grunde schon der erste Schritt in den Krieg. Wo der österreichische Kaiser noch ganz allgemein vom Ausschalten spricht, sagt der deutsche Bundesgenosse unisono mit der Stimme der Regierung: Jetzt aber los! Und keine Schwäche zeigen! Das war das Startsignal zum Weltkrieg, der Sturzbach auf die Mühlen der österreichischen Militärs und das, worauf die deutschen Generäle gewartet haben, um endlich den ersehnten Krieg mit dem Zarenreich zu beginnen.

NIP: So klar war das doch nicht. Es ist bekannt, dass der deutsche Kaiser mehrmals in diesen Tagen dargestellt hat, dass er nicht an das russische Eingreifen glaube, für den Fall, dass Österreich gegen Serbien vorgehe. Die Russen waren nach seiner Ansicht noch unzureichend gerüstet für den großen Krieg, und sein Cousin würde verstehen, dass man einen Fürstenmord bestrafen müsse. Andererseits muss gesagt werden, dass man in Berlin den Österreicher voranstieß. Das ist eine schwerwiegende Tatsache und eine Schuld.

KLIP: Er stieß den Österreicher nur dahin, wohin der wollte. Was sollte »Ausschalten des Serben« anderes bedeuten als Krieg? Der deutsche Kaiser glaubte fest daran, dass man die Sache noch herunterkühlen und beschränken könne. Keineswegs war es ein eindeutiger Versuch, sofort den Weltkrieg anzuzetteln. Es herrschte Urlaubsstimmung in Berlin. Der Außenminister war auf Hochzeitsreise, der Kaiser packte gerade seinen Koffer für die alljährliche Nordlandreise, und der Reichskanzler erklärte ihm, es sei das Beste für den europäischen Frieden und die Beruhigung aller Gemüter, wenn SM rasch auf seiner *Hohenzollern* in See steche.

FIP: Beruhigung der Gemüter mit Hintergedanken! Es ging darum, den wankelmütigen nervenschwachen Kaiser aus dem Weg zu schaffen, damit man frei und entschlossen agieren konnte. Es ist eine klare Strategie: Unschuldsmiene nach außen und dem eigenen Volk gegenüber, indem man stets vorgab, es handle sich da nur um eine lokale Angelegenheit zwischen den Österreichern und den Serben, das gehe niemanden sonst etwas an, schon gar nicht die Deutschen, weshalb es auch keine internationalen Verhandlungen geben müsse. Und gleichzeitig drängte man den Österreicher voran, bis der Russe eingreifen musste und man sich aufspielen konnte als Verteidiger des Bündnisgenossen, der doch nur Sühne wollte für den Mord am Thronfolger.

NIP: Ich würde sagen: Es gab Kreise, die das so vorhatten und so zu handeln versuchten. Der Kaiser gehörte zunächst nicht dazu und auch nicht der Reichskanzler. Diese Idee, den Konflikt als streng lokal zu behandeln, war eine Kraftprobe, ein Test auf die russische Kriegsbereitschaft –

KLIP: Man fürchtete den aggressiven Panslawismus und das bald auf zwei Millionen Mann anwachsende russische Heer.

FIP: Ebendeshalb sah man jetzt die Gelegenheit gekommen zuzuschlagen, bevor der Russe noch stärker wurde! Und man hatte noch ganz andere als defensive Ziele!

PARZWILLEM: Ich habe mich lange dagegen gesträubt, angesichts der unsicheren Zukunft mein Land zu verlassen. Aber der Reichskanzler erklärte mir, alle Welt warte nur auf die erlösende Nachricht, daß ich trotz der Lage ruhig auf Reisen gegangen sei ... und so entschloß ich mich schweren Herzens abzufahren.

Mutterseelenallein neben dem dampfenden roten Koloss des Krieges, der langsam den Arm mit dem Beil hebt, steht meine dreiköpfige Kommission auf zwei Beinen vor der verwaisten Schlossfassade, fuchtelt mit sechs Armen und schreit mit drei Stimmen durcheinander, und die zwischen den Zeiten hin und her flimmernde Malerin versteht nur noch BLANKOSCHECK! BLANKOSCHECK!, womöglich, weil sie sich etwas Derartiges schon zu ihrer Geburt wünschte, als Taufgeschenkersatz, ein Ticket für die Welt, für die Kunst, fürs Leben. Der Blankoscheck des Kaisers übertrifft aber natürlich alles Vorstellbare, schließlich ermächtigt er die herrschenden Österreicher, das Blut Hunderttausender deutscher Soldaten in das schwarze Loch ihres brüchigen Vielvölkerstaates zu schütten.

FIRG: Sehr gut, so muss man es sehen!

NIRG: Sehr bitter, vielleicht eher ... Wir meinen: Keiner wusste, was für ein schrecklicher Krieg es werden würde. Niemand konnte sich einen so langen Kampf mit so horrenden Opferzahlen vorstellen.

KIRG: Es ist gar nicht zutreffend, dass die Doppelmonarchie so marode war –

Wenn ich die drei hinwegwische – wie jetzt –, werden sie doch immer wieder zurückkehren, sobald ich meine Augen in der Vergangenheit öffnen will. Aber ihr unerschöpfliches Gerede zwingt einem dazu, sie vorübergehend abzuschalten und nachzudenken. Ich schließe meine Augen, presse die Fäuste gegen die Schläfen. Im Dunkel der Zeit, der Ausstellung, des Pavillons, in dessen 𝔚𝔞𝔯𝔯𝔬𝔬𝔪 wir uns immer noch befinden, ausweglos. Seit Jahren denkt jeder an einen Krieg, einen Weltkrieg. Jeder bereitet ihn vor, jeder rüstet darauf hin, verhandelt mit dem Krieg im Nacken, droht mit ihm, taktiert am Rande des erklärten Abgrundes, schließt Bündnisse auf Gedeih und Verderb. Jetzt droht er wirklich auszubrechen, und LEKAISER dampft davon wie ein Kind, das man gegen seinen Willen in ein Ferienlager schickt. An diesem Punkt, meine ich, kann man aufhören, von SEINERHERRSCHAFT zu sprechen. Der Blankoscheck ist Sein weißes Eier-Hinterteil, das Er uns zeigt, auf dem Er übers Meer schaukelt oder auf der Mauer. Die Frage ist, nur, wer denn eigentlich fällt, wenn Er fällt.

𝔎𝔲𝔫𝔡𝔢 2: 𝔘𝔩𝔱𝔦𝔪𝔞𝔱𝔲𝔪 𝔲𝔫𝔡 𝔎𝔯𝔦𝔢𝔤

Vielleicht könnte der Kerberos FIRG, NIRG und KIRG den Besuchern der letzten Stationen, oder vielmehr der tiefsten Etagen des 𝔚𝔞𝔯𝔯𝔬𝔬𝔪𝔰, dabei helfen, die finale Installation zu errichten. Dabei handelt es sich um die uhrwerkhaft komplizierte oder astronomisch im Sinne des Fünfkörperproblems vertrackte, scheinbar vollkommen kausallogisch oder zahnradzwingend ablaufende Mechanik des Europäischen 𝔚𝔞𝔱𝔰𝔠𝔥𝔢𝔫-𝔅𝔞𝔲𝔪𝔰 oder 𝔚𝔞𝔯-𝔬-𝔐𝔞𝔱𝔢𝔫 (ich werde gleich ernst, mein Freund und Kurator, todernst, aber bei so vielen 𝔓𝔢𝔫𝔦𝔰𝔰𝔢𝔫 im Raum/Room muss ich immer lachen), der so albern aussieht wie ein fünffach gestaffelter Nussknacker und so gnadenlos sein mörderisches Ziel erreicht wie die schwere Klinge einer Fallschwertmaschine (wir legen jetzt Wert auf 𝔤𝔢𝔯𝔪𝔞𝔫𝔦𝔰𝔠𝔥 𝔨𝔬𝔯𝔯𝔢𝔨𝔱𝔢 Bezeichnungen). Allons-enfants! Es ist wie bei einer Schulhofschlägerei mit mehreren kleinen und größeren Brüdern (oder alternativen Cousins). Haut der DERÖSTERREICHER nun DENSERBEN (kleiner slawischer Bruder), so dreht sich dieser und stößt DENRUSSEN (großer slawischer Bruder) an, der dadurch automatisch DENÖSTERREICHER (kleiner irgendwie gemischtgermanischer Bruder) watscht, welcher über einen Klick-Klackmechanismus oder eine Reißkette mit Stöpsel oder ein Zugfedern-Schnappsystem verbunden ist mit DEMDEUTSCHEN (großer germanischer Bruder), der sofort DENRUSSEN zurückschlägt, welcher jedoch über einige in Druckluftröhren laufende Zylinder mit DEMGALLIER kommuniziert und deshalb sofort unter elektromagnetischer Kippung oder blutiger Zertretung DESBELGIERS (halb gallisch, aber jetzt halt einfach nur im Laufweg stehend) gleichsam antipodisch oder rückstoßhaft von DEMDEUTSCHEN attackiert werden muss, an dessen Hals tückischerweise schon DERENGLÄNDER hängt wegen der Herzklappenkorrespondenz der *Entente cordiale*, von welcher PARZWILLEM noch wusste, aber nicht auch noch von jenem *Gentlemen's Agreement*, das wie durch eine Falltür in der *Warroom*-Decke DENAMERIKANER (größter Bruder) herabstürzen lassen muss infolge einiger von deutschen U-Booten unter die Wasserlinie gebrachter Schwimmkörper, an denen wiederum Reißleinen hingen. Was soll man sagen. Sie hatten Albert Einstein, Madame Curie, den Röntgenstrahl und Sigmund Freud (*Meine ganze Libido gehört jetzt Österreich-Ungarn!*). Während einige Besucher nun, allein oder in Gruppen, noch ihren individuellen *Watschen-Baum* errichten, der selbsttätig in den Krieg hineinschlittern, -klappern oder -taumeln können muss allein durch initiales Ohrfeigen des kleinen SERBENPETERS, werden andere schon von Kerberos, dreistimmig bellend, auf allen Vieren im grauen Gelehrtenrock springend, über die Planken geführt, zum Bug der *Hohenzollern*, die längst Norwegen erreicht hat und nördlich von Bergen in die Welt von Niflheim eingefahren ist. Ganz vorn an der Reling steht einsam wie ein Hecht am Haken oder ein Ei im Schnee PARZWILLEM und starrt in den graublauen Weltuntergang des Sognefjords. Der Schild des Wassers. Ein Kontinent aus Eisen, Blech und Stahl. Hoch getürmt, zu beiden Seiten, auswegslos, die nassen Felswände. *Eine Welt von Feinden!* Er spürt, dass man Ihn hasst in Europa, fast überall!, knurrt der Hund FARGNARGKARG, unisono. WILLODIN stöhnt: *Mein Amt ist aus!* Womit Er bald recht haben wird. Der Krieg, von dem alle seit Jahren schwadroniert haben, nun wird ER kommen, ER droht alles zu ergreifen. In der Götterdämmerung des Fjords ringen Himmel, Meer und Fels in einer dramatischen Umschlingung miteinander. DER KAISER sieht darin Seine martialischen Ahnen auftauchen, die verwitterten grauen Titanenhäupter all der Friedriche und Wilhelms, die Preußens Glorie begründet haben. 𝔖uum 𝔠uique. Sie spucken Ihm kalt ins Gesicht. Salzig. Er hat sich abschieben lassen. Die alten Pruzzen verschmelzen, verwabern mit den eis- und wassergrauen Göttern des Nordens. Der Hammer Thors (jener schwarze Felskopf), die Nornen und Walküren. WILLY konnte Wagner nie leiden, Er ist schließlich Sein Eigenes Gesamtkunstwerk. Ha, als Er noch mit diesen beiden Wienerinnen! Das Feld pflügte. Jetzt nur noch der Alte Kaiser und Ferdinand in seiner Blutlache, die unter den Türen Europas durchsickert. Odin erschlug den Weltriesen, wie hieß er doch, Ymütz, Ymich oder Ýmir, irgendwie klang es türkisch, und alles, was Man sieht, ist dessen Leiche: die Gesteinsformationen als Knochen, das Meer als graugrünes Blut, die aufgerissenen weißen Adern der Sturzbäche und Wasserfälle, der Himmelsraum des durchlöcherten Schädels, darin die Wolken als schwebende Trümmer des Gehirns, Fetzengedanken. 𝔇as 𝔄mt ist aus! 𝔄us 𝔡as 𝔄mt! Es scheint Ihm, als erhebe sich ein neues Antlitz in der Wolkenfront, keine grinsende Katze, aber ähnlich unangenehm, es erinnert an die Visage des Hohnstein-Kirchenhügel, die wohl nicht auszurotten ist. OPERETTENKAISER! Er zuckt zusammen. Wir dagegen wenden uns an den dreiköpfigen Kerberos, der erfreut aufs Meer hinausschnuppert, weil er den Betriebsausflug in die Vergangenheit genießt. Was, fragen wir ernstlich, wäre, wenn wir Ihn hier gleich ersaufen ließen, loreley-artig, allein mit Hilfe eines schartigen Felsenriffs. Dann wäre der Krieg vielleicht – doch zu spät! Jetzt hält er schon das Telegramm in den Händen mit der Nachricht, dass DER ÖSTERREICHER sein Ultimatum DEM SERBEN überreicht hat, ein wirklich starkes Stück, Donnerwetter, schärfstens formuliert. 𝔈ine forsche 𝔑ote! 𝔐an hatte es den 𝔚ienern nicht mehr zugetraut! Das gibt ihm einen Schlag. Er muss zurück! Er muss jetzt irgendetwas ergreifen, irgendein

Steuer irgendwie herumreißen, die deutsche Flotte, die im Süden Norwegens dümpelt, muss mit Ihm zurück, auch wenn DEREHRLICHEKAUFMANN jammert, dass DERENGLÄNDER dann doch beunruhigt werden könnte. Zivilisten! Erst als General von Moltke meldete, daß die Russen bereits ihre Grenz-Kordon-Häuser angesteckt, die Grenzbahngeleise aufgerissen und rote Mobilmachungszettel angeschlagen hätten, ging auch den Diplomaten in der Wilhelmstraße ein Licht auf. In derselben Zeit, als der Zar sein Sommerkriegsprogramm aussprach, beschäftigte ich mich in Korfu mit Ausgrabungen von Altertümern, dann reiste ich nach Wiesbaden und schließlich nach Norwegen. Ein Herrscher, der Krieg will, der befindet sich nicht monatelang außer Landes und läßt nicht seinen Generalstabschef auf Sommerurlaub nach Karlsbad gehen. Schon ist Er in Kiel, in Potsdam, in Berlin. Frisch und bereit! Als PLÖTZLICHER entschlossen, eine gewaltige Machtverschiebung am Balkan und in Europa durchzusetzen. Es ist nur noch eine Woche bis zum Kriegsausbruch, und nun kommen immer mehr Testosteron, Adrenalin, Todesfurcht und Angstschweiß ins Spiel. Überall in St. Petersburg, Berlin, Paris, Belgrad und Wien kippen Diplomaten mit Schwächeanfällen, Herzinfarkten (und Darmkrämpfen) aus den Gamaschen. Sie haben recht, ihre Organe sehen schon den Krieg. Das KAISER-EI, gerade noch von seinem schwarzen EIERWEIBCHEN ermutigt, beginnt wieder zu wackeln, als DERSERBE teuflisch geschickt, nahezu servil, auf das österreichische Ultimatum antwortet, indem er alles und nichts verspricht (weil er DENGROSSENNICKY im Hintergrund hat). WILLY muss sagen: Damit entfällt jeder Kriegsgrund! Doch DERÖSTERREICHER ist nicht zufrieden, er will DENSERBEN jetzt watschen, was soll das Geplänkel! Zusammen mit dem Reichskanzler, DEMEHRLICHENKAUFMANN, hat PEACEWILHELM (Versuche, Deutschland kriegerische Neigungen anzudichten und seine Stellung in der Welt einzuengen, haben unseres Volkes Geduld oft auf harte Proben gestellt.) noch die Idee, das evakuierte Belgrad als Faustpfand zu nehmen und dann mal zu sehen, was der Serbe macht: Halt in Belgrad!, soll der Reichskanzler dem alten Kaiser in Wien telegrafisch anweisen (und erneut hat DERFRIEDENSKAISER die Welt gerettet!). Aber DEREHRLICHEKAUFMANN telegrafiert derart langsam und derartig seltsam, dass man meinen könnte, er mache jetzt wieder den OPERETTENKAISER aus seinem Chef oder stecke die KAISERMARIONETTE wieder einmal in die Kiste, nachdem er sie hat Schiff fahren lassen, vielleicht weil er weiß, dass DERÖSTERREICHER ohnehin den Belgrad-Handstreich nicht schaffen würde (KORG), vielleicht weil er sich jetzt nicht mehr dabei aufhalten lassen möchte ZU TESTEN, ob DERRUSSE Ernst macht (NORG), vielleicht weil es ohnehin nur noch darum geht, bis zum Schluss den Anschein von Friedfertigkeit zu erwecken und damit nicht zuletzt das eigene Volk zu übertölpeln über einen hundertjährigen Zeitraum hinweg (FORG):

Wir müssen, um allgemeine Katastrophe aufzuhalten oder Russland ins Unrecht zu setzen, dringend wünschen, dass Wien Konversation mit Russland beginnt. Wir sind zwar bereit, unsere Bündnispflicht zu erfüllen, müssen es aber ablehnen, uns von Wien in einen Weltbrand hineinziehen zu lassen.

Da soll der ALTEKAISER mal draus schlau werden. Sind bereit, unsere Bündnispflicht zu erfüllen, murmelt er, na servus, passt schon. Dann unterschreibt er den Angriffsbefehl gegen DENSERBEN, um völlig verblüfft aufzuschrecken, als DERRUSSE nun plötzlich gegen ihn mobilmacht. Ja, was soll das nun wieder? Muss man denn an alles denken? Die Geschichte gesteht ihm noch zwei Lebensjahre zu, zwei Kriegsjahre, bevor sie ihn durch eine Lungenentzündung beseitigt, eine schleichende Strafe für einen pflichtversessenen, vom Pech verfolgten, emotionslosen Greis, der das GROSSE STINKENDE PECH des Krieges über sein Land ausgoss, bevor seine scheinbar endlose Ära verging. DERZAR dagegen hat noch bis zum Sommer 1918 zu leben, dann wird ihm von den Bolschewiki eine eisige Exekution bereitet, sein Ende in Jekaterinburg, im Keller eines *Hauses zur besonderen Verwendung*, kann man sich kaum fürchterlicher vorstellen, eine zähe, zwanzigminütige Ermordung durch ein Dutzend Soldaten, mit Pistolen und Bajonetten (der Zar,

seine Frau, ihr kranker zwölfjähriger Sohn, die vier jungen Töchter, an deren Kleidern einige Kugeln abprallten, wegen der darin eingenähten Juwelen, so dass man die Stichwaffen verwendete und schließlich in ihre Köpfe schoss). Doch noch ist er unsterblich, wenn auch leichenblass, denn er ahnt, dass die allgemeine Kriegsvorbereitungsperiode, die sein Land erfasst hat, ihr vorbestimmtes blutiges Ende erreichen muss. Sein Außenminister macht sich längst keine Illusionen mehr, und wenn er das enge dunkle Arbeitszimmer seines Innenministers betrit, in dem die Kerzen unter den Ikonen leuchten, kann er beim Blick in das Interieur seines Landes erfahren, dass *die niederen Massen diesen Krieg nicht bewillkommnen möchten, aber ihrem Schicksal nicht entrinnen werden.* FIS, NIS und KIS fragen noch, ober er unbedingt den großen Krieg wollte, um den Bosporus zu erobern, ob Nicky nur DENDEUTSCHEN erschrecken mochte oder (als eifriger Leser von hysterischen Geheimdienstberichten) eine übertriebene Angst vor dem womöglich auch noch Russland ins Visier nehmenden ÖSTERREICHER hegte – ein herzliches sinnreiches Telegramm des COUSINWILLY trifft ein. `Natürlich würden militärische Maßnahmen von Seiten Russlands, die Österreich als Drohung ansehen würde, ein Unheil beschleunigen, das wir beide zu vermeiden wünschen!`
Und obgleich NICKY doch weiß, dass hinter diesen schönen privaten Depeschen wie bei seinen eigenen, ganz persönlichen, auch die gesamte rauchende und murmelnde, mit den gespornten Stiefeln knirschende Stube des Auswärtigen Amtes steht, zögert er noch eine Nacht (*Ich werde nicht die Verantwortung für ein monströses Blutbad übernehmen!*), bevor er erneut den noch einmal zurückgenommenen Befehl zur Generalmobilmachung erteilt. In 𝔇𝔈𝔘𝔗𝔖𝔆𝔋𝔏𝔄𝔑𝔇 wiederum hielt der OPERETTENKAISER noch einige wirre (friedenstreibende) Reden, wie sein Kriegsminister befindet, doch dann kann Ihm klargemacht werden, 𝔡𝔞𝔰𝔰 𝔢𝔯 𝔡𝔦𝔢 𝔄𝔫𝔤𝔢𝔩𝔢𝔤𝔢𝔫𝔥𝔢𝔦𝔱 𝔫𝔦𝔠𝔥𝔱 𝔪𝔢𝔥𝔯 𝔦𝔫 𝔡𝔢𝔯 𝔋𝔞𝔫𝔡 𝔥𝔞𝔟𝔢. Seine SCHWARZEKAISERIN und SEINESECHSSÖHNEVOLLERKRIEGSLUST türmen

sich vor Ihm auf, um Ihm den Rücken zum Kampf zu stärken, während unser Kerberos noch streitet, wie die Generalmobilmachung zu werten sei.

FURG: Es ging darum, Russland zur Mobilisierung zu zwingen und dadurch ins Unrecht zu setzen. Mit der Generalmobilmachung war der Präventivkrieg perfekt als Verteidigungskrieg getarnt.

NURG: Nach dem Schlieffenplan war vorgesehen, während der russischen Mobilisierung, die wegen der enormen Ausmaße des Zarenreiches einige Zeit beanspruchen würde, den Krieg gegen Frankreich zu führen und zum Ende zu bringen, bevor man alle Kräfte im Osten einsetzte. Die Generalmobilmachung versetzte die Deutschen in Panik, sie waren völlig unflexibel, sie hatten kein anderes militärisches Konzept und glaubten, sofort handeln zu müssen.

KURG: *La mobilisation, c'est la guerre*, sagte ein französischer General dieser Zeit, und das war auch die allgemeine Auffassung. Die Deutschen konnten diese Art von Drohkulisse nicht mehr von einer Kriegserklärung unterscheiden.

Scheinbar unaufhaltsam bewegen sich nun der russische und der deutsche Militärkoloss aufeinander zu. Unsere dreiköpfige persönliche Historikerkommission ringt noch mit dem rechten Bild:

KILL: Wie Schlafwandler, die auf einem Dachfirst aufeinanderprallen.

NILL: Zu gemütlich! Wie zwei Lastwagenfahrer, die aufeinander zurasen und dabei panisch mit den Handys telefonieren, um den anderen davon zu überzeugen, dass er ausweichen oder bremsen müsse, ohne selbst den Fuß vom Gaspedal zu nehmen oder die Richtung zu ändern.

FILL: Immer noch zu gemütlich! Wie zwei Lokomotiven, in deren Führerständen konfus fuchtelnde und telefonierende Wichtigtuer debattieren, während der jeweilige Generalstabschef auf Höchstgeschwindigkeit geschaltet hat und in der endlosen Folge von Waggons, die an beiden Zügen hängen, Hunderttausende nackter Männer eingepfercht stehen, bis sie beim Zusammenprall gegen die Wände geschleudert werden, die mit Säbelklingen gespickt sind wie Nagelbretter.

PARZWILLEM versucht noch ein letztes Mal den Schaden zu begrenzen, indem Er DENENGLÄNDER außen vor hält, aber der enttäuscht Ihn ein weiteres Mal (nachdem Er selbst fünf Versuche des listigen britischen Außenministers abgelehnt hat, Ihn zu internationalen Konferenzen zu verführen, auf denen man natürlich gegen die Germanen stimmen würde). 𝕲𝖔𝖙𝖙 𝖘𝖙𝖗𝖆𝖋𝖊 𝕰𝖓𝖌𝖑𝖆𝖓𝖉!, in dessen Flagge nackt eingewickelt Seine eigene Mutter in den Sarg hatte gelegt werden wollen (Nie und nimmer hätte sie es zugelassen, dass sich Seine beiden Cousins so gegen Ihn zusammenrotteten!), dessen alte Königin (𝕲𝖗𝖔𝖋𝖒𝖚𝖙𝖙𝖊𝖗!) in Seinen Armen gestorben war, dessen jungem König Er das Händchen gehalten hatte vor dem aufgebahrten UNCLEGEORGETHECARESSER! Er muss jetzt hinaustreten ins vernichtend brennende Sommerlicht, das auf das Berliner Stadtschloss fällt. Die Lichter gehen aus!, ruft es aus London herüber, und tatsächlich schwärzt sich das Bild mitten am Tag wie ein Fotopapier oder eine Zeitungsseite, aufgezehrt von einer Flamme. Wir denken uns den zentralen Balkon als federndes Schwimmbadbrett für DEN SPRUNG INS DUNKLE (nach dem Verzögern der Halt-in-Belgrad-Note die größte kreative, wenn auch rein sprachliche Leistung des EHRLICHENKAUFMANNES, der die Idee der Politik an den wegen all der Kehrtwendungen des FRIEDKRIEGESKAISERS tagelang schluchzenden und weinenden Generalstabschef Mollke im Schlussverkauf panisch abstößt). Beim Hinaustreten DESLETZTEN auf das Sprungbrett über den Köpfen der Menge, sehen wir Ihn das letzte Mal frei agieren, in feldgrauer Uniform, und warten, wie er sich entscheidet. Niemand, kein

Mensch, kann ihn wirklich zwingen, niemand kann ihm mehr antun, als mit der Kündigung zu drohen wie der unselige Hohnstein-Kirchenhügel (dessen büffelartiges Schluchzen im Hintergrund zu vernehmen ist und der mit endgültig letzter Kraft einen seiner geliebten Engländer zitiert: *Die Hämmer, die auf den Werften von Kiel und Wilhelmshaven erklangen, schmiedeten die Koalition, der Deutschland erlag!*), wenn er noch einmal auf dem Absatz kehrtmachte und den FRIEDENSKAISER wirken ließe. Doch er breitet die Arme aus, den schwachen linken wie eine verdiente Kriegsverletzung darbietend, und will rufen: *In aufgedrungener Notwehr, mit reinem Gewissen und reiner Hand ergreifen wir das Schwert. Ich kenne keine Parteien mehr, ich kenne nur noch Deutsche! Drei Hurras auf unser Heer! Geht nach Hause und betet. Nun wollen wir sie dreschen!* – Jedoch kommt er nicht dazu, denn plötzlich ist ihm, als habe eine große Hand sein Genick gepackt und drücke ihn zu Boden, auf den schwarzen Grund des so rasch verfinsterten Sommertags. Nach wie vor befinden wir uns im Warroom, alle Besucher spüren die drückende Enge, die Schwärze der Ausweglosigkeit, das mutmaßliche Hinabsinken des Schlosses, der Stadt, des ganzen Landes unter den Hammerschlägen des Krieges.

Runde 3: Schafott (Endrunde)

Wo sind wir?, fragt er ängstlich, *gerade wollte ich doch* –. Einen Krieg ausrufen. Als es dunkel wurde. Als sich die Zeit verfinsterte. Der Sprung war mehr ein Herabgezogen-Werden, ein Gepflückt-Werden vom Balkon (Stach mir nicht sein Haubenpickel in die Hand?). Folglich sind wir noch vor dem Schloss. In einer Art Nacht. Inmitten einer schattenhaften, unerklärten Menge. Figuren so grau und unbestimmt, dass man sie durchschreiten kann wie Rauch. Allenfalls ihr Ausdruck ändert sich dadurch. Man weiß nicht, ob sie noch dem vom Balkon geklaubten kaiserlichen Kriegsherrn zujubeln oder die Arme heben, weil sie schon die realsozialistischen Herrenreiter verfluchen, die anstelle des Schlosses einen Betonquader errichtet haben mit großen Fensterfronten, bronzefarben und arrogant wie Sonnenbrillenglas, markiert durch das Hammer-, Zirkel-, Ährenkranz-Emblem, über das unser Kaiser lange rätseln müsste, könnte er es erkennen. Aber man sieht nur eine Art abgegriffener Kupfermünze auf einer unbestimmten düsteren Masse in der Finsternis, einem Rohbau, einem Katafalk. Der Kaiser scheint noch weniger zu erkennen als ich, kein Wunder, er muss denken, er wäre gestorben oder sei im Sterben begriffen oder er wäre von dem einen Alptraum – Er muss einen Weltkrieg anfangen! – in einen anderen geraten: Als er endlich den Krieg erklären will, der sämtliche Feldzüge seiner Vorfahren zu Scharmützeln herabwürdigt, so dass die Hofschranzen Recht bekämen, die ihm immer versichert hatten, gemessen an ihm wäre Friedrich der Große gerade mal ein Kind, schnappt ihn die Pranke einer mächtigen grinsenden Katze und schleudert ihn ein Jahrhundert weit in die Zukunft wie den Körper einer feldgrauen Maus! In der Finsternis, die so schwer und silbrig scheint, dass man glaubt, die ganze Stadt wäre aus Zinn und Blei, ein Abguss Berlins in einer riesigen Kammer aus schwarzem Stein, folgt mir der Kaiser auf dem Fuß, ganz gleich, wohin ich mich wende. Er hält sich an meiner Seite wie ein verschreckter Junge. Es scheint, als wolle er mir gleich die Hand geben, er stöhnt und ächzt. Er hat wohl Todesangst oder ist nahe daran. Wir wenden uns vom Schloss oder Palast oder Gefängnis ab. Was für einen Klotz auch immer sich hier, an der bleiernen Spree, die jeweiligen Herrschenden erbauen ließen, liegt nun in unserem Rücken, vor uns dagegen erhebt sich der Berliner Dom unter einem drückenden Himmel aus Schiefer oder angelaufenen Bleiplatten. Mit seiner ausladenden Kuppel und den Vortürmen wirkt er wie eine fensterlose schwarze Moschee auf mich. Für den Kaiser, der ihn doch hat errichten lassen als großen Repräsentationsbau, als Hauptkirche des preußischen und deutschen Protestantismus und Grablege der Hohenzollern, scheint er nur ein mächtiger aufgeblähter Baukörper zu sein oder eine Art Fels. *Wo sind wir Soldat?*, fragt er mit brüchiger, zitternder Stimme. New York City, antworte ich böse, weil mir mein

Kurator Jochen wieder einfällt, in seinem schicken Büro hoch über der dreiundfünfzigsten Straße herumstolzierend, in dem alles begonnen hat, in dem diese verrückte Idee geboren wurde, ausgerechnet ich könnte einen Deutschen Pavillon ausrichten, ein Kaiserpanorama im Jahre 2014, das für uns doch noch so düster in der Zukunft liegt wie das sargähnliche Berlin, durch das wir gerade wandeln. New York, o Gott, sagt der Kaiser, haben wir sie also doch noch angegriffen, über die Ostküste, mit U-Booten und Zeppelinen? Nein, du wurdest entführt. Amerika ist ein großartiges Land, versichert er mir ängstlich, abgesehen von den Gangstern, der widerwärtigen Demokratie und den Juden an der Wallstreet. Sie haben fantastische Ideen, sage ich, und sie bauen alles nach in ihren Filmstudios, da drüben zum Beispiel deinen Dom. Er stutzt und hebt den unbewaffneten dicken Kopf. Mehr spüre ich, dass er wieder nackt ist, als dass ich es sehe, da ist dieser altertümliche Mottenpulver-Fliederduft seiner alabasterweißen Haut. Nie wieder braucht er sich umzuziehen, nie wieder anzuziehen. Da drüben steht eine Attrappe deines Doms, erkläre ich noch einmal, weil er vielleicht nur eine verschwommene riesenhafte Masse in der Dunkelheit wahrnimmt. Ich hatte dort eine Kaiserloge, murmelt er, aber es war seltsam, der Blick auf den Altarraum mit den fünf Fenstern – als schaute man in einen Totenschädel. Das war ein Blick in die Zukunft, versichere ich ihm, während wir noch einige Schritte auf die Kirche zugehen, über die vollkommen menschenleere schwarze Fahrbahn bei der Nahtstelle von Unter den Linden und Karl-Liebknecht-Straße, er könnte die revolutionären Umbenennungs-Akte auf den Berliner Straßenschildern, die seine Herrschaft mit verursacht hat, wohl nicht fassen, aber anscheinend beginnt er besser zu sehen, denn er wendet sich wie ich dem Tumult schattenhafter Gestalten auf den Treppen des Domes zu. Dort türmen sich immer mehr rechteckige Kisten oder vielmehr Trümmer von Kisten. Es sind Särge, wie wir beim Näherkommen entdecken müssen, Holzsärge und Sarkophage aus Stein, die von den Schattenhaften aus dem Inneren des Doms herausgetragen und auf die Stufen geworfen werden. Zerspringen sie dadurch nicht, werden sie mit Äxten oder großen Hämmern aufgeschlagen, so dass man die Leichen herausholen kann. Es handelt sich um die Toten der Hohenzollerngruft, deren Grabruhe hier entweiht wird, und obgleich sie doch aus verschiedenen Jahrhunderten stammen, wirken sie alle wie vor kurzem erst eingesargt, bleich und nackt wie der neben mir aufstöhnende Kaiser. Die Schattengestalten, die unerbittlich alle Leichen aus den Sargtrümmern schütten oder herausziehen, ähneln Soldaten in abgerissenen grauen Uniformen, doch tragen sie weder Helme noch Waffen. Sie kümmern sich nicht um uns, auch als wir uns den Toten weiter nähern, die sie auf einen Haufen neben den Trümmern schichten. Von dort werden sie auf Tragbahren geworfen, grob, aus solcher Höhe, dass man das Aufschlagen der matten, entseelten Körper hört. Ein Zug von Bahrenträgern formiert sich, kommt auf uns zu und passiert uns mit den achtlos schief und verdreht auf den Tragen ausgestreckten oder wie unter Schmerzen gekrümmten Leichen, deren Glieder herausragen und unwillkürlich im Takt der Soldatenschritte wippen. Als wir uns, der Zugrichtung folgend, wieder um die Achse drehen, müssen wir feststellen, dass das Stadtschloss verschwunden ist, von dessen Balkon aus gerade noch der Krieg ausgerufen werden sollte. An seiner Stelle klafft ein riesiges Loch in der Finsternis, eine Grube von solchen Ausmaßen, dass man an eine Erzmine oder die Aushebung eines Kohle-Tagebaus inmitten der Stadt denken muss. Aber es ist ein Massengrab. Mit dem Zug der Bahrenträger gehen wir darauf zu, bis wir die ungeheure Menge der Leichen vor Augen haben, die dort unten nackt und bloß übereinanderliegen, Hunderttausende bestimmt, madenhaft, bleich schimmernd, erdverschmiert, die grauenhafte Bilanz einer jahrelangen Schlacht, wie eine Masse ausgeschütteten schmutzigen Reises. Ein gewaltiger, vornübergebeugter Mann steht als Einziger dicht am Rand der Grube. Er empfängt die Bahrenträger, die er um ein Vielfaches überragt. Mechanisch ergreift er die Leiche der ersten Bahre, die fast in seiner Riesenhand verschwindet, und wirft sie zu den Toten in den Orkus. Der nächste Träger tritt vor und der nächste Tote wird zu den Hunderttausenden geschleudert, ein Klumpen weißen Fleisches. Als wir etliche Male diese Prozedur mit angesehen haben, kann der vor Schwäche wankende Kaiser an meiner Seite nicht anders, als mit bebenden Lippen unter dem erschlafften Schnurrbart zu flüstern: Warum, warum ist das so? – Da richtet sich der zyklopische Leichenschleuderer auf und starrt uns an. Hätte er den preußischen Dreispitz auf dem Haupt getragen, auf seiner schaffellartigen silbrigen Haartracht, dann wäre uns auch in der Finsternis rasch aufgefallen, dass es sich um den Koloss des Alten Fritz handelte, der hier seine Ahnen und Nachfolger in die Grube wirft. Sein braunes Riesenauge, die lange Nase, die von Augenwinkeln und Nasenflügeln herabziehenden Furchen des asketischen Gesichts machen ihn nun klar erkenntlich. Er hebt einen Arm und weist mit ausgestrecktem Zeigefinger auf den nackten, zitternden Nachfahren an meiner Seite: WARUM DAS SO IST? WORAN DAS LIEGT?, ruft er mit einer scharfen, metallischen, näselnden Stimme. ES LIEGT AN DIR! – Mein Gott, stöhnt der Kaiser. Er hatte wohl erwartet, dass der Riese ihn als Nächsten packen und zu den Leichen schleudern würde. Aber der Alte Fritz wendet sich ab und holt sich einen Toten von der vordersten Bahre der noch immer bis zu den Stufen des Doms reichenden Schlange. Wenn diese Masse an Toten, deren Eigengewicht die Leichen der unteren Schichten schon völlig zerquetscht haben muss … Wenn … wenn es an mir liegt, stammelt der nackte Kaiser. Dann müssen wir jetzt gehen!, unterbreche ich ihn, entschlossen, es hinter mich zu bringen, dem nachtschwarzen, bleischweren Traum zu entrinnen und ihn, diese aufgeblasene, lächerliche und entsetzliche Figur der Geschichte, endlich ihrer Bestimmung zuzuführen, was auch immer mit mir dabei geschieht. Wir wenden der Grube den Rücken zu und gehen Richtung Brandenburger Tor. Es ist gar nicht weit, bald haben wir das Kronprinzenpalais erreicht. Hier wurde ich geboren!, stößt der Kaiser hervor. Sein Schrecken mag daher rühren, dass er mittlerweile ähnlich gut sieht wie ich und also auch in der Finsternis, die nach wie vor über der anscheinend nur von Totengräbern, Leichen und schattenhaften Soldaten bevölkerten Stadt liegt, die Konturen und die Fassade seines Geburtshauses so genau wahrnehmen kann, dass er erkennt, mit welcher Grobheit man sämtliche Fenster der drei Geschoße des klassizistischen Gebäudes, drei Dutzend wohl, zugemauert hat. Auch die Eingangstüren unter dem Säulenvorbau wurden durch vermauerte große Steine ersetzt, womöglich von den Schattengestalten, die nun dabei sind, vor der geblendeten Front das Notwendige zu errichten, absolut lautlos jetzt, selbst wenn sie Nägel einhämmern. Dagegen hören wir noch durch die Mauern und versiegelten Fenster des Palais ein immer lauter werdendes Schreien oder vielmehr hysterisches Kreischen, das Schmerzgeheul oder die Ausbrüche einer Frau, die gebärt, gefoltert wird oder an den Attacken einer entsetzlichen Krankheit leidet. Die Krankheit selbst steht neben mir, und was wir hören, ist die zerreißende Stimme seiner Mutter, die nicht weiß, ob sie ihn herauspressen oder zerdrücken soll, gebären oder ersticken, hinausschleudern oder erwürgen. Was auch geschieht, eingemauert ist sie schon, es ist die Geburt in einen unentrinnbaren Sarg. Um ganz sicher zu gehen, errichten die Schatten jetzt auf dem Schafott, dem Blutgerüst, das sie in der Nacht so rasch zimmerten, den Rahmen einer Guillotine. Der Kaiser an meiner Seite sagt kein Wort. Er weiß, dass wir nur so verhindern können, dass der Weltkrieg ausbricht. Nur auf diese Weise können wir den Deutschen und ihren Nachbarn das Grauen des verwirrt im Krieg herumspazierenden Pfaus ersparen, den keine Kugel und kein Dolch treffen zu können scheint. Nur so kann abgewendet werden, dass der Kaiser seine zynischen Siegeshymnen anstimmt, sobald seine Generäle (Hannenberg und Ludenhund), die ihn bis auf einige unberechenbare Querschüsse kaltgestellt haben, einen Durchbruch an den Fronten vermelden, denen er nie zu nahe kommen durfte, damit er nicht konkret mit ansehen musste, auf welch grauenerregende Weise für ihn verreckt und geschlachtet wurde. Allein durch die fallende Schneide des massiven Beils, das die Schattengestalten nun nach oben gezogen haben, ist die feige nächtliche Flucht des Kaisers nach Holland zu verhindern, der Ankauf eines gemütlichen Wasserschlösschens bei Utrecht, die Anlieferung von sechzig Eisenbahnwaggons mit persönlichen Gegenständen aus den sechzig

Schlössern seines ehemaligen Reiches, die Überweisungen von zweistelligen Millionenbeträgen aus der gebeutelten Haushaltskasse von Weimar – zwanzig Jahre hasserfülltes, ungeheuerlich selbstgerechtes, gewissenloses, antisemitisches Geschreibsel und Gebrabbel über die **Saurepublik**, die gemeinen Verräter von Weimar, deren Köpfe fliegen sollten, gegen die Juden, die Freimaurer und Katholiken, die Verrat am deutschen Volk, am Herrscherhaus und Heer geübt hätten, bis hin zum Glückwunschtelegramm an denführer nach der deutschen Besetzung von Paris. **Auch in England muss der Antichrist Juda hinausgestoßen werden!** Wir werden das lesen müssen, wenn wir jetzt nicht zum Schafott gehen. Wir nehmen ihn mit. Es ist ganz einfach, da wir bemerken (wie auch jeder Besucher leicht feststellen kann), dass der Kaiser marionettenhaft, ja, nun sogar schattenhaft, unsere Bewegungen nachahmen muss. Wir heben einen Arm, er macht das Gleiche. Wir gehen einen Schritt, er folgt unbedingt. Wir halten genau auf das zugemauerte Palais seiner Geburt und seines Todes zu, durch dessen Mauern weiterhin das Geheul, die Schmerz- oder Todesschreie seiner Mutter zu uns dringen. Zitternd nehmen wir, Seite an Seite mit dem wie gespiegelten nackten Mann, die Stufen des Blutgerüsts, bis wir vor der Guillotine stehen. Und hier erst erfahren wir in letzter Deutlichkeit die Konsequenzen des **Siamesischen Prinzips**. Nur dann, wenn wir unseren eigenen Hals in eine der beiden halbrunden Einkerbungen unter dem Fallbeil einpassen, wird und muss der Kaiser dasselbe tun – es ... wird schwarz und blutrot vor meinen Augen, die Druckwelle der Explosion wirft mich erneut zu Boden, meine Ohren scheinen aufgerissen, ausgegossen mit Feuer, ich muss halb zerrissen sein, ich verstehe nicht, wie diese Wiederholung zustande gekommen ist, oder ich muss akzeptieren, dass die Zeiten verbunden werden können über die Brücke der Todesangst – SCHNITT.

12. LETZTER AUSBLICK / JE ME LÈVE

Was wird er sehen, wenn er jetzt die Augen aufschlägt? Sein Paradies. Unsere Hölle: Milliarden von Erdbewohnern mit Pickelhauben jubeln ihm zu – Schluss, aus. Das glitzernde grüne Meer bei Korfu vielleicht. In seinem berühmten weißen Zivilanzug (bei abrasiertem Schnurrbart) wandelt er durchs Achilleion auf ewig, einen Strohhut auf dem Kopf, seine Holzfälleraxt geschultert, seine Colonialzigarre rauchend, flankiert von zwei drallen Wienerinnen, von denen man schon einmal gehört hat. Schnitt. Er hat die Augen noch geschlossen, spürt aber durch die Lider das gleißende mediterrane Licht. Vor seinem großen Kopf taucht allerdings wieder der Schatten dieser mageren, Sisi-ähnlichen Frau auf, die an ihm herumzupft. Entweder ist sie nur handpuppengroß, oder sein Schädel hat endlich die titanischen Ausmaße angenommen, die ihm schon immer zustanden. In der Flut des Lichts, das seine geschlossenen Lider durchströmt wie rötliche Vorhänge, gewahrt er ihren Schatten, kaum größer als seine Nase, und möchte sie hinwegfegen wie ein Insekt. Jedoch kann er nur sein Gesicht spüren, Lippen, Wangen, Nasenflügel, Stirn. Sonst ist da nichts. Wir können die Folie jetzt wegziehen!, ruft die Frau und: Wirf die Pumpe an! Im nächsten Moment gleitet eine raschelnde, halb durchsichtige, pergamentartige Hülle von seinem Kopf, der Schatten der Frau verschwindet ruckhaft, als stiege sie eine Leiter hinab. Dann öffnet er die Augen, sieht sich in einem riesigen Spiegel und reißt den Mund auf wie ein Wasserspeier. Was er sieht, mit immer größerem Entsetzen, ist sein eigenes, unbegreiflich unbefestigtes, wie der Mond oder ein Planet im All in der Luft schwebendes Haupt mit Pickelhelm. Den Schnurrbart hat man ihm gelassen (und sogar geschwärzt), ebenso den ernststrengen Blick, der klare Gedanken vortäuscht, und die rosigen Wangen. Aber sein Hals ist zerrissen wie ein grob abgehackter

Pflanzenstil (Hobbygärtner oder Schreberhenker), und aus diesem fasrigen Strunk, aus beiden Ohren und dem aufgesperrten Mund springen blutrote Fontänen in eine kreisrunde goldene Brunnenschale, ohne Unterlass. – War das alles? Oder sollte da noch was draufstehen? – Stehen? – Na, eine Aufschrift, auf dem Brunnenrand zum Beispiel, da wäre Platz. Das stimmt, mein lieber Herr Kurator. Ich hatte doch eine Idee, ich wollte doch auf dem historischen Kaiserbrunnen seine letzte Unverschämtheit zitieren, mit der er die Millionen Toten des Weltkriegs verhöhnte, nämlich seine Grabinschrift: **Richtet nicht, denn ich werde gerichtet werden!** Er wollte noch der Zukunft das Urteil versagen. Aber wenn es den höheren Richter gibt, auf den er hofft, dann würde ich gerne annehmen, dass er einen ganz ähnlichen Brunnen in Hieronymus-Bosch-Manier errichtet hat, auf dem auch noch die speienden Köpfe des österreichischen Kaisers und des Cousins Nicky aufgepflanzt sind, denn dieser Krieg hat seine Hauptschuldigen und das sind die drei alten, bösartigen, patriarchalischen, militaristischen Monarchien. Wecke mich. Ja, ich sollte jetzt wirklich erwachen. Wurde er überhaupt geköpft? In der Dunkelheit, vor dem Schlossplatz, als wir uns unter die siamesische Guillotine beugten? Als mich mit einem Mal wieder die Todesangst packte, das Gefühl, dass jeder Atemzug der letzte sein könnte, dass ich nie wieder träumen würde, nie wieder malen, nie wieder einen geliebten Menschen sehen? Die Kinder. Ihre an die Scheibe meiner Unerreichbarkeit gepressten Gesichter. Als stürzte ich vor ihren Augen in das All einer grauen Einkaufspassage in Tel Aviv, endlos, unwiederbringlich. Wecke mich, bring mich ins Leben zurück, Jonas!, möchte ich rufen, wie in so vielen Jahren zuvor, immer wenn ich unterzugehen drohte in einer Welle aus Schmerz oder Lust oder Kunst. Es geht nicht mehr. Als hätte man seinen Körper mit breitem silberfarbenen Klebeband zusammengeschnürt und ihn als Mumie in die Ecke gestellt. Das ist meine silberne Wut. Judith. Eine Alternative zum einsam und rätselhaft schwebenden Kaiserkopf wäre das vier Meter hohe Gänseliesel, das in einer Hand ein bluttriefendes Schwert hält und in der anderen, ganz unschuldig, wie eine fette Zuckerrübe, das Wilhelmshaupt. Jochen kann mir nicht helfen. Er ist der Kurator, der mich auf die Palme bringt, die goldene Palme der Kunst. Sich einen von der Palme schütteln. Kann man lachen im Traum? Ich sollte über mich selbst lachen, über den krankhaften, wütenden, absurden Ehrgeiz, ausgerechnet an dem Tag, an dem ich das Publikum in die größte Ausstellung meines (bisherigen) Lebens führen darf, über eine martialische Kaiser-Wilhelm-Installation nachzudenken. Ich muss alt aussehen, ein Vampir aus dem Jahre 1914. Ich fasse mir zwischen die Beine. O là, là, doch erst einundvierzig. So hat alles begonnen. Hereinspaziert! Betreten Sie den samtenen Alkoven, den kleinen Fahrstuhl zum Paradies. Mit Rudolf hat es begonnen, den ich in mein enges Studentinnenzimmer gelockt hatte, um meine Blätter für ihn zu öffnen. Er beugt sich näher zu der Wand, an der man schon damals die abgetrennten Wilhelm-Köpfe bewundern konnte, in Popart-Farben gehalten, wie auf Konservendosen gedruckt. Alles ist schon immer in dir (begraben, wenn du nicht erwachst). Schon fliegt er heran, aus dem Land der roten Sonne, dein Stern Jonas, gebadet in Blut. Rudolf sieht Esther, meine ersten, verzweifelt zahlreichen Porträts, die Mühe hat ihm imponiert. Ich öffne jetzt endgültig die Augen – und es ist genau wie damals, 1995 in Göttingen, als ich nach der ersten Nacht mit Jonas im Dachstübchen erwachte, endlich auch glücklich, nicht mehr nur frei. Ich sehe Esther, am Fußende meines Bettes. Sie hebt flehend die Hände und blickt nach oben, um den Bescheid, das Urteil vielleicht gar, des Philosophenhimmels zu erbitten. Die Philosophen flankieren sie, *Esther und die zwei Hirsche*. Edmond, mit würdigem Vollbart in Jägertracht, ist mir ganz gut gelungen. Er hat sich zur Linken aufgebaut, einen Fuß locker auf einen Baumstumpf gestellt. Den forschen Strecker in Knickerbockern, das Kinn emporgereckt, habe ich etwas zu sehr gestreckt. Schön allerdings die mystische Menge deutscher Wald darum herum. Jetzt erscheint, völlig ungeplant im Bild, weich, plastisch, lautlos, in der verwirrenden seitlichen Bewegungsart (Beckenverschiebung, gelassenes Nachfolgen der Oberschenkel) einer erotisch abgebrühten Fee, meine Galeristin. Vor den Waldesgrünundbraun-Tönen des Gemäldes – der zweiten Version des Bildes, das sie, nur um mich zu überraschen, von einem (von *dem*) Sammler entlieh – wirkt sie mit ihrem silberblonden halblangen Haar und den strahlend hellblauen, unendlich ruhigen Augen kühl und unsterblich. Dazu trägt sie ein äußerst kurzes Kleid aus veilchenfarbenem Gletschereis. Guten Mittag, es ist beinahe halb elf, sagt sie zu meinen nachglühenden Überresten, dein Freund Jochen hat angerufen – es sei ihm unangenehm, ausgerechnet heute anzufragen, aber er müsse jetzt in Erfahrung bringen, ob ich die Wilhelm-Sache (Deutscher Pavillon) wirklich ernst nähme oder nicht.

Wird fortgesetzt.

Dieses Buch ist ein Werk der freien Phantasie und doch zutiefst abhängig von der Wirklichkeit, über deren Erfindungsreichtum der Künstler nur staunen kann. So habe ich auch hier von tatsächlichen Schicksalen profitiert und in dem Paralleldeutschland meines Romans etliche der Nebenfiguren nach historischen Persönlichkeiten gezeichnet. Unter anderen wird man Edith Stein und Edmund Husserl erkennen, an deren Wirken ich erinnern wollte. Über ihr tatsächliches Leben gibt es lesenswerte Biografien. Die Figur des Karlheinz Pleßner ist dem Sohn des Weimarer Verlegers Gustav Kiepenheuer nachempfunden, Karl-Otto Kiepenheuer, dem Nestor der deutschen Solarphysik. Über die Solarphysik im Nationalsozialismus und Kiepenheuers Rolle im Besonderen informiert das Buch von M. P. Seiler: »Kommandosache ›Sonnengott‹. Geschichte der deutschen Sonnenforschung im Dritten Reich und unter alliierter Besatzung«, Acta Historica Astronomiae Vol. 31, Frankfurt 2007. M. P. Seiler bin ich für die freundlichen Gespräche über seinen historischen Gegenstand verbunden und Reiner Hammer und seinen Kollegen vom Kiepenheuer Institut für Sonnenphysik in Freiburg für einen hoch interessanten Rundgang und die geduldigen Antworten auf meine Fragen zum aktuellen Forschungsstand. Insbesondere möchte ich Helge Leiberg danken, der mich durch das malerische Dresden geführt hat und dessen Kunst und dessen Erzählungen mir die Augen geöffnet haben.